Von Colin Forbes
sind als Heyne-Taschenbücher erschienen:

Target 5 · Band 01/5314
Tafak · Band 01/5360
Nullzeit · Band 01/5519
Lawinenexpreß · Band 01/5631
Focus · Band 01/6443
Endspurt · Band 01/6644
Das Double · Band 01/6719
Die Höhen von Zervos · Band 01/6773
Gehetzt · Band 01/6889
Cossack · Band 41/9
Hinterhalt · Band 01/7788
Der Überläufer · Band 01/7862
Der Yanus-Mann · Band 01/7935
Nullzeit/Lawinenexpreß/Target 5 · Band 23/14
Tafak/Focus/Endspurt · Band 23/28

COLIN FORBES

FANGJAGD

Roman

WILHELM HEYNE VERLAG
MÜNCHEN

HEYNE ALLGEMEINE REIHE
Nr. 01/7614

Titel der englischen Originalausgabe
TERMINAL
Deutsche Übersetzung von Wulf Bergner

7. Auflage

Copyright © 1984 by Colin Forbes
Copyright © 1985 der deutschen Übersetzung
by Wilhelm Heyne Verlag GmbH & Co. KG, München
Printed in Germany 1993
Umschlagfoto: Photodesign Mall, Stuttgart
Umschlaggestaltung: Atelier Ingrid Schütz, München
Gesamtherstellung: Elsnerdruck, Berlin

ISBN 3-453-00769-7

Vorspiel

Keine Nacht hätte so kalt sein dürfen wie diese Winternacht. Keine Frau hätte erleiden dürfen, was Hannah Stuart durchmachen mußte. Kreischend rannte sie den schneebedeckten Hang hinunter – kreischend, wenn sie nicht gerade keuchend Luft holte oder sich fast die Lungen aus dem Leib hustete. Hinter sich hörte sie das Hecheln und Bellen der scharfen Dobermann-Rüden immer näher kommen.

Sie trug nur ein Nachthemd, über das sie ihren Pelzmantel geworfen hatte, aber feste Schuhe mit Profilsohlen, die ihr auf der glatten Schneedecke Halt gaben, während sie stolpernd auf den Maschendrahtzaun zustürzte, der das Gelände abriegelte. Sie riß sich im Laufen das «Ding» von Gesicht und Kopf und ließ es achtlos fallen, während sie in gierigen Zügen die eisige Winterluft einatmete.

Die Nacht war mondlos und dunkel, aber die matte Helligkeit über der Schneedecke zeigte ihr, wohin sie laufen mußte. Nur noch wenige hundert Meter, dann hätte sie die Stelle erreicht, wo der Zaun an die Straße grenzte – an die Außenwelt, an die Freiheit. Jetzt, als sie frei atmen konnte, fragte sie sich, ob die Nachtluft nicht schlimmer war als das «Ding», das sie abgelegt hatte. Bei Temperaturen weit unter dem Gefrierpunkt kam es ihr vor, als ob sie flüssiges Eis einatme.

«O Gott, nein!» keuchte sie.

Zehn Meter vor ihr war ein Gegenstand aufgeschlagen: ein granatförmiges Projektil, das laut zischend zerplatzte. Verzweifelt bemühte sie sich, den Atem anzuhalten, während sie durch die aufsteigende weiße Qualmwolke lief. Es war unmöglich.

Ihre Lungen füllten sich erneut mit dem schrecklichen Zeug, und wieder mußte sie keuchend husten.

Hinter den Wachhunden, die von ihnen auf die Fährte der Flüchtenden gesetzt worden waren, liefen Uniformierte, deren Köpfe und Gesichter durch gräßliche Vermummungen entstellt waren. Hannah Stuart drehte sich nicht um; sie sah die Verfolger nicht; sie wußte nur, daß sie ihr auf den Fersen waren.

An der Stelle, auf die sie zurannte, war der Zaun durch ein hohes Maschendrahttor unterbrochen. Es war geschlossen, aber sie spürte, daß unter ihren Füßen, unter dem Schnee, die Straße lag, die zu diesem Tor führte. Hier kam sie schneller voran – falls man überhaupt von «schnell» sprechen konnte. Noch immer keuchend, erreichte sie das Tor, wo ihre Hände sich in dem Drahtgeflecht verkrampften, während sie sich verzweifelt anstrengte, einen Torflügel zu öffnen.

Wenn nur ein Auto auf der Straße vorbeikäme, wenn nur der Fahrer sie sähe! Wenn sie nur dieses verdammte Tor aufkriegen könnte, würde sie vielleicht sogar überleben. Immer nur «wenn» ... Die panische Angst, die sie bisher mühsam unterdrückt hatte, stieg unaufhaltsam in ihr hoch. Sie starrte verzweifelt in beide Richtungen und wünschte sich nichts sehnlicher, als ein Scheinwerferpaar die einsame Straße hochkommen zu sehen. In der Dunkelheit bewegte sich nichts: nur die Hunde, die sie schon fast erreicht hatten, und die Männer, die hinter den Hunden in einer Schützenkette näherrückten.

Sie holte ein letztes Mal keuchend Luft. Ihre Hände – inzwischen blutig, weil sie sich am Tor verletzt hatte – öffneten sich kraftlos. Das mit Rauhreif bedeckte Metall des Tors zeigte rote Flecken, als sie abrutschte und zu Boden sank. Der hartgefrorene Boden schürfte ihr das Gesicht auf.

Sie war schon tot, als die Männer sie erreichten. Ihre Augen starrten ausdruckslos zu ihnen auf, und ihr Gesicht ließ bereits alle Symptome einer Zyanose erkennen. Zwei Männer trugen sie auf einer mitgebrachten Trage wieder den Hügel hinauf. Die Wachhunde wurden angeleint. Ein Mann nahm sich die Zeit, die Blutspuren am Tor mit einem Lappen abzuwischen, bevor er den anderen folgte.

Das ereignete sich im Jahre 1984 in der Schweiz. Draußen vor dem Zaun an der rechten Torsäule war eine große Metalltafel mit eingravierter Inschrift angebracht:

KLINIK BERN.
Warnung vor dem Hunde!

I

Tucson, Arizona. 10. Februar 1984. 45°C. Hitzewellen wie über einem riesigen Grill; in der flimmernden Luft schienen die kahlen, zerklüfteten Tucson Mountains zu vibrieren. Hinter dem Steuer ihres gerade aus England importierten Jaguars ließ Dr. med. Nancy Kennedy ihrem Frust freien Lauf, indem sie das Gaspedal rücksichtslos durchtrat.

Sie lenkte den Wagen gekonnt durch eine Kurve, um von der Interstate Highway 10 abzubiegen und die für ihre Haarnadelkurven berüchtigte Straße zum Gates-Paß in Angriff zu nehmen. Bob Newman, ihr Beifahrer, war weit davon entfernt, an ihrer rasanten Fahrweise Spaß zu haben. Im Gegenteil, er mußte sich sehr beherrschen, um sie nicht anzubrüllen.

«*Mußt* du mit deinem neuesten Spielzeug so rasen, als ob wir in Brands Hatch wären?» wollte er wissen.

«Typisch britisches Understatement?» fragte sie.

«Typisch amerikanische Fahrweise – und das bei einem neuen Wagen! Du mußt ihn doch erst einmal einfahren», stellte er fest.

«Genau das tue ich ...»

«Nein, du ruinierst ihn. Nur weil du dir Sorgen machst wegen deines Großvaters in dieser Schweizer Klinik, mußt du uns nicht unbedingt ins Jenseits befördern!»

«Ich frage mich manchmal wirklich, warum ich mich mit einem Engländer verlobt habe», fauchte Nancy.

«Du hast mir einfach nicht widerstehen können. Mein Gott, ist das eine Hitze ...»

Der 40jährige Newman hatte dichtes, sandfarbenes Haar, die zynisch dreinblickenden blauen Augen eines Mannes, der zuviel von der Schattenseite des Lebens gesehen hat, eine kräftige Nase, ein energisches Kinn und einen ausdrucksvollen Mund, zu dem sich zwei Lachfalten herabzogen. Er wußte, daß hier 45 °C herrschten; er hatte die Temperaturanzeige am Turm eines Bankgebäudes gesehen, als sie Tucson verlassen hatten. Newman trug ein weißes Polohemd zu seiner beigefarbenen Hose und hatte eine leichte, karierte Sportjacke zusammengefaltet auf den Knien liegen. Er wußte, daß ihm der Schweiß auf der Stirn stand. Es war 11 Uhr, und sie hatten sich soeben fast gestritten. Vielleicht gab es nächstesmal einen richtigen Streit. Er riskierte es.

«Nancy, falls du rauskriegen willst, warum dein Großvater auf dem Luftweg in die Schweiz verfrachtet worden ist, fährst du in die falsche Richtung. Diese Straße führt nicht zur Klinik Bern...»

«Ach, Scheiße!»

Sie bremste so scharf, daß Newman gegen die Windschutzscheibe geprallt wäre, wenn er nicht, wie sie übrigens auch, angeschnallt gewesen wäre. Sekunden zuvor war sie von der Straße auf einen Parkplatz abgebogen. Sie stieß ihre Tür auf, sprang aus dem Wagen, kehrte Newman den Rücken zu und blieb mit verschränkten Armen vor der niedrigen Begrenzungsmauer stehen. Der Engländer seufzte. Sie hatte den Motor natürlich nicht abgestellt. Er drehte den Zündschlüssel um, zog ihn heraus und steckte ihn ein, bevor er ausstieg und sich neben Nancy stellte. Newman beobachtete sie aus den Augenwinkeln.

Wenn sie wütend war, wirkte die 29jährige Ärztin Nancy Kennedy besonders hinreißend. Ihre glatte, sonnengebräunte Haut war rosig angehaucht, und sie warf ihre schulterlange, schwarze Mähne mit einer ruckartigen Kopfbewegung nach hinten. Newman liebte es, den schlanken Nacken unter dieser rabenschwarzen Pracht zu streicheln – aber in diesem Augenblick hütete er sich, es auch nur zu versuchen.

Frau Dr. Kennedy war mit 1,73 Meter zehn Zentimeter kleiner als Newman, hatte sehenswerte Beine und verdankte ihrer

Sportlichkeit eine Figur, die alle Männeraugen auf sich zog, wenn die beiden ein Restaurant betraten. Jetzt warf sie aufgebracht den Kopf in den Nacken und ließ dabei ein klassisch schönes Profil mit gerader Nase, hohen Backenknochen und willensstarkem Kinn erkennen.

Sie überraschte Newman immer wieder aufs Neue. Er hatte sie im weißen Ärztemantel gesehen, bei der Ausübung ihres Berufs, ungemein kompetent und selbstbeherrscht – im Privatleben jedoch zeigte Nancy das Temperament einer Dämonin. Er hatte manchmal den Verdacht, daß gerade dieser Gegensatz ihn an ihr reizte – ganz abgesehen von ihren körperlichen Vorzügen.

«Was schlägt der berühmte Auslandkorrespondent vor?» erkundigte sie sich sarkastisch.

«Daß wir nach Tatsachen – Beweisen – Ausschau halten, anstatt ins Blaue loszurasen...» Newman betrachtete die Aussicht, die vor ihnen lag, und korrigierte sich: «Ins Schmutziggraue, meine ich.»

Jenseits der niedrigen Mauer fiel die Straße in noch steileren Serpentinen und Kehren ab. Dahinter ragte ein wahres Höllengebirge auf: eine Ansammlung gigantischer Lavakegel ohne die geringsten Anzeichen einer Vegetation.

«Wir wollten uns doch einen wunderschönen Tag im Wüstenmuseum gönnen», schmollte sie. «Dort gibt's einen unterirdischen Biberbau. Man kann eine Treppe runtergehen und die Biber in ihrem Bau beobachten...»

«Und du würdest die ganze Zeit nur sorgenvoll an Jesse Kennedy denken und bloß von ihm reden!»

«Er hat mir Vater und Mutter ersetzt, nachdem meine Eltern tödlich verunglückten. Mir gefällt's nicht, wie Linda ihn heimlich in die Schweiz hat bringen lassen, während ich im Londoner St. Thomas Hospital gearbeitet habe. An der ganzen Sache ist irgendwas faul...»

«Linda ist mir nicht sonderlich sympathisch», stellte Newman fest.

«Aber ihre Beine gefallen dir, was? Du starrst sie jedenfalls dauernd an.»

«Ich verstehe was von schönen Beinen. Deine sind fast genauso schön.»

Nancy stieß ihm ihren Ellbogen in die Rippen, drehte sich um und setzte sich auf die Mauer. Ihr Gesichtsausdruck wurde wieder ernst. «Bob, ich mache mir wirklich Sorgen. Linda hätte mich anrufen können, als bei Großvater Leukämie diagnostiziert wurde. Sie hatte ja meine Londoner Telefonnummer. Diese Sache gefällt mir ganz und gar nicht. Auch wenn sie meine ältere Schwester ist, hat sie noch längst nicht das Recht, solche Entscheidungen allein zu treffen. Und Harvey, ihr Mann...»

«Harvey kann ich auch nicht leiden», warf Newman ein. Er ließ eine unangezündete Zigarette von einem Mundwinkel zum anderen wandern. «Ist dir klar, daß es nur eine Möglichkeit gibt, dieser Sache auf den Grund zu gehen? Ich glaube zwar keine Sekunde lang, daß irgendwas Unrechtes passiert ist – aber ich weiß auch, daß du keine Ruhe findest, bis ich dich davon überzeugt habe...»

«Gut, dann gib dir Mühe, mich zu überzeugen, Mr. Starreporter, der fließend fünf Sprachen spricht.»

«Wir gehen systematisch vor, als müßte ich eine sensationelle Story recherchieren. Du bist Ärztin und eine nahe Verwandte des Mannes, dem unsere Nachforschungen gelten – solange du bei mir bist, müssen also die richtigen Leute mit mir reden. Der Hausarzt steht natürlich auf meiner Liste, aber zuerst interviewen wir den Facharzt, der die Blutuntersuchungen durchgeführt und Leukämie diagnostiziert hat. Wo finden wir ihn?»

«Der Facharzt war Dr. Buhler im Tucson Medical Center», antwortete Nancy prompt. «Ich habe darauf bestanden, daß Linda mir alle Einzelheiten erzählt – ich sage *bestanden,* weil ich ihr die Wörter wie Würmer aus der Nase ziehen mußte...»

«Das beweist gar nichts», stellte Newman fest. «Sie könnte befürchtet haben, daß du als Ärztin nicht mit den von ihr getroffenen Maßnahmen einverstanden sein würdest. Vielleicht hat ihr auch nicht gepaßt, daß du sie so ausgefragt hast.»

«Zäumen wir das Pferd da nicht vom Schwanz auf, Bob?» wandte Nancy ein. «Willst du nicht erst mit Linda, dann mit unserem Hausarzt und zuletzt mit dem Facharzt im Tucson Medical Center sprechen?»

«Nein, das wollen wir absichtlich nicht. Auf diese Weise bekommen wir zuallererst eine klare Zeugenaussage, mit der wir die Aussagen der anderen vergleichen können. Nur so lassen sich Diskrepanzen aufdecken. Ich glaube nach wie vor, daß unsere Nachforschungen unnötig und umsonst sind, aber...» Newman breitete die Hände aus. «Ich will nur, daß du dich beruhigen kannst, damit diese Sache nicht ständig zwischen uns steht.»

«Ich verstehe einfach nicht, warum Linda mich nicht in London angerufen hat...»

«Ja, ich weiß. Ich schlage vor, daß wir gleich etwas unternehmen. Genauer gesagt: Wir müssen uns beeilen, damit wir ins Medical Center kommen, bevor Buhler zum Mittagessen geht. Aber *ich* fahre, verstanden? Komm, steig ein!»

«Haben Sie das denn nicht gewußt, Nancy? Nein, natürlich nicht – Sie sind ja in London gewesen, als Buhler ums Leben kam.»

Sie befanden sich im Tucson Medical Center und sprachen mit einem schlanken Fünfziger, der zu langen Tennishosen ein kanariengelbes Sweatshirt trug. Dr. Rosen hatte sie in sein Arbeitszimmer gebeten, und während sie eine Tasse Kaffee tranken, ließ Newman ihn nicht aus den Augen. Rosen war zuvorkommend, wirkte verantwortungsvoll und war offensichtlich bereit, Nancy zu helfen, wo immer er konnte.

«Wie ist er ums Leben gekommen?» erkundigte Newman sich beiläufig.

«Na ja, das ist vielleicht nicht ganz der richtige Ausdruck...»

«Sie haben ihn aber gebraucht», stellte Newman fest. «Können

Sie uns die näheren Umstände schildern? Nancy wäre Ihnen sicherlich dankbar.»

Dr. Rosen zögerte. Er strich sich mit der Rechten über sein schütter werdendes Haar, als suche er nach den richtigen Worten. Newman starrte mit gerunzelter Stirn Nancy an, die offenbar etwas sagen wollte. Sie begriff und schwieg.

«Ein *sehr* tragischer Fall, Mr. Newman. Er ist mit seinem neuen Mercedes auf der Straße zum Gates-Paß von der Straße abgekommen. Er war bereits tot, als er hier eingeliefert wurde.»

«Er muß recht gut verdient haben, wenn er sich einen Mercedes leisten konnte», meinte Newman.

«Buhler hat mir erzählt, er habe bei einem Abstecher nach Las Vegas eine regelrechte Glückssträhne gehabt. Das war eigentlich typisch für ihn, Mr. Newman. Wo andere weitergespielt und alles wieder verloren hätten, hat er genau gewußt, wann er aufhören mußte.»

«Sie haben vorhin ‹sehr tragisch› gesagt und dabei das erste Wort betont. Hat er eine Familie hinterlassen?»

Rosen drehte sich zusammen mit seinem Sessel um, warf einen Blick aus dem Fenster und wandte sich dann wieder dem Engländer zu, der den Eindruck gewann, seinem Gegenüber sei dieses Thema unangenehm. Der Arzt verschränkte seine Hände hinter dem Kopf, beugte sich leicht nach vorn und starrte seine beiden Besucher an.

«Buhler ist bei hoher Geschwindigkeit von der Straße abgekommen, weil er betrunken gewesen ist. Das ist für uns ein Schock gewesen, weil wir nie geahnt haben, daß er Alkoholiker war...»

«Nicht jeder, der nach einem Glas zuviel einen Verkehrsunfall hat, ist deshalb gleich ein Trinker», bemerkte Newman. «Wollen Sie uns nicht die ganze Geschichte erzählen, Doktor?»

«Buhler hatte keine Familie; er war unverheiratet, ist völlig in seinem Beruf aufgegangen. Wir haben auch keine Verwandten aufspüren können. Als die Polizei in seiner Wohnung war, hat sie ganze Schränke mit leeren Whiskyflaschen gefunden. Das war ein Beweis dafür, daß Buhler heimlich getrunken hat.

Deshalb habe ich von einem *sehr* tragischen Fall gesprochen.»

«Und *er* ist der Facharzt gewesen, der die Blutprobe meines Großvaters untersucht und Leukämie diagnostiziert hat?» warf Nancy ein.

«Ganz recht. Der junge Dr. Chase hat die Blutproben selbst abgeliefert, damit Buhler sie untersuchen konnte. Bedauerlicherweise gab's am Ergebnis nichts zu rütteln -- falls Sie darauf hinauswollen, Nancy?»

«Mich wundert etwas ganz anderes: Warum dieser Dr. Chase? Unser Hausarzt ist seit vielen Jahren Dr. Bellman...»

«Was wir hier besprechen, muß unter uns bleiben, Nancy. Manches erzähle ich Ihnen nur, weil wir alte Bekannte sind – und damit Sie sich wegen Jesses Einweisung in diese Schweizer Klinik keine Sorgen mehr machen. Mrs. Wayne hat den Hausarzt gewechselt – sie hat Bellman anscheinend nie leiden können. Sie hat gesagt, sie wolle einen jüngeren Arzt.»

«Linda hat diesen Dr. Chase hinzugezogen!» Nancy war sichtlich verblüfft. «Ein völlig neuer – und junger – Arzt hat ihr empfohlen, Jesse nach Europa abzuschieben?»

«Na ja...» Rosen zögerte erneut und schaute zu Newman hinüber, der seinen Blick ausdruckslos erwiderte. «Frank Chase ist ein richtiger Senkrechtstarter – ein sehr beliebter Arzt. Ich nehme an, daß er schon bald viele reiche Patienten haben wird. Er versteht es, mit ... Leuten umzugehen.»

«Sprechen wir lieber von den Unterlagen», fuhr Nancy fort. «Die Ergebnisse der von Buhler durchgeführten Blutuntersuchung liegen doch gewiß hier vor und sind nachprüfbar?»

«Sie sind leider vernichtet worden...»

«Was?» Nancy fuhr auf. «Wie können sie vernichtet worden sein? Das ist...»

«Lassen Sie mich ausreden. Bitte!» Rosen hob beschwichtigend die Hand. «Sie dürfen mich nicht mißverstehen, Nancy. Buhler ist ein Exzentriker gewesen. Wie ich Ihnen bereits erzählt habe, hat er nur für seine Arbeit gelebt. Er hatte die Angewohnheit, seine Unterlagen mit nach Hause zu nehmen, um sie jederzeit bei der Hand zu haben. Sie sind in seinem Wagen gewesen, als er von der Straße abgekommen ist. Buhler ist aus dem Mercedes geschleudert worden, der anschließend Feuer gefangen hat. Dadurch sind natürlich auch sämtliche Unterlagen vernichtet worden.»

«Wie jung ist dieser Dr. Chase?» erkundigte Newman sich.

«Zweiunddreißig. Er hat bis zur Spitze der Pyramide noch einen langen Weg vor sich, falls Sie darauf hinauswollen. Aber er kommt rasch vorwärts.»

«Sagen Sie uns noch, wo er wohnt, Doktor?» fragte Newman weiter.

«Klar – draußen an der Sabino Canyon Road.»

«Eine erstklassige Adresse», stellte Nancy fest. «Lauter Mitglieder des Skyline Country Club. Wenn er weit genug draußen wohnt, ist Linda praktisch seine Nachbarin.»

Rosen zog schweigend einen Schreibblock heran und notierte Dr. Frank Chases Adresse in einer – jedenfalls für einen Arzt – erstaunlich lesbaren Schrift. Newman, der ihn dabei beobachtete, wurde nicht recht aus Rosens Verhalten schlau: Der Arzt hatte ihm mehrmals prüfende Blicke zugeworfen, als versuche er, sich über etwas klar zu werden. Das beunruhigte den Engländer. Rosen riß das Blatt ab, faltete es zusammen und gab es Newman – was Nancy mit hochgezogenen Augenbrauen zur Kenntnis nahm.

Ihr Kollege erhob sich, trat hinter seinem Schreibtisch hervor und begleitete sie zur Tür, die er für Nancy öffnete. Sein Händedruck war angenehm kräftig.

«Ich sehe wirklich keinen Grund zur Sorge», versicherte er Nancy. «Die Schweizer Kliniken haben Weltruf...»

Rosen wartete, bis Newman die Hälfte der Strecke bis zum Ausgang zurückgelegt hatte, bevor er ihn zurückrief. Newman erklärte Nancy, er komme sofort nach, und bat sie, im Auto auf ihn zu warten. Der Arzt schloß die Tür hinter ihm und drückte ihm seine Visitenkarte in die Hand.

«Hier haben sie meine beiden Telefonnummern – die dienstliche und die private. Könnten wir uns heute abend treffen? Unter vier Augen für eine halbe Stunde bei einem Drink? Kennen Sie den Tack Room?»

«Ich bin einmal mit Nancy dort gewesen.» Newman steckte die Visitenkarte in seine Geldbörse. «Sehr nettes Lokal...»

«*Mobil* hat ihm fünf Sterne gegeben. Sieben Uhr? Ausgezeichnet. Vielleicht wär's am besten, wenn Sie Nancy nichts davon erzählen. Einige Wochen, bevor Jesse aus Tucson abgeschoben worden ist, hat ein bekannter Schweizer Arzt auf einer Amerikarundreise hier Station gemacht. Linda, Nancys Schwester, hat sich einen seiner Vorträge angehört.»

«Sehen Sie darin etwas Bedeutsames?»

«Er ist zufällig der Chefarzt der Klinik Bern...»

2

«Verdammt noch mal, wo hast du gesteckt, Nancy?» fragte Newman irritiert. «Ich brate seit genau dreiundvierzig Minuten in deinem Jaguar. Aber so rieche ich jetzt wenigstens nicht mehr nach Krankenhaus...»

«Und wie lange hast du mit Rosen gesprochen?» fragte sie scharf. «Ich hätte vielleicht auch dreiundvierzig Minuten auf dich warten müssen.»

«Drei Minuten!» knurrte Newman.

«Woher hätte ich das wissen sollen? Ich bin in einer anderen Abteilung gewesen, um eine alte Freundin zu besuchen, und sie hatte viel zu erzählen gehabt. Ich bin ein Jahr lang fortgewesen am St. Thomas Hospital, falls du's vergessen hast. Und warum sitzt du schon wieder am Steuer?»

«Weil *ich* fahre. Du fährst mir heute zu rasant.»

Er steckte den Zündschlüssel ins Schloß und ließ den Motor an. Nancy murmelte etwas wenig Damenhaftes, ließ sich auf den Beifahrersitz fallen, wobei ihr klassischer Plisseerock viel Bein zu erkennen gab, und knallte die Tür zu. Newman ließ den Wagen langsam über den Parkplatz am Medical Center gleiten.

«Welcher Geruch stört dich eigentlich an Krankenhäusern?» wollte Nancy plötzlich wissen.

«Diese gräßlichen Desinfektionsmittel...»

«Du haßt alles, was mit Medizin zusammenhängt, stimmt's? Ich weiß gar nicht, was du an mir gefunden hast, als wir uns damals in dem Lokal in der Walton Street kennengelernt haben. Bei Berwick's, nicht wahr?»

«Mein liebstes Londoner Restaurant. Und ich hab' deine schönen Beine gesehen. Du zeigst sie oft genug...»

«Du unverschämter Kerl!» Sie boxte ihm spielerisch gegen die Schulter. «Was wollte Rosen dir erzählen, das nicht für meine zarten Ohren geeignet war?»

«Da ich kein Arzt und noch dazu Ausländer bin, wollte er nur nochmals betonen, daß unser Gespräch streng vertraulich gewesen sei. Rosen ist eben vorsichtig und sehr auf Schweigepflicht, Berufsethos und so weiter bedacht.» Newman machte eine kurze Pause. «Erklärst du mir nun, wie ich zu Dr. Frank Chases Landhaus komme?»

Nancy, die den Zettel mit Chases Adresse in der Hand hielt, starrte angelegentlich nach vorn und sagte nur das unbedingt Notwendige. Die Sabino Canyon Road beginnt in bebautem Gelände am Nordostrand von Tucson und führt in Richtung Catalina Mountains. Sie beginnt in einem Viertel für Wohlhabende und endet in einer Oase für Multimillionäre.

Newman fiel auf, daß die Häuser immer größer und die Anlagen immer parkähnlicher wurden. Auch hier flimmerten die Berge in der aufsteigenden Hitze. Aber im Gegensatz zu den kahlen, unwirtlichen Tucson Mountains prangten die Catalinas wie der Skyline Country Club in einladend üppigem Grün. Newman beschleunigte, als sie bei den Waynes vorbeikamen –

18

nur für den Fall, daß Linda zufällig aus dem Fenster sah und sie hätte erkennen können. Nancy warf ihm einen leicht amüsierten Blick zu.

«Na, du entwickelst dich wohl selbst zum Rennfahrer?»

«Linda soll nur keine Gelegenheit haben, Chase anzurufen und ihn vor unserem Kommen zu warnen.»

«Robert, du denkst einfach an alles!» stichelte sie.

Sie nannte ihn immer Robert, wenn sie verärgert war oder ihn ärgern wollte: sie wußte, daß Newman seinen Vornamen nicht leiden konnte. Er parierte den Angriff, indem er grinste und schwieg. Der Jaguar kletterte weiter. Hinter ihnen, in der durch drei Gebirgszüge gebildeten riesigen Senke, breitete sich Tucson aus.

«Langsamer, Bob!» mahnte die schwarzhaarige Frau. «Wir sind gleich da. Dort vorn links muß Chase wohnen...»

Ein rustikaler Bretterzaun umschloß das Grundstück mit einem großen, einstöckigen, L-förmigen Steinhaus, das mit grün glasierten Tonziegeln eingedeckt war. Newman fuhr durchs offene Tor und folgte der Einfahrt, die sich wenig später teilte – ein Arm führte zum Eingang, der andere zur angebauten Doppelgarage. Unter den Rädern knirschte der Kies, als der Jaguar ausrollte.

Der «Garten» vor dem Haus bestand aus einer weiten Kiesfläche, aus der häßliche Saguaro-Kakteen wuchsen. Die baumförmigen Kakteen hatten einen Hauptstamm, aus dem dornige Zweige zum Himmel aufragten, als wollten sie versuchen, ihn zu sich herabzuziehen. Ein Mann, der an der Doppelgarage stand, drückte auf einen Knopf, und Newman, der inzwischen den Motor abgestellt hatte, hörte ein Surren, als das breite Garagentor sich langsam schloß. Er beobachtete im Außenspiegel, wie der Mann mißtrauisch näherkam.

Zweiunddreißig hatte Rosen gesagt. Der Mann trug enge Jeans und ein großkariertes Sporthemd mit kurzen Ärmeln. Sein Gesicht war knochig und unter der dichten braunen Mähne sonnengebräunt. Obwohl Newman ihn bisher nur im Spiegel gesehen hatte, war er ihm auf den ersten Blick unsympathisch. Er hob den Kopf, als der Mann eine schmale, langfingrige Hand auf das heruntergekurbelte Fenster legte. Manikürte Fingernägel und teures Rasierwasser *en masse.*

«Dr. Frank Chase?»

«Ja.»

Dieses eine Wort hing wie eine Herausforderung in der sonnendurchglühten Luft, und die herabblickenden braunen Augen maßen Newman, als läge er bereits auf dem Operationstisch. Newman lächelte freundlich und sagte etwas, das seiner Einschätzung nach Chase aus dem Gleichgewicht bringen würde. «Nancy, das ist also Dr. Chase.» Er nickte dem Mann zu. «Darf ich Sie mit Dr. Nancy Kennedy bekannt machen? Linda Waynes Schwester. Jesse Kennedys Enkelin. Sie stellt Ermittlungen darüber an, warum ihr Großvater neuntausend Kilometer weit fortgeschafft worden ist, ohne daß sie dazu befragt worden wäre. Sehr hübsch haben Sie's hier draußen, Dr. Chase.»

«Miss Kennedy, es steht leider völlig außer Zweifel, daß Ihr Großvater an Leukämie gelitten hat...» Dr. Chase legte eine schmale, knochige Hand auf die Lehne des Liegestuhls, am Rand des ovalen Swimming-pools hinter dem Haus, in dem Nancy lag. Sein Lächeln sollte mitfühlend wirken, aber Newman merkte, daß die braunen Augen kalt blieben und ihre Reaktion beobachteten. «Wie Sie wissen», fuhr Chase fort, «ist er von dem besten Facharzt weit und breit untersucht worden. Dr. Buhler...»

«Der praktischerweise tödlich verunglückt ist», unterbrach Nancy ihn eisig. «Noch praktischer war's natürlich, daß er die Untersuchungsergebnisse bei sich hatte, so daß sie mit seinem Wagen verbrannt sind. Dabei waren sie der einzige Beweis dafür, daß mein Großvater auch wirklich an dieser Krankheit leidet.»

«Praktischerweise?» Dr. Chases Lächeln wirkte gequält. «Tut mir leid, ich verstehe nicht, was Sie damit meinen.» Er beugte

sich nach vorn und griff nach Nancys Hand. Aha, der Modearzt am Krankenbett! dachte Newman, während er sich in seinem Liegestuhl ausstreckte und von seinem Bourbon nippte. «Ich begreife, daß Ihnen das alles ziemlich zugesetzt haben muß, Frau Dr. Kennedy», sagte Chase ein wenig förmlicher. «Sie hatten Ihren Großvater gern ...»

«Ich *habe* meinen Großvater gern!»

Sie entzog ihm ruckartig die Hand und trank einen großen Schluck aus ihrem Glas. Newman erhob sich und bewegte die Schultern, als seien sie vom Sitzen steif. Er grinste, als Chase ruckartig den Kopf hob und ihm einen scharfen Blick zuwarf. «Haben Sie was dagegen, wenn ich mir ein bißchen die Beine vertrete und mir Ihr Haus ansehe?» fragte der Engländer. «Dann können Nancy und Sie diese Sache in aller Ruhe besprechen.»

«Ja, das wäre keine schlechte Idee», stimmte Chase erleichtert zu. «Bitte, sehen Sie sich nur um ...»

Der obligate Swimming-pool und die Terrassenplatten unter dem Sonnensegel waren aus Marmor. Die Gartenfront des L-förmigen Hauses war rauh verputzt und in einem dunklen Schlammgrün gestrichen. Riesige Panoramafenster gaben eine prachtvolle Aussicht auf Tucson frei. Eine wandhohe Schiebetür aus Dreischeiben-Isolierglas stand halb offen. Als Newman daran vorbeikam, warf er einen Blick ins Wohnzimmer.

Die größte Stereoanlage, die er je gesehen hatte, nahm die Rückwand des Wohnzimmers ein. Auch die übrige Einrichtung stank geradezu nach Geld. Er drehte sich noch einmal kurz um, bevor er auf dem Weg zur Garage um die Hausecke bog. Chase, der ihm den Rücken zukehrte, sprach offenbar ernsthaft auf Nancy ein, die ihm mit ausdrucksloser Miene zuhörte.

Auf jeden Fall war es interessant, daß Chase bei ihrer Ankunft als erstes das elektrisch betätigte Tor seiner Doppelgarage geschlossen hatte. Vielleicht hatte er Nancy erkannt – bei den Waynes standen genügend Photos der beiden Schwestern herum. Newman klebte das Hemd am Rücken, während er durch den knirschenden Kies schlurfte, der die Sonnenhitze verstärkt zurückzuwerfen schien.

Newman hielt das Glas in der linken Hand, während er mit der rechten den Deckel des Schalterkastens an der Wand neben dem Tor hochklappte. Ein roter und ein grüner Knopf. Er drückte auf den grünen. Ein leises Surren ertönte, als das Garagentor elektrisch gehoben wurde. Newman starrte die beiden Wagen an. Ein roter Ferrari. Ein roter Maserati. Knallrot. Ladenneu. Ein kleines Vermögen auf acht Rädern.

«Sie interessieren sich für Autos, Mr. Newman?»

«Ich bin ein Autonarr, Chase» antwortete der Engländer gelassen. «Genau wie Sie.»

Chase mußte ihm katzengleich nachgeschlichen sein. Selbst Turnschuhe hätten auf dem Kies eigentlich hie und da knirschen müssen. Sein Lächeln war verschwunden, als er Newman anstarrte. Chase mußte sich nachgeschenkt haben: Er hielt ein volles Bourbonglas in der rechten Hand, kippte das Glas mit einem Zug zur Hälfte herunter und fuhr sich mit dem Handrücken über die Lippen.

«Schleichen Sie immer bei anderen Leuten rum und stecken Ihre Nase in Dinge, die Sie nichts angehen? Da kommt wohl der Auslandkorrespondent in Ihnen zum Durchbruch, was? Ich dachte übrigens, Sie seien mit Nancy verlobt – aber mir ist an ihrer linken Hand kein Verlobungsring aufgefallen...»

Newman grinste freundlich und machte eine wegwerfende Handbewegung. Aber Chase reagierte nicht darauf. Er wartete, spöttisch lächelnd und leicht nach vorn gebeugt, ab. Newman steckte sich eine Zigarette zwischen die Lippen, bevor er antwortete.

«Alles der Reihe nach, okay? Haben Sie etwas zu verbergen, weil Sie sich gleich zwei neue Luxussportwagen leisten können?»

«Hören Sie, der Tonfall gefällt mir nicht!»

«Mir gefällt Ihre ganze Art nicht, aber was macht das schon, solange es genügend reiche Patientinnen gibt, von denen Sie angehimmelt werden? Was Nancy betrifft, so sind wir auf Probe verlobt...»

«Mir wär's lieber, wenn Sie diese Zigarette nicht anzünden würden, Newman. Sie sollten sich mal die Statistiken über die Gefährdung von Rauchern ansehen!»

«Haben Sie Angst, daß ich Ihnen hier draußen die Luft verpeste?» Newman zündete sich die Zigarette an. «Ist Ihnen bekannt, daß in England viele Ärzte das Rauchen aufgegeben haben und zu Vorkämpfern der Nichtraucherbewegung geworden sind? Wissen Sie dagegen auch, daß die Zahl der Alkoholiker in der englischen Ärzteschaft ständig wächst?» Er warf einen Blick auf Chases leeres Glas. «*Sie* sollten sich die Statistiken einmal ansehen.»

«Von Ehen auf Probe hört man gelegentlich...» Chases Grinsen wurde noch spöttischer. «Aber eine Verlobung auf Probe ist mir neu!»

«Schön, dann haben Sie eben dazugelernt. Hallo, Nancy. Ich bin dafür, daß wir wieder fahren – es sei denn, du hättest eurem freundlichen Hausarzt noch weitere Fragen zu stellen.»

Nancy, die mit verkniffenem Gesicht neben Newman saß, wartete, bis sie die Sabino Canyon Road erreicht hatten, bevor sie sprach. Aber zuerst nahm sie ihm die Zigarette aus dem Mund, zog zwei-, dreimal daran und gab sie zurück. Da war ihm klar, daß sie vor Wut kochte.

«Dieser gönnerhafte Schweinehund! Weiß der Teufel, was Linda an dem findet! Bellman, unser früherer Hausarzt, ist *wirklich* nett...»

«Ich hab' eigentlich gar nichts gegen Frank Chase», bemerkte Newman von oben herab, während er eine Kurve nahm. «Er ist eine Hyäne, die Beute macht, wo sie nur kann: Er hält bei reichen alten Damen Händchen, während sie ihm von ihren eingebildeten Krankheiten erzählen. Aber deswegen braucht er noch lange kein Verbrecher zu sein. Fahren wir jetzt zu deiner Schwester? Ich möchte lieber bei ihr zu Hause mit ihr reden als wieder im Smuggler's Inn. Im eigenen Haus geben die Menschen sich so, wie sie sind. Als sie damals mit Harvey und uns ausgegangen ist, hat sie geschauspielert. Wahrscheinlich fühlt sie sich verpflichtet, etwas für ihr Image zu tun.»

«Ist dir aufgefallen, was Chase *nicht* vorgeschlagen hat, als wir draußen am Swimming-pool gesessen haben – was er unbedingt hätte vorschlagen müssen, wenn es ihm darum gegangen wäre, mich in bezug auf Jesse zu beruhigen?»

«Tut mir leid, das weiß ich nicht, weil ich nicht die ganze Zeit bei euch gewesen bin.»

«Er hat mir nicht vorgeschlagen, Jesse in der Klinik Bern zu besuchen.» Nancy machte eine Pause. «Ja, ich finde, daß du mit Linda reden solltest. Ich lasse euch zwei am besten allein... Aber paß auf, daß sie dich nicht verführt!»

«Die Sache hat damit angefangen, daß Jesse – so haben wir ihn alle genannt – vom Pferd gestürzt ist, Bob...» Große dunkle Augen mit unglaublich langen Wimpern starrten Newman fragend an. «Ihnen ist's doch lieber, wenn ich Bob zu Ihnen sage, stimmt's? Nancy nennt Sie Robert, wenn sie Sie ärgern will. Meine kleine Schwester kennt tausend kleine Tricks dieser Art. Schmeckt Ihnen der Tee? Hab' ich ihn richtig zubereitet?»

Linda Wayne saß neben Newman auf der Ledercouch. Sie trug einen hochgeschlossenen Kaschmirpullover, der ihre üppige Figur betonte. Als sie den Engländer ins Wohnzimmer geführt hatte, hatte ihre rechte Brust seinen Oberarm kurz gestreift. Newman hatte straffes Körpergewebe unter dem Kaschmirpullover gespürt, der für draußen viel zu heiß gewesen wäre, aber im Innern des vollklimatisierten Hauses bestimmt angenehm zu tragen war.

Ihr schulterlanges, dichtes Haar war rabenschwarz wie Nancys auch. Kräftige schwarze Augenbrauen ließen ihre Augen noch größer erscheinen. Linda hatte eine rauchige Stimme und war von ihrer Sexualität umgeben wie in einer Parfümwolke. Newman mußte sich zwingen, den Blick von ihren langen Beinen abzuwenden, und überlegte angestrengt, was ihn Linda zuletzt gefragt hatte.

«Ihr Tee», wiederholte sie. «Hat er die richtige Farbe?»

«Wunderbar, ganz wunderbar!»

«Das ist Earl Grey. Ich hab' ihn in San Francisco gekauft. Ich *liebe* Ihre englischen Teesorten. Hier in den Staaten wird jetzt viel Tee getrunken...»

«Aber weniger geritten als früher», ergänzte Newman und zwang sich dazu, einen großen Schluck zu trinken. Er haßte Earl Grey. «Was hatte Jesse also im Sattel zu suchen?»

«Er ist wie in der guten alten Zeit jeden Tag ausgeritten, Bob. Wir haben ihn ins Bett gebracht und den Arzt geholt...»

«Frank Chase?»

«Richtig...» Linda hatte kurz gezögert. Jetzt sprach sie rasch weiter. «Bellman, unser ehemaliger Hausarzt, ist nicht mehr recht auf dem neuesten Stand der modernen Medizin. Ich dachte, ein jüngerer Arzt sei kompetenter. Und es war gut, daß ich diese Entscheidung getroffen habe: Er hat Jesse gründlich untersucht und ihm auch Blutproben abgenommen. Dabei hat sich herausgestellt, daß Jesse an Leukämie erkrankt war. Sie können sich vorstellen, was das für ein Schock gewesen ist!» Linda rückte näher an ihn heran und griff nach seiner freien Hand. Ihr Blick war seelenvoll.

«Ein großer Sprung», stellte Newman fest.

Sie lächelte verständnislos, wachsam. «Tut mir leid, aber ich kann Ihnen da nicht folgen, Bob.»

«Von Tucson nach Bern, aus Arizona in die Schweiz.»

«Ah, jetzt verstehe ich, was Sie meinen!» Sie lehnte sich zurück und schenkte Newman ein warmes Lächeln. «Jesse ist immer ein begeisterter Bergsteiger gewesen. Die Idee mit der Schweiz hat ihm gleich gefallen. Er hat mit Frank... mit Dr. Chase darüber gesprochen. Der Arzt hat lediglich einem ausdrücklichen Wunsch meines Großvaters entsprochen, weil ihm vor allem das Wohl des Patienten am Herzen gelegen hat...»

«Wie bitte? Nein, nein, schon gut. Danke, keinen Tee mehr.»

Der Arzt hat lediglich einem ausdrücklichen Wunsch meines Großvaters entsprochen, weil ihm vor allem das Wohl des Patienten am Herzen gelegen hat...

Newman war dieser falsche Zungenschlag sofort aufgefallen. Das war ganz und gar nicht Linda Waynes Ausdrucksweise – aber Dr. Chase hätte sich so ausgedrückt. Es war genauso gekommen, wie er es erwartet hatte: Während Nancy und er die Sabino Canyon Road zu Linda gefahren waren, hatte die Hyäne bei ihr angerufen, um sie vor dem bevorstehenden Besuch zu warnen und ihr Instruktionen zu geben.

Sie drückte sanft seine Hand, um ihn wieder auf sich zu konzentrieren, und sprach in ihrem weichen, beruhigenden Tonfall weiter. «Bob, ich möchte, daß Sie alles tun, damit meine kleine Schwester aufhört, sich unnötig Sorgen zu machen. Jesse ist nicht damit geholfen, wenn sie sich hier...»

«Deine kleine Schwester könnte beispielsweise nach Bern fliegen, um rauszukriegen, was wirklich gespielt wird!» Nancy stand plötzlich in der Wohnzimmertür. Ihr Lächeln war eisig, ihr Tonfall sarkastisch. «Und wenn du mit Bobs Hand fertig bist, könntest du sie ihm zurückgeben – er hat nämlich nur zwei...»

«Nancy, es gibt nicht die geringsten Verdachtsmomente!» sagte Newman nachdrücklich. «Als erfahrener Journalist bin ich hinter *Tatsachen* her, wenn ich wegen einer Story recherchiere – ich suche *Beweise!* Aber in diesem Fall gibt's einfach nichts, worauf sich dein Verdacht stützen könnte.»

Sie saßen um 14.30 Uhr bei einem verspäteten Mittagessen im Smuggler's Inn, wo Newman auch wohnte, weil er so unabhängig war und sich Linda Wayne vom Leib halten konnte. Nancy knallte ihre Gabel neben den Teller; ihr Steak war nur zur Hälfte gegessen.

«Tatsache Nummer eins: Niemand ist auf die Idee gekommen, einen weiteren Arzt hinzuzuziehen...»

«Buhler, der die Blutprobe untersucht hat, ist nach Rosens Aussage eine echte Koryphäe gewesen. Und Rosen respektierst du, stimmt's?»

«Allerdings! Also, lassen wir das vorläufig. Tatsache Nummer zwei: Ich habe Jesse nie sagen hören, er möchte gern in der Schweiz leben. Eine *Reise* in die Schweiz – jederzeit! Aber er ist nach allen seinen Reisen verdammt froh gewesen, wenn er wieder zu Hause war.»

«Schwerkranke entwickeln häufig Träume, um der Realität zu entfliehen», wandte Newman ein.

«Tatsache Nummer drei!» Nancy ließ sich nicht beirren. «Genau in dem Augenblick, in dem Jesse krank wird, weil er vom Pferd gefallen ist, läßt Linda einen völlig neuen Arzt kommen. Tatsache Nummer vier! Buhler, der einzige Mann, der diese Leukämiediagnose bestätigen könnte, ist tot. Und seine Unterlagen sind mit dem Mercedes verbrannt! Folglich basiert jetzt alles auf der Aussage von Dr. Chase, den du selbst als Hyäne bezeichnet hast...»

«Okay, ich kann ihn nicht leiden. Aber deshalb ist er noch lange nicht Dschingis-Khan. Hör zu, ich treffe mich heute abend mit Rosen. Bist du einverstanden, daß wir dieses Thema zu den Akten legen, falls dabei nichts rauskommt? Ich muß mich entscheiden, ob ich das ziemlich lukrative Angebot annehmen will, als RTL-Korrespondent in Amerika zu arbeiten. Mit dieser Entscheidung kann ich mir nicht endlos Zeit lassen...»

«Willst du den Job?» warf sie ein.

«Nur dann können wir heiraten – es sei denn, du wärst bereit, mit mir in London oder einer der anderen europäischen Hauptstädte zu leben.»

«Ich habe viele Jahre lang darauf hingearbeitet, eines Tages als Ärztin praktizieren zu können, und möchte in Amerika leben. In jedem anderen Land käme ich mir einsam und verlassen vor. Und ich habe vor, nach Bern zu fliegen, Bob. Die Frage ist nur: Kommst du mit? Vielleicht ergibt sich daraus eine sensationelle Story...»

«Hör zu, Nancy, ich berichte über Wirtschaft und Politik, vielleicht mal ein bißchen über Spionage. Wie soll ich ausgerechnet in Bern Stoff für eine große Story finden?»

«Du kennst die Stadt. Du hast dort schon gearbeitet. Du be-

herrscht alle Sprachen – Deutsch, Französisch, Italienisch und
dazu noch Spanisch. Du hast mir erzählt, daß du dort Freunde
hast. Kurz und gut: Bist du bereit, mir zu helfen?»

«Das entscheidet sich, nachdem ich mit Rosen gesprochen
habe.»

«Bob, was legt eine Frau als erstes ab? Ihre Ohrringe, nicht
wahr?» Sie lächelte verheißungsvoll, während sie ihre großen
goldenen Zigeunerohrringe abnahm. «Komm, wir gehen auf
dein Zimmer!»

«Ich hab' mein Steak noch nicht aufgegessen.» Er schob den
Teller weg und grinste. «Es ist mir sowieso zu blutig. Ich hab'
keinen Appetit mehr.»

«Steaks gibt's überall. Aber was ich dir biete, ist einmalig...»

3

New York, Kennedy International Airport. 10. Februar 1984. 0 °C. Der
schlanken, attraktiven Swissair-Stewardeß in der taubenblauen
Uniform fiel der Passagier, der an Bord von Flug SR 111 nach
Genf und Zürich kam, sofort auf. Sie begleitete den großen und
stämmigen Mann zu seinem reservierten Fensterplatz in der
Ersten Klasse und versuchte, ihm beim Ausziehen seiner zotti-
gen Lammfelljacke behilflich zu sein.

«Danke, ich komme selbst zurecht!»

Seine Stimme war heiser, sein Ton fast unhöflich. Der Passagier
überließ ihr die Jacke, nahm Platz und legte den Gurt an. Er
steckte sich eine Zigarette zwischen die vollen Lippen und
starrte aus dem Fenster. Die Maschine sollte um 18.55 Uhr
starten.

Die Stewardeß beobachtete ihn unauffällig, während sie seine Jacke sorgfältig auf einen Kleiderbügel hängte. Sie schätzte ihn auf Anfang Fünfzig. Sein volles, weißes Haar stand in krassem Gegensatz zu den dichten, schwarzen Augenbrauen und seinem kantigen Gesicht, das der durch die Häuserschluchten New Yorks pfeifende kalte Wind gerötet hatte. Seine linke Hand, eine wahre Pranke, ruhte auf einem Aktenkoffer, den er auf den Sitz neben sich gelegt hatte. Die Stewardeß zog ihre knappsitzende Jacke glatt, bevor sie zu ihm zurückging.

«Tut mir leid, Sir, aber Sie dürfen erst rauchen, wenn...»

«Ich hab' das verdammte Ding doch gar nicht angezündet! Keine Angst, ich kenne die Bestimmungen. Hier herrscht Rauchverbot, solange das Schild dort vorn leuchtet.»

«Entschuldigung, Sir!»

Sie entfernte sich verlegen und tat geistesabwesend ihre Arbeit, während die Boeing 747 startete und über den Atlantik flog. Je länger sie über den amerikanischen Passagier nachdachte, desto klarer wurde ihr, daß ihr vor allem seine Augen unheimlich waren. Ihr kaltes Blau erinnerte sie an das außergewöhnliche Blau von Bergseen.

«Na, du denkst wohl an deinen Freund?» erkundigte sich eine ihrer Kolleginnen, während sie die bestellten Drinks vorbereiteten.

«Nein, an den Passagier in Sitz fünf. Er fasziniert mich. Hast du seine Augen gesehen? Ein eisiges Blau...»

Der Weißhaarige trank Schweppes Bitter Lemon und starrte aus dem Fenster in die Nacht hinaus, als jemand den Aktenkoffer hochhob und ihm auf die Knie legte. Er sah sich unwillig nach einem kleinen, drahtigen Mann mit ruhelosen Augen um, der sich in den freien Sitz fallen ließ und unbekümmert zu reden begann – allerdings nur halblaut, um nicht belauscht zu werden.

«Na, das ist doch mein alter Kumpel Lee Foley! Im Auftrag der ‹Firma› nach Zürich unterwegs?»

«Gehen Sie auf Ihren Platz zurück, Ed Schulz.»

«Wir leben in einem freien Land, und dies ist ein freies Flugzeug
– solange man bezahlt hat. Und ich *habe* bezahlt. Sie haben
meine Frage nicht beantwortet, Lee. Der Chefreporter von
Time läßt nicht locker, bis seine Fragen beantwortet sind. Das
sollten Sie inzwischen wissen . . .»

«Und Sie sollten wissen, daß ich nicht mehr bei der CIA bin.
Ich arbeite bei einem der größten internationalen Detektivbü-
ros von New York. Das wissen Sie auch. Ende der Unterhaltung.»

«Ich schlage vor, daß wir dieses Thema noch ein bißchen
vertiefen . . .»

«Ich bin dagegen.» Foley beugte sich über Schulz hinweg zur
Seite. «Stewardeß, haben Sie einen Augenblick Zeit?» Als sie
eilig kam, zog er zwei Flugscheine aus der Brusttasche seines
Hemdes. «Ich habe für diese beiden Sitze bezahlt. Hier sind die
Tickets. Wären Sie so freundlich, mir diesen Mann vom Hals
zu schaffen. Er versucht, mir etwas zu verkaufen.»

Er lehnte sich zurück, steckte die Flugscheine, in denen die
junge Frau geblättert hatte, wieder ein und starrte wieder in die
Nacht hinaus. *Damit ist der Fall erledigt,* schien seine ganze Art
zu besagen. *Weitere Diskussionen überflüssig.*

«Tut mir leid, aber dieser Platz ist besetzt», erklärte die Stewardeß Schulz. «Soll ich Ihnen noch einen Drink bringen, wenn
Sie wieder auf Ihrem Platz sitzen?»

«Bringen Sie mir einen doppelten Whisky.» Schulz, deßen
sonstige Munterkeit einen Knacks bekommen hatte, stand auf
und starrte Foleys Hinterkopf erbittert an. «Wir sehen uns in
Zürich, *Kumpel!*» Er machte kehrt und ging davon.

«Hoffentlich hat er Sie nicht belästigt, Sir», sagte die Stewardeß, die Schulz auf seinen Platz begleitet hatte, jetzt zu ihm.

«Sie haben getan, was ich wollte», antwortete er barsch und
ohne sie anzusehen.

Schulz sank entnervt in seinen Gangsitz und merkte, daß ihm
der Schweiß ausgebrochen war. Dieser eiskalte Schweinehund!
Er tupfte sich die Stirn mit dem Taschentuch ab, rückte seine

Krawatte zurecht und warf einen Blick auf das blonde Wesen neben ihm. Die Blondine schenkte ihm das gleiche freundliche Lächeln wie vorher, als er neben ihr Platz genommen hatte.

Er schätzte sie auf vierzig Jahre. Genau das richtige Alter – Schulz war fünfundvierzig. Ehering. Sobald sie allein auf Reisen waren, waren sie einem Flirt nicht abgeneigt. Er hoffte, daß sie wie er nach Zürich fliegen würde. Er hoffte, daß sie dort in seinem Bett landen würde! Dieser unausgesprochene Scherz gefiel ihm selbst nicht recht. Das lag an der Auseinandersetzung mit Foley. Schulz bedankte sich bei der Stewardeß, die ihm den Whisky servierte, und hing seinen Gedanken nach.

Lee Foley. Berufskiller für die CIA. Natürlich war er nie als Killer bezeichnet worden: Die CIA hatte dafür den Euphemismus «Spezialagent». Nach zuverlässigen Schätzungen sollte Foley an die fünfundzwanzig Menschenleben auf dem Gewissen haben. Angeblich war er aus der CIA ausgeschieden und arbeitete jetzt bei der CIDA, der Continental International Detective Agency. Schulz überlegte, ob er verschlüsselt ihr Zürcher Büro alarmieren sollte, damit bei ihrer Ankunft ein Mann bereitstand, um Foley zu beschatten. Darüber wollte er nachdenken, wenn er sich etwas beruhigt hatte. Er wandte sich an die Blondine.

«Sie fliegen hoffentlich auch nach Zürich? Ich bin Ed Schulz von *Time Magazine*. In Zürich kenne ich ein gemütliches kleines Restaurant, den Veltliner-Keller ...»

Lee Foley hing keinen Erinnerungen nach. Er lehnte die Einladung zum Abendessen dankend ab und bestellte eine weitere Flasche Bitter Lemon. Er trank selten Alkohol – nicht aus Tugendhaftigkeit, sondern weil Alkohol die Gedanken vernebelt und die Reaktionsfähigkeit herabsetzt. Wie viele Menschen, die dem Alkohol zusprachen, um sich aufzuheitern, wußten eigentlich, daß er deprimierend wirkte? Zigaretten und gelegentlich eine Frau waren Foleys einzige Laster. Er ließ sich dann allerdings nur auf Klassefrauen ein, garantiert nicht auf

Damen aus dem Gewerbe. Dieser Gedanke löste einen anderen aus.

«Wenn ich so weit bin, daß ich dafür zahlen muß, geb ich's ganz auf...»

Es war der Ausspruch eines Engländers vor einem Eros-Center auf der Hamburger Reeperbahn. Bob Newman, Auslandkorrespondent. Der Kerl, der erst vor einigen Monaten den Fall Krüger in Deutschland gelöst und sich damit schon wieder neue Lorbeeren verdient hatte. Ed Schulz hätte keine Chance gehabt, diesen klassischen Spionagefall zu knacken. Foley fragte sich, wo Newman wohl an diesem Abend sein mochte – und verdrängte diesen irrelevanten Gedanken gleich wieder.

«Äußerste Konzentration!» lautete eine von Foleys Maximen. «Und *Geduld* – notfalls unendlich lange Geduld –, bis alle Voraussetzungen stimmen...»

Jetzt wartete er mit halbgeschlossenen Augen und scheinbar vor sich hindösend, während die anderen Passagiere ihr Abendessen einnahmen. Die Voraussetzungen stimmten, als der Kaffee serviert wurde. Foley steckte zwei Finger in die Uhrentasche seiner Hose und drückte eine kleine, wasserlösliche Kapsel aus dem Plastikbeutel.

Er erhob sich und ging gemächlich nach vorn, wo neben Schulz, der sich angelegentlich mit seiner Sitznachbarin unterhielt, zwei Stewards mit dem Kaffeewagen beschäftigt waren. Schulz hielt einen Cognacschwenker in der rechten Hand; vor ihm stand eine Tasse mit frisch eingeschenktem Kaffee.

Foley berührte den Ellbogen des Stewards vor ihm mit der linken Hand. Als der junge Mann sich umdrehte, ließ Foley die Kapsel geschickt in Schulz' Tasse fallen, in der sie sich spurlos auflösen würde. Kein Mensch hatte etwas gemerkt. Schließlich hatte er zu Hause oft genug geübt, solche Kapseln mit dem Daumennagel in eine Tasse zu schwipsen. Foley entschuldigte sich halblaut und kehrte an seinen Platz zurück.

Er blickte auf die Armbanduhr. Noch sechs Stunden bis Genf. Sobald Schulz den mit einem starken Barbiturat versetzten

Kaffee getrunken hatte, würde er acht Stunden lang schlafen. Er würde in Zürich aus der Maschine stolpern, ohne sich seine Benommenheit erklären zu können. Schulz würde nicht einmal ein fremdartiger Geschmack aufgefallen sein.

Foley hatte Schulz getäuscht, als er in seiner Gegenwart der Stewardeß zwei Tickets nach Zürich hingehalten hatte. Bei der Abfertigung hatte er dafür gesorgt, daß sein Gepäck Genfer Anhänger bekam. Auf Reisen buchte Foley stets Flüge über sein wahres Ziel hinaus oder er wählte umständliche Routen, auf denen er die Flugzeuge wechselte.

Der Nachtflug hatte ein ihm wohlbekanntes Stadium erreicht. Alle Passagiere schliefen – oder waren schläfrig, weil die gleichmäßigen Vibrationen der starken Triebwerke sie einlullten. Bevor er einige Schriftstücke aus seinem Aktenkoffer nahm, sah er sich um und stellte fest, daß er in dieser Nacht jedenfalls nicht mehr gestört oder belästigt werden würde.

Seitdem er überraschend bei der CIDA angerufen worden war, hatte er kaum noch eine Minute Ruhe gefunden. Vor ihm lag das maschinenschriftliche Protokoll seines langen Telefongesprächs mit Fordham von der amerikanischen Botschaft in Bern. Die Überschrift lautete: *Fall Hannah Stuart, verschieden, Patientin der Klinik Bern in Thun, Schweiz.*

Aus dem Protokoll ging mit keinem Wort hervor, daß Fordham der amerikanische Militärattaché in Bern war. Foley blätterte die Aufzeichnungen durch und las die Schlußbemerkung.

Wir machen uns große Sorgen wegen möglicher internationaler Auswirkungen der Gerüchte über Ereignisse und Zustände in dieser Klinik.

Lee Foley entfaltete eine große Karte der Schweiz und konzentrierte sich auf den Kanton Bern. Sein Zeigefinger folgte der Autobahn von Bern südöstlicher Richtung nach Thun. In Genf oder Bern würde er einen Leihwagen mieten müssen. Dieser Job war bestimmt überhaupt nur zu schaffen, wenn man motorisiert war.

4

Gmünd, Österreich. 10. Februar 1984. – 12 °C. Für Manfred Seidler brach der Tag, Tausende von Kilometern östlich von Tucson oder New York, grauer und unbehaglicher an. Der Renault-Kombi befand sich in der Tschechoslowakei auf der Fahrt zum österreichischen Grenzübergang Gmünd, der inzwischen keine zwei Kilometer entfernt lag. Seidler blickte zum Fahrer hinüber. Mit seinem runzligen, lederartigen Gesicht sah der 60jährige Franz Oswald eher wie 70 aus.

Seidler warf einen Blick auf die Armbanduhr. 6.25 Uhr. Draußen war es noch dunkel, und die kahlen, verschneiten Felder auf beiden Straßenseiten schienen sich ins Unendliche zu erstrekken. Trotz angestellter Heizung war es im Auto kalt, doch Seidler war an Kälte gewöhnt. Sorgen machte ihm eher Oswalds zerschlissenes Nervenkostüm.

«Langsamer!» knurrte er den Alten an. «Wir sind ja gleich da. Du willst doch wohl nicht, daß man meint, wir wollten die Grenze durchbrechen? Das würde sie erst richtig aufwekken...»

«Wir dürfen uns aber auch nicht verspäten», wandte Oswald ein. Er fuhr langsamer und sagte dann etwas, das Seidlers Befürchtungen bestätigte. «Hast du was dagegen, wenn ich kurz halte? Ich könnte einen kleinen Schluck aus meiner Taschenflasche brauchen, damit ich's besser durchstehe.»

«Nein! Du darfst auf keinen Fall eine Schnapsfahne haben. Die kleinste Verzögerung kann dazu führen, daß wir gründlich durchsucht werden. Und überlaß das Reden mir...»

«Was ist, wenn der Wachwechsel vorverlegt worden ist, Seidler? Wenn eine andere Schicht Dienst hat...»

«Der Dienstplan wird nie geändert.»

Seidler sprach kurz und knapp; er zwang sich, zuversichtlich zu wirken. Er blickte noch einmal zu dem Alten hinüber. Oswald kam ihm noch älter vor, wenn er wie an diesem Morgen einen Stoppelbart hatte. Aber Seidler war für diese Fahrten auf ihn angewiesen, weil Oswald häufig mit *legaler* Ladung die Grenze passierte. Für die Zollbeamten war er längst eine *vertraute* Erscheinung – wie sein klappriger Kombi auch. In einiger Entfernung tauchte der Grenzübergang auf.

«Aufblenden!» befahl Seidler. Der alte Knabe war wirklich nicht mehr auf der Höhe – er hatte vergessen, Jan das vereinbarte Zeichen zu geben. «Abblenden!» knurrte er.

Seidler konnte die Angst des Alten förmlich riechen. Trotz der niedrigen Innentemperatur im Wagen standen kleine Schweißperlen auf Oswalds Stirn. Wenn Oswald doch bloß nicht erwähnt hätte, daß der Wachwechsel vorverlegt worden sein könnte, dachte Seidler.

Falls der Wagen nämlich durchsucht wurde, würde er in Sibirien enden. Nein, nicht in Sibirien – Seidler war sich absolut klar, daß er unter der Folter auch von den früheren Lieferungen erzählen würde; in ihrer Wut würden sie ihn einfach vor ein Erschießungskommando stellen. Und genau in diesem Augenblick faßte Manfred Seidler den Entschluß, daß dies die letzte Fahrt gewesen sein sollte, falls er auch diesmal mit heiler Haut davonkam. Schließlich hatte er längst genug Geld auf seinem Schweizer Nummernkonto.

Er zog ein seidenes Taschentuch aus der Innentasche seiner Jacke, forderte Franz zum Stillhalten auf und tupfte ihm den Schweiß von der Stirn. Der Wagen hielt. Im Scheinwerferlicht sah Seidler den wuchtigen Schlagbaum, der ihnen den Weg nach Österreich versperrte.

«Nein!» fauchte er. Der alte Trottel hätte beinahe den Motor abgestellt. Der laufende Motor war eine *vertraute* Erscheinung,

der die Grenzposten veranlaßte, diesen Wagen nach oberfläch-
licher Kontrolle passieren zu lassen. Ein Uniformierter mit
umgehängter Maschinenpistole trat auf der Beifahrerseite auf
den Renault zu.
Seidler wollte seine Tür öffnen, aber das verdammte Ding war
zugefroren. Er kurbelte das Fenster herunter. Ein Schwall eisiger Luft schlug ins Wageninnere und traf sein ungeschütztes
Gesicht über dem dicken Wollschal. Der Uniformierte bückte
sich, um in den Wagen sehen zu können. Es war Jan.
«Entschuldigung», sagte Seidler, «die Tür ist leider zugefroren.»
Er sprach fließend Tschechisch. «Ich wollte Sie bitten, sich die hinten stehende Kiste anzusehen. Die *Holzkiste*», betonte er. «Ich weiß
nicht, ob ich den Inhalt ausführen darf. Sollte das verboten sein,
nehmen Sie sie am besten mit und werfen das Zeug weg...»
Jan nickte verständnisvoll. Seine Stiefel knirschten im frischen
Schnee, als er beängstigend langsam nach hinten stapfte. Seidler
zündete sich eine Zigarette an, um seine flatternden Nerven zu beruhigen. Er wagte nicht einmal, zu Franz hinüberzublicken. Er
war sich darüber im klaren, daß es psychologisch falsch gewesen
war, so nachdrücklich auf die *Holzkiste* hinzuweisen. Wie bei früheren Grenzübertritten ging er aber das Risiko ein, weil er sich darauf
verließ, daß einem Menschen gewöhnlich nichts verdächtig erscheint, was ihm vor der Nase steht. Den viel größeren *Karton* neben
der Kiste durfte Jan auf keinen Fall durchsuchen.
Seidler mußte sich mit Gewalt davon abhalten, nach hinten zu
sehen, und zog gierig an seiner Zigarette, ohne zu beachten, daß
sein Fenster noch immer heruntergekurbelt war. Er hörte, wie
Jan die Hecktür des Kombis öffnete. Ein Glück, daß sie nicht
auch zugefroren war! Dann scharrte etwas über die Ladefläche:
Jan zog die Kiste heraus. Und im nächsten Augenblick – ach
wie herrlich war dieser Knall, mit dem die Hecktür zufiel!
Am rechten Rand von Seidlers Blickfeld blitzte ein Licht auf.
Irgend jemand mußte mit einem starken Handscheinwerfer aus
dem Abfertigungsgebäude gekommen sein. Seidler starrte angestrengt weiter nach vorn. Die einzigen Geräusche in der Mor-

gendämmerung waren das Brummen des im Leerlauf arbeiten-
den Motors und das leise Quietschen, mit dem die Scheibenwi-
scher den sanft fallenden Schnee beiseite schoben, so daß zwei
ineinander übergehende fächerförmige Flächen frei wurden.
Stiefel knirschten durch den Schnee, als Jan zurückkehrte. Er
hatte sich die Kiste unter den freien Arm geklemmt. Sein Gesicht war ausdruckslos, als er sich bückte, um mit Seidler zu
sprechen.
«Bis zum nächstenmal...»
«Alles wie üblich», antwortete Seidler grinsend, während er
seine Zigarette im Aschenbecher ausdrückte. Eine kleine Geste,
um sich selbst zu beweisen, daß die Sache für diesmal überstanden war.
Jan verschwand in dem barackenähnlichen Abfertigungsgebäude,
und Seidler kurbelte sein Fenster hoch. Gott, er war ja beinahe
steifgefroren! Bei der schwachen Heizung des Wagens konnte er
von Glück sagen, wenn er bis zur Ankunft in Wien wieder aufge-
taut war. Der Schlagbaum blieb hartnäckig geschlossen. Franz
wollte die Handbremse lösen, aber Seidler hielt ihn zurück.
«Laß dir Zeit, verdammt noch mal! Wir dürfen keine Ungeduld zeigen...»
«Die Sache läuft nicht glatt wie sonst. Normalerweise könnten
wir längst weiterfahren. Irgendwas ist nicht in Ordnung. Ich
spüre es!»
«Halt's Maul!» knurrte Seidler. «Um diese Zeit sind die Brüder
doch fast schon eingeschlafen. Sie haben die ganze Nacht Dienst
geschoben. An diesem gottverlassenen Übergang passiert nie
etwas. Die Grenzer langweilen sich zu Tode. Sie können nicht
mehr gegen ihre Trägheit an...»
Seidler merkte, daß er zuviel redete. Versuchte er etwa, sich
selbst zu beruhigen? Er starrte wie hypnotisiert den waagrech-
ten Schlagbaum an. Das Metallrohr begann zu zittern. Großer
Gott. Seidlers Nerven flatterten schon wieder.
Der Schlagbaum zitterte nicht. Er *öffnete* sich. Franz löste die
Handbremse. Der Renault fuhr an. Sie hatten die Grenze hinter

sich! Auf der anderen Seite mußten sie nochmals kurz halten, während ein österreichischer Zollbeamter Seidlers deutschen Reisepaß ohne sonderliches Interesse durchblätterte. Wenig später fuhren sie durch die Straßen der Kleinstadt Gmünd.

«Ist dir eigentlich klar, daß du an der Grenze von einem Tschechen photographiert worden bist?» fragte Franz, als sie Gmünd in Richtung Wien verließen.

«Was soll das heißen, verdammt noch mal?»

«Du bist von einem Zivilisten photographiert worden. Ist dir das Blitzlicht nicht aufgefallen? Er hatte eine komische Kamera mit einem riesigen Objektiv...»

«Von einem Zivilisten?» Seidler war überrascht. «Bist du dir da ganz sicher? Ich hab' geglaubt, jemand sei mit einem Handscheinwerfer aus dem Gebäude gekommen.»

«Nein, das ist ein Blitzlicht gewesen. Ich hab' den Mann aus dem Augenwinkel heraus beobachtet. Du hast ja die ganze Zeit nach vorn gestarrt.»

Seidler, ein Mann Ende Vierzig, schlank, braunhaarig, mit knochigem Gesicht, langer Nase und wachsamen Augen, dachte nach. Ihn beunruhigte vor allem der Hinweis auf einen *Zivilisten*. Bisher hatte er an diesem Grenzübergang immer nur uniformierte Posten gesehen. Ja, dies mußte sein letztes Unternehmen bleiben! Er wollte diesen beruhigenden Gedanken eben genießen, als Franz eine Bemerkung machte, die ihn mißtrauisch werden ließ.

«Ich helf' dir nicht noch einmal», kündigte der Alte mit heiserer Stimme an.

Mir nur recht! dachte Seidler, warf dann Oswald aber einen prüfenden Blick zu. Franz starrte nach vorn durch die Windschutzscheibe, doch sein runzliges Gesicht trug einen zufriedenlistigen Ausdruck, den Seidler nur allzugut kannte. Franz gratulierte sich im voraus zu irgendeinem Trick, mit dem er ihn aufs Kreuz legen wollte.

«Das finde ich sehr bedauerlich», entgegnete Seidler.

«Ich habe von diesen Abfertigungen an der Grenze genug», erklärte Franz. «Diesmal hätte ich wetten können, daß der Wachwechsel vorgezogen worden war. Es ist nur eine Frage der Zeit, bis die Schichteinteilung geändert wird. Dann ist Jan nicht mehr da, um seinen Schnaps in Empfang zu nehmen und uns durchzuwinken. Statt dessen wird der Wagen durchsucht...» Er wiederholte sich, redete zuviel und betonte die angeblichen Gründe für seine Entscheidung allzu nachdrücklich. Und dazu sein verschlagenes Lächeln! Seidler, der selbst listig und verschlagen war, fragte sich, was wohl die wahren Beweggründe des anderen sein mochten. Mit der rechten Hand, die er tief in die Manteltasche geschoben hatte, um sie zu wärmen, berührte er das Springmesser, das er stets in einem eigenen kleinen Fach dieser Tasche bei sich trug.

Geld! Franz war unglaublich geldgierig. Doch wer könnte ihm mehr geboten haben als die großzügige Summe, die Seidler jedesmal zahlte? Die Straße nach Wien führte durch einen der einsamsten und kahlsten Landstriche westlich von Sibirien. Die baumlosen Felder auf beiden Seiten der Straße waren flach wie ein Billardtisch – ein verschneiter Billardtisch.

Es dämmerte eben erst, als sie durch einen der wenigen Orte zwischen Gmünd und der österreichischen Hauptstadt fuhren. Horn besteht praktisch nur aus einer Durchgangsstraße mit alten, massiven bäuerlichen Gebäuden zu beiden Seiten. Schwere Holztore sichern Hofeinfahrten, die breit und hoch genug sind, um Heuwagen durchzulassen, die hier noch von Ochsen gezogen werden.

Was konnte Franz nur vorhaben? Seidler, ein Opportunist par excellence, ein Mensch, dessen Herkunft und Charakter so waren, daß er im Leben nicht immer alles so genau nahm, untersuchte das Problem von allen Seiten. Seidler sprach fünf Sprachen – Tschechisch, Deutsch, Englisch, Französisch und Italienisch. Die Sprachbegabung sowie ein dichtes Netz von Verbindungen in ganz Europa und seine angeborene Skrupellosigkeit sicherten ihm ein gutes Auskommen.

Seidler war 1,80 Meter groß, trug einen Schnauzbart und konnte alle fünf Sprachen fließend. Kurz vor Wien war er mit dem Problem Franz Oswald noch immer nicht fertig. Darüber hinaus stand er vor einem weiteren Problem: Er mußte dafür sorgen, daß die Sendung in dem großen Karton auf der Ladefläche des Kombis rechtzeitig weiterbefördert wurde. Auf dem Flughafen Wien-Schwechat stand eine Maschine bereit. Seine Auftraggeber legten größten Wert auf Gewissenhaftigkeit und Pünktlichkeit. Durfte er's riskieren, etwas Zeit zu opfern, um Franz nach der Ankunft in Wien zu beschatten?

Aus der bleigrauen, geschlossenen Wolkendecke über Wien sank ein bläßliches Tageslicht, als Franz den Renault vor dem Wiener Westbahnhof anhielt, wo Seidler jedesmal in seinen eigenen Wagen umstieg, den er dort abgestellt hatte. Er wollte sich auf keinen Fall von Franz zum Flughafen fahren lassen – je weniger der Alte über den Bestimmungsort der Sendung wußte, desto besser.

«Hier hast du dein Geld. Aber bring's nicht mit Schnaps und Weibern durch!» fügte er grinsend hinzu.

Wirklich eine großartige Idee, daß Franz Oswald Geld für Frauen statt für Bier ausgeben würde! Der alte Mann steckte den dicken Umschlag unbesehen in die Innentasche seines Anoraks. Seine Finger trommelten ungeduldig aufs Lenkrad – eine ganz untypische Geste, die Seidler sofort auffiel, während er ausstieg, nach hinten ging, die Heckklappe öffnete und den Karton an der kräftigen Hanfschnur aus dem Wagen zog. Nachdem er die Tür zugeknallt hatte, ging er noch einmal nach vorn zu Franz.

«Vielleicht hab' ich bald einen anderen Auftrag für dich. Ganz ohne Risiko. Einen Auftrag hier in Österreich», log er. «Ich verständige dich dann rechtzeitig.»

«Klar, jederzeit.» Franz ließ den Motor an, ohne seinen Auftraggeber anzusehen, und gab Gas. Seidlers Blick fiel nur zufällig auf den Rücksitz des vorbeirollenden Wagens. Die dort liegende alte, karierte Wolldecke war halb zwischen die Sitze gerutscht und ließ erkennen, was sie bisher verdeckt hatte. Seidler erstarrte förmlich. Franz hatte ein Muster der letzten Sendung gestohlen.

Berufstätige strömten aus den Bahnhofsausgängen unter der riesigen Glasfront des Westbahnhofs und fluteten die Stufen hinunter, als Seidler sich ruckartig in Bewegung setzte. An der Ausfahrt vom Europaplatz war ein Verkehrsstau entstanden, in dem Oswalds Renault festsaß.

Seidler hastete zu seinem geparkten Opel, schloß die Fahrertür auf, schob den Karton auf den Rücksitz und setzte sich ans Steuer. Er beherrschte sich eisern, um Panikreaktionen zu vermeiden. Er steckte den Zündschlüssel ein, ließ den Motor an und fuhr los, als Franz eben auf die Mariahilferstraße abbog. Seidler folgte ihm. Auf beiden Straßenseiten ragten unter grauem Himmel graue Gebäude auf. Franz schien in Richtung Innenstadt zu fahren – obwohl er draußen im XVII. Bezirk wohnte.

In seinem kalten Zorn tastete Seidler unterwegs mehrmals nach dem Springmesser in der Geheimtasche, die in seinen Mantel eingenäht war. Das war also die Erklärung für Franz Oswalds verschlagenen Gesichtsausdruck! Er wollte eines der Muster verkaufen. Die große Frage war nur: Wer würde der Käufer sein?

Seidler hockte, wie vor den Kopf geschlagen, in seinem geparkten Opel, während er zu verarbeiten versuchte, was er soeben beobachtet hatte. Ein hagerer, energisch wirkender Mann mit kurzgeschnittenem Schnurrbart hatte Franz erwartet. Vor der englischen Botschaft!

Seidler hatte aus einiger Entfernung zugesehen, wie Franz mit der kleinen Schachtel unter dem Arm aus seinem Renault gestiegen und auf den Engländer zugegangen war. Der hatte Franz am Arm gepackt und mit sich in das Gebäude gezogen. Seidler trommelte mit den Fingern gegen das Lenkrad, sah immer wieder auf die Uhr, dachte an das in Wien-Schwechat bereitstehende Flugzeug und wußte, daß er trotzdem hier ausharren mußte, bis Franz wieder zum Vorschein kam.

Zehn Minuten später trat Franz auf die Straße – ohne die Schachtel. Er setzte sich ans Steuer des Renaults, ohne auf den anderen Wagen zu achten, in dem Seidler scheinbar schlafend, mit einer Oswald unbekannten schwarzen Baskenmütze auf dem Kopf hockte. Allein sein Gang verriet Seidler, daß Oswald mit seinem Besuch in der englischen Botschaft sehr zufrieden sein mußte. Der Renault fuhr an.

Seidler sah seine Chance, als Franz in eine schmale, menschenleere Seitenstraße zwischen verfallenen Mietskasernen abbog. Treppen führten zu Kellerräumen hinunter. Nach einem kurzen Blick in den Rückspiegel gab Seidler Gas, überholte den langsam fahrenden Renault und schnitt ihm den Weg ab. Franz machte eine Vollbremsung und kam nur eine Handbreit vor dem Opel zum Stehen. Er sprang aus seinem Wagen und trabte zurück in die Richtung, aus der er gekommen war.

Seidler holte ihn nach weniger als hundert Metern ein, bei einer der Treppen, die zu einem Keller hinunterführte. Er legte Franz die linke Hand auf die Schulter und drehte ihn zu sich um, während er hastig auf ihn einsprach.

«Hör zu, du brauchst keine Angst zu haben... Ich will nur wissen, wem du die Schachtel gegeben hast... Dann kannst du dich meinetwegen zum Teufel scheren... Du weißt doch, daß ich gesagt habe, daß dies der letzte Auftrag gewesen ist...»

Während er sprach, rammte er Franz mit aller Kraft sein Messer von unten her zwischen die Rippen. Seidler staunte, wie leicht die Klinge in den Brustkorb seines Gegenübers eindrang. Franz schnappte röchelnd nach Luft, hustete einmal und begann mit rollenden Augen zusammenzusacken. Seidler versetzte ihm einen kräftigen Stoß, der Franz – aus dessen Brust der Messergriff ragte – rückwärts die Treppe hinabtorkeln ließ. Seidler war auch verblüfft, wie leise alles ablief: Das lauteste Geräusch war der dumpfe Schlag, mit dem Oswalds Hinterkopf

42

auf die Steinplatten am Fuß der Treppe aufprallte. Der Erstochene blieb auf dem Rücken liegen.

Seidler sah sich um, hastete die Stufen hinunter, griff in Oswalds Anorak und zog die Brieftasche heraus, die ungewöhnlich dick war, obwohl der Umschlag mit den österreichischen Schillingen, den der Alte von ihm bekommen hatte, noch separat in der gleichen Tasche steckte. Die Brieftasche enthielt ein Bündel Schweizer Banknoten – lauter 500-Franken-Scheine. Seidler schätzte, daß es zwanzig waren. Zehntausend Schweizer Franken! Das war für Franz Oswald ein Vermögen.

Das entfernte Brummen eines Automotors warnte Seidler, daß er keine Zeit mehr verlieren durfte. Er steckte rasch das Geld ein und lief die Treppe hinauf, um zu seinem Wagen zu gelangen. Als er den Motor anließ, bog eben ein anderes Auto in die kleine Seitenstraße ein. Seidler gab Gas, verschwand um die nächste Kurve und verlor diesen Wagen sofort aus dem Sinn; er konzentrierte sich ganz darauf, so schnell wie möglich den Flughafen Wien-Schwechat zu erreichen.

Captain «Tommy» Mason, der englischen Botschaft in Wien offiziell als Militärattaché zugeteilt, runzelte die Stirn, als er den fahrerlosen Renault schräg zum Randstein stehen sah. Nachdem er sich daran vorbeimanövriert hatte, hielt er an und stellte den Motor seines Wagens ab. Wo mochte Franz Oswald stekken? War er in einem der Kellerabgänge verschwunden?

Sobald Mason seinen Wagen abgestellt hatte, fiel ihm auf, daß der Motor des Renaults noch lief. Er sprang aus seinem Ford Escort, lief die Straße zurück, um einen Blick in die Kellerabgänge zu werfen, machte kehrt, setzte sich in den Wagen und fuhr rasch davon.

Er kam gerade noch rechtzeitig, um den Opel auf eine Durchgangsstraße abbiegen zu sehen. Mason schloß rasch zu ihm auf und folgte ihm dann in angemessener Entfernung. Schließlich hatte es keinen Zweck, den Fahrer des anderen Wagens zu beunruhigen. Nicht schon so früh am Morgen.

Mason war der Opel bereits während seines Gesprächs mit Franz Oswald aufgefallen. Bei einem Blick durch die Netzvorhänge seines im ersten Stock gelegenen Dienstzimmers der Botschaft hatte er diesen Wagen gesehen, dessen Fahrer, der zusammengesunken hinter dem Steuer hockte, eine dieser komischen französischen Baskenmützen trug. Zumindest hatten die Franzmänner sie früher viel getragen. Heutzutage waren sie eigentlich selten geworden.

Mason hatte keinen Anlaß gesehen, seinen Besucher zu beunruhigen, der zu seiner großen Überraschung tatsächlich pünktlich erschienen war. Noch überraschender – eher besorgniserregend – war der Inhalt der Schachtel gewesen. Als sein Besucher ging, hatte Mason sich überlegt, daß es nicht schaden könnte, ihn zu beschatten – schon deshalb nicht, weil der Mann mit der Baskenmütze Ähnliches vorzuhaben schien. Man konnte nie wissen, wie solche Dinge sich entwickelten. So hatte Tweed in London es einmal ausgedrückt. Eigentlich merkwürdig, wie sich manche seiner Bemerkungen eingeprägt hatten.

Mason, 35 Jahre alt, 1,76 Meter groß, mit schläfrigem Blick, kurzgeschnittenem Schnurrbart, typischem Akzent der Oberschicht und ausgesprochener Wortkargheit, war nahezu eine lebende Karikatur seiner offiziellen Position. Kurz nach seiner Ankunft in Wien hatte der Botschafter in seiner trockenen Art einen Scherz auf Kosten des Neuankömmlings gemacht.

«Wissen Sie, Mason, wenn ich jemand ein Photo eines typischen englischen Militärattachés zeigen sollte, würde ich eine Aufnahme von Ihnen machen...»

«Ja, Sir», hatte Mason geantwortet.

Mason glaubte bereits ziemlich bald zu wissen, daß der Opel-Fahrer zum Flughafen wollte – es sei denn, daß er zur tschechischen Grenze und nach Preßburg weiterfuhr, was bedauerlich gewesen wäre. Ein Mann, der um diese Tageszeit Leichen in Kellerabgängen zurückließ, hatte es verdient, daß man sich für ihn interessierte. Eine Viertelstunde später wußte Mason, daß er richtig vermutet hatte. Merkwürdig und immer merkwürdiger. Wohin würde der Unbekannte fliehen?

Seidler fuhr schneller als erlaubt und blickte häufig auf die Armbanduhr. Franz Oswald war erst der zweite Mann, den er umgebracht hatte – und beim ersten war es außerdem ein Unfall gewesen –, und jetzt setzte die Reaktion ein. Er war wie betäubt und nur noch von dem Gedanken besessen, heil an Bord des wartenden Flugzeugs zu kommen.

Die Zollabfertigung bildete kein Hindernis. Auch hier kam es nur darauf an, rechtzeitig zur Stelle zu sein: Der aufsichtführende Beamte war bereits mit einem ansehnlichen Geldbetrag bestochen worden. Wenn es um wesentliche Dinge ging, stellte sein sonst eher sparsamer Auftraggeber ohne Zögern die nötigen Summen bereit. Seidler bog zum Flughafen ab, fuhr an den Abfertigungshallen vorbei, wurde an einem der Tore wie vorgesehen durchgewinkt und hielt erst auf dem Vorfeld. Josef Heilmaier, der keine Ahnung hatte, was hier gespielt wurde, stand bereit, um den Leihwagen nach Wien zurückzufahren.

Seidler stieg rasch aus, nickte Josef zu, hob den großen Karton aus dem Wagen und hastete auf den wartenden Business Jet zu. Die Einstiegstreppe war bereits heruntergeklappt. Ein Unbekannter stand am Fuß der Treppe und fragte Seidler auf Französisch:

«Bestimmungsort der Sendung?»

«Terminal.»

5

London. 10. Februar 1984. 8°C. Tweed, ein kleiner, rundlicher
Mittfünfziger, blickte aus dem Fenster seines Büros in der SIS-
Zentrale am Park Crescent, als Mason aus Wien anrief.
Durch seine Hornbrille sah er über die Crescent Gardens zum
Regent's Park hinüber. Kleine goldene Flecken auf grünem
Untergrund leuchteten in wäßrigem Morgenlicht. Frühblühen-
de Krokusse, die das Ende des Winters ankündigten. Das Tele-
fon auf seinem Schreibtisch klingelte.
«Ferngespräch aus Wien», teilte ihm die Telefonistin mit.
Tweed fragte sich, wann ein Anruf aus Wien je ein Ortsgespräch
gewesen war. Er bat sie, das Gespräch durchzustellen, und
lehnte sich in seinen Drehsessel zurück. Das Gespräch begann
damit, daß sie sich gegenseitig identifizierten. Mason sprach
hastig, was ungewöhnlich war.
«Ich hab' etwas für Sie. Ich will nur nicht am Telefon darüber
sprechen...»
«Von wo aus rufen Sie an, Mason?» unterbrach Tweed den
anderen scharf.
«Aus einer Telefonzelle in der Hauptpost. Telefongespräche
von der Botschaft aus laufen über die Vermittlung. Ich komme
eben vom Flughafen Wien-Schwechat zurück. Er liegt...»
«Danke, ich weiß, wo er liegt. Kommen Sie zur Sache!»
Tweeds Stimme klang erneut uncharakteristisch scharf. Aber er
spürte das Drängen in der Stimme des Anrufers. Mason war der
als britischer Militärattaché getarnte SIS-Mann in Wien. Die
Engländer hatten endlich von ihren sowjetischen Kollegen ge-

lernt, die kaum jemals das waren, was sie in den Botschaften ihres Landes zu sein schienen.

«Ich hab' etwas für Sie - etwas ziemlich Erschreckendes. Ich will's jetzt nicht näher beschreiben; ich bringe es mit, wenn ich nach London komme. Im Augenblick geht's darum, daß vor einer halben Stunde ein Lear Jet mit Schweizer Kennzeichen in Schwechat gestartet ist. Meiner Ansicht nach fliegt er in die Schweiz zurück...»

Tweed hörte zu, ohne Zwischenfragen zu stellen. Mason sprach jetzt wieder knapp und präzise, ohne unnütze Worte. Tweed verzichtete darauf, sich während des Gesprächs Notizen zu machen. Als Mason mit seinem Bericht zu Ende war, stellte Tweed ihm eine einzige Frage, bevor er den Hörer auflegte.

«Wie lange fliegt man von Wien in die Schweiz?»

«Sechzig bis siebzig Minuten. Falls ich richtig vermutet habe, bleiben Ihnen also weniger als vierzig Minuten.» Mason machte eine Pause. «Übrigens hat's auch schon einen Toten gegeben...»

«Auf Wiedersehen in London.»

Nachdem Tweed den Hörer aufgelegt hatte, wartete er einige Sekunden, bevor er ihn wieder von der Gabel nahm und eine Amtsleitung verlangte. Er wählte 010 41, die Schweizer Vorwahlnummer, 31, die Vorwahl für Bern, und danach weitere sieben Zahlen. In weniger als einer Minute war er mit Wiley verbunden, dem Handelsattaché an der englischen Botschaft in Bern. Tweed sprach rasch auf ihn ein und erklärte ihm, was er von ihm wollte.

«... alarmieren Sie also unseren Mann in Genf und den in Zürich...»

«Die Zeit ist viel zu knapp, als daß ich die Flughäfen noch überwachen lassen könnte», protestierte Wiley.

«Nein, ist sie nicht. Cointrin ist von Genf aus in einer Viertelstunde zu erreichen. Mit einem schnellen Wagen ist man auf der neuen Zubringerstraße von Zürich in zwanzig Minuten in Kloten. Und *Sie* können Bern-Belp übernehmen.»

«Dann muß ich mich verdammt beeilen...»

«Halten Sie sich ran!» forderte Tweed ihn auf und knallte den Hörer auf die Gabel.

Er erhob sich seufzend und trat an die Wandkarte von Westeuropa. Mason war viel flinker und geschickter als Wiley. Ob es besser wäre, die beiden auszutauschen, wenn Mason zurückkam? Wien war ein vergleichsweise unwichtiger Posten – in Bern aber begann es offenbar zu brennen. Und warum übersahen alle den Flughafen Bern-Belp? Wahrscheinlich wußte nicht einmal Howard, daß Bern einen eigenen Flugplatz besaß, der auf der Autobahn nach Thun und Luzern in einer Viertelstunde zu erreichen war. Tweed studierte die Wandkarte, als Howard, sein Vorgesetzter, hereingeplatzt kam. Natürlich wieder einmal ohne anzuklopfen.

«Na, gibt's was Interessantes?» erkundigte er sich mit gespielter Jovialität.

Howard hatte beste Beziehungen, war auf einer guten Privatschule gewesen und hatte in Cambridge studiert, wodurch sich der Kreis wieder schloß, weil ihm das beste Beziehungen verschaffte. Er war ein hervorragender Verwaltungsfachmann, aber phantasielos und wenig risikofreudig. In Augenblicken schlechter Laune nannte Tweed ihn manchmal insgeheim ‹Holzkopf›.

«Vielleicht in Bern», antwortete Tweed widerstrebend.

«Bern?» Howard wirkte sichtlich interessiert. «Dort spielt diese *Terminal*-Sache, mit der Sie gerade befaßt sind. Was, zum Teufel, hat dieses Wort zu bedeuten?»

«Keine Ahnung», gab Tweed zu. «Ich weiß nur, daß wir gerüchteweise aus verschiedenen Quellen davon hören.» Er beschloß, nichts von Masons Bemerkung zu erwähnen, daß es bereits einen Toten gegeben habe. Es war zu früh, Howard in Aufregung zu versetzen.

«Hoffentlich übertreiben Sie's nicht mit den Leuten, die Sie darauf ansetzen», meinte Howard. «*Terminal*», wiederholte er.

«Wäre vielleicht keine schlechte Idee, die Flughäfen überwachen zu lassen. Flughafen ... Terminal – das paßt zusammen, finde ich.»

«Die Überwachung ist bereits veranlaßt.»

«Gut gemacht! Halten Sie mich bitte auf dem laufenden.»

Wiley rief Punkt 16 Uhr in der SIS-Zentrale am Park Crescent an. Er entschuldigte sich für den späten Anruf und behauptete, die Telefonanschlüsse der Botschaft seien den ganzen Nachmittag lang besetzt gewesen. Tweed hatte ihn in Verdacht, bewußt gewartet zu haben, bis praktisch alle – auch der Botschafter – nach Hause gefahren waren. In Bern war es inzwischen 17 Uhr, weil die in der Schweiz geltende mitteleuropäische Zeit der Greenwich-Zeit um eine Stunde voraus war.

«Ich hab' Glück gehabt», erklärte er Tweed. «Ich glaube es zumindest. Falls Sie sich für folgendes Flugzeug interessieren...» Er beschrieb die Maschine. Tweed grunzte zustimmend und forderte ihn zum Weitersprechen auf. «Ein Passagier ist ausgestiegen und hat einen großen Pappkarton zu einem bereitstehenden Lastwagen getragen. Ein Pritschenwagen mit Plane. Auf den Türen hat *Chemiekonzern Grange AG* gestanden.»

«Augenblick, das muß ich mir aufschreiben. Bitte weiter!»

«Danach wird die Geschichte merkwürdig. Ich bin dem Lastwagen – der Fluggast hat vorn neben dem Fahrer gesessen – auf der Autobahn nach Bern zurück nachgefahren. Als er in eine Sackgasse abgebogen ist, habe ich dort auf ihn gewartet. Ich habe so getan, als ob mein Wagen einen Motorschaden hätte, und bei klirrender Kälte den Kopf unter die Motorhaube gesteckt. Mein Gott, war das kalt!»

Das hätte Mason überhaupt nicht erwähnt. Tweed wartete geduldig. Obwohl es erst kurz nach 16 Uhr war, brannte seine Schreibtischlampe bereits. Draußen war es so dämmrig, daß die Autos mit Licht fuhren. Tweed fand Wileys Bericht bisher leicht enttäuschend, obwohl er keinen triftigen Grund für seine Unzufriedenheit hätte angeben können.

«Nach etwa einer Viertelstunde ist ein Lieferwagen aus dieser

Sackgasse kommend auf die Hauptstraße abgebogen. Ich hätte beinahe nicht auf ihn geachtet, aber dann ist mir vorn neben dem Fahrer der Fluggast aus dem Lear Jet aufgefallen. Ich bin dem Lieferwagen in Richtung Innenstadt nachgefahren. Leider hab' ich ihn schon vor der Stadtgrenze im Verkehr aus den Augen verloren. Komisch daran ist nur, daß ich schwören könnte, ihn später auf der Gegenfahrbahn gesehen zu haben – also auf der Fahrt *aus* der Stadt...»

«Das war's also?»

«Augenblick! Mir ist aufgefallen, daß auf dem Lieferwagen ein Firmenname wie auf dem Lastwagen gestanden hat...»

Tweed ließ sich den Namen nennen, als Howard in sein Büro kam – wiederum ohne anzuklopfen. Sein Vorgesetzter trat hinter den Schreibtisch, um ihm über die Schulter blicken zu können – eine weitere irritierende Unart. Tweed bedankte sich bei Wiley und legte den Hörer auf.

Für Tweed stand außer Zweifel, daß Howard wie schon so oft in der Telefonzentrale gewesen war, um mitzuhören, was sich in seiner Dienststelle tat. Er wußte auch, daß Howard häufig Überstunden machte, um nach Dienst die Büros seiner Mitarbeiter durchstöbern zu können. Deshalb verschloß Tweed alle interessanten Unterlagen in seinem Tresor und ließ nur belangloses Material auf dem Schreibtisch liegen.

«Gibt's was Neues?» erkundigte Howard sich.

«Möglicherweise. Wahrscheinlich muß ich selbst nach Bern. Wie Sie wissen, ist unsere Personaldecke im Augenblick sehr dünn. Keith Martel ist dienstlich unterwegs, so daß ich vermutlich selbst einspringen muß.»

«Ihnen ist jede Ausrede recht, was?» fragte Howard trocken. Er klimperte mit Kleingeld in der Hosentasche. «Ich weiß genau, daß Bern Ihnen gefällt. Gibt's was Neues?» wiederholte er.

«Mason hat mir heute morgen gemeldet, er habe etwas für mich – *etwas ziemlich Erschreckendes*, wie er sich ausgedrückt hat. Ich glaube, daß es ihm in die Botschaft gebracht worden ist. Er will es innerhalb der nächsten Tage zu uns bringen – folglich muß die Sache ernst, vielleicht sogar sehr ernst sein.»

«Großer Gott, schon wieder eine Ihrer selbstgestrickten Krisen!»

«Krisen entstehen ohne mein Zutun», stellte Tweed richtig. «Vorhin habe ich mit Wiley gesprochen...» Als ob du das nicht wüßtest! dachte er dabei. «Mason hat heute morgen aus Wien berichtet, er habe einen Mann – vielleicht einen Mörder – auf der Fahrt zum Flughafen Wien-Schwechat beschattet. Seiner Beobachtung nach ist dieser Mann in einen privaten Schweizer Jet eingestiegen. Ich habe drei Schweizer Flughäfen überwachen lassen, obwohl es genügend weitere Plätze gibt, auf denen ein Lear Jet hätte landen können. Wiley hat mir soeben mitgeteilt, daß die bewußte Maschine in Belp gelandet ist...»

«Belp? Wo liegt das, verdammt noch mal? Ein komischer Name!»

«Wo die gelbe Nadel in der Wandkarte steckt. Belp ist der Berner Flughafen.»

«Hab' gar nicht gewußt, daß die einen haben.» Tweed äußerte sich nicht dazu, aber der Blick, mit dem er den vor der Wandkarte stehenden Howard über seine Brille hinweg musterte, sprach Bände. «Also doch ein Flughafen!» meinte Howard zufrieden. «Mit einem Terminal! Jetzt wird die Sache allmählich interessant...»

Tweed wußte aus Erfahrung, daß man Howard am besten für sich gewinnen – oder zumindest zu wohlwollender Neutralität veranlassen – konnte, wenn man ihn in dem Glauben ließ, auch einen Gedanken beigesteuert zu haben. Er sprach gleichmäßig nüchtern weiter.

«Wiley hat beobachtet, wie ein Passagier das Flugzeug mit einem großen Pappkarton verlassen hat. Dieser Mann ist zuletzt in einem Lieferwagen gesehen worden. Wiley hat sich die Aufschrift auf den Lieferwagentüren notiert. Im Augenblick liegen mehrere unzusammenhängende Stücke vor mir, aus denen sich vielleicht später ein Mosaik zusammensetzen läßt.»

«Oder eine Krise!» Das war offenbar scherzhaft gemeint gewesen. Howard machte auf dem Absatz kehrt und schnippte einen imaginären Fussel vom Revers seines Nadelstreifenanzugs. «Was hat also auf den Lieferwagentüren gestanden?» erkundigte er sich.

«Klinik Bern...»

6

Tucson, Arizona. 10. Februar 1984. 40°C. Die Sonne war hinter den Bergen versunken, und Tucson lag in rötlicher Abenddämmerung, während allmählich auch die Temperatur sank. Im Tack Room, dem wahrscheinlich luxuriösesten Restaurant in ganz Arizona, hob Newman sein Glas, um mit Dr. Rosen anzustoßen. Auf allen Tischen brannten Kerzen.

«Auf Ihr Wohl!» sagte Newman. «Ich bin bei Dr. Chase gewesen. Ich habe mit Linda Wayne gesprochen – ohne sichtbares Ergebnis. Nirgends ein Hinweis darauf, daß es bei Jesse Kennedys Einweisung in die Klinik Bern nicht mit rechten Dingen zugegangen sein könnte.»

«Wissen Sie übrigens, daß Jesse mit einem Privatjet nach Bern geflogen worden ist?»

«Nein, davon hat Linda nichts gesagt.»

«Haben Sie jemals von Professor Armand Grange gehört, dem bekannten Schweizer Facharzt?»

Newman schüttelte den Kopf. «Nein, sollte ich ihn kennen?»

«Mich wundert's, daß Linda ihn nicht erwähnt hat. Grange hat eine Vortragsreise durch die Vereinigten Staaten unternommen – um Patienten anzuwerben, wenn Sie mich fragen. Und Linda hat in ihm sofort ihren Guru erblickt.»

«Guru?» wiederholte der Journalist zweifelnd. «Ich dachte, so nennt man einen indischen Heilslehrer, der einem die Erlösung verspricht, wenn man sich genau an seine Lehren hält...»

«Ganz recht», bestätigte Rosen. «Grange ist Spezialist für Frischzellentherapie – eine in der Schweiz seit vielen Jahren angewandte Therapie. Wir sind noch immer nicht von ihr überzeugt. Vielleicht sind wir dafür zu altmodisch.» Der Arzt zuckte mit den Schultern. «Auf seiner Vortragsreise hat Grange jedenfalls neue Anhänger gewonnen – lauter reiche Leute, versteht sich.»

Newman warf seinem Gast einen forschenden Blick zu. «Tut mir leid, aber ich weiß nicht recht, ob ich Ihnen folgen kann. Sie versuchen, mir irgend etwas zu suggerieren, nicht wahr?»

«Ganz richtig.» Rosen ließ sich nachschenken. Außerhalb seines Dienstzimmers im Medical Center war er viel freundlicher und umgänglicher. Vielleicht lag es an der behaglichen Atmosphäre im Tack Room. «Was ich Ihnen jetzt erzähle, läßt sich vielleicht nicht ganz mit meinem ärztlichen Berufsethos vereinbaren. Es könnte sogar als Kritik an einem Kollegen ausgelegt werden – aber wir sprechen von einem Ausländer. Ich habe den Verdacht, daß Granges Klinik inzwischen voller reicher Patienten ist, die er auf seiner Amerikareise gewonnen hat. Er lockt mit zwei Karotten – eine für die Verwandtschaft, eine für den schwerkranken Patienten.» Rosen lächelte verlegen. «Wissen Sie was, Newman? Ich rede zuviel...»

«Ich höre Ihnen gern zu. Manchmal tut's einem gut, sich richtig auszusprechen.»

Newman beobachtete Rosen aufmerksam. Das gehörte zu seinen besonderen Fähigkeiten als Gesprächspartner: Als aufmerksamer Zuhörer brachte er andere Leute dazu, ihm Dinge zu erzählen, die sie weder Kollegen noch ihrer Frau anvertraut hätten – vor allem nicht ihrer Frau.

«Linda Wayne hat sich an Professor Grange gehängt», fuhr Rosen fort, «wie eine Ertrinkende sich an einen Strohhalm klammert. Er hat ihr die langersehnte Möglichkeit geboten, Jesse Kennedy an einen weit, sehr weit entfernten Ort abzuschieben. Die Verwandtschaft lockt der Schweizer Professor mit der Karotte, daß er ihnen die Sorge für ihre kranken Angehörigen abnimmt. Das kostet eine Stange Geld, aber Grange verkehrt, wie gesagt, nur in Millionärskreisen. Den kranken Patienten ködert er mit der zweiten Karotte: der Hoffnung auf die verjüngende, lebensverlängernde Wirkung der Frischzellentherapie. Das ist eine unschlagbare Kombination, wie mir scheint.»

«Und ein Mann wie Jesse Kennedy hat sich mit dieser Karotte locken lassen?»

«Sehen Sie, genau *das* macht mir Kopfschmerzen!» Rosen trank einen großen Schluck, und Newman hütete sich, ihn durch eine Zwischenfrage zu unterbrechen. «Wenn Jesse Leukämie hätte, würde er versuchen, diese Krankheit mit eigener Kraft zu überwinden – er wäre kein Kandidat für eine Frischzellentherapie. Wissen Sie eigentlich, daß er früher mal für die CIA gearbeitet hat? Das war vor über zehn Jahren, als unsere Leute auf einem streng bewachten Wüstenflugplatz deutsche Piloten ausgebildet haben. Damals ist ein CIA-Agent, ein ganz gefährlicher Typ, aus Washington gekommen, um mit Jesse zusammenzuarbeiten. Leider hab' ich seinen Namen vergessen. Linda Wayne hat sich heftig für ihn interessiert.» Der Arzt schüttelte den Kopf. «Jetzt rede ich *wirklich* zuviel . . .»

«Was hatte Jesse damals zu tun?»

«Er ist jeden Morgen weit in die Wüste hinaus geritten. Die CIA hat ihm eine Kamera mitgegeben. Eines Morgens hat Jesse gesehen, wie einer der deutschen Piloten einem Unbekannten einen Briefumschlag übergab. Der Unbekannte hatte ihn mit einem Revolver bedroht . . .» Rosen zuckte mit den Schultern. «Das hätte er lieber nicht tun sollen! Jesse hat ihn niedergeritten, der andere CIA-Mann ist aufgetaucht, und ein deutscher Pilot ist für immer verschwunden. Der CIA-Mann hat den Unbekannten erschossen. Jesse hat mir einige Jahre später davon erzählt.»

«Sie haben gesagt: ‹Wenn Jesse Leukämie *hätte* . . .›»

«Ein Versprecher. Glauben Sie, daß ein Mann wie Jesse, der die Wüste über alles liebt, freiwillig in die Schweiz übersiedeln würde? Ein Mann wie er, der mit nichts angefangen und aus einem Bankkredit ein Vermögen von zwölf Millionen Dollar aufgebaut hat?»

«Wie hat er *das* geschafft?»

«Durch seinen erstaunlichen Weitblick. Als er vor über vierzig Jahren aus Texas nach Arizona kam, hat er erkannt, daß Tucson eines Tages explosionsartig wachsen würde. Er hat sich das Vorkaufsrecht auf riesige Flächen außerhalb der damaligen Stadtgrenzen gesichert – und als dabei fette Gewinne abfielen, hat er mit diesem Geld weitere Grundstücke als Bauerwartungsland aufgekauft...»

«Linda erbt also acht Millionen, sobald Jesse das Zeitliche segnet», stellte Newman fest, «und Nancy kriegt die restlichen vier Millionen?»

«Allerdings!» bestätigte Rosen. «Daraus hat er nie ein Geheimnis gemacht. Sollte Nancy jedoch vorher etwas zustoßen, wird Linda die ganzen zwölf Millionen erben. Verstehen Sie jetzt, warum mir die Sache Sorgen macht? Wo soviel Geld auf dem Spiel steht...» Rosen spielte mit seinem leeren Glas. «Nein, vielen Dank. Nach dem zweiten Drink muß ich aufhören. Wissen Sie, Newman, ich habe das Gefühl, als seien Sie der richtige Mann, um dieser rätselhaften Geschichte auf den Grund zu gehen. Ich habe Ihr Buch über den Fall Krüger gelesen. Es muß Ihnen ein Vermögen eingebracht haben...»

«Aber keine vier Millionen Dollar», sagte Newman barsch.

«Oh! Jetzt weiß ich, warum ich den Eindruck gehabt habe, Sie seien sich noch nicht recht schlüssig, ob Sie Nancy heiraten sollten. Das Geld macht Ihnen Kopfschmerzen – das ehrt Sie. Trotzdem finde ich, daß Sie nach Bern reisen sollten.»

«Jetzt reden Sie wie Nancy! Die hört auch nicht mehr auf!»

«Jeder Widerspruch bestärkt sie in ihrer Entschlossenheit, ihren Willen durchzusetzen.» Rosen lächelte erneut. «Oder wissen Sie das bereits aus eigener Erfahrung?»

«Leider nur allzugut. Großer Gott, was hat *der* hier zu suchen?»
«Meinen Sie Harvey Wayne, Lindas Ehemann?» fragte der
Arzt. «Er ist in der Elektronikbranche, wie Sie bestimmt wissen.
Auch jemand, der dem Geld nachjagt...»
Rosen sprach nicht weiter, als ein dicklicher, blasser Mann
Anfang Vierzig auf sie zukam. Er trug einen Smoking mit heller
Jacke und hatte ein öliges Lächeln, das Newman nicht aussteh-
en konnte. Der Dicke legte ihm vertraulich einen Arm um die
Schultern.
«Hallo, alter Junge! Wie ich höre, reisen Sie und meine hübsche
Schwägerin bald nach Bern. Richten Sie Jesse, dem alten
Scheusal, einen schönen Gruß von mir aus und...»
«Was haben Sie gehört?»
Newmans Tonfall war eisig. Er warf einen Blick auf seine Schul-
ter, so daß Harvey widerstrebend seine Hand wegnehmen muß-
te. Er machte Rosen gegenüber eine wegwerfende Handbewe-
gung und zuckte dann mit den Schultern.
«Hab' ich was gesagt, das ich nicht hätte sagen dürfen?»
«Sie haben meine Frage noch nicht beantwortet», erklärte
Newman ihm.
«Ich kann nur hoffen, daß Sie Dr. Rosen nicht so zusetzen, wie
Sie Dr. Chase zugesetzt haben.» Harvey sah zum Eingang hinüber und lächelte erneut. «Wie Sie sehen, haben wir Gesellschaft. Jetzt haben Sie Gelegenheit, Ihre Frage direkt beantwortet zu bekommen.»
Linda, die ein schulterfreies Cocktailkleid trug und ein herausfor-
derndes Lächeln zeigte, hatte den Tack Room betreten und
kam auf die drei Männer zu, ohne Newman eine Sekunde aus
den Augen zu lassen. Begleitet wurde sie von Nancy, die mehr
Blicke auf sich zog, obwohl sie ein weniger freizügiges italieni-
sches Modellkleid trug. Newman erhob sich mit ausdrucksloser
Miene und sah ihr entgegen.
«Komm, wir gehen irgendwohin, wo wir in Ruhe miteinander
reden können», forderte er Nancy auf. «Wir müssen dringend
miteinander reden – wirklich dringend...»

Zum Krach kam es in der Eingangshalle, wo sie nur halblaut sprechen konnten, damit die Empfangsdame nicht jedes Wort verstand. Newman taktierte zunächst vorsichtig.

«Ich bin überzeugt, daß dieser Idiot Harvey Blödsinn erzählt hat. Er hat eben behauptet, wir würden demnächst nach Bern fliegen...»

«Ich hab' die Tickets schon gekauft, Bob.» Nancy nahm zwei Flugscheine aus der Handtasche und drückte sie ihm in die Hand. «Wir benützen eine möglichst direkte Route. Mit einer Boeing 727 der American Airlines von Tucson nach Dallas. Dort eine Stunde Aufenthalt. Danach ein achtstündiger Direkt flug – wieder mit American Airlines – von Dallas nach Londo Gatwick. Und zuletzt mit Dan-Air von Gatwick nach Belp. So heißt der Flughafen der Schweizer Hauptstadt.»

«Stell' dir vor, ich hab' schon von Bern-Belp gehört», antwortete Newman verräterisch ruhig.

«Wir fliegen schon morgen...»

«Stell' dir vor, ich kann sogar schon ein Ticket lesen.»

«Irgend jemand mußte eine Entscheidung treffen.» Sie war offenbar sehr mit sich zufrieden. «Und ich habe eben von Linda rausgekriegt, daß Jesse nicht auf dieser Route in die Schweiz gelangt ist. Er ist mit einem Privatjet nach Bern-Belp geflogen worden...»

«Und?»

«Jesse ist sparsam», antwortete Nancy. «*Wenn* er damit einverstanden gewesen wäre, diese Reise zu unternehmen, wäre er lieber in der Ersten Klasse im Rollstuhl geflogen, als ein eigenes Flugzeug zu chartern.» Sie lächelte zufrieden. «Findest du nicht auch, daß ich meine Sache ziemlich gut gemacht habe?»

«Nein!» widersprach Newman. «Du hättest mich gefälligst vorher fragen können! Oder glaubst du, daß es mir Spaß macht, wenn dein dämlicher Schwager in Anwesenheit von Dr. Rosen auf mich zukommt, um mir diese freudige Mitteilung zu machen?»

«Tatsächlich? Dann hat Linda ihn im Büro angerufen. Er

57

mußte heute etwas länger arbeiten. Harvey wollte uns zu einem Abschiedsessen einladen...»

«Danke, ohne mich!»

«Robert! Der Tisch ist schon bestellt.» Nancys Temperament ging mit ihr durch. «Mein Gepäck ist fix und fertig. Du gibst doch immer damit an, daß du binnen zehn Minuten nach Tokio abfliegen könntest...»

«Ja, aber nur, wenn *ich* nach Tokio will! Hör zu, Nancy – und unterbrich mich nicht dauernd. Es gibt nicht den geringsten Beweis dafür, daß an Jesses Flug in die Klinik Bern irgendwas faul ist. Ich habe mit Dr. Chase gesprochen. Ich habe mich zweimal mit Dr. Rosen unterhalten. Ich habe Lindas Beine betrachtet, während sie auf mich eingeredet hat...»

«Wolltest du deshalb nicht gleich gehen – wegen ihrer schönen Beine?»

«Unsinn! Nancy, ich lasse mich nicht einfach von dir rumkommandieren, verstanden? Das ist keine Grundlage für eine dauerhafte Zweierbeziehung – und erst recht nicht für eine Ehe.»

«Laß doch den Scheiß, Bob!»

«Hör zu, Nancy, dieser Streit dauert jetzt schon fast ein Vierteljahr. Seit wir uns in London kennengelernt haben...»

«Damals hab' ich versucht, Jesse anzurufen, und von Linda erfahren, daß er in die Schweiz verfrachtet worden war. Ich habe wirklich das Gefühl, daß an dieser Sache etwas faul ist. Vergiß nicht, daß ich als Ärztin...»

«Und ich bin ein Journalist, der sorgfältig recherchiert und Beweise sucht», unterbrach Newman sie. «Tut mir leid, aber bisher ist nichts zu entdecken gewesen, was deine Befürchtungen hätte untermauern können. Dafür stellst du mich jetzt vor vollendete Tatsachen – vor diese mit einem rosa Geschenkband verschnürte Europareise.»

Er hielt ihr die beiden Tickets unter ihre wohlgeformte Nase. Sie schenkte dem gar keine Beachtung, sondern schlang ihre Arme um Newman, drängte sich an ihn und flüsterte ihm ins Ohr.

«Bob, kommst du bitte mit nach Bern, um meine Befürchtungen zu widerlegen. Um meinetwillen?»

«Das klingt schon besser...»

«So hätte ich's gleich anfangen sollen. Du hast recht: Ich hätte diese Tickets nicht kaufen dürfen, ohne dich vorher zu fragen. Das tut mir leid. Wirklich!»

«Schon gut, Liebling.» Er küßte sie, während die Empfangsdame sich bemühte, nicht zu ihnen hinüberzustarren. «Nancy, ich muß Dr. Rosen noch eine abschließende Frage stellen. Wir fliegen morgen ab nach Bern...»

Harvey Wayne hatte sich soeben von Rosen verabschiedet, als Newman zurückkehrte und sich dem Arzt gegenübersetzte. Rosen nickte hinter Harvey her und verzog das Gesicht.

«Er hat versucht, mich auszuhorchen – er wollte unbedingt wissen, worüber wir gesprochen haben.» Rosen machte eine Pause. «Na, wie ist Ihre kleine Auseinandersetzung mit Nancy ausgegangen?»

«Eigentlich so, wie ich's erwartet hatte.» Newman wirkte völlig verändert. Er schien jetzt entschlossen, energischer. «Können Sie mir sagen, woher die meisten Patienten der Klinik Bern stammen?»

«Ich hatte den Eindruck – der allerdings nur eine persönliche Vermutung ist –, daß sie hauptsächlich aus den Vereinigten Staaten kommen. Ein weiteres Kontingent besteht aus reichen Südamerikanern, die sich den Aufenthalt dort leisten können. Spielt das denn eine Rolle?»

«Es könnte der Schlüssel zu dem ganzen Unternehmen sein.»

59

7

11. Februar 1984. Die DC-10 flog in 11 000 Meter Höhe über dem unsichtbaren Atlantik mit 900 Stundenkilometern nach Nordosten – in Richtung Europa, Richtung England. Nancy Kennedy, deren Kopf auf Newmans Schulter ruhte, schlief in ihrem Sessel in der Ersten Klasse. Der Engländer schob ihren Kopf sanft zur Seite, um aufstehen zu können. Er wußte, daß Nancy nicht aufwachen würde: Wenn sie erst einmal schlief, war sie so gut wie bewußtlos.

Newman zog seinen Notizblock aus der Jackentasche und schrieb den Funkspruch in Druckbuchstaben, damit Übermittlungsfehler ausgeschlossen waren. Dann stand er auf, winkte eine Stewardeß heran, legte den Zeigefinger auf die Lippen und nickte zu Nancy hinüber. Er nahm die Frau am Arm, ging mit ihr nach vorn in Richtung Cockpit und sprach erst, als sie in der kleinen Bordküche angelangt waren.

«Ich möchte diese Nachricht über Funk nach London übermitteln lassen. Stellen Sie bitte fest, was das kostet. Ich warte inzwischen hier.»

Die Stewardeß blieb keine zwei Minuten fort. Sie war eine attraktive junge Frau und betrachtete Newman mit sichtlichem Interesse. Eigentlich war es verboten, mit Fluggästen zu flirten, aber... Sie fand Newmans humorvolle, nonchalante Art unwiderstehlich. Und ihr Apartment lag gar nicht weit vom Flughafen Gatwick entfernt. Und er war Engländer wie sie. *Und* die junge Frau, mit der er reiste, trug keinen Ring. Die Stewardeß war entschlossen, ihre Chance zu nutzen. Sie nannte ihm die Kosten für die Übermittlung seiner Nachricht; er ließ sich beim Bezahlen Zeit.

«Ihr Funktelegramm wird bereits durchgegeben, Mr. Newman», erklärte ihm die Stewardeß.

«Danke, Sie haben mir wirklich sehr geholfen.»

«Ich habe in Gatwick zwei Tage frei...»

«Geben Sie mir Ihre Telefonnummer?»

«Das darf ich eigentlich nicht...»

«Aber Sie tun's trotzdem, nicht wahr?»

Er lieh ihr seinen Notizblock und den Kugelschreiber, zündete sich eine Zigarette an und sah zu, wie die Stewardeß ihre Telefonnummer aufschrieb. Sie fügte einen Vornamen hinzu, den Newman als *Susan* entzifferte, obwohl er für ihn auf dem Kopf stand. Er ließ sich den Block zurückgeben und steckte ihn ein, als ein Steward durch den Vorhang in die Bordküche kam. Newman nickte der jungen Frau zu.

«Vielen Dank, daß sie das für mich erledigt haben», sagte er so laut, daß der Steward, der unnötigerweise Gläser polierte, es hören mußte. «Wann ist die Nachricht in London?»

«In wenigen Minuten, Sir.»

«Nochmals vielen Dank...»

Er blinzelte ihr zu, öffnete den Vorhang und kehrte an seinen Platz zurück. Nancy war aufgewacht und reckte sich, so daß ihre vollen Brüste sich unter dem engen Kaschmirpullover abzeichneten. Sie lächelte leicht resigniert, als Newman wieder neben ihr Platz nahm.

«Du Schuft!» fauchte Nancy halb im Ernst. «Du hast mit dieser Stewardeß geflirtet.» Sie schob ihren Arm durch seinen, als ergreife sie auf diese Weise von ihm Besitz. «Weißt du, manchmal überlege ich mir wirklich, ob ich dich nicht endgültig kapern soll, solange ich noch kann. Dich darf man keinen Augenblick unbeaufsichtigt lassen.»

«Mit welcher Stewardeß?»

«Mit der hübschen Rothaarigen, die uns unsere Plätze angewiesen hat, und die du mit den Augen geradezu verschlungen hast. Sie konnte den Blick übrigens auch nicht von dir lassen. Alles natürlich ganz diskret...»

«Unser Reiseplan hat sich geändert», sagte Newman abrupt.
«Was soll das heißen?»

«Trink lieber erst einen Schluck Kaffee, damit du richtig wach bist, wenn ich's dir erzähle.» Er winkte den Steward herbei, der seine Gläser poliert hatte, und bestellte Kaffee. Dann schwieg er, bis Nancy ihre Tasse zur Hälfte leerte.

«So, jetzt bin ich brav gewesen», meinte sie lächelnd. «In welcher Beziehung ändert sich unser Reiseplan?»

«Wir fliegen nicht mit der Dan-Air von Gatwick nach Belp. Statt dessen fahren wir mit dem Bus von Gatwick zum Flughafen Heathrow. Von dort aus fliegen wir mit der Swissair nach Genf weiter. Durch den Umweg über Genf tarnen wir unser eigentliches Reiseziel.»

«Bob!» Nancy setzte sich so ruckartig auf, daß sie beinahe den restlichen Kaffee verschüttet hätte. «Du nimmst diese Sache also plötzlich ernst? Du glaubst, daß dort merkwürdige Dinge vorgehen?» Sie schüttelte den Kopf. «Mein Gott, du bist ein rätselhafter Mensch! Ich frage mich manchmal, ob ich dich jemals richtig kennen werde. Deine ganze Art hat sich verändert...»

«Wenn wir uns etwas vornehmen, müssen wir's professionell aufziehen...»

«Das ist nicht der einzige Grund!» wandte sie sofort ein. «Rosen hat dir irgend etwas erzählt, das deine ganze Einstellung verändert hat. Wozu haben wir uns dann in der Eingangshalle vor dem Tack Room streiten müssen? Diesen peinlichen Auftritt hätten wir uns sparen können!»

«Rosen hat mir nichts Besonderes erzählt», widersprach Newman. «Wir halten uns einfach an meine altbewährten Methoden. Du bist nicht der einzige Mensch, der andere vor vollendete Tatsachen stellen kann.»

«*Touché!*» gab Nancy lächelnd zu. «Aber ich glaub's trotzdem nicht. Wie findest du das?»

Als Newman keine Antwort gab, warf Nancy ihm einen fragenden Blick zu. Er hatte den Kopf mit geschlossenen Augen zurückgelehnt und schien ein Nickerchen zu machen, wozu er jederzeit und allerorten übergangslos imstande war.

Im Cockpit knüllte der Bordingenieur den Zettel mit Newmans inzwischen übermittelter Nachricht zusammen. Der Text war so harmlos gewesen, daß er keinen weiteren Gedanken auf ihn verschwendete. Das an die Firma Riverdale Trust Ltd. mit Postfachanschrift in London gerichtete Funktelegramm war kurz und knapp:

Fliege mit American Airlines... Geschätzte Ankunftszeit Gatwick... Weiterfahrt nach Heathrow, mit Swissair nach Genf, wiederhole Genf. Newman.

Manfred Seidler befand sich auf der Flucht. Er wußte, daß es um sein Leben ging, und er benützte sämtliche Tricks, um einen Nebelschleier zwischen sich und seine potentiellen Verfolger zu legen. Mit Hilfe falscher Papiere mietete er bei Hertz neben dem Berner Hotel Bellevue Palace einen Leihwagen.

Er fuhr nur bis Solothurn, wo er das Auto zurückgab. Auf dem Bahnhof stieg er in den nächsten Zug nach Basel. Falls jemand ihn bis Solothurn verfolgte, würde er – hoffentlich! – annehmen, Seidler sei nach Zürich weitergefahren. Er förderte diesen Eindruck, indem er zwei Fahrkarten kaufte – eine nach Zürich, die andere nach Basel. Seidler war vorsichtig genug, sie im Abstand von zehn Minuten an zwei verschiedenen Schaltern zu kaufen. Als der Schnellzug bremste und langsam in die riesige Bahnhofshalle in Basel einfuhr, stand Seidler bereits mit dem Koffer in der Hand an der Tür.

Er rief aus der nächsten Telefonzelle Erika Stahel an und merkte dabei, daß er alle Reisenden anstarrte, die sich auffällig lange in seiner Nähe herumzutreiben schienen. Seidler wußte, daß er verdammt nervös war. In dieser Verfassung machte man leicht gravierende Fehler. Großer Gott, warum ging die Kuh denn nicht ans Telefon? Im nächsten Augenblick meldete sich eine vertraute Stimme.

«Hör zu, hier ist Manfred...»

«Ah, eine Stimme aus weiter Vergangenheit! Das ist aber eine Überraschung!»

Es klang nicht übermäßig freundlich und schon gar nicht begeistert. Seidler riß sich zusammen, denn er wußte, was für ihn auf dem Spiel stand. Er zwang sich, freundlich, aber nicht kriecherisch höflich zu sprechen. Wenn er sich seine Nervosität anmerken ließ, konnte er nicht darauf hoffen, bei ihr unterzukommen. Erika wußte ungefähr, wodurch er sich seinen Lebensunterhalt verdiente.

«Ich muß mich irgendwo ausruhen, ein bißchen erholen...»

«Natürlich im Bett?»

Ihre melodische Stimme klang sarkastisch. Er fragte sich, ob sie womöglich einen Mann bei sich in der Wohnung hatte. Das wäre eine Katastrophe gewesen. Sein letzter Besuch lag schon einige Monate zurück.

«Ich brauche *dich*», erklärte er ihr. «Ich möchte mit jemand reden können. Vergiß mal das Bett...»

«Spreche ich tatsächlich mit Manfred Seidler?» Aber ihre Stimme klang weicher. «Woher kommst du gerade?»

«Aus Zürich», log er rasch.

«Und wo bist du jetzt?»

«Müde und hungrig in einer Telefonzelle am Hauptbahnhof. Du brauchst nicht zu kochen, Schatz. Ich lade dich ins beste Restaurant der Stadt ein.»

«Du hast damit gerechnet, daß ich zu Hause bin und nur auf deinen Anruf warten würde?»

«Erika», sagte er energisch, «heute ist Samstag. Ich weiß, daß du samstags nicht arbeitest. Deshalb habe ich gehofft, daß du zu Hause sein würdest.»

«Du weißt ja, wo ich wohne, Manfred...»

Erika Stahel wohnte in einem kleinen Apartment im ersten Stock eines Hauses am Münsterplatz. Seidler schleppte seinen Koffer durch das einsetzende Schneetreiben, ohne die in langer Schlange wartenden Taxis vor dem Bahnhof zu beachten. Er hätte sich die Fahrt ohne weiteres leisten können, aber Taxifahrer hatten ein gutes Gedächtnis. Und sie gehörten oft zu den ersten von der Schweizer Polizei angezapften Informationsquellen.

Kurz nach 10 Uhr drückte er auf den Klingelknopf neben dem Namen *E. Stahel*. Sie meldete sich so prompt über die Sprechanlage, als habe sie nur auf sein Klingeln gewartet.

«Ja, bitte?»

«Hier ist Manfred. Ich erfriere...»

«Komm!»

Der elektrische Türöffner summte. Seidler drückte die Haustür auf, während er sich nach beiden Seiten umsah. Nachdem die Tür hinter ihm ins Schloß gefallen war, ignorierte er den Lift und benützte statt dessen die Treppe. Im Aufzug konnte man geschnappt werden, falls einem jemand aufgelauert hatte. Seidler war inzwischen so nervös und mißtrauisch, daß er überall Fallen witterte.

Erikas Wohnungstür stand einen Spalt weit offen. Er wollte sie schon aufstoßen, machte dann aber doch eine Pause und fragte sich, was ihn dahinter erwarten mochte. Da ging die Tür nach innen auf, und Erika stand vor ihm. Sie war nur 1,60 Meter groß: eine zierliche, 28jährige Brünette mit hoher Stirn und klugen dunklen Augen.

«Worauf wartest du noch? Ich sehe dir an, daß du frierst und nervös bist – und Hunger hast. Das Frühstück steht schon auf dem Tisch, und der Kaffee ist fertig. Gib mir deinen Koffer, damit ich ihn wegstellen kann...»

Das alles sagte sie mit ihrer ruhigen, melodischen Stimme, während sie die Wohnungstür schloß und die Hand nach Seidlers Handkoffer ausstreckte. Er schüttelte den Kopf, sah ein, daß er nicht unhöflich sein durfte, und lächelte. Seine Erleichterung war nicht gespielt. Hier fühlte er sich geborgen.

«Wenn du nichts dagegen hast, bringe ich den Koffer ins Schlafzimmer. Ich brauche ein paar Minuten Zeit, um mich frisch zu machen.»

65

«Du weißt ja, wo das Schlafzimmer ist...» Ihr Tonfall war scherzhaft, aber sie beobachtete Seidler aufmerksam.

Als er die Schlafzimmertür hinter sich geschlossen hatte, legte er seinen Koffer auf das französische Bett und sah sich rasch um. Er brauchte ein Versteck, ein sicheres Versteck – und mußte es binnen weniger Minuten finden.

Seidler rückte lautlos einen Stuhl an den alten Bauernschrank, stieg auf den Sitz und wischte mit dem Zeigefinger oben über den Schrank. Sein Finger wurde staubig. Die ganze Wohnung blitzte vor Sauberkeit – aber kleine Frauen denken häufig nicht an die Oberseite hoher Schränke. Er stieg vom Stuhl und öffnete seinen Koffer.

Unter den Hemden kam ein kleiner Aktenkoffer zum Vorschein. Seidler öffnete lautlos die Verschlüsse und nahm mehrere große Umschläge heraus. Alle enthielten größere Geldbeträge: Er hatte sein Schließfach bei einer Berner Bank am Freitagnachmittag kurz vor Schalterschluß ausgeräumt. Ein weiterer Umschlag enthielt die zwanzig 500-Franken-Scheine, die er dem ermordeten Franz Oswald in Wien abgenommen hatte.

Seidler stieg mit den Umschlägen in der rechten Hand wieder auf den Stuhl und verteilte sie auf der durch einen hohen Schnitzrand eingefaßten Oberseite des Bauernschranks. Zuletzt legte er zwei ladenneue Oberhemden in ihrer Originalverpackung in den Aktenkoffer, um dessen Mitnahme zu rechtfertigen, ließ die Schlösser des größeren Koffers zuschnappen und schob ihn vorläufig unter das breite französische Bett.

«Mmmm, wie das nach Kaffee und Croissants duftet!» sagte er lächelnd, als er wieder ins Wohnzimmer eintrat, wo Erika den Frühstückstisch in der Eßnische gedeckt hatte. «Jetzt merke ich überhaupt erst, wie hungrig und durstig ich bin!»

«Na, das nenne ich eine rasche Veränderung!» Ihre dunklen Augen betrachteten ihn forschend. «Bist du froh, nicht mehr auf der Straße sein zu müssen, Manfred?»

Er stürzte den Kaffee, den sie ihm einschenkte, hinunter, obwohl er sich beinahe daran verbrannte. Dann setzte er sich hin und verschlang drei Croissants, während die ihm gegenübersitzende Erika ihn nachdenklich beobachtete. Wie Seidler war auch sie eine Vollwaise ohne nähere Angehörige. Erika hatte als kleine Sekretärin bei einer Bank angefangen und sich bis zur Chefsekretärin hinaufgearbeitet. Wahrscheinlich war es nur in diesem Land möglich, durch Fleiß und Pflichtbewußtsein auf solche Weise Karriere zu machen.

«Ich genieße mein Alleinsein», hatte sie einst einer Freundin anvertraut. «Ich habe eine gute Stellung, eine hübsche Wohnung und einen zärtlichen Liebhaber (damit meinte sie Manfred, obwohl sie seinen Namen nicht nannte). Was kann man sich mehr wünschen? Ich weiß jedenfalls Besseres, als zu Hause angehängt zu sein, mit einem quengelnden Kind auf dem Arm im Supermarkt einzukaufen – und einen Ehemann zu haben, der nach drei Jahren einen Blick für die hübschen Sekretärinnen in seinem Büro entwickelt...»

«Bist du froh, nicht mehr auf der Straße sein zu müssen, Manfred?» wiederholte sie jetzt.

«Natürlich! Dieser scheußliche Schneeregen... Und ich bin ein bißchen erholungsbedürftig. Ich möchte mich irgendwo verkriechen, wo mich niemand kennt. Wo kein Telefon klingelt», fügte er rasch hinzu.

Seidler hatte ausnahmsweise einmal die Wahrheit gesagt. Er hatte sich ganz bewußt für Basel als Zufluchtsort entschieden. Falls eine rasche Flucht notwendig werden sollte, brauchte er in dieser Dreiländerecke nur auf dem Hauptbahnhof in einen Zug zu steigen, der ihn binnen weniger Minuten nach Deutschland brachte. Oder er konnte auf dem Bahnhof in einen anderen Flügel überwechseln und befand sich bereits auf französischem Boden. Ja, Basel war ein gutes Versteck, bis er sich überlegt hatte, wie alles weitergehen sollte – bis sich irgend etwas ergeben hatte. Für Manfred Seidler ergab sich immer irgend etwas. Und außerdem lebte in Basel Erika. Seidler, der seinen Lebensunterhalt überwiegend mit illegalen, nahezu kriminellen Tätigkeiten bestritt – und der inzwischen ein Mörder geworden war –, erkannte sehr wohl, daß Erika ein *anständiges* Mädchen war. Er empfand es als angenehme Abwechslung, mit ihr zusammen zu sein. Jetzt schrak er aus seinen Gedanken auf, weil er merkte, daß Erika etwas gesagt hatte.

«Entschuldigung, ich hab' nicht richtig zugehört...»

«Übrigens bin ich seit deinem letzten Besuch befördert worden», wiederholte Erika.

«Schon wieder? Du bist doch schon Chefsekretärin eines Direktors gewesen...»

«Jetzt bin ich Chefsekretärin des Vorstandsvorsitzenden.» Sie beugte sich über den Tisch, und er starrte die beiden einladenden Ausbuchtungen unter ihrer geblümten Bluse an. «Manfred», fuhr sie fort, «hast du – ich weiß, du kommst viel herum – schon jemand das Wort *Terminal* benutzen gehört?»

Das Wohlbehagen, das das Frühstück, die Wärme in der Wohnung und Erikas Nähe in Seidler bewirkt hatten, war schlagartig verflogen. Ein einziges Wort hatte genügt, um seinen Alptraum zurückzubringen. Er bemühte sich, Erika nicht zu zeigen, wie sehr sie ihn erschreckt hatte.

«Kann schon sein», antwortete er lächelnd, «wenn du mir zuerst sagst, wo du's gehört hast.»

Erika zögerte, weil Neugier und Integrität im Widerstreit lagen. Die Neugier siegte. Sie holte tief Luft und faßte mit ihrer kleinen Hand nach seiner Rechten.

«Ich habe bei einer Vorstandssitzung Kaffee serviert. Mein Chef hat seine Kollegen gefragt: ‹Hat jemand von Ihnen mehr über diese *Terminal*-Sache in Erfahrung gebracht – oder ist das Ganze wieder nur so ein Gerücht, das mit dem Goldklub zusammenhängt?›»

«Mit dem Goldklub? Was ist das für ein Klub?»

«Na ja, der existiert nicht offiziell. Soviel ich weiß, besteht er aus einer Gruppe von Bankiers, die bestimmte politische Ansichten vertreten. Diese Gruppierung ist als Goldklub bekannt geworden...»

«Und dein Chef gehört ihm an?»

«Ganz im Gegenteil! Er ist mit den Ansichten – die ich übrigens nicht kenne – dieser Kollegen ganz und gar nicht einverstanden. Der Goldklub hat sich übrigens in Zürich etabliert.»

«In Zürich? Nicht in Bern?» erkundigte Seidler sich.

«Nein, ganz bestimmt in Zürich.»

«Wer ist eigentlich dein Chef?» fragte er beiläufig.

«Ich habe schon zuviel von meiner Arbeit gesprochen...»

«Sein Name ließe sich leicht feststellen», fuhr Seidler lächelnd fort. «Ich brauche nur in die Bank zu kommen und mir den letzten Geschäftsbericht geben zu lassen. Wahrscheinlich genügt sogar ein kurzer Anruf. Das weißt du natürlich so gut wie ich, nicht wahr?»

«Wahrscheinlich hast du recht», stimmte sie widerstrebend zu. «Außerdem habe ich keinen Grund, dir den Namen zu verheimlichen. Ich bin Dr. Max Nagels Sekretärin.» Erika machte eine Pause. «Bezeichnet *Terminal* als Anglizismus einen Bahnhof? Das wäre die im Augenblick umlaufende Version.»

«Richtig!» bestätigte er. «Mehr weiß ich leider auch nicht.»

«Einen Bahnhof – keinen *Flughafen*?» fragte Erika weiter. «Wie du weißt, haben wir hier in Basel einen eigenen Flughafen.»

«Nein, nein, mit Flughäfen hat dieser Ausdruck nichts zu tun!» versicherte er ihr.

Seidler stand auf und tupfte sich die Lippen mit der Serviette ab. Er erbot sich, das Geschirr abzuräumen, aber Erika schüttelte den Kopf, trat dicht an ihn heran, schlang ihm die Arme um den Hals und drängte sich gegen ihn. Während sie sich küßten, tasteten seine Hände nach den Knöpfen ihrer auf dem Rücken geknöpften Bluse.

«Eine letzte Frage zu diesem Goldklub», flüsterte er. «Hat er irgendwas mit Barrengold zu tun?»

«Nein, das ist nur ein Phantasiename», antwortete Erika. «Du weißt ja, wie reich die Züricher Bankiers sind. Der Name paßt einfach gut zu ihnen.»

Er öffnete die beiden obersten Knöpfe, schob seine Hand unter den dünnen Blusenstoff und erwartete, auf den Hakenverschluß

69

ihres Büstenhalters zu stoßen. Aber seine tastenden Finger berührten nur warme Haut. Seidler öffnete zwei weitere Knöpfe und merkte, daß Erika unter ihrer Bluse nackt war. Sie hatte den Büstenhalter ausgezogen, während er im Schneeregen vom Bahnhof zum Münsterplatz unterwegs gewesen war.

Sie hatten Spaß im Bett, doch als Erika sich danach mit geschlossenen Augen an ihn kuschelte, begann er, sich große Sorgen zu machen. War Basel möglicherweise der ungeeignetste Zufluchtsort, den er sich hatte aussuchen können? War er in die Höhle des Löwen geraten? Er würde untergetaucht bleiben müssen. Außerdem würde er die Zeitungen aus Genf, Bern und Zürich sowie die Lokalpresse lesen. Vielleicht ergab sich irgendein Hinweis auf eine Möglichkeit, der vor seinem inneren Auge stehenden Schreckensvision zu entrinnen..

8

London, 13. Februar 1984. 6°C. Um 10 Uhr herrschte in Tweeds Arbeitszimmer eine Atmosphäre nervöser Spannung und entsetzter Verwirrung. Außer Tweed waren dort anwesend: sein Vorgesetzter Howard, der soeben von einem Wochenende auf dem Land zurückgekehrt war; Monica, das «späte Mädchen» unbestimmbaren Alters, das Tweeds unentbehrliche rechte Hand war; und Mason, den Tweed anscheinend aus einer Laune heraus nach London zitiert hatte.

Der «Gegenstand», den Mason von Franz Oswald gekauft und mitgebracht hatte, lag jetzt in Tweeds Stahlschrank. Keiner von ihnen hatte *dieses* Ding ständig vor Augen haben wollen.

Howard, der seinen für Wochenenden auf dem Lande reservierten, kleinkarierten Anzug trug, war stinkwütend. Er war der

Überzeugung, Tweed habe seine Abwesenheit dazu genutzt, alle möglichen gefährlichen Vorhaben anzuleiern. Noch schlimmer war für ihn alles dadurch geworden, daß Tweed soeben aus der Downing Street zurückgekommen war, wo er über eine Stunde lang unter vier Augen mit der Premierministerin gesprochen hatte.

«Haben Sie sie um diese Vollmacht gebeten?» erkundigte Howard sich eisig.

Tweed warf einen Blick auf das Schreiben mit dem Briefkopf der Premierministerin, das er absichtlich auf seinem Schreibtisch liegengelassen hatte. Es erteilte Tweed alle Vollmachten für Ermittlungen, die er für erforderlich hielt. In einem Postskriptum wurde ihm sogar das Recht eingeräumt, die Premierministerin jederzeit aufzusuchen, falls sich neue Aspekte ergaben.

«Nein», antwortete Tweed, der wie die anderen stand und mit dem Taschentuch seine Brille putzte. «Das ist ihre Idee gewesen. Ich habe natürlich nicht widersprochen...»

«Natürlich nicht!» stimmte Howard sarkastisch zu. «Was haben Sie als nächstes vor, nachdem Sie den ganzen Laden durcheinandergebracht haben?»

«Bei diesen Ermittlungen brauche ich Hilfe von außen.» Tweed setzte die Brille auf und blinzelte Howard kurzsichtig an. «Wie Sie wissen, sind unsere eigenen Leute völlig überlastet. Wir müssen als Helfer nehmen, wen wir kriegen können...»

«Ein Name – oder mehrere Namen – wäre beruhigend.»

«Ich weiß nicht, ob das klug wäre. Verläßliche Unterstützung können wir uns nur auf der Grundlage hundertprozentiger Diskretion sichern. Wenn ich als einziger ihre Identität kenne, wissen sie sofort, wer schuld ist, falls die Sache schiefgeht. Das gibt ihnen Sicherheit und Vertrauen. Ich übernehme die volle Verantwortung.»

«Das heißt also, daß Sie bereits einen Außenstehenden angeheuert haben!» warf Howard ihm vor.

Tweed zuckte mit den Schultern und starrte den Brief auf seinem Schreibtisch an. Howard kochte vor Wut. Tweed ver-

71

hielt sich in diesem atypisch, aber er schreckte vor nichts zurück, wenn es darum ging, die Identität eines Helfers oder Informanten zu schützen. Ihm wurde jedoch klar, daß er sich Howard gegenüber schlecht verhalten hatte – vor allem in Anbetracht der Tatsache, daß sie nicht allein waren.

«Es hat bereits einen Toten gegeben», teilte er seinem Vorgesetzten mit. «In Wien ist ein Mann ermordet worden. Mason kann Ihnen darüber berichten...»

«Verdammt noch mal, wo werden wir da hineingezogen?» knurrte Howard aufgebracht.

«Darf ich kurz Bericht erstatten, Sir?» warf Mason ein. Er betrachtete Howards knappes Nicken als Erlaubnis und schilderte in kurzen Worten sein Erlebnis mit Franz Oswald. Howard hörte schweigend zu; seine vorgeschobene Unterlippe verriet Mißbilligung – und Besorgnis, für die Tweed volles Verständnis hatte. Auch er war mit der Entwicklung dieses Falls keineswegs zufrieden.

«Und hat er Ihnen erzählt – als er noch gelebt hat –, wie er zu diesem *Ding* gekommen ist?»

Howard nickte dabei zu Tweeds Stahlschrank hinüber. Er hatte sich beruhigt, während Mason Bericht erstattete; er konnte den Captain zwar nicht leiden, aber er respektierte ihn als gesellschaftlich gleichrangig. Das Dumme war nur, daß Mason Tweeds Mann war. Wie Monica, diese verdammte alte Jungfer, die noch kein Wort gesagt hatte – und von der Howard wußte, daß sie ein so phantastisches Gedächtnis hatte, daß sie imstande war, dieses Gespräch später wörtlich wiederzugeben.

«Nein, Sir, das hat er nicht», antwortete Mason gelassen. «Ich habe ihn natürlich danach gefragt, aber er hat sich kategorisch geweigert, auf Einzelheiten einzugehen. Immerhin ist es mir gelungen, den Mann zu photographieren, der in Wien-Schwechat den Schweizer Lear Jet bestiegen hat. Für eine Aufnahme mit Teleobjektiv ist sie ganz gut gelungen.»

«Zeigen Sie sie mir», verlangte Howard. «Haben Sie die Aufnahme bei sich?»

Mason warf Tweed einen fragenden Blick zu, was Howard noch mehr erbitterte. Tweed nickte zustimmend und wünschte, Mason hätte ihn nicht um Erlaubnis gebeten. Andererseits hatte Mason vielleicht recht, wenn er in diesem Fall sehr, sehr vorsichtig agierte. Tweed beobachtete, wie Howard das Photo studierte, das Mason ihm gegeben hatte.

«Haben Sie eine Ahnung, wer das ist?» erkundigte Howard sich.

«Er kommt mir bekannt vor», antwortete Tweed. «Mir fällt sein Name bestimmt noch ein...»

«Lassen Sie ihn im Archiv überprüfen», schlug Howard vor. Er wandte sich wieder an den Captain. «Passen Sie auf, Mason! Ich sage jetzt ein Wort, auf das Sie augenblicklich reagieren sollen. Sprechen Sie sofort aus, was Ihnen dazu einfällt, ohne lange darüber nachzudenken. Fertig? *Terminal*...»

«Stromkreis», erwiderte Mason prompt.

«Hmmm, das ist interessant!» Howard wandte sich an Tweed. «Die Schweizer stellen immer größere Teile ihrer Energiewirtschaft auf Strom aus Wasserkraft um – weil sie vom Erdöl wegkommen wollen. Haben Sie das gewußt?»

«Ja.» Tweed nickte langsam. «Vielleicht keine schlechte Idee», gab er zu.

«Was wäre, wenn wir's bei dieser Sache mit einem großangelegten Sabotageunternehmen zu tun hätten?» Howard begeisterte sich für seine Vermutung. «Der Gegner hat vor, die Schlüsselpunkte der Schweizer Energieversorgung lahmzulegen, sobald ihm der Zeitpunkt dafür gekommen zu sein scheint.»

«Möglicherweise haben Sie damit recht. Das wird sich herausstellen, sobald wir rauskriegen, was in der Schweiz wirklich vor sich geht. Ich muß einen Mann hinschicken, der der Schweizer Polizei und dem militärischen Nachrichtendienst dort nicht bekannt ist. Das wäre bei Mason der Fall. Und unser Botschafter in Wien ist einverstanden, ihm drei Wochen Sonderurlaub zu gewähren...»

«Eine gute Idee!» stimmte Howard zu. Seitdem er *aktiv* mitarbeitete, kam ihm die Sache nicht mehr ganz so verworren vor. Er hielt den Zeitpunkt für gekommen, um eine gewisse Kompromißbereitschaft an den Tag zu legen. Deshalb nickte er jetzt zu dem Brief auf Tweeds Schreibtisch hinüber. «Mit ihrer Unterstützung können wir alles anfordern, was wir brauchen. Aber die Geschichte macht mir trotzdem Sorgen. Wer hätte gedacht, daß die Schweizer in derartig weitreichende internationale Verwicklungen verstrickt werden könnten. Ja, Mason, was wollten Sie sagen?»

«Darf ich mich zum Frühstück abmelden, Sir – wenn Sie mich nicht mehr brauchen? Bordverpflegung dreht mir den Magen um. Ich habe seit gestern abend nichts mehr gegessen.»

«Sehen Sie zu, daß Sie was Kräftiges zwischen die Zähne bekommen!» rief Howard ihm jovial. «Oder braucht Tweed Sie vielleicht noch?»

«Ich besorge Ihnen ein Flugticket nach Zürich», erklärte Tweed dem Captain. «Von dort aus fahren Sie mit dem Zug nach Bern weiter – die Fahrt dauert nur eineinhalb Stunden. Aber frühstücken Sie erst einmal in aller Ruhe. Und vielen Dank, Mason. Ich weiß noch nicht genau, auf was Sie da gestoßen sind, aber es ist bestimmt eine große Sache. Das spüre ich in den Knochen.»

«Howard ist ein verdammt unangenehmer Vorgesetzter», meinte Monica, als sie mit Tweed allein war. «Nie ausgeglichen, wie ein Jo-Jo in seinen Stimmungen, auf und ab und auf und...»

«Das hängt mit seiner Frau Eve zusammen», erklärte Tweed. Er lehnte sich in seinen Drehsessel zurück. «Ich hab' sie nur einmal kurz kennengelernt. Sehr aristokratisch, sehr überlegen. Sie hat sich wirklich Mühe gegeben, mir das Gespräch mit ihr zu verleiden.»

«Weil sie Angst vor Ihnen hat», stellte Monica scharfsinnig fest.

«Unsinn!» protestierte Tweed.

«Sie ist ehrgeizig; sie treibt Howard an, Karriere zu machen.

Wenn sie erfährt, daß die Premierministerin *Ihnen* unbeschränkte Vollmachten erteilt hat, bekommt sie bestimmt einen Wutanfall. Ich kenne diesen Frauentyp. Außerdem ist sie sehr reich – sie hat ein großes Paket ICI-Aktien geerbt. Damit fühlt man sich auch als Frau mächtig.»

«Armer Howard!» sagte Tweed, und seiner Stimme war ein Mitgefühl anzumerken. Er schaute zu Monica hinüber, in deren Gesellschaft er sich wohlfühlte – und deren bedingungslose Loyalität er manchmal fast besorgniserregend fand. Unter anderen Umständen hätte er ihr vielleicht längst einen Heiratsantrag gemacht, aber das war in seiner Dienststellung natürlich unmöglich. «Ich bin verabredet», erklärte er ihr und stand auf. «Wann ich zurückkomme, weiß ich noch nicht...»

«Sind Sie wenigstens telefonisch zu erreichen?» fragte Monica automatisch.

«Diesmal nicht.» Er blieb an der Tür stehen, und sie hütete sich, ihm etwa in den Mantel zu helfen. Tweed konnte es nicht leiden, bemuttert zu werden. «Monica, bitten Sie Mason, auf mich zu warten, sobald er zurückkommt. Bestellen Sie ihm, daß er eine Akte über Professor Armand Grange, den Chefarzt der Klinik Bern, zusammenstellen soll.»

Lee Foley, die Hände tief in den Taschen seiner Lammfelljacke, marschierte in gleichmäßigem Schritt den Piccadilly entlang. Die feuchte Londoner Kälte setzte ihm ärger zu als der schneidende Wind in New York. Kein Wunder, daß die Engländer einst die Welt beherrscht hatten! Wer dieses Klima aushielt, war allen Klimalagen auf der ganzen Welt gewachsen.

Er sah auf die Uhr. Der Anruf mußte zum genau vereinbarten Zeitpunkt kommen. Sein Kontaktmann erwartete ihn unter der angegebenen Nummer. Foley blickte sich unauffällig um, bevor er die Treppe zum U-Bahnhof Piccadilly Circus hinabstieg. Eigentlich gab es keinen Grund, sich beobachtet zu fühlen, aber Foley war mißtrauisch und wollte auch diesmal ganz sichergehen.

In der Telefonzelle sah er erneut auf die Armbanduhr, wartete eine Viertelminute, bis sie genau 11 Uhr anzeigte, und nahm den Hörer ab. Foley wählte eine Londoner Nummer, warf nach dem Piepton ein 10-Pence-Stück ein und hörte die vertraute Stimme. Er gab sich zu erkennen und hörte zunächst nur zu, bevor er antwortete.

«So, und jetzt lassen Sie mich mal reden. Ich fliege heute mit der nächsten Maschine nach Genf. Dort bleibe ich im Hôtel des Bergues. Sobald der Zeitpunkt dafür gekommen ist, reise ich nach Bern weiter. Ich nehme mir dort ein Zimmer im Hotel Savoy in der Nähe des Hauptbahnhofs – die Telefonnummer können Sie bei der Fernsprechauskunft erfragen. Am besten bleiben wir ab sofort in enger Verbindung. Sie müssen mich auf dem laufenden halten. Ende.»

Tweed kehrte um 12.30 Uhr ins Büro zurück, hängte seinen Mantel achtlos am Haken auf und nahm an seinem Schreibtisch Platz. Monica, die gerade mit Mason eine Akte durchging, runzelte die Stirn. Er hätte ihn auf einen Kleiderbügel hängen sollen; kein Wunder, daß sein Mantel immer so verknittert war! Aber sie hütete sich, Tweed darauf anzusprechen oder ihm den Mantel aufzuhängen. Tweed war länger als zwei Stunden fort gewesen.

«Ich habe für Mason einen Platz an Bord des Swissair-Flugs SR 805 gebucht. Abflug Heathrow 14.45 Uhr, Ankunft Kloten 17.20 Uhr Ortszeit...»

«Das schafft er leicht», stimmte Tweed mit geistesabwesendem Gesichtsausdruck zu. «Was treibt ihr zwei hier?»

«Wir haben uns Hunderte von Photos angesehen», antwortete Monica. «Wir sind auf den Mann gestoßen, der in Wien-Schwechat in den Schweizer Lear Jet gestiegen ist. Er heißt Manfred Seidler.»

«Ganz bestimmt?»

«Hundertprozentig», bestätigte Mason. «Hier, vergleichen Sie die Photos selbst.»

Er legte Tweed die von ihm auf dem Flughafen gemachte Aufnahme des Unbekannten auf den Schreibtisch. Monica legte die Akte Seidler mit aufgeschlagener Seite drei, die ein anderes Photo enthielt, daneben.

«Der arme alte Manfred», sagte Tweed halb zu sich selbst. «Diesmal scheint er in etwas verwickelt zu sein, dem er nicht gewachsen ist...»

«Sie kennen ihn?» fragte Mason.

«Ich *habe* ihn gekannt. Als ich auf der anderen Seite des Ärmelkanals gearbeitet habe. Seidler sammelt – und verkauft – allen möglichen Kram, der manchmal gar nicht so unbedeutend ist. Er lebt von seinen ausgezeichneten Verbindungen, die bis in den Ostblock reichen. Zwischendurch landet er immer wieder mal einen größeren Coup. Ich weiß allerdings nicht, wo er sich jetzt aufhält. Das müssen Sie feststellen, Mason.»

«Dann steht mir einiges an Arbeit bevor. Manfred Seidler aufspüren, Informationen über Professor Grange sammeln... Unser Archiv enthält nichts über ihn.»

«Der Computer hat nichts über ihn ausgespuckt», warf Monica ein.

«*Computer*?» Tweed verzog das Gesicht, schien etwas sagen zu wollen und schwieg dann aber doch. Er wandte sich wieder Mason zu. «Sobald Sie dieses Gebäude verlassen, müssen Sie darauf achten, ob Sie beschattet werden, Mason. Vor allem nach Ihrer Ankunft in der Schweiz.»

«Denken Sie an etwas Bestimmtes?»

«Es hat bereits einen Toten gegeben – diesen Franz Oswald. Was hier in meinem Stahlschrank liegt, ist so wichtig, daß es Leute gibt, die dafür morden...» Er warf Monica einen fragenden Blick zu. «Oder hat der Kurier des Verteidigungsministeriums das Ding inzwischen abgeholt?»

«Bisher noch nicht...»

«Schwachsinn!» Tweeds dicke Finger trommelten einen Marsch auf der Schreibtischplatte. «Je früher die Fachleute das Beweisstück untersuchen...»

77

«Charlton ist immer sehr vorsichtig», warf Monica ein. «Und sehr sicherheitsbewußt. Ich vermute, daß der Kurier nach Einbruch der Dunkelheit kommt.»

«Ja, wahrscheinlich haben Sie recht. Ich bleibe jedenfalls im Büro, bis wir das Ding losgeworden sind. Doch zurück zu Ihnen, Mason», fuhr er fort. «Ein weiterer unbekannter Faktor ist die Haltung der Schweizer Behörden – der Bundespolizei und des militärischen Nachrichtendienstes. Die beiden könnten Ihnen Steine in den Weg legen...»

«Aber weshalb denn?» protestierte Monica.

«Mir macht der Lear Jet mit Schweizer Kennzeichen Sorgen», erklärte Tweed ihr. Er nickte Mason zu. «Seien Sie jedermann gegenüber mißtrauisch. Übrigens noch etwas: Wir haben für Sie ein Zimmer im Hotel Bellevue Palace in Bern reservieren lassen.»

Mason stieß einen leisen Pfiff aus. «Donnerwetter – die reinste VIP-Behandlung! Wenn Howard das erfährt, gibt's wieder Stunk!»

«Das Hotel liegt günstig», stellte Tweed fest. «Vielleicht komme ich später auch hin.»

Monica hatte Mühe, ihre ausdruckslose Miene zu bewahren. Sie wußte genau, daß Tweed in wenigen Tagen selbst im Bellevue Palace wohnen würde; sie hatte die Zimmerreservierung selbst aufgegeben. Tweed, der von Natur aus verschlossen war, ließ sich diesmal noch weniger als sonst in die Karten blicken. Aber warum weihte er nicht einmal seinen eigenen Mitarbeiter in seine Reisepläne ein? Er verdächtigte doch nicht etwa auch Mason?

«Weshalb günstig?» erkundigte Mason sich.

«Jedenfalls zentral», antwortete Tweed kurz, ohne weiter darauf einzugehen. «Die Sache kommt allmählich in Gang», fuhr er mit geistesabwesendem Blick fort. «Wir stellen die Schachfiguren auf, könnte man sagen. Eines wüßte ich allerdings nur allzugern: Wo steckt Manfred Seidler in diesem Augenblick?»

Basel, 13. Februar 1984. −2 °C. Seidler fühlte sich noch immer verfolgt. Er hatte das ganze Wochenende in Erika Stahels Apartment verbracht und wurde das Gefühl nicht los, die Wände rückten immer näher zusammen und wollten ihn erdrücken. Als er hörte, daß die Wohnungstür aufgesperrt wurde, griff er nach seiner 9-mm-Luger, von der Erika nichts wußte, weil er die Pistole vor ihr versteckt hatte.

Als Erika mit ihrem Einkaufskorb voller Lebensmittel hereintrat, war die Luger unter einem Couchkissen verschwunden. Sie warf die Tür mit dem Fuß hinter sich zu und riskierte einen Blick auf die vielen Tageszeitungen auf dem Couchtisch. Erika war morgens in aller Frühe aus dem Haus gegangen, um sie für Seidler zu kaufen. Jetzt war sie aus dem Büro herbeigeeilt – sie hatte nur eine Stunde Mittagspause –, um für ihn zu kochen.

«Steht irgend etwas in den Zeitungen?» fragte Erika aus der winzigen Einbauküche.

«Nichts. Noch nichts. Du brauchst wirklich nicht für mich zu kochen ...»

«Ach, das dauert doch nicht lange. Wir können uns beim Essen unterhalten.»

Seidler betrachtete die Zeitungen. Die *Berner Zeitung,* den Zürcher *Tages-Anzeiger,* das *Journal de Genève* und die Basler Lokalpresse. Er hielt eine der Zeitungen hoch, so daß sein Aktenkoffer darunter zum Vorschein kam. Sein Entschluß stand fest.

Seit frühester Jugend hatte Seidler alle möglichen kleinen und größeren Straftaten verübt, um zu Geld zu kommen. Er war bei einer Tante in Wien aufgewachsen – nachdem sein Vater an der Ostfront gefallen und seine Mutter von den einmarschierenden Russen ermordet worden war – und hatte danach ein unstetes Wanderleben geführt. Und jetzt, wo er Geld besaß, und sich am liebsten zur Ruhe gesetzt hätte, waren alle hinter ihm her, um ihn zu Tode zu hetzen.

Er hatte Erika sehr, sehr gern, weil sie ein so *anständiges* Mädchen war. Seidler deckte den Tisch, hörte sich lächelnd an, was

79

Erika vom Vormittag in der Bank erzählte, und kam erst beim Kaffee auf seinen Vorsatz zu sprechen.

«Hör mir gut zu, Erika. Falls mir etwas zustoßen sollte, möchte ich, daß du das hier bekommst...»

Seidler klappte den Aktenkoffer auf, so daß die Banknotenbündel – lauter Schweizer Franken – sichtbar wurden. Erikas Gesicht verriet nicht, was sie dachte, während sie aufstand. Sie zog zwei, drei Bündel heraus, las den Banderolenaufdruck und legte sie wieder hinein. Dann starrte sie ihn fassungslos an.

«Manfred, das sind mindestens eine halbe Million Franken!»

«Nicht ganz, aber beinahe. Ich möchte, daß du das Geld mitnimmst und in einem Schließfach deponierst – aber nicht bei deiner Bank. Am besten läßt du nachher ein Taxi kommen. *Damit* darfst du nicht durch die Straßen gehen – nicht mal in Basel.»

«Das kann ich nicht annehmen!» Erika griff nach seiner Hand, und er merkte, daß ihr die Tränen kamen. «Geld interessiert mich nicht – nur du interessierst mich!»

«Gut, dann bringst du's eben für uns beide zur Bank. Aber unter *deinem* Namen, verstanden? Auf keinen Fall unter meinem Namen», warnte er sie.

«Manfred...» Sie setzte sich auf seinen Schoß. «Vor wem hast du Angst? Hast du das Geld gestohlen?»

«Nein!» Er reagierte empört, um sie zu überzeugen. «Ich hab' mir's ehrlich verdient. Jetzt brauchen meine Auftraggeber mich nicht mehr. Unter Umständen halten sie mich für gefährlich, weil ich viel über sie weiß. Deshalb darf ich nicht mehr allzu lange bei dir bleiben...»

«Du kannst bleiben, so lange du willst! Wer sind diese Leute?»

«Vor allem ein Mann mit gewaltigem Einfluß. Ich traue ihm sogar zu, daß er die Polizei dazu bringt, nach seinen Anweisungen zu handeln.»

«Unsere Schweizer Polizei?» Erika schüttelte ungläubig den Kopf. «Du siehst müde und erschöpft aus, Manfred. Und den Einfluß dieses Mannes überschätzt du bestimmt. Wenn ich dir einen Gefallen tue, bin ich gern bereit, ein Schließfach für den Geldkoffer zu mieten – aber du mußt den Schlüssel dazu behalten!»

«Gut, einverstanden.» Seidler wußte, daß Erika nur unter dieser Bedingung tun würde, was er von ihr verlangte. Anschließend würden sie den Schlüssel gemeinsam irgendwo in ihrem Apartment verstecken. «Du mußt dich jetzt beeilen, glaub' ich», sagte er, «sonst kommst du zu spät zur Arbeit.» Erika umarmte ihn, als wolle sie ihn nie mehr loslassen. Er hatte selbst beinahe Tränen in den Augen. So anständig, so liebevoll! Wenn er sie doch nur schon vor einigen Jahren kennengelernt hätte...

Im Hotelzimmer im Penta Hotel am Flughafen Heathrow sah Newman schon wieder auf die Armbanduhr. Nancy war vor einigen Stunden allein nach London gefahren, weil sie wußte, daß er ihre zu Großeinkäufen ausartenden Einkaufsbummel nicht ausstehen konnte. Bis zum Swissair-Flug SR 837, der um 19 Uhr startete und Genf um 21.30 Uhr Ortszeit erreichte, blieb viel Zeit. Als Nancy endlich zurückkehrte, ertappte sie ihn beim Blick auf die Armbanduhr.

«Ja, ich weiß, ich bin stundenlang unterwegs gewesen», gab sie unbekümmert zu. «Glaubst du, daß wir unsere Maschine verpassen? Aber dafür hab' ich meinen Spaß gehabt!»

«Du hast wahrscheinlich halb Fortnum und Mason aufgekauft...»

«Allerdings! Ein Einkaufsparadies – und man kann sich alle Einkäufe per Post schicken lassen.» Nancy lächelte schelmisch, während sie ihren Lammfellmantel in die Garderobe hängte. «Die Rechnungen zeige ich dir lieber nicht. Ach, ich liebe London!»

«Warum ziehen wir dann nicht hierher?»

«Robert, fang bitte nicht wieder damit an. Und du bist selbst unterwegs gewesen. Dein Mantel hängt auf einem anderen Bügel als vorher.»

«Ich wollte ein bißchen frische Luft schnappen – aber sie war mit Abgasen versetzt. Bei deiner Beobachtungsgabe würdest du übrigens eine gute Detektivin abgeben.»

«Ärzte müssen gute Beobachter sein, Liebling.» Sie warf einen Blick auf das Doppelbett. «Essen wir jetzt – oder erst später?»

«Später. Jetzt gibt's Wichtigeres zu tun.» Er schlang seine Arme um ihre schlanke Taille. «Danach gibt's bloß einen Drink. Essen müssen wir an Bord. Aber die Swissair serviert ja ausgezeichnete Mahlzeiten...»

Lee Foley, der mit einem früheren Swissair-Flug nach Genf unterwegs war, saß mit angelegtem Gurt auf seinem Fensterplatz und sah nach draußen, als die Maschine die Wolkendecke durchstieß und in eine sonnenhelle Welt emporstieg. Der Amerikaner saß in der letzten Reihe der Ersten Klasse.

Foley hatte sich den Platz reservieren lassen, weil er von dort aus die übrigen Passagiere am besten beobachten konnte. Im Gegensatz zu ihnen hatte er alle Speisen und Getränke abgelehnt, als der Steward vorbeigekommen war, um sein Klapptischchen zu decken.

«Nichts», knurrte er.

«Wie Sie aus der Speisekarte ersehen, haben wir zwei Menüs zur Auswahl, Sir.»

«Nehmen Sie die Speisekarte mit, behalten Sie das Essen!»

«Aber vielleicht einen Drink, Sir?»

«Nichts, hab' ich gesagt...»

Es war noch Tag, als die Maschine über dem Jura an Höhe verlor, um zur Landung auf dem Flughafen Cointrin einzuschweben. Foley stellte fest, daß der im Jura liegende Lac de Joux zugefroren zu sein schien – zumindest war er wie die Berge unter einer geschlossenen Schneedecke verschwunden. Der Amerikaner verließ als erster Passagier das Flugzeug und trug sein gesamtes Gepäck bei sich.

Foley reiste stets mit leichtem Gepäck. Wer lange am Förderband stand und wartete, bis sein Koffer endlich zum Vorschein kam, gab Beobachtern Gelegenheit, ihn zu erkennen und die Ankunft weiterzumelden. Nach Foleys Überzeugung waren Terminals immer potentiell gefährlich. Er reichte dem Schweizer Zollbeamten, der in seinem kleinen Glaskasten thronte, wortlos seinen Paß. Der Uniformierte gab ihm den Reisepaß ebenso wortlos zurück; soweit Foley beurteilen konnte, hatte seine Ankunft keinerlei Interesse erweckt.

Der Amerikaner marschierte durch den grünen Zollausgang in die große Halle des Empfangsgebäudes. Er steuerte automatisch auf den Ausgang zu, an dem die Taxis warteten. Foley kannte sich in Genf-Cointrin aus. Er ging bis zum ersten Taxi vor, nahm auf dem Rücksitz Platz und wartete, bis die Tür geschlossen war, bevor er dem Taxifahrer das Fahrziel nannte.

«Hôtel des Bergues...»

Foleys Mißtrauen Terminals gegenüber war noch berechtigter, als er ahnte, während er eilig die Halle durchquerte, ohne nach links oder rechts zu sehen; wer sich umsah, machte nur auf sich aufmerksam – verriet Nervosität. Deshalb hatte er aber auch die kleine, verhutzelte Gestalt nicht wahrgenommen, die mit einer unangezündeten Zigarette zwischen den Lippen an einem der geschlossenen Schalter lehnte.

Julius Nagy richtete sich kurz auf, als er Foley erkannte, klappte ein Zündholzheftchen auf und tat so, als ob er sich Feuer gebe – obwohl er Nichtraucher war. Seine kleinen, vogelähnlichen Augen glitzerten befriedigt, während er dem Amerikaner nachstarrte, der die Halle durch eine der automatischen Türen verließ. Dann hastete Nagy zur nächsten Telefonzelle und zog die Tür hinter sich zu.

Nagy, der 1956 aus Ungarn geflüchtet war, als die sowjetischen Truppen den Ungarnaufstand niedergeschlagen hatten, war 52 Jahre alt. Unter seinem tief in die Stirn gezogenen Trachtenhut drangen fettige schwarze Haarsträhnen hervor. Sein runzliges braunes Gesicht wurde von einer langen, schmalen Nase beherrscht.

Er wählte eine Nummer, die er auswendig kannte. Für drei

Dinge hatte Nagy ein phänomenales Gedächtnis: für Gesichter, die dazugehörigen Namen und Telefonnummern. Als die Vermittlung im Polizeipräsidium sich meldete, nannte er seinen Namen und bat, sofort mit Chefinspektor Tripet verbunden zu werden. Er versicherte, daß Tripet ihn kenne, und betonte, wie eilig er es habe.

«Tripet», meldete sich der Chefinspektor. «Was gibt's? Wer sind Sie?»

Die nüchterne, zurückhaltende Stimme sprach französisch. Nagy stellte sich vor, wie der Sûreté-Mann in seinem Büro im ersten Stock des sechsstöckigen Gebäudes am Boulevard Carl-Vogt gegenüber der Stadtbücherei saß.

«Hier ist Nagy. Hat man Ihnen das nicht gesagt?»

«Vorname?»

«Was soll der Unsinn? Julius. Julius Nagy. Ich habe eine Information für Sie, die hundert Franken wert ist.»

«Vielleicht...»

«Jemand ist soeben aus London kommend in Cointrin eingetroffen. Ich verlange hundert Franken – oder ich sage kein Wort mehr!»

«Und wer ist dieser kostspielige Besucher?» erkundigte Tripet sich gelangweilt.

«Lee Foley, ein CIA-Agent...»

«Hören Sie, Nagy, wir treffen uns am gewohnten Platz. In genau einer Stunde, verstanden? Um achtzehn Uhr. Ich muß mit Ihnen über diese Sache reden – und ich will Ihr Gesicht dabei sehen. Wenn Sie mich reinzulegen versuchen, haben Sie zum letztenmal Geld von mir bekommen.»

Nagy hörte ein Klicken und merkte, daß Tripet aufgelegt hatte. Er schüttelte verwirrt den Kopf. Hatte er zuwenig verlangt? War diese Information etwa ein Vermögen wert? Andererseits hatte Tripets Stimme eher vorwurfsvoll geklungen. Nagy zuckte mit den Schultern, verließ die Telefonzelle, sah den Flughafenbus abfahrtbereit an der Haltestelle stehen und begann zu rennen.

Tripet, der hagere, ernsthafte Enddreißiger im Haus Boulevard Carl-Vogt 24, der rasch Karriere gemacht hatte, hoffte, Nagy eingeschüchtert zu haben, und wählte eine Telefonnummer in Bern.

«Geben Sie mir bitte Arthur Beck, den Assistenten des Chefs der Bundespolizei», verlangte er, als die Telefonistin der Taubenhalde sich meldete. «Hier spricht Chefinspektor Tripet von der Sûreté in Genf...»

«Augenblick, ich verbinde!»

Beck meldete sich nach dem zweiten Klingeln, als er die letzte Unterschrift in der Mappe geleistet hatte, die seine Sekretärin, eine 50jährige alleinstehende Frau, die an Tweeds Monica erinnerte, vorgelegt hatte. Er lehnte sich behaglich in seinem Sessel zurück, während er sich freundschaftlich erkundigte: «Na, wie sieht's in Genf aus, Leon? Schneit's dort etwa auch?»

«Nicht ganz, aber beinahe. Arthur, du wolltest benachrichtigt werden, sobald in meinem Bereich jemand aufkreuzt, der nicht ins übliche Schema paßt. Gehört dazu auch ein CIA-Agent namens Lee Foley?»

«Allerdings!» Beck faßte den Telefonhörer etwas fester und beugte sich vor, um nach Notizblock und Bleistift zu greifen. «Seit wann befindet er sich in Genf?»

«Er dürfte mit der Swissair aus London angekommen sein. Ich habe vor wenigen Minuten eine Meldung vom Flughafen Cointrin bekommen...»

«Eine Meldung von wem?» Der Bleistift war schreibbereit.

«Von einem V-Mann, der bei uns als der ‹Schnorrer› bekannt ist. Er wühlt und schnüffelt überall herum, um sich durch Informationen ein paar Franken zu verdienen. Aber er ist auch sehr zuverlässig. Falls Foley dich interessiert, treffe ich mich in einer halben Stunde mit Julius Nagy, unserem ‹Schnorrer›. Kannst du mir Foley beschreiben, damit ich sehe, ob Nagy die Wahrheit sagt?»

«Foley ist eine unverwechselbare Erscheinung...» Beck gab seinem Genfer Kollegen eine detaillierte Personenbeschreibung des Amerikaners und erwähnte sogar Foleys heisere Stimme. «Das müßte für den Anfang reichen, Leon, nicht wahr? Gut, dann möchte ich dich bitten, mich nach dem Treffen mit dem ‹Schnorrer› erneut anzurufen. Ich warte hier auf deinen Anruf.»

Tripet beendete das Gespräch mit einem knappen Gruß, was Beck, der Leute, die ihn Zeit kosteten, nicht ausstehen konnte, sehr zu würdigen wußte. Der Berner lehnte sich in seinen Sessel zurück und spielte mit dem Bleistift, während er nachdachte. Sie strömten allmählich aus allen Richtungen zusammen, ganz wie er es erwartet hatte. Die Krise verdichtete sich. Wahrscheinlich waren bereits weitere Männer in die Schweiz unterwegs. Er hatte von Gerüchten erfahren, die in verschiedenen ausländischen Botschaften umliefen. Beck, der im Mai 40 Jahre alt geworden war, war ein stämmig gebauter Mann mit braunen Locken und einem schmalen, braunen Bärtchen. Aus seinem Blick sprach Humor – eine Eigenschaft, die ihm oft half, unter Druck klaren Kopf zu bewahren.

Er überlegte, daß er eigentlich noch nie unter größerem Druck gestanden hatte. Zum Glück hatte sein Chef ihm außergewöhnliche Vollmachten erteilt, so daß er alle Maßnahmen ergreifen konnte, die er für notwendig hielt. Falls seine Vermutungen sich bestätigen sollten, was leider wahrscheinlich war, würde er diese Vollmachten brauchen. Manchmal wurde ihm fast schlecht bei dem Gedanken, mit wem er es vermutlich zu tun hatte. Aber Beck war der geborene Einzelkämpfer. *Wenn's sein muß, trete ich gegen das ganze verdammte System an!* sagte er sich. Beck war entschlossen, sich von dem Unternehmen *Terminal* nicht in die Knie zwingen zu lassen.

Während er auf Tripets Rückruf wartete, sperrte er seine Schreibtischschublade auf und nahm einen Aktenordner mit dem roten Aufkleber *Geheimhaltungsstufe eins* heraus. Beck schlug den Schnellhefter auf und konzentrierte den Blick auf das mit der Schreibmaschine geschriebene Deckblatt.

Fall Hannah Stuart (US-Amerikanerin) – Klinik Bern.

9

Genf, 13. Februar 1984. –3 °C. Julius Nagy, der seinen Beobachtungsposten auf dem Flughafen Genf-Cointrin wieder bezogen
hatte, wollte seinen Augen kaum trauen. Das war wirklich ein
Glückstag für ihn! Nach dem Treffen mit Chefinspektor Tripet,
der eine detaillierte Personenbeschreibung Lee Foleys verlangt
hatte und damit so zufrieden gewesen war, daß Nagy die gefor-
derten 100 Franken tatsächlich erhalten hatte, war der kleine
Ungar nach Cointrin zurückgefahren, um die Passagiere der
letzten Abendmaschinen zu begutachten.

Die mit Flug SR 837 – wiederum aus London – eingetroffenen
Passagiere drängten sich an der Paßkontrolle, als Nagy ein
bekanntes Gesicht an der Gepäckausgabe auffiel. Robert Newman befand sich in Begleitung einer eleganten jungen Frau, und
diesmal folgte Nagy seiner Beute nach draußen. Er blieb dicht
hinter dem Engländer, und so bekam er mit, welches Fahrtziel
Newman dem Taxifahrer nannte.

«Zum Hôtel des Bergues, bitte», sagte Newman dem Fahrer auf
Französisch.

Nagy entschloß sich blitzschnell, rund zwanzig der von Tripet
eingenommenen hundert Franken zu investieren, um Newmans
wahres Fahrtziel festzustellen. Bei solchen Leuten konnte man
nie vorsichtig genug sein. Nagy traute Newman zu, daß er dem
Taxifahrer ein anderes Ziel nannte, sobald er den Flughafen
hinter sich gelassen hatte. Als der kleine Mann das nächste Taxi
heranwinkte, merkte er, daß Newman, der gerade neben der
jungen Frau einsteigen wollte, ihn durchdringend anstarrte.
Nagy fluchte innerlich und beeilte sich, in ein Taxi zu verschwinden.

«Folgen Sie meinem Freund in dem Taxi dort vorn», wies er den Fahrer an.

«Wird gemacht...»

Sein Taxifahrer war diskret genug, darauf zu achten, daß sich stets ein anderer Wagen zwischen ihnen und Newmans Taxi befand. Die Fahrt dauerte nur eine Viertelstunde – einschließlich der wegen der Einbahnstraßenregelung notwendigen Tour rund um das Hotel.

Nagy beobachtete, wie ein Page des Hôtel des Bergues das Gepäck der beiden in die Empfangshalle trug, und forderte seinen Fahrer auf, ihn an der nächsten Straßenecke abzusetzen. Als er das Taxi bezahlt hatte, hastete er zur nächsten Telefonzelle und fröstelte in dem Eishauch, der von der Rhone herüberstrich. Nagy rief Pierre Jaccard an, den Chefreporter des *Journal de Genève*. Der Journalist war anfangs noch unfreundlicher als Tripet.

«Was versuchen Sie diesmal zu verhökern, Nagy?»

«Für meine Informationen gibt's genügend Interessenten», antwortete Nagy bewußt aggressiv. Er kannte seine potentiellen Klienten gut genug, um die Sache diesmal anders aufzuziehen. «Sie kennen natürlich den Fall Krüger, der letztes Jahr Schlagzeilen gemacht hat?»

«Klar, aber das ist doch Schnee von gestern!» Jaccard machte eine kurze Pause. «Was hat Ihr Anruf damit zu tun?»

Nagy spürte das bei Jaccard aufkeimende, vorsichtige Interesse sofort. Er wußte, daß er den Fisch an der Angel hatte, und drückte sich absichtlich geheimnisvoll aus, um das Interesse noch zu steigern.

«Ich will zweihundert Franken – und keinen Rappen weniger! Über diesen Preis lasse ich nicht mit mir reden. Wenn Sie sich beeilen, kommt die Meldung noch in die morgige Ausgabe. Und ich kann Ihnen sagen, wie Sie meine Mitteilung mit einem einzigen Anruf überprüfen können.»

«Erzählen Sie mir ein bißchen mehr...»

«Es geht um einen weiteren Fall Krüger – diesmal jedoch in der

Schweiz, nicht in Deutschland – oder um etwas ebenso Großes. Mehr sage ich nicht, bevor Sie mir nicht die zweihundert Franken versprechen. Einverstanden? Ja oder nein? Ich bluffe nicht, Jaccard! Und ich hänge in dreißig Sekunden den Hörer ein. Achtung, die Zeit läuft ...»

«Halt! Wenn Sie mich reinzulegen versuchen ...»

«Auf Wiederhören, Jaccard.»

«Einverstanden! Sie kriegen Ihre zweihundert Franken. Aber wehe Ihnen, wenn sie sich nicht lohnen! Was gibt's also?»

«Robert Newman ... den kennen Sie doch? Ja, ich hab' mir gedacht, daß Sie ihn kennen. Er ist vor einer Dreiviertelstunde mit Flug SR 837 aus London angekommen. Glauben Sie, daß er nur so zum Spaß spät am Abend in Genf eingetroffen ist? Und er hat's offenbar verdammt eilig gehabt ...»

«Sie haben mir versprochen, diese Sache sei mit einem einzigen Anruf nachprüfbar», erinnerte Jaccard ihn.

«Er wohnt im Hôtel des Bergues. Rufen Sie dort an, verlangen Sie ihn, geben Sie einen falschen Namen an. Mein Gott, Sie sind doch ein erfahrener Zeitungsmann, Jaccard?»

«Danke, ich weiß, was ich zu tun habe», wehrte der andere ab.

«Kommen Sie in die Redaktion, Nagy, dann kriegen Sie Ihr Geld.»

Arthur Beck saß an seinem Schreibtisch, hatte eine Tasse mit inzwischen kaltem Kaffee links neben sich vergessen und blätterte in der dicken Akte Lee Foley. Sie enthielt ein halbes Dutzend Photos – Aufnahmen, die sämtlich ohne Wissen des Abgebildeten gemacht worden waren. Ein längerer Vermerk befaßte sich mit der Tatsache, daß Foley aus der CIA ausgeschieden und jetzt Seniorpartner der New Yorker CIDA – Continental International Detective Agency – war. «Vielleicht, vielleicht auch nicht», murmelte Beck vor sich hin. Im nächsten Augenblick klingelte das Telefon.

«Tut mir leid, daß ich erst jetzt anrufe», entschuldigte sich Tripet in Genf. «Bei uns hat's zwischendurch einige Aufregung gegeben: Aus Cologny ist eine angebliche Entführung gemeldet worden. Aber zum Glück war's ein blinder Alarm...»

«Schon gut, Leon. Ich habe selbst reichlich zu tun gehabt. Na, was gibt's Neues?»

«Julius Nagy, unser ‹Schnorrer›, hat Foley genauso beschrieben, wie du ihn mir geschildert hast. Er ist irgendwo in Genf – oder ist hier gewesen, als er den Flughafen um 17 Uhr verlassen hat.»

«Tust du mir einen Gefallen? Laß sämtliche Hotels überprüfen und feststellen, ob er noch in Genf ist. Dazu einen Hinweis: Konzentriert euch auf die preiswerteren Häuser mit einem Stern oder mit zweien. Foley bemüht sich immer, möglichst wenig aufzufallen.»

«Gut, wird gemacht. Ich lasse sofort in den hiesigen Hotels nachfragen...»

Beck legte den Hörer auf. Er machte selten Fehler, aber in diesem Fall hatte er das Verhalten des Gesuchten völlig falsch eingeschätzt.

Foley, der anderswo gegessen hatte, näherte sich vorsichtig dem Eingang des Hôtel des Bergues. Er warf einen Blick durch die Drehtür in die um diese Zeit fast menschenleere Hotelhalle. Der Portier unterhielt sich mit der Empfangschefin. Von Gästen war nichts zu sehen.

Er schob die Drehtür vor sich her und betrat die große Halle. Nach einem Blick auf die Armbanduhr wandte er sich nach links bis zum Eingang des Hotelrestaurants *Pavillon* über der Rhone. An einem Zweiertisch am Fenster sah er Newman und Nancy Kennedy beim Kaffee sitzen.

Newman kehrte der zur Hälfte verglasten Tür den Rücken zu. Foley konnte nur Nancy deutlich sehen. Er trat rasch von der Tür zurück, machte kehrt, ließ sich seinen Schlüssel geben und ging zum Aufzug. Bevor er die Kabine betrat, warf Foley noch einen Blick auf den für die Hotelgäste aufgestellten Börsenfernschreiber.

Das normalerweise nicht nur von Hotelgästen besuchte Restaurant *Pavillon* war an diesem Abend halbleer. Newman starrte aus dem Fenster, als mehrere Paare mit gesenkten Köpfen vorbeihasteten. Die Frauen trugen teure Pelze – Nerz, Luchs, Zobel –, während die Männer Lammfellmäntel bevorzugten. «Man sieht, daß die Leute hier Geld haben», stellte Nancy fest, indem sie seinem Blick folgte. «Und das Essen war ausgezeichnet, Bob. Wirklich superb – so gut wie bei Bewick's in der Walton Street», fügte sie scherzhaft hinzu. «Worüber denkst du nach?»

«Daß wir überlegen müssen, was wir als nächstes tun. Möglicherweise reisen wir nicht sofort nach Bern weiter...»

«Warum nicht? Ich dachte, wir wollten morgen abreisen?»

«Vielleicht, vielleicht auch nicht.» Newman zuckte mit den Schultern. «Hast du was dagegen, wenn ich nach dem Essen einen Spaziergang am See mache? Allein, meine ich. Ich muß ein bißchen nachdenken.»

«Bist du verabredet? Seit dem Hauptgericht hast du schon dreimal auf die Uhr gesehen...»

«Ich will einen Spaziergang machen», wiederholte er – und lächelte dann, damit seine Antwort weniger barsch klang. «Hast du gewußt, daß Genf zu den großen europäischen Spionagezentren gehört? Hier wimmelt es von Spionen und Agenten. Das Dumme ist nur, daß hier so viele internationale Organisationen ihren Sitz haben. Die Genfer ärgern sich, weil nur noch die Hälfte der hiesigen Einwohnerschaft aus Einheimischen besteht. Und die Zugezogenen haben kräftige Mieterhöhungen verursacht, die nur den Reichen nichts ausmachen. Also Leuten wie du...»

«Hör zu, ich bin dagegen, daß wir uns diesen netten Abend verderben», wandte Nancy ein. «Du machst deinen Spaziergang, und ich packe inzwischen meine Sachen aus, auch wenn wir morgen schon weiterreisen. Ich möchte nicht, daß meine Kleider verknittern.» Sie reckte ihr Kinn in der energischen Geste vor, die er so gut kannte. «Los, geh nur! Aber bleib nicht die ganze Nacht bei ihr.»

«Das hängt ganz von ihrer Stimmung ab!» Newman grinste erneut.

Newman, der den Kragen seines Lammfellmantels hochgeschlagen hatte, trat durch die Drehtür ins Freie und spürte den feuchtkalten Wind im Gesicht. Auf der anderen Straßenseite rauschte hinter einem Eisengeländer die Rhone zu Tal; bei Tageslicht hätte sie wohl in dem Gletschergrün geleuchtet, das für ihr Schmelzwasser aus den Walliser Alpen charakteristisch ist.

Nachts aber war das Wasser schwarz. Die Leuchtreklamen von Gebäuden auf dem anderen Ufer spiegelten sich in den dunklen Fluten. Auffällig waren die vielen englischen Firmennamen. Das grüne Symbol der British Bank of the Middle East. Das blaue Zeichen von Kleinwort Benson. Die rote Neonreklame der Hongkong Bank. Straßenlampen warfen zickzackförmige Lichtstreifen über das eisige Wasser. Newman vergrub beide Hände in den Manteltaschen und marschierte nach Osten in Richtung Hilton.

Hinter ihm tauchte steifgefroren Julius Nagy aus einer Einfahrt auf. Der kleine Mann achtete sorgfältig darauf, daß ein in gleicher Richtung gehendes Paar zwischen Newman und ihm blieb. So hatte die lange Warterei sich doch endlich gelohnt! Wohin, zum Teufel, konnte der Engländer um diese Zeit und bei diesem Wetter unterwegs sein?

In Pierre Jaccards kleinem Büro in der Redaktion des *Journal de Genève* hatte Nagy eine angenehme Überraschung erlebt. Jaccard hatte ihm über seinen unaufgeräumten Schreibtisch hinweg einen Briefumschlag gereicht und zugesehen, wie er ihn aufriß. Der 30jährige Jaccard hatte es bereits zum Chefreporter seiner Zeitung gebracht, weil er risikofreudig war und sich auf seine Intuition verließ. Der hagere Zeitungsmann mit den wachsamen dunklen Augen, die nie lächelten, selbst wenn er liebenswürdig zu sein versuchte, trank aus einem Pappbecher Kaffee.

«Zählen Sie's nur nach!» forderte er Nagy auf. «Zweihundert Franken. Möchten Sie sich noch mehr verdienen?»

«Womit?» fragte der Ungar mit gespieltem Gleichmut.

«Sie beschatten Newman, wo er geht und steht. Sie berichten mir, wo er sich aufhält, wohin er geht, mit wem er sich trifft. Ich will alles über ihn wissen – bis hin zur Farbe des Schlafanzugs, den er trägt...»

«Ein Einsatz dieser Art kostet Geld, viel Geld», sagte Nagy prompt.

Das war einer seiner Lieblingsausdrücke. Nagy sprach nie von einem Auftrag – er befand sich stets im *Einsatz.* Auf diese Weise verlieh der kleine Mann seinen Bespitzelungsaufträgen eine gewisse Ehrbarkeit, die ihm seine Selbstachtung zu wahren half. Jaccard war zu jung, zu zynisch, um die Bedeutung des Ausdrucks zu erfassen. Hätte er diese Nuance begriffen, er hätte Nagys Dienste billiger haben können.

«Hier sind nochmal zweihundert Franken», fuhr der Chefreporter fort und gab Nagy einen zweiten Umschlag. «Hundert Franken Honorar, hundert Franken für Spesen. Aber ich brauche eine quittierte Rechnung für sämtliche Spesen...»

Nagy schüttelte den Kopf und ließ den zweiten Umschlag ungeöffnet liegen. Obwohl Jaccard sich bemühte, kein allzu großes Interesse zu zeigen, spürte der Ungar, wie wichtig ihm die Sache war. Er faltete seine kleinen Hände auf dem Schoß und schob die Unterlippe vor.

«Newman kann nach irgendwohin weiterreisen – Zürich, Basel, Lugano. Ich brauche einen Vorschuß, um ihm folgen zu können, wenn dieser Einsatz zufriedenstellend verlaufen soll.»

«Wieviel? Aber überlegen Sie sich gut, was Sie sagen!»

«Fünfhundert Franken. Zweihundert als Vorschuß für mich. Dreihundert für meine Spesen. Ihre quittierten Rechnungen bekommen Sie natürlich. Keinen Franken weniger...»

Jaccard hatte seufzend die Geldbörse gezogen und dem Ungarn weitere 300 Franken gegeben. Er hatte am nächsten Morgen nach München fahren wollen – aber diese Sache schien ihm wichtiger. Er setzte auf Newman, der den Fall Krüger gelöst hatte. Vielleicht war sein berühmter Kollege wieder einer Sensation auf der Spur?

So kam es, daß Julius Nagy, der in seinem schäbigen Wintermantel vor Kälte zitterte, Newman, der inzwischen das Seeufer erreicht hatte, beschattete. Kurz bevor er die Rue de Mont-Blanc überquerte, hatte der Engländer sich umgesehen, so daß Nagy sich bereits entdeckt geglaubt hatte. Aber Newman stapfte mit gesenktem Kopf gegen den Wind die Promenade entlang, ohne seinen Verfolger zu beachten.

Als Newman sich dem am See liegenden Genfer Hilton näherte, war die Straße so totenstill, daß er ein seltsames Geräusch wahrnahm, das das Rauschen des Windes übertönte. Er hörte das Knarren und Knarzen eines Schaufelraddampfers, der an einem der Landungsstege vertäut war und dessen Eisenrumpf am Holz des Stegs scheuerte. Ein alter Raddampfer im Winterschlaf, der hier auf den Frühling wartete. Wie die ganze nördliche Erdhalbkugel. Hier spiegelten sich keine Leuchtreklamen mehr im See, dessen dunkle Fläche von den kalt funkelnden Lichterketten entfernter Straßen gesäumt wurde. Newman blieb an dem Außenaufzug stehen und drückte auf den Rufknopf.

Der Aufzug, eine verkleinerte Version der Außenlifts, die an vielen amerikanischen Hotels Gäste in schwindelnde Höhen transportieren, glitt lautlos herab. Newman trat in die kleine Kabine und drückte auf einen Knopf, und der Aufzug setzte sich in Bewegung. Plötzlich fiel ihm auf, daß er in dieser rundum verglasten, beleuchteten Kabine ein ideales Ziel für einen Scharfschützen bot.

Nagy lief die Treppe zum Obergeschoß hoch und sah den Engländer gerade noch im Restaurant verschwinden. Bevor Nagy das Restaurant einige Sekunden später betrat, schlüpfte er aus seinem abgetragenen Wintermantel, stopfte den Trachtenhut in eine der Manteltaschen und glättete sein Haar mit der freien Hand. Als er die Tür des Hotelrestaurants öffnete, schlug ihm eine wahre Hitzewelle entgegen.

Das Restaurant bildete ein langgestrecktes Rechteck, das mit der Längsseite dem Genfer See parallel lag. Newman setzte sich eben an einen der Zweiertische am hinteren Ende der Fensterfront, wo bereits eine junge Frau saß, die der Ungar nur bewundern konnte.

Nagy setzte sich an einen Tisch in der Nähe des Eingangs, bestellte bei der prompt erscheinenden englischen Bedienung – die Serviererinnen kamen aus aller Herren Länder – einen Kaffee und behielt Newmans Gesprächspartnerin unauffällig im Blick. ‹Manche Leute haben immer Glück!› dachte er, ohne aber Newman wirklich zu beneiden.

Nagy, der sich ihr Aussehen einprägte, um Jaccard Bericht erstatten zu können, schätzte die junge Frau auf Ende Zwanzig. Ihr dichtes tizianrotes Haar war in der Mitte gescheitelt; sie hatte ein ungemein hübsches, ausdrucksvolles Gesicht und eine bemerkenswerte Figur, die auch unter dem losen Rollkragenpullover nicht verborgen bleiben konnte. Im Kontrast zu dem grobgestrickten, locker sitzenden Pullover trug sie eine hautenge schwarze Lederhose und Stulpenstiefel.

Eine wirklich bemerkenswerte Erscheinung. Auf den ersten Blick hielt Nagy sie für eine Nutte, doch die Rothaarige hatte Klasse – etwas, wovor er Respekt hatte. Aus dem anfangs sehr lebhaften Zwiegespräch der beiden wurde allmählich ein Monolog Newmans, der nur gelegentlich durch eine Pause unterbrochen wurde, wenn Newman einen Schluck Kaffee trank.

Die Rothaarige beugte sich einmal über den Tisch, um Newmans Krawatte zurechtzurücken – eine Geste, die Nagy sich gut merkte. Immerhin ließ sie darauf schließen, daß die beiden sich länger kannten. Wieder etwas für Jaccard. Nagy hatte den Eindruck, als erteile Newman ihr Anweisungen, als stelle sie nur Zwischenfragen, um sich noch unklare Einzelheiten erläutern zu lassen.

Newman zahlte und erhob sich, um zu gehen. Die junge Frau blieb sitzen, und Nagy wußte zunächst nicht recht, wen er nun beobachten sollte. Aber seine Unschlüssigkeit dauerte nur Sekunden. Newman ging zum Ausgang, zog sich im Gehen seinen Lammfellmantel an und würdigte den kleinen Mann keines Blicks, als er an ihm vorbei hinausging. Nagy, der seinen Kaffee gleich bezahlt hatte, folgte ihm unauffällig.

Diesmal verzichtete Newman darauf, den exponierten Aufzug zu benützen. Er lief die Treppe hinunter und hastete die Promenade entlang, stürzte durch die Drehtür des Hôtel des Bergues und fuhr geradewegs zu Zimmer 406 hinauf. Nancy, die ein durchsichtiges Nachthemd trug, öffnete die Tür erst einen Spalt, bevor sie ihn eintreten ließ.

«Na, war sie gut?» war ihre erste Frage.

«Für was hältst du mich eigentlich – für einen Zuchthengst?» erkundigte er sich grinsend.

«Was ich übrigens noch sagen wollte: Mir ist es außerordentlich peinlich, daß du uns am Empfang mit Mr. und Mrs. R. Newman ins Gästebuch eingetragen hast!»

«Die Schweizer sind da sehr diskret...» Er hatte bereits seine Krawatte abgelegt. «Sie wollen nur den Reisepaß des Mannes sehen. Draußen ist's übrigens verdammt kalt. Ich bin meilenweit gelaufen.»

«Hast du eine Entscheidung getroffen?»

«Entscheidungen muß man immer erst überschlafen. Am nächsten Morgen sieht man sie dann erst richtig.»

Aber als Newman am nächsten Morgen erwachte, hatte er das Gefühl, alles um ihn herum breche zusammen.

10

Genf, 14. Februar 1984. –2 °C. Der Portier rief nach Newman, als
sie am Empfang vorbeikamen, um im Restaurant Pavillon zu
frühstücken. Nancy hätte gerne im Zimmer gefrühstückt, aber
Newman hatte protestiert.

«Ihr Amerikaner könnt ohne Zimmerservice gar nicht mehr
leben, glaub' ich!»

Er entschuldigte sich und ging zum Portier, der ihm lächelnd
die Titelseite des *Journal de Genève* zeigte. Newman erkannte sein
Photo in einem Kasten mit der Überschrift *Sommaire*. Der dazu-
gehörige Text war kurz und knapp.

> M. Robert Newman, der berühmte Reporter (und Autor
> des Bestsellers KRÜGER : DER COMPUTER, DER VERSAGTE) ist
> in Genf eingetroffen. Er wohnt im Hôtel des Bergues. Sein
> Reiseziel und die neue Story, an der er gegenwärtig arbei-
> tet, sind noch unbekannt.

«Schön, wenn man berühmt ist, was?» fragte der Portier neugierig.

«Wunderschön», bestätigte Newman und gab ihm einen Franken für die Zeitung.

Nancy hatte sich wieder für einen Tisch am Fenster entschieden. Newman ließ sich ihr gegenüber auf seinen Stuhl fallen
und starrte mit finsterer Miene nach draußen, wo dick einge-
mummte Männer und Frauen auf ihrem Weg zur Arbeit vorbeihasteten.

«Ich habe Kaffee bestellt», sagte Nancy. Sie brach ein Hörn-
chen auseinander, während sie ihn beobachtete. «Was ist passiert, Bob?»

Er gab ihr wortlos die Zeitung, legte die Fingerspitzen beider

Hände aneinander und starrte wieder auf die Hochwasser führende Rhone. Nancy las die Meldung, während eine Serviererin
den Kaffee brachte, und sah mit einem strahlenden Lächeln von
der Zeitung auf.

«Ich heirate eine richtige Berühmtheit, was? Wo haben sie das
Photo her? Es gefällt mir gut ...»

«Aus dem Archiv. Es ist schon oft genug veröffentlicht worden.
Diese Zeitungsnotiz ändert natürlich alles, Nancy. Die Sache
kann gefährlich werden. Am besten bleibst du ein paar Tage
hier in Genf, während ich nach Bern weiterreise. Ich rufe dich
natürlich jeden Abend an, damit du ...»

«Kommt nicht in Frage! Ich bin hier, um Jesse zu besuchen,
und ich denke nicht daran, allein in Genf zu bleiben! Wo siehst
du Gefahren?»

«Schwer zu sagen», wehrte Newman ab. «Aber mein sechster
Sinn warnt mich.»

Er starrte wieder aus dem Fenster, wo ein Mann in einem
abgetragenen Wintermantel und einem verknitterten Trachtenhut im Vorbeigehen einen Blick ins Restaurant warf, aber
hastig weiterstiefelte, als er Newmans Blick begegnete. Eine
tizianrote Schönheit folgte ihm. Sie trug eine Silberfuchsjacke
mit hochgeschlagenem Kragen, hautenge Jeans und elegante
italienische Hosenstiefel. Als Newman ihr zublinzelte, wandte
sie ruckartig den Kopf ab und starrte hochmütig geradeaus.

«Heute fängst du aber früh an!» stellte Nancy fest. «Ich hab'
alles gesehen ...»

«Hast du auch den kleinen Mann gesehen, der vor ihr herge-
gangen ist?»

«Nein. Warum?»

«Julius Nagy, ein Stück Treibgut.»

«Treibgut?» fragte Nancy verständnislos.

«Eine der vielen gescheiterten Existenzen, die von gelegentli-
chen Aufträgen leben und mit Informationen handeln. Er ist
gestern abend auf dem Flughafen gewesen und ist uns bis hierher gefolgt. Vielleicht ist er für diesen Sprengsatz verantwort-

lich...» sagte Newman und zeigte auf den Kasten mit der Überschrift *Sommaire.* Dann schenkte er Nancy und sich Kaffee ein und begann zu frühstücken. Nancy, die nicht recht wußte, was sie von seinen Äußerungen halten sollte, schwieg ein paar Minuten, weil sie wußte, daß seine Laune nach dem Frühstück besser sein würde.

«Du reist auf keinen Fall allein weiter», erklärte sie ihm schließlich. «Was machen wir also?»

«Wir frühstücken erst einmal. Danach entscheide ich, was zu tun ist.»

Aber bis Newman seinen Orangensaft und vier Tassen Kaffee getrunken und zwei Croissants gegessen hatte, wurde ihm die Entscheidung abgenommen.

Bern. In einer riesigen alten Villa in der Elfenau, dem Prominentenviertel, breitete Bruno die Titelseite des *Journal de Genève* auf einem wertvollen Intarsientisch aus. Er betrachtete Newmans Photo aufmerksam.

«Sie sind also angekommen», sagte er auf Französisch.

«Wir haben gewußt, daß sie kommen würden, Bruno. Die Frage ist nur: Werden sie uns Unannehmlichkeiten bereiten? Sollte dies zutreffen, müssen wir sie unschädlich machen – das heißt, du mußt sie unschädlich machen.»

Der große Mann mit den getönten Brillengläsern, der im Halbdunkel am Kamin stand, sprach mit sanfter, aber energischer Stimme. In dem geräumigen Salon war es selbst jetzt, am Vormittag, nicht richtig hell. Das lag nicht nur an dem wolkenverhangenen Himmel, sondern auch an den dichten Stores, die das spärlich hereinfallende Tageslicht dämpften.

Bruno Kobler, ein tatkräftig wirkender Vierziger, war 1,80 Meter groß und athletisch gebaut. Er blickte zu der massiven Gestalt hinüber, in deren Brillengläsern sich das Kaminfeuer spiegelte. Kobler versuchte zu erraten, worauf sein Chef hinauswollte. Der Mann im Halbschatten sprach nach einer kurzen Pause weiter.

«Ich erinnere mich noch gut an einen Fall aus der Aufbauzeit meines Chemiekonzerns, Bruno, als ein Konkurrent mich zu überflügeln drohte. Auch damals habe ich nicht erst abgewartet, was er tun würde. Bei dem Unternehmen Terminal stehen wir vor einem entscheidenden Durchbruch. Ich lasse nicht zu, daß irgend jemand sich mir in den Weg stellt! Denk daran, daß wir jetzt die Unterstützung des Goldklubs genießen.»

«Ich lasse Newman und diese Frau also Tag und Nacht beobachten?»

«Du ziehst wie immer die richtigen Schlußfolgerungen, Bruno. Deshalb entlohne ich dich auch so fürstlich...»

Arthur Beck von der Bundespolizei saß mit dem Telefonhörer in der Hand an seinem Schreibtisch und wartete darauf, daß die Telefonistin in Genf ihn mit Tripet verband. Vor ihm lag ein Exemplar des *Journal de Genève*. Das Tempo steigerte sich wie erwartet. Die Akteure strömten von allen Seiten zusammen. Zuerst Lee Foley, der angebliche CIDA-Mitarbeiter, jetzt Robert Newman. Beck glaubte nicht an Zufälle – vor allem dann nicht, wenn die Ereignisse ihren Höhepunkt zu erreichen schienen. Erst vorhin hatte sein Chef ihn gewarnt.

«Beck, ich weiß nicht, wie lange ich Ihnen noch unbegrenzte Vollmachten gewähren kann. Hinter den Kulissen sind mächtige Einflüsse am Werk, die mich dazu zwingen können, Ihnen diesen Fall zu entziehen...»

«Ich gehe dieser Sache auf den Grund, koste es, was es wolle», hatte Beck geantwortet.

«Gegen das System kommen Sie allein nicht an!»

«Wollen wir wetten?»

Endlich meldete sich Tripet. Nachdem sie sich kurz begrüßt hatten, erläuterte Beck dem Genfer Chefinspektor sein Anliegen und erklärte ihm auch, wie die Sache sich dezent abwickeln ließ. Im Verlauf ihres Gesprächs entdeckte er eine gewisse Unsicherheit in Tripets Reaktionen. ‹Er macht sich Sorgen wegen meines Auftrags›, dachte Beck.

«Im Vertrauen gesagt, Leon: Dieser Auftrag kommt von ganz oben. Aber das muß unter uns bleiben, verstanden? Ich kann nur hoffen, daß es euch gelingt, ihn zu schnappen, bevor er Genf wieder verläßt. Du weißt ja, in welchem Hotel er wohnt. Ruf ihn an oder schick ihm einen Wagen, wenn dir das lieber ist. Ich überlasse dir die Wahl der geeigneten Methode, aber bitte tu's...»

Beck legte den Hörer auf, griff nach der Zeitung und studierte das Photo noch einmal. Er wußte, daß er viel Hilfe brauchen würde – sogar unorthodoxe Hilfe. Wenn es kritisch wurde, war die Presse nicht leicht zum Schweigen zu bringen. Ja, er brauchte Verbündete. Beck nickte grimmig vor sich hin. Verdammt noch mal, er hatte nicht die Absicht, ihnen das durchgehen zu lassen, nur weil sie alle Millionäre und Multimillionäre waren!

Basel. Erika Stahel, die einen ganzen Stapel Tageszeitungen im Arm hatte, schloß die Wohnungstür und lehnte sich einen Augenblick von innen dagegen. Seidler, der am Tisch in der Eßnische stand, konnte sich vorstellen, wie sie sich beeilt hatte. Ihr Teint war noch rosiger als sonst.

«Ich habe noch Zeit für eine Tasse Kaffee, bevor ich zur Arbeit muß», erklärte sie ihm.

«Das freut mich...»

Sie legte die Zeitungen in einem ordentlichen Stapel auf den Tisch. ‹Immer so sauber und ordentlich›, dachte Seidler und stellte sich vor, wie es wäre, für immer bei ihr bleiben zu können. Erika *tanzte* geradezu in die Küche hinaus, so sehr freute sie sich über seine Gegenwart. Seidler hörte sie einen Schlager summen, während sie Kaffee kochte. Er schlug die erste Zeitung auf.

«Du hast den Frühstückstisch abgeräumt», rief sie aus der Küche. «Danke, Manfred! Du wirst ein richtiger Hausmann. Stört dich das?»

«Nein, ich könnte mich daran gewöhnen.»

«Warum auch nicht?» antwortete Erika fröhlich.

Aber als sie mit dem Kaffee aus der Küche kam, spürte sie einen völligen Stimmungsumschwung. Seidler, der in Hemdsärmeln am Tisch saß, starrte wie gebannt die Titelseite des *Journal de Genève* an. Erika schenkte ihm eine Tasse Kaffee ein, blieb neben ihm stehen und warf einen Blick auf die Zeitung.

«Irgendwas nicht in Ordnung?»

«Meine Lebensversicherung. Vielleicht...»

Seidler schraubte den goldenen Füllfederhalter auf, den sie ihm geschenkt hatte, und strich damit den Kasten mit der Überschrift *Sommaire* an. Erika war so großzügig – sie hatte sicherlich sehr viel Geld für diesen Füller ausgegeben. Wie gern wäre er losgezogen, um ihr auch einmal irgend etwas Schönes zu kaufen. Das Geld dafür fehlte ihm keineswegs, aber ein Einkaufsbummel hätte bedeutet, *sich auf die Straße zu wagen...*

«Robert Newman», las Erika laut. Sie trank einen Schluck Kaffee. «Ah, der Fall Krüger! Newman ist der Reporter gewesen, der sein Bankkonto hier in Basel aufgespürt hat. Wie er das geschafft hat, weiß bis heute kein Mensch. Warum ist er so wichtig?»

«Weil...» Seidler schlang einen Arm um ihre schlanke Taille. «Weil er mutig und unabhängig ist, Erika. Weil er sich durch nichts und niemand von einer Story abbringen läßt, in die er sich einmal verbissen hat. Und weil er absolut unbestechlich ist.»

«Kennst du Newman persönlich?»

«Nein, leider nicht. Aber ich weiß, wo er zu erreichen ist. Hier ist sogar sein Hotel angegeben. Am besten rufe ich ihn gleich an – aber von der Telefonzelle unten an der Ecke aus.»

«Du hast immer gesagt, du wolltest nicht auf der Straße gesehen werden...»

«Diesmal muß ich das Risiko eingehen! Ich muß etwas unternehmen. Vielleicht ist Newman sogar hinter der Goldklub-Story her. Mal sehen, wie er auf das Stichwort ‹Terminal› reagiert...»

«Manfred!» Erika war sichtlich überrascht und sogar etwas

gekränkt. «Als ich davon gesprochen habe, hast du behauptet, die Wörter ‹Goldklub› und ‹Terminal› noch nie gehört zu haben.»

Er zuckte unbehaglich mit den Schultern. Dann griff er nach ihrer Tasse, stellte sie weg und zog Erika auf seinen Schoß. Sie war wirklich ein Federgewicht! Seidler sah ihr in die Augen. Er war im Begriff, mit einer lebenslänglichen Gewohnheit zu brechen: Er wollte einem anderen Menschen *trauen*.

«Das hab' ich nur zu deinem Schutz getan», versicherte er ihr. «Das mußt du mir glauben! Aber frag mich nicht weiter aus – Wissen kann gefährlich sein, wenn es um menschenverachtende, brutale Mächte geht. Auf keinen Fall darfst du deinem Chef davon erzählen, hörst du?»

«Natürlich nicht! Kannst du nicht zur Polizei gehen?» fragte sie zum drittenmal und bestand nicht auf einer Antwort, als sie Seidlers ängstlichen, fast verzweifelten Blick sah. Dann las sie die Uhrzeit von seiner Armbanduhr ab und rutschte von seinen Knien. «Tut mir leid, aber ich muß gehen, Manfred. Sonst riskiere ich meine Stellung.»

«Vergiß nicht, den Aktenkoffer ins Schließfach zu bringen. Unter deinem Namen...»

«Nur wenn du diese Karte unterschreibst. Ich hab' sie mir gestern geben lassen. Keine Widerrede, Manfred, sonst nehme ich den Aktenkoffer nicht mit.»

«Was soll ich da unterschreiben?»

«Eine Quittung für deinen Schließfachschlüssel. Wir müssen beide Zugang dazu haben. Nur unter dieser Bedingung nehme ich den Geldkoffer mit.»

Er seufzte, kritzelte seine markante Unterschrift auf den Vordruck und gab Erika die Karte zurück. Nachdem sie die Wohnung verlassen hatte, blieb er noch eine Weile sitzen. Er staunte über sich selbst. Noch vor einem Jahr hätte er schallend gelacht, wenn jemand gesagt hätte, daß er Erika eines Tages eine halbe Million Franken anvertrauen würde. Das Schöne war, daß er sich seither sogar besser fühlte.

Wirkliche Überwindung würde ihn erst der Anruf bei Newman kosten.

Zwei Männer in Zivil, die in der Hotelhalle gesessen hatten, standen auf, als Newman mit Nancy vom Frühstück kam. Sie gingen geradewegs auf ihn zu: ein großer Mann mit langem Gesicht, der andere klein, rundlich, mit freundlicher Miene.

«Monsieur Newman?» fragte der Große. «Kommen Sie bitte mit.» Das war keine Frage, sondern eine Aufforderung. «Polizei...»

«Nancy, geh bitte schon nach oben, bis diese Sache geklärt ist», forderte Newman sie rasch auf. Er starrte den großen Mann an. «Wohin soll ich mitkommen – und warum?»

«Ins Polizeipräsidium...»

«Adresse?» knurrte Newman.

«Boulevard Carl-Vogt vierundzwanzig.»

«Zeigen Sie mir Ihren Dienstausweis!» verlangte der Engländer.

«Hier, bitte sehr...» Strauß, wie Newman den Langen insgeheim bereits nannte, zeigte ihm seinen in eine Plastikhülle eingeschweißten Dienstausweis. Newman studierte ihn aufmerksam, bevor er ihn zurückgab. Soviel er beurteilen konnte, war er echt.

«Sie haben mir gesagt, wohin Sie mich bringen wollen. Jetzt erzählen Sie mir noch, warum.»

«Das erfahren Sie im Präsidium von anderer Stelle.» Strauß wurde etwas umgänglicher. «Tut mir leid, aber selbst wenn ich wollte, könnte ich Ihnen diese Frage nicht beantworten. Nein, Sie brauchen keinen Mantel. Wir haben unseren Wagen draußen vor dem Haupteingang.»

«Ich muß nochmal in mein Zimmer. Meine Frau muß wissen, wo ich bin...»

Newman kehrte den beiden Kriminalbeamten, die diskret einige Schritte Abstand hielten, den Rücken zu, zog seinen Notizblock aus der Tasche und schrieb die Adresse des Polizeipräsidiums auf. Dann riß er das Blatt ab und gab es Nancy, die am Aufzug gewartet hatte.

«Sollte ich nicht binnen einer Stunde zurück sein, rufst du dort an und schlägst Krach, daß es ganz Genf hört. Die Nummer unter der Adresse ist das Kennzeichen des Wagens, den die beiden vor dem Hotel stehen haben.»

«Was hat das alles zu bedeuten, Bob? Ist dir diese Sache nicht unheimlich? Ich mache mir solche Sorgen...»

«Nein, nein, du brauchst dir keine Sorgen zu machen! Ich mache mir auch keine – ich bin nur stinkwütend. Das gibt einen Riesenkrach, darauf kannst du dich verlassen!»

Julius Nagy, der in der Nähe des Haupteingangs gewartet hatte, beobachtete, wie Newman mit den beiden Männern in den bereitstehenden Wagen stieg. Der Ungar hastete zum Taxistand und stieg ins erste Fahrzeug der dort wartenden Schlange. «Folgen Sie dem schwarzen Wagen dort vorn», wies er den Taxifahrer an. «Ich muß wissen, wohin sie meinen Freund bringen.»

Newman hielt Chefinspektor Leon Tripet, wie der Beamte sich vorstellte, für ziemlich jung für diese Position. Er nahm in dem angebotenen Besuchersessel Platz, zündete sich, ohne um Erlaubnis zu fragen, eine Zigarette an und sah sich mit einer Mischung aus Ungeduld und Verärgerung in Tripets Dienstzimmer um. Der Engländer schwieg bewußt hartnäckig.

Tripets Arbeitszimmer im ersten Stock des Polizeipräsidiums am Boulevard Carl-Vogt war betont schlicht möbliert. Die Wände waren blaßgrün gestrichen; an der Decke brannte auch tagsüber eine viel zu helle Leuchtstoffröhre. Sehr gemütlich.

«Ich muß mich bei Ihnen für etwaige Unannehmlichkeiten entschuldigen», begann der junge Chefinspektor, der sehr aufrecht hinter seinem Schreibtisch saß. «Aber wir haben es hier mit einer sehr ernsten Sache zu tun...»

«*Sie* haben damit zu tun, nicht *ich*», unterbrach Newman ihn aggressiv.

«Wir alle haben bewundert, wie Sie den Fall Krüger gelöst haben. Erst vor kurzem habe ich mit deutschen Kollegen gesprochen, die sich anerkennend darüber äußerten, wie Sie Krüger entlarvt und seine Verbindungen zur DDR ans Tageslicht gebracht haben.»

«Was hat das jetzt alles mit meiner zwangsweisen Vorführung hier zu tun?»

«Kaffee, Mr. Newman?» Tripet nickte der jungen Kollegin zu, die mit einem Tablett mit Pappbechern und einer Thermoskanne hereingekommen war. «Wie trinken Sie Ihren Kaffee?»

«Jedenfalls nicht aus einem Pappbecher. Die gibt's auch an englischen Bahnhofbüfetts, die ich nicht frequentiere.»

«Ich habe Ihr Buch gelesen», fuhr Tripet fort, nachdem er sich einen Becher Kaffee hatte geben lassen. «Was mich daran wirklich fasziniert hat, war die Methode, mit der Sie's geschafft haben, an das *Terminal* ranzukommen ...»

Er machte eine Pause, um einen Schluck Kaffee zu trinken, und Newman hatte das unbestimmte Gefühl, als lauere Tripet gespannt auf irgendeine Reaktion. Eine Reaktion worauf? Der Engländer schwieg.

«Ich meine das Terminal des Zentralcomputers in Düsseldorf, mit dessen Hilfe die Deutschen ausländische Agenten aufspüren», ergänzte Tripet. «Sind Sie auf Urlaub in der Schweiz, Mr. Newman?» erkundigte er sich dann beiläufig.

Newman drückte seine nur halb gerauchte Zigarette aus und starrte Tripet finster an. Er stand auf, trat an das Fenster hinter dem Schreibtisch des Chefinspektors und blickte auf die Straße hinunter, ohne die Gardinen zu bewegen. Julius Nagy stand auf der gegenüberliegenden Straßenseite vor dem Haupteingang der *Bibliothèque municipale*, der Stadtbücherei.

«Tripet», sagte Newman, «kommen Sie bitte einen Augenblick hierher?»

106

«Irgend etwas macht Ihnen Sorgen», stellte Tripet fest, als er neben dem Engländer stand.

«Der Mann vor dem Bibliothekseingang. Julius Nagy. Er beschattet mich, seitdem wir in Cointrin gelandet sind. Tut er das etwa in Ihrem Auftrag?»

«Ich lasse ihn überprüfen», antwortete der Chefinspektor prompt und ging zur Tür. «Entschuldigen Sie mich einen Augenblick...»

«Sie können doch von hier aus telefonieren», wandte Newman ein, aber Tripet hatte das Zimmer bereits verlassen und die Tür hinter sich geschlossen. Newman zündete sich eine neue Zigarette an und wartete auf die Fortsetzung der Komödie. Ein paar Minuten später marschierten zwei Polizeibeamte über die Straße auf Nagy zu.

Es kam zu einem kurzen Wortwechsel. Nagy protestierte, als die Grauuniformierten ihn an den Armen faßten und über die Straße führten, wo Newman das Trio nicht mehr sehen konnte. Der Engländer grinste unwillkürlich und saß wieder in seinem Sessel, als Tripet zurückkam.

«Wir verhören ihn», teilte er Newman mit. «Ich habe veranlaßt, daß vor allem festgestellt wird, wer sein Auftraggeber ist.»

«Wen wollen Sie damit hinters Licht führen?»

«Wie bitte?»

«Hören Sie, Tripet», knurrte Newman und beugte sich über den Schreibtisch, «diese Komödie wird allmählich langweilig...»

«Komödie?»

«*Komödie*, Tripet! Vor nicht allzu langer Zeit bin ich hierzulande ein willkommener Gast gewesen. Ich habe mich für eine bestimmte Sache eingesetzt, von der Sie nicht die geringste Ahnung haben. Aber diesmal werde ich seit meiner Ankunft beschattet und belästigt, ohne...»

«Belästigt, Mr. Newman?»

«Lassen Sie mich bitte ausreden, ohne mich zu unterbrechen! Ich habe belästigt gesagt – und das meine ich auch. Sie schicken

107

Ihre beiden Handlanger ins Hôtel des Bergues, damit sie mich wie einen Verbrecher öffentlich abführen, nur um ein belangloses Gespräch mit mir zu führen. Sie besitzen nicht einmal soviel Anstand, mich telefonisch vorzuwarnen...»

«Wir haben nicht gewußt, ob Sie freiwillig kommen würden», wandte der Chefinspektor ein.

«Sie sollen mich nicht unterbrechen!» fauchte Newman. «Dann geben Sie vor, Nagy nicht zu kennen. Sie verlassen den Raum, um einen Befehl zu erteilen, anstatt dies von hier aus zu tun. Nur damit ich nicht mitbekomme, was Sie sagen, welche Anweisungen Sie Ihren Leuten geben. ‹Schnappt euch Nagy. Sorgt dafür, daß es überzeugend aussieht – er beobachtet euch von meinem Fenster aus.› Oder so ähnlich, nicht wahr? Aber das mache ich nicht länger mit! Ich verlange, daß Sie mich mit Arthur Beck, dem Assistenten des Chefs der Bundespolizei in Bern, telefonieren lassen, damit er...»

«Beck hat mich gebeten, Sie hierher zu holen», teilte der Chefinspektor ihm gelassen mit.

Newman bestand darauf, mit einem Taxi ins Hôtel des Bergues zurückzufahren, obwohl Tripet ihn mit einem neutralen Dienstwagen hinbringen lassen wollte. Unterwegs dachte er angestrengt nach, ohne die widersprüchlichen Gedanken, die ihm dabei durch den Kopf schossen, auf einen Nenner bringen zu können. Auch als er das Taxi bezahlt hatte und in ihr Hotelzimmer hinauffuhr, fand er keine Ruhe. Nancy öffnete ihm die Tür, und er bemerkte sofort, daß etwas passiert war. Sie fiel ihm um den Hals und zog ihn ins Zimmer.

«Bob, ich hab' schon gedacht, du würdest nie mehr zurückkommen! Alles in Ordnung? Was haben sie von dir gewollt? Vorhin hat ein komischer Kerl für dich angerufen. Alles in Ordnung?» wiederholte sie. «Möchtest du Kaffee? Der Zimmerservice hat auch seine Vorteile.» Das alles stieß sie fast ohne Pause hervor.

«Am besten bestellst du gleich eine große Kanne. Nein, setz

dich hin, ich mache es schon. Mir geht's übrigens ausgezeichnet.» Er grinste beruhigend. «Das Wichtigste immer zuerst...»

Newman weigerte sich, von seinem Besuch bei Tripet zu berichten, bevor der Kaffee serviert worden war. Dann schilderte er Nancy die Ereignisse im Polizeipräsidium, wobei er den Eindruck erweckte, die Kriminalpolizei sei lediglich durch den Zeitungsartikel neugierig geworden und habe sich dafür interessiert, an welcher Story er im Augenblick arbeite. Dabei fiel ihm ein, das dies vielleicht wirklich der Grund für dieses Gespräch mit Tripet gewesen war.

«So, jetzt kannst du mir von diesem Anruf erzählen», schlug er vor, nachdem sie eine halbe Tasse Kaffee getrunken hatte. Newman grinste. «Was hat der Unbekannte mir am Telefon verkaufen wollen?»

«Laß den Unsinn! Ich war vorhin nervös, aber jetzt geht's mir wieder besser. Hat dir schon mal jemand gesagt, daß du ein guter Psychologe bist?»

«Zur Sache, Schätzchen», mahnte er sanft.

«Das Telefon hat geklingelt, und ein Mann wollte dich sprechen. Er hat zwar Englisch gesprochen, aber mit einem starken mitteleuropäischen Akzent...»

«Was immer man darunter verstehen mag.»

«Bob! Hast du vergessen, wie viele Nationalitäten es bei uns in den Staaten gibt? Ich kenne mich mit Akzenten aus! Darf ich weitererzählen? Danke. Ich habe ihm erklärt, du seist im Augenblick nicht da, er wollte wissen, wann du zurückkommst, und als ich ihm sagte, daß das ganz ungewiß sei, wollte er wissen, ob er dich vielleicht irgendwo telefonisch erreichen könne. Es handle sich um eine äußerst wichtige Sache...»

«Um eine für ihn wichtige Sache, möchte ich wetten», warf Newman zynisch ein.

«Seinem Tonfall nach muß sie dringend und wichtig gewesen sein», betonte Nancy. «Wenn du mich fragst, war er in Panik. Ich habe ihn gebeten, mir seine Telefonnummer zu geben, damit du zurückrufen kannst, aber darauf hat er sich nicht eingelassen. Zuletzt hat er versprochen, dich wieder anzurufen, und dann hat er mir etwas Seltsames für dich aufgetragen. Ich hab's sogar wiederholen müssen, damit er sich davon überzeugen konnte, daß ich's richtig verstanden hatte.»

«Was solltest du mir ausrichten?»

«Er hat mir übrigens auch seinen Namen genannt. Allerdings nur widerstrebend und erst, als ich ihm damit gedroht habe, den Hörer aufzulegen, weil ich nicht daran dächte, Mitteilungen von anonymen Anrufern entgegenzunehmen. Ein Manfred Seidler. Ich habe mir den Namen sogar buchstabieren lassen. Ich soll dir ausrichten, daß er bereit sei, dir gegen ein großzügiges Honorar alles über Terminal zu erzählen.»

«Was hat er gesagt?»

«Nicht über *ein* Terminal. Danach habe ich ausdrücklich gefragt. Nur *Terminal* ...»

Newman starrte blicklos vor sich hin. Er saß allein in ihrem Hotelzimmer. Nancy war ausgegangen, um sich neue Stiefel zu kaufen. Newman vermutete, daß ihr aufgefallen war, was für elegantes Schuhwerk modisch gekleidete Genferinnen trugen. Und Nancy war anscheinend entschlossen, sich nicht von der Konkurrenz ausstechen zu lassen.

Terminal.

Der Engländer fragte sich, ob sein Gespräch mit Chefinspektor Tripet wirklich so bedeutungslos gewesen war, wie er ursprünglich angenommen hatte. Besser gesagt: Becks Gespräch mit ihm, bei dem er sich von Tripet hatte vertreten lassen. Was hatte der Kriminalbeamte noch gesagt?

‹*Was mich daran wirklich fasziniert hat, war die Methode, mit der Sie's geschafft haben, an das* Terminal *ranzukommen* ...› Tripet hatte dabei das Wort *Terminal* betont – und Newman aufmerksam beobachtet, während er es aussprach.

Jetzt erbot dieser Manfred Seidler sich, ihm Informationen über ... *Terminal* zu verkaufen. Was, zum Teufel, bedeutete dieses

Wort? Tripet – und mit ihm wohl auch Beck – hatte es mit einem Großcomputer in Verbindung gebracht. Bestand möglicherweise eine Querverbindung zu dem Fall Krüger?

Krüger verbüßte in Stammheim eine lebenslängliche Haftstrafe wegen Landesverrats zugunsten seiner ostdeutschen Auftraggeber. Der Fall Krüger war abgeschlossen und nur noch aus historischer Sicht interessant. Was hatte Beck ihm mitteilen wollen? Hatte er ihm überhaupt etwas mitteilen wollen? Viel wahrscheinlicher war, daß er überprüfen wollte, ob Newmans Schweizer Reise etwas mit ...*Terminal* zu tun hatte. Sie hatte jedenfalls nichts damit zu tun. In Bern würde er am besten seinen alten Freund Arthur Beck anrufen und ihm mitteilen, daß er sich auf der falschen Fährte befände.

Gerade als Newman diesen Entschluß gefaßt hatte, klingelte das Telefon. Er nahm den Hörer ab, ohne sich dabei viel zu denken, denn er vermutete, daß Nancy ihm sagen wollte, sie habe sich bei ihrem Einkaufsbummel verspätet.

«Mr. Robert Newman? ... Endlich! ... Hier ist Manfred Seidler ...»

I I

Bruno Kobler kam mit dem Schnellzug aus Bern nach Genf. Er wartete in der Bahnhofshalle: eine imposante Erscheinung mit graumeliertem Haar, in einem dunklen Maßanzug und einem Kamelhaarmantel. Sein bartloses Gesicht wurde von einer Adlernase und kalten blauen Augen beherrscht, deren Blick Lee Foley sofort richtig gedeutet hätte: Dieser Mann war ein Killer!

Jetzt wartete er mit einem Aktenkoffer in der rechten Hand geduldig auf die beiden Männer, die, unabhängig voneinander, mit demselben Zug aus Bern gekommen waren. Hugo Munz, ein hagerer Dreißiger in Jeans und Lederjacke, näherte sich ihm als erster.

«Du übernimmst Cointrin, Hugo», wies Kobler ihn an. «Fahr sofort zum Flughafen hinaus und achte auf Newman. Du hast sein Photo in der Zeitung gesehen und müßtest ihn erkennen. Ich bezweifle, daß er irgendwohin fliegen wird, aber falls er's tut, beschattest du ihn. Meldung nach Thun.» Er starrte Munz eindringlich an. «Laß dich ja nicht abhängen, verstanden?» Er beobachtete, wie Hugo rasch zum Taxistand hinausging. Sekunden später kam Emil Graf, der zweite Mann, zu ihm herangeschlendert. Graf war ein ganz anderer Typ als Munz. Er war Ende Dreißig, klein und stämmig und trug einen Lammfellmantel. Ein schwarzer Schlapphut bedeckte sein blondes Haar. Graf, der beim Sprechen die schmalen Lippen kaum bewegte, trat Kobler wie ein gleichberechtigter Partner gegenüber.

«Okay, wir sind da. Was hab' ich zu tun?»

«Du bleibst hier», erklärte Kobler ihm freundlich. «Du achtest ebenfalls auf Newman. Falls er Genf verläßt, dürfte er mit dem Zug weiterreisen. Und falls er mich abhängt, bleibst du ihm auf den Fersen. Sobald sich was Neues ergibt, erstattest du Meldung nach Thun.»

Kobler sah Graf nach, der quer durch die Bahnhofshalle davonging und scheinbar mühelos seine große Reisetasche schwenkte, in der sich eine Maschinenpistole befand.

Kobler hatte sich die Einteilung der beiden Männer genau überlegt. Graf war zuverlässiger und weniger impulsiv als Munz. Für sich hatte Kobler bezeichnenderweise die schwierigste Aufgabe vorgesehen. Er verließ den Bahnhof, stieg in das erste der wartenden Taxis und gab dem Fahrer mit energischer, selbstbewußter Stimme das Fahrtziel an:

«Hôtel des Bergues...»

Während der kurzen Fahrt vom Bahnhof ins Hotel dachte Kobler nicht mehr an die beiden Männer. Als erstklassige

Führungskraft konzentrierte er sich jetzt nur noch auf die vor ihm liegende Aufgabe. Kobler hatte sich von ganz unten heraufgearbeitet. Da er der einzige war, dem sein Chef blindlings vertraute, gingen im Laufe eines Jahres viele Millionen Franken durch seine Hände.

Diese beherrschende Persönlichkeit, die Frauen jeden Alters beeindruckte, weil sie seine dynamische Energie spürten, konnte in der Klinik, im Labor und in dem Chemiewerk am Zürichsee jede beliebige Anweisung geben. Seine Befehle wurden ausgeführt, als kämen sie vom Chef persönlich. Koblers Jahresgehalt belief sich auf mehr als 400 000 Franken.

Kobler war Junggeselle und lebte fast ausschließlich für seine Arbeit. Er hatte eine ganze Reihe Freundinnen in verschiedenen Städten – alle nach den gleichen Kriterien ausgewählt. Sie mußten imstande sein, ihm Interna aus den Firmen zu berichten, in denen sie arbeiteten, und sie mußten im Bett gut sein. Diese Art zu leben gefiel ihm. Er kannte keinen Menschen, mit dem er hätte tauschen mögen.

Kobler hatte seinen Wehrdienst in der Schweizer Armee abgeleistet. Er war ein hervorragender Schütze und konnte als Scharfschütze eingesetzt werden, wenn sie aus Nordosten kamen. Nicht falls. *Wenn* die Rote Armee sich in Bewegung setzte. Immerhin würden sie bald abwehrbereit sein – hundertprozentig verteidigungsbereit. Kobler schrak aus seinen Gedanken auf und konzentrierte sich plötzlich wieder auf seine unmittelbare Umgebung, als das Taxi vor dem Hôtel des Bergues hielt.

«Ich kenne keinen Manfred Seidler – falls das Ihr wirklicher Name ist», knurrte Newman ins Telefon. Er verfiel automatisch in die Rolle des Starjournalisten, der viel mit zweifelhaften Informanten zu tun hat. Unbekannte wurden dadurch zunächst in die Defensive gedrängt.

«Ich heiße tatsächlich Seidler», fuhr die Stimme in deutscher Sprache fort, «und wenn Sie an Informationen über eine für die KB über eine Ostblockgrenze geschmuggelte Spezialsendung interessiert sind, sollten wir uns treffen. Diese Informationen sind allerdings nicht gerade billig...»

«Mit Rätseln kann ich nichts anfangen, Seidler. Sie müssen sich schon deutlicher ausdrücken!»

«Ich spreche von *Terminal*...»

Das Wort schien in der Luft zu hängen. Newman verspürte ein dumpfes Gefühl in der Magengegend. Er war sich darüber im klaren, daß er behutsam vorgehen mußte.

«Wieviel sollen Ihre Informationen denn kosten?» erkundigte er sich scheinbar gelangweilt.

«Zehntausend Franken.»

«Soll das ein Witz sein? Ich denke gar nicht daran, eine solche Summe auszugeben, um...»

«Es geht darum, daß Menschen sterben, Newman!» fuhr Seidler erregt fort. «Sie sterben in der Schweiz – Männer und Frauen. Ist Ihnen das vielleicht egal? Hier geht's um ein scheußliches Verbrechen.»

«Von wo aus rufen Sie an?» fragte Newman nach einer kurzen Pause.

«Nein, da mache ich nicht mit, Newman...»

«Gut, sagen Sie mir wenigstens, ob Sie in der Schweiz sind. Ich habe keine Lust, Grenzen zu überqueren. Und ich habe nicht viel Zeit.»

«Ja, ich rufe aus der Schweiz an. Über den Preis können wir noch reden. Wir müssen uns nur bald treffen. Ich lege unseren Treffpunkt fest.»

Newman hatte rasch nachgedacht, während er seine Fragen stellte. Er hatte den Eindruck, daß Seidler tatsächlich in Bedrängnis war und unbedingt mit ihm sprechen wollte. Deshalb verstieß Newman gegen eine goldene Regel, an die er sich bisher strikt gehalten hatte: Er verriet dem Anrufer sein nächstes Ziel.

«Seidler, ich reise noch heute weiter nach Bern. Ich wohne dort im Bellevue Palace. Rufen Sie mich dort an, damit wir die Einzelheiten besprechen können.»

«Damit Sie Zeit haben, mich überprüfen zu lassen? Kommt gar nicht in Frage!»

«Was Sie bisher gesagt haben, hat mich beeindruckt.» Newman ließ sich mit Absicht anmerken, daß er irritiert war. «Sie rufen mich im Hotel an, oder das Geschäft ist schon jetzt geplatzt. Es sei denn, Sie geben mir Ihre Telefonnummer...»

«Nein, nein, ich rufe Sie in Bern an.»

Seidler hängte ein, und Newman ließ den Hörer sinken. Der Anruf beunruhigte ihn aus zwei Gründen. Zuerst wegen der Abkürzung «KB», nach deren Bedeutung Newman absichtlich nicht gefragt hatte. KB. Klinik Bern? Dann durch die Erwähnung einer Ostblockgrenze. Dadurch beinhaltete *Terminal* möglicherweise internationale Gefahren. Die Behauptung, daß Menschen starben, tat Newman als Ausschmückung ab, die seine Neugier steigern sollte. Aber als er jetzt, eine Zigarette rauchend, im Hotelzimmer auf und ab ging, beunruhigte ihn sein Gespräch mit Seidler unerklärlicherweise mehr und mehr. Anfangs hatte Newman Seidler in die Kategorie der Nachrichtenhändler eingeordnet, vor denen Reporter nie sicher waren. Aber bald hatte er Angst in Seidlers Stimme gehört, panische Angst. Sein atemloses Drängen ließ darauf schließen, daß er auf der Flucht war.

«Wo bin ich da bloß reingeraten?» fragte sich Newman laut.

«Das würde mich auch interessieren...»

Er drehte sich erschrocken um und sah Nancy an der Zimmertür stehen, die sie erstaunlich leise geöffnet und hinter sich geschlossen hatte. Sie bewegte sich katzengleich, wie er nicht zum ersten Mal feststellte.

«Seidler hat vorhin angerufen», sagte er.

«Und jetzt machst du dir Sorgen? Was ist passiert, Bob?»

«Er hat versucht, mir eine angebliche Sensationsmeldung zu verkaufen. Das bin ich gewöhnt.» Newman machte eine wegwerfende Handbewegung. «Ich bin froh, daß du schon wieder da bist – dann können wir um 11.56 Uhr den Schnellzug nach Bern nehmen.»

«Ich muß nochmal kurz weg.» Sie sah auf ihre Uhr. «Ich hab'
ein Parfüm gesehen, das ich unbedingt haben will. Meine Sachen sind schon gepackt. Ich bin in zehn Minuten zurück!»
«Beeil dich bitte, ja? Ich möchte den Zug auf keinen Fall
verpassen. Hast du gehört, Nancy?»
«Du kannst inzwischen schon mal das Zimmer bezahlen!»
wehrte sie lächelnd ab. «Bis gleich...»

«Ah, Monsieur Kobler», begrüßte der Portier den Mann, der
soeben das Hôtel des Bergues betreten hatte. «Wir freuen uns,
daß Sie uns wieder einmal die Ehre geben.»
«Sie haben mich nicht gesehen, verstanden? Robert Newman
wohnt hier?»
«Er ist oben in seinem Zimmer. Soll ich Sie bei ihm anmelden?»
«Danke, vorerst noch nicht...»
Kobler warf einen raschen Blick in das Restaurant Pavillon,
bevor er es betrat. Er nahm an einem Tisch, von dem aus er die
Hotelhalle überblicken konnte, Platz und bestellte ein Känn-
chen Kaffee, das er gleich bezahlte.
Dem Fahrer des Taxis, das ihn vom Bahnhof zum Hotel gebracht hatte, hatte Kobler ein großzügiges Trinkgeld gegeben
und ihn gebeten, vor dem Haupteingang auf ihn zu warten.
Eine tizianrote Schönheit in einer Silberfuchsjacke, hautengen
Jeans und Hosenstiefeln betrat das Restaurant, und Kobler
starrte sie an. Ihre Blicke begegneten sich, und sekundenlang
ließ die Rothaarige ein gewisses Interesse erkennen, als sie an
seinem Tisch vorbeiging und einen Platz wählte, von dem aus
auch sie die Hotelhalle übersehen konnte. Kobler stellte zufrieden fest, daß seine Anziehungskraft ungebrochen war. Die Rothaarige hatte natürlich auf den ersten Blick erkannt, in welche
Einkommenskategorie er gehörte. Aber sie war kein Profi, nur
eine außergewöhnlich attraktive junge Frau.
Eine halbe Stunde später sah er einen Pagen Gepäckstücke
durch die Hotelhalle tragen. Ihm folgte eine elegante Schwarzhaarige, hinter der wiederum Newman auftauchte. Kobler

stand auf, zog seinen Mantel an und erreichte den Ausgang
gerade noch rechtzeitig, um Newman in ein Taxi steigen zu
sehen. Der Engländer blickte dabei nach links und zuckte spür-
bar zusammen. Kobler nahm dieses Intermezzo nicht wahr,
denn er war damit beschäftigt, in sein eigenes Taxi zu steigen
und den Fahrer anzuweisen, dem anderen Wagen zu folgen.
Die Tizianrote, die er vorhin so bewundert hatte, kam aus dem
direkt auf die Straße führenden Ausgang. Sie lief um die Ecke
zu ihrem dort abgestellten Motorrad, stülpte sich einen Sturzhelm über, trat den Motor an und fuhr hinter Koblers Taxi her.

Auf dem Gare Cornavin, dem Genfer Hauptbahnhof, herrschte
an diesem Dienstag Mitte Februar kurz vor Mittag nur wenig
Betrieb. Kobler zahlte sein Taxi und folgte Newman und seiner
eleganten Begleiterin in die Bahnhofshalle. Er blieb in der Nähe
des Eingangs stehen und beobachtete, wie Emil Graf in Aktion
trat, indem er sich hinter Newman in die Schlange vor dem
Fahrkartenschalter einreihte. Vor dem Engländer warteten nur
drei Reisende, so daß Graf, der ebenfalls Fahrkarten kaufte,
schon wenig später zu Kobler hinüberkam.

«Er hat eine Karte für eine einfache Fahrt nach Bern gekauft,
besser gesagt zwei. Ich habe auch zwei genommen – falls du
auch...»
«Allerdings! Fahrkarten wohin?»
«Zürich. Der Schnellzug um 11.56 Uhr fährt durch.»
Kobler beglückwünschte sich dazu, daß er Graf mit der Überwachung des Bahnhofs beauftragt hatte. Er ließ sich seine Fahrkarte geben und legte sie in seine Krokobrieftasche.
«Warum nach Zürich, Emil, wenn Newman doch Fahrkarten
nach Bern gekauft hat?»
«Diese Journalisten sind gerissen. Vielleicht will er in Wirklichkeit nach Zürich...»
«Ausgezeichnet, Emil. Siehst du den kleinen Mann mit dem
komischen Trachtenhut, der sich gerade auch eine Fahrkarte

besorgt? Das ist Julius Nagy, ein widerlicher Schnüffler. Er ist Newman mit einem Taxi hierher gefolgt. Sieh zu, daß du ihn unterwegs in der Zugtoilette oder nach dem Aussteigen in irgendeinem dunklen Winkel erwischst. Stell fest, für wen er arbeitet. Bei Nagy brauchst du keine Rücksicht zu nehmen – dieser miese Spitzel hat kein Mitleid verdient. Schüchtere ihn ordentlich ein und mache ihm solche Angst, daß er in Zukunft für uns arbeitet. Er soll Newman weiterhin beschatten und dir alle seine Bewegungen und Kontakte melden.»

«Klar, wird gemacht.»

Kobler griff nach seinem Aktenkoffer und beobachtete, wie Graf mit seiner Reisetasche davontrottete. Möglicherweise konnte ihr Inhalt dazu beitragen, Nagy unmißverständlich vor Augen zu führen, was er bei einer Weigerung riskierte. Kobler warf einen Blick auf die Anzeigetafel und machte sich auf den Weg zu dem Bahnsteig, von dem in zehn Minuten der Schnellzug nach Zürich abfahren würde.

Lee Foley, der in der hintersten Ecke der Bahnhofshalle scheinbar interessiert seine Zeitung studierte, beobachtete alle diese Vorgänge. Er hatte das Hôtel des Bergues nur fünf Minuten vor Newman und Nancy Kennedy verlassen, um sich hier am Bahnhof einen Logenplatz zu sichern. Er hatte sich eine Fahrkarte Erster Klasse nach Bern gekauft und dann diesen Beobachtungsposten bezogen, von dem aus er die Fahrkartenschalter unauffällig überwachen konnte. Als Kobler verschwand, faltete er die Zeitung zusammen, steckte sie in die Jackentasche, griff nach seiner Reisetasche und machte sich ebenfalls auf den Weg zum Bahnsteig.

Eine Person, die alle – selbst Lee Foley – übersehen hatten, war die Tizianrote, deren ganzes Gepäck aus einer Nylontasche mit ihrem Sturzhelm und einer Photoausrüstung bestand. Sie stieg ganz hinten in den Schnellzug Bern–Zürich ein, der gleich darauf aus dem Bahnhof glitt.

12

Bern! Eine nicht nur in der Schweiz, sondern in ganz Westeuropa einzigartige Stadt! Schon ihre Topographie ist außergewöhnlich. Die Altstadt wird auf drei Seiten von der hier eine Schleife bildenden Aare umrauscht und erstreckt sich als Halbinsel in West-Ost-Richtung: vom Bürgerspital zum Hauptbahnhof und der Universität bis zur fernen Nydeggbrücke, die über den Fluß führt.

Die Breite dieser Landzunge beträgt nur etwa ein Viertel ihrer Länge. An vielen Stellen kann man die Halbinsel zu Fuß überqueren, den Fluß hinter sich zurücklassen, um kaum zehn Minuten später erneut davor zu stehen.

Bern ist eine Festung, die auf einem gigantischen Felsrücken hoch über dem umliegenden Land emporragt. Unterhalb der Terrasse hinter dem Bundeshaus fällt das Gelände steil ab; unterhalb der Plattform neben dem Münster führen massive Befestigungsmauern 30 Meter tief zur Badgasse hinunter. Jenseits von Badgasse und Aarstraße schäumt die aus dem Thunersee kommende Aare vorbei.

Der Felsrücken hat seinen höchsten Punkt zwischen Bundeshaus und Hauptbahnhof. Die parallel nach Osten führenden Straßen fallen allmählich in Richtung Nydeggbrücke ab.

Bern ist alt, sehr alt. Das ehrwürdige Münster stammt aus dem Jahre 1185. Und da Bern seit Jahrhunderten keinen Angriff mehr erlebt hat, ist die Stadt erhalten geblieben. Sie ist eine Stadt für menschliche Maulwürfe. Ihre Straßen sind mit an Maulwurfsbauten erinnernden Bogengängen («Lauben») gesäumt, unter denen man auch bei schlechtem Wetter vor Regen und Schnee geschützt ist.

Bei Einbruch der Dunkelheit oder an grauen, wolkenverhangenen Tagen wirkt die Stadt düster, fast bedrohlich. Nur wenige Passanten sind unter den Arkaden der Münstergasse unterwegs, die in die nach Osten verlaufende Junkergasse einmündet. Alle West-Ost-Straßen und -Gassen enden schließlich an der Nydeggbrücke.

Die Querverbindungen bestehen aus einem dichten Netz enger Gassen, in denen man nach Einbruch der Dunkelheit kaum einer Menschenseele begegnet. Und wenn Nebel von der Aare heraufzieht, hängen seine Schwaden zwischen den Bogengängen und verstärken die düster-bedrohliche Stimmung.

Hier in Bern – hauptsächlich in Gebäuden in der Nähe des Hotels Bellevue Palace – gibt es Machtzentren, deren Politik nicht immer mit der von den Bankiers betriebenen übereinstimmt. Der Schweizer Militärische Nachrichtendienst und die Bundespolizei – Arthur Becks Dienststelle – haben ihre Zentralen ganz in der Nähe eines der großartigsten Hotels in Europa.

Auf dem Hauptbahnhof fällt dem aufmerksamen Beobachter auf, daß Bern die Stadt ist, wo Deutschschweiz und Westschweiz zusammentreffen. Auf den Hinweistafeln steht *Bahnhof/Gare*. Auf den Schildern am Fuß der Treppen, die zu den Bahnsteigen führen, steht links *Voie* und rechts *Gleis*.

Der Schnellzug aus Genf lief pünktlich um 13.58 Uhr ein. Während der Bahnfahrt hatte Newman, der Nancy an einem Fenster gegenübersaß, seinen behaglichen Platz nicht verlassen. Er hatte die noch verschneite Landschaft betrachtet, bis die Sonne durch die Wolken gebrochen war. Das grelle Licht zwang ihn immer, sich vom Fenster abzuwenden.

«Unser Zug hält doch öfter, als ich angenommen habe», stellte er an Nancy gewandt fest. «Lausanne, Fribourg... dann erst Bern.»

«Du siehst sehr ernst, sehr konzentriert aus. Ist in Genf zuviel passiert?»

«Pst, nicht so laut!» Newman beugte sich nach vorn. «Zuerst mein unfreiwilliger Besuch im Polizeipräsidium, dann unser

Freund am Telefon. Das war ein bißchen viel auf fast nüchternen Magen...»

Er hütete sich, Nancy zu erzählen, daß er Julius Nagy gesehen hatte, der in den Wagen Zweiter Klasse unmittelbar hinter ihnen eingestiegen war. Für wen arbeitete Nagy wirklich? Das machte Newman Sorgen. Zumindest waren sie jetzt auf dem Weg nach Bern. Dort wollte er möglichst bald Arthur Beck aufsuchen, der vielleicht der einzige war, der ihm erklären konnte, was hier gespielt wurde, und sicherlich der einzige, der auch bereit war, ihm reinen Wein einzuschenken.

Einige Reihen hinter Newman saß Bruno Kobler. Er hatte seinen Aktenkoffer auf den Sitz neben sich gelegt, um zu verhindern, daß dort jemand Platz nahm. Auch er hatte gesehen, daß Nagy in die Zweite Klasse eingestiegen war. Er hoffte, daß es Graf gelingen würde, den kleinen Schnüffler – notfalls mit Gewalt – dazu zu «überreden», in Zukunft für ihn zu arbeiten. Koblers Erscheinung entsprach so genau der eines erfolgreichen Geschäftsmannes, daß er weder Newman noch Nancy aufgefallen war. Aber jemand anders hatte bemerkt, daß er sich für die beiden interessierte – ein Reisender, den selbst Kobler übersehen hatte.

Lee Foley hatte im Nichtraucherabteil des Großraumwagens Platz genommen, das durch eine bis zur Hälfte verglaste Schwingtür vom Raucherabteil getrennt war. Auf der Fahrt nach Lausanne war Foley zweimal aufgestanden, um langsam und umständlich eine Zeitschrift aus seiner in der Gepäckablage liegenden Reisetasche zu holen.

Foley war der einzige, der alles übersah. Durch den Glaseinsatz der Tür beobachtete er den grimmigen Gesichtsausdruck, mit dem Newman aus dem Fenster starrte. Und er sah, daß der Schweizer Geschäftsmann, der einige Plätze hinter den beiden saß, Newman und seine Begleiterin immer wieder kurz anstarrte. Dieses harte Gesicht würde Foley so leicht nicht wieder vergessen.

Er beobachtete noch mehr. Nagy erschien am anderen Ende des

Raucherabteils und sah kurz hinein. Nur einige Sekunden. Plötzlich tauchte ein kleiner, stämmiger Mann neben ihm auf. Foley sah Nagys verblüfften Gesichtsausdruck. Die beiden Männer verschwanden auf der Zugtoilette. Foley reagierte, ohne zu zögern.

Er durchquerte das Raucherabteil, ohne die dort sitzenden Reisenden eines Blickes zu würdigen, öffnete die Tür am anderen Ende, wartete ab, bis sie sich automatisch geschlossen hatte, und horchte an der Toilettentür. Als er ein ersticktes Würgen und Röcheln hörte, streckte er die Hand aus, um an der Klinke zu rütteln, ließ sie aber gleich wieder sinken. Er konnte es sich nicht leisten, Aufmerksamkeit zu erregen. Foley kehrte auf seinen Platz zurück.

In der Toilette umklammerte Graf Nagys Hals mit dem linken Arm, während er mit der Rechten die Maschinenpistole aus der Reisetasche zog. Er drückte den kleinen Mann übers Waschbecken und hielt ihm die MP-Mündung unters Kinn. Nagys Augen quollen vor Entsetzen beinahe aus den Höhlen.

«Hör zu», sagte Graf halblaut, «du hast jetzt die Wahl, ob du singen oder aus diesem Zug fallen willst. Es kommt oft genug vor, daß Leute die Türen verwechseln und aus dem Zug stürzen. Wenn du das nicht willst, erzählst du mir am besten gleich, für wen du arbeitest. Wir wissen, daß du Newman beschattest...»

«Hören Sie, damit kommen Sie nicht durch!» keuchte Nagy.

«Los, pack schon aus, ich hab's eilig!»

Nagy hörte ein Klicken, und ihm war klar, daß der Unbekannte die Maschinenpistole entsichert hatte. Beinahe noch erschreckender war jedoch der starre, glasige Blick des Angreifers.

«Kann so... nicht sprechen...» Graf lockerte den Druck, mit dem er Nagys Hals umklammerte, etwas. Aber nur ganz wenig.

«Tripet», sagte der kleine Ungar. «Ich beobachte Newman in seinem Auftrag.»

«Wer, zum Teufel, ist Tripet?» fragte Graf halblaut, ohne Nagy auch nur einen Moment aus den Augen zu lassen.

«Chefinspektor Tripet. Von der Sûreté in Genf. Ich hab' schon früher für ihn gearbeitet. Er beauftragt mich manchmal, Leute zu beobachten...»

Nagy, der allgemein verachtete Schnüffler, ein Mann, der die schmutzige Arbeit anderer Leute tat, hatte mehr Zivilcourage, als man ihm zugetraut hätte. Er war fest entschlossen, Pierre Jaccard vom *Journal de Genève* nicht zu verraten. Bei diesem Auftrag konnte er viel Geld verdienen. Und Jaccard hatte stets Wort gehalten. Aber in Nagys Welt zählte Vertrauen weit mehr als Geld – oder als Drohungen.

«Du vergißt jetzt diesen Tripet, verstanden?» fuhr Graf drohend fort. «Ab sofort arbeitest du für mich. Nein, halt die Klappe und hör zu! Du tust nichts anderes, als du bisher getan hast: Du beschattest Newman. Hier ist die Nummer, unter der ich telefonisch zu erreichen bin...» Graf steckte Nagy einen zusammengefalteten Zettel in die Manteltasche. «Wer sich meldet, ist berechtigt, eine Nachricht für mich entgegenzunehmen; du nennst deinen Namen und berichtest dann, wo Newman gewesen ist und mit wem er sich getroffen hat. Dafür wirst du natürlich bezahlt...» Er steckte dem kleinen Mann mehrere Geldscheine in dieselbe Tasche. «Sobald Newman aussteigt, folgst du ihm, stellst fest, in welchem Hotel er wohnt, und nimmst dir selbst ein Zimmer. Danach meldest du sofort, wo du zu erreichen bist.»

«Verstanden», antwortete Nagy heiser. Er rieb sich seine schmerzende Kehle, nachdem Graf ihn losgelassen und die Waffe zurückgezogen hatte. «Ich tue, was Sie verlangen.»

«Und versuche ja nicht, dir die Sache nochmal zu überlegen, wenn du wieder allein bist», fuhr Graf mit dem unangenehmen Tonfall fort, der Nagy so beunruhigte. Großer Gott, dieser Schweinehund hätte ihn um ein Haar ermordet! «Tu's lieber nicht!» warnte Graf. «Einer meiner Männer ist ständig in deiner Nähe. Du wirst ihn nicht sehen, aber du kannst dich darauf verlassen, daß er im richtigen Augenblick zur Stelle ist. Dieser Mann reagiert impulsiv – und sehr brutal. Sobald er auch nur den geringsten Verdacht hat, daß du falsch spielst, legt er dich um. Das verstehst du doch hoffentlich, Nagy?»

«Ja, ich verstehe…»

Nagy war vor allem deswegen so erbittert, weil dieser Angriff sich gegen seine *Würde* gerichtet hatte. Er war in einer Zugtoilette überfallen, mißhandelt und bedroht worden. Graf, der diese Reaktion seines Opfers nie verstanden hätte, hatte sich noch eine weitere Niederträchtigkeit ausgedacht, um den kleinen Mann zu demütigen. Er hatte ein Stück Seife vom Waschtisch genommen und Nagy in den Mund gestopft, bevor er ihn in der Toilette zurückgelassen hatte.

Nagy, der wieder auf seinem Platz in der Zweiten Klasse saß, als der Schnellzug den Genfersee verließ und nach Norden in Richtung Fribourg weiterrollte, hatte den widerlichen Seifengeschmack noch immer im Mund. Er hatte den festen Entschluß gefaßt, sich an seinen neuen Auftraggebern, wer immer sie auch sein mochten, zu rächen.

Die nach Norden führende Bahnstrecke stieg merklich an, und auf den Feldern lag jetzt mehr Schnee. Newman schwieg noch immer; er war tief in Gedanken versunken, als der Schnellzug in Fribourg hielt und die letzte Etappe nach Bern in Angriff nahm.

Als der Engländer ihr Gepäck herunterholte, weil der Zug in Bern einfuhr, hatte Kobler bereits den Großraumwagen verlassen und wartete an der Tür. Er war beinahe der erste Fahrgast, der aus dem noch rollenden Schnellzug ausstieg.

Im Wagen dahinter beeilte sich auch Julius Nagy, den Zug zu verlassen. Sein Hut steckte zusammengefaltet in einer Tasche seines Mantels, den er über dem linken Arm trug. So war er – zumindest auf den ersten Blick – nicht gleich wiederzuerkennen. Sein Gesichtsausdruck zeigte tiefe Erbitterung, während er Emil Graf den Bahnsteig entlang zum Ausgang folgte. In der rechten Hand hielt er eine kleine Kamera, die er stets bei sich trug.

Kobler marschierte vor Graf her: aufrecht, energisch, den Aktenkoffer in der rechten Hand. Graf hatte Mühe, ihm zu folgen, als Kobler die Bahnhofstreppe hinunterlief. Vor dem Hauptbahnhof, wo ein Mercedes mit Chauffeur auf ihn wartete, blieb Kobler stehen und klappte seinen Mantelkragen hoch, um sich vor dem eisigen Wind zu schützen. Graf schloß zu ihm auf und sah sich um, als halte er nach einem Taxi Ausschau.

«Er ist gezähmt», berichtete er Kobler. «Er tut, was wir verlangen…»

«Ganz bestimmt?»

«Todsicher. Er hat eine Heidenangst!»

Nur einer interessierte sich für dieses kurze Zusammentreffen: Nagy. Er hob seine kleine Kamera und machte eine Aufnahme, als Kobler den Kopf zur Seite drehte, um besser zu hören, was Graf sagte. Dann ging Kobler auf den Wagen zu, dessen Chauffeur ihm diensteifrig den Schlag aufriß. Nagys Kamera klickte erneut. Dann benützte er den Zettel, den Graf ihm in die Manteltasche gesteckt hatte, um sich das Kennzeichen des Mercedes zu notieren. Nagy war bereits wieder im Hauptbahnhof verschwunden, als Graf sich umdrehte.

Die beiden Kriminalbeamten, die am Ende des Bahnsteigs standen und die soeben eingetroffenen Fahrgäste musterten, übersahen Lee Foley. Unbeachtet ging er in einem sehr englisch aussehenden karierten Mantel, den er in London gekauft hatte, an ihnen vorbei. Sein auffälliges weißes Haar verschwand unter einer tief in die Stirn gezogenen Golfmütze, und die Hornbrille auf seiner Nase ließ ihn eher professoral wirken.

Foley verließ den Hauptbahnhof mit einem ganzen Schwung von Reisenden, die alle mit demselben Zug angekommen waren. Er ignorierte die wartenden Taxis, nahm seine Reisetasche in die linke Hand und marschierte zielstrebig die schmale Neuengasse entlang. Unterwegs blieb er scheinbar interessiert vor einem Schaufenster stehen und benützte das Glas als Spiegel, um die Gasse hinter sich zu beobachten.

Nachdem er sich davon überzeugt hatte, daß er nicht beschattet wurde, ging er das kurze Stück zum Hotel Savoy weiter und betrat es rasch. Als die junge Frau an der Reception aufsah, füllte Foley bereits das vorgeschriebene Anmeldeformular in dreifacher Ausfertigung aus. Einer der beiden Durchschläge war für die Polizei bestimmt und würde später abgeholt werden.

«Ich habe aus Genf angerufen und ein Zimmer bei Ihnen bestellt.»

«Richtig, Zimmer 230 – ein Doppelzimmer...»

Die Empfangsdame sah sich nach seiner Begleiterin um. Foley zeigte seinen Reisepaß, steckte ihn wieder ein und griff nach seinem Gepäck.

«Augenblick, ich rufe einen Pagen...»

«Sparen Sie sich die Mühe. Wo ist der Aufzug?» Der Amerikaner fuhr nach oben, fand sein Zimmer, warf seine Reisetasche aufs Bett und setzte sich ans Telefon, um auf den Anruf zu warten.

Arthur Beck saß an seinem Schreibtisch und aß das letzte der Schinkensandwiches, die seine Sekretärin ihm gemacht hatte. Nach Becks Meinung gehörte der Earl of Sandwich zu den bedeutendsten Gestalten der englischen Geschichte. Der Schweizer hatte seine Leidenschaft für Schinkensandwiches entwickelt, als er sich ein Vierteljahr zu Studienzwecken bei Scotland Yard in London aufgehalten hatte. Er trank gerade Kaffee, als das Telefon klingelte. Der Anrufer sprach Deutsch.

«Leupin», meldete er sich knapp. «Ich rufe vom Bahnhof aus an. Newman ist mit dem Schnellzug um 13.58 Uhr aus Genf gekommen. In Begleitung einer Frau – der Aufmachung nach einer Amerikanerin. Sautter ist ihnen zum Bellevue Palace nachgefahren, wo sie sich vor zehn Minuten angemeldet haben.»

«Wie steht's mit Lee Foley?»

«Wir haben niemand gesehen, auf den seine Personenbeschreibung gepaßt hätte, obwohl wir die Reisenden gemeinsam beobachtet haben.»

«Danke, Leupin. Beobachten Sie weiter alle aus Genf einlaufenden Züge.»

«Sautter ist schon wieder auf dem Weg hierher...»

Beck legte den Hörer auf und aß nachdenklich den Rest seines Sandwichs. In einem Punkt hatte er recht behalten: Newman war in Bern aufgekreuzt. Er machte sich nur Gedanken über das Telefongespräch, das er zuvor mit Chefinspektor Tripet geführt hatte. Newman hatte keinerlei Reaktion auf das wie nebenbei erwähnte Wort *Terminal* erkennen lassen. War es möglich, daß der Engländer aus einem ganz anderen Grund nach Bern gekommen war?

Jedenfalls kannte Beck Newman gut genug, um zu wissen, daß der Engländer Bern nicht besuchte, um hier einfach Urlaub zu machen. Newman ging völlig in seiner Arbeit auf; er war immer auf der Suche nach einer neuen Story.

Wirkliche Sorgen machte Beck jedoch nur, daß Foley noch nicht aufgetaucht war. Oder mußte es richtig heißen, daß er *verschwunden* war? Beck war sich darüber im klaren, daß, falls die beiden Kriminalbeamten Lee Foley übersehen hatten, in den Straßen seiner Stadt ein reißender Wolf unterwegs war. Er beschloß, New York anzurufen.

Foley nahm den Hörer nach dem zweiten Klingeln ab. Er hielt ihn ans Ohr, ohne sich zu melden, und wartete. Die Stimme am anderen Ende klang ungeduldig.

«Ist dort Mr. Lee Foley?»

«Am Apparat. Ich bin in Position. Hören Sie, den ersten Schritt müssen Sie tun. Sie müssen die fragliche Einrichtung besuchen. Stellen Sie fest, was dort gespielt wird. Melden Sie sich dann bitte so rasch wie möglich bei mir? Nein, hören Sie bitte zu! Prüfen Sie die Sicherheitsvorkehrungen in der bewußten Einrichtung. Jede Kleinigkeit ist wichtig. Ich kann erst aktiv werden, wenn ich Tatsachen in der Hand habe. Aber dann schlage ich gewaltig Krach. Wie Sie wissen, ist das meine Spezialität...»

Foley legte den Hörer auf und trat ans Fenster, das auf eine schmale Gasse hinausführte. Wenn jemand den Auftrag gehabt hätte, das Hotel Savoy zu überwachen, hätte er sich dort aufgehalten. Aber die Gasse war menschenleer.

Newman legte den Hörer auf, als Nancy die kleine Diele betrat, die Tür hinter sich schloß und ins Zimmer kam. Ihr Gesichtsausdruck war nachdenklich.

«Mit wem hast du eben gesprochen, Bob?»

«Ich wollte mir beim Zimmerservice eine Flasche Mineralwasser bestellen. Du weißt ja, wie durstig ich nachts oft bin. Leider hat sich niemand gemeldet, aber ich versuch's gleich nochmal.» Er machte eine Pause. «Übrigens hast du mir das Parfüm, das du kurz vor unserer Abreise aus Genf noch unbedingt kaufen mußtest, noch gar nicht gezeigt.»

«*Voilà!*» Nancy holte den Flakon aus ihrer Handtasche. «Du hättest ruhig merken dürfen, daß ich es schon im Zug getragen habe... Ist unser Zimmer nicht wunderbar?»

Sie hatten Zimmer 428 im Bellevue Palace: ein großer, behaglich möblierter Raum mit bequemen Sesseln und einem Schreibtisch, an dem Newman arbeiten konnte. Zwei breite Einzelbetten waren zusammengeschoben worden, so daß ein Doppelbett entstanden war. Nancy ließ sich auf eines der Betten fallen und hopste lachend darauf herum.

«Einfach herrlich, Bob! Hier könnte ich's wochenlang aushalten...»

«Vielleicht bleiben wir ein paar Wochen hier. Hast du die Aussicht schon richtig bewundert? Schließlich heißt das Hotel nicht umsonst ‹Bellevue Palace›.»

Newman öffnete die altmodischen Doppelfenster. Kühle Luft strömte in das leicht überheizte Zimmer. Nancy kuschelte sich an ihn, als er ihr einen Arm um die Taille legte, während er mit der freien Hand aus dem Fenster zeigte.

«Der schneebedeckte Hügel jenseits der Aare ist der Bantiger Hubel», erklärte Newman ihr. «Er ist die höchste Erhebung des

Berner Mittellands und meiner Erinnerung nach rund neunhundertfünfzig Meter hoch. Wenn dieser Dunst nicht wäre, würdest du dort drüben das Berner Oberland mit dem phantastischen Panorama der Berner Alpen sehen.» Sein Tonfall wurde plötzlich geschäftsmäßig. «Heute nachmittag miete ich gleich nebenan einen Wagen. Wir fahren zur Klinik Bern am Thunersee . . .»

«Einfach so?» Nancy schien als Medizinerin Bedenken zu haben. «Bob, ich hielte es für besser, wenn wir unseren Besuch bei Jesse telefonisch ankündigten.»

«Kommt nicht in Frage! Wir schneien unangemeldet herein. Du bist nicht nur seine Enkelin, sondern auch als Ärztin an seinem Zustand interessiert. Zu zweit können sie uns nicht abwimmeln; vielleicht ertappen wir sie bei irgendwelchen krummen Touren . . .»

«Hältst du das wirklich für eine gute Idee?»

«Die Sache ist einen Versuch wert. Wir beeilen uns mit dem Mittagessen und fahren los, bevor unsere Ankunft weitergemeldet wird. Vergiß nicht, daß diese verdammte Nachricht in der Zeitung einige Leute aufgeschreckt haben dürfte.»

«Augenblick, ich will mich nur noch ein bißchen zurechtmachen.» Sie ließ Newman am Fenster stehen und setzte sich an den Toilettentisch. «Ist dir der Engländer aufgefallen, der sein Anmeldeformular ausgefüllt hat, als du am Empfang gewartet hast? Von meinem Platz auf dem Sofa aus hab' ich gesehen, daß er sich umgedreht und dich angestarrt hat.»

«Wahrscheinlich hat er sich an mein Photo in der Zeitung erinnert . . .»

Newmans Tonfall ließ erkennen, daß er diesem Vorfall keine große Bedeutung beizumessen schien. Aber er kannte den Hotelgast, von dem Nancy sprach. Er wußte sogar, wie dieser Mann hieß, aber er hatte dieser zufälligen Begegnung keine weitere Bedeutung beigemessen – bis Nancy ihn darauf aufmerksam gemacht hatte.

Er hatte geduldig gewartet, während der andere das Anmeldeformular ausfüllte, ohne sich dabei von der freundlichen jungen Dame am Empfang helfen zu lassen. Der schlanke, sportliche Mann mit dem kurzgeschnittenen Schnurrbart hatte einen halblangen Kamelhaarmantel getragen. Newman hatte ihn auf Anfang Dreißig geschätzt.

«Ich lasse Ihren Koffer gleich hinaufbringen, Mr. Mason», hatte die Empfangsdame ihm erklärt, als sie ihm seinen Reisepaß zurückgab.

«Danke», hatte Mason geantwortet und seinen Paß sowie die kleine Hotelbroschüre eingesteckt, bevor er sich nach dem Pagen umgedreht hatte.

Newman erinnerte sich jetzt daran, daß Mason ihm einen raschen, prüfenden Blick zugeworfen hatte, bevor er zum Aufzug gegangen war. Er runzelte die Stirn, und Nancy, die ihn im Spiegel beobachtete, während sie sich die Haare bürstete, zog die Augenbrauen hoch.

«Was ist mit diesem Mann? Kennst du ihn?»

«Nein, ich hab' ihn heute zum erstenmal gesehen. Bist du fertig? Wir müssen uns mit dem Mittagessen beeilen. Ich muß den Wagen erst noch mieten, und die Fahrt nach Thun dauert auch mindestens eine halbe Stunde.»

«Wie hast du so schnell rausgekriegt, wo die nächste Leihwagenfirma ist?»

«Ich habe den Portier gefragt, als du deinen Rundgang durch die Hotelhalle gemacht hast.» Newman machte eine Pause. «Heute nachmittag findet hier im Bellevue übrigens eine Modeschau statt...»

«Und in ein paar Tagen ein Cocktailempfang anläßlich eines Ärztekongresses...»

«Was willst du damit sagen?» fragte er, weil er sich ihren Unterton nicht erklären konnte.

«Nichts!» behauptete Nancy. «Komm, laß uns essen gehen.»

Mason saß in seinem Hotelzimmer auf der Bettkante, hielt den Telefonhörer in der Hand und wählte die Nummer von Tweeds

Nebenstelle. Er war jedesmal wieder von der Geschwindigkeit beeindruckt, mit dem das europäische Selbstwählsystem funktionierte – jedenfalls in Schweden, Deutschland oder der Schweiz.

«Ja?» sagte Tweeds Stimme. «Wer ist am Apparat?»

«Mason. Wie ist das Wetter bei Ihnen? Wir haben hier acht Grad...»

«In London sind's neun...» Damit waren sie nicht nur eindeutig identifiziert, sondern Mason wußte auch, daß Tweed allein war und offen sprechen konnte, ohne daß Howard hinter ihm stand und mithörte.

«Ich bin jetzt im Bellevue Palace», berichtete Mason knapp. «Heute vormittag war ich in Zürich, um Auskünfte über Grange einzuholen.»

«Bitte weiter!»

«Ich habe einiges über diesen Mann zusammengetragen. Aber das war nicht einfach, denn die Schweizer Ärzte werden auffällig wortkarg, wenn sein Name fällt. Aber ich habe einen in Zürich praktizierenden amerikanischen Mediziner gefunden, der zu vertraulichen Auskünften bereit gewesen ist. Unser Mann ist hierzulande wirklich eine sehr einflußreiche Persönlichkeit. Soll ich Ihnen rasch durchgeben, was ich erfahren habe?»

«Nein, nicht am Telefon», wehrte Tweed rasch ab, weil er wußte, daß dieses Gespräch über die Hotelvermittlung lief. «Ich stoße bald selbst zu Ihnen. Setzen Sie Ihre Ermittlungen diskret fort. Aber denken Sie daran, einen weiten Bogen um die englische Botschaft zu machen...»

«Noch etwas, Sir», fügte Mason hinzu. «Es hat zwar vermutlich nichts mit unserem Fall zu tun – aber Robert Newman, der bekannte Journalist, wohnt auch hier im Hotel. Er ist unmittelbar nach mir angekommen. Er und seine sehr hübsche Frau. Ich hab' gar nicht gewußt, daß er verheiratet ist.»

«Wahrscheinlich ist er das gar nicht. Sie kennen ja das unkonventionelle Leben, das solche Starreporter führen.» Tweeds

Stimme klang fast etwas wehmütig. «Forschen Sie weiter. Und bleiben Sie in Bern!»

Tweed legte den Hörer auf und sah zu Monica hinüber, die Karteikarten sortierte. «Das war Mason; er hat aus dem Bellevue Palace angerufen. Er hat Informationen über Professor Armand Grange von der Klinik Bern gesammelt. Hat unser Computer doch noch irgendwas über ihn ausgespuckt? Immer unter der Voraussetzung, daß das verdammte Ding funktioniert...»

«Es funktioniert ausnahmsweise mal wieder. Ich habe nach Grange gefragt, ohne eine Antwort zu bekommen. Zuerst habe ich's mit Medizinern versucht. Null. Dann mit Industriellen – wegen seiner Chemiewerke. Null. Ich hab's sogar mit Bankiers versucht. Null. Der Mann ist ein wahres Phänomen. Ich frage mich langsam, ob er überhaupt existiert.»

«Na, das bestärkt mich in meinem Entschluß.» Tweed polierte seine Brillengläser mit einem zerschlissenen Taschentuch. Monica beobachtete ihn. Daß er es sich nicht abgewöhnen konnte, mit seiner Brille zu spielen und seine Fingerabdrücke auf den Gläsern zu hinterlassen! «Ich muß nach Bern», erklärte Tweed. «Es kommt nur auf den richtigen Zeitpunkt an. Reservieren Sie mir einen Platz in der nächsten Swissair-Maschine nach Zürich – und buchen Sie mich auf den jeweils nächsten Flug um, wenn ich den vorigen nicht wahrgenommen habe. Voraussichtlich muß ich ganz plötzlich abfliegen.»

«Worauf warten Sie denn?» fragte Monica.

«Auf ein ganz bestimmtes Ereignis. Auf einen Fehler der Gegenseite. Sie muß irgendwann einen machen. Niemand ist unfehlbar. Nicht einmal unser sagenhafter Professor.»

13

Das Tagesrestaurant des Bellevue Palace ist ein großer Glaskasten direkt gegenüber der Filiale der Autovermietung. Newman schlang sein Steak hinunter, während Nancy eine gegrillte Seezunge aß. Nachdem Newmann seinen Kaffee mit zwei Schlukken ausgetrunken hatte, wischte er sich den Mund mit der Serviette ab und unterschrieb die Rechnung.

«Mietest du jetzt das Auto?» erkundigte sich Nancy. «Dann fahre ich noch einmal schnell hinauf und hole meine Handschuhe. Wir treffen uns bei Hertz.»

«Gut, einverstanden.»

Newman wartete am Ausgang, bis sie verschwunden war, und betrat dann rasch eine der Telefonzellen neben der Garderobe. Er telefonierte nur etwa eine Minute. Danach hastete er zum Ausgang, spurtete über den Gehsteig und betrat die Filiale des Mietwagenunternehmens. An der Theke legte er Führerschein, Reisepaß und Kreditkarte vor und erklärte dem freundlichen Mädchen sein Anliegen.

«Wir bekommen einen Citroën – mit Automatik», teilte er Nancy mit, als sie in die Filiale kam. «Der Mann dort drüben zeigt uns den Wagen. Er steht im Parkdeck drei.» Weniger als fünf Minuten später fuhren sie durch die engen Kurven der Parkgarage zur Straße hinauf. Nancy, die ihre gefütterten Lederhandschuhe trug, schnallte sich an und lehnte sich zufrieden zurück. Obwohl sie eine begeisterte Autofahrerin war, überließ sie im ungewohnten europäischen Straßenverkehr gern Newman das Steuer.

Der bleigraue Himmel schien schwer auf der Stadt zu lasten, als sie eine der Aarebrücken überquerten. Wenig später befand Newman sich bereits auf der über Thun nach Luzern führenden Autobahn. Er hatte sich ausgerechnet, daß die Fahrt zur Klinik Bern rund eine Dreiviertelstunde dauern würde.

Lee Foley zahlte seinem Berner Verbindungsmann eine großzügig bemessene Leihgebühr für den roten Porsche 911. Normalerweise hätte er auf ein solch auffälliges Fahrzeug verzichtet. Aber diesmal handelte es sich um einen Ausnahmefall, und er brauchte einen besonders schnellen Wagen.

Auf der Fahrt durch die Außenbezirke von Bern hielt Foley sich strikt an die vorgeschriebene Höchstgeschwindigkeit, aber sobald er auf die Autobahn einbog, trat er das Gaspedal durch. Jetzt, am frühen Nachmittag, herrschte verhältnismäßig wenig Verkehr. Foleys kalte blaue Augen blickten häufig in den Rückspiegel, während er seine Geschwindigkeit noch weiter erhöhte.

«Nehmen Sie sich auf der Autobahn in acht», hatte sein Verbindungsmann ihn gewarnt, als er ihm den Wagen vor dem Hotel Savoy übergeben hatte. «Die Polizei baut dort mit Vorliebe Radarfallen auf...»

Bei seiner Abfahrt vom Savoy war es Foley so sehr darauf angekommen, sein Ziel rechtzeitig zu erreichen, daß er es ausnahmsweise versäumt hatte, sich davon zu überzeugen, daß er nicht beschattet wurde. Deshalb fiel ihm nicht auf, daß eine mit einem Sturzhelm bekleidete Person ein in der Seitenstraße neben dem Hotel abgestelltes Motorrad bestieg. Die Geländemaschine folgte Foley noch immer mit weitem Abstand, als dieser vor sich den Citroën erkannte.

Der Amerikaner behielt seine Geschwindigkeit bei und schloß zu dem anderen Wagen auf, bis er die beiden Insassen deutlich erkennen konnte. Newman fuhr, und seine Begleiterin saß neben ihm. Foley atmete erleichtert auf und gab weniger Gas, so daß der Abstand zwischen den beiden Autos sich wieder vergrößerte. Auch das Motorrad weit hinter ihm wurde prompt langsamer.

Foley fuhr unter einem großen Richtungsanzeiger hindurch, dem in regelmäßigen Abständen noch einige weitere folgten. Auf der Tafel stand in Großbuchstaben THUN NORD.

Als es im Wagen warm wurde, hatte Nancy ihre Handschuhe ausgezogen und spielte nervös mit ihnen herum. Die Autobahn war völlig frei von Schnee und Eis und ungehindert befahrbar. Aber als sie Bern hinter sich ließen und an der Abzweigung nach Belp vorbeifuhren, bedeckte eine geschlossene Schneedecke die Felder rechts und links der Autobahn. Hier und dort reckte ein einzelner Baum kahle, knorrige Äste in den schiefergrauen Himmel. Die ganze Atmosphäre war bedrückend, wenig anheimelnd. Newman warf einen Blick auf Nancys ruhelose Hand.

«Nervös? So dicht vor dem Ziel?»

«Ja, ich bin nervös, Bob. Ich muß ständig an Jesse denken und bin keineswegs davon überzeugt, daß sie uns zu ihm lassen, wenn wir einfach so reinplatzen...»

«Laß mich nur machen, wenn wir erst dort sind! Du bist seine Enkelin, eine nahe Verwandte. Ich bin ein nicht ganz unbekannter Journalist. Das ist eine tödliche Kombination für eine Privatklinik, die auf ihren guten Ruf bedacht sein muß. Immerhin schadet nichts mehr als schlechte Publicity...»

«Was hast du vor, Bob?» erkundigte Nancy sich hörbar besorgt.

«Ich bin fest entschlossen, mir Zutritt zu dieser Klinik zu verschaffen. Dir möchte ich raten, eine deiner seltenen Zigaretten zu rauchen und nicht mehr dauernd mit dem Handschuh zu spielen. Hier ist die Packung. Zündest du mir auch eine an?»

Sie fuhren unter einer weiteren Hinweistafel durch, auf der THUN SÜD und THUN NORD angezeigt waren. Newman setzte den Blinker, ordnete sich vor einem riesigen Sattelschlepper ein und fuhr die Ausfahrt Thun Nord hinauf. Nancy zündete die zweite Zigarette für sich selbst an und nahm einen tiefen Zug. Sie überquerten jetzt die Autobahn, und Nancy sah aus dieser größeren Höhe sekundenlang die Berner Alpen, deren Gipfel jedoch so rasch wieder im Dunst verschwanden, daß sie nicht wußte, ob sie sie wirklich gesehen oder sich nur eingebildet hatte.

Die Straße führte zwischen Feldern leicht, aber stetig bergauf. Hier und dort stand ein einzelner Bauernhof, in dessen spitzgiebliger Scheune sich große Strohballen stapelten. Der unfreundlich graue Himmel verstärkte den fast bedrohlich trostlosen Eindruck. Drüben im Osten stand auf einem Hügel ein großes Schloß mit von Spitzhauben gekrönten Türmen.

«Das berühmte Schloß Zähringen-Kyburg», erklärte Newman. «Die Stadt Thun liegt darunter und ist von hier aus nicht zu sehen...»

«Weißt du denn, wie wir fahren müssen?»

«Wie der hilfsbereite Portier im Bellevue Palace mir erklärt hat, müssen wir irgendwo dort oben von dieser Straße abbiegen. Du kannst auf der Karte im Handschuhfach nachsehen: Er hat die Route eingezeichnet.»

«Ich find's hier richtig unheimlich, Bob!»

«Das liegt nur an dem grauen Nachmittag.»

Aber Newman mußte sich eingestehen, daß Nancy mit ihrer Beobachtung nicht ganz unrecht hatte. Sie hatten die Schneegrenze beinahe erreicht. Die Februarsonne hatte den Schnee auf den nach Süden geneigten tieferliegenden Feldern zum Schmelzen gebracht. Unterhalb dieser Grenze – in Richtung Thun – waren ein paar Häuser zu sehen. Auf dem Hügelrücken drängten sich die Fichten eines dunklen Wäldchens wie eine marschbereite Armee zusammen. Newman fuhr langsamer, als sie die Schneegrenze erreichten, und bremste, als er ein Schild mit der Aufschrift *Clinique Berne* sah. Er bog von der Straße in die schmale Zufahrt ab, korrigierte ein auf der schlecht geräumten Fahrbahn auftretendes leichtes Schleudern durch Gegenlenken und fuhr vorsichtig weiter.

«Ist das die Zufahrt?» erkundigte Nancy sich.

«Eigentlich müßte sie's sein...»

Auf einer weiten Hochebene, auf der erst zwei oder drei Kilometer östlich eine Gruppe von Privathäusern zu erkennen war, stand eine große einstöckige Villa, um deren Erdgeschoß eine Glasveranda lief. Der riesige Park war von einem hohen Maschendrahtzaun umgeben, und Newman entdeckte ein Eisentor und ein Pförtnerhäuschen. Dicht hinter der Villa stand der Wald: ein dunkler Fichtenwall mit weißen Schneekronen. Newman hielt vor dem geschlossenen zweiflügligen Eisentor. Bevor er aussteigen und ans Pförtnerhaus treten konnte, tauchten große schwarze Hunde auf, die kläffend am Tor hochsprangen. «Dobermänner», stellte der Engländer fest. «Reizend!»

Die vom Pförtnerhaus auf die Straße hinausführende massive Holztür öffnete sich. Ein hagerer Mann Anfang Dreißig, der Jeans und eine Windjacke trug, kam auf Newman zu. Er sah sich nach den Hunden um und rief einen kurzen, scharfen Befehl. Die Hunde hörten auf zu bellen, wichen widerstrebend vom Tor zurück und verschwanden.

«Sie befinden sich hier auf einem Privatgrundstück, und ich möchte Sie...», begann der Hagere auf Deutsch.

«Aber nicht hier draußen!» unterbrach Newman ihn grob. «Ich stehe auf einer öffentlichen Straße. Die junge Dame neben mir ist Dr. Nancy Kennedy. Sie will ihren Großvater Jesse Kennedy besuchen.»

«Sind Sie angemeldet?»

«Sie ist eigens aus Amerika gekommen, um ihren Großvater zu besuchen...»

«Tut mir leid, ohne Anmeldung wird niemand eingelassen.»

«Sind Sie hier der Boß?» erkundigte Newman sich sarkastisch. «Sie sehen eher wie ein kleiner Angestellter aus. Hängen Sie sich gefälligst ans Telefon und melden Sie in der Klinik, daß wir da sind. Und Sie können gleich dazusagen, daß ich von Beruf Journalist bin. Glauben Sie nicht auch, daß das eine prima Schlagzeile wäre? ‹Enkelin kommt eigens aus Amerika und darf ihren kranken Großvater nicht besuchen.› Was betreiben Sie hier eigentlich – ein Konzentrationslager? Dieser Eindruck drängt sich mir auf, wenn ich den Maschendrahtzaun und die Dobermänner sehe...»

«Und wer sind Sie?»

«Robert Newman. Außerdem darf ich Ihnen mitteilen, daß ich keine Lust habe, hier noch länger in der Kälte zu stehen, um mit Ihnen zu reden. Ich gebe Ihnen zwei Minuten Zeit, etwas zu unternehmen; danach fahren wir nach Bern zurück, und ich schreibe meine Story.»

«Warten Sie!»

«Genau zwei Minuten...»

Newman sah betont umständlich auf seine Uhr, bevor er zum Auto zurückging. Der Hagere verschwand im Pförtnerhaus, während Newman sich wieder ans Steuer setzte und sich eine Zigarette anzündete. Nancy griff nach der Packung und steckte sich ebenfalls eine an.

«Vielleicht wär's doch besser gewesen, sich vorher anzumelden», meinte sie.

«Das glaube ich erst recht nicht mehr, nachdem ich gesehen habe, wie es hier zugeht. Eigenartig ist gar nicht das richtige Wort dafür. Während ich mit dem Zerberus gesprochen habe, hat ein zweiter Mann sekundenlang durch die offene Tür gesehen. Er trug eine Militäruniform...»

«Unsinn, Bob! Du mußt dich getäuscht haben!»

«Ich erzähle dir nur, was ich mit eigenen Augen gesehen habe. Die ganze gottverdammmte Anlage erinnert mich an ein Militärlager. Ah, da kommt unser Freund schon zurück – noch mißmutiger als zuvor.»

«Sie können zur Klinik weiterfahren. Dort wartet jemand auf Sie.»

Der Hagere machte kehrt, sobald er diese beiden Sätze hervorgestoßen hatte, und ging davon, ohne eine Antwort abzuwarten. Newman vermutete, daß im Pförtnerhaus jemand auf einen Knopf gedrückt hatte: Die beiden Torflügel gingen automatisch nach innen auf. Während er die langgezogene Auffahrt entlangfuhr, fragte Newman sich, wo die Dobermänner geblieben sein mochten. Jemand mußte sie in ihren Zwinger gesperrt haben, in dem sie vermutlich bleiben würden, bis das Besucherauto wieder abgefahren war.

Newman fuhr langsam, betrachtete dabei die Winterlandschaft und stellte fest, daß das Klinikgelände größer war, als er ursprünglich angenommen hatte. Der Maschendrahtzaun zog sich in einem weiten Bogen über Schneeflächen, bis er in einer Senke verschwand. Das Klinikgebäude vor ihnen wirkte leer und verlassen. Eine Treppe führte zum Eingang hinauf.

Er wendete, parkte den Wagen abfahrbereit und sperrte die Türen ab, nachdem Nancy ausgestiegen war. Sie stiegen gemeinsam zum Eingang hinauf, dessen Tür zu Newmans Überraschung nicht abgeschlossen war, und betraten die Veranda. Sie erstreckte sich nach beiden Seiten; auf ihrem vor Sauberkeit blitzenden weißgefliesten Boden standen in Abständen von einigen Metern einzelne Blumenkübel. Die innere Tür führte in eine geräumige Eingangshalle, deren Boden ebenfalls weiß gefliest war. Newman rümpfte die Nase, weil es überall nach Desinfektionsmitteln roch. Nancy preßte die Lippen zusammen, als sie seine Reaktion wahrnahm.

Im Hintergrund der Eingangshalle befand sich eine dunkle Holztheke, die an die Reception eines Hotels erinnerte; dahinter thronte in einem Drehsessel eine große, unmäßig dicke Mittfünfzigerin mit schwarzgefärbtem Haar und wieselflinken dunklen Augen. Sie legte den Stift weg, mit dem sie ein Formular ausgefüllt hatte, faltete ihre Hände und starrte die Besucher an.

«Sie wissen, wer wir sind», sagte Newman auf Deutsch. «Ich möchte den Klinikdirektor sprechen...»

«Füllen Sie bitte die Anmeldung aus», antwortete die Dicke mit ausdrucksloser Stimme auf Englisch. Sie schob Newman einen Block mit Formularen zu.

«Das tun wir vielleicht, nachdem wir mit Ihrem Chef gesprochen haben. Wir sind hier, um Jesse Kennedy zu besuchen. Das wissen Sie natürlich schon von Ihrem Pförtner. Ich...»

«Bedaure sehr, aber das dürfte ohne vorherige Terminvereinbarung nicht möglich sein . . .» Der Mann, der aus einer Seitentür getreten war, sprach ruhig, aber energisch – und in ausgezeichnetem Englisch. Sein Tonfall brachte Newman dazu, sich sofort nach ihm umzudrehen. Er hatte den Eindruck von Autorität, überlegenem Selbstbewußtsein und unbändiger Energie. «Wir müssen auf den Patienten Rücksicht nehmen», fuhr die Stimme fort. «Außerdem muß ich Ihnen mitteilen, daß Mr. Kennedy im Augenblick unter der Wirkung eines Sedativs steht.»

Newman sah sich einem Mann gegenüber, der etwa so groß war wie er, aber kräftiger gebaut. Ein Mann Anfang Vierzig mit silbernen Strähnen im braunen Haar. Der Blick, mit dem er Newman prüfend betrachtete, ließ Willenskraft und Charakterstärke erkennen. Mit diesem Blick schien er den Besucher als potentiellen Gegner abzuschätzen. Ein sehr selbstbeherrschter Typ.

«Ich bin Dr. Bruno Kobler», fügte der Mann hinzu.

«Und ich bin *Dr.* Nancy Kennedy», warf Nancy ein. «Daß mein Großvater ein Beruhigungsmittel erhalten hat, spielt keine Rolle. Ich möchte ihn trotzdem sofort sehen!»

«Ohne die Anwesenheit eines Arztes wäre das höchst ungewöhnlich und . . .»

«Sie sind doch Arzt!» knurrte Newman. «Das haben Sie vorhin selbst gesagt!»

«Ich bin der Geschäftsführer. Ich bin kein Mediziner.»

«Soll das heißen», hakte Newman nach, «daß sich in diesem Augenblick kein Arzt im Haus befindet? Ist das Ihre Art, diese Klinik zu leiten?»

«Das habe ich nicht gesagt!» antwortete Kobler etwas schärfer. «Ich habe lediglich festgestellt, daß keiner verfügbar ist, der Sie begleiten könnte.»

«Dann fahren wir jetzt sofort zur amerikanischen Botschaft in Bern», entschied Newman. «Dr. Kennedy ist amerikanische Staatsbürgerin. Auch Jesse Kennedy ist Amerikaner. Sie können Gift darauf nehmen, daß wir dort Krach schlagen!»

«Wozu die Aufregung, Mr. Newman? Da Ihre Begleiterin selbst Ärztin ist, können wir in diesem Fall eine Ausnahme machen. Vielleicht können wir Dr. Novak hinzuziehen – er ist der für Jesse Kennedy zuständige Arzt.»

Kobler drehte sich nach der Dicken um und schnalzte mit den Fingern, als wolle er einen Ober heranzitieren. «Versuchen Sie, Dr. Novak zu finden, Astrid. Bitten Sie ihn, sofort herzukommen.»

«Wie geht's meinem Großvater?» erkundigte Nancy sich.

Kobler drehte sich um, zuckte mit den Schultern und sah ihr direkt in die Augen. Er lächelte beschwichtigend, ohne jedoch sofort zu antworten. Sie hatte den Eindruck, er versuche ihre Gedanken zu lesen, und schwieg, weil sie spürte, daß er hoffte, sie werde noch mehr sagen.

«Leider kann ich Ihre Frage nicht beantworten, Dr. Kennedy. Im Gegensatz zu Ihnen bin ich kein Mediziner, sondern für die Verwaltung der Klinik zuständig. Deshalb wäre es mir lieber, wenn Sie Dr. Novak fragen würden. Er wird Ihnen bestimmt sympathisch sein – schließlich ist er ein Landsmann von Ihnen.»

«Dr. Novak ist Amerikaner?»

«Allerdings! Ein sehr begabter Kollege, deshalb ist ihm diese Position angeboten worden. Wie Sie sicherlich wissen, besitzt unsere Klinik weltweit einen ausgezeichneten Ruf...»

«Ich möchte auch Professor Armand Grange sprechen.»

Kobler schüttelte bedauernd den Kopf. «Das wird sich leider nicht machen lassen. Er empfängt nur nach vorheriger Terminabsprache.»

«Ist er im Augenblick da?» erkundigte Nancy sich.

«Tut mir leid, das weiß ich nicht...»

Kobler warf einen Blick nach hinten, weil er gehört hatte, daß die auf die Veranda führende Tür geöffnet wurde. Newman trat hinaus, schloß die Tür hinter sich und wandte sich nach links. Er ging an einigen Korbsesseln mit Kissen vorbei; wahrscheinlich saßen hier bei schönem Wetter die Patienten. Die Veranda war so gut geheizt, daß Sie beinahe an ein Treibhaus erinnerte.

Die Fenster, an denen Newman vorbeikam, hatten alle Milchglasscheiben, so daß er nicht in die dahinter liegenden Räume
sehen konnte. Am Ende des Korridors rüttelte er an der Klinke
der ins Haus führenden Tür und stellte fest, daß sie abgesperrt
war. Newman überblickte das Klinikgelände in östlicher Richtung. In einer Senke standen mehrere ebenerdige moderne
Gebäude mit schlanken, hohen Fenstern. Diese Bauten erinnerten ihn an ein Chemielabor, eine Forschungsstätte. Ein fenster-
loser Übergang stellte die Verbindung zwischen der Klinik und
diesem Gebäudekomplex her.
Als Newman in die Eingangshalle zurückkam, machte Kobler
Nancy eben mit einem großen blonden Mann Anfang Dreißig
bekannt. Er trug einen weißen Arztkittel, in dessen linker Tasche
ein Stethoskop steckte. Kobler wandte sich an den Engländer.
«Mr. Newman, das hier ist Dr. Novak. Ich nehme an, daß es
Ihnen nichts ausmacht, im Wartezimmer Platz zu nehmen,
während Dr. Kennedy ihren...»
«Bob kommt mit!» unterbrach Nancy ihn brüsk. «Er ist mein
Verlobter...»
Novak sah zu Kobler hinüber, als warte er auf seine Reaktion.
Kobler nickte Nancy lächelnd zu. «Wie könnte ich einer schö-
nen Frau einen Wunsch abschlagen? Selbstverständlich kann
Mr. Newman mitkommen.»
«Waldo Novak», sagte der Amerikaner und schüttelte Newman
die Hand. «Ich habe schon viel von Ihnen gehört – und natür-
lich auch gelesen. Wirklich toll, wie Sie den Fall Krüger aufge-
rollt haben!»
«Eine Story wie jede andere.» Newman sah zu Kobler hinüber.
«Wozu brauchen Sie eigentlich die Dobermänner?» fragte er
unvermittelt. «Und die uniformierten Wachen und den Zaun?
Hier kommt man sich vor wie in einer Festung.»
Kobler lächelte unentwegt weiter und sah Newman prüfend an,
bevor er antwortete. Wie Nancy ließ der Engländer diese Mu-
sterung schweigend über sich ergehen und starrte Kobler seiner-
seits an.

«Zum Schutz vor modernen Vandalen», erwiderte Kobler endlich. «Selbst in der Schweiz gibt's junge Leute, die zuviel Energie und nicht genug Respekt vor Privateigentum haben. Ich bin unter anderem auch dafür verantwortlich, daß unsere Patienten keinerlei schädlichen Einflüssen von außerhalb ausgesetzt werden. Wenn Sie mich jetzt entschuldigen, überlasse ich Sie Dr. Novaks fachkundiger Begleitung.» Er wandte sich kurz an den amerikanischen Arzt. «Ich habe bereits erläutert, daß der Patient ein Beruhigungsmittel erhalten hat. Auf Wiedersehen, Mr. Newman. Wir sehen uns bestimmt bald einmal wieder...»

«Worauf Sie sich verlassen können!»

«Dr. Kennedy...» Kobler deutete eine Verbeugung an, ließ sie stehen und verschwand durch die Tür, aus der er vorhin gekommen war. Newman hörte ein Schloß einschnappen. Novak zog eine Computerkarte aus der Brusttasche seines weißen Kittels und führte Nancy zu einer Tür an der Rückwand der Eingangshalle. Die Stahltür, deren Stärke Newman auf etwa drei Zentimeter schätzte, glitt zur Seite, als Novak seine Karte in einen Schlitz neben dem Türrahmen steckte. Bevor die Tür sich wieder hinter ihnen schloß, stieß die dicke Empfangsdame, die Kobler mit Astrid angesprochen hatte, zu dem Arzt und den beiden Besuchern.

«Sie sprechen fließend Deutsch, Mr. Newman?» fragte Astrid mit kehliger, leicht rauher Stimme.

«Nein, leider nicht», log er. «Bei schnellem Sprechen komme ich nicht mehr mit.»

Er beließ es dabei, während er Nancy und Novak den steril weißen und menschenleeren Korridor hinab folgte. Sie kamen an Türen vorbei, deren Glaseinsätze an Bullaugen erinnerten. Auch hier verhinderte Milchglas, daß Newman einen Blick in die Räume dahinter werfen konnte. Ihm fiel auf, daß der glatte Fußboden am Ende des Flurs in ein leichtes Gefälle überging, bevor er um die Ecke führte. Auch hier roch es nach den Desinfektionsmitteln, die Newman stets mit Krankenhäusern in Verbindung brachte und deshalb nicht ausstehen konnte. No-

vak blieb vor einer Tür auf der rechten Korridorseite stehen –
auch diese Tür hatte einen runden Milchglaseinsatz. Er zog eine
andersfarbige Computerkarte aus der Brusttasche seines Kittels.

«Sie sind natürlich den Umgang mit Patienten gewöhnt», sagte
er zu Nancy. «Aber ich habe die Erfahrung gemacht, daß man
doch anders reagiert, wenn der Patient ein Verwandter ist. Er
ist natürlich außerstande, mit Ihnen zu sprechen...»

«Ja, ich verstehe.»

Novak steckte die Karte in den Schlitz neben der Tür, wartete,
bis die Schiebetür lautlos zur Seite geglitten war, und ließ den
beiden dann mit einer Handbewegung den Vortritt. Newman
folgte Nancy, die ruckartig stehenblieb, während Novak und
Astrid hinter ihnen das Krankenzimmer betraten und die Tür
sich automatisch schloß. Er legte ihr eine Hand auf den Arm.

«Immer mit der Ruhe, junge Frau...»

«Darum geht's nicht!» flüsterte sie kaum hörbar. «Er ist *wach*,
Bob!»

In dem weißlackierten Krankenbett, das mit dem Kopfende an
der gegenüberliegenden Wand stand, lag ein hagerer alter
Mann mit einer Adlernase, schütterem weißen Haar, hoher
Stirn, schmalen Lippen und energischem Kinn. Sein Gesicht
hatte eine frische Farbe. Als Nancy hereingekommen war, hatte
er für Bruchteile von Sekunden die Augen geöffnet, dann aber
sofort wieder geschlossen. Newman bezweifelte, daß Novak und
Astrid diesen kurzen Blick bemerkt hatten, denn er hatte genau
zwischen ihnen und dem Alten gestanden.

«Wie Sie sehen, schläft er friedlich», sage Novak halblaut. «Er
ist körperlich sehr robust – für sein Alter in erstaunlich guter
Verfassung.»

«Wie beurteilen Sie seinen Gesundheitszustand?» fragte Nancy
leise. «Glauben Sie, daß er...»

«Er ist ein sehr kranker Mann», warf Astrid ein. «Ein sehr, sehr
kranker Mann!»

144

Newman, der sich bewußt etwas im Hintergrund hielt, vergrub seine Hände in den Hosentaschen und beobachtete die anderen. Er hatte den Eindruck, daß Novak froh war, daß sie gekommen waren. Froh? Nein, *erleichtert*. Und das nicht etwa nur, weil Nancy eine Kollegin war. Astrid schob die Unterlippe vor und sah auf ihre Uhr.

«Sie dürfen höchstens fünf Minuten bleiben. Keine Minute länger...»

Der Engländer wandte sich an den Arzt. «Dr. Novak, ich verlange, daß Sie diese Frau wegschicken. Wie kommt sie überhaupt dazu, uns eine bestimmte Besuchsdauer vorschreiben zu wollen? Sie sind Jesse Kennedys Arzt – das hat Dr. Kobler uns selbst erklärt. Seien Sie also bitte so freundlich, sich durchzusetzen!»

«Sie sorgen gefälligst dafür, daß dieser Besuch keine Sekunde länger als fünf Minuten dauert...» Astrid sprach rasend schnell auf Deutsch auf Novak ein. «Wenn Sie's nicht tun, melde ich Professor Grange, was hier passiert ist! Sie...»

«Sagen Sie ihr, daß sie sich zum Teufel scheren soll», unterbrach Newman die Dicke. «Oder kann die alte Schachtel Ihnen etwa Befehle erteilen? Novak! Sind Sie der hier zuständige Arzt oder nicht?»

Waldo Novak war rot geworden. Er antwortete Astrid in ebenso schnellem Deutsch, indem er über die Schulter hinweg mit ihr sprach. «Können Sie sich Granges Reaktion vorstellen, wenn er erfährt, daß Sie hier eine Szene gemacht haben? Ist Ihnen nicht klar, welche Folgen es haben wird, wenn diese Leute aus der Klinik stürmen und Krach schlagen? Newman ist ein international bekannter Journalist, verdammt noch mal! Verschwinden Sie also gefälligst...»

Die Dicke protestierte noch, als er bereits seine Computerkarte in den Schlitz neben der Tür steckte. Die Schiebetür glitt zur Seite. Astrid biß sich auf die Unterlippe und schlurfte in den Korridor hinaus. Während die Tür sich wieder schloß, warf sie einen letzten wütenden Blick in das Krankenzimmer. Novak

145

wandte sich mit einem um Entschuldigung bittenden Lächeln
an die beiden Besucher.

«Diesen Typ gibt's in jeder größeren Institution. Die treue
Mitarbeiterin, die weiterhin geduldet wird, weil sie seit Urzei-
ten zum Personal gehört.»

«Sie ist selbst ein alter Dinosaurier», stellte Nancy fest.

Sie hatte ihre Handtasche geöffnet und benützte ihr Taschentuch, um sich die Augen abzutupfen. Newman fiel auf, daß
Jesses knorrige Hand jetzt auf der Bettdecke lag. Als sie hereingekommen waren, hatte sie darunter gelegen. Seine Augen
waren noch immer geschlossen. Nancy zog sich einen Stuhl ans
Bett, nahm Platz und griff nach Jesses Hand.

«Er weiß nicht, daß Sie hier sind», erklärte Novak ihr.

«Welches Sedativum haben Sie ihm gegeben?» wollte Nancy
wissen.

Novak zögerte. «Im allgemeinen sprechen wir über unsere
Therapie nicht mit...» begann er und sprach dann nicht weiter. Newman war aufgefallen, daß der Amerikaner kurz zu dem
Spiegel über dem Waschbecken hinübergesehen hatte. Natürlich! Die Milchglasscheibe der Tür war undurchsichtig. Aber
jedes Krankenhaus und jede Klinik verfügte über irgendeine
Möglichkeit, schwerkranke Patienten unbemerkt zu beobachten.

‹Ich möchte wetten, daß das Zimmer nebenan nicht belegt ist!›
sagte er sich. ‹Und ich gehe jede Wette ein, daß die Dicke auf
der anderen Seite dieses Beobachtungsspiegels steht.› Newman
trat an das Waschbecken, nahm eines der weißen Handtücher
vom Halter und hängte es über den Spiegel.

«Dr. Novak...!» sagte Nancy scharf.

«Leise, Nancy», flüsterte Newman ihr zu. «Man weiß nie, wer
alles mithört...»

Er sah sich nach einem versteckten Mikrophon um, ohne jedoch
eines zu entdecken. Dann zog er den zweiten Stuhl heran, stellte
ihn neben Nancys und forderte Novak mit einer Handbewegung auf, Platz zu nehmen. Der Amerikaner ließ sich auf den

146

Stuhl sinken und starrte Nancy an, die jetzt leise und eindringlich mit ihm sprach.

«Ich bin Ärztin. Ich habe ein Recht darauf, von Ihnen zu erfahren, mit welchem Mittel...»

«Natriumamytal», sagte Novak prompt. «Er ist ein sehr kräftiger Mann und muß ruhiggestellt werden.»

Der Arzt blickte zu Newman auf, der ihm eine Hand auf die Schulter gelegt hatte. Jesse öffnete die Augen und starrte den Engländer an; dann runzelte er die Stirn und machte eine ruckartige Kopfbewegung. *Schaffen Sie Novak von Nancy und mir weg!*

«Kommen Sie, wir lassen die beiden allein», schlug Newman dem Arzt vor. «Er ist schließlich ihr Großvater...» Er ging zum Fenster, wartete, bis Novak sich zu ihm gesellt hatte. Das wahrscheinlich ins Freie führende Fenster hatte ebenfalls Milchglasscheiben – offenbar eine Spezialität dieser Klinik.

«Was gibt's?» erkundigte sich Novak, wobei er dem Bett den Rücken zukehrte.

«Wir müssen uns unbedingt außerhalb der Klinik treffen», erklärte Newman ihm. «Es ist sehr wichtig! Sie wohnen hier auf dem Klinikgelände?»

«Ja, wie kommen Sie darauf?»

«Das habe ich gleich vermutet. Ich habe den Eindruck, daß Sie hier in einer geschlossenen Gesellschaft leben, die nur wenig Verbindung zur Außenwelt hat. Sie haben doch wenigstens manchmal Ausgang?» fragte er mit sarkastischem Unterton.

«In meiner Freizeit tue ich, was mir gefällt...»

«Schon gut, schon gut, Sie brauchen nicht gleich den Beleidigten zu spielen. Bisher haben wir uns hier nicht sonderlich willkommen gefühlt. Ich wiederhole: Ich muß Sie außerhalb der Klinik sprechen – schlagen Sie also einen Treffpunkt vor. Thun wäre wohl am günstigsten?»

«Ja, wahrscheinlich», bestätigte Novak zweifelnd. «Ich sehe allerdings keine Notwendigkeit, mich irgendwo mit Ihnen zu treffen.»

«Wirklich nicht?» Newman, der genau beobachten konnte, was hinter dem Rücken des Arztes vorging, sprach rasch weiter. «Ich kann Sie natürlich nicht dazu zwingen. Aber ich könnte Zeitungsartikel über diese Klinik schreiben – und Sie als meinen Informanten benennen...»

«Um Himmels willen, nein!»

«Sie können sich darauf verlassen, daß ich keinem noch so cleveren Anwalt Gelegenheit geben würde, Verleumdungsklage gegen mich zu erheben. Ich verstehe es, gewisse Dinge nur anzudeuten, und weiß genau, wie weit ich damit gehen darf. Seien Sie sich selbst gegenüber ehrlich, Novak: Sie haben keinen sehnlicheren Wunsch, als den, sich auszusprechen. Das habe ich Ihnen schon nach ein paar Minuten angemerkt.»

«Gut, wir treffen uns im Hotel Freienhof», stieß der Amerikaner hastig hervor. «In Thun in der Freienhofgasse... an der Aare... im kleineren Restaurant... kennen Sie das Hotel zufällig?»

«Nein, aber ich finde es schon. Paßt es Ihnen morgen?»

«Übermorgen. Am Donnerstagabend um neunzehn Uhr. Dann ist's schon dunkel...»

Während der Engländer Novak ablenkte, hatte Nancy flüsternd mit ihrem Großvater gesprochen, der plötzlich hellwach war und sie mit blitzenden Augen ansah. Sie beugte sich über ihn, damit sie sich leise unterhalten konnten. Jesse sprach mit klarer Stimme, ohne im geringsten benommen zu wirken.

«Was tun sie dir hier an, Jesse?» erkundigte sie sich besorgt.

«Viel schlimmer ist, was sie den anderen antun! Ich wollte nie hierher. Dieser Schweinehund Chase hat mich mit einer Spritze betäubt, nachdem ich in Tucson vom Pferd gefallen war. Ich bin mit einem Lear Jet hierher verfrachtet worden, ohne mich dagegen wehren zu können.»

«Was hast du damit gemeint, als du sagtest, was sie den anderen antun?»

«Den anderen Patienten. Das muß aufhören! Sie machen irgendwelche Versuche mit ihnen. Ich halte die Ohren offen und höre, was die anderen reden, wenn sie glauben, ich sei nicht bei Bewußtsein. Die Patienten überleben diese Versuche nicht. Die meisten von ihnen sind ohnehin todkrank – aber das ist noch längst kein Grund, sie zu ermorden...»

«Natürlich nicht! Weißt du das ganz bestimmt, Jesse? Wie fühlst du dich?»

«Mir geht's ganz ordentlich. Solange ich hier bin, hast du einen Informanten in der Klinik. Um mich brauchst du dir keine Sorgen zu machen.»

«Ich mache mir aber welche», flüsterte sie.

«Nancy...» Newman hatte seinen Platz am Fenster verlassen und kam um das Krankenbett herum. «Vielleicht wär's besser, wenn wir an einem Tag wiederkommen, an dem dein Großvater wach ist...»

Sie sah zu ihm auf und runzelte verblüfft die Stirn, als Newman plötzlich den rechten Zeigefinger auf die Lippen legte, um Novak und sie zum Schweigen zu ermahnen. Jesse lag mit geschlossenen Augen bewegungslos in seinem Bett. Newman beugte sich übers Kopfende des Krankenbetts und horchte angespannt. Nein, er hatte sich nicht getäuscht. Sein scharfes Ohr hatte das leise Surren irgendeines Gerätes entdeckt.

Lee Foley war in sicherer Entfernung hinter Newman geblieben, bis dieser in die zur Klinik Bern führende Zufahrt abgebogen war. Er selber war hügelaufwärts in Richtung Wald weitergefahren.

Je höher der Porsche die Bergstraße hinaufkletterte, desto deutlicher konnte Foley die Klinikgebäude überblicken. Am Waldrand wendete er an einer geeigneten Stelle und parkte unter den verschneiten Fichten. Auf dem Notsitz hinter ihm lag ein starkes Fernglas in einem Lederköcher. Foley zog es heraus, stieg mit dem Glas in der Hand aus und bezog, halb hinter einem mächtigen Baumstamm verborgen, Stellung.

Der Amerikaner setzte das Fernglas an die Augen, regulierte die

Scharfeinstellung und nahm das Klinikgelände in Augenschein. Schon nach wenigen Minuten hatte er sich die Anordnung der Gebäude eingeprägt: die eigentliche Klinik, den merkwürdigen Übergang zu den Laboratorien und den angrenzenden verschachtelten Laborkomplex. Foley ignorierte den eisigen Ostwind, der sein kantiges Gesicht rötete, und machte sich auf längere Wartezeit gefaßt, indem er einen Schluck Whisky aus seiner Taschenflasche trank.

Lee Foley war nicht der einzige Beobachter, der sich an diesem kalten Februarnachmittag für die Klinik Bern interessierte. Die Person auf dem Motorrad, die mit weitem Sicherheitsabstand hinter Foley geblieben war, entschied sich für eine andere Route.

Das Motorrad bog in die zur Klinik führende Zufahrtsstraße ab, die schon Newman benützt hatte. Anstatt jedoch am Tor des Klinikgeländes zu halten, röhrte die Maschine so schnell daran vorbei, daß die wieder freigelassenen Dobermänner das Tor zu spät erreichten und ihr lediglich in ohnmächtiger Wut nachkläffen konnten.

Die Gestalt auf dem Motorrad fuhr in Richtung Thun weiter und bog dann in einen Feldweg ein. Der steil bergauf führende Weg war schwierig zu bewältigen, aber die meisterhaft gefahrene Geländemaschine kletterte höher und höher, bis an eine Stelle hinter einem verschneiten Hügel, die von der Klinik aus nicht mehr einzusehen war. Dort hielt die Person an, bockte die Maschine auf und nahm den Sturzhelm ab. Eine tizianrote Mähne quoll darunter hervor, fiel bis auf die Schultern herab und wurde vom Wind nach hinten geweht. Die Motorradfahrerin öffnete den Tankrucksack und nahm eine Kamera mit Teleobjektiv heraus. Ihre schwarzen Lederjeans, in denen lange, schlanke Beine steckten, spannten sich, als die Rothaarige den Hügel erstieg. Von diesem Beobachtungspunkt aus lagen die Gebäude der Klinik Bern gut einsehbar unter ihr.

Sie ging in die Hocke, um nicht gesehen zu werden, hob ihre

Kamera und richtete sie auf den Laborkomplex, den eigenartig igluförmigen Tunnel, der die Verbindung zum Hauptgebäude herstellte, und den Klinikbau selbst. Der Verschluß der Spiegelreflexkamera klickte, während sie eine Aufnahme nach der anderen machte.

In Jesse Kennedys Zimmer blieb Newman, der sehr scharfe Ohren hatte, über das Krankenbett gebeugt stehen, während er festzustellen versuchte, woher das leise Surren kam. Dann sah er ein dicht über dem Fußboden in die Wand eingelassenes Metallgitter, das den Luftauslaß der Klimaanlage zu verdecken schien.

Newman kniete davor nieder und preßte sein Ohr gegen die Lamellen. Nun war das Geräusch erheblich lauter: ein Surren, das in regelmäßigen Abständen durch ein Klicken unterbrochen wurde. Der Engländer legte erneut den Zeigefinger auf die Lippen, um die beiden anderen zum Schweigen zu ermahnen, und richtete sich auf. Er wandte sich an Nancy und Novak, deutete auf das Metallgitter und bildete mit übertrieben deutlichen Lippenbewegungen die Worte: «*Vorsicht! Tonband!*»

Newman trat einige Schritte von der Wand zurück und begann mit erhobener Stimme zu sprechen. Die Zielscheibe seiner aggressiven Äußerungen war Novak.

«Hören Sie mir zu, Dr. Novak – hören Sie mir gut zu! Wir verlassen uns darauf, daß die Klinik Bern alles nur Menschenmögliche für Jesse Kennedys Wohlbefinden tut. Haben Sie das verstanden? Los, antworten Sie schon!»

Der Arzt spielte bereitwillig mit. «Das haben wir schon immer getan», antwortete er ebenso laut. «Daran ändert auch Ihr Besuch nichts – und Sie können sich darauf verlassen, daß Mr. Kennedy wie bisher aufmerksam gepflegt und behandelt wird...»

«Das will ich hoffen!» Newmans Zeigefinger schien die Brust des Amerikaners durchbohren zu wollen. «Ich weiß nicht, ob Sie davon gehört haben, aber in ein paar Tagen findet in Bern ein internationaler Ärztekongreß statt – mit einem Empfang im Hotel Bellevue Palace. Sollte Jesse irgendwas zustoßen, wäre das mein Forum für eine Enthüllungsgeschichte. Wir sind hier nicht gerade freundlich empfangen worden...»

«Ich versichere Ihnen, daß...» begann Novak.

«Am besten reden Sie auch mit Kobler und Grange darüber, damit es keine Mißverständnisse gibt. Ich habe den Fall Krüger gelöst und bin ein Mann, der sich auch jetzt nicht scheut, richtig Krach zu schlagen. Wir gehen jetzt. Komm, Nancy!»

«Wir kommen bald wieder, Dr. Novak – schon sehr bald!» sagte Nancy mit fester Stimme, während der Arzt seine Computerkarte zückte, um die Tür zu öffnen.

Newman stand in der Nähe der Schiebetür, als sie sich öffnete, und blickte in den Korridor hinaus. Zwei Männer in weißen Kitteln schoben eine Bahre an der Türöffnung vorbei. Auf dem Wagen lag etwas, das mit einem weißen Tuch bedeckt war, das hinten, wo der Kopf eines Patienten gelegen hätte, etwas anstieg. Die Silhouette war auffällig groß und käfigförmig. Unter dem Tuch ragte eine Hand heraus, deren Finger sich krampfartig schlossen und öffneten.

«Entschuldigung!»

Newman drängte sich an dem Arzt vorbei und wandte sich nicht nach links – zum Ausgang, sondern nach rechts. Der Mann hinter dem Wagen sah sich um und bewegte sich schneller. Auch Newman lief rascher. Als er an dem Raum mit dem Beobachtungsspiegel vorbeikam, öffnete sich die Tür, und er hörte Astrid hinter ihm seinen Namen rufen. Er ignorierte sie und ging noch schneller. Die beiden Männer, die den Wagen schoben, rannten nun beinahe und hatten den Punkt erreicht, wo der Korridor sich in eine sanft abfallende Rampe verwandelte. Der Wagen wurde noch schneller, und Newman begann zu rennen.

Als er die Ecke erreichte, hinter der die beiden Männer verschwunden waren, sah er eine Stahltür vor sich, die nur noch einen Spalt weit geöffnet war. Im nächsten Augenblick schloß sie sich surrend; Newman konnte gerade noch sehen, daß die Rampe dahinter steil nach unten führte. Rechts neben ihm war ein weiterer dieser verdammten Schlitze für Computerkarten in die Wand eingelassen. Newman hörte jemand heranschlurfen, drehte sich um und stand Astrid gegenüber.

«Sie haben hier nichts verloren, Mr. Newman. Ich werde Ihr eigenmächtiges Verhalten melden müssen...»

«Tun Sie, was Sie nicht lassen können! Was haben Sie hier zu verbergen? Diese Frage können Sie auch melden.»

Er ging an ihr vorbei und kehrte zu Novak und Nancy zurück, die ihn vor Kennedys Zimmer erwarteten. Der Amerikaner machte ein besorgtes Gesicht und flüsterte Newman eine War nung zu, bevor Astrid wieder bei ihnen war.

«An Ihrer Stelle würde ich so schnell wie möglich verschwinden...»

«Mit Vergnügen!»

«Bevor Sie fahren, müssen Sie die Anmeldeformulare an der Reception ausfüllen», verlangte Astrid kategorisch. «Das ist bei uns Vorschrift!»

«Mit Vergnügen», wiederholte Newman, ohne sich aus der Ruhe bringen zu lassen.

Der herannahende Abend kündigte sich durch merklich niedrigere Temperaturen an, als die beiden auf der Treppe vor der Glasveranda standen. Aber es war noch hell, als Newman seine Handschuhe anzog und der zitternd neben ihm stehenden Nancy einen Arm um die Schultern legte. Novak war nicht mit herausgekommen, um sie zu verabschieden; wahrscheinlich wollte er nicht den Eindruck allzu großer Vertraulichkeit erwecken.

«Kalt?» fragte Newman.

«Nein, mir ist nur diese sogenannte Klinik unheimlich. Mein erster Eindruck hat sich voll und ganz bestätigt. An dieser ‹Klinik› ist etwas faul, Bob...»

«Darüber können wir unterwegs reden. Wenn wir uns beeilen, können wir noch bei Tageslicht wieder in Bern sein.»

Newman fuhr langsam die Zufahrt hinunter und sah sich noch einmal um, weil er sich die Lage der Gebäude zueinander einprägen wollte. Die kahlen, schroffen Berge jenseits von Thun leuchteten in der blassen Wintersonne. Nancy vergrub sich in ihren Nerzmantel und stellte die Heizung höher. Sie blickte nach rechts und links und sah zuletzt sogar durchs Rückfenster. «Hier ist niemals jemand zu sehen – und trotzdem habe ich das unheimliche Gefühl, ständig beobachtet zu werden. Dabei bin ich sonst bestimmt nicht ängstlich. Da – genau das meine ich!» Als sie auf das Pförtnerhäuschen zufuhren, blieb alles still, aber das Tor öffnete sich wie von Geisterhand. Newman fuhr durchs Tor, bog nach rechts ab und folgte der schmalen Zufahrtsstraße, an deren Beginn der Wegweiser zur Klinik stand. Nancy betrachtete sein Profil.

«Du hast dich in letzter Zeit verändert», stellte sie fest. «Diese Veränderung begann, nachdem wir ein paar Stunden in Genf waren.»

«Verändert? Inwiefern?»

«Früher bist du so fröhlich gewesen, hast immer gelächelt und Witze gerissen. Jetzt bist du schrecklich ernsthaft und entschlossen. Warum bist du übrigens hinter den Männern mit der Bahre hergelaufen, als wir aus Jesses Zimmer kamen? Novak hat offensichtlich geglaubt, du seist plötzlich übergeschnappt.»

«Was hat deiner Meinung nach unter dem großen Leintuch gelegen?»

«Irgendein armer Teufel, der eben das Zeitliche gesegnet hatte...»

«Bewegen Tote normalerweise die Hand? Genau das hat die angebliche Leiche unter dem Tuch getan.»

«Mein Gott, das ist ja schrecklich! Das Tuch war aber übers Gesicht gezogen...»

«Wie man's sonst nur bei Toten macht», ergänzte Newman. «Aber in diesem Fall hat der Patient durchaus noch gelebt. Ich vermute, daß er uns gehört und versucht hat, uns ein Zeichen zu geben. So, jetzt weißt du, warum ich hinter dem Wagen

hergelaufen bin. Die beiden Krankenwärter sind schneller gewesen, und die Tür – natürlich eine automatische – hat sich vor
meiner Nase geschlossen. Dieser verdammte Bau erinnert mehr
an ein Computerzentrum als an eine Klinik.»

«Willst du damit sagen, daß sie vor dir weggelaufen sind? Ich
dachte, die Bremsen des Wagens hätten versagt... Wohin führt
der Korridor eigentlich?»

«Eine gute Frage! In einer vom Haupteingang nicht einsehba-
ren Senke steht ein neuerbauter Gebäudekomplex. Ich glaube,
daß er mit der Klinik durch eine Art Tunnel verbunden ist. Der
Korridor mündet in diesen Tunnel.»

«Was für ein Gebäudekomplex?»

«Das, meine liebe Nancy, gehört zu den Fragen, die ich unserem Freund Dr. Novak stellen werde, wenn ich mich in Thun
mit ihm treffe.»

«Er will sich mit dir treffen? Das ist eigenartig. Wo seid ihr
verabredet? Ich darf doch mitkommen?»

«Wo wir uns treffen, spielt keine Rolle. Ich find's auch merkwürdig, daß er zu einem Gespräch mit mir bereit ist. Und du
darfst diesmal nicht mitkommen...»

«Schuft! Was glaubst du, weshalb er sich auf ein Treffen mit
dir eingelassen hat?» fragte Nancy, als sie die Autobahn überquerten und die enge Kurve der Einfahrt hinunterrollten.

«Ich habe das Gefühl, daß er vor irgend etwas große Angst hat.
Und ich vermute, daß er auf eine Gelegenheit gewartet hat, mit
einem vertrauenswürdigen Außenstehenden Verbindung aufzunehmen. Er wird sich mir hoffentlich anvertrauen.» Newman
machte eine Pause. «Warum machst du dir solche Sorgen wegen der Klinik Bern?»

«Ist dir aufgefallen, was in Jesses Zimmer gefehlt hat?» lautete
ihre Gegenfrage.

«Nein, nichts. Ich hab' mich zu eindringlich mit Novak unterhalten – um dein Gespräch mit Jesse zu tarnen. Was habe ich
übersehen?»

«Das sage ich dir später», versprach Nancy ihm, «wenn wir

wieder im Hotel sind. Glaubst du, daß Jesse dort seines Lebens sicher ist?»

«Ja, zumindest in nächster Zeit. Hast du nicht mitbekommen, weshalb ich so laut mit Novak gesprochen habe? Hinter dem Lüftungsgitter ist ein Tonbandgerät installiert.»

«Diese Klinik wird mir immer unheimlicher...»

«Ich habe es darauf angelegt», fuhr er fort, «sie einzuschüchtern, damit sie ihm nichts antun. Sie müssen Jesse mit Samthandschuhen anfassen, bis dieser Ärztekongreß vorbei ist. Bis dahin wissen wir hoffentlich, was in der Klinik Bern vor sich geht. Ich wollte damit nur Zeit gewinnen.»

Sie hatten die Einfahrt hinter sich gelassen und fuhren die nur schwach befahrene Autobahn in Richtung Bern. Newman hatte bereits das Licht eingeschaltet und näherte sich einer Einfahrt unter einer Brücke. Im Rückspiegel sah er einen schwarzen Mercedes mit hoher Geschwindigkeit herankommen, der blinkend auf die Überholspur überwechselte. Im nächsten Augenblick brach auf der Autobahn die Hölle los.

Hinter Newman tauchte plötzlich ein Geländemotorrad auf, dessen Fahrer den Daumen auf dem Hupknopf behielt, während er auf- und abblendete. Der Mercedes war noch nicht neben ihnen. Newman runzelte die Stirn und kniff die Augen zusammen. Am Ende der Einfahrt rollte ein orangeroter LKW mit angebautem Schneepflug langsam auf die Autobahn zu. Die Motorradhupe gellte weiterhin warnend.

«Was will der Kerl von uns?» fragte Nancy nervös.

Bevor sie ausgesprochen hatte, betätigte Newman den Blinker und zeigte damit an, daß er noch vor dem heranrasenden Mercedes auf die Überholspur wechseln wollte. Der Schneepflug verließ plötzlich die Beschleunigungsspur und blockierte die rechte Fahrbahn. Newman trat das Gaspedal durch und zog nach links. Der Mercedes hupte nun ebenfalls. Er ignorierte dieses Hupen. Nancy schloß unwillkürlich die Augen. Das orangerote Ungetüm flitzte im Scheinwerferlicht an ihr vorbei. Der Mercedesfahrer bremste, um den drohenden Auffahrunfall zu

verhindern. Während Newman mit weit über dem Geschwin-
digkeitslimit liegendem Tempo davonschoß, schlängelte sich
das Motorrad an dem jetzt stehenden Schneepflug vorbei und
überholte auch den Mercedes.

In der schwarzen Limousine sah Hugo Munz, der am Steuer
saß, fluchend zu Emil Graf auf dem Beifahrersitz hinüber. Er
nahm den Fuß vom Gas und kontrollierte im Rückspiegel, ob
etwa ein Streifenwagen hinter ihnen war. Aber weit und breit
waren keine anderen Fahrzeuge in Sicht.

«Du hättest ihn rammen sollen!» sagte Graf.

«Bist du übergeschnappt? Was meinst du, was passiert wäre,
wenn wir bei dieser Geschwindigkeit ins Schleudern geraten
und gegen die Leitplanke gerast wären? Dann wären wir jetzt
beide tot! Dieser Motorradfahrer hat ihn gewarnt...»

«Seine Organisation ist also besser, als wir ihm zugetraut haben», stellte Graf nüchtern fest. «Wir müssen uns was anderes
einfallen lassen!»

14

Blanche Signer saß in einer Nische in der Bar im Bellevue
Palace, während Newman ihre Drinks bestellte. Sie war nach
ihrer wilden Motorradfahrt kurz auf der Toilette gewesen, um
vor dem Treffen mit dem Engländer ihr tizianrotes Haar zu
kämmen und ein wenig Rouge aufzulegen.

Die 30jährige Tochter eines Obersten der Schweizer Armee
leitete den erfolgreichsten Suchdienst Westeuropas. Ihre
Spezialität war die Suche nach untergetauchten Personen: Sie
hatte Newman heimlich geholfen, Krüger aufzuspüren, als dieser in den Untergrund gegangen war. Sie war entschlossen,

Newman seiner angeblichen Verlobten Nancy Kennedy abzu-
jagen.

«Heute gibt's für beide von uns einen doppelten Scotch», sagte
Newman, der die Drinks gleich mitgebracht hatte. Er setzte sich
neben Blanche auf die gepolsterte Bank, auf der so wenig Platz
war, daß ihre Beine sich berührten. «Du hast dir deinen ehrlich
verdient. *Cheers!*»

«Weißt du, Blanche», fuhr er fort, nachdem er sein Glas halb
ausgetrunken hatte, «du hast vorhin auf der Autobahn verdammt viel riskiert. Ich hab' nachträglich noch Angst um dich
gehabt...»

«Das ist nett von dir, Bob. Wie groß ist übrigens die Gefahr, daß
Nancy uns hier überrascht?»

«Sie nimmt gerade ein Bad. Sollte sie hier aufkreuzen, hast du
versucht, meine Bekanntschaft zu machen. Was ist passiert?»

«Ich habe wie vereinbart am Hotel Savoy gewartet. Lee Foley
ist bis zur Klinik hinter dir hergefahren, dann aber nicht abgebogen, sondern den Berg hinauf weitergefahren. Ich nehme an,
daß er wie ich einen Beobachtungsposten bezogen hat, um sich
die Klinik in Ruhe ansehen zu können. Wirklich ein eigenartiger Komplex! Ich habe eine Menge Aufnahmen für dich...»
Sie legte eine Hand auf ihre Umhängetasche. «Den Film habe
ich hier. Ich lasse ihn bis morgen früh entwickeln. Ich kenne
jemand, der mir noch heute nacht die Abzüge macht. Und
morgen sorge ich dafür, daß du sie irgendwie bekommst...»

«Am besten hinterlegst du sie in einem Umschlag mit meinem
Namen am Empfang. Aber *was* ist vorhin passiert? Du hast mir
wahrscheinlich das Leben gerettet.»

«Das war ganz einfach, Bob. Wirklich! Ich habe die Aufnahmen gemacht und bin mit dem Motorrad zu einer Stelle zurückgefahren, an der ich auf Foley warten konnte – für den Fall, daß
er dich wieder beschattet hätte. Dann habe ich einen aus der
Klinik kommenden Opel mit zwei Männern gesehen und bin
hinter ihm hergefahren. Ich weiß selbst nicht, warum er mir
verdächtig vorgekommen ist.»

Blanche trank einen Schluck und lehnte sich zurück, bevor sie weitersprach.

«Der Fahrer, ein übel aussehender Bursche, hat genau gewußt, was er zu tun hatte. Er hat sich vor den Schneepflug gesetzt und ihn zum Halten gezwungen; dann ist er ausgestiegen und nach hinten gegangen. Als der Schneepflugfahrer seine Tür geöffnet hat, muß er ihm etwas ins Gesicht gesprüht haben – wahrscheinlich Tränengas –, denn der andere hat sich an die Augen gegriffen. Dann hat der brutale Kerl ihn zusammengeschlagen und sich selbst ans Steuer des Schneepflugs gesetzt, während sein Komplize den Opel weggefahren hat. Und danach hat der Fahrer aus der Klinik am Ende der Beschleunigungsspur gewartet...»

«Auf *mich* gewartet!» stellte Newman fest. «Schließlich war anzunehmen, daß wir nach unserem Besuch in der Klinik auf der Autobahn nach Bern zurückfahren würden. Das ist mein Fehler gewesen. Ich habe geglaubt, in der Klinik schwebe jemand in Lebensgefahr. Statt dessen haben sie beschlossen, mich als ersten zum Schweigen zu bringen. Aber damit haben sie auch einen Fehler gemacht, denn ich bin jetzt sicher, daß dort irgendwas faul ist. Ich weiß nur nicht, ob ich's verantworten kann, daß du dich noch weiter mit dieser Sache befaßt.»

«Natürlich, Bob!» Sie griff nach seiner Hand und drückte sie liebevoll. «Wir bilden ein gutes Team. Wir sind schon früher eines gewesen. Weißt du das nicht mehr? So leicht wirst du mich nicht los, mein Lieber! Wann besuchst du mich mal in meiner neuen Wohnung? Sie ist von hier aus in fünf Minuten zu Fuß zu erreichen...»

«Hör zu, ich bin mit Nancy verlobt», wandte er ein.

«Offiziell?» fragte Blanche.

«Hmmm, nein, noch nicht...»

«Dann kannst du mich doch mal besuchen!»

«Das ist reine Erpressung...»

«Und du kannst dich darauf verlassen, daß ich so weitermache», versicherte Blanche ihm mit ihrer sanften, einschmeichelnden Stimme.

Newman betrachtete sie, während er sein Glas leerte. Ihre blauen Augen erwiderten seinen Blick unverwandt. Es war verdammt schwierig, dem Reiz dieses Lächelns zu widerstehen – ganz zu schweigen von ihrer zauberhaften Figur, die jedem Mann den Kopf verdrehen konnte.

«Was kann ich sonst noch für dich tun?» wollte die Rothaarige wissen.

«Geh nach Hause und ruh dich aus...» Newman sah ihren gekränkten Blick. «Okay, Blanche, schon gut! Du gehst nach Hause, ruhst dich ein bißchen aus, ziehst dich warm an und überwachst weiterhin Lee Foley.» Er beugte sich nach vorn und legte seine Hand auf ihren Arm. «Aber sei ja vorsichtig! Foley ist gefährlich.»

«Mit ihm werde ich schon fertig! Seitdem er im Hotel Savoy wohnt, ißt er in einem ungarischen Restaurant gleich um die Ecke in der Neuengasse. Dort gibt's genug Lauben, in denen ich mich unterstellen kann – und massenhaft Parkplätze für mein Motorrad. Noch etwas?»

Newman bewunderte ihre Art, alles so selbstverständlich erscheinen zu lassen. Blanche war eben durch nichts zu erschüttern. Sie beobachtete ihn über den Rand ihres Glases hinweg; sie schien die Augen nicht von ihm wenden zu können.

«Vielleicht noch eine Kleinigkeit», antwortete der Engländer. «Ich weiß, daß du eine Kartei von Leuten mit ungewöhnlichen Berufen angelegt hast. Kannst du bitte nachsehen, ob du darin einen Manfred Seidler findest?»

«Wird gemacht! So, ich gehe jetzt lieber, bevor deine angebliche Verlobte aufkreuzt. Falls ich etwas über Seidler finde, schreibe ich einen Kurzbericht und stecke ihn in den Umschlag mit den Photos. Sollte ich dich dringend erreichen müssen, rufe ich dich an und lege nach dem dritten Klingeln auf. Dann rufst du mich an, sobald du kannst. Okay, Mr. Newman?»

«Okay, Miss Signer...»

Sie beugte sich nach vorn, küßte ihn, stand auf, hängte sich ihre Tasche um und stolzierte davon. Die Bar im Bellevue Palace ist wie viele Bars nur schwach beleuchtet, aber als Blanche zum Ausgang schritt, starrten ihr die meisten Männer nach. Sie blickte geradeaus und schien das Aufsehen, das sie erregte, gar nicht wahrzunehmen. An der Tür begegnete sie Nancy Kennedy, die eben hereinkam.

Newman hatte Blanches Glas mit den Lippenstiftspuren auf den nächsten Tisch gestellt, sobald sie gegangen war. Jetzt stand er auf, um Nancy zu begrüßen. Als sie näherkam, sah er ihr sofort an, daß irgend etwas passiert sein mußte.

«Dieser Mann hat wieder angerufen!» sagte Nancy, während sie neben Newman auf der Polsterbank Platz nahm. «Der Kerl, der dich schon in Genf sprechen wollte. Seidler? Hieß er nicht so? Ich hab' ihm gesagt, daß du erst ziemlich spät zu erreichen sein würdest. Seine Stimme hat sehr aufgeregt geklungen. Er hat einfach eingehängt, als ich fragte, ob ich dir etwas ausrichten soll.»

«Das ist jetzt meine Strategie, Nancy. Aufregung! Alle sollen sich aufregen. Bis zu seinem nächsten Gespräch mit mir wird er vor Ungeduld beinahe zerplatzen – und das macht ihn um so gefügiger. Das gleiche gilt für die Leute in der Klinik Bern. Dort muß ich allerdings ein bißchen übertrieben haben», fügte er bedauernd hinzu. «Sonst hätten sie nicht versucht, uns auf der Autobahn umzubringen...»

«*Uns?*»

«Dich auch, vermute ich.» Newmans Lächeln war schlagartig verschwunden. «Ich schenke dir reinen Wein ein, damit du dich in acht nimmst. Du fährst vor allem nicht ohne mich nach Thun, verstanden?» Er wartete ihr Nicken nicht erst ab. «Im Auto hast du davon gesprochen, daß in Jesses Zimmer irgend etwas fehlt. Was?»

«Du hast ein gutes Gedächtnis...»

«Das brauche ich in meinem Beruf. Aber du sollst meine Frage beantworten!»

«Warum bist du so schlechter Laune?» Nancy zuckte mit den Schultern. «In seinem Zimmer fehlt eine Uhr – ein Wecker auf dem Nachttisch, eine Armbanduhr an seinem Handgelenk. Jesse kann nicht kontrollieren, wie die Zeit vergeht. Damit erreicht man eine Desorientierung der Versuchsperson. Das weiß ich aus der Psychiatrie ...»

«Okay, er hat also keine Uhr», stimmte Newman zu. «Das ist allerdings merkwürdig.»

«Und Novak hat die Wahrheit gesagt. Jesse wird tatsächlich mit Natriumamytal ruhiggestellt.» Nancy griff in ihre Handtasche, holte eine blaue Kapsel aus dem Reißverschlußfach und hielt sie Newman hin. «Hier ist's zu dunkel, aber das ist eine Sechzigmilligrammdosis mit der Kennzeichnung F dreiundzwanzig. Jesse hat sie mir heimlich gegeben, während du mit Novak gesprochen hast. Deshalb ist er auch wach gewesen.»

«Vielleicht bin ich etwas begriffsstutzig, aber ich verstehe nicht, was du damit sagen willst.»

«Jesse läßt die Kapseln geschickt verschwinden, wenn er sie schlucken soll. Anstatt sie einzunehmen, versteckt er sie in der Handfläche.»

«Wie wird er sie dann aber los?»

«Er läßt sie hinter das Lüftungsgitter fallen, hinter dem auch das Tonbandgerät versteckt ist.»

«Das ist gut!» kommentierte Newman grinsend. «Und clever dazu. Jedenfalls nicht die Reaktion eines Kranken, der nicht mehr richtig im Kopf ist. Mir ist übrigens noch etwas anderes eingefallen: Kein Mensch hat auch nur erwähnt, daß Jesse angeblich an Leukämie erkrankt ist.»

«Nur weiter so, dann bist du bald so gut wie ich», meinte Nancy zufrieden. Aber ihre gute Laune verflog ebenso rasch, wie sie gekommen war. «Trotzdem bekommt er ständig Beruhigungsspritzen. Er hat mir seine Armvene gezeigt – sie ist schon von Einstichen übersät. Diese Verbrecher pumpen ihn mit Beruhigungsmitteln voll. Wir können von Glück sagen, daß wir zufällig einen Kapseltag erwischt haben. Kannst du nicht rauskriegen, was dort wirklich gespielt wird, wenn du dich morgen abend mit Novak triffst?»

«Genau das habe ich vor – wenn er kommt. Die Situation in der Klinik wird ihm offenbar unheimlich, deshalb können wir nur hoffen, daß Kobler und die anderen nichts von seinen Bedenken merken. Ich möchte, daß du hier im Hotel bleibst, wenn ich nach Thun fahre. Sollte jemand anrufen und behaupten, ich hätte einen Unfall gehabt, ignorierst du das einfach. Laß dich durch nichts und niemand aus dem Hotel locken! Hast du verstanden?»

«Du hast dich verändert. Du bist plötzlich so dominierend...»

«Das waren keine Bitten; das waren Anweisungen», erklärte Newman nachdrücklich. «Ich kann schließlich nicht ständig auf dich aufpassen!»

«Das hättest du etwas netter ausdrücken können. Ich...»

Nancy sprach nicht weiter, denn ein Ober trat an ihren Tisch. Er übergab Newman, der fragend zu ihm aufblickte, einen verschlossenen Briefumschlag.

«Wer hat Ihnen das gegeben?»

«Ein ziemlich schäbig gekleidetes Individuum. Er hat Sie genau beschrieben und mich gebeten, Ihnen diesen Umschlag zu übergeben.»

«Danke.»

Newman riß den Briefumschlag auf und zog einen Zettel mit einer kurzen Notiz heraus:

Können Sie mich heute um 20 Uhr aufsuchen? Die Situation ist kritisch.

Beck

Newman warf einen Blick auf seine Armbanduhr.

Es war 18.20 Uhr.

Er schob den Zettel wieder in den Umschlag, faltete ihn zusammen und steckte ihn in seine Brieftasche. Nancy bewegte sich unruhig.

«Was gibt's?» fragte sie schließlich.

«Die Sache wird allmählich spannend. Ich muß noch einmal fort. Ich weiß nicht, wann ich zurückkomme. Am besten gehst du allein zum Abendessen, ohne auf mich zu warten.»

«Ist das alles?»

«Ja, das war alles. Und denk daran: Bleib unter allen Umständen im Hotel...»

Um diese Zeit wirkte Bern wie ausgestorben. Die Berufstätigen waren schon längst zu Hause, und die Vergnügungssüchtigen würden erst später in die Stadt kommen. Newman überquerte den Casinoplatz und ging auf der rechten Seite der Münstergasse unter den Arkaden weiter. Er hatte das Gefühl, sich in einem Tunnelgewölbe zu bewegen, dessen rechte Seitenwand durch die beleuchteten Schaufenster längst geschlossener Läden gebildet wurde.

Newman fragte sich, weshalb er so unfreundlich zu Nancy gewesen war. War seine Einstellung ihr gegenüber dadurch beeinflußt worden, daß er vorhin so freundschaftlich mit Blanche gesprochen hatte und die beiden Frauen miteinander verglich? Keine erfreuliche Schlußfolgerung. Aber Becks Aufforderung hatte ihn in seinem Entschluß bestärkt. Newman hörte im Unterbewußtsein Schritte hinter sich, die sich seinem Tempo anzugleichen versuchten. Er überquerte die menschenleere Gasse und betrat die gegenüberliegenden Arkaden, ohne sich umzusehen.

Newmans Entschluß stand jetzt endgültig fest. Bevor er Beck aufsuchte, würde er Blanche einen kurzen Besuch abstatten, um ihr zu sagen, daß er in dieser Sache in Zukunft auf ihre Dienste verzichten müsse. Beck hatte die Situation als *kritisch* bezeichnet, und Beck war kein Mann, der dieses Wort leichtfertig gebrauchte. Newman wollte Blanche nicht in Gefahr bringen. Die Schritte erklangen synchron zu seinen eigenen. Sie waren ihm über die Fahrbahn gefolgt; sie folgten ihm jetzt den Bogengang hinunter. Newman drehte sich nicht um. Das war ein alter Trick: Der Verfolger bemühte sich, das Geräusch seiner eigenen Schritte zu übertönen, indem er in einen Gleichschritt mit dem Verfolgten verfiel.

Etwa auf halber Strecke zwischen Casinoplatz und Münster kam Newman an dem engen Finstergäßchen vorbei, das seinem

Namen durch die nur schwache Beleuchtung einer einzigen Laterne alle Ehre machte. Der Engländer marschierte daran vorbei. Er war auf einen Überfall gefaßt und hielt vorsichtshalber die rechte Hand steif, um sich notfalls mit einem Karateschlag zu wehren.

«Newman! Hierher! Schnell!»

Ein heiserer, halblauter Zuruf. Er machte auf dem Absatz kehrt. Am Eingang des Finstergäßchens rangelten zwei Männer miteinander. Der eine war groß und stämmig und trug eine Schirmmütze. Der andere war einen Kopf kleiner. Newman ging rasch zurück, während die beiden in dem Gäßchen verschwanden. Dann bewegte er sich langsamer und warf einen vorsichtigen Blick um die Ecke.

Lee Foley hatte seinen linken Arm um den Hals des kleineren Mannes geschlungen. Der Amerikaner trug einen Glencheckmantel und eine karierte Mütze. Der Spazierstock in seiner rechten Hand vervollständigte den Eindruck, daß er Engländer sei. Der kleine Mann, dessen Hals er mit eisernem Griff umklammerte, war Julius Nagy.

«Dieser kleine Spitzel ist Ihnen durch die ganze Stadt nachgeschlichen», stellte Foley fest. «Interessiert Sie nicht auch, in wessen Auftrag er das tut?»

Bevor Newman reagieren konnte, schob Foley den Ungarn in den nächsten Hauseingang. Er drängte ihn gegen die massive Holztür, hob plötzlich seinen Stock, hielt ihn waagrecht und drückte ihn gegen Nagys Kehlkopf. Der kleine Mann war so entsetzt, daß ihm die Augen aus den Höhlen zu treten drohten.

«Wer hat dich angeheuert?» knurrte Foley.

«Tripet...» Nagy holte keuchend Luft, als der Druck gegen seine Kehle sekundenlang nachließ.

«Wer?» fragte der Amerikaner erneut.

«Chefinspektor Tripet... Sûreté... Genf...»

«Das klingt zu glatt!» entschied Foley. «Genf? Wir sind hier in Bern. Du hast gelogen! Paß auf, ich gebe dir noch eine einzige Chance, deine letzte...»

«Vorsicht!» warnte Newman den Amerikaner. «Sie zerquetschen ihm den Adamsapfel.»

«Genau das werde ich tun, wenn er nicht bald auspackt!»

Nagy rang keuchend nach Luft. Seine kleinen Fäuste hämmerten gegen Foleys Brust, ohne die geringste Wirkung zu erzielen. Als Newman eben eingreifen wollte, weil der kleine Mann bereits blau anlief, verminderte Foley plötzlich den Druck gegen Nagys Hals. Er wartete, während der Ungar keuchend und hustend Luft holte.

«Okay, das Ganze nochmal von vorn», schlug Foley vor. «Du hast jetzt ein letztes Mal Gelegenheit auszupacken, aber keine Lügenmärchen, dafür habe ich keine Zeit! Wer ist dein Auftraggeber?»

«Manteltasche... Telefonnummer... Autokennzeichen... Bahnhof...»

«Was meint der Kerl damit, verdammt noch mal?» murmelte der Amerikaner vor sich hin, als denke er laut nach.

«Augenblick!» warf Newman ein. «Ich seh' mal nach!»

Er steckte eine Hand in die Tasche von Nagys abgetragenem Mantel und tastete darin herum. Seine Finger berührten einen Zettel. Newman zog ihn rasch heraus, denn er kannte Foley als ungeduldigen Mann, der imstande war, seine Drohungen wahrzumachen. Der Engländer trat zwei, drei Schritte zurück, um unter der Straßenlaterne besser sehen zu können.

«Hier steht eine Telefonnummer», erklärte er Foley. «Und das hier könnte ein Autokennzeichen sein. Ja, es *ist* ein Kennzeichen...» Newman hatte es sofort wiedererkannt – diese Buchstaben-Ziffern-Kombination hatte sich tief in sein Gedächtnis eingegraben. «Lassen Sie ihn reden», forderte er den Amerikaner auf. «Lassen Sie ihn los, Foley. Was hat er vorhin von einem Bahnhof gesagt?»

«Wir wollen wissen, wer dein Auftraggeber ist!» fuhr der Riese Nagy an. «Aber diesmal will ich die Wahrheit hören – laß also den Scheiß mit der Genfer Polizei!»

«In der anderen Manteltasche...» Nagy sah zu dem Engländer

hinüber. «Sie finden darin eine Kamera. Ich habe einen Mann photographiert, der vor dem Bahnhof in einen Mercedes gestiegen ist. Er ist um 13.58 Uhr mit dem Schnellzug aus Genf in Bern angekommen...»

Foley blieb mit drohend erhobenem Stock vor Nagy stehen, während Newman in die andere Manteltasche griff und eine kleine, flache Kamera herauszog. Der Bildzähler ließ erkennen, daß drei Aufnahmen gemacht worden waren. Newman hob den Kopf und begegnete Nagys geradezu flehendem Blick.

«Ich hab' nur zwei Aufnahmen gemacht», krächzte Nagy. «Von dem Mann, der eingestiegen ist, und von dem Mercedes, der auf ihn gewartet hat.» Er starrte jetzt Foley an. «Ich glaube, dieser Mann ist mein Auftraggeber. Er scheint eine sehr wichtige Persönlichkeit zu sein. Schließlich hat er einen Mercedes mit Chauffeur...»

«Sie haben doch nichts dagegen, wenn ich den Film an mich nehme?» fragte Newman. «Ich bezahle ihn natürlich.»

«Unsinn!» knurrte Foley. «Nehmen Sie sich ihn einfach! Warum wollen Sie der kleinen Ratte auch noch Geld geben?»

Newman spulte den Film zurück, öffnete die Kamera und nahm die Filmpatrone heraus. Nachdem er sie eingesteckt hatte, klappte er die Kamera wieder zu und schob sie mit einem Zehnfrankenschein in Nagys Manteltasche zurück.

«Ich lasse den Film entwickeln und ein paar Abzüge machen», erklärte er Foley. «Sie können unseren Freund jetzt loslassen.»

«Ich möchte ihm am liebsten sämtliche Knochen brechen, damit er nicht noch einmal Leuten nachspioniert...»

«Nein!» widersprach Newman nachdrücklich. Er trat einen Schritt auf den Amerikaner zu. «Er hat mich beschattet, deshalb ist das meine Entscheidung! Sie sollen ihn loslassen, hab' ich gesagt!»

Foley verzog angewidert das Gesicht, ließ Nagy aber los, der seine Kehle betastete, krampfhaft schluckte und dann seine Krawatte zurechtrückte. Der Ungar hatte es wider Erwarten nicht besonders eilig, um die nächste Ecke zu verschwinden, sondern starrte Newman weiterhin an, als versuche er, ihm eine stumme Botschaft zu übermitteln. Als Foley ihm einen Stoß gab, schlurfte er durchs Finstergäßchen davon; er drehte sich jedoch nochmals um, und sein Blick suchte erneut den des Engländers.

«Wir beide müssen uns unterhalten», stellte Foley fest.

«Ich will wissen, wen er photographiert hat – und was auf diesem Zettel steht...»

«Nicht jetzt!» wehrte Newman ab. «Ich habe einen Termin. Vielen Dank, daß Sie mich von meinem Schatten befreit haben, aber Ihre Methoden sind ziemlich grob. Manchmal kommt man mit gutem Zureden weiter...»

«Ich überrede die Leute mit einer Pistole, Newman. Ich rufe Sie im Bellevue an. Danach treffen wir uns innerhalb von vierundzwanzig Stunden. Das sind Sie mir schuldig.»

«Einverstanden!»

Newman ging rasch die Münstergasse entlang und folgte dann der Junkerngasse, die ebenfalls von Lauben, nicht aber von Geschäften gesäumt war. Als er die zur Aare hinabführende gepflasterte Straße überquerte, sah er sich um. Foley war nirgends zu sehen, aber das überraschte Newman keineswegs. Der Amerikaner war zu gerissen, um zu versuchen, ihn zu beschatten. Newman erreichte eine Haustür mit drei Klingelknöpfen, einer vor kurzem installierten Gegensprechanlage und einem Namensschild neben jedem der drei Knöpfe. Er drückte auf den Klingelknopf, neben dem *B. Singer* stand.

Blanche hatte seinen Rat befolgt oder, echt weiblich, gehofft – erwartet? –, daß Newman kommen würde. Ihre Stimme klang deutlich aus dem Lautsprecher, nachdem er seinen Namen genannt hatte.

«Ich hab' mir schon gedacht, daß du's bist, Bob.»

Newman stieß die massive Holztür auf, als der elektrische Türöffner summte. Die Tür fiel hinter ihm ins Schloß, während er die ausgetretenen Steinstufen hinaufstieg. Auf dem Treppenabsatz im ersten Stock fiel ihm eine weitere Neuerung auf: In die Wohnungstür war ein Spion eingelassen. Dann öffnete sich die Tür, und Blanche erschien – nur mit einem weißen Bademantel bekleidet – auf der Schwelle.

Als sie zur Seite trat, um Newman einzulassen, gab ihr nur von einem losen Gürtel zusammengehaltener Bademantel ein reizvolles Dekolleté frei. Newman, der es nicht anstarren wollte, senkte den Blick – der auf ein bis übers Knie sichtbares nacktes Bein fiel. Blanche schloß die Wohnungstür, ließ das Sicherheitsschloß einschnappen und legte eine massive Sperrkette vor.

«Blanche, ich habe noch einen Film mitgebracht, den ich entwickelt und von dem ich Abzüge haben möchte.» Er gab ihr die Filmpatrone. «Nur drei Aufnahmen – und die dritte interessiert mich am meisten. Der Mann, von dem ich sie habe, hat behauptet, es seien nur zwei ...»

«Weil ihr nicht allein gewesen seid? Gut, du bekommst die Bilder morgen mit meinen. Nein, was willst du hier draußen? Zieh doch wenigstens den Mantel aus! Komm, wir können uns dort drinnen unterhalten ...»

Dort drinnen war ein behaglich eingerichtetes Schlafzimmer mit einem großen französischen Bett. Newman blieb davor stehen und drehte sich nach Blanche um. Sie lehnte an der geschlossenen Tür, spielte mit einer tizianroten Haarsträhne und beobachtete ihn ausdruckslos.

«Hör zu, Blanche», begann Newman, «ich bin eigentlich nur vorbeigekommen, um dir zu sagen, daß du die Sache mit der Klinik Bern vergessen sollst. Seitdem ich weiß, was für rauhe Burschen da mitspielen, ist sie mir zu gefährlich für dich. Du könntest verletzt werden – und das will ich nicht riskieren ...»

«Du verletzt mich, wenn du's nicht riskierst!»

Blanche war mit zwei, drei raschen Schritten bei Newman und schubste ihn leicht gegen die Bettkante, so daß er stolperte und plötzlich rücklings auf die weiße Tagesdecke fiel. Blanche löste den Gürtel, ließ ihren Bademantel von den Schultern gleiten, und Newman sah, daß er richtig vermutet hatte: Sie war darunter nackt gewesen. Blanche fiel über ihn her, bevor er sich aufrichten konnte.

«Ich bin verlobt!» protestierte er, während ihre Hände über seinen Körper glitten.

«Unsinn! Du trägst ja nicht mal 'nen Ring!»

Sie kicherte, während ihre flinken, gelenkigen Finger damit beschäftigt waren, seine Jacke aufzuknöpfen, die Krawatte zu lösen und ihm ein Kleidungsstück nach dem anderen abzustreifen. Newman hätte sich nicht vorstellen können, daß Frauenhände so rasch und geschickt arbeiten konnten. Er ergab sich, resigniert seufzend, ins Unvermeidliche...»

Julius Nagy kochte vor Wut und Empörung. Er schlurfte durchs menschenleere Finstergäßchen zurück, weil niemand damit rechnete, daß man auf demselben Weg zurückkam. Jetzt war er zum zweitenmal überfallen und mißhandelt worden! Zuerst von diesem Kerl im Zug – und jetzt hier.

Nagys gekränkter Stolz schmerzte mehr als die blauen Flecken an seiner Kehle. Nur der Engländer, dieser Robert Newman, hatte ihn wie einen Menschen behandelt. Aber dafür würde er sich an den anderen rächen! Nagy erreichte die Einmündung und blickte vorsichtig nach links und rechts die Münstergasse entlang. Nirgends war ein Mensch zu sehen. Er klappte fröstelnd den Kragen seines abgetragenen Mantels hoch und ging nach links in Richtung Münster.

«Keinen Laut, sonst kriegst du 'ne Kugel in den Rücken!»

Dieser auf Deutsch ausgesprochenen Drohung folgte ein handgreiflicher Beweis: harter Stahl, der Nagy in den Rücken gepreßt wurde. Eine Pistolenmündung. Nagy erstarrte vor Angst; er war wie gelähmt.

«Weitergehen!» befahl die Stimme. «Aber sieh dich nicht um. Das wäre der letzte Fehler deines Lebens. Los, weiter! Über die Gasse und in Richtung Münsterplatz!»

Auf der Gasse war noch immer niemand. Um diese Zeit schien ganz Bern daheim beim Abendessen zu sitzen. Nagy überquerte gehorsam die Münstergasse, spürte weiter die Pistole in seinem Rücken und hoffte inständig, daß ein Streifenwagen vorbeikommen würde.

«Jetzt um den Münsterplatz herum – auf dem Pflaster bleiben...»

Der Unbekannte mit der Pistole wußte genau, was er tat. Das wurde Nagy mit wachsendem Entsetzen klar. Auf diese Weise blieben sie überwiegend im Schatten. Jenseits des Platzes ragte die riesige Fassade des Münsters mit dem eingerüsteten Turm auf.

Nagy erriet allmählich, daß ihr Ziel die Plattform sein würde: der große parkartige Platz neben dem Münster und hoch über der Aare. Er wurde durchs Tor gestoßen und in Richtung Begrenzungsmauer geschoben. Die kahlen Bäume ragten skelettartig in den Nachthimmel auf; das einzige Geräusch war das Knirschen des Kieses unter ihren Füßen. Nagy, dem trotz der Kälte Angstschweiß übers Gesicht lief, bemühte sich vergeblich herauszufinden, was der andere vorhatte. Sein Verstand versagte ihm jedoch den Dienst.

«Ich brauche Informationen», knurrte die Stimme. «Hier können wir ungestört miteinander reden...»

Das war's also! Der über die freiliegende Plattform streichende eisige Wind traf sein schweißnasses Gesicht. Im Winter, und erst recht um diese Zeit, kam kein Mensch hierher. Das hatte der Unbekannte sich gut ausgedacht! Der dritte Überfall an einem einzigen Tag! Nagy wollte wütend werden, aber seine Angst war stärker. Er hatte das Gefühl, seine Füße seien plötzlich bleischwer. Sie erreichten die Balustrade an einer weit von dem aus der Badgasse heraufführenden Aufzug entfernten Stelle. Nagy wurde gegen die kalte Mauer gedrückt.

«Du packst jetzt aus, verstanden? Ich verlange, daß du alle Fragen, die ich dir stelle, prompt beantwortest. Und wehe dir, wenn du lügst!»

Nagy starrte über den hüfthohen Wall und die Stadt hinweg auf die in dieser eisigen Nacht kaum flimmernden Lichter der

Häuser auf dem Bantiger Hubel jenseits der Aare. Die Pistole wurde nicht mehr gegen sein Rückgrat gepreßt. Plötzlich spürte Nagy, daß zwei Hände seine Fußknöchel wie Stahlklammern umschlossen. Er wurde hochgerissen und nach vorn über die Mauer geschleudert. Nagy stieß einen lauten Schrei aus und warf die Hände nach vorn, als könne er dadurch seinen Sturz abmildern. Die 30 Meter tiefer vorbeiführende Badgasse schien ihm rasend schnell entgegenzukommen. Nach einem dumpfen Aufprall verstummte der Schrei. Auf der Plattform knirschte der Kies unter sich entfernenden Schritten.

15

Newman erreichte auf Umwegen die «Taubenhalde», das Präsidium der Schweizer Bundespolizei.

Er entwickelte allmählich eine fast neurotische Angst vor Schatten – und nicht nur vor den Schatten unter den Arkaden. Newman hatte Nagys Schritte gehört, aber Lee Foleys katzenartiges Schleichen war ihm völlig entgangen. Deshalb ging er rascher, als er, aus Blanches Wohnung kommend, durch die Münstergasse zum Casinoplatz ging und dort in die Kochergasse einbog.

Newman ging am Hotel Bellevue Palace vorbei, zündete sich eine Zigarette an und kontrollierte dabei unauffällig den Gehsteig gegenüber, bevor er in der zur Terrasse vor dem Bundeshaus hinunterführenden Gasse verschwand. Um diese Tageszeit war die erhöhte Promenade menschenleer. Auf der anderen Seite fiel das Gelände steil zur Aare hin ab. Newman sah vor sich die Marzilibahn, die fast bis zum Fluß hinunterführende Standseilbahn. Der kleine rote Wagen war soeben oben angekommen. Newman begann zu laufen, um diese Bahn noch zu erwischen.

Für 60 Rappen kaufte er am Schalter der kleinen Bergstation eine Fahrkarte. Der noch ganz neue, spielzeugähnliche Wagen war leer, und die Tür schloß sich, sobald Newman ihn betreten hatte. Die Talfahrt auf den steil in die Tiefe führenden, schnurgeraden Geleisen begann.

Newman stand ganz vorn zwischen Glaswänden und stützte sich auf das Geländer. In der Dunkelheit leuchteten die Lichter jenseits des Flusses diamantklar. Je länger die Talfahrt dauerte, desto exponierter kam Newman sich in dem beleuchteten Wagen vor. Er merkte, daß seine Hände das Geländer krampfhaft umklammerten.

Sie näherten sich der Talstation. Der Wagen wurde langsamer, glitt hinein und bremste. Newman verließ ihn, sobald sich die Tür öffnete, und zögerte kaum merklich, als er auch die Deckung der Talstation verlassen mußte. Der den Fluß entlangstreichende Wind pfiff ihm eisig ins Gesicht. Der Engländer schlug seinen Mantelkragen hoch und ging rasch weiter. Er konnte keine verdächtigen Gestalten entdecken.

Die Taubenhalde war noch ziemlich weit entfernt, als Newman ein modernes Gebäude betrat und dem uniformierten Pförtner seinen Reisepaß vorlegte.

«Ich habe einen Termin bei Arthur Beck», erklärte er dem Mann. «Um zwanzig Uhr...»

Der Pförtner blätterte in dem Ausweis, verglich Newman mit seinem Paßfoto, griff nach dem Telefonhörer und wählte eine Nummer. Nach einigen wenigen Sätzen nickte er befriedigt, legte auf und gab den Reisepaß zurück.

«Sie kennen den Weg zur Taubenhalde, Mr. Newman?» fragte er dabei. «Aber Sie werden ja erwartet...»

«Danke, ich finde schon hin. Ich bin nicht zum erstenmal hier.»

Von diesem Gebäude aus führt ein langer Fußgängertunnel zur Taubenhalde. Newman folgte ihm und erreichte an seinem Ende eine Rolltreppe, die ihn in die Eingangshalle des Bundespolizeigebäudes hinaufbrachte. Während der Fahrt legte der Engländer sich zurecht, was er Beck erzählen wollte.

Er hatte diesen Umweg gewählt, um die Eingangshalle ungesehen erreichen zu können – für den Fall, daß draußen jemand beobachtete, wer das Gebäude durch den Haupteingang betrat. Sobald Newman die große Eingangshalle erreichte, merkte er, daß irgend etwas nicht in Ordnung war. Arthur Beck erwartete ihn bereits am Empfang, wo alle Besucher normalerweise eine detaillierte Anmeldung ausfüllen mußten.

«Ich erledige die Formalitäten später», erklärte Beck dem Pförtner kurz und steckte das Anmeldeformular ein. Er ging zum Aufzug, ohne Newman mehr als ein Kopfnicken gegönnt zu haben. In der Kabine drückte der Polizeibeamte auf den Knopf mit der Nummer 10 und schwieg hartnäckig weiter, während der Aufzug sie leise surrend in die Höhe hob. Im zehnten Stock öffnete sich die Kabinentür erst, nachdem Beck sie mit seinem eigenen Schlüssel aufgesperrt hatte. Newman erinnerte sich daran, daß ihm diese Sicherheitsvorkehrungen schon bei seinem ersten Besuch imponiert hatten.

Beck schwieg noch immer, als er sein Büro aufschloß und dem Besucher mit einer knappen Handbewegung den Vortritt ließ. Das alles beunruhigte Newman – vor allem die Tatsache, daß unten keine Anmeldung ausgefüllt worden war. Die Erklärung dafür lieferte Beck, nachdem er hinter seinem Schreibtisch Platz genommen und dem Engländer wortlos den Besuchersessel angeboten hatte.

«Möglicherweise sind Sie offiziell nie hiergewesen. Aber das wird sich noch herausstellen...»

Beck wirkte rundlich-gemütlich, aber seine wachen grauen Augen unter den dichten Brauen straften diesen ersten Eindruck Lügen. Normalerweise war er zurückhaltend, beobachtend und eher langsam; an diesem Abend jedoch war er sichtlich unruhig, und sein sonst so gutmütiges Gesicht war rot angelaufen. Newman wußte, daß er einem der cleversten Polizeibeamten Westeuropas gegenübersaß.

Arthur Beck, der zu einem dunkelblauen Nadelstreifenanzug ein blaues Hemd und eine blaue Kravatte mit einem eingestickten Eisvogel trug, spielte mit einem Bleistift, während er Newman musterte. Kein Wort der Begründung, kein Hinweis darauf, daß sie alte Bekannte waren. Plötzlich knallte er seinen Bleistift auf die Schreibtischplatte und fragte abrupt:

«Können Sie mir sagen, wo Sie heute abend zwischen achtzehn Uhr fünfzehn und neunzehn Uhr gewesen sind?»

«Warum?» fragte Newman.

«Ich stelle hier die Fragen! Haben Sie ein Alibi für diese Dreiviertelstunde?»

«*Alibi?*» wiederholte der Engländer verblüfft und irritiert. «Was soll das heißen, verdammt noch mal?»

«Sie haben meine Frage noch immer nicht beantwortet.»

«Hat sie etwas mit der kritischen Situation zu tun, von der Sie auf dem Zettel geschrieben haben, mit dem ich hierher gelockt wurde?» Newman merkte sofort, daß er sich geirrt hatte. «Nein, das ist ausgeschlossen – den Zettel habe ich schon früher bekommen...»

«Es ist meine Pflicht, Ihnen diese Frage erneut in aller Form zu stellen. Denken Sie gut nach, bevor Sie antworten!»

Genau das tat Newman. Er durfte Beck nicht erzählen, wo er gewesen war. Dadurch hätte er Blanche mit in diese Sache hineingezogen. Das wollte er unbedingt vermeiden. Nicht wegen der unerwünschten Publicity oder wegen Nancy. Sondern einzig und allein wegen Blanche. Newman war selbst erstaunt über dieses eindeutige Motiv für seinen Entschluß.

«Ich habe nicht die Absicht, Ihre Frage zu beantworten, bevor ich nicht weiß, worum es eigentlich geht.»

«Gut, wie Sie wollen.» Beck stand ruckartig auf. «Ich werde Ihnen zeigen, worum es hier geht. Aber Sie ziehen besser etwas anderes an, damit Sie nicht so leicht zu erkennen sind.»

Der Engländer schwieg bewußt, während Beck den Garderobenschrank neben der Tür öffnete, einen dunkelblauen Wintermantel herausnahm und ihn dem Besucher hinhielt. «Da, ziehen Sie den an. Ihren Lammfellmantel können Sie hierlassen. Wir kommen wieder her.»

«Wohin gehen wir überhaupt?» erkundigte Newman sich. «Und dieser Mantel ist mir zu groß. Sie sind dicker als ich.»

«Er paßt tadellos. Er steht Ihnen sogar gut. So, jetzt setzen Sie noch meinen Hut auf...»

Beck schlüpfte in einen beigen Trenchcoat aus dem Garderobenschrank, während Newman den Hut aufsetzte. Der Polizeibeamte knallte die Schranktür zu, nahm den Telefonhörer ab und drückte auf einen der Knöpfe.

«Lassen Sie den Wagen vorfahren. Wir kommen gleich hinunter.»

«Der Hut ist auch zu groß!» beschwerte Newman sich. «Sie haben einen dickeren Schädel als ich...»

«Nein, der Hut ist ganz in Ordnung. Setzen Sie noch diese Brille auf und schlagen Sie den Kragen hoch. Bitte keinen Widerspruch! Es ist sehr wichtig, daß sie nicht erkannt werden – und dort dürften weiß Gott genügend Leute herumstehen.»

«Wo stehen diese Leute herum? Ich will wissen, wohin Sie mit mir fahren, bevor ich diesen Raum verlasse!»

«Wir fahren nicht weit, Bob. Diese Sache ist für mich ebenso unangenehm und beunruhigend wie für Sie, und ich bin ebenso überraschend mit ihr konfrontiert worden. Bitte sprechen Sie mit niemand außer mit mir. Sollten Sie meiner Bitte nicht nachkommen, so kann das nur zu Ihrem eigenen Nachteil sein...»

«*Bitte*... das klingt schon besser! Versuchen Sie ja nicht, mich zu etwas zu zwingen, sonst haben wir zum letztenmal zusammengearbeitet. Das wissen Sie doch hoffentlich, Beck?»

«Ja, ich weiß. Kommen Sie, wir dürfen keine Zeit verlieren. Der Wagen steht unten. Wir müssen nicht weit fahren. Vom Bellevue Palace aus hätten Sie nur ein paar Minuten zu Fuß zu gehen gehabt. Dort ist etwas Schreckliches passiert...»

Beck und Newman saßen während der kurzen Fahrt schweigend auf dem Rücksitz eines neutralen Dienstfahrzeugs. Newman starrte nach draußen und erkannte, daß sie die Aarestraße in Richtung Nydeggbrücke entlangfuhren. Die Lichter jenseits des Flusses spiegelten sich in dem dunklen Wasser.

Kurz bevor sie unter der Kirchenfeldbrücke hindurchfuhren, rollte hoch über ihnen eine Straßenbahn vorbei. Um diese Zeit war kaum noch Verkehr. Aber vor ihnen standen mehrere Streifenwagen mit eingeschaltetem Blaulicht. Ihre Limousine hielt vor der Straßensperre am Anfang der Badgasse, die unmittelbar unter der Münsterplattform vorbeiführt.

Beck kurbelte sein Fenster herunter, als ein uniformierter Polizeibeamter an den Wagen trat, und zeigte ihm wortlos seinen Dienstausweis. Die Straßensperre wurde geöffnet, und der Wagen fuhr die enge Zufahrt zur alten Badgasse hinauf. Dort herrschte fieberhafte Aktivität.

Weitere Polizeifahrzeuge mit eingeschaltetem Blaulicht und zwischendurch aufflammendes Blitzlicht erinnerten Newman an die farbigen Lichtblitze in einer Discothek. Sie fuhren langsam bis zu einer Stelle fast am Ende des rechts neben ihnen aufragenden Plattformwalls, dem auf der linken Seite der Gasse alte Häuser gegenüberstanden. Dort war eine mannshohe Sichtblende aus Segeltuch errichtet worden. Der Wagen hielt. Beck legte eine Hand auf seinen Türgriff.

«Machen Sie sich auf einen ziemlich unangenehmen Anblick gefaßt!» forderte er den Engländer auf.

Newman fröstelte, als er aus der geheizten Limousine ausstieg. In Becks Wintermantel und dem zu großen Hut kam er sich ziemlich lächerlich vor. Zum Glück war die Brille, die Beck ihm aufgedrängt hatte, nur ganz leicht getönt. Überall standen Uniformierte. Ein grimmig dreinblickender Zivilist kam auf Beck zu.

«Chefinspektor Pauli von der Mordkommission der Kantonspolizei», sagte Beck, ohne Newman vorzustellen. «Pauli, wiederholen Sie bitte, welche Mitteilung Ihnen telefonisch zugegangen ist!»

«Wir haben einen anonymen Anruf erhalten», berichtete Pauli

knapp. «Der Mann hat lediglich gesagt, in der Badgasse liege ein Toter. Und er hat hinzugefügt, der Tote habe heute abend mit einem gewissen Robert Newman in der Münstergasse eine Auseinandersetzung gehabt...»

«Paulis Dienststelle ist die Hauptwache am Waisenhausplatz», erklärte Beck dem Engländer. «Er ist sofort hergefahren und hat das hier entdeckt...»

Hinter der Sichtblende parkte ein Ford Kombi – mit der Motorhaube zur Badgasse – rechtwinklig zur Mauer. Julius Nagys zerschmetterter Körper lag mit unnatürlich verdrehtem Kopf auf dem eingedrückten Autodach. Newman erkannte den Ungarn auf den ersten Blick – und der Trachtenhut, der vor dem Auto auf dem Pflaster lag, bestätigte diese Identifizierung.

Ein Zivilist mit einer schwarzen Ledertasche in der linken Hand stieg die hinten an den Wagen gelehnte kurze Leiter herab. Er zog seine Gummihandschuhe aus und schüttelte den Kopf, während er zu Beck hinübersah.

«Dr. Moser», sagte Beck knapp. «Pathologe der Kantonspolizei.»

«Soviel bisher festzustellen ist, hat er sich sämtliche Knochen im Leib gebrochen», berichtete Moser. «Mehr läßt sich erst nach genauerer Untersuchung sagen – oder übernehmen Sie den Fall?»

«Wir übernehmen ihn», bestätigte Beck.

«Dann ist Frau Dr. Kleist zuständig – lieber sie als ich. Ich schicke ihr morgen meinen vorläufigen Untersuchungsbericht.»

«Was ist Ihrer Meinung nach passiert?» wollte Beck wissen.

«Ich halte nichts von Vermutungen.» Moser legte den Kopf in den Nacken und sah zu der über ihnen aufragenden Stützmauer auf. «Aus dieser Höhe ist er natürlich mit ungeheurer Wucht auf den Wagen geknallt. Als Ursache kommen Mord, Selbstmord und Unfall in Frage.» Der Arzt machte eine Pause. «Es gibt jedenfalls angenehmere Möglichkeiten, aus dem Leben zu scheiden. Diesen Briefumschlag habe ich übrigens in seiner Manteltasche gefunden.» Er übergab Beck einen zerknitterten

Umschlag. «Und jetzt verschwinde ich, um meinen Bericht zu Papier zu bringen! Schon wieder Überstunden – meine Frau fragt sich allmählich, warum ich so häufig spät nach Hause komme...»
Beck hielt den Umschlag zwischen Daumen und Zeigefinger an einer Ecke, zog einen Zellophanbeutel aus der Innentasche seines Mantels und ließ ihn hineingleiten. «Wahrscheinlich sind keine Fingerabdrücke daran zu finden, aber wir dürfen nichts unversucht lassen. Woran denken Sie gerade, Newman?»
Der Engländer starrte in den Nachthimmel hinauf, von dem sich der massive Wall abhob. Schon der Blick aus der Tiefe nach oben war schwindelerregend. Newman sah zu Beck hinüber, der neben dem Wagen mit dem schrecklich entstellten Leichnam eines Mannes stand, den der Engländer noch vor wenigen Stunden als lebendes, atmendes Wesen erlebt hatte.
«Ich glaube, daß es keine schlechte Idee wäre, mit dem Aufzug dort drüben zur Plattform hinaufzufahren», sagte Newman schließlich. «Wenn ich mich recht erinnere, verkehrt er bis zwanzig Uhr dreißig.»
«Sie haben ein bemerkenswertes Gedächtnis für Details, was die Plattform betrifft...»
«Fahren wir also hinauf oder nicht?»
«Ich lasse den Wagen außen herum nachkommen und am Ausgang warten.»
«Nein! Am oberen Ende der Münstergasse.»
«Gut, wie Sie meinen...»
Sie verließen den abgesperrten Raum und traten wieder in die Badgasse hinaus. Uniformierte Polizisten in langen Ledermänteln und mit 7,65-mm-Pistolen an der linken Hüfte patrouillierten auf und ab, ohne daß Newman darin einen bestimmten Zweck hätte erkennen können. Beck erteilte seinem Fahrer ein paar kurze Anweisungen und folgte dann dem Engländer, der bereits zum Ende des Walls vorausgegangen war.
Der alte Aufzug besteht aus einem kleinen Käfig, der in einem offenen Metallschacht senkrecht zur Plattform hinaufgezogen wird. Als Beck herankam, hatte Newman bereits zwei Fahrkar-

ten von dem alten Mann am Aufzug gekauft. Die beiden Männer standen schweigend nebeneinander, während die Kabine langsam in die Höhe stieg.

Beck beobachtete unterwegs Newman. Der Engländer sah zuerst aus dem zur Aare hinausführenden Fenster; dann blickte er aus dem gegenüberliegenden in Richtung Münstergasse, deren Häuserzeilen in die der Junkerngasse übergingen. In irgendeinem dieser alten Häuser war Blanches Wohnung. Sie rief jetzt vermutlich gerade den Mann an, der die beiden Filme entwickeln und bis morgen früh die Abzüge liefern sollte. Newman mußte unter allen Umständen verhindern, daß sie auch noch in diese scheußliche Sache verwickelt wurde.

Als der Aufzug oben in dem winzigen Häuschen ankam, öffnete der Fahrstuhlführer die Ausgangstür. Aber Newman verließ die Kabine nicht gleich, sondern wandte sich freundlich lächelnd an den Alten.

«Abends haben Sie bestimmt nicht mehr viele Fahrgäste. Erinnern Sie sich zufällig an einen Mann, der gegen achtzehn Uhr dreißig mit Ihnen gefahren ist? Vielleicht auch gegen achtzehn Uhr fünfundvierzig?»

«Soll ich für sechzig Rappen auch noch Auskunftsbüro spielen?»

Beck sagte kein Wort. Er zückte schweigend seinen Dienstausweis und hielt ihn dem Alten hin, ohne eine Miene zu verziehen. Dann steckte er ihn wieder ein und starrte weiter aus der offenen Tür.

«Entschuldigen Sie...» Der Fahrstuhlführer war sichtlich verwirrt. «Ich hab' nicht gewußt, daß Sie... Die furchtbare Sache mit dem Mann, der abgestürzt ist...»

«Genau davon rede ich», erklärte Newman ihm freundlich. «Wir vermuten, daß er einen Freund – oder Freunde – bei sich gehabt hat, der ihn identifizieren könnte. Irgend jemand, der so entsetzt gewesen sein muß, daß er mit Ihrem Aufzug nach unten gefahren ist. Lassen Sie sich Zeit mit Ihrer Antwort! Denken Sie lieber gründlich nach!»

«Na ja, mir ist ein großer Mann aufgefallen, der allein runterge-
fahren ist.» Der Alte runzelte die Stirn, während er sich zu
erinnern versuchte. «Ich hab' allerdings nicht weiter auf ihn
geachtet. Aber eines ist mir aufgefallen: sein Spazierstock.»

«Wie war er gekleidet?» warf Beck ein.

«Ich hab' gerade was gegessen. Ich weiß nicht, wie er angezogen gewesen ist. Mit mir fahren jeden Tag so viele Leute ...»

«Aber nicht um diese Zeit», stellte Newman freundlich fest.
«An die Uhrzeit können Sie sich wohl nicht mehr erinnern?»

«Gegen neunzehn Uhr, würde ich sagen. Nicht früher. Der
Aufzug ist unten gewesen; er hat danach geklingelt; ich hab' das
Klingelzeichen noch im Ohr ...»

Beck verließ die Kabine als erster, Newman folgte ihm. Weiter
hinten, fast am Ende der hüfthohen Begrenzungsmauer der
Plattform, suchten Polizeibeamte mit Handscheinwerfern den
Kies und das Mauerwerk ab. Ein Teil der Plattform war mit
einem Seil abgesperrt. Newman vermutete, daß Nagy dort über
die Mauer gestoßen worden war.

«Wir haben nichts gefunden – jedenfalls bis jetzt noch nicht»,
meldete einer der Uniformierten Beck, der diese Meldung achselzuckend zur Kenntnis nahm.

«Wir suchen nach Anzeichen für einen Kampf», erläuterte
Beck. «Mein Gott, hier oben ist der Wind wirklich unangenehm
kalt! Jedenfalls ist's kein Unfall gewesen», fuhr er fort. «Auf den
Steinen ist kein Eis, auf dem er hätte ausrutschen können.»

Newman stützte sich in der Nähe der abgesperrten Fläche mit
beiden Händen auf die Mauer und warf einen Blick in die Tiefe.
Er mußte gegen ein leichtes Schwindelgefühl ankämpfen. Der
hohe Wall fiel hier senkrecht ab, aber Newman begutachtete
ihn auch links und rechts. Seine Hände waren schon nach
kurzer Zeit starr vor Kälte.

«Interessant!» meinte der Engländer.

«Was denn?» fragte Beck scharf.

«Hier, überzeugen Sie sich selbst. Nagy ist an der einzigen Stelle
abgestürzt, an dem keine Mauervorsprünge seinen Fall hätten

aufhalten können. Er wäre natürlich schwer verletzt gewesen – aber möglicherweise hätte er überlebt, wenn er nicht ausgerechnet dort über die Mauer gefallen wäre...»

Newman sah sich auf der in vier große Rasenflächen unterteilten Plattform um. Kahle, gestutzte Bäume ragten in den jetzt mondhellen Nachthimmel auf. Hinter ihnen erhob sich bedrohlich massiv der Turm des Münsters. Newman vergrub die Hände in den Manteltaschen und marschierte auf den zum Münsterplatz hinausführenden Ausgang zu. Beck folgte ihm wortlos.

Unter dem Tor blieb der Engländer einen Augenblick stehen und sah sich auf dem gepflasterten Platz um. Die Laube auf der anderen Seite der hier abzweigenden Münstergasse wirkte wie ein verlassener Tunnel aus Licht und Schatten. Newman überquerte den Platz, betrat die Arkade und folgte ihr bis zum Finstergäßchen, das die Verbindung zur Marktgasse herstellt. Er sah auf seine Armbanduhr. Fünf Minuten. So lange hatte er gebraucht, um von der Stelle, wo Nagy in die Tiefe gestürzt war, bis hierher zu gehen.

Der Dienstwagen, den Beck vorausgeschickt hatte, parkte am Bordstein. Newman stieg wortlos ein, und Beck nahm neben ihm Platz. Er beugte sich nach vorn, um dem Fahrer eine kurze Anweisung zu geben.

«Nicht zum Haupteingang, Straub. Fahren Sie einen kleinen Umweg und setzen Sie uns am Nebeneingang ab.»

«Warum?» fragte Newman, nachdem der Schweizer die Trennscheibe zwischen ihnen und dem Fahrer geschlossen hatte.

«Weil zu befürchten ist, daß der Haupteingang überwacht wird. Ich glaube nicht, daß jemand Sie beim Verlassen des Gebäudes erkannt hat, aber ich möchte auch nicht, daß Sie beim Zurückkommen gesehen werden – nicht einmal in dieser Aufmachung...» Beck wurde wieder ernst. «Kennen Sie den armen Teufel, der dort zu Tode gestürzt ist?»

«Julius Nagy», antwortete Newman prompt. «Ich habe vor allem seinen Trachtenhut wiedererkannt. Nagy hat ihn getragen, als er mich in Genf beschattet hat.»

Soviel mußte er schon zugeben, denn er war sicher, daß Beck

mit Chefinspektor Tripet von der Sûreté in Genf telefoniert hatte. Der Berner warf ihm einen forschenden Blick zu.

«Aber wie haben Sie ihn in Genf identifiziert?»

«Bei meinem letzten Aufenthalt in der Schweiz hat Nagy für mich gearbeitet. Der arme Kerl hätte einen besseren Tod verdient gehabt! Er ist durch sein Schicksal als Ungarflüchtling aus der Bahn geworfen worden und hat seitdem davon gelebt, Leuten wie mir Informationen zu verkaufen. Er hat auch Verbindungen zur Unterwelt gehabt.»

«Hier in Bern, meinen Sie?»

«Richtig! Deshalb hat's mich gewundert, daß er jetzt in Genf arbeitete...»

«Das war meine Schuld», sagte Beck prompt. «Ich habe ihn als im Kanton Bern unerwünscht abschieben lassen. Daß er so enden mußte, tut mir natürlich auch leid. Ich möchte nur wissen, weshalb er das Risiko auf sich genommen hat, hierher zurückzukommen.»

Newman weigerte sich erneut, sich in ein Gespräch verwickeln zu lassen. Sie hatten das Gebäude in der Nähe der Talstation der Marzilibahn schon fast erreicht, als Beck eine Bemerkung machte und den Engländer dabei aufmerksam beobachtete.

«Ich gehöre vermutlich zu den ganz wenigen Menschen hierzulande, die wissen, daß Sie soeben den zweiten Mord innerhalb weniger Wochen gesehen haben.»

«Wer weiß das sonst noch?»

«Der Mörder...»

Die Stimmung änderte sich schlagartig, sobald sie Becks Dienstzimmer betraten: Die zuvor fast greifbare Feindseligkeit Newman gegenüber war völlig verflogen. Eine kleine, drahtige Frau Mitte Fünfzig kam mit einem Tablett herein, auf dem eine Thermoskanne, zwei Kaffeetassen, zwei Cognacschwenker und eine Flasche Rémy Martin standen.

«Gisela Maag, meine Assistentin», stellte Beck die Grauhaarige vor. «Und zugleich meine engste Vertraute. Sollte ich einmal nicht da sein, können Sie ihr unbesorgt sagen, was sie mir ausrichten soll.»

«Sie kümmern sich ja geradezu rührend um uns», sagte Newman und gab ihr die Hand. «Vielen Dank!»

«Nichts zu danken, Mr. Newman.» Sie nickte ihrem Chef zu. «Ich bin nebenan, falls du mich brauchst.»

«Sie macht mehr Überstunden als ich», stellte Beck fest, während er einschenkte. «Schwarz, stimmt's? Diese Nacht hat's wirklich in sich – in mehr als einer Beziehung. Deshalb gönnen wir uns einen Schluck Cognac. Ich begrüße Sie in Bern und trinke auf Ihr Wohl, mein Freund. Sie müssen entschuldigen, daß ich vorhin so unfreundlich gewesen bin.»

«Warum eigentlich?»

«Wegen des verdammten anonymen Anrufers, der Pauli mitgeteilt hat, Sie hätten sich in der Nähe des Tatorts befunden. Irgend jemand möchte Sie für einige Zeit ausschalten. Wir haben natürlich unsere Vorschriften – aber mir ist es vor allem darum gegangen, Ihre Festnahme durch die Kantonspolizei zu verhindern. Jetzt kann ich Pauli mitteilen, daß ich Sie vernommen habe und fest überzeugt bin, daß Sie nichts mit dem Tod unseres Freundes Nagy zu tun gehabt haben. Er zeichnet die Akte ab und schickt sie mir – und ich sperre sie in einen Stahlschrank, in dem sie für immer verschwindet.

Die beiden Männer tranken schweigend ihren Kaffee und zwischendurch einen Schluck Cognac, bis Beck wieder das Wort ergriff.

«Bob, in den letzten zwölf Stunden haben sich nicht weniger als fünf Vorfälle ereignet, die mir alle große Sorgen machen. Man könnte sie als Einzelfälle betrachten, aber ich bin überzeugt, daß sie irgendwie miteinander in Zusammenhang zu bringen sind. Als erstes ist auf dem Militärgelände Lerchenfeld bei Thun-Süd ein Granatwerfer gestohlen worden. Das war der zweite Granatwerferdiebstahl innerhalb eines Monats...»

«Mit Munition – mit Werfergranaten?»

«Nein – und das macht den Fall noch eigenartiger. Auch der

zweite Vorfall betrifft den Diebstahl einer Waffe. Wie Sie wissen, sind alle Schweizer bis zum fünfundvierzigsten Lebensjahr wehrpflichtig und besitzen als Reservisten einen Karabiner mit vierundzwanzig Schuß Munition. In ein Haus ist eingebrochen worden, während der Besitzer mit seiner Frau beim Einkaufen war. Dabei sind das Gewehr und das Zielfernrohr – der Mann ist Scharfschütze – gestohlen worden...»

«Wo ist das passiert? Oder soll ich raten?»

«Thun-Süd. Und dann ist heute am späten Nachmittag auf einer Autobahn etwas Merkwürdiges passiert: Der Fahrer eines Räumfahrzeugs ist überfallen und zusammengeschlagen worden. Sein Fahrzeug ist dann an der nächsten Ausfahrt aufgefunden worden. Wollen Sie raten, wo das passiert ist?»

«Irgendwo im Raum Thun?»

«Richtig! Immer in der Umgebung von Thun! Den vierten Vorfall kennen Sie ja: der Mord an Julius Nagy...»

«Und Nummer fünf?»

«Lee Foley, ein angeblich nicht mehr für die CIA arbeitender Amerikaner, ist aus dem Hotel Savoy in der Neuengasse verschwunden. Bob, dieser Amerikaner ist einer der gefährlichsten Männer, die ich kenne. Ich habe sofort einen Freund in Washington angerufen und mich erkundigt, ob Foley wirklich kein CIA-Agent mehr ist. Er hat diese Version bestätigt, aber ich glaube nicht recht daran. Falls der Auftrag von außerordentlicher Bedeutung ist, würde Foley selbst von höchsten Stellen gedeckt. Angeblich ist er jetzt Seniorpartner der Continental International Detective Agency in New York.»

«Nehmen wir doch einmal an, das entspräche der Wahrheit», schlug Newman vor. «Was dann?»

«Dann ist mir auch nicht wohler. Foley ist ein geschickter, erstklassig ausgebildeter Killer. Das wirft zwei Fragen auf. Wer hat das Geld, um einen Mann wie ihn anzuheuern?»

«Amerikaner...»

«Oder Schweizer», warf Beck ruhig ein.

«Worauf wollen Sie hinaus?»

185

Beck zuckte mit den Schultern, ohne die Frage zu beantworten. Er zog eine kurzstielige Pfeife mit großem Kopf aus der Jackentasche und stopfte sie aus einer Packung Tabak mit der Aufschrift *Amphora*.

«Immer noch mit der gleichen alten Pfeife verheiratet?» erkundigte der Engländer sich.

«Sie sind ein scharfer Beobachter, mein Freund. Diese Pfeife stellt die Firma Cogolet bei St-Tropez her. Auch der Tabak ist noch der gleiche – *roter* Amphora. Die zweite Frage, die Foleys Besuch aufwirft, lautet: *Auf wen hat er's abgesehen?* Sobald wir seinen Auftraggeber kennen, wissen wir vielleicht auch, wen er hier erledigen soll...»

«Glauben Sie wirklich, daß er deswegen hier ist?»

«Das ist sein Beruf», stellte Beck fest. «Warum sind Sie nach Bern gekommen?»

Typisch Beck! Eine Fangfrage, wenn man's am wenigsten erwartete. Er hatte seine Pfeife angezündet und paffte scheinbar zufrieden vor sich hin, ohne Newman aus den Augen zu lassen. Der Engländer, der Beck gut kannte, erlebte ihn erstmals in einer noch nie dagewesenen Stimmung: Er wirkte ängstlich und unentschlossen.

«Ich begleite meine Verlobte Nancy Kennedy, die ihren Großvater besuchen will.» Newman machte eine Pause und starrte dem Schweizer, der sich in eine bläuliche Rauchwolke hüllte, geradewegs ins Gesicht. «Er liegt in der Klinik Bern.»

«In der Klinik Bern?» Beck setzte sich ruckartig auf. Seine Augen blitzten, und Newman hatte das Gefühl, als habe sich die bisherige Verkrampfung gelöst. «Jetzt paßt allmählich einiges zusammen! Sie sind der Verbündete, den ich gesucht habe...»

Beck schenkte ihnen Kaffee und Cognac nach. Seine bisherige Unentschlossenheit war verflogen; er war wieder der alte, energische, tatkräftige Beck, an den Newman sich von seinem letzten Besuch in Bern erinnerte.

«Als wir heute nachmittag in der Klinik gewesen sind, ist mir etwas Merkwürdiges aufgefallen», berichtete Newman. «Wird sie etwa von Schweizer Militär bewacht?»

Die Stimmung in dem nüchternen Dienstzimmer mit seinen grünen Wänden und der hellen Neonbeleuchtung schlug wieder um. Beck starrte in sein Glas und ließ die bernsteinfarbene Flüssigkeit vorsichtig kreisen. Dann trank er einen Schluck, ohne seinen Besucher anzusehen.

«Wie kommen Sie darauf?» fragte er schließlich.

«Weil ich im Pförtnerhaus einen Mann in Schweizer Armeeuniform gesehen habe.»

«Mit dieser Frage gehen Sie lieber zum Militärischen Nachrichtendienst. Sie wissen ja, wohin Sie sich wenden müssen...»

Beck hatte sich wieder in sein Schneckenhaus zurückgezogen. Newman fühlte sich zunehmend frustriert. Was, zum Teufel, war in Beck gefahren? Der Engländer ließ sich seine Verärgerung anmerken.

«Wenn Sie wollen, daß ich mit Ihnen zusammenarbeite – Sie haben vorhin von einem ‹Verbündeten› gesprochen –, muß ich wissen, worauf ich mich einlasse. Und wieviel Handlungsspielraum hat Ihnen Ihr Vorgesetzter an der Spitze der Bundespolizei gelassen? Ich verlange eine Antwort auf diese Frage, sonst können Sie ab sofort auf meine Mitarbeit verzichten!»

«Unbeschränkte Vollmachten», antwortete Beck prompt. «In Form einer von ihm unterzeichneten Weisung, die dort drüben im Stahlschrank liegt.»

«Was macht Ihnen dann noch Sorgen?»

«Der Goldklub...»

Newman trank langsam seinen Cognac aus, um sich nicht anmerken zu lassen, welchen Schock Beck ihm mit dieser Bemerkung versetzt hatte. Er stellte das leere Glas vorsichtig auf den Schreibtisch zurück und tupfte sich die Lippen mit seinem Taschentuch ab.

«Sie haben schon vom Goldklub gehört?» fragte Beck. «Von dem wissen nicht allzu viele...»

«Eine Gruppe von Bankiers unter Führung des Chefs der Zürcher Kreditbank. Der Goldklub hat seinen Sitz in Zürich. Die einzige andere Gruppierung, die mit ihm vergleichbar ist, ist eine Vereinigung Basler Bankiers. Was hat der Goldklub mit der Klinik Bern zu tun?»

«Zu den Vorstandsmitgliedern der Zürcher Kreditbank gehört Professor Armand Grange, der – wie Sie natürlich längst wissen – die Klinik Bern leitet. Außerdem besitzt er ein Chemiewerk in Horgen am Zürichsee. Ich stehe unter großem, sehr großem Druck, meine Ermittlungen in bezug auf ein Projekt mit dem Decknamen *Terminal* einzustellen...»

«Worum geht's dabei?»

«Keine Ahnung», gab Beck offen zu. «Aber es gibt Gerüchte – unerfreuliche Gerüchte, die schon bis zu einigen ausländischen Botschaften vorgedrungen sind. Übrigens interessiert sich ein Landsmann von Ihnen, der ebenfalls im Bellevue Palace wohnt, auch für Professor Grange. Eine gefährliche Beschäftigung, zumal sie bereits bekannt geworden ist. Die Schweiz ist eben nur ein kleines Land...»

«Und wie heißt mein Landsmann?»

«Es handelt sich um einen Mr. Mason. Er ist über Zürich eingereist. Dort hat er mit seinen Nachforschungen begonnen – und von dort aus hat auch die Nachricht, womit er sich beschäftigt, die Runde gemacht. Jetzt ist er wie gesagt in Bern.»

«Was gibt's sonst noch Wissenswertes?»

«Haben Sie jemals von einem Mann namens Manfred Seidler gehört?»

«Nein, noch nie», antwortete Newman. «Welche Rolle spielt er denn?»

Becks Pfeife gluckerte. Er entlockte ihr eine große Rauchwolke, während er unruhig auf seinem Drehsessel hin und her rutschte. Offenbar mußte Beck sich zu einem schwierigen Entschluß durchringen.

«Ich kann mich doch darauf verlassen, daß unser Gespräch streng vertraulich bleibt?» Beck wartete ab, bis der Engländer schweigend genickt hatte. «Damit sind wir beim Kernpunkt der ganzen Sache angelangt. Der Militärische Nachrichtendienst hat mich ersucht, eine Großfahndung nach Manfred Seidler einzuleiten. Er soll irgendeine wichtige Erfindung aus dem Horgener Chemiewerk gestohlen haben. Sobald wir ihn gefaßt haben, sollen wir ihn dem Nachrichtendienst übergeben. Sofort! Ohne ihn zuvor zu vernehmen.»

«Und das gefällt Ihnen nicht?»

«Damit finde ich mich auf gar keinen Fall ab! Sollten wir Seidler fassen, verhöre ich ihn, um zu erfahren, was hier gespielt wird!» Beck schlug wütend mit der flachen Hand auf die Schreibtischplatte. «Zu sehen ist das Ganze vor folgendem Hintergrund, Bob», fuhr er ruhiger fort. «Unsere Verteidigungspolitik ist gegenwärtig in zwei Interessengruppen gespalten. Der Goldklub vertritt die Auffassung, wir sollten zu energischeren Maßnahmen greifen, um die Schweiz gegen die Gefahr aus dem Osten zu schützen. Diese Leute plädieren sogar dafür, Guerillaeinheiten aufzubauen und spezielle Sabotageteams *außerhalb* unserer Grenzen zu stationieren. Vor allem in Bayern. Das wäre ein eindeutiger Verstoß gegen unsere Neutralitätspolitik.»

«Tut mir leid, das verstehe ich nicht, Beck. Weshalb befaßt sich eine Vereinigung von Bankiers mit militärischen Fragen?»

«Weil die meisten dieser Bankdirektoren zugleich Reserveoffiziere der Schweizer Armee sind, mein Freund. Nicht nur untere Chargen, sondern Majore, Oberstleutnants und dergleichen. Sie haben in Militärkreisen, in denen die Strategiedebatte am erbittertsten tobt, verständlicherweise großen Einfluß. Der Goldklub, der für eine aggressive Vorwärtsverteidigung eintritt, scheint allmählich die Oberhand zu gewinnen. Eine unheimliche Entwicklung! Und diese Leute versuchen auch, meine Ermittlungen in bezug auf die Klinik Bern zu blockieren...»

«Sie haben vorhin gesagt, der Fall Nagy sei der zweite Mord gewesen.» Newman beugte sich vor. «Und der erste?»

Beck stand auf, trat an seinen Stahlschrank, schloß die Tür auf und kam mit einer Akte zurück, die er Newman gab. Der Aktendeckel war mit einem roten Stempel versehen: *Vertraulich!* Newman schlug die Akte auf und las auf der ersten Seite: *Fall Hannah Stuart.*

«Wer ist diese Hannah Stuart?»

«Sie ist eine amerikanische Patientin in der Klinik Bern gewesen, die Ende Januar zu Tode gekommen ist –, Sie können es in der Akte nachlesen. Ich habe einen Augenzeugen, einen Landarbeiter, der spät abends mit dem Rad an der Klinik vorbeigekommen ist. Er hat ausgesagt, er habe eine Frau auf den Zaun, der das Klinikgebäude umgibt, zulaufen sehen – eine kreischende, von Hunden gehetzte Frau...»

«Richtig, das Gelände wird von Dobermännern bewacht.»

«Ja, ich weiß. Das war die Nacht, in der Hannah Stuart gestorben ist.»

«Haben Sie das Klinikpersonal nicht Ihrem Zeugen gegenübergestellt?» erkundigte Newman sich.

«Das wäre zwecklos – und würde verraten, welchen Trumpf ich in Händen habe. Außerdem hat der Zeuge sich schon einmal in psychiatrischer Behandlung befunden.» Beck beugte sich vor und sprach eindringlich weiter. «Aber er ist inzwischen völlig geheilt! Ich selbst habe ihn vernommen und bin davon überzeugt, daß er die Wahrheit gesagt hat. Der Mann ist vernünftig genug gewesen, seine Beobachtungen der Kantonspolizei in Bern mitzuteilen. Pauli hat mich benachrichtigt, und ich habe den Fall übernommen. Diese Frau ist – auf welche Weise auch immer – ermordet worden.»

«Hier steht, daß sie an Herzversagen gestorben ist. Der Leichenschein ist von Dr. Waldo Novak unterschrieben...»

«Der zufällig ebenfalls Amerikaner ist. Ein merkwürdiges Zusammentreffen!»

«Könnten Sie nicht eine Exhumierung beantragen?» schlug Newman vor.

«Die Tote ist feuerbestattet worden. Dadurch hat es ernste Schwierigkeiten gegeben. Ein Vertreter der amerikanischen

Botschaft hat offiziell Beschwerde eingelegt. Hannah Stuart muß ziemlich reich gewesen sein, und ihr Sohn, der Alleinerbe, war begreiflicherweise wütend, denn in ihrem ursprünglichen Testament hatte sie verfügt, sie wünsche in der Familiengruft in Philadelphia beigesetzt zu werden.»

«Aber wie hat die Klinik es dann geschafft, die Feuerbestattung zu rechtfertigen?»

«Dr. Bruno Kobler, der Geschäftsführer, hat eine von Hannah Stuart unterzeichnete Erklärung vorgelegt, die beinhaltete, daß sie im Falle ihres Todes eine Feuerbestattung wünsche. Eine Photokopie dieser Erklärung finden Sie in der Akte. Die Unterschrift ist echt, ich habe sie von unseren Fachleuten prüfen lassen.»

«Damit waren Ihre Ermittlungen abgeblockt. Sehr geschickt gemacht...»

Newman sprach nicht weiter, als an die Tür des Dienstzimmers geklopft wurde. Auf Becks «Herein!» betrat ein kleiner, kurzsichtig wirkender Mann den Raum. Er hielt einen Zellophanbeutel in der Hand.

«Wir haben einige Fingerabdrücke gefunden», berichtete er an Beck gewandt. «Wahrscheinlich die des Verstorbenen – aber das können wir erst feststellen, wenn die Leiche freigegeben worden ist.»

«Danke, Erich.» Beck wartete, bis der Mann gegangen war, bevor er den Klarsichtbeutel an Newman weiterreichte. «Da haben Sie den Umschlag, den Dr. Moser aus Nagys Manteltasche gezogen hat.»

Newman zog den zerknitterten Briefumschlag aus dem Zellophanbeutel und las die Anschrift: *Herrn Robert Newman, Bellevue Palace, hier.* Er riß ihn auf und fand darin ein von einem Schreibblock gerissenes Blatt und einen flachen Schlüssel. Auf dem Blatt stand in derselben unbeholfenen Schrift wie auf dem Umschlag: *Mr. Newman – Bahnhof.* Der Engländer steckte beides in den Umschlag zurück und ließ ihn in der Brusttasche seiner Jacke verschwinden.

«Er ist an Sie adressiert gewesen», stellte Beck fest. «Deshalb habe ich strikte Anweisung gegeben, ihn nicht zu öffnen. Bekomme ich den Inhalt nicht zu sehen?»

«Nein. Erst müssen Sie mir sagen, was Sie von mir erwarten – und selbst dann vielleicht nicht.»

«Ich brauche einen vertrauenswürdigen Beauftragten, der Zugang zur Klinik Bern hat. Ich selbst habe keinen Anlaß, dort aufzukreuzen. Außerdem will ich meine Karten nicht vorzeitig aufdecken. Ich habe vorläufig keinerlei Beweise – nicht einmal im Fall Hannah Stuart –, sondern nur einen schlimmen Verdacht. Ich muß herausbekommen, was dort vor sich geht!»

«Wollen Sie Ihre Ermittlungen nicht auf das Chemiewerk in Horgen konzentrieren? Schließlich sind Sie doch ersucht worden, nach diesem Seidler zu fahnden.»

«Hannah Stuart ist in Thun umgekommen», stellte Beck ernst fest. «Nun zum Inhalt Ihres Briefumschlags...»

«Ich arbeite selbständig oder gar nicht. Deshalb bleibt der Umschlag vorerst, wo er ist...»

«Ich muß Sie warnen, daß Sie's mit fast unbegrenzt mächtigen Männern zu tun haben. Und noch etwas: Meine Ermittlungen haben ergeben, daß die Mitglieder des Goldklubs den unglaublichen Betrag von zweihundert Millionen Franken für *Terminal* bereitgestellt haben.» Beck hob abwehrend die Hand. «Fragen Sie mich bitte nicht, wie ich das herausbekommen habe! Sie können sich jedoch darauf verlassen, daß es sich um einen Betrag dieser Größenordnung handelt.»

«Wer verfügt über das Geld?» fragte Newman.

«Professor Grange», antwortete der Schweizer prompt.

«Und Grange gehört ebenfalls zu den Reserveoffizieren, von denen Sie vorhin gesprochen haben?»

«Er hat zu ihnen gehört, aber er ist jetzt nicht mehr aktiv. Sie müssen äußerst vorsichtig sein, Bob! Ich weiß, daß Sie ein Einzelgänger sind, aber bei dieser Sache brauchen Sie möglicherweise doch Hilfe.»

«Gibt es denn irgend jemand, der sich Grange und seinen Bankierskomplizen in den Weg stellen könnte?»

«Ich kenne nur einen, der dafür in Frage käme: der Basler Bankier Dr. Max Nagel. Er sitzt zugleich im Beirat der Bank für Internationalen Zahlungsausgleich und hat deshalb weltweite Verbindungen. Nagel ist der Hauptgegner des Goldklubs...»

«Und dieser Manfred Seidler – weshalb fahnden Sie wirklich nach ihm?»

«Ich versuche, ihn zu finden, bevor die Spionageabwehr ihn in die Finger bekommt. Sämtliche Kantonspolizeiposten sind alarmiert. Ich fürchte, daß Seidler große Gefahr droht...»

«Von der Abwehr?» erkundigte Newman sich ungläubig. «Ist das tatsächlich Ihr Ernst?»

«Das haben Sie gesagt. Ich hab' mich nicht so deutlich ausgedrückt.»

«Was ist übrigens mit diesem Engländer, diesem Mason, der sich für Grange interessiert? Wo kommt er ins Spiel?»

«Ich weiß ehrlich gesagt nicht, für wen er arbeitet. Ich bin mir überhaupt noch nicht im klaren darüber, *wer* für *wen* arbeitet. Aber ich halte auch Mason für gefährdet. Vergessen Sie nicht, daß wir Lee Foley aus den Augen verloren haben – und daß er ein Killer ist. Denken Sie immer daran, daß Sie sich in einem Minenfeld bewegen.»

Kurz vor 22 Uhr stand Newman vor den Gepäckschließfächern auf dem Berner Hauptbahnhof. Er war von der Taubenhalde aus zu Fuß durch einsame Gassen gegangen und hatte einige Umwege gemacht, bis er sicher war, nicht beschattet zu werden. Wie er vermutet hatte, paßte der Schlüssel aus Nagys Umschlag in die Tür des Schließfachs, das die gleiche Nummer wie der flache Schlüssel trug.

Newman sperrte das Schließfach auf, bückte sich, um hineinsehen zu können, und entdeckte darin einen weiteren Briefumschlag. Auch dieser war in ungelenker Handschrift an ihn selbst im Bellevue Palace adressiert. Der Engländer steckte den Umschlag ein und machte sich auf den Weg in das große Selbstbedienungsrestaurant im Bahnhof. Er war durstig und vor allem hungrig.

Er entschied sich für einen Ecktisch und nahm mit dem Rücken zur Wand Platz, um den Raum überblicken zu können. Während er zwei Wurstsemmeln verschlang und seinen Kaffee trank, achtete er auf die hereinkommenden Reisenden. Niemand schien ihn zu beachten. Newman holte den Briefumschlag aus der Tasche und riß ihn auf. Nagy hatte ihm auf Deutsch geschrieben:

Sehr geehrter Herr Newman,
ich weiß nicht, wie lange ich noch durchhalten kann. Die beiden ersten Photos hab ich vor dem Hauptbahnhof gemacht. Chefinspektor Tripet (Genf) hat mir den Auftrag gegeben, Sie zu überwachen. Deshalb bin ich mit demselben Zug wie Sie nach Bern gekommen.

Unterwegs bin ich in die Zugtoilette gedrängt und bedroht worden. Der Schläger hat mir Geld gegeben und mich angewiesen, Sie zu beschatten. Die Telefonnummer auf dem Zettel, den sie mir im Finstergäßchen abgenommen haben, ist die Nummer, die ich anrufen sollte, um meine Beobachtungen zu melden. Die Autonummer gehört zu einem Mercedes, der vor dem Bahnhof gewartet hat. Der Mann, den ich für den Boß des Schlägers halte, ist in den Mercedes gestiegen.

Das sind die beiden ersten Photos. Die dritte Aufnahme zeigt wieder den Mann, der in den Mercedes gestiegen ist. Ich hab ihn gegen Abend wieder in Bern gesehen. Wer der andere Mann ist, weiß ich nicht. Ich hab den ersten Mann durch Zufall beim Bellevue Palace gesehen. Deshalb hab' ich ihn auch photographiert. Nehmen Sie sich vor diesen Leuten in acht, Herr Newman!

Ihr alter Freund
J. A. Nagy

Newman empfand ein leichtes Gefühl der Übelkeit. Er erinnerte sich lebhaft daran, wie Foley den Ungarn mit seinem Stock gegen die massive Holztür gedrückt hatte. Aber diese Reaktion machte rasch kalter Wut Platz. Newman saß da und versuchte sich vorzustellen, was passiert war, nachdem Nagy durch das Finstergäßchen verschwunden war.

Julius Nagy mußte auf dem schnellsten Wege – vielleicht sogar mit einem Taxi – zum Bahnhof gefahren sein. Höchstwahrscheinlich hatte er hier in diesem Selbstbedienungsrestaurant in aller Eile seine Nachricht an Newman geschrieben und den Brief dann in ein Schließfach gelegt. Den Schlüssel hatte er in einen vorbereiteten Umschlag gesteckt und in die Manteltasche geschoben. Rätselhaft war nur, warum Nagy dann wieder in die Münstergasse zurückgekehrt war.

Wenn er sich beeilt hatte, konnte er das alles in einer halben Stunde geschafft haben. Als er nach dieser Zeit in die Münstergasse zurückgekommen war, mußte ihm jemand aufgelauert haben. Wer wohnte in diesem Stadtteil? Ihm fiel nur ein Name ein: Blanche Signer. Das erinnerte ihn daran, daß es sich vielleicht lohnen könnte, sie jetzt anzurufen.

Newman stand bereits in einer der Telefonzellen im Hauptbahnhof, als ihm einfiel, daß es vielleicht besser wäre, erst Nancy anzurufen. Er wählte die Nummer des Hotels Bellevue Palace mit gewissem Widerstreben. Er mußte einige Minuten warten, bis Nancy an den Apparat kam. Ihr Gespräch verlief nicht sonderlich freundlich.

«Nur gut, daß ich nicht mit dem Abendessen auf dich gewartet habe!» sagte sie zur Begrüssung. «Wo steckst du eigentlich, verdammt noch mal?»

«In einer Telefonzelle...»

«Und das soll ich dir wohl glauben?»

«Hör zu, Nancy!» Sein Tonfall wurde schärfer. «Ich bin mit dir nach Bern gekommen, um feststellen zu helfen, was mit Jesse los ist. Und ich habe den ganzen Abend damit verbracht, dieses Ziel zu verfolgen. Und das war nicht besonders erfreulich!»

«Glaubst du vielleicht, daß ich mich amüsiert habe? Ich hab'
so lange auf dich gewartet, daß mir das Essen nicht mehr
geschmeckt hat. Darf ich damit rechnen, dich irgendwann
heute nacht wiederzusehen? Oder bist du bis morgen früh mit
deinen Nachforschungen beschäftigt?»

«Tut mir leid, ich kann noch nicht sagen, wann ich zurückkomme...»

Newman hängte ein und wählte Blanches Nummer. Sie meldete
sich nach dem zweiten Klingeln. Ihre Stimme klang aufgeregt,
als sie hörte, wer der Anrufer war.

«Bob! Ich bin froh, daß du anrufst – ich hab' die Aufnahmen
bereits! Mein Freund hat Überstunden im Labor gemacht, um
die Filme zu entwickeln und die Vergrößerungen zu machen.
Trotz des schlechten Lichts sind sie erstaunlich gut geworden.
Alle drei Aufnahmen. Kommst du vorbei?»

«Ich bin in zehn Minuten bei dir.»

Bei seinem zweiten Besuch in der Wohnung in der Junkerngasse
führte Blanche ihn in ihr kleines, behaglich eingerichtetes
Wohnzimmer, das nur durch Tischlampen beleuchtet wurde.
Auf dem Couchtisch standen zwei hochstielige alte Weingläser.
Blanche trug jetzt zu einem engen, dunkelbraunen Rock einen
schwarzen Pullover aus flauschiger Merinowolle, der ihre Figur
betonte, ohne sie flittchenhaft wirken zu lassen. Der Pullover
hatte einen Schalkragen, von dem sie wußte, daß er Newman
gefiel. Ihre tizianrote Mähne leuchtete im Lampenlicht.

«Wahrscheinlich habe ich Manfred Seidler aufgespürt», verkündete sie triumphierend, «aber darüber reden wir später.
Hast du schon gegessen? Ich muß nur noch den Montrachet aus
dem Kühlschrank holen.»

«Danke, ich möchte nichts essen. Ich kann nicht lange bleiben...»

Sie verschwand in der Küche. Newman setzte sich in eine
Sofaecke und betrachtete das in einem Silberrahmen unter der
Tischlampe stehende Photo eines ernst dreinblickenden Schwei-

zer Offiziers. Während er es noch anstarrte, kam Blanche zurück und schenkte aus der bereits entkorkten Weinflasche die beiden Gläser voll.

«Dein Stiefvater?»

«Ja. Wir sehen uns allerdings nur selten. Wir haben einfach nicht die gleiche Wellenlänge. Cheers!»

Blanche setzte sich neben ihn und schlug ihre Beine übereinander. Sie trug hauchdünne, schwarze Nylons. Unter einem Arm hatte sie einen großen, auf der Rückseite mit Pappe verstärkten Umschlag, den sie jetzt zwischen sich und ein Kissen steckte. Newman bemerkte, daß er sich erst zum zweitenmal an diesem Tag entspannte und wohl fühlte. Beim erstenmal war er in einem anderen Zimmer dieser Wohnung gewesen.

«Manfred Seidler ist möglicherweise in Basel», sagte Blanche und stellte ihr Glas auf den Couchtisch zurück. «Seitdem du gegangen bist, habe ich fast nur telefoniert – ich bin nur kurz weggewesen, um die Photos abzuholen. Ich hatte schon fast aufgegeben, aber dann habe ich mit einer Freundin in Basel gesprochen, die dort in einer Bank arbeitet. Sie hat eine Kollegin namens Erika Stahel. Diese Erika hat gelegentlich bedauernde Andeutungen gemacht, daß sie ihren Freund Manfred nur sieht, wenn er in Basel ist, was nicht oft der Fall zu sein scheint. Freund Manfred ist offenbar viel unterwegs...»

«Manfred ist ein häufiger Name», wandte Newman ein.

«Er ist einige Jahre älter als Erika. Vor kurzem hat er ihr ein Geschenk aus Wien mitgebracht. Eine Eule aus Bleikristall, weil sie Eulen liebt. Deshalb hat meine Freundin von seiner Reise gehört. Erika hat ihr die Eule gezeigt, weil sie ihr so gut gefallen hat.» Blanche machte eine kurze Pause. «Erika hat einen sehr guten Job», fügte sie hinzu.

«Was ist ein sehr guter Job?»

«Chefsekretärin bei Dr. Max Nagel. Er ist der Vorsitzende des Vorstands ihrer Bank.»

Newman hatte Mühe, seine Überraschung zu verbergen. Er trank hastig einen weiteren Schluck. Blanche beobachtete ihn aufmerksam. Sie streifte ihre Pantöffelchen ab und nahm die Beine aufs Sofa. Dann griff sie nach dem Umschlag und sprach weiter.

«Vielleicht ist's der falsche Manfred. Aber Erika achtet anscheinend sorgfältig darauf, nie seinen Nachnamen zu nennen. Das könnte natürlich einfach bedeuten, daß er verheiratet ist. Und das wäre wiederum eine Erklärung dafür, daß seine Freundin sich mit Informationen über ihn, seinen Namen und seinen Beruf zurückhält. Ich habe übrigens Erika Stahels Telefonnummer, falls du sie brauchst.»

«Wo hast du die so schnell herbekommen?»

«Ich hab' natürlich meine Freundin gebeten, sie während unseres Gesprächs im dortigen Telefonbuch nachzuschlagen. Hier ist ein Zettel mit der Nummer und ihrer Adresse. Ich habe ungefähr dreißig Leute angerufen, bevor ich auf jemand gestoßen bin, der etwas mit dem Namen Manfred anfangen konnte. Möchtest du die Aufnahmen sehen?»

«Wunderbar, was du in der kurzen Zeit geschafft hast, Blanche! Ich bin dir sehr dankbar!»

«Wer einen Suchdienst betreibt, muß ein bißchen flink sein. Die Auftraggeber wollen rasch Ergebnisse sehen. Dann empfehlen sie einen an andere Klienten weiter – und so wächst der Kundenkreis von selbst. Hier sind die Aufnahmen...»

Newman betrachtete das erste Hochglanzphoto. Es zeigte das Heck eines Mercedes mit deutlich sichtbarem Kennzeichen: der Wagen, der sie auf der Autobahn beinahe unter das Räumfahrzeug gedrängt hätte. Vielleicht konnte der arme kleine Nagy sich auf diese Weise noch aus dem Grab an seinen Mördern rächen! Newman verzog keine Miene, während er sich die zweite Aufnahme ansah. Bruno Kobler. Daran war kein Zweifel möglich.

«Toll, daß du die Bilder so schnell bekommen hast», sagte er anerkennend.

«Stets gern zu Diensten – in jeder Beziehung», versicherte Blanche ihm lächelnd. «Taugt die dritte Aufnahme auch was?»

Newman hatte das Gefühl, einen Schlag in die Magengrube zu bekommen, als er das dritte Photo in die Hand nahm. Er erkannte das Gebäude im Hintergrund. Bruno Kobler erwies sich erneut als sehr photogen. Aber der Anblick des Mannes, mit dem er sprach, versetzte Newman einen Schock, ließ ihn fast schwindlig werden und bewog ihn, alles aus einem neuen, äußerst beunruhigenden Blickwinkel zu sehen. Der Mann war Arthur Beck.

16

Newman begegnete «Tommy» Mason – stieß buchstäblich mit ihm zusammen –, als er, aus der Junkerngasse kommend, die Hotelbar im Bellevue Palace betrat. Es war Punkt 23 Uhr. Mason wandte sich mit einem Glas Whisky in der Hand von der Theke ab, stolperte und kippte Newman seinen Drink über die Jacke. Newman beherrschte sich erstaunlich gut: Er grinste achselzuckend.

«Oh, das tut mir aber leid! Ober, geben Sie mir ein feuchtes Tuch! Schnell!»

«Schon gut, schon gut, bemühen Sie sich nicht...»

«Verdammt unvorsichtig von mir! Hören Sie, dafür lade ich Sie wenigstens zu einem Drink ein. Wie wär's mit einem doppelten Scotch?»

«Danke, gern.»

Newman nahm sein Glas und ging zu dem Ecktisch voraus, an dem er am frühen Abend mit Blanche gesessen hatte. Selbst um diese Zeit herrschte an der Theke noch ziemliches Gedränge. Er nahm mit dem Rücken zur Wand Platz, hob sein Glas und trank seinem Landsmann zu, der ihm gegenübersaß.

«Captain Tommy Mason», stellte der andere sich vor. «Den Spitznamen ‹Tommy› haben sie mir in der Army angehängt, und ich bin ihn nie mehr losgeworden.»

«Bob Newman – ohne Spitznamen...»

«Hören Sie, sind Sie etwa *der* Robert Newman? Der den Fall Krüger gelöst hat? Sie kamen mir gleich irgendwie bekannt vor. Ich bin in der Marktforschung tätig. Mein gegenwärtiger Auftrag ist so gut wie erledigt.» Mason lächelte. «Ich hab's allerdings nicht sonderlich eilig – mir gefällt dieses Hotel. Prachtvoll, nicht wahr?»

Newman nickte zustimmend, während er Mason studierte. Militärisches Auftreten. Anfang Dreißig. Schmaler Schnurrbart. Gute Körperhaltung. Wache, intelligente Augen, die nicht recht zum Bild des Mannes paßten, der es nicht weiter als bis zum Captain gebracht haben wollte. Mason plauderte weiter. «Hier reden alle von dem armen Teufel, der heute abend von dem Platz am Dom... nein, am Münster gesprungen ist. Soviel ich gehört habe, soll er platt wie eine Flunder auf einem Autodach liegengeblieben sein...»

«Wer sagt, daß er von der Plattform gesprungen ist?»

Mason senkte die Stimme. «Glauben Sie, daß jemand nachgeholfen haben könnte?»

«Das ist nie auszuschließen...»

«Na, ich muß schon sagen! Ich bin heute selbst dort oben gewesen. Bei einem Blick über die Mauer sind mir die Knie weich geworden, kann ich Ihnen sagen! Der reinste Abgrund! Und das ausgerechnet in Bern...»

«Bern wird allmählich fast so gefährlich wie Beirut», behauptete Newman und trank seinen Whisky aus. «Danke. Er schmeckt doch besser, wenn man ihn trinkt.»

«Sie glauben also, daß Bern ein gefährliches Pflaster wird? Daß man sich nachts vorsehen muß, wenn man durch dunkle Gassen geht? Hier gibt's schließlich überall dunkle Gäßchen.»

«So ähnlich könnte man's ausdrücken. Sie sind wegen eines Projekts hier?» sondierte Newman.

«Ja, wir führen eine Untersuchung über die Betriebsformen und Methoden Schweizer Kliniken durch. Die Schweizer haben auf diesem Gebiet einen sehr guten Ruf. Ihre Sicherheitsvorkehrungen sind auch ziemlich streng. Sie sind wohl wegen einer Story hier?»

«Nein, auf Urlaub. Tut mir leid, aber ich muß jetzt weiter. Meine Verlobte wartet auf mich. Ich bin den ganzen Abend lang unterwegs gewesen...»

«Freut mich, daß Sie mir bei einem Drink Gesellschaft geleistet haben – vor allem nach dem ersten, den Sie von mir bekommen haben. Aber ich will Sie nicht länger aufhalten. Vielleicht sehen wir uns beim Frühstück. Halten Sie sich von den dunklen Gäßchen fern...»

Mason sah Newman, der sich zwischen den Tischchen hindurch zum Ausgang schlängelte, nach, bis er die Bar verlassen hatte. Dann stand er ebenfalls auf und schlenderte hinaus, wobei sein Blick rechts und links über die anderen Gäste glitt.

«Wer seid Ihr, Fremder?» erkundigte Nancy sich, als Newman in ihr gemeinsames Hotelzimmer kam. Sie hob eine Hand, als müsse sie ihre Augen vor einem unerträglich hellen Licht schützen. Diese Geste irritierte Newman sehr. Er zog seine Jacke aus und warf sie mit seinem Mantel, den er über dem Arm getragen hatte, aufs Bett.

«Du solltest die Zimmertür abschließen», erklärte er ihr.

«Kaum ist der große Herr wieder da, nörgelt er auch schon wieder an mir herum!»

«Hör zu, Nancy, wir sind hier in einem großen Hotel, in dem viel Betrieb herrscht. Wenn ich dich hier überfallen wollte, würde ich nicht durch die Hotelhalle gehen, wo mich um diese Zeit der Portier aufhalten könnte. Ich würde durchs Café hereinkommen und die wenigen Stufen zum Lift hinaufgehen. Ich mache mir nur Sorgen um deine Sicherheit...»

«Hast du dich gut amüsiert. Deine Jacke stinkt nach Alkohol. Hat sie in der Aufregung ihren Drink verschüttet?»

«In der Bar hat mir ein Mann versehentlich seinen Whisky über die Jacke gegossen und hat mich daraufhin zu einem Drink eingeladen, um sich zu entschuldigen. Du brauchst mir also nicht erst zu erzählen, daß ich eine Fahne habe. Ansonsten habe ich einen verdammt anstrengenden und scheußlichen Abend hinter mir.»

«Du Ärmster!» meinte Nancy sarkastisch. «War's denn wirklich so schlimm?»

«Ein Mann, der mich zuvor beschattet hatte, ein Mann, der schon mehrmals ähnliche Aufträge für mich übernommen hatte, ein netter, hilfloser Mann ist zu Tode gekommen. Er ist über die Begrenzungsmauer der Plattform am Münster gefallen und unten auf dem Dach eines Autos gelandet. Wahrscheinlich hat ihn jemand über die Brüstung gestoßen. Du kannst dir vorstellen, wie er nach einem Sturz aus dreißig Meter Höhe ausgesehen hat...»

«Mein Gott, mußt du das so deutlich beschreiben? Da kommt einem ja das Abendessen hoch!»

«Du hast wenigstens ein Abendessen gekriegt. Ich hab' mit zwei Wurstsemmeln vorlieb nehmen müssen.»

«Zimmerservice!» sagten beide wie aus einem Mund.

Newman dachte unwillkürlich daran, wie Blanche sich danach erkundigt hatte, ob er schon gegessen habe. Er nahm seine Krawatte ab und knöpfte den Kragen auf, ohne den Versuch zu machen, telefonisch einen Imbiß zu bestellen. Er hatte einfach nicht mehr die Energie dazu. Und Nancy dachte nicht daran, es für ihn zu tun.

«Wer ist also heute abend umgekommen?» wollte sie wissen.

«Julius Nagy, der Mann, den du gar nicht bemerkt hast, als er in Genf an unserem Fenster vorbeigegangen ist, während wir im Hotelrestaurant gefrühstückt haben.»

«Ah, jetzt erinnere ich mich wieder!» Nancys Tonfall ließ erkennen, daß der Mann sie nicht sonderlich interessierte.

«Du hast ihn als Treibgut bezeichnet, nicht wahr? Eine gescheiterte Existenz...»

«Aber ich hab's mitfühlend gemeint. Manchmal könnte man fast glauben, du kämst aus New York: Dort werden die Menschen auch einfach in Gewinner und Verlierer eingeteilt. Der arme Kerl ist 1956 aus Ungarn in den Westen geflüchtet und hat sich hier mehr schlecht als recht durchgeschlagen. Er hätte einen besseren Nachruf verdient.»

«Ich hab' Gesellschaft beim Abendessen gehabt», berichtete Nancy, um das Thema zu wechseln. «Ein Landsmann von dir. Sehr höflich und zuvorkommend. Ein ehemaliger Offizier, glaub' ich. Wir haben uns ausgezeichnet unterhalten.»

«Irgendein bärbeißiger alter Colonel über siebzig?» fragte Newman betont gleichmütig.

«Nein! Anfang Dreißig und ausgesprochen gutaussehend. Eine elegante Erscheinung mit einem Bärtchen. Er übertreibt zwar ein bißchen mit seinem Oxford-Akzent, aber ansonsten ist er sehr amüsant.» Sie machte eine Pause. «Um welche Zeit sind wir morgen mit Dr. Novak verabredet?»

«*Wir* sind überhaupt nicht mit ihm verabredet. Ich fahre allein hin. Er packt bestimmt nicht aus, wenn du danebensitzt. Außerdem scheint Thun ein gefährliches Pflaster zu werden. Oder hast du schon vergessen, was auf der Autobahn passiert ist?»

«Nein, natürlich nicht!» brach es aus Nancy hervor. «Gerade darum hättest du versuchen können, heute abend etwas früher zurückzukommen, um mit mir zu essen. Ich habe Gesellschaft gebraucht. Und ich habe sie gehabt!» fügte sie aufgebracht hinzu. «Du bist schließlich nicht der einzige Mann...»

Das Telefon läutete. Newman sah zu Nancy hinüber, die mit den Schultern zuckte. Dabei fiel ihm plötzlich auf, daß sie ein Kleid trug, das er noch nie an ihr gesehen hatte. Das Telefon klingelte nochmals. Newman griff nach dem Hörer und meldete sich mißmutig.

«Ein Herr Seidler möchte Sie sprechen», teilte ihm die Telefonistin mit.

«Newman, wir müssen uns unbedingt morgen abend treffen.

Ich rufe Sie am Spätnachmittag an und nenne Ihnen den Treffpunkt und die Zeit...»

Trotzig. Anmaßend. Hochmütig. Aber sprach aus Seidlers Stimme nicht auch Verzweiflung? Newman klemmte den Hörer zwischen Schulter und Wange, um sich eine Zigarette anzuzünden.

«Newman? Sind Sie noch da?»

«Ja, ich bin noch da», antwortete der Engländer gelassen. «Morgen können wir uns unmöglich treffen.»

«Dann treffen wir uns eben gar nicht! Haben Sie das verstanden? Andere Leute zahlen mir ein Vermögen für die Informationen, die ich besitze...»

«Dann verkaufen Sie sie am besten an diese anderen Leute.»

«Newman, es hat bereits *Tote* gegeben! Das habe ich Ihnen schon einmal erzählt. Ist Ihnen das etwa egal?»

«Hören Sie mir gut zu, Seidler. Wir können uns frühestens in drei Tagen treffen. Das ist mein letztes Angebot. Und ich muß den Treffpunkt im voraus erfahren.»

«Haben Sie ein Auto?»

«Ich könnte mir eines leihen.» Newman hielt sich an die Regel, einem völlig Unbekannten keinerlei Informationen zu geben – und erst recht nicht am Telefon. «Und wenn Sie jetzt nicht bald zur Sache kommen, lege ich auf...»

«Nein, das dürfen Sie nicht. Bitte! Newman, ich rufe Sie morgen um siebzehn Uhr an. Nein, nicht morgen. Um siebzehn Uhr an dem Tag, an dem wir uns treffen. Sie müssen ein Auto haben. Einzelheiten unseres Treffens kann ich nicht am Telefon mit Ihnen besprechen. Das wäre zu gefährlich – für Sie wie für mich.»

«Um siebzehn Uhr an dem Tag, an dem wir uns treffen werden. Gute Nacht!»

Newman legte auf, bevor der Anrufer etwas hinzufügen konnte. Er streifte die Asche von seiner Zigarette, ließ sich in den nächsten Sessel fallen und lächelte Nancy zu, die ihn aufmerksam beobachtete.

«Du hast ihn ziemlich unfreundlich behandelt», stellte sie fest. «In einer derartigen Situation setzt sich immer einer der Beteiligten durch und kann den anderen unter Druck setzen. Bei unserem Treffen bekomme ich erheblich mehr aus ihm heraus, wenn er seine Lage für ausweglos hält. Ich glaube, daß Seidler schon fast so weit ist. Aus irgendeinem Grund bin ich seine letzte Hoffnung – und dabei soll's möglichst auch bleiben!»

«Und morgen hast du in Thun eine Verabredung mit Dr. Novak?»

«Ja. Von diesem Treffen verspreche ich mir sehr viel. Ich habe die Vermutung, daß Novak und Seidler sich in ähnlicher Lage befinden. Beide Männer sind mit den Nerven am Ende und haben vor irgend etwas große Angst. Ich frage mich nur, ob diese Angst die gleiche Ursache hat...»

«Bob, ich muß dir noch etwas erzählen», sagte Nancy. «Aber zuerst mußt du eine Kleinigkeit essen! Ein Omelett? Das liegt nicht so schwer im Magen. Und danach etwas Obst?»

Er nickte zustimmend und rauchte seine Zigarette, während sie den Zimmerservice anrief. Die Stimmung, die anfangs so gereizt gewesen war, hatte sich plötzlich entspannt. Die Unterbrechung durch den Anruf hatte dazu beigetragen, die Spannung, die zwischen ihnen geherrscht hatte, zu lösen. Seidler hatte ihnen also auch noch einen Gefallen getan. Newman wartete geduldig, bis Nancy die Bestellung, zu der auch ein trockener Weißwein und eine Flasche Mineralwasser gehörten, aufgegeben hatte. Dann setzte sie sich ihm gegenüber auf die Bettkante.

«Was tun wir als nächstes, Bob? Ich weiß nicht mehr weiter.»

Für Nancy Kennedy war das ein bemerkenswertes Eingeständnis. Sie wirkte leicht verwirrt, als seien ihr die sich überstürzenden Ereignisse über den Kopf gewachsen. Newman führte das auf ihre amerikanische Herkunft und Erziehung zurück. In Europa war eben vieles anders – und vor allem komplizierter.

«Als erstes treffe ich, wie gesagt, mit Dr. Novak zusammen. Aus ihm muß ich herausbekommen, was wirklich in der Klinik Bern vor sich geht. Deshalb sind wir schließlich hier. Ich muß versuchen, ihn irgendwie unter Druck zu setzen, damit er auspackt. Das ist erst einmal das Wichtigste. Übermorgen treffen wir uns dann mit Seidler und werden erfahren, was er weiß. Ich habe den Eindruck, daß die Mosaiksteinchen sich allmählich zu einem Ganzen zusammenfügen. Sogar ziemlich schnell. Was wolltest du mir übrigens noch erzählen?»

«Als ich in der Klinik mit Jesse gesprochen habe, während du Novak abgelenkt hast, hat er mir erzählt, dort würden irgendwelche Versuche durchgeführt...»

«*Versuche?* Weißt du bestimmt, daß er von Versuchen gesprochen hat?»

«Ganz bestimmt! Er hat allerdings nur Andeutungen gemacht. Ich glaube, daß er gefürchtet hat, Novak könnte hören, was er mir erzählt...» Nancy stand auf, als an die Zimmertür geklopft wurde. «Ah, das müßten die Getränke sein. Dein Omelett kommt sicher auch bald...»

Eine Dreiviertelstunde später lag Newman in dem dunklen Zimmer neben Nancy im Bett. Ihre regelmäßigen Atemzüge bewiesen ihm, daß sie fest schlief. Kein Wunder, sie hatte einen anstrengenden Tag hinter sich. Er selber lag noch lange wach und bemühte sich, eine Verbindung zwischen den verschiedenen Ereignissen herzustellen.

Rätselhaft blieben vor allem die unaufgeklärten Diebstähle, von denen Beck ihm berichtet hatte: der eines Granatwerfers und des Karabiners mit 24 Schuß Munition. Da war die Sache mit dem Räumfahrzeug auf der Autobahn schon leichter zu verstehen...

Dann der Mord – Newman war fest davon überzeugt, daß es sich um Mord handelte – an Julius Nagy. Das Verschwinden Lee Foleys. Hinzu kam, daß Blanche ihm berichtet hatte, daß dieser sich in der Nähe der Klinik Bern aufgehalten hatte, als er selbst mit Nancy bei ihrem Großvater gewesen war. So schien sich eigentlich alles – mit Ausnahme der Ermordung Nagys – im Raum Thun abzuspielen.

Dann noch die Sache mit dem Goldklub, die Beck große Sorgen

zu machen schien. Und Seidlers Anruf in Genf, in dem er auf eine Sendung, die er über eine Ostblockgrenze gebracht haben wollte, anspielte. Was für eine Sendung? Über welche Grenze? Newman kam zu der Überzeugung, daß sich von selbst Zusammenhänge ergeben würden, wenn es nur gelang, die verschiedenen Ereignisse in die richtige Reihenfolge zu bringen.

Er schlief mit einem letzten beunruhigenden Bild vor Augen ein. Nagys drittes Photo: Bruno Kobler, der Geschäftsführer der Klinik Bern – wieder Thun! –, vor der Taubenhalde im Gespräch mit ... Arthur Beck.

17

15. Februar. Lee Foley hatte den größten Teil des Tages in verschiedenen Berner Kinos verbracht und saß auch jetzt wieder in der letzten Reihe eines Kinos.

Nachdem er das Hotel Savoy morgens verlassen hatte, hatte er den Porsche an verschiedenen Stellen der Stadt geparkt. Foley kaufte sich zwischendurch zwei Hamburger und aß sie in einem Kino, in einem anderen schlief er sogar und tauchte erst lange nach Einbruch der Dunkelheit wieder auf der Straße auf.

Diese Methode hatte Foley schon früher gelegentlich benützt, um für einige Zeit von der Bildfläche zu verschwinden, wenn ein Unternehmen eine spannungsreiche Pause erreichte.

Als er aus dem Kino kam, ging er auf Umwegen zu seinem Auto zurück. Erst nachdem er sich davon überzeugt hatte, daß er nicht beschattet wurde, ging er zielstrebig auf den roten Porsche zu. Foley hatte den Zündungsschlüssel bereits in der Hand, so daß es keine halbe Minute dauerte, bis er hinter dem Steuer saß, den Motor anließ und davonfuhr.

Tommy Mason war mit seinem schriftlichen Bericht für Tweed fertig und hatte darin auch Einzelheiten über seine kurzen Zürichbesuche angeführt. Nachdem er so lange an dem kleinen Schreibtisch in seinem Zimmer gesessen hatte, brauchte er unbedingt ein bißchen Bewegung. Mason wußte aus Erfahrung, daß er die besten Einfälle beim Spazierengehen hatte, und beschloß, vor dem Zubettgehen noch etwas frische Luft zu schnappen.

Mason verließ das Hotel Bellevue Palace durch den Hauptausgang. Um diese Zeit waren die große Halle und der anschließende Salon – in dem in einigen Tagen der Empfang anläßlich des Ärztekongresses stattfinden sollte – menschenleer. Der Nachtportier blickte kurz auf, nickte Mason zu und befaßte sich wieder mit der Liste der Gäste, die am nächsten Morgen zu einer bestimmten Zeit geweckt werden wollten.

Der durch Kamelhaarmantel, Wollschal, Pelzmütze und Lammfellhandschuhe gegen die Nachtkälte geschützte Engländer ging in Richtung Aare. Am Abend zuvor hatte er den gleichen Spaziergang gemacht. Mason dachte flüchtig daran, daß er damit gegen den wichtigsten Grundsatz verstieß, keine Routine einreißen zu lassen! Erschwerend kam noch hinzu, daß er das Hotel etwa zur selben Zeit wie gestern verlassen hatte. Mason war so in das Abfassen seines Berichtes vertieft gewesen, daß er gar nicht bemerkt hatte, wie spät es inzwischen war.

Andererseits war dies erst die zweite Nacht, und er mußte sich unbedingt etwas Bewegung verschaffen, sonst konnte er nachher nicht schlafen. Sein Verstand war noch hellwach. Mason war ziemlich sicher, demnächst befördert zu werden. Er schloß das vor allem aus der Tatsache, daß Tweed ihn aus Wien abgezogen und vorläufig hier in Bern stationiert hatte.

In der Aarestraße pfiff ihm der Wind entgegen. Mason schritt in Richtung Dalmazibrücke aus, um nachher über die Kirchenfeldbrücke an das andere Ufer der Aare zu gelangen und in sein Hotel zurückzukehren. Obwohl er in Gedanken bei seinem Bericht für Tweed und seiner bevorstehenden Beförderung war, achtete er automatisch auf seine nähere Umgebung. Kein Verkehr. Keine anderen Fußgänger. Mason vergrub die Hände in den Manteltaschen und marschierte weiter.

Als er die Dalmazibrücke erreichte, hatte Mason erst recht den Eindruck, als schliefe die ganze Stadt bereits. Die Schweizer begannen ihren Tag früh und blieben deshalb nur selten lange auf. Mason sah unter sich die schwarzen Fluten der Aare dem eigenartig kanalisierten Flußabschnitt unterhalb des Münsters entgegenströmen, wo sie sich durch einige Schleusen ergießt, um dann auf niedrigerem Niveau ihre Schleife um die mittelalterliche Innenstadt zu machen. Mason hörte ein Auto herankommen. Der Wagen bremste und hielt. Mason drehte sich nach ihm um.

In diesem Augenblick blendete der Fahrer auf und Mason hielt sich fluchend die Hand vors Gesicht. Dieser verdammte Schwachkopf! Der Fahrer hatte anscheinend nur den falschen Hebel erwischt, denn er blendete wieder ab, blinkte nach links und schien auf der Brücke wenden zu wollen. Dann überlegte er sich die Sache erneut und parkte mit Standlicht.

Mason wollte kopfschüttelnd weitergehen. Doch in dem Moment, in dem er sich abwandte, traf der bleischwere Spazierstock – eine höchst ungewöhnliche Waffe – krachend seinen Hinterkopf. Mason sackte auf dem Gehsteig zusammen, wurde von starken Armen hochgerissen und mit den Füßen voran übers Brückengeländer gestoßen.

Der Bewußtlose schlug mit dumpfem Aufprall auf der Wasserfläche auf. Sekunden später heulte ein Motor auf, und der Wagen, der auf der Brückenzufahrt geparkt hatte, fuhr wieder. In dieser kurzen Zeit war Mason bereits bis vor die Kirchenfeldbrücke geschwemmt worden. Unter ihrem hohen Bogen wurde der Tote plötzlich durch die immer stärker und schneller werdende Strömung nach rechts fortgerissen. Die Leiche des Engländers geriet in einen schäumenden Strudel, wurde mit brutaler Gewalt gegen eine Schleuse geworfen und blieb hängen. Durch die gewaltige Strömung wurde sie immer wieder gegen das Schleusentor geworfen, das als unnachgiebiges Hindernis wie ein Vorschlaghammer wirkte. Bernard «Tommy» Mason würde seine ersehnte Beförderung nicht mehr erleben!

Gisela, Arthur Becks Sekretärin, sah von ihrem Schreibtisch auf, als ihr Chef hereinkam, seinen Mantel auszog und an den Garderobenständer hängte. Er setzte sich hinter seinen eigenen Schreibtisch, sperrte eine Schublade auf und nahm die Akte Julius Nagy heraus.
«Es ist schon schrecklich spät», stellte Gisela vorwurfsvoll fest. «Ich dachte, du seist nach Hause gefahren. Wo bist du gewesen?»
«Ich bin kreuz und quer durch die Stadt gelaufen und habe versucht, irgendeinen Zusammenhang zwischen scheinbar unzusammenhängenden Ereignissen herzustellen. Ein gestohlener Granatwerfer, ein entwendetes Gewehr mit Munition, das Verschwinden Lee Foleys. Er ist vermutlich noch nicht wieder aufgetaucht, was?»
«Bisher noch nicht. Möchtest du eine Tasse Kaffee?»
«Ja, gern. Und dann solltest du selbst nach Hause fahren! Es ist wirklich schon sehr spät...»
Nachdem sie den Raum verlassen hatte, schob Beck die Akte Nagy beiseite. Er starrte ins Leere, während die Finger seiner rechten Hand einen Marsch auf der Schreibtischplatte trommelten.

Am Steuer des Porsches achtete Lee Foley sorgfältig darauf, die zulässige Höchstgeschwindigkeit nicht zu überschreiten, obwohl er die Autobahn von Bern nach Thun um diese Zeit praktisch für sich allein hatte. Er hatte seine englische Aufmachung wieder abgelegt und trug zu Jeans und einer warm gefütterten Nylonjacke eine dunkelblaue Schirmmütze.
Foley würde die Nacht in einem kleinen Gasthof außerhalb von Thun verbringen. Bis die dortige Polizei den Meldezettel erhielt – morgens oder vielleicht erst 24 Stunden später, weil er so spät ankam –, wollte er Thun längst hinter sich gelassen haben.

210

Nach dem Aufstehen würde er von einer Telefonzelle aus zur vereinbarten Zeit anrufen. Nach Foleys Überzeugung konnte dies der erste entscheidende Tag sein. Und er würde sehr bald wieder auftauchen, sich wieder zeigen können. Alles hing davon ab, daß er den richtigen Zeitpunkt wählte, und darauf verstand sich Foley; er hatte die richtigen Verbindungen geknüpft.

Foleys Profil hätte aus Stein gehauen sein können, als er über die nachtdunkle Autobahn fuhr. Insgesamt war dies ein merkwürdiger Tag gewesen. Er zwang sich dazu, nicht mehr daran zu denken. Aus seiner Sicht zählte stets nur der nächste Tag – und der nächste Schritt.

In Basel marschierte Seidler lange nach Mitternacht noch immer im Wohnzimmer auf und ab. Auf dem Sofa unterdrückte Erika Stahel ein Gähnen. Sie entschloß sich zu einem weiteren Überredungsversuch.

«Komm, wir gehen ins Bett, Manfred. Ich hab' den ganzen Tag gearbeitet und ...»

«Dieser Schweinehund Newman!» stieß Seidler hervor. «Er läßt mich wie ein Fisch an der Angel zappeln. Das brauche ich mir nicht bieten zu lassen! Wenn er wüßte, was ich in diesem Koffer habe, hätte er sofort Zeit für mich gehabt, als ich ihn in Genf angerufen habe!»

«In dem *abgesperrten* Koffer. Warum zeigst du mir nicht, was du darin hast?»

«Nur ein Muster, ein Warenmuster ...»

«Ein Muster wofür?»

«Für etwas Schreckliches. Am besten weißt du gar nichts davon. Und es ist der Schlüssel zu *Terminal*. Es ist ein Vermögen wert!» brach es aus ihm hervor. «Aber ich weiß genau, daß ich's Newman für ein Almosen überlassen werde – wenn ich bis dahin nicht schon tot bin. Für ein Almosen», wiederholte er, «nur um mir seinen Schutz zu sichern ...»

«Ich habe in deinem Auftrag ein Vermögen im Schließfach deponiert», erinnerte sie ihn. «Geld brauchst du keines mehr.

Du machst mir Angst, wenn du von etwas Schrecklichem in deinem Koffer sprichst. Worauf hast du dich nur eingelassen?»

«Die Sache ist bald überstanden. Newman hat mir versprochen, sich mit mir zu treffen. Wir müssen an einem ganz einsamen Ort zusammenkommen. Aber ich weiß schon einen geeigneten Treffpunkt, glaub' ich...»

Erika spürte, daß er möglicherweise noch stundenlang so weitermachen würde. Er war nervös, überdreht, vielleicht sogar einem Nervenzusammenbruch nahe. Sie stand auf, verschwand im Bad und kam mit einem Glas Wasser und einem Tablettenröhrchen zurück.

«Heute bekommst du eine Schlaftablette, denn du mußt ausgeruht sein, wenn du dich mit Newman triffst – und klar im Kopf. Und jetzt gehen wir ins Bett, um zu *schlafen*...»

Eine halbe Stunde später lag Seidler leise schnarchend in tiefem Schlaf neben Erika. Sie starrte den Lichtreflex der blinkenden Leuchtreklame am Haus gegenüber an, der sich trotz zugezogener Vorhänge an der Decke abzeichnete. *Schrecklich*. Großer Gott, was konnte der Koffer nur enthalten?

Die gleiche Unruhe, die gleiche übellaunige Reizbarkeit, die in Basel herrschte, machte sich an diesem Tag auch in Bern unangenehm bemerkbar. Gisela hatte sie an ihrem Chef Arthur Beck wahrgenommen, und auch Newman und Nancy waren gereizt und versuchten, einander nicht auf die Nerven zu fallen. Vor dem Zubettgehen machte Newman noch einen langen Spaziergang.

Bei seiner Rückkehr klopfte er an die Zimmertür und hörte, wie Nancy sie von innen aufsperrte. Sie trug ihren Bademantel. Als Newman seinen Mantel auszog und aufs Bett warf, fiel ihm auf, daß auf dem Couchtisch zwischen den Sesseln ein Tablett mit einer vollen Kaffeekanne, zwei Tassen, Zucker und Sahne stand.

«Ich hab' gebadet», sagte Nancy, während sie sich eine Zigarette anzündete. «Hat der Spaziergang Spaß gemacht? Du bist eine Ewigkeit unterwegs gewesen...»

«Nicht besonders. Wie war das Bad?»

«Auch nicht besonders.» Sie schüttelte den Kopf. «Was ist eigentlich los mit uns, Bob?»

«Ich sehe zwei Gründe. Der Portier hat mir einen davon erklärt: Heute herrscht Föhn. Davon wird man müde und nervös. Ja, ich weiß – man spürt gar keinen Wind, aber er macht die Menschen trotzdem verrückt. Und die Selbstmordquote steigt...»

«Entzückend! Und der zweite Grund?»

«Ich spüre, daß diese Sache mit der Klinik Bern sich einer Krise, einem Höhepunkt nähert. Das macht uns erst recht nervös.»

Der neutrale Dienstwagen mit zwei Zivilbeamten der Bundespolizei fuhr langsam die Aaraustraße in Richtung Kirchenfeldbrücke entlang. Der Fluß strömte links von den beiden jenseits der Straße talabwärts. Leupin saß am Steuer; Sautter hatte auf dem Beifahrersitz Platz genommen. Sie waren die beiden Beamten, die Beck zum Hauptbahnhof entsandt hatte, um sie nach Lee Foley Ausschau halten zu lassen. Plötzlich bemerkte Sautter etwas Ungewöhnliches an einer der Schleusen.

«Langsam, Jean!» sagte er. «Dort drüben an der Schleuse hängt was!»

«Ich sehe nichts», antwortete Leupin, aber er bremste und hielt auf der Brücke.

«Gib mir das Nachtglas...»

Leupin wartete geduldig, obwohl er von der ins Auto strömenden kalten Luft eine Gänsehaut bekam, während sein Kollege aus dem heruntergekurbelten Fenster spähte. Dann ließ Sautter das Fernglas sinken und nickte ihm ernst zu.

«Komm, wir fahren auf die andere Seite, wo der Steg über die Schleusen beginnt», forderte er Leupin auf.

Während die beiden Kriminalbeamten die Aare überquerten, wurde Masons Leiche, deren Kopf bereits über ein Dutzend Verletzungen aufwies, immer wieder gegen die Schleuse geworfen.

18

16. Februar. Das Hauptquartier des Schweizer Militärischen Nachrichtendienstes in Bern befindet sich in dem großen quadratischen Gebäude – dem Bundeshaus Ost –, das man vor sich hat, wenn man das Hotel Bellevue Palace verläßt und sich nach links wendet.

Newman betrat die große Eingangshalle hinter den Glastüren, blieb am Empfang stehen und legte seinen Reisepaß auf die Theke. Während sein Ausweis geprüft wurde, sprach er rasch und selbstbewußt.

«Bitte teilen Sie Hauptmann Lachenal mit, daß ich ihn sprechen möchte. Er kennt mich gut. Ich habe leider nicht allzuviel Zeit...»

«Sie werden erwartet, Herr Newman. Mein Kollege bringt Sie zu Hauptmann Lachenal hinauf.»

Newman ließ sich seine Verblüffung nicht anmerken. Er folgte dem Pförtner die breite Marmortreppe in den ersten Stock hinauf. Lachenal hatte sein Büro noch immer auf der Rückseite des Gebäudes mit Blick über die Aare und den jenseits des Flusses aufragenden Bantiger Hubel.

«Willkommen in Bern, Bob!» begrüßte Lachenal ihn auf Französisch. «Sie kommen zu einem interessanten Zeitpunkt, der uns bestimmt die Ehre Ihres Besuches verschafft.»

Lachenal war Mitte Dreißig: das schwarze Haar des schlanken Mannes war zurückgekämmt, wodurch seine imponierende Stirn betont wurde. Er trat hinter seinem Schreibtisch hervor, um dem Besucher die Hand zu schütteln. Mit seiner langen Nase, seiner befehlsgewohnten Art, seiner Größe und seiner

Zurückhaltung erinnerte er Newman an Charles de Gaulle. Der intellektuelle Schweizer war einer der besten Kenner der sowjetischen Roten Armee im Westen.

«Sie haben mich erwartet», stellte Newman fest. «Weshalb, René?»

«Immer noch derselbe alte Bob, der stets geradewegs zur Sache kommt! Nehmen Sie Platz, mein Freund, damit wir in Ruhe miteinander reden können. Ich habe natürlich erfahren, daß Sie in Bern sind und im Bellevue Palace wohnen. War's da nicht ganz natürlich, einen Besuch von Ihnen zu erwarten? Ist Ihre Frage damit beantwortet?»

«Nein. Ich bin mit meiner Verlobten hier, deren Großvater in der Klinik Bern liegt. Weshalb sollte mich das zu einem Besuch bei Ihnen veranlassen?»

«Ah, die Klinik Bern...»

Newman, der in dem Sessel vor Lachenals Schreibtisch saß, betrachtete sein Gegenüber. Der Schweizer trug diesmal Zivil: einen eleganten blauen Nadelstreifenanzug mit blaugestreiftem Hemd und einfarbig blauer Krawatte. Newmans Blick fiel auf die hinter der Tür auf einem Kleiderbügel hängende Uniform mit den Dienstgradabzeichen eines Hauptmanns.

Aber Newmans Interesse galt weniger den Schulterstücken, als vielmehr den Hosen mit den breiten schwarzen Streifen. Lachenal war also kein einfacher Hauptmann mehr, sondern zum Generalstabsoffizier aufgestiegen. Der andere hatte den Blick des Engländers beobachtet.

«Seitdem wir uns zuletzt gesehen haben, hat's eine kleine Beförderung gegeben...»

«Und wem unterstehen Sie jetzt?» wollte Newman wissen.

«Wieder eine direkte Frage! Nach wie vor dem UNA-Chef, der ein Ihnen bekannter General ist. Ich habe jederzeit Zugang zu ihm.»

«Arbeiten Sie im Augenblick an einem speziellen Projekt?»

«Sie erwarten doch wohl nicht im Ernst, daß ich Geheiminformationen ausplaudere?» lautete die Gegenfrage des Schweizers.

«Weshalb bin ich zu einem interessanten Zeitpunkt gekommen?»

«Oh, das ist ganz einfach...» Lachenal breitete die schlanken Hände aus. «Im Augenblick finden bestimmte Manöver statt.»

«Irgendwo finden immer Manöver statt», wehrte Newman ab. «Und weshalb haben Sie aufgehorcht, als ich die Klinik Bern erwähnt habe? Wird sie übrigens von Schweizer Militär bewacht, René?»

Lachenal schüttelte vorwurfsvoll den Kopf. «Sie wissen genau, daß ich weder dementieren noch bestätigen kann, welche Schweizer Einrichtungen unter militärischem Schutz stehen. Was für eine Frage, Bob!»

«Eine verdammt gute Frage», stellte Newman aggressiv fest. «Schließlich habe ich auf dem Klinikgebäude einen Mann in Armeeuniform gesehen...»

Er beobachtete Lachenal scharf, weil er auf eine verräterische Reaktion hoffte. Aber der Nachrichtendienstoffizier ließ sich nicht anmerken, was er dachte. Lediglich eine uncharakteristische Geste ließ auf unterdrückte Erregung schließen: Der Schweizer nahm eine Zigarette aus der Packung auf seinem Schreibtisch, zündete sie sich an und merkte erst dann, daß er unhöflich gewesen war.

«Entschuldigung!» Er bot Newman die Packung an und gab ihm Feuer. «Können wir für ein paar Minuten das Thema wechseln?» schlug Lachenal vor. Er saß jetzt aufrecht in seinem Drehsessel. «Wie Sie wissen, verfolgt die Schweiz das Prinzip einer bewaffneten Neutralität. Alle als tauglich gemusterten Männer müssen bis zum fünfundvierzigsten Lebensjahr jedes Jahr zu Übungen einrücken. Sollte ein Angriff aus dem Osten kommen, sind wir verteidigungsbereit. Der massierte Hubschraubereinsatz des Gegners macht uns noch Sorgen, aber auch dieses Problem wird vielleicht bald gelöst sein. Wir sind dabei, neuentwickelte Flugabwehrraketen am Berninapaß zu erproben – unter härtesten Einsatzbedingungen im Winter, Bob.»

Newman wußte nicht recht, was er davon halten sollte. Anfangs hatte er geglaubt, Lachenal wolle geschickt das Thema wechseln, um von der Klinik Bern abzulenken. Jetzt spürte er, daß der Generalstabsoffizier ihm etwas ganz anderes erzählte, das er nicht offen aussprechen, sondern nur andeuten durfte.

«Ja, ich kenne die Schweizer Einstellung», bestätigte Newman. «Und ich habe mir schon oft gewünscht, das englische Verteidigungsministerium würde eine Kommission hierher entsenden, um prüfen zu lassen, welche Ihrer Methoden wir für uns übernehmen könnten...»

«Bitte!» Lachenal hob seine schlanke Hand. «Lassen Sie mich ausreden, damit Sie einen Überblick bekommen. Danach können Sie Fragen stellen.» Er zog an seiner Zigarette, bevor er weitersprach. «Was wir hier diskutieren, ist streng vertraulich – und auf keinen Fall zur Veröffentlichung bestimmt. Sehen Sie, bei uns gibt es zwei miteinander konkurrierende Militärrichtungen, sozusagen zwei Philosophien. Die Anhänger der einen bilden – vorerst noch – die Mehrheit der aktiven Schweizer Offiziere. Sie vertreten die Ansicht, wir sollten bei unserer orthodoxen Verteidigungsstrategie bleiben. Aber es gibt auch eine zweite Richtung, die hauptsächlich von Reserveoffizieren vertreten wird. Wie die Berufsoffiziere gehen sie von der Notwendigkeit einer Rundumverteidigung aus.»

Lachenal machte eine Pause, um seine Zigarette auszudrücken und sich sofort wieder eine neue anzuzünden. Newman hatte den Eindruck, diese Kunstpause habe lediglich den Zweck, die Aussage des letzten Satzes zu unterstreichen, als sei dies der Schlüssel zu seinen Ausführungen.

«Im Gegensatz zu den Berufsoffizieren», fuhr der Schweizer fort, «vertritt diese Gruppierung, die übrigens sehr einflußreich ist, eine erheblich härtere Linie. Wir sind natürlich nur ein kleines Land, aber wir sind entschlossen, die wenigen Millionen zu schützen, aus denen unsere Bevölkerung besteht. Die zweite Gruppierung nimmt die Rundumverteidigung sehr, sehr ernst.

Deshalb habe ich gesagt, Sie seien zu einem höchst interessanten Zeitpunkt gekommen.»

«Und bei diesen Reserveoffizieren geben Bankiers den Ton an, nicht wahr?» erkundigte Newman sich.

Lachenal erstarrte förmlich. Sein Gesichtsausdruck hatte sich zwar kaum verändert, aber verräterisch war seine betont ausdruckslose Miene. Er lehnte sich in seinen Sessel zurück und sprach, ohne die Zigarette aus dem Mundwinkel zu nehmen.

«Wie kommen Sie darauf?»

«Ich hab' auch meine Quellen. Innerhalb und *außerhalb* der Schweiz.»

Newman betonte dieses Wort, um Lachenal irrezuführen. Das konnte wichtig sein, wenn es darauf ankam, Arthur Beck zu schützen. Hierzulande ging offenbar etwas sehr Merkwürdiges vor.

«Ich kann mir nicht vorstellen, weshalb Sie das sagen», behauptete Lachenal schließlich.

«Ist das wirklich so schwierig?» Newman hatte sofort eine Antwort parat. «Sie haben selbst davon gesprochen, daß diese Gruppierung sehr einflußreich ist. Einfluß bedeutet Macht, Macht bedeutet Geld, Geld bedeutet Bankiers.»

«Theorien sind abstrakt, und Abstraktionen sind irreführend», wehrte Lachenal brüsk ab.

Newman stand auf und zog seinen Mantel an, um zu gehen. Er hatte diesen Augenblick bewußt gewählt. Lachenal war ein tatkräftiger, sehr fähiger Mann, aber zugleich auch sensibel. Der Schweizer war zuletzt fast grob gewesen, und Newman wußte, daß er seine Unfreundlichkeit bedauern würde. Lachenal stand ebenfalls auf und begleitete seinen Besucher zur Tür.

«Sie müssen berücksichtigen, Bob, daß keiner von uns Ihnen abnimmt, daß Sie hier wirklich nur Urlaub machen. Sie arbeiten bestimmt an einer Story...»

«Ich bin aus dem Grund, den ich Ihnen genannt habe, mit meiner Verlobten hier», antwortete der Engländer kalt. «Das können Sie nachprüfen lassen, falls Sie mir nicht glauben.»

218

«Ich schlage vor, daß wir uns statt dessen einmal zum Abendessen treffen. Ich freue mich aufrichtig, Sie wiederzusehen, Bob. Aber Sie müssen zugeben, daß der von Ihnen genannte Grund für Ihren Schweizer Besuch eine hervorragende Tarnung für Recherchen wäre...»

Newman blieb mit der Hand auf der Türklinke stehen und sah zu Lachenal auf. Der Schweizer war einer der cleversten, mit erstaunlicher Intuition begabten Menschen, die er kannte. Er griff nach der ausgestreckten Hand Lachenals und schüttelte sie.

«Ich nehme Ihre Einladung mit Dank an. Wir telefonieren miteinander, um einen Abend festzulegen, ja? Weiterhin alles Gute, René.»

Rundumverteidigung. Während Newman die Marmortreppe hinunterging und das Bundeshaus Ost verließ, war er mehr denn je davon überzeugt, daß dieser Ausdruck das Schlüsselwort gewesen war. Und er hatte gespürt, daß Lachenal sich um irgend etwas große Sorgen machte. Newman hatte den starken Verdacht, der Lösung des Rätsels einen entscheidenden Schritt näher zu sein, wenn er den Grund für diese Sorgen herausfand. Nancy kam ihm entgegengelaufen, als er das Bellevue Palace durch die Drehtür betrat. Sie hatte in der Hotelhalle gesessen und den Eingang beobachtet. Jetzt hängte sie sich bei Newman ein und führte ihn rasch zu der Sitzgruppe, wo sie ungestört miteinander reden konnten.

«Jetzt haben wir die Schweizer Armee auf dem Hals», erklärte er ihr. «Mir gefällt diese Entwicklung ganz und gar nicht...»

«Ich soll dir etwas ausrichten – aber wovon redest du überhaupt? Mit wem bist zu zusammengekommen?»

«Mit einem hohen Schweizer Offizier, einem alten Freund. Wir haben uns in einem Café getroffen. Seinen Namen möchte ich lieber nicht nennen. Ich glaube, daß er versucht hat, mich vor der Klinik Bern zu warnen.»

«Wenn ihr wirklich alte Freunde seid, müßte er wissen, daß solche Warnungen bei dir nur das Gegenteil bewirken!»

«Ja, das habe ich mir auch überlegt. Merkwürdig, was? Aber was sollst du mir ausrichten?»

«Ein Mann namens Beck hat angerufen. Er läßt dich bitten, sofort zu ihm zu kommen. Die Sache scheint sehr dringend zu sein.»

19

«Kennen Sie diesen Toten, Newman?»

Beck wirkte wieder feindselig. Er stand steif und unnahbar neben dem Engländer. Seine Stimme klang kalt, ausdruckslos – seine dienstliche Stimme. Im Kühlraum des Leichenhauses standen drei Personen. Der Fußboden und die Wände waren weiß gekachelt. In hellem Neonlicht wirkte der Raum so gemütlich wie ein Bahnhofklo – ein makellos sauberes Bahnhofklo.

Die dritte Anwesende war Dr. Anna Kleist, die Pathologin der Bundespolizei. Die Ärztin, eine große, attraktive Schwarzhaarige Ende Dreißig in einem weißen Kittel, betrachtete Newman interessiert und mitfühlend. Er war ihr offenbar auf den ersten Blick sympathisch gewesen, was durchaus auf Gegenseitigkeit beruhte.

Newman blickte auf den Toten in dem großen Metallschubfach herab, das die Pathologin herausgezogen hatte, damit er die Leiche sehen konnte. Das weiße Laken war zurückgeschlagen, so daß Kopf und Schultern sichtbar waren. Das Gesicht des Toten war erschreckend entstellt, aber noch erkennbar – vor allem wegen des Schnurrbärtchens. Newman fühlte Zorn in sich aufsteigen. Er wandte sich an Beck.

«Bin ich der erste, den Sie zur Identifizierung hierher gebracht haben?»

«Ja.»

«Hören Sie, Beck, das widert mich allmählich an! Warum immer ich? Jetzt führen Sie mir zum zweitenmal eine gräßlich entstellte Leiche vor...»

«Beantworten Sie einfach meine Frage. Kennen Sie diesen Toten?»

«Er hat sich mir als Tommy Mason vorgestellt. In der Marktforschung tätig. Irgendwas mit Kliniken – mit Schweizer Privatkliniken...»

«Sie haben ihn also näher gekannt? Hat er vielleicht sogar für Sie gearbeitet?»

«Lassen Sie doch den Unsinn, Beck! Sie haben mich hierher geschleppt, ohne auch nur anzudeuten, was mich erwartet. Ich habe Ihre Frage beantwortet. Falls Sie weitere Fragen stellen wollen, schlage ich vor, daß wir in die Taubenhalde zurückfahren.»

«Gut, wie Sie wollen!»

Beck wandte sich ab, um zu gehen, aber Newman zögerte noch. Dr. Kleist hatte das Schubfach aus rostfreiem Stahl rücksichtsvoll wieder geschlossen. Am Griff hing ein Schildchen mit einer Nummer. Tommy Mason war kein Mensch mehr, bloß noch eine Nummer.

«Können Sie schon sagen, woran er gestorben ist?» fragte Newman die Pathologin. «Oder ist es dazu noch zu früh?»

«Er ist in der Aare treibend...»

«Anna!» unterbrach Beck sie warnend. «Keine Informationen an Außenstehende!»

«Und warum nicht, Arthur?» Sie nahm ihre leicht getönte Brille ab, und Newman sah, daß sie große, hellblaue Augen hatte, die jetzt kampflustig blitzten. «Mr. Newman hat deine Frage beantwortet. Hier habe ich zu bestimmen, falls du das vergessen haben solltest, und ich habe die Absicht, seine Frage zu beantworten.»

«Unabhängig wie der Teufel!» knurrte Beck.

«Genau deshalb hast du dafür gesorgt, daß ich diesen Posten bekomme.» Dr. Kleist wandte sich an Newman. «Der Tote ist aus der Aare gefischt worden. Seine Verletzungen sind hauptsächlich dadurch entstanden, daß er sich an einer der Schleusen unterhalb des Münsters verfangen hatte.»

«Danke, Frau Doktor», sagte Newman.

Beck gegenüber schwieg er sich auf der Rückfahrt zur Taubenhalde aus. Im Dienstgebäude der Bundespolizei verlief alles nach dem vertrauten Schema: die Fahrt mit dem Aufzug, nach der Beck seinen Schlüssel benützen mußte, damit die Kabinentür sich für sie öffnete. Im Korridor zeigte Newman auf die Stechuhr an der Wand.

«Müssen Sie noch immer morgens und abends Ihre Karte stempeln?» fragte er ungläubig. «Ein Beamter Ihres Ranges?»

«Jedesmal. Die Vorschrift gilt für alle. Ich bin keineswegs davon ausgenommen...»

Beck wirkte noch immer steif und unnahbar, aber sobald sie in seinem Dienstzimmer saßen, bat er Gisela, ihnen Kaffee zu kochen und sie dann alleinzulassen. Newman, der in Gedanken noch immer bei seinem Gespräch mit Hauptmann Lachenal war, bemühte sich, nicht mehr an diese Unterhaltung zu denken. Er mußte sich auf die neueste Entwicklung konzentrieren. Beck stand mit auf dem Rücken zusammengelegten Händen am Fenster und starrte schweigend hinaus, bis Gisela den Kaffee hereinbrachte und dann den Raum verließ.

«Tut mir leid, Bob», sagte Beck, ging müde um den Schreibtisch herum und ließ sich in seinen Dienstsessel fallen, bevor er den Kaffee einschenkte. «Aber das ist schon der zweite Tote, der sich direkt mit Ihnen in Verbindung bringen läßt. Zuerst Julius Nagy...»

«Sie haben gesagt, in seinem Fall habe Pauli einen anonymen Anruf erhalten», warf Newman ein.

«Richtig – und diesmal hat Gisela einen anonymen Anruf bekommen. Von einem Mann, der nur gebrochen Deutsch gesprochen hat – oder vorgegeben hat, ein Ausländer zu sein. Dieser Anrufer hat behauptet, Sie seien gestern abend mit Bernard Mason gesehen worden.»

«*Bernard* Mason?»

«Ganz recht. Mir ist im Leichenhaus aufgefallen, daß Sie ihn Tommy genannt haben. Als er aus der Aare gefischt worden ist, fand man seinen Reisepaß, der noch nicht völlig durchnäßt war, weil er in einer Schutzhülle steckte. Er heißt... er hieß Bernard Mason. Wie und wo haben Sie ihn kennengelernt, Bob?»

«In der Bar im Bellevue Palace. Ich wollte mir am Abend noch rasch einen Drink genehmigen. Mason stand an der Bar, und als er sich plötzlich drehte, ist er mit mir zusammengestoßen und hat mir versehentlich seinen Whisky auf die Jacke gekippt. Um sich dafür zu entschuldigen, hat er mich zu einem Scotch eingeladen. Wir haben uns ein paar Minuten unterhalten. Daher hatte ich die Informationen, die ich Ihnen im Leichenhaus gegeben habe. Eine bloße Zufallsbekanntschaft...»

«Vielleicht nicht unbedingt!»

«Wie meinen Sie das?»

«Könnte es nicht sein, daß er Ihnen den Whisky absichtlich auf die Jacke gekippt hat, um diese Zufallsbekanntschaft herbeizuführen? Zufälle machen mir immer Sorgen.»

«Wie hätte er das machen sollen?» erkundigte sich Newman. «Ich hab' mich ganz impulsiv entschlossen, noch auf einen Sprung in die Bar zu gehen. Haben Sie sonst noch Fragen?»

«Ich tue nur meine Pflicht, Bob. Und ich stehe unter starkem Beschuß aus der englischen Botschaft. Ein gewisser Wylie hat sich schon mehrmals nach dem Stand der Ermittlungen erkundigt. Mason war Engländer und offenbar ein einflußreicher Geschäftsmann. Dieser Wylie verlangt vor allem Auskunft darüber, wie Mason zu Tode gekommen ist...»

«Wie denn?»

«Ich glaube, daß er ermordet worden ist. Ich habe bei der Botschaft angerufen, um nähere Auskünfte über ihn einzuholen. Wylie hat mir eine Menge Fragen gestellt – und dann verlangt, daß der Fall unter keinen Umständen an die große Glocke gehängt wird. Nun frage ich mich natürlich, wer Mason in

Wirklichkeit gewesen sein mag. Und ob's Ihnen gefällt oder nicht: Damit sind schon zwei Männer unter rätselhaften Umständen zu Tode gekommen – beide kaum einen Kilometer vom Bellevue Palace entfernt, beide mit – allerdings sehr losen – Verbindungen zu Ihnen.»

Newman trank seinen Kaffee aus und stand auf. Beck beobachtete ihn, als er in seinen Mantel schlüpfte und ihn zuknöpfte. Danach erhob sich der Schweizer ebenfalls.

«Sie haben mich noch nicht gefragt, warum ich glaube, daß dieser Mason ermordet worden ist.»

«Ich möchte Sie nicht dazu verleiten, Dienstgeheimnisse zu verraten.»

«Er ist die Nummer zwei gewesen. Nagy ist am Fuß der Plattformmauer aufgeprallt, die den Schleusen gegenüberliegt, an denen Mason aus der Aare gefischt worden ist. Glauben Sie, daß Ihr Landsmann ausgerutscht und in den Fluß gefallen ist? Zwei geschickt arrangierte ‹Unfälle›.» Beck machte eine Pause. «Haben Sie Ihr Hotel gestern am späten Abend noch einmal verlassen?»

«Allerdings! Ich konnte nicht einschlafen und hab' deshalb einen Spaziergang gemacht. Leider habe ich dafür keinen Augenzeugen. Darf ich jetzt gehen?»

«Gisela, was gibt's?» fragte Beck seine Sekretärin, die in der Verbindungstür zwischen ihren Büros erschien.

«Er ist am Apparat. Willst du von mir aus telefonieren?»

Newman wartete, während Beck nach nebenan verschwand. Er konnte sich denken, daß mit *er* Becks Vorgesetzter, der Chef der Bundespolizei, gemeint war. Gisela wollte ihm Kaffee nachschenken, aber Newman lehnte dankend ab und stellte ihr statt dessen eine Frage.

«Wie ich gehört habe», begann er halblaut, «haben Sie den geheimnisvollen Anruf entgegengenommen, in dem behauptet worden ist, es gebe eine Verbindung zwischen mir und Mason, dem aus dem Fluß gefischten Toten. Stimmt es, daß der Anrufer nur gebrochen Deutsch gesprochen hat?»

«Ja, ich war gerade hereingekommen. Ich bin ans Telefon gelaufen, weil ich damit gerechnet habe, daß es im nächsten Augenblick zu klingeln aufhören würde. Die Stimme hat dumpf geklungen, als habe der Mann ein Taschentuch über die Sprechmuschel gelegt. Ich habe ihn das Gesagte wiederholen lassen, aber dann hat er auch schon eingehängt. Dabei fällt mir übrigens etwas ein: Ich glaube, daß er mit ganz schwachem amerikanischem Akzent gesprochen hat.»

«Das würde ich Beck erzählen», schlug Newman vor. «War Ihr Chef denn schon da, als der Anruf gekommen ist?»

«Nein. Er ist erst eine Viertelstunde später aufgekreuzt.»

«Danke. Vergessen Sie nicht, ihm von dem amerikanischen Akzent zu erzählen. Und richten Sie ihm von mir aus, daß ich leider gehen mußte...»

Lee Foley summte Glenn Millers *In the Mood*, während er mit dem Porsche auf der Rückfahrt nach Bern war. Er hatte die Nacht in einem Gasthof verbracht, in Thun gefrühstückt und wie vereinbart in Bern angerufen. Jetzt war er dabei, seine Tarnung aufzugeben.

Trotz seiner manchmal fast unglaublichen Geduld fand er es höchst anregend, endlich in Aktion treten zu dürfen. Er verfügte über die wichtigsten Informationen, die er brauchte, besaß die notwendige Ausrüstung und glaubte, endlich zu wissen, was gespielt wurde. Jetzt wurde es Zeit, für etwas Aufregung zu sorgen, ein bißchen Leben in die Bude zu bringen. Er trat das Gaspedal durch und ließ den roten Porsche vorwärtsschießen.

«Wer hat angerufen?» fragte Newman, als er ins Zimmer kam. «Und du hast schon wieder nicht abgesperrt...»

«Falsch verbunden.» Nancy legte den Hörer auf. Sie kam mit besorgter Miene auf Newman zu. «Laß doch die dumme Zimmertür – ich hab' mir solche Sorgen um dich gemacht! Was hat die Polizei von dir gewollt?»

«Schenk mir eine Tasse Kaffee ein. Setz dich hin. Und *hör mir zu!*»

«Irgendwas ist nicht in Ordnung, das merke ich», sagte Nancy, während sie ihm seine Tasse gab. Sie nahm ihm gegenüber in einem Sessel Platz und schlug die Beine übereinander.

«Alles ist nicht in Ordnung», erkärte er ihr. «Du darfst unter keinen Umständen den Wagen nehmen und allein in die Klinik Bern fahren...»

«Doch, das tue ich, wenn's mir Spaß macht! Ich wollte Jesse heute besuchen. Du mußt heute abend zu Dr. Novak nach Thun. Willst du etwa zweimal hin- und herfahren?»

«Nancy, hör' mir doch um Himmels willen zu! Es hat einen weiteren Mord gegeben – davon jedenfalls geht die Polizei aus. Der Tote ist ein gewisser Mason, der nachts ertrunken aus der Aare gefischt worden ist. Dieser Fall ist irgendwie merkwürdig – die englische Botschaft interessiert sich viel zu sehr für die Ermittlungen.»

«Wie schrecklich! Aber das ist eine Sache, die nur die Polizei angeht...»

«Nancy! Wir können der Schweizer Polizei nicht mehr trauen. Außerdem habe ich heute mit einem alten Bekannten beim Militärischen Nachrichtendienst – also bei der Spionageabwehr – gesprochen. Wir dürfen auch dem Nachrichtendienst nicht länger trauen. Beide Organisationen versuchen, mich zu manipulieren. Ich bin davon überzeugt, daß sie mich als Strohmann benützen – und das kann verdammt gefährlich werden. Für dich genauso wie für mich.»

«Als Strohmann?» Nancy runzelte die Stirn. Der Engländer bewunderte ihren makellosen Teint. Unwillkürlich mußte er dabei wieder an Tommy Masons Gesichtsfarbe im Kühlfach des Leichenhauses denken. «Das verstehe ich nicht», fügte sie hinzu.

«Gut, ich will's dir erklären, damit du endlich tust, was ich sage...»

«Ich möchte wenigstens *einen* vernünftigen Grund hören!»

Es irritierte ihn, daß Nancy aufstand und ans Fenster des Hotelzimmers trat. Auch an diesem Tag war der Himmel über Bern grau und wolkenverhangen. Von der Aare heraufziehende Nebelschwaden verdeckten die sonst so herrliche Aussicht.

«Wir haben es hier mit einer Art Verschwörung zu tun», begann Newman. «Sie ist sehr weitverzweigt. Die Einzelheiten sind mir noch nicht völlig klar, aber ich spüre, daß maßgebliche Leute daran beteiligt sind – der gesamte industriell-militärische Komplex, wie ihr in Amerika sagen würdet. Wahrscheinlich ist auch die Polizei – die Schweizer Bundespolizei – in die Sache verwickelt. Ist dir klar, was das bedeutet?»

«Du sagst es mir bestimmt gleich.»

«Allerdings tue ich das! Du hast vorhin nicht verstanden, weshalb ich den Ausdruck ‹Strohmann› gebraucht habe. Ich bin zufällig ein bekannter Journalist. Hier glaubt mir kein Mensch, daß ich nicht wieder hinter einer sensationellen Story her bin. Das ist ganz logisch nach dem Fall Krüger. Sobald wir eine Bewegung machen, die falsch ausgelegt wird, müssen wir damit rechnen, daß Nachrichtendienst *und* Polizei uns die Hölle heiß machen. Kannst du mir soweit folgen?»

«Natürlich! Das Wetter scheint übrigens besser zu werden…»

«Der Teufel soll das Wetter holen! Hier gibt es offenbar zwei rivalisierende Machtgruppen, die in einen Kampf um die Oberherrschaft verwickelt sind. Eine der beiden Gruppen versucht möglicherweise, mich vor ihren Karren zu spannen, damit ich dazu beitrage, die andere zu entmachten – zum Beispiel durch eine sensationelle Titelstory im *Spiegel* oder einem anderen Nachrichtenmagazin. Die im Untergrund arbeitende Gruppe ist sehr mächtig; ich glaube, daß sie viele Millionen Franken zur Verfügung hat. Geld bedeutet Macht – und die Möglichkeit, staatliche Sicherheitsorgane zu beeinflussen. Andererseits…»

Newman sprach nicht weiter. Als Nancy sich umdrehte, hockte er schweigend im Sessel und starrte nachdenklich in seine Kaffeetasse. Sie ging zu ihm und legte ihm einen Arm um die Schultern.

«Was hast du, Bob?»

«Mir ist eben eingefallen, daß ich vielleicht etwas übersehen habe. Was ist, wenn wir's mit Patrioten zu tun haben? Mit Männern, die der aufrichtigen Überzeugung sind, ihr Land schützen zu müssen, und vor nichts zurückschrecken, um ihr selbstgestecktes Ziel zu erreichen?»

«Und was wäre, wenn du damit recht hättest?»

«Das würde alles noch schlimmer, noch gefährlicher machen», antwortete Newman. Er stellte seine Tasse weg, stand auf und ging mit auf dem Rücken verschränkten Armen im Zimmer auf und ab. «Ich habe leider recht, Nancy. Wir dürfen niemand mehr trauen. Wir sind ganz auf uns allein gestellt. Es gibt nur zwei Männer, die uns weiterhelfen könnten...»

«Waldo Novak?»

«Richtig. Und Manfred Seidler, nach dem bereits die Polizei fahndet. Ich muß es irgendwie schaffen, ihn vorher zu treffen.» Newman blieb stehen. «Du fährst auf keinen Fall allein in die Klinik Bern, verstanden? Mein Bekannter, der Nachrichtendienstoffizier, ist förmlich erstarrt, als ich sie erwähnt habe. Wir besuchen sie also nur gemeinsam. Und wenn ich allein unterwegs bin – wie heute abend, wenn ich mich mit Novak treffe –, bleibst du bitte hier im Hotel. Am besten im Restaurant, in der Bar oder im Hallenbad, wo du unter Leuten bist...»

«Ich komme mir wie eine Gefangene vor», wandte Nancy ein. Newman nahm sie bei den Armen und zog sie an sich. Nancy stand unbeweglich, als sie seinen Gesichtsausdruck sah.

«Noch etwas, auf das du vorbereitet sein solltest. Unter Umständen müssen wir die Schweiz heimlich und auf dem schnellsten Weg verlassen. Ich kenne einige Stellen, wo man die Grenze verhältnismäßig leicht passieren kann...»

«Ich verlasse die Schweiz nicht ohne Jesse!»

«Dann müssen wir versuchen, ihn mitzunehmen. Mir gefällt nicht, was er von Experimenten in der Klinik erzählt hat. Weiß der Teufel, was dort vor sich geht! Soldaten als Wachposten. Dobermänner. Das ist einfach nicht normal.»

«Hör zu, Bob, ich hab' mich inzwischen für den hier im Hotel stattfindenden Empfang anläßlich des Ärztekongresses interessiert. Der Portier hat mich in der vorläufigen Gästeliste blättern lassen. Einer der Gäste ist Professor Armand Grange. Warum warten wir nicht, bis er zu uns kommt?»

Nancy rieb sich die Oberarme, als Newman sie losließ. Sein Griff war so kräftig gewesen, daß sie fürchtete, blaue Flecken zu haben. Sie hatte Newman noch nie so besorgt und zugleich entschlossen erlebt. Er trat ans Fenster. Nancy hatte recht gehabt: Das Wetter wurde besser, und die Aussicht war phantastisch. Die Nebelschwaden hatten sich zu einem weißen Meer zusammengeschlossen, aus dem der Bantiger Hubel wie eine unwirkliche Insel herausragte.

«Vielleicht gar keine schlechte Idee», meinte Newman nachdenklich. «Heute abend ist Novak an der Reihe. Danach rede ich sobald wie möglich mit Seidler. Dann müßten wir eigentlich genug wissen...»

Auch in London war der Himmel an diesem Nachmittag grau und wolkenverhangen, aber hier zog kein Nebel vom Fluß herauf. In Tweeds Dienstzimmer am Park Crescent überprüfte Monica den Inhalt eines Umschlages, bevor sie ihn Tweed gab, der mit dem Handkoffer beschäftigt war, den er stets gepackt im Büro stehen hatte, um jederzeit reisebereit zu sein.

«Hier sind Ihre Flugtickets nach Genf», sagte sie. «Der Rückflug ist für morgen gebucht. Falls jemand auf dem Flughafen Cointrin nachfragt, muß er glauben, es handele sich nur um einen Kurzbesuch. Haben Sie den Zettel mit den Abfahrtszeiten der Züge nach Bern?»

«In meiner Brieftasche...»

Tweed sah auf, als Howard hereinkam – wie immer, ohne anzuklopfen. Er ließ die Kofferschlösser zuschnappen und stellte den Koffer neben seinen Schreibtisch. Howard starrte ihn an, während Tweed, der gar nicht auf seinen Chef achtete, eine Akte in eine Schreibtischschublade legte und abschloß.

«Ich habe eben die schreckliche Nachricht erhalten», sagte Howard ernst. «Wollen Sie wegfahren?»

«Natürlich, nach Bern.»

«Wegen Mason? Aber in dem Fernschreiben unserer Botschaft ist doch von einem Unfall die Rede...»

«Unfall, daß ich nicht lache!» Tweed gab sich keine Mühe, die Verachtung, die er Howard gegenüber empfand, zu verbergen. «Ich habe mit Wylie telefoniert: Mason macht einen Abendspaziergang und fällt dabei in den Fluß. Halten Sie das für wahrscheinlich? Denken Sie an sein Alter, seine bisherigen Leistungen. Nein, Mason ist ermordet worden, und ich kriege raus, wer ihn auf dem Gewissen hat!»

«Wäre das nicht Aufgabe der Schweizer Polizei?»

Howard wischte ein imaginäres Stäubchen von seinem Ärmel, zog die Manschetten heraus, machte einen kleinen Rundgang durch das Büro und warf einen neugierigen Blick auf die Papiere auf Tweeds Schreibtisch. Tweed saß in seinem Drehsessel und rückte seine Brille zurecht. Er schwieg hartnäckig und wartete darauf, daß Howard verschwand.

«Der Schweizer Polizei?» wiederholte Howard leicht gereizt.

«Haben Sie vergessen, was Mason aus Wien mitgebracht hat? Ich nehme an, daß Sie den Bericht des Verteidigungsministeriums über das Objekt gelesen haben. Ich finde die sich daraus ergebenden Folgerungen ziemlich beängstigend. Und ich glaube, daß sie Mason deshalb umgebracht haben.»

«Wer sind ‹sie›?» erkundigte Howard sich mit der für ihn charakteristischen Pedanterie.

«Keine Ahnung», gab Tweed offen zu.

«Sie reisen allein? Ohne zweiten Mann als Rückendeckung?»

«Wie ich Ihnen schon erklärt habe, müßte ich eine zusätzliche Kraft engagieren – unsere eigenen Leute sind überlastet, solange Martel nicht da ist. Ich lasse seit einiger Zeit jemand in der Schweiz für uns arbeiten.»

«Wen?» erkundigte Howard sich sofort.

«Die Sicherheit – das Überleben – dieses Agenten hängt davon ab, daß seine Identität streng geheim bleibt. Die betreffende Person kennt sich in der Schweiz ausgezeichnet aus.»

«Sie wollen mir also nicht einmal verraten, ob es sich um einen Agenten oder eine Agentin handelt?» fragte Howard mißmutig.

Tweed äußerte sich nicht dazu. Er nahm seine Brille ab und polierte die Gläser mit seinem Taschentuch, bis Monica ihm ein Papiertuch gab. Howard starrte Monica an.

«Weiß sie's denn?» knurrte er.

«Selbstverständlich nicht. Sie können alles unbesorgt mir überlassen.»

«Was bleibt mir anderes übrig? Wann reisen Sie ab?»

«Heute abend...» Tweed sah ein, daß er Howard etwas unfreundlich behandelt hatte. «Ich fliege um neunzehn Uhr nach Genf. Die Maschine landet um einundzwanzig Uhr dreißig Ortszeit. Um diese Zeit sind etwaige Beobachter auf dem Flughafen schon weniger aufmerksam.»

«Sie nehmen wahrscheinlich Verbindung mit Beck auf?»

«Ich weiß offen gestanden überhaupt noch nicht, was ich dort tun werde.»

Howard gab entmutigt auf. Er stapfte zur Tür und blieb mit einer Hand auf der Klinke stehen. Falls Mason tatsächlich ermordet worden war, war dieser Einsatz nicht ganz ungefährlich für Tweed. Falls ihm etwas zustieß, würde er es bedauern, im Zorn von ihm geschieden zu sein.

«Dann wünsche ich Ihnen wohl am besten viel Glück...»

«Vielen Dank», antwortete Tweed höflich. «Davon kann ich bestimmt jede Menge brauchen...»

Im ersten Stock der Klinik Bern legte Dr. Bruno Kobler eben das letzte Krankenblatt beiseite, als die Tür seines Büros geöffnet wurde. Eine massive Gestalt betrat den trotz des trüben Wetters nur durch die Schreibtischlampe erhellten Raum. Kobler stand sofort auf.

«Für heute nacht ist alles bereit», erklärte er dem Besucher.

«Wir haben's schon beinahe geschafft», stellte der Riese mit der getönten Brille mit sanfter, beruhigender Stimme fest. «Noch ein Versuch heute nacht, dann sind wir unserer Sache endgültig sicher. Irgendwelche Probleme?»

«Vielleicht sogar mehrere. Zum Beispiel Newman...»

«Um Außenstehende können wir uns kümmern, sobald der Ärztekongreß und der Empfang im Bellevue Palace hinter uns liegen», bemerkte der große Mann, als spreche er lediglich von einer verwaltungstechnischen Kleinigkeit.

Sein massiger Körper schien den Raum auszufüllen. Er hatte ein breites Gesicht mit großer, fleischiger Nase und energischem Kinn. Sein Teint war blaß, fast blutlos. Wenn er wie jetzt reglos dastand, wirkte er wie ein menschlicher Buddha. Er besaß die Fähigkeit zu versteinert wirkender Bewegungslosigkeit.

Der Riese trug einen dunklen Maßanzug, der mit den Schatten um ihn herum zu verschmelzen schien. Die Fensterscheiben in Koblers Büro bestanden aus goldbeschichtetem Isolierglas, das ohnehin nur gedämpftes Licht durchließ. Seine Brillengläser waren getönt, weil ihn bei grellem Licht die Augen schmerzten. Er war ein Mann, der jeden Raum, den er betrat, auch dann beherrschte, wenn er kein Wort sagte. Und seine Konzentrationsfähigkeit war phänomenal.

«Sobald der Empfang im Bellevue stattgefunden hat, fahren alle wieder nach Hause», sagte er zu Kobler. «Dann haben wir Gelegenheit, unserem Projekt den letzten Schliff zu geben; dann präsentieren wir *Terminal* als vollendete Tatsache. Die ideale Rundumverteidigung! Damit geht der Wunschtraum einer Generalstabsgeneration in Erfüllung.»

Er starrte aus dem Fenster zu den fernen Bergen hinüber. Der aus tiefhängenden Wolken emporragende Felsklotz war das Stockhorn. Zwischen diesem Berg, der seit Jahrtausenden über dem See aufragte, und dem Mann, der ihn stumm und unbeweglich betrachtete, bestand eine nicht zu übersehende Ähnlichkeit.

«Das ist die Versuchsperson, die ich für heute nacht ausgewählt habe», berichtete Kobler. Er kam hinter seinem Schreibtisch hervor, um das Krankenblatt mit dem aufgeklebten Photo vorzuzeigen. «Sie sind doch mit meiner Wahl einverstanden, Herr Professor?»

20

Den Rest des Tages verbrachte Newman damit, Nancy Bern zu zeigen. Ihm kam es vor allem darauf an, daß sie das Hotel für ein paar Stunden verließ. Er hatte ihren Vorwurf nicht vergessen: *Ich komme mir wie eine Gefangene vor.* Wahrscheinlich würde er abends lange fort sein, um in Thun mit Dr. Novak zu sprechen. Er wollte ganz sichergehen, daß Nancy während seiner Abwesenheit im Hotel blieb.

Ihr Streifzug war zugleich eine gute Therapie für Newman selbst. Er wollte nicht ständig an die beiden unerfreulichen Gespräche denken, die er vormittags geführt hatte. Zuerst der Besuch im Leichenhaus mit Arthur Beck; danach das Gespräch in seinem Dienstzimmer. Und vorher die Auseinandersetzung – diesen Eindruck hatte er nachträglich von diesem Gespräch – mit René Lachenal, die Newman nicht mehr aus dem Kopf ging. Warum hatte der sonst so gelassene Lachenal sorgenvoll gewirkt? Newman rätselte darüber nach, ohne zu einem Ergebnis zu kommen.

Es war bitterkalt, als sie Arm in Arm durch die Lauben gingen und immer wieder stehenblieben, damit Nancy sich Schaufenster ansehen konnte. Newman paßte sich geduldig ihrem Tempo an, während sie die gepflasterte Marktgasse zwischen Käfigturm und Zeitglockenturm entlangschlenderten. In Richtung Nydeggbrücke schlossen sich dahinter Kramgasse und Gerechtigkeitsgasse an.

Sie gingen mitten auf der Landzunge in Richtung Aareschleife.

Die Straßen fielen allmählich zum Fluß hin ab, so daß die Gehsteige unter den Arkaden über der Fahrbahn lagen. Außer den schmalen, grünen Straßenbahnen, die vorbeirumpelten, herrschte kaum Verkehr.

Vor der Nydeggbrücke blieb Newman an einer Mauer stehen und blickte auf die alten Häuser hinab, die eine tieferliegende Straße säumten. Nancy lehnte sich an ihn und sah ebenfalls hinab.

«Die müssen schon seit Jahrhunderten dort stehen...»

«Sie gehören zur Altstadt. Hier hat's keine Kriege gegeben, deshalb sind die Zeugen der Vergangenheit erhaltengeblieben. Hoffentlich bleiben sie das auch in Zukunft! Es wäre jammerschade, wenn diese prächtige alte Stadt beschädigt oder zerstört würde...»

Er sprach sich gegen Nancys Vorschlag aus, Jesse zu besuchen. Sie beharrte nicht auf ihrer Idee, als Newman ihr auseinandersetzte, welchen Nachteil sie hatte.

«Unser Besuch könnte Novak so verunsichern, daß er abends nicht zu dem vereinbarten Treffen kommt. Ich hab' ihm deutlich angemerkt, daß er bereits äußerst nervös war...»

«Warum wohl?»

«Ich glaube, daß er Angst hat. Er hat Angst – und sucht verzweifelt einen Menschen, bei dem er sich aussprechen kann.»

«Männer, die Angst haben, scheint's hier viele zu geben», stellte Nancy fest. «Zu ihnen gehört beispielsweise auch Manfred Seidler. Was soll ich ihm sagen, falls er in deiner Abwesenheit anruft?»

«Daß es bei unserer Vereinbarung bleibt. Wenn er morgen anruft, können wir uns morgen treffen.»

Zum Mittagessen gingen sie ins Restaurant *Zum äußeren Stand* in der von der Marktgasse abzweigenden geheizten Zeughauspassage. Sie aßen eine ausgezeichnete Suppe, Perlhuhnbrüstchen mit Reis und einen Eisbecher, der Nancy wunderbar schmeckte.

«Sogar der Kaffee ist erstklassig!» meinte sie anerkennend.

Newman lachte. «Wenn eine Amerikanerin ihn lobt, muß er wirklich gut sein...»

Er blickte in Nancys leuchtende Augen und wünschte, daß es nie Abend würde. Praktisch zum erstenmal seit ihrer Ankunft in Genf waren sie in unbeschwerter Laune. Newman hoffte, daß dies nicht der Auftakt zu weit unangenehmeren Stunden war.

Es war bereits 18.15 Uhr, als sie ins Hotel Bellevue Palace zurückkamen. Die Abenddämmerung war herabgesunken; in den Gassen und auf den Brücken brannten die Straßenlaternen. Newman wollte, daß Nancy nur möglichst kurze Zeit allein zurückblieb; deshalb begleitete er sie nur bis in die belebte Hotelhalle und machte in der Nähe der Drehtür halt.

«Ich fahre jetzt nach Thun», erklärte er Nancy. «Dir möchte ich ein gemütliches Diner mit einer guten Flasche Wein empfehlen. Wann ich zurückkomme, weiß ich noch nicht. Je länger ich wegbleibe, desto mehr Informationen bekomme ich...»

Newman sprach nicht weiter, sondern starrte über Nancys Schulter. Lee Foley war soeben aus dem Aufzug gekommen. Der Amerikaner schien ihn nicht gesehen zu haben; er wandte sich nach rechts und ging die Treppe in Richtung Bar hinunter. Nancy hatte sich umgedreht, um festzustellen, wohin der Engländer starrte.

«Ist was nicht in Ordnung, Bob?»

«Nein, ich habe mir nur gerade etwas überlegt. Du solltest lieber wissen, daß ich Novak im Hotel Freienhof in Thun treffe...» Er buchstabierte ihr den Namen des Hotels. «Die Telefonnummer kannst du dir vom Portier heraussuchen lassen – für den Fall, daß du mich dringend erreichen willst. Ich muß jetzt fahren...»

«Sei vorsichtig, Liebling!»

Der große, hagere Mann lief über die Kochergasse zu einer der Telefonzellen in der Nähe der Autovermietung Hertz. Er hatte stundenlang in dem Café gegenüber dem Bellevue Palace gesessen und vorgegeben, die *Berner Zeitung* zu studieren, während er nacheinander drei Portionen Kaffee trank und den Haupteingang des Hotels und den Eingang des dazugehörigen Cafés im Auge behielt. Er wählte eine Telefonnummer und sprach hastig, als sich eine Stimme meldete.

«Newman ist eben zurückgekommen. Er ist mit einer Frau im Hotel verschwunden. Vor ungefähr zwei Minuten... Augenblick! Jetzt kommt er wieder raus – diesmal allein. Er geht auf mich zu, überquert die Straße. Er geht zu einem silbergrauen Citroën an einer Parkuhr. Er schließt die Fahrertür auf. Ich kann nichts dagegen unternehmen. Er muß jede Sekunde wegfahren...»

«Aber wir können etwas unternehmen!» antwortete die Stimme. «Wir haben mehrere Wagen bereitgestellt. Ich muß jetzt fort. Und vielen Dank!»

Newman war müde, als er auf der Autobahn N 6 nach Thun fuhr. Er hatte einen ereignisreichen Tag hinter sich, dessen Ende noch nicht abzusehen war. Der Streifzug durch Bern war erfreulich, aber trotzdem anstrengend gewesen.

Er stellte die Heizung schwächer und kurbelte kurz sein Fenster herunter. Die eisige Nachtluft war ein willkommener Muntermacher. Newman wußte, daß er auf Draht sein mußte, wenn er mit Novak zusammentraf. Er atmete tief durch, bevor er das Fenster wieder schloß, und fühlte sich sofort wohler, wacher, leistungsfähiger.

Ein roter Porsche bog von einem Rastplatz auf die Autobahn und folgte ihm mit abgeblendeten Scheinwerfern in angemessener Entfernung. Newman beobachtete, daß die Lichter in unverändertem Abstand hinter ihm blieben. Der andere Fahrer machte keinen Versuch, ihn zu überholen. Allerdings nützte Newman die erlaubte Höchstgeschwindigkeit bereits aus.

Brücken schienen im Scheinwerferlicht vorbeizuflitzen. Auf der Gegenfahrbahn herrschte etwas mehr Verkehr. Newman sah auf die Autouhr. Er würde wie geplant vor 19 Uhr im Freienhof eintreffen – vor Dr. Novak. Er fuhr weiter. Was mit dem Porsche war, würde sich in Thun herausstellen. Falls der andere dann noch hinter ihm war ...

Am Steuer des roten Porsche mußte Lee Foley sich auf zwei Autos gleichzeitig konzentrieren. Auf den Citroën vor ihm und auf den Wagen hinter ihm. Das Fahrzeug hinter ihm war ihm zuerst in Form von zwei winzigen Lichtpunkten aufgefallen, die rasch zu Autoscheinwerfern angewachsen waren. Der andere Wagen hatte rasend schnell zu ihm aufgeschlossen, war plötzlich langsamer geworden, hatte sich seiner Geschwindigkeit angepaßt und hielt seither etwa hundert Meter Abstand. Wozu hatte der Fahrer vorhin die zulässige Höchstgeschwindigkeit weit überschritten, um jetzt bescheiden hinter dem Porsche zu bleiben? Die drei Autos erreichten eine Stelle, wo die sonst ebene Autobahn in einer Linkskurve sanft anstieg. Ein auf der Gegenfahrbahn nach Bern fahrender Wagen kam ihnen mit aufgeblendeten Scheinwerfern entgegen.

Foley kniff die Augen zusammen und sah rasch in seinen Rückspiegel, als die aufgeblendeten Scheinwerfer das Verfolgerfahrzeug – einen schwarzen Audi 100 – anstrahlten. Vorn saßen zwei Männer. Foley bildete sich ein, auch hinten zwei gesehen zu haben. Full house.

An der Ausfahrt Thun blieb Foley hinter dem Citroën, der die Berner Straße entlangfuhr, und bog dann in die Grabenstraße ab, während Newman auf der Hauptstraße weiterfuhr. Der Amerikaner parkte in der nächsten Lücke, stellte den Motor ab und sah in den Rückspiegel.

Der Audi hielt an der Ecke, als wisse der Mann am Steuer nicht recht, wohin er fahren solle. Die beiden Männer auf dem Rücksitz stiegen aus; der Wagen fuhr wieder an und folgte dem Citroën die Hauptgasse entlang. Foley wartete mit beiden Händen auf dem Lenkrad.

Einem der Männer – einem Schnurrbärtigen Anfang Vierzig, dessen Haltung und Auftreten erkennen ließen, daß er hier zu befehlen hatte – rutschte ein Gegenstand aus der rechten Hand. Er reagierte blitzschnell und fing ihn auf, bevor er aufs Pflaster knallen konnte. Dieser Gegenstand sah einem Handfunkgerät täuschend ähnlich.

Foley lächelte vor sich hin, während er ausstieg und den Porsche abschloß. Er glaubte, den Beruf dieses Quartetts zu kennen.

Thun wird durch die aus dem Thunersee, der von der Stadt aus nicht zu sehen ist, kommende Aare in zwei Hälften geteilt. Der Fluß isoliert zugleich die Altstadt auf einer Insel, die durch zahlreiche Brücken mit beiden Ufern verbunden ist.

Bei der Ankunft in Thun kann man sich wie in Bern ins Mittelalter zurückversetzt fühlen. Ehrwürdige alte Bäume säumen die Flußufer. Holzgedeckte Brücken überspannen Seitenarme der Aare, die Thun hinter sich zurückläßt und dem fernen Bern zustrebt.

Auf der Fahrt die Hauptgasse entlang beobachtete Newman, daß der rote Porsche in die Grabenstraße abbog. Seine Befürchtungen waren also offenbar unbegründet gewesen. Er fuhr weiter, bog nach rechts ab, gelangte über die Sinnebrücke auf die Insel und parkte den Citroën. Dann ging er durch stille Gassen zum Hotel Freienhof an der Aare zurück. Zu seiner Überraschung war Waldo Novak bereits da.

Newman beobachtete den an einem Ecktisch im Restaurant sitzenden Amerikaner, während er selbst seinen Mantel auszog und an einen der Garderobenhaken im Vorraum hängte. Zwei leere Gläser auf dem Tisch zeigten ihm, daß Novak frühzeitig gekommen war, um sich Mut für das Gespräch mit dem Engländer anzutrinken, was Newman nur recht war.

«Noch einen Canadian Club», bestellte Novak bei dem Ober. Dann sah er Newman.

«Mir bitte auch einen...»

«Aber gleich wieder doppelte!» rief der Amerikaner dem verschwindenden Ober nach. «Okay, Newman, Sie haben also tatsächlich hergefunden. Was wollen Sie von mir wissen?»

238

«Warum haben Sie eine Stellung in der Klinik Bern angenommen?» fragte Newman eher beiläufig.

Er setzte sich Novak gegenüber, der jetzt sein neues Glas mit einem Schluck zur Hälfte leerte, während der Engländer nur daran nippte. Der junge Arzt trug eine auffallend scheußliche Jacke mit großen Karos zu einer grauen Flanellhose. Sein Gesicht war gerötet, und er spielte nervös mit seinem Glas.

«Na ja, um Geld zu verdienen. Wozu nimmt man sonst 'ne Stellung an?» erkundigte er sich mürrisch.

«Manchmal auch, weil man... sich berufen fühlt. ‹Berufen› ist das Wort, das ich suche, glaube ich.»

«Schön, dann haben Sie's gefunden! Haben Sie in letzter Zeit noch was entdeckt, von dem Sie mir erzählen wollen?»

«Ein paar Leichen.»

Novak erstarrte förmlich. Sein jugendliches Gesicht wurde aschfahl. Er umklammerte sein Glas so krampfhaft, daß die Fingerknöchel weiß hervortraten, und Newman fürchtete, er werde es zerdrücken. Obwohl die Tische in ihrer Nähe nicht besetzt waren, sah er sich mit dem flackernden Blick eines Gehetzten um.

«Was für Leichen?» erkundigte er sich schließlich.

«Der erste Tote war ein Mann namens Julius Nagy. Zwischen ihm und Dr. Koller läßt sich eine eindeutige Verbindung herstellen. Irgend jemand hat Nagy neulich abends von der Münsterplattform in Bern gestoßen. Das war ein Sturz aus mindestens dreißig Meter Höhe. Nagy ist zerschmettert auf einem Autodach liegengeblieben.»

«Versuchen Sie, mir Angst einzujagen?»

«Ich informiere Sie lediglich über den neuesten Stand der Dinge. Interessiert Sie nicht auch der zweite Tote?»

«Nur weiter, Newman! Ich hab' keine Angst...»

«Ein Engländer namens Bernard Mason. Er hat sich mit Schweizer Kliniken befaßt – angeblich im Auftrag eines Marktforschungsunternehmens, was bestimmt nur ein Vorwand war, um auch die Klinik Bern unter die Lupe nehmen zu können.

Er ist übel zugerichtet aus der Aare geborgen worden. Sich für die Klinik Bern zu interessieren scheint nicht sonderlich gesund zu sein...» Newman winkte den Ober heran. «Bitte noch zwei Doppelte. Wir haben gern eine kleine Reserve.»

«Ich glaube nicht, daß ich mit Ihnen reden will, Newman.»

«Haben Sie sonst jemand, dem Sie vertrauen können? Was bewegt Sie dazu, für Professor Grange zu arbeiten?»

«Zweihunderttausend Dollar Jahresgehalt!»

Das sagte Novak mit dem Trotz eines nicht mehr ganz Nüchternen, um Newman zu beweisen, daß er schon in jungen Jahren Erfolg hatte. Aber der Engländer nahm ihm nicht ab, daß er ein so fürstliches Salär bezog. Novak hatte bestimmt stark übertrieben. Als der Ober die neue Runde brachte, griff Novak so hastig und unbeholfen nach seinem Glas, daß er es beinahe umgestoßen hätte.

«Wie kommen Sie mit Grange als Chef zurecht?» erkundigte Newman sich.

«Ich habe eine Entscheidung getroffen, Newman.» Der Amerikaner machte eine bedeutungsvolle Pause, als sei er Napoleon bei der Befehlsausgabe für die Schlacht bei Austerlitz. «Ich rede nicht mehr mit Ihnen. Warum verpissen Sie sich nicht einfach?»

In diesem Moment wußte Newman, daß sein Vorhaben, Novak auszuhorchen, gescheitert war. Dies war jedoch auch der Augenblick, in dem Lee Foley auftauchte und sich dem jungen Arzt gegenübersetzte.

«Ich bin Lee Foley. Sie sind Dr. Waldo Novak aus New York. Sie arbeiten gegenwärtig in der Klinik Bern, stimmt's?»

Seine blauen Augen starrten Novak durchdringend an. Newman hatte er nicht einmal zugenickt. Foleys ganze Art wirkte so bedrohlich, daß der junge Arzt sich größte Mühe gab, wieder nüchtern zu sein.

«Und wenn ich's wäre?» fragte er mit schlecht gespieltem Trotz.

«Wir machen uns Sorgen um Sie, Novak.» Foley sprach ruhig, beinahe ausdruckslos, aber seine Stimme verlor dadurch nichts von ihrem scharfen Unterton. «Tatsächlich machen wir uns von Tag zu Tag größere Sorgen um Sie», fügte er hinzu.

«Wer ist ‹wir›, verdammt noch mal? Und wer sind Sie überhaupt?»

«Central Intelligence Agency...»

Foley klappte eine Lederhülle mit seinem Dienstausweis auf und schob sie über den Tisch. Novak stellte sein Glas ab, ohne daraus getrunken zu haben. Er griff nach der Ausweishülle, starrte das Photo an, verglich es mit Foley und studierte dann wieder den Ausweis. Foley griff über den Tisch, nahm ihm die Lederhülle aus der Hand und steckte sie in die Brusttasche seines Hemds. Seine blauen Augen ließen Novak keine Sekunde los, als er weitersprach.

«Ich sage Ihnen jetzt, was Sie tun werden. Sie werden sämtliche Fragen beantworten, die Newman Ihnen stellt. Habe ich mich klar genug ausgedrückt?»

«Und wenn ich's nicht tue?»

«Danke, ich möchte nichts», wehrte Foley ab, als Newman ihn zu einem Drink einladen wollte. Er ließ Novak nicht aus den Augen. «Wenn Sie's nicht tun? Dann interessiert es Sie vielleicht, daß wir bereits überlegen, ob wir Ihnen den Reisepaß entziehen sollen. Und soviel ich weiß, ist das Justizministerium noch einen Schritt weitergegangen. Dort wird die Möglichkeit diskutiert, Ihnen die amerikanische Staatsbürgerschaft abzuerkennen...»

Foley sah auf seine Armbanduhr, bevor er weitersprach.

«Ich hab' nicht viel Zeit, Novak. Versuchen Sie ja nicht, sich mit der amerikanischen Botschaft in Bern in Verbindung zu setzen. Dadurch würden Sie alles nur noch schlimmer machen. Was Sie von mir gehört haben, kommt direkt aus Washington. Los, entscheiden Sie sich! Wollen Sie mit Newman zusammenarbeiten oder nicht?»

«Ich möchte etwas Bedenkzeit...»

«Ausgeschlossen! Sie müssen sich sofort entscheiden! Ja – oder nein?»

Foley wandte den Blick kurz von Novak ab und sah aus dem Fenster. Jenseits der schmalen Straße strömte ein Flußarm vorbei. Am anderen Ufer standen alte Häuser, deren Lichter sich im dunklen Wasser spiegelten. Foley sah erneut auf seine Uhr, bevor er sich wieder an Novak wandte.

«Und Sie haben mich nie gesehen, verstanden? Ich existiere überhaupt nicht, wenn Ihnen Ihr Leben lieb ist. Wofür haben Sie sich entschieden?»

«Ich bin zur Zusammenarbeit bereit. Aber meine Auskünfte werden doch hoffentlich vertraulich behandelt?»

Foley stand schweigend auf – eine imposante Erscheinung –, nickte Newman zu und verließ das Lokal. Novak gab dem Ober ein Zeichen, er solle eine weitere Runde bringen. Newman wartete, bis der junge Arzt seinen Canadian Club gekippt hatte, und ließ sein eigenes Glas unberührt stehen.

«Was wollen Sie also wissen?» fragte Novak hörbar resigniert.

«Welcher Nationalität sind die Patienten der Klinik Bern? Kommen sie aus verschiedenen Ländern?»

«Nein, merkwürdigerweise haben wir keine Schweizer Patienten. Die weitaus meisten kommen aus den Vereinigten Staaten – einige wenige auch aus Südamerika. Den Klinikaufenthalt muß man sich erst einmal leisten können. Grange verlangt astronomische Tagessätze und Arzthonorare. Die meisten Patienten kommen dank seiner Vortragsreisen in den Staaten zu ihm. Er ist auf Frischzellenbehandlung spezialisiert, so daß ein doppelt starker Anreiz gegeben ist.»

«Wie meinen Sie das?»

«Hören Sie, Newman...» Novak, der nach seinem Zusammenstoß mit Foley noch immer sichtlich blaß war, starrte den Engländer an. «Wir leben eben leider in keiner idealen Welt. In Amerika gibt's massenhaft begüterte Familien, die über sagenhafte Reichtümer verfügen. Grange hat einen ausgezeichneten Blick für Verhältnisse, in denen das Vermögen von irgendeinem älteren Familienmitglied verwaltet wird, dessen Angehörige nur einen Wunsch haben: Sie wollen über das viele Geld frei verfügen. Also schicken sie das Oberhaupt der Familie zu einer sogenannten Frischzellenkur in die Klinik Bern. Damit ist es aus dem Weg geschafft. Wenig später beantragen sie einen Gerichtsbeschluß, durch den sie als Vermögensverwalter eingesetzt werden. Sie verstehen, was ich meine?»

«Bitte weiter!»

Novaks Stimme veränderte sich, als er jetzt einen an einen Richter appellierenden Mann spielte. «Euer Ehren, der Firma droht die Pleite, wenn wir nicht die Möglichkeit erhalten, unternehmerische Entscheidungen zu treffen. Der Inhaber befindet sich in einer Schweizer Klinik. Ich verwende ungern das Wort ‹senil›, aber...» Der junge Arzt trank einen Schluck. «Verstehen Sie jetzt, was gespielt wird? Grange bietet den Patienten, die tatsächlich schwerkrank sind, die Hoffnung auf Heilung. Und er bietet ihren Angehörigen Gelegenheit, ein Vermögen in die Hand zu bekommen – natürlich gegen angemessene Vergütung. Professor Grange ist ein brillanter Mann, und er hat eine brillante Methode, die ein doppeltes *Bedürfnis* befriedigt. Seine Wirkung auf Menschen, vor allem auf Frauen, ist geradezu hypnotisch.»

«In welcher Beziehung hypnotisch?»

«Er suggeriert den Angehörigen genau das, was sie empfinden wollen: daß sie richtig handeln, wenn sie ihre Verwandten, die ihnen hinderlich sind, ins Schweizer Exil schicken, wo ihnen aufmerksame Pflege und liebevolle Betreuung sicher sind.» Novaks Tonfall änderte sich. «Dabei haben die Schweine es bloß aufs Geld abgesehen! Grange hat eine auf der Natur des Menschen basierende perfekte Methode entwickelt.»

«Daran ist bisher noch nichts ausdrücklich kriminell», warf Newman ein.

«Kriminell?»

Novak verschüttete etwas von seinem Drink. Der aufmerksame Ober, der auf eine neue Bestellung wartete, erschien mit einem

Lappen und wischte die Tischplatte ab. Novak, der sichtlich erschrocken war, wartete, bis sie wieder allein waren.

«Wer hat etwas von kriminellen Machenschaften gesagt?»

«Weshalb wird die Klinik von Schweizer Soldaten bewacht?» lautete Newmans Gegenfrage.

«Das ist eine merkwürdige Tatsache, mit der ich mich nie näher befaßt habe. Ich tue meine Arbeit, ohne neugierige Fragen zu stellen. Wir sind hier in der Schweiz. Das ganze Land gleicht einem Militärlager. Haben Sie gewußt, daß in Lerchenfeld ein Truppenübungsplatz liegt. Gleich drüben auf der anderen Seite der Stadt...»

«Aber Sie haben Schweizer Soldaten in der Klinik Bern gesehen?» fragte Newman drängend. «Vergessen Sie nicht, was Foley Ihnen geraten hat!»

«Ich bin seit einem Jahr hier. In dieser Zeit habe ich nur Männer in irgendeiner Uniform gesehen. Mal im Pförtnerhäuschen, mal beim Streifengang in der Nähe des Labors...»

«Ah, das Labor!» Newman beugte sich nach vorn. «Woran wird dort gearbeitet?»

«Tut mir leid, das weiß ich nicht. Im Labor bin ich noch nie gewesen. Aber ich habe gehört, daß dort Versuche mit Frischzellen stattfinden. Die Schweizer scheinen auf diesem Gebiet – der Verlangsamung des Alterns – weltweit führend zu sein.» Novak, der sich für dieses Thema erwärmte, wirkte erstmals fast entspannt. «Das Verfahren ist schon vor dem Zweiten Weltkrieg bekannt gewesen. Im Jahre 1938 hat der Schriftsteller Somerset Maugham sich der ersten derartigen Behandlung unterzogen. Sein Arzt war der berühmte Dr. Niehans, der ihm aus ungeborenen Lämmern gewonnene Frischzellen injiziert hat. Dabei mußte ein genauer Zeitplan eingehalten werden. Zwischen der Schlachtung eines trächtigen Muttertieres und der Injektion der Zellen durfte nicht mehr als eine Stunde liegen. Niehans hat die aus dem Fetus gewonnenen Zellen zerkleinert und mit einer Kochsalzlösung versetzt. Diese Lösung wurde dem Patienten ins Gesäß injiziert...»

244

«Das klingt alles ein bißchen makaber», stellte Newman fest.
«Somerset Maugham ist immerhin einundneunzig geworden!»
«Und Grange ist auf diesem Gebiet ähnlich erfolgreich?»
«Das ist Granges Geheimnis. Sein Verfahren scheint gegenüber dem ursprünglichen ganz erheblich verbessert zu sein. Ich weiß, daß er in seinem Labor eine ganze Auswahl von Tieren hält – aber ich weiß nicht, um was für Tiere es sich handelt. In der Nähe von Montreux gibt es übrigens eine weitere Klinik für Frischzellentherapie. Das Unternehmen nennt sich Cellvital.»
Newman nickte langsam. Er fand Novaks Ausführungen sehr interessant. Vielleicht war das die Erklärung für die «Versuche», von denen Jesse Kennedy gesprochen hatte – eine Behandlungsmethode, deren unheimlichster Aspekt darin bestand, daß sie von der Schulmedizin noch nicht anerkannt wurde.
«Sie haben mir erzählt, woher die Patienten stammen», fuhr er nach einer kurzen Pause fort. «Sie selbst sind Amerikaner. Wie steht's mit den übrigen Ärzten?»
«Meine Kollegen kommen alle aus der Schweiz. Grange hat mich bei einer seiner Vortragsreisen durch Amerika aufgefordert, zu ihm zu kommen.»
«Und Sie sind aus einem sehr einleuchtenden Grund gekommen – wegen des Geldes?»
«Er zahlt mir, wie gesagt, zweihunderttausend Dollar Jahresgehalt. Für jemand in meinem Alter ist das ein Vermögen...»
Newman überlegte sich, daß Novak diese Zahl vorhin offenbar doch nicht einfach aus dem Ärmel geschüttelt hatte, nur um ihn zu beeindrucken. Er hatte das Gefühl, noch immer nicht die richtigen Fragen zu stellen. Deshalb versuchte er es jetzt mit einer anderen Methode, um den Amerikaner herauszufordern.
«Was müssen Sie dafür tun?» fragte er beiläufig. «Ab und zu eine falsche Todesursache angeben?»
«Scheren Sie sich zum Teufel!»
«Ich habe den Verdacht, daß in der Klinik nicht alles mit rechten Dingen zugeht – und daß Sie mehr vermuten oder

wissen, als Sie zugeben. Sie wohnen auf dem Klinikgelände?»

«Ja», antwortete Novak mürrisch. «Das ist vertraglich vereinbart.»

«Und die Schweizer Ärzte?»

«Die wohnen außerhalb. Hören Sie, Newman, ich verdiene mir mein Geld schwer genug. Ich habe praktisch ständig Bereitschaftsdienst...»

«Schon gut, schon gut! Kommen Sie, ich spendiere Ihnen noch einen Drink.»

Newman gab dem Ober ein Zeichen und wartete schweigend, bis er Novak den Canadian Club serviert hatte. «Was ist mit dem restlichen Klinikpersonal?» fragte er dann.

«Wo kommen diese Leute her?»

«Das ist merkwürdig», gab Novak zu. «Grange beschäftigt keine Einheimischen – jedenfalls niemand aus Thun oder Umgebung. Das Personal wohnt wie ich in der Klinik. Die meisten stammen aus anderen Kantonen – bis auf Willy Schaub. Er wohnt in Bern und fährt jeden Abend nach Hause.»

«Welche Funktion hat er in der Klinik?» erkundigte sich Newman und zog sein Notizbuch aus der Jackentasche.

«Er ist Hausmeister und gewissermaßen Mädchen für alles. Soviel ich weiß, ist er schon eine Ewigkeit dort. Kann alles und repariert alles. Sehr zuverlässig...»

«Seine Adresse?»

Der Amerikaner zögerte, bis Newman «Foley!» sagte. Dann gab er sich einen Ruck. «Ich weiß zufällig, wo er wohnt: in der Gerberngasse 498 – in einem merkwürdig alten Haus beinahe unter der Nydeggbrücke. Dort führt eine überdachte Treppe von der Brücke auf die Gerberngasse hinunter. Schaub weiß vermutlich mehr über die Klinik als jeder andere – mit Ausnahme von Grange und Kobler natürlich.»

«Danke, Novak, Sie haben mir mit Ihren Auskünften sehr geholfen. Noch etwas, bevor ich gehe: Ich muß wissen, wo ich Sie wiedertreffen kann. Kommen Sie zufällig zu dem Empfang, der anläßlich des Ärztekongresses im Bellevue Palace in Bern stattfindet?»

«Der Professor hat mich dazu eingeladen. Höchst ungewöhnlich...»

«Warum ungewöhnlich?»

«Das ist dann der erste gesellschaftliche Anlaß, den ich hier in der Schweiz wahrnehme.»

«Bei dieser Gelegenheit können Sie bestimmt für ein paar Minuten verschwinden. Wir können uns dann in meinem Hotelzimmer unterhalten. Vielleicht fallen mir bis dahin noch ein paar Fragen ein. Warum schauen Sie denn so unsicher drein? Führt Grange Sie etwa an der Leine?»

«Natürlich nicht! Ich halte es nur für besser, wenn wir nicht allzu lange miteinander gesehen werden...»

«Glauben Sie, daß Sie heute abend beobachtet worden sind?» erkundigte Newman sich rasch.

«Nein», antwortete der Amerikaner beruhigend. «Ich bin vorsichtshalber kreuz und quer durch Thun gefahren, bevor ich meinen Wagen geparkt habe. Den Rest des Wegs habe ich zu Fuß zurückgelegt. Haben Sie sonst noch Fragen?»

«Mich interessiert das Labor, in dem Sie noch nie gewesen sind. Es ist durch einen Korridor mit der Klinik verbunden. Sie müssen zumindest Gerüchte über Granges Labor gehört haben.»

«Nur über den Atombunker. Wie Sie wahrscheinlich wissen, ist in der Schweiz bei sämtlichen Neubauten – sogar bei Privathäusern – der Bau eines Atombunkers vorgeschrieben. Soviel ich mitbekommen habe, muß der unter dem Labor geradezu riesig sein. Verschlossen wird er durch eine massive, fast zwanzig Zentimeter dicke Stahltür, die mich der Beschreibung nach an die Tresortür einer Zürcher Bank erinnert hat. Dort unten müßten im Ernstfall alle Patienten und das gesamte Klinikpersonal Platz finden...»

Das konnte wieder eine harmlose Erklärung für etwas sein, das Newman für bedrohlich gehalten hatte: Der ins Labor hinüberführende Gang führte zugleich auch zum Atombunker. Die Ausfragerei hatte keinen einzigen Punkt zutage gefördert, der

247

seinen Verdacht, in der Klinik Bern gehe nicht alles mit rechten Dingen zu, eindeutig bestätigt hätte. Newman stellte eine letzte Frage, während er seinen Mantel anzog.

«Haben Sie damit gerechnet, bei Ihrem Ausflug nach Thun beschattet zu werden?»

«Nein, eigentlich nicht. Kobler hat mir erklärt, er habe mir ohnehin vorschlagen wollen, heute abend freizunehmen. Er hat mich regelrecht dazu gedrängt, einmal auszugehen...» Novak machte eine Pause. Newman wartete, weil er spürte, daß der andere irgendeine Gedankenverbindung herstellte. «Merkwürdig», sagte der Amerikaner langsam, «aber zuletzt hat er das an dem Abend getan, an dem Hannah Stuart gestorben ist...»

21

Newman trat in die stille, kalte Winternacht hinaus. Um diese Zeit waren die Straßen menschenleer. Er wartete, bis seine Augen sich an die Dunkelheit gewöhnt hatten. Eigentlich hatte er sich eine Zigarette anzünden wollen, aber dann verzichtete er doch lieber darauf. Nichts legt einen Zielpunkt genauer fest als die Flamme eines Feuerzeugs. Und Newman hatte nicht vergessen, daß Beck ihm erzählt hatte, zu den im Militärbezirk Thun gestohlenen Waffen gehöre auch ein Scharfschützengewehr mit Zielfernrohr.

Nachdem der Engländer sich durch einen Blick in die Runde vergewissert hatte, daß er anscheinend nicht beobachtet wurde, schlenderte er in Richtung Sinnebrücke. Er war noch immer nicht davon überzeugt, daß Novak ihm alles erzählt hatte, was er wußte. Vielleicht hatte der junge Arzt im Auftrag Koblers gehandelt – um ihn nach Thun zu locken. Nach ein paar Drinks konnte Novak auf die Idee gekommen sein, sich rückzuversichern, indem er teilweise auspackte. Für Newman stand lediglich *eine* Tatsache fest – er durfte niemand trauen.

Unter der Brücke gluckste und gurgelte die Aare. Dann hörte Newman ein Motorengeräusch, das auf dem Wasser näherkam, und sah ein kleines, flaches Kunststoffboot mit Außenbordmotor stromaufwärts fahren. Im Heck des Boots kauerte ein einzelner Mann.

Der Engländer trat in den Schatten zurück, ohne zu wissen, ob er gesehen worden war. Auf dem Wasser hob der Mann im Boot ein Sprechfunkgerät an den Mund. Newman war von einer Seite beobachtet worden, die er nicht beachtet hatte – vom Fluß. Es mußte einfach gewesen sein, Novak und ihn an ihrem Tisch in dem beleuchteten Restaurant im Auge zu behalten. Meldete dieser Mann jetzt, daß der Engländer soeben das Hotel Freienhof verlassen hatte?

Bern gleicht einem riesigen Ozeandampfer aus Fels und Stein, der über die weite Landschaft emporragt. Das Stadtzentrum von Thun dagegen liegt in einem Becken auf der Insel. Newman sah zum Nordufer auf, wo bewaldete Hänge steil anstiegen und die Lichter der Häuser wie Diamanten funkelten. Er verließ die Brücke, überquerte die Straße und verschwand in einer der zahlreichen Lauben, die kleiner als die in Bern waren.

Newman kehrte auf Umwegen zu seinem Wagen zurück. Er hielt nach einem roten Porsche, nach Lee Foley und nach anderen Verfolgern Ausschau.

Ein Blick nach Süden zeigte Newman am Ende der Straße die schemenhaften Umrisse eines riesigen, verschneiten Berges. Er ging langsam weiter, horchte nach allen Seiten, passierte eine der alten holzgedeckten Brücken, die rechts von ihm übers Wasser führte, und konnte im Norden, auf dem höchsten Punkt unmittelbar über der Stadt, die mächtigen Wälle und Türme des uralten Schlosses sehen, dessen im Sternenlicht nur undeutlich sichtbare Silhouette unheimlich wirkte. Das einzige Geräusch war das Rauschen der Aare. Newmans Entschluß stand jetzt fest.

Der Engländer hatte nicht nur Umwege gemacht, um etwaige Verfolger abzuschütteln; sein einsamer Spaziergang durchs nächtliche Thun hatte ihm auch Gelegenheit gegeben, nachzudenken und eine Entscheidung zu treffen. Die letzte Aussage Novaks ging ihm nicht mehr aus dem Kopf: Kobler hat mir erklärt, er habe mir ohnehin vorschlagen wollen, heute abend freizunehmen... zuletzt hat er das an dem Abend getan, an dem Hannah Stuart gestorben ist...

Newman ging rasch zu seinem Citroën zurück, stieg ein, ließ den Motor an und fuhr durch leere Straßen bergauf in Richtung Thun Nord – zur Klinik Bern.

Im Scheinwerferlicht sprang die Schreckensszene Newman förmlich entgegen, als er über den letzten Höhenzug kam. Er hatte sich diesmal für eine Route entschieden, die ihn aus Nordosten kommend am Haupttor der Klinik Bern vorbeiführen sollte. Parallel zum Straßenrand rechts neben ihm verlief der Maschendrahtzaun, der das weitläufige Klinikgelände begrenzte. Newman wußte, daß das Labor etwa auf seiner Höhe in einiger Entfernung hinter dem Zaun liegen mußte, obwohl es wegen seiner Lage in einer Senke von der Straße aus nicht einzusehen war.

Im Scheinwerferlicht erkannte er ein weit offenstehendes Tor in dem Maschendrahtzaun. Davor standen zwei Streifenwagen mit eingeschaltetem Blaulicht. Auf dem Klinikgelände lief eine Frau über den steinigen Boden bergauf in Richtung Tor – eine Frau in einem Morgenrock oder Bademantel. Im Halbdunkel hinter ihr war eine Gestalt zu erkennen, die ihr in großen Sprüngen folgte. Einer der verdammten Dobermänner! Die Frau rannte stolpernd weiter. Vor einem der beiden Streifenwagen standen zwei Personen: Beck – und Nancy!

Der Dobermann würde die Flüchtende unweigerlich einholen, denn sie war noch zu weit vom Tor entfernt. Großer Gott! Ein regelrechter Alptraum. Newman hielt an und sah, daß Beck, der breitbeinig im Scheinwerferlicht stand, beide Hände hob.

In der rechten Hand hielt er eine Pistole, während die linke das andere Handgelenk umklammerte. Hinter Newman bremste ein weiteres Auto – kein Polizeifahrzeug. Jemand sprang aus dem Wagen. In diesem Augenblick drückte Beck ab. Der Dobermann bäumte sich im Sprung auf, schien sekundenlang in der Luft zu hängen und brach dann, sich überschlagend, zusammen. Newman hatte Mühe, den Überblick zu behalten, weil sich die Ereignisse überstürzten.

Newman stieg aus. Der zuletzt Angekommene war Hauptmann René Lachenal – diesmal in Uniform. Die Frau stolperte durch das Tor auf die Straße und brach zusammen. Newman sah, daß sie unter ihrem warmen Morgenrock einen Schlafanzug und feste Schuhe trug, an denen Schneebrocken hingen.

Nancy beugte sich bereits über die bewegungslos daliegende Gestalt. Beck sprach in sein Handfunkgerät. Newman zählte sechs Polizeibeamte in Ledermänteln und mit Pistolentaschen an der rechten Hüfte. Beck steckte seine Pistole weg und zog Handschuhe an. Er schloß das Tor, beugte sich darüber und ließ irgend etwas zuschnappen. Newman konnte nicht erkennen, was es war.

«Sie halten sich ohne Erlaubnis in einem militärischen Sicherheitsbereich auf!» rief Lachenal erregt. «Wir werden uns um die Frau kümmern...»

«Militärischer Sicherheitsbereich?» Beck richtete sich auf und trat vom Tor zurück, an dem jetzt ein Vorhängeschloß angebracht war. «Wovon reden Sie überhaupt, verdammt noch mal? Ich habe einen Krankenwagen angefordert. Er muß jeden Augenblick hier sein...»

«Hier finden Übungen statt», stellte Lachenal fest. «Die Zufahrtsstraße ist abgesperrt...»

Der großgewachsene, schlanke Offizier überragte Beck, der in Richtung Hauptstraße horchte, aus der immer lauter werdendes Sirenengeheul ertönte.

«Ja, wir haben die Straßensperre gesehen», erklärte Beck ihm. «Aber wir sind durchgefahren. Und das war offenbar ganz richtig. Auf dem offiziellen Dienstweg sind uns keine militärischen Übungen gemeldet worden. Im übrigen haben wir diese Frau gerettet. Sie haben den Hund selbst gesehen...»

Newman hatte eine ganze Reihe intensiver Eindrücke, die später wie Blitzlichtaufnahmen vor seinen Augen auftauchten. Ein Schützenpanzer rasselte heran und hielt hinter Lachenals Wagen. Aus dem Fahrzeug kletterten Soldaten mit voller Ausrüstung – Stahlhelm, Tarnanzug und Sturmgewehr – und bildeten einen weiten Halbkreis. Lachenal hob sein Nachtglas an die Augen, suchte kurz das Gelände jenseits des Zauns ab und ließ es mit ernster Miene sinken. Nancy richtete sich langsam auf und sprach so leise mit Beck, daß außer ihm nur Newman mithören konnte.

«Wir haben sie doch nicht gerettet, fürchte ich. Sie ist tot. Aber ihr Aussehen gefällt mir nicht: Soviel ich feststellen kann, deutet alles auf einen Erstickungstod hin, doch darüber hinaus zeigt ihr Körper auch Zeichen irgendeiner Vergiftung. Wenn ich eine Vermutung anstellen darf – um viel mehr kann es sich vorläufig nicht handeln –, würde ich Zyanose diagnostizieren...»

«Danke, das genügt», warf Beck ein. «Ich habe alles, was ich brauche.»

Der Krankenwagen war eingetroffen. Sein entschlossener Fahrer schlängelte sich an dem Schützenpanzer und Lachenals Wagen vorbei, bremste erst dicht vor Newmans Citroën, wendete auf der Straße und hielt neben der Toten. Die Hecktür des Krankenwagens wurde geöffnet; Fahrer und Beifahrer zogen eine Trage heraus. In diesem Augenblick trat Lachenal ihnen in den Weg.

«Wo wollen Sie mit ihr hin?» fragte er. «Ich kann sie zur sofortigen Versorgung in ein Militärkrankenhaus bringen lassen...»

«Sie ist tot, Lachenal», erklärte Beck ihm eisig.

Die Umstehenden erlebten eine beeindruckende Szene. Beck, der einen Kopf kleiner als Hauptmann Lachenal war, beherrschte den Nachrichtendienstoffizier allein durch die Ausstrahlung seiner Persönlichkeit. Der Polizeibeamte zog wieder seine Pistole und hielt sie so, daß ihre Mündung zu Boden zeigte.

«Wir nehmen sie trotzdem mit», sagte Lachenal nach einer längeren Pause. «Diese Sache fällt in unsere Zuständigkeit...»

«Irrtum, Lachenal!» widersprach Beck energisch. «*Ich* übernehme diesen Fall – und ermittle wegen Mordverdachts. Dafür ist ausschließlich die Bundespolizei zuständig. Wenn Sie übrigens nicht sofort den Befehl geben, daß Ihre Männer ihre Waffen umhängen sollen, zeige ich Sie wegen Nötigung an, sobald ich wieder in Bern bin.»

«Sie bedrohen niemand...»

«Ich warte!»

Lachenal erteilte dem Offizier, der die Soldaten befehligte, eine knappe Anweisung. Die Männer in den Tarnanzügen kletterten wieder in ihren Schützenpanzer, der mit aufheulendem Motor wendete und in Richtung Bern davonrasselte. Beck beobachtete diesen Rückzug mit eisiger Miene, ohne seine Pistole schon wegzustecken. Lachenal drehte sich um und starrte auf ihn herab.

«Mord? Das verstehe ich nicht...»

«Ich auch nicht – bis der Autopsiebefund vorliegt. Übrigens noch etwas, Lachenal: Ich habe eine Ärztin mitgebracht, die vorhin die Tote untersucht hat. Sie hat an der Leiche eine Zyanose diagnostiziert, die auf eine Vergiftung schließen läßt. Soviel zu Ihrer Information, damit Sie nicht in Versuchung kommen, sich die Sache nachträglich anders zu überlegen. Sie haben vermutlich ein Handfunkgerät, um diese plötzlich angesetzte Militärübung zu leiten? Gut, dann schlage ich vor, daß wir denselben Kanal rasten. Ich möchte in direkter Verbindung mit Ihnen bleiben, bis wir wieder sicher in Bern sind. Sind Sie vielleicht so freundlich, hinter uns herzufahren?»

«Ich halte Ihre Andeutungen für unverschämt und...»

«Aber Sie werden tun, was ich verlange», unterbrach Beck ihn grimmig. «Vergessen Sie nicht, daß ich von Mord gesprochen

253

habe. Solange kein Ausnahmezustand herrscht, hat diese Tatsache Vorrang vor allen anderen Belangen. Darin sind wir uns doch wohl einig?»

«Gut, ich begleite Sie mit meinem Wagen bis nach Bern zurück. Am besten fahren Sie voraus; dann kann der Krankenwagen kommen, und ich bilde die Nachhut.»

Beck, der psychologisch weiterhin Herr der Lage war, nickte wortlos. Die beiden Sanitäter hatten die Trage mit der Leiche in ihren Wagen geschoben und die Hecktür geschlossen. Auf Newmans Bitte bestimmte Beck einen seiner Polizeibeamten, der den Citroën nach Bern zurückfahren sollte, damit Newman mit Nancy bei Beck mitfahren konnte.

Vor der Abfahrt erteilte Beck den übrigen Polizeibeamten den Befehl, mit dem zweiten Streifenwagen eine Patrouillenfahrt um das Gelände der Klinik Bern zu machen. Dann schlug er im Vorbeigehen mit einer Hand gegen den Rahmen des herabgekurbelten Fahrerfensters des Krankenwagens, um dadurch ein Zeichen zu geben, ihm zu folgen. Beck beherrschte die Situation weiterhin so meisterhaft, daß er bis zu ihrer Abfahrt kein Wort mehr mit Lachenal zu wechseln brauchte.

Er hielt Nancy die linke hintere Tür des Streifenwagens auf, während Leupin rechts hinten einstieg. Newman hatte vorn auf dem Beifahrersitz Platz genommen. Beck machte eine Bemerkung, während er sich ans Steuer setzte.

«Die Sache mit Lachenal gefällt mir nicht. Er scheint erstaunlich schnell Soldaten alarmieren zu können. Ist Ihnen klar, daß er diesen Schützenpanzer angefordert haben muß, *nachdem* er hier angekommen war – aber *bevor* er aus seinem Wagen gestiegen ist?»

Beck war bereits angefahren, als der Engländer auf das Handfunkgerät auf seinem Schoß deutete. Das Gerät war ausgeschaltet.

«Damit könnten Sie ihn doch überwachen?» erkundigte Newman sich.

«Aber mit wem spricht er im Augenblick – auf einer ganz anderen Frequenz? Ich kann nicht alle abhören. Jedenfalls hat Lachenal sehr besorgt und unsicher gewirkt. Unser René Lachenal ist ein sehr komplexer Typ, aber im Grunde genommen ein integrer Charakter. Seine einzige Sorge gilt der Sicherheit der Schweiz...»

«Und wie weit würde er gehen, um sie zu verteidigen? Die Militärs leben in einer eigenen Welt.»

«Wahrscheinlich hängt viel davon ab, wie er in den nächsten Minuten reagiert – bevor wir die Autobahn nach Bern erreichen... Mein Gott, seht euch das an! Er muß übergeschnappt sein!»

Hinter einer leichten Kurve versperrte ein Stahlkoloß mit einer riesigen Kanone die Straße. Newman lief ein kalter Schauer über den Rücken. Er erkannte den Panzer als das Modell Leopard 2 der Schweizer Armee!

Das Kettenfahrzeug stand still. Nur ein Teil bewegte sich: Das gewaltige Kanonenrohr mit der Mündungsbremse wurde aus größter Höhe langsam gesenkt. Nancy, die hinter Beck saß, stieß einen erstickten Schrei aus, biß sich in die Fingerknöchel und konnte den Blick nicht von der herabsinkenden Mündung wenden. Bald würde sie auf Kernschußweite auf sie gerichtet sein.

Beck hatte den Wagen zum Stehen gebracht. Newman konnte sich nur zu genau vorstellen, was passieren würde. Er kannte die Wirkung einer Panzersprenggranate. Ein einziger Schuß würde genügen, um den Streifenwagen in seine Bestandteile zu zerlegen. Das Fahrzeug – und seine vier Insassen – würde verschwinden. Auch der Krankenwagen hinter ihnen würde zerschmettert werden. Die Panzerkanone senkte sich weiter.

«Die... die müssen übergeschnappt sein!» sagte Beck heiser.

Er griff nach dem Handfunkgerät, um Lachenal zu rufen, ließ es jedoch gleich wieder auf seinen Schoß fallen. Newman schüttelte zustimmend den Kopf. Sie hatten einfach nicht mehr genug Zeit, Verbindung mit dem Hauptmann aufzunehmen –

wann Lachenal auf der vereinbarten Frequenz überhaupt hörbereit war.

«Dafür bleibt keine Zeit», stellte Newman warnend fest.

«Ja, ich weiß ...»

Die Panzerkanone schien sich im Zeitlupentempo, aber trotzdem unaufhaltsam zu bewegen. Ursprünglich hatte sie senkrecht gestanden, aber jetzt hatte sie fast die waagrechte Position erreicht und brauchte nur noch um wenige Winkelgrade gesenkt zu werden, um die Insassen des Wagens genau in diese bedrohliche Mündung starren zu lassen.

Nancy sah zu Leupin hinüber. Auf dem Gesicht des hageren Kriminalbeamten standen Schweißperlen. Er schien von der unaufhaltsamen Bewegung des gewaltigen Kanonenrohrs wie hypnotisiert zu sein. Ohne den Blick von der Panzerkanone zu wenden, legte er Nancy die linke Hand auf den Arm, um sie dadurch vielleicht etwas zu beruhigen.

«Festhalten!» rief Beck plötzlich.

Er nahm den Fuß von der Bremse und trat das Gaspedal durch. Der Audi schoß auf der vereisten Straße vorwärts, schleuderte, fing sich wieder, als Beck blitzschnell gegenlenkte, und raste mit aufheulendem Motor auf den Panzer zu, der ins Riesenhafte anwuchs und die gesamte Windschutzscheibe ausfüllte. Die Kanonenmündung war nun fast direkt auf sie gerichtet. Newman stellte sich den entsetzlichen Augenblick vor, in dem die Sprenggranate ihren Wagen treffen würde. Wie lange würde es dauern, bis Sekundenbruchteile nach dem Abfeuern der Panzerkanone ein Hammerschlag den Audi in ein flammendes Inferno verwandeln und seine Insassen zerfetzen würde?

Beck, dessen Gesicht vor Anstrengung zu einer Grimasse erstarrt war, bremste scharf, riß das Lenkrad herum und ließ den Wagen in den toten Winkel unter der Panzerkanone rutschen. Obwohl seine Mitfahrer sich festhielten, wurden sie durch diese plötzliche Drehung nach vorne geschleudert. Beck hatte den Streifenwagen dicht vor den mächtigen Gleisketten des Panzers zum Stehen gebracht. Dort waren sie für die Kanone unerreichbar. Sofort griff Beck wieder nach dem Handfunkgerät.

«Lachenal! Hören Sie mich?...Gut! Was soll dieser Scheiß, verdammt noch mal? Hier wird die Straße von einem Panzer versperrt, der seine Kanone auf uns gerichtet hat. Ich stehe über Funk mit Bern in Verbindung und habe die Sache mit der Straßensperre bereits weitergemeldet. Sorgen Sie dafür, daß dieser fahrbare Schrotthaufen die Straße räumt! Er soll uns Platz machen...Haben Sie verstanden?»

«Ich habe versucht, Sie zu erreichen...» Die Nervosität in Lachenals Stimme war auch durch das Funkgerät deutlich zu hören. «Aber Sie haben nicht auf meinen Anruf reagiert. Die Sache ist halb so schlimm. Kobler wartet in meinem Wagen auf Sie. Er möchte Sie sprechen. Der Panzer sollte Sie lediglich daran hindern, daß Sie nach Bern weiterfahren. Kobler hat mich am Haupttor der Klinik angehalten...»

«Kobler soll der Teufel holen!» antwortete Beck scharf. Er lenkte mit der freien Hand und setzte den Audi etwas zurück. «Ich fordere Sie jetzt zum letztenmal auf, den Panzer von der Straße zu schaffen! Diese Sache wird noch ein Nachspiel haben, darauf können Sie sich verlassen!»

«Der Befehl ist bereits erteilt», meldete Lachenal prompt.

«Sie müssen verstehen, daß hier im Augenblick Übungen stattfinden, die...»

«Koblers militärische Privatübungen?»

Das brachte Lachenal zum Schweigen. Sie beobachteten mit angehaltenem Atem, wie der Leopard 2 sich langsam in Bewegung setzte, mit rasselnden Ketten fast auf der Stelle wendete und in einen Feldweg bog, um die Straße frei zu machen. Beck sah in den Rückspiegel und gab dem Fahrer des Krankenwagens ein Handzeichen, um anzudeuten, daß alles vorüber sei. Sobald die Straße vor ihm frei war, gab er Gas, fuhr links an dem Panzer vorbei und folgte der zur Autobahn führenden Nebenstraße.

22

«Ich glaube, daß ich Ihnen eine Erklärung für Dr. Kennedys Anwesenheit schuldig bin, Bob», sagte Beck auf der Autobahn. «Einer meiner Leute – übrigens Leupin, der hinter Ihnen sitzt – hat das Hotel Bellevue Palace überwacht und gesehen, wie sie herauskam. Er hat sie gebeten, einen Augenblick zu warten, und mich gerufen. Von meinem Büro bis zum Hotel braucht man nur zwei Minuten – mit Blaulicht und Sirene, versteht sich», fügte er mit einem schwachen Lächeln hinzu.

«Ich hatte dich doch ausdrücklich gebeten, das Hotel unter keinen Umständen zu verlassen, Nancy!» begann Newman ungehalten. «Warum...»

«Bitte!» unterbrach Beck ihn. «Lassen Sie mich erst ausreden. Sie haben selbst gesehen, wie wertvoll ihre Anwesenheit vorhin gewesen ist. Dr. Kennedy hatte einen dringenden Anruf aus der Klinik Bern erhalten, in dem ihr mitgeteilt wurde, daß sich der Gesundheitszustand ihres Großvaters erheblich verschlechtert habe. Ich habe sie dazu überredet, mit mir ins Hotel zurückzugehen, um Dr. Kobler anzurufen. Er hat mir erklärt, von der Klinik aus sei kein derartiges Gespräch geführt worden – und Jesse Kennedy schlafe friedlich. Wir wissen noch immer nicht, wer versucht hat, sie aus dem Hotel zu locken. Da ich selbst auf dem Weg zur Klinik war, habe ich sie mitgenommen. Ich hab's für richtig gehalten, ein bißchen auf sie achtzugeben.»

«Weshalb sind Sie ausgerechnet heute nacht zur Klinik Bern gefahren?»

«Ich habe dort einen Informanten», antwortete Beck geheimnisvoll.

«Wer ist das?»

«Geben Sie als Journalist immer Ihre Quellen preis?» erkundigte Beck sich spöttisch. «Wir sind am Haupttor vorbei zum zweiten Tor gefahren...»

«Das zufällig offen war?» fragte Newman ungläubig.

«Ich selbst habe es geöffnet. Im Kofferraum liegt ein Bolzenschneider, mit dem ich die Kette am Tor aufgeschnitten habe. Das war natürlich nicht ganz legal, aber wir haben gesehen, wie diese arme Frau auf das Tor zugelaufen ist. Danach habe ich das Tor mit einem neuen Schloß, das ich vorsichtshalber mitgebracht hatte, wieder versperrt.»

«Sie scheinen wirklich an alles gedacht zu haben», meinte Newman anerkennend.

«Ich kenne die Akte Hannah Stuart in- und auswendig. Wie Sie wissen, gibt es in dieser Angelegenheit einen Zeugen, dessen Aussage ich nicht verwenden darf. Nach meinem Besuch in der Klinik bin ich zu dem dem Labor am nächsten gelegenen Tor gefahren und habe mir angesehen, wie es gesichert war. Ich habe auf eine zweite Gelegenheit gehofft – ohne jedoch vorauszusehen, daß sie sich unter so tragischen Umständen ergeben würde.»

«Was haben Sie jetzt vor?»

«Bevor wir weiterreden, muß ich Sie nochmals darauf aufmerksam machen, daß alles, was wir hier besprechen, streng vertraulich ist. Ich vollführe einen Drahtseilakt – aber das wissen Sie ohnehin. Wir bringen die Tote jetzt ins Leichenhaus. Ich habe Dr. Kleist schon benachrichtigen lassen, daß sie wieder ihre Nachtruhe opfern muß. Aber ich möchte, daß sie Dr. Kennedys Diagnose hört. Sie sollten ihr übrigens danken, daß sie mitgekommen ist, anstatt ihr Vorwürfe zu machen!»

«Sie sind ihr für ihre Hilfe dankbar?»

«Allerdings!» Beck machte es sich am Lenkrad bequemer. Sie hatten die Ausfahrt Bern-Belp passiert und würden bald am Ziel sein. Er warf einen Blick in den Rückspiegel, bevor er fortfuhr. «Aufgrund der Tatsache, daß Dr. Kennedy Zyanose und Erstickungstod diagnostiziert hat, gab es für Lachenal überhaupt keine Möglichkeit, sich uns gegenüber durchzusetzen. Das war potentieller Mord und fällt damit in meinen Zuständigkeitsbereich...»

«Es gibt doch irgendeine Abgrenzung der Kompetenzen von Bundespolizei und Nachrichtendienst?»

«Ja, aber diese Grenzen sind fließend. Offiziell arbeiten wir stets zusammen. Für Fragen der Staatssicherheit sind wir beide zuständig. Das ist ein sehr dehnbarer Begriff. Hätte Lachenal überzeugend darlegen können, daß dies ein Fall für die Spionageabwehr sei, hätten wir die Leiche ihm überlassen müssen. Sobald auch nur der geringste Verdacht bestand, hier könnte es sich um Mord handeln, hatte ich sie!»

«Was Nancy betrifft, sollte ich Ihnen wohl wirklich dankbar sein...»

«Allerdings!»

Newman drehte sich um, um mit Nancy zu sprechen. Hinter dem Krankenwagen, der reichlich Abstand hielt, um Beck nicht zu blenden, konnte Newman auf der jetzt beleuchteten Autobahn einen roten Porsche erkennen. Er fragte sich, ob Beck ihn ebenfalls bemerkt hatte.

«Ich hasse diesen Karbolmief», sagte Newman unvorsichtigerweise, als sie an einem Tisch saßen und Kaffee tranken. «Und auf leeren Magen ist er noch unangenehmer...»

«Jetzt fängst du schon wieder davon an!» warf Nancy ihm erregt vor. «Dir ist einfach alles zuwider, was auch nur entfernt mit Medizin zu tun hat – vielleicht auch Ärztinnen?» fragte sie aufgebracht.

«Wir sind alle müde», stellte Beck fest. Er tätschelte beschwichtigend Nancys Hand. «Und wir haben alle einen höchst aufregenden Abend hinter uns.» Er sah zu Newman hinüber. «Am besten nehmen Sie ihn nicht mit, wenn Sie Krankenbesuche machen», schlug er lächelnd vor.

Sie saßen im Vorraum des Leichenhauses, in dem sie nun bereits unendlich lange warteten – das war zumindest Newmans Ein-

260

druck. Wie üblich roch es hier nach starken Desinfektionsmitteln. Die weißgestrichenen Wände waren kahl, und die Einrichtung beschränkte sich auf das absolute Minimum. Das einzige
Fenster hatte Milchglasscheiben, so daß man nicht einmal auf
die Straße sehen konnte.

«Anna arbeitet wie immer gründlich», stellte Beck fest, um das
entstandene Schweigen zu unterbrechen.

«Aber sie kommt bestimmt bald zurück...»

Dr. Kleist, die Pathologin, hatte bei ihrer Ankunft bereitgestanden, um die Leiche der Unbekannten sofort zu untersuchen.
Beck hatte die beiden Ärztinnen miteinander bekannt gemacht,
bevor Dr. Kleist verschwunden war, ohne noch weitere Fragen
zu stellen. Newman war eben aufgestanden, um sich die Beine
zu vertreten, als die Tür aufging. Die Pathologin erschien auf
der Schwelle und wandte sich in fast akzentfreiem Englisch an
Nancy.

«Tut mir leid, daß ich Sie so lange habe warten lassen. Ich
glaube, daß ich jetzt in der Lage bin, ein vorläufiges Urteil über
die Todesursache dieser Unglücklichen abzugeben...»

Tweed kam mit Flug SR 837 um 21.30 in Genf-Cointrin an. Er
hastete durch die Paß- und Zollkontrolle, rannte mit seinem
kleinen Koffer in der Hand durch die Ankunftshalle und winkte
draußen ein Taxi heran. Er versprach dem Fahrer ein gutes
Trinkgeld, damit er sich beeilte, und hatte außerdem Glück:
Auf der Fahrt zum Bahnhof Cornavin standen alle Ampeln auf
Grün.

Er erwischte gerade noch den Schnellzug um 21.45 Uhr und
sank keuchend in die Polster eines Abteils Erster Klasse, als der
Zug auch schon aus dem Bahnhof glitt. Nach der Ankunft in
Bern um 23.34 Uhr fuhr er mit einem Taxi zum Hotel Bellevue
Palace, wo ein Zimmer für ihn reserviert war.

«Bringen Sie bitte meinen Koffer hinauf», forderte Tweed den
Pagen auf Französisch auf, bevor er sich wieder an die Empfangsdame wandte. «Ich bin der Testamentsvollstrecker von

Monsieur Mason, der hier in der Aare ertrunken ist, wie Sie bestimmt gehört haben. Mein Londoner Büro hat sich wegen dieser Sache mit der Hoteldirektion in Verbindung gesetzt...»

«Ja, hier liegt eine Aktennotiz darüber.»

«Gott sei Dank!» Tweed machte eine Pause. «Monsieur Mason ist zugleich einer meiner engsten Freunde gewesen. Darf ich die Papiere sehen, die er im Hoteltresor hinterlegt hat? Ich will sie nicht mitnehmen – Sie können zusehen, während ich sie kurz durchblättere. Es geht da um einige Fragen, die den Nachlaß betreffen...»

«Monsieur Mason hatte kein Schließfach bei uns.»

«Aha!» Tweed wirkte leicht verwirrt. «Dürfte ich um etwas Ungewöhnliches bitten? Ich möchte einen Blick in sein Zimmer werfen. Oder ist es schon wieder besetzt?»

«Nein, noch nicht. Sie können es sich gern ansehen.» Sie gab ihm den Schlüssel. «Das Zimmer ist geputzt worden, und die Bundespolizei hat sein gesamtes Gepäck beschlagnahmt.»

«Ja, natürlich. Darf ich's mir rasch ansehen? Nur für ein paar Minuten?»

«Selbstverständlich! Den Aufzug finden Sie...»

«Danke, ich weiß, wo der Aufzug ist. Ich habe schon mehrmals hier gewohnt.»

Tweed fuhr in den dritten Stock hinauf. Die Erwähnung der Bundespolizei beunruhigte ihn, während er die Zimmertür aufschloß, das Hotelzimmer betrat und die Tür hinter sich verriegelte. Das ließ auf Arthur Beck schließen. Trotzdem gab es für die hiesige Polizei keinen Anlaß, Mason für etwas anderes als einen Marktforscher zu halten, als der er sich im Hotel eingetragen hatte.

Er blieb einige Sekunden lang an der Tür stehen, als gelte es, dem Toten durch diese Geste die letzte Ehre zu erweisen. Aber dann wurde er sich der Unpersönlichkeit und Leere dieses Hotelzimmers bewußt und murmelte vor sich hin: «Sentimentaler alter Dummkopf...» Die Preisfrage war jetzt: Wo konnte Mason seinen Bericht versteckt haben?

Für Tweed stand außer Zweifel, daß Mason einen schriftlichen Bericht über Professor Armand Grange verfaßt haben mußte – schon um für den Fall eines «Unfalltods» vorzusorgen, der jetzt leider wirklich eingetreten war. Mason war ein Profi durch und durch. *War einer gewesen*, verbesserte Tweed sich innerlich selbst.

Als erstes sah er sich im Bad um – allerdings ohne große Hoffnung. Die Schweizer Zimmermädchen waren für ihre Gründlichkeit bekannt. So war es kein Wunder, daß seine Suche dort erfolglos blieb.

Also blieb nur noch das Zimmer selbst, in dem es nicht viele geeignete Verstecke geben konnte. Das war ein Problem, vor dem schon Mason gestanden haben mußte. Wie hatte er es gelöst? Tweed stieg auf einen Stuhl und tastete die Innenseite der Vorhänge dicht unter der Deckenschiene nach einem dort mit Klebband befestigten Umschlag ab. Nichts.

Er kniete nieder, um die beiden Tische von unten zu untersuchen. Dann richtete er sich wieder auf, blieb mit dem Rücken zur Wand stehen und suchte das Zimmer systematisch ab. Ließ man das Bett und den Einbauschrank außer acht, weil sie als Verstecke ungeeignet waren, blieb nur eine kleine Spiegelkommode übrig. Tweed zog die oberste Schublade auf. Sie war mit Papier ausgelegt, tadellos sauber – und gähnend leer.

Das Notizbuch war mit Klebband an der Rückseite der dritten Schublade von oben befestigt. Tweed entdeckte es, als er alle vier Schubladen herauszog. Selbst von dem ordentlichsten Zimmermädchen konnte man nicht erwarten, dort hinten Staub zu wischen.

Das linierte Notizbuch entsprach in Größe und Umfang den in Schulen üblichen Vokabelheften. Es war verhältnismäßig teuer gewesen. Auf dem Umschlag klebte noch das weiße Preisschild: *Fr. 2.20.* Der kleine Aufkleber gab auch an, wo das Heft gekauft worden war: *Paputik*, Am Waisenhausplatz, Bern. Also in der Nähe des Präsidiums der Kantonspolizei. Aber das hatte sicher nichts zu bedeuten...

263

Die wie gestochen wirkende gleichmäßige Handschrift, mit der gut die Hälfte des Notizbuchs vollgeschrieben war, versetzte Tweed einen Stich, aber die Notizen vermittelten ihm gleich darauf wichtige Informationen. Die erste Eintragung begann mit den Worten *Professor Dr. Armand Grange, geboren am 5. Mai 1924*... Tweed las die Eintragungen, an der Kommode stehend, durch und steckte das Notizheft dann in die Innentasche seiner Jacke.

Tweed verfügte über außerordentliche Konzentrationsfähigkeit – und ein photographisches Gedächtnis. Von nun an würde er Masons «Testament» – so konnte man diese Aufzeichnungen praktisch nennen – Wort für Wort zitieren können.

Er verließ das Hotelzimmer, sperrte hinter sich ab und fuhr mit dem Aufzug in die Hotelhalle hinunter. Dort gab er den ausgeliehenen Zimmerschlüssel zurück, nickte dem Portier zu und trat durch die Drehtür auf die Straße. Tweed nahm die kalte Nachtluft kaum wahr, als er sich nach rechts wandte und beide Hände in den Taschen seines alten, mehrmals geflickten Lammfellmantels vergrub.

Tweed, dessen Beine sich wie stämmige Kolben auf- und abbewegten, kam erstaunlich rasch voran. Auf der Höhe des Casinos überquerte er die Straße und marschierte die rechte Arkade der Münstergasse entlang. Obwohl er tief in Gedanken versunken war, beobachtete er automatisch den tunnelförmigen Bogengang vor ihm und die Lauben auf der gegenüberliegenden Straßenseite.

Als er den großen Platz vor dem Münster erreichte, ging er außen herum, anstatt ihn zu überqueren. Auf großen, weiten Plätzen war man zu gut zu erkennen und konnte leicht von einem Auto überfahren werden. Tweed betrat die Plattform durch das offene Tor, spürte plötzlich wieder den Wind im Gesicht und hörte den Kies unter seinen Schuhen knirschen.

Er trat an die niedrige Mauer, blieb stehen und betrachtete nachdenklich die tief unter ihm vorbeifließende Aare. Obwohl Tweed es in diesem Augenblick gar nicht wissen konnte, stand er fast genau an der Stelle, an der Julius Nagy in die Tiefe gestürzt worden war. Dies war auch keine Wallfahrt, bei der es darum ging, einen Blick auf den Fluß zu werfen, in dem Mason den Tod gefunden hatte. Für diese Idee hätte Mason nur ein verächtliches Schnauben übrig gehabt.

Nein, Tweed versuchte festzustellen, wie er umgebracht worden war. Das war natürlich das Werk eines Profis gewesen. Ein ausgebildeter Killer, ein Soldat mit Einzelkämpferausbildung – oder ein Polizeibeamter. Keinem anderen wäre es gelungen, nahe genug an Mason heranzukommen, um ihn zu ermorden. Seine Augen suchten den Fluß zwischen Dalmazi- und Kirchenfeldbrücke ab.

Von Wiley, dem «Handelsattaché» der englischen Botschaft, hatte Tweed am Telefon genügend Einzelheiten gehört, um den Tathergang rekonstruieren zu können. Er versuchte, sich vorzustellen, wie *er* diesen Mord geplant hätte.

Nach Tweeds Überzeugung war die Leiche absichtlich an einer Stelle in den Fluß geworfen worden, wo sie gegen eine der Schleusen getrieben und übel zugerichtet werden würde. Dazu genügte es nicht, Mason nur von der Aarstraße unterhalb der Münsterplattform in den Fluß zu stoßen: Der Tote hätte zu leicht ins ruhige Wasser des Nebenarms bei der Primarschule treiben können.

Auch die Kirchenfeldbrücke kam nicht in Frage – dort herrschte zu starker Verkehr. Folglich mußte die kleinere und viel niedrigere Dalmazibrücke der Tatort gewesen sein. Ein Toter oder Bewußtloser – Mason mußte zumindest bewußtlos gewesen sein, denn er war ein hervorragender Schwimmer gewesen –, der von der Brückenmitte in die Aare geworfen wurde, mußte von der Strömung mitgerissen und gegen eine der Schleusen geworfen werden.

Tweed, für den jetzt feststand, wie dieser abscheuliche Mord begangen worden war, verließ die Plattform und ging die Münstergasse entlang weiter. Zwischen den alten Häusern war es sehr still. Seine Schritte waren das einzige Geräusch in dieser

Winternacht. Tweed bog in die Junkerngasse ein, die in Richtung Aare abfiel. Kurz bevor er sein Ziel erreichte, blieb er stehen und horchte nach allen Seiten. Er legte größten Wert darauf, sie nicht etwa zu gefährden.

Dann ging er ein Haus weiter und blieb vor einem Eingang mit drei Klingelknöpfen stehen. Die neueingebaute Sprechanlage gefiel ihm. Er drückte auf den Klingelknopf neben dem Namensschild *B. Signer*.

«Ja, bitte?» Blanches Stimme klang etwas blechern aus dem Lautsprecher.

«Tweed...»

«Kommen Sie rauf!»

23

Dr. Anna Kleist zog sich einen Stuhl heran und setzte sich Nancy gegenüber. Newman war bereits aufgefallen, daß die beiden Ärztinnen dieselbe Wellenlänge zu haben schienen. Die Pathologin nahm ihre getönte Brille ab, faltete die Hände auf dem Tisch und begann zu sprechen.

«Was Sie mir erzählen können, ist unter Umständen sehr wichtig», erklärte sie ihrer amerikanischen Kollegin. «Mr. Beck hat mir gesagt, daß Sie die Tote als erste untersucht haben. Vielleicht interessiert Sie, daß ich Dr. Kobler in der Klinik Bern angerufen habe. Er hat mir mitgeteilt, bei der Patientin handle es sich um Mrs. Holly Laird aus Houston, Texas. Seiner Darstellung nach soll sie sich in einem Zustand geistiger Umnachtung befunden haben. Sie hat eine Klinikangestellte namens Astrid überwältigt, ihr den Schlüssel zum Giftschrank abgenommen und eine größere Dosis Zyankali gestohlen. Obwohl

Kobler sich bemüht hat, ruhig zu wirken, konnte er seine Aufregung nicht verbergen. Er hat jede seiner Aussagen sofort wieder abgeschwächt. ‹Unter Vorbehalt der Nachprüfung›, hat er jedesmal gesagt. Würden Sie mir bitte schildern, welchen Eindruck Sie bei der ersten Untersuchung von Mrs. Laird hatten?»

«Eine regelrechte Diagnose war natürlich nicht möglich», antwortete Nancy sofort. «Die Untersuchung mußte unter keineswegs idealen Bedingungen durchgeführt werden. Ich bin nicht nur von Polizeibeamten, sondern auch von Soldaten mit schußbereiten Waffen umgeben gewesen. Außerdem ist es dunkel gewesen. Ich hatte lediglich eine Taschenlampe, die mir einer der Polizeibeamten geliehen hat. Sie verstehen doch, was ich damit sagen will?»

«Ja, natürlich.»

«Zu berücksichtigen war vor allem die Möglichkeit, daß der Tod durch Erfrieren oder Erschöpfung eingetreten war. Dort draußen ist es eisig kalt gewesen, und Mrs. Laird hat nur einen Schlafanzug und ihren Morgenrock getragen. Möglicherweise ist sie ziemlich weit gerannt, bevor sie die Straße erreicht hat.»

«Tod durch Erfrieren?» erkundigte sich Dr. Kleist. «Sind Sie zu dieser Diagnose gelangt?»

«Nein!» Nancy sprach schneller. «Ich hatte den Eindruck, hier liege eher eine Art von Erstickungstod vor. Und die Zyanose der Gesichtshaut war unübersehbar. Ihr Gesicht war darüber hinaus zu einer entsetzlichen Grimasse verzerrt, wie sie bei Zyanose häufig auftritt.»

«Darf ich eine Zwischenfrage stellen, Anna?» warf Beck ein. «Wie ist deine erste Reaktion auf Dr. Kennedys vor Ort gestellte Diagnose?»

Als die Pathologin am Tisch Platz genommen hatte, hatte sie einen Notizblock aus der Tasche ihres blaßgrünen Arztkittels gezogen und vor sich hingelegt. Jetzt begann sie, mit einem Kugelschreiber irgend etwas darauf zu zeichnen. Newman vermutete, daß sie sich dabei besser konzentrieren konnte. Sie kritzelte weiter, während sie mit ihrer sanften Stimme antwortete.

«Meine Untersuchung hat diese ersten Eindrücke bisher bestätigt. Allerdings bleibt noch das Ergebnis der Blutuntersuchung abzuwarten, von dem ich mir weitere Aufschlüsse verspreche.»

«Wie lange dauert diese Untersuchung?» wollte Newman wissen. «Vielleicht bleibt uns nicht mehr allzuviel Zeit...»

«Zwei bis drei Tage. Dafür ist ein anderer Pathologe zuständig. Ich kann ihn nur bitten, so schnell wie möglich zu arbeiten.»

«Dann müssen wir eben warten», stellte Newman fest.

«Mir ist noch etwas anderes aufgefallen, das ich mir nicht recht erklären kann», fuhr Dr. Kleist fort. «Es handelt sich um seltsame Hautabschürfungen an Hals und Schädeldecke der Toten.»

«Würgmale?» fragte Beck sofort.

«Nein, viel schwächer. Man könnte eher glauben, Hals und Kopf seien von straffsitzenden Webbändern umschlossen gewesen...» Die Ärztin zeichnete noch immer auf ihrem Notizblock. «Als ob sie – so bizarr das klingen mag – kurz vor ihrem Tod eine enganliegende Kopfbedeckung getragen hätte...»

«Eine Art Maske?» schlug Beck vor.

«Möglicherweise», stimmte sie zu, aber das klang nicht sonderlich überzeugt. «Sicher läßt sich vorerst nur sagen, daß ein Erstickungstod vorliegt.»

«Eine Sauerstoffmaske?» erkundigte Beck sich. «Das wäre ein Gerät, das zur Ausstattung einer Klinik passen würde. Könnte jemand die Sauerstoffzufuhr abgedreht und dadurch ihren Erstickungstod herbeigeführt haben?»

Die Ärztin schüttelte den Kopf. «Nein. Du hast doch selbst gesehen, daß sie ziemlich weit gerannt ist, bevor sie zusammengebrochen ist. Wir müssen den *Wirkstoff*, der ihren Tod verursacht hat, isolieren und identifizieren. Dazu brauchen wir das Ergebnis der Blutuntersuchung.» Sie runzelte die Stirn. «Die Hautabschürfungen kommen mir so eigenartig vor. Aber in diesem frühen Stadium läßt sich noch nichts Bestimmtes sagen. Auch meine Untersuchungen sind keineswegs abgeschlossen.»

«Sie haben uns vorhin gesagt, die Tote sei eine Mrs. Holly Laird aus Houston», warf Newman ein. «Haben Sie von Kobler weitere Angaben zu ihrer Person bekommen? Wie alt ist sie übrigens gewesen?»

«Fünfundfünfzig. Ja, ich habe Kobler um nähere Angaben gebeten. Er wollte nicht recht mit der Sprache heraus, aber andererseits wollte er wohl nicht den Eindruck erwecken, er sei nicht kooperationsbereit. Mrs. Laird hat nominell an der Spitze eines ganzen Ölimperiums gestanden. Sie ist von ihrer Stieftochter mit einem firmeneigenen Jet in die Schweiz gebracht worden...»

«Wissen Sie etwas über ihren Mann?» fragte Newman rasch.

«Er ist seit Jahren tot. Mehr war aus Kobler nicht rauszukriegen.» Sie sah zu Beck hinüber. «Ich habe behauptet, meine Fragen in deinem Auftrag zu stellen, sonst hätte ich nicht einmal diese wenigen Informationen bekommen...»

«Schon wieder einer dieser Fälle», meinte Newman nachdenklich.

«Was soll das heißen?» erkundigte sich Beck.

«Das erzähle ich Ihnen später.» Newman stand auf. «Wir haben Sie schon viel zu lange aufgehalten», sagte er mit einem um Entschuldigung bittenden Lächeln zu Dr. Kleist. «Ich bin Ihnen für Ihre Auskünfte in diesem frühen Stadium sehr dankbar.»

«Bitte, gern geschehen.» Die Ärztin zögerte, während sie zu Newman aufblickte. «Vielleicht kann ich Ihnen morgen früh mehr sagen...»

«Sie arbeiten die Nacht durch?» fragte der Engländer mit ungläubigem Unterton in der Stimme.

«Dieser Mann...» Dr. Kleist stand ebenfalls auf und hakte Beck unter. «Dieser Mann hier ist der gefühlloseste Sklaventreiber der Schweiz. Ist dir das eigentlich klar, Arthur?» fügte sie lächelnd hinzu.

269

Beck zuckte grinsend mit den Schultern. «Du würdest ohnehin weiterarbeiten, aber ich weiß dein Pflichtbewußtsein zu schätzen. Und ich habe denselben Verdacht wie Newman: Jede Minute kann kostbar sein.»

«Hätten Sie etwas dagegen, wenn ich Ihre Zeichnung mitnähme?» fragte Newman die Ärztin, als sie sich zum Gehen wandten. «Ich sammle Strichmännchen und ähnliche Zeichnungen, die Leute nebenbei, ohne nachzudenken, zu Papier bringen...»

«Bitte sehr!»

Dr. Kleist riß das Blatt ab, faltete es zusammen und gab es Newman. Sie beobachtete mit eigenartigem Lächeln, wie er es sorgfältig in seine Brieftasche steckte.

Beck war auffällig schweigsam, als er sie mit seinem Dienstwagen ins Bellevue Palace zurückfuhr. Nancy hatte den Eindruck, nach den Ereignissen dieser Nacht sei jedermann erschöpft. Sie wartete, bis sie in ihrem Zimmer waren, bevor sie die Frage stellte, die ihr schon lange auf der Zunge lag.

«Was ist auf dem Blatt zu sehen, das du dir hast geben lassen?»

«Beweisstück A. Bei gedankenlosen Kritzeleien geben clevere Leute manchmal preis, was in ihrem Unterbewußtsein vor sich geht. Mach dich auf einen Schock gefaßt! Die Kleist ist sehr clever. Hier...»

«Großer Gott!»

Nancy sank aufs Bett, während sie die Zeichnung, die die Schweizer Pathologin während ihres Gesprächs angefertigt hatte, entsetzt anstarrte: eine bedrohlich wirkende Gasmaske!

24

Tweed nahm auf dem Sofa Platz, und Blanche Signer, die ihn wie ihren Lieblingsonkel behandelte, stopfte ihm ein Kissen in den Rücken. Sie hatte Tweed sehr gern. Er war ein netter Mann, ein freundlicher Mann. Er sah ihr nach, als sie in die Küche ging, und bewunderte ihre geschmeidig-eleganten Bewegungen.

Er lehnte sich gegen das Kissen und sah sich im Wohnzimmer um, weil er feststellen wollte, ob sich hier seit seinem letzten Besuch etwas verändert hatte. Dann fiel ihm das in Silber gerahmte Porträtphoto eines Mittfünfzigers in der Uniform eines Schweizer Obersten auf. Tweed kniff die Augen zusammen, stand auf und trat rasch darauf zu, um es aus der Nähe zu betrachten.

«Das ist mein Stiefvater», sagte Blanche, die mit einer bereits entkorkten Weinflasche aus der Küche zurückkam. «Er hat mich adoptiert, als meine Mutter – die letztes Jahr gestorben ist – nach ihrer Scheidung wieder geheiratet hat.»

«Merkwürdig, daß mir das Bild noch nie aufgefallen ist», meinte Tweed bedächtig. «Ein gutaussehender Mann...» Er gab sich alle Mühe, unbefangen zu wirken.

«Hier!» rief sie übermütig aus. «Eine Flasche Montrachet – eigens für Sie! Da, sehen Sie nur!» Sie hielt ihm das mit Kondenswasser benetzte Etikett hin, damit er den Jahrgang würdigen konnte.

«Eigentlich wollte ich um Kaffee bitten...»

«Kommt nicht in Frage!» widersprach Blanche energisch. «Sie haben eine anstrengende Reise hinter sich. Aus Genf – beziehungsweise aus London, wenn man's genau nimmt. Und es ist schon nach Mitternacht. Sie brauchen etwas zur Entspannung.»

«Tut mir leid, daß ich so spät komme.»

«Aber Sie haben doch vorher angerufen...» Sie schenkte die beiden eleganten Weingläser auf dem Couchtisch voll. «Sie wissen doch, daß ich wie Sie eine Nachteule bin – ein Vogel, der die Nacht liebt, der auf Zweigen hockt und klagende Laute ausstößt!»

«Ich glaube, daß es mir heutzutage schwerfallen würde, einen Baum zu erklimmen», stellte Tweed nüchtern fest. «*Cheers!* Ah, das tut wirklich gut... Sind Sie oft mit Ihrem Stiefvater zusammen?»

«Eigentlich nur sehr selten. Wir verstehen uns überhaupt nicht. Er geht seinen Weg, ich gehe meinen. Er weiß nicht einmal, wovon ich lebe – das vermute ich zumindest. Andererseits gehört er zu den Leuten, die über fast alles, was in der Schweiz vor sich geht, informiert zu sein scheinen. Er ist übrigens nur Reserveoffizier.»

«Aha», sagte Tweed und beließ es dabei. «Wahrscheinlich haben Sie in dieser kurzen Zeit noch nichts über den Mann, dessen Namen ich Ihnen genannt habe, in Erfahrung bringen können?»

Blanche trug zu ihren schwarzen Lederjeans eine weiße Bluse, von der sich ihre tizianrote Mähne selbst im gedämpften Licht der Tischlampen sehr wirkungsvoll abhob. Sie hatte ihre flachen Schuhe abgestreift, hockte neben Tweed auf der Sofalehne und schlug die langen Beine übereinander. Er spürte, daß sie imstande war, ihn ein bißchen aufzuziehen, und wünschte sich in diesem Augenblick eine Tochter wie sie: eine temperamentvolle, gescheite junge Frau, mit der man sich stundenlang unterhalten konnte.

«Ich bin Manfred Seidler vielleicht schon auf der Spur», antwortete Blanche. «Das Dumme dabei ist nur, daß Fragen meines Berufsethos hereinspielen – und daß Sie sich am Telefon so geheimnisvoll gegeben haben. Ich soll einen Mann aufspüren, der vor kurzem mit einem Schweizer Geschäftsreiseflugzeug aus Wien angekommen ist. Und ich soll versuchen, Informationen über diesen Seidler zu sammeln. Sind die beiden miteinander identisch?»

«Das weiß ich offen gestanden selbst nicht», gab Tweed zu. «Der Mann, der mit dem Flugzeug aus Wien gekommen ist, spielt eine ziemlich wichtige Rolle. Von Seidler vermute ich lediglich, daß er für uns interessant sein könnte. Ich weiß viel über ihn und seine Aktivitäten. Immer am Rande der Legalität, manchmal wahrscheinlich darüber hinaus.» Er leerte sein Glas, und sie schenkte ihm nach. «Wirklich wunderbar! Was hat Ihr Berufsethos mit diesem Fall zu tun? Etwa wegen eines weiteren Klienten?»

«Sie kluge alte Schlange!» Blanche fuhr ihm mit einer Hand durchs Haar. Tweed wußte gar nicht mehr, wann die vorletzte Frauenhand ihm durchs Haar gefahren war, aber Blanche verstand es, daraus eine ganz natürliche, Zuneigung verratende Geste zu machen. «Ja, wegen eines anderen Klienten», bestätigte sie.

«Diese Sache ist wichtig – für mein Land», sagte Tweed mit einem Blick auf das Photo im Silberrahmen. «Daher wahrscheinlich auch für das Ihre. Wir sitzen alle im gleichen Boot.»

«Wissen Sie, was ich nie möchte?» Blanche beantwortete ihre Frage gleich selbst. «Ich möchte nie von Ihnen verhört werden! Sie verstehen es viel zu gut, einen zu überreden...»

Er wartete und trank dabei einen Schluck Wein. Ihre Hand war herabgeglitten, so daß sie jetzt auf seiner Schulter lag. Tweed blickte zu ihr auf und sah, daß Blanche ins Leere starrte. Er schwieg weiter.

«Gut!» sagte Blanche schließlich. «Damit gebe ich zum erstenmal den Namen eines Klienten preis, aber ich setze voraus, daß Sie mich nicht dazu veranlassen würden, wenn die Sache nicht wirklich äußerst ernst wäre. Ich lege meine berufliche Integrität in Ihre Hände. Das ist fast so», fuhr sie in lockererem Ton fort, «als würde ich Ihnen meine ehemalige Jungfräulichkeit anvertrauen.»

«Bei mir ist sie sicher», stellte Tweed trocken fest.

«Der Klient ist Bob Newman, der bekannte Journalist. Er hat mir erst diese Woche den Auftrag erteilt, einen gewissen Manfred Seidler aufzuspüren. Möglicherweise habe ich schon Erfolg gehabt – aber das weiß ich noch nicht sicher. Ich habe eine Anschrift – und eine Telefonnummer –, die zu einem Manfred gehören. Niemand kann dafür garantieren, daß er der von Ihnen gesuchte Seidler ist, aber verschiedene Einzelheiten deuten darauf hin.»

«Adresse? Telefonnummer?»

Tweed hielt sein kleines Notizbuch auf den Knien und seinen altmodischen Füllfederhalter schreibbereit. Blanche diktierte ihm beides aus dem Gedächtnis. Er wußte, daß er sich in dieser Beziehung auf sie verlassen konnte. Wie er brauchte sie ein Gesicht nur einmal zu sehen, einen Namen nur einmal zu hören, eine Adresse oder Telefonnummer nur einmal zu lesen, um sie unauslöschlich im Gedächtnis zu haben.

«Diese Angaben», fuhr Blanche fort, «gehören zu einer gewissen Erika Stahel – möglicherweise Seidlers Freundin.»

«Dann hat er vielleicht in Basel Unterschlupf gefunden», meinte Tweed nachdenklich. «Falls dieser Manfred, mit dem sie befreundet ist, tatsächlich Seidler ist.»

«Das kann ich nicht beurteilen. Aber ich ahne schon jetzt, daß es mir noch leid tun wird, Ihnen diese Informationen gegeben zu haben.»

«Rechnen Sie damit, Bob Newman bald wiederzusehen?»

«Warum?» fragte sie scharf.

«Ich habe nur daran gedacht, daß Sie vielleicht wissen, an welcher Story er gerade arbeitet...»

«Das geht zu weit!» wehrte Blanche empört ab. Sie stand von der Sofalehne auf, ging zum nächsten Sessel, ließ sich hineinfallen und schlug wieder die Beine übereinander. Tweed blickte in ihre faszinierenden blauen Augen und dachte daran, wie viele Männer Wachs in ihren Händen gewesen wären. Sie sprach aufgebracht weiter.

«Sie haben mir schon wieder zugemutet, einen Vertrauensbruch zu begehen. Kommen Sie wirklich aus dem Verteidigungsministerium in London? Ich behalte Ihre Geheimnisse für mich. Wenn ich anfinge, die anderer Leute zu verraten, sollten Sie aufhören, mir zu trauen!»

«Ich verbringe den größten Teil meines Lebens auf ziemlich langweilige Art und Weise: Ich lese Akten...»

«Akten über Leute, die ich in Ihrem Auftrag irgendwo in Europa aufgespürt habe!»

«Akten über Leute, die eine Gefahr für den Westen darstellen. Die Schweiz gehört heute zum Westen wie noch nie zuvor. Neutralität allein genügt nicht mehr...»

Tweed nahm seine Brille ab und begann, die Gläser mit dem Taschentuch zu polieren. Blanche reagierte augenblicklich. Sie warf ihre Mähne in den Nacken und schnippte mit den Fingern. Der Engländer ließ seine Brille sinken.

«Sie führen irgend etwas im Schilde!» warf Blanche ihm vor. «Immer, wenn Sie sich einen Trick ausdenken, nehmen Sie Ihre Brille ab und putzen sie!»

Er blinzelte, weil ihre Feststellung ihn etwas aus dem Gleichgewicht gebracht hatte. Blanche kannte ihn schon fast zu gut. Er steckte das Taschentuch ein, setzte die Brille wieder auf und seufzte schwer.

«Interessiert Newman sich für die Klinik Bern in Thun?» erkundigte er sich.

«Und wenn's so wäre?» fragte sie herausfordernd.

«Dann könnte ich ihm vielleicht behilflich sein.» Tweed griff in die Innentasche seiner Jacke, zog Masons Notizheft heraus und legte es vor Blanche auf den Couchtisch. «Dieses Heft enthält Informationen, die unter Umständen sehr wertvoll für ihn sein könnten. Ich schlage vor, daß Sie sämtliche Eintragungen mit der Maschine abschreiben. Newman darf das Notizheft selbst nicht zu Gesicht bekommen. Geben Sie ihm die Abschrift,

275

ohne zu verraten, woher sie stammt. Lassen Sie sich irgendeine plausible Erklärung einfallen – ich weiß, daß Ihnen das keine Mühe macht. Ich hole mir das Heft bei meinem nächsten Besuch wieder ab.»

«Was wollen Sie damit erreichen, Tweed? Das muß ich wissen, bevor ich mitmache. Ich habe Newman gern...»

«Die Informationen aus dem Notizbuch dürften ihn in Trab halten.»

«Oh, ich verstehe.» Sie fuhr sich mit einer Hand durchs Haar. «Sie nützen ihn für Ihre Zwecke aus. Sie nützen oft andere Leute aus, stimmt's?»

«Ja.» Tweed hielt es für besser, nicht mit seiner Antwort zu zögern. «Ist das nicht immer so?» fügte er traurig hinzu. «Wir nützen Menschen aus – und werden wiederum von anderen ausgenützt.»

Er griff in die andere Innentasche seiner Jacke und zog einen Briefumschlag mit Schweizer Banknoten heraus. Tweed achtete darauf, ihn Blanche mit gewisser Förmlichkeit zu überreichen. Sie nahm ihn entgegen und ließ ihn neben ihrem Sessel auf den Teppich fallen – ein Zeichen dafür, daß sie noch immer verärgert war.

«Wahrscheinlich zuviel Geld für das, was ich bisher getan habe», meinte sie dabei. Ihre Stimmung schlug um, während sie Tweed beobachtete. Blanche stellte ihre bis dahin übereinandergeschlagenen Beine mit geschlossenen Knien nebeneinander, legte die Hände zusammen, so daß die Fingerspitzen auf ihn zeigten, und beugte sich nach vorn. «Was haben Sie? Irgend etwas macht Ihnen Sorgen.»

«Blanche, ich möchte, daß Sie in den nächsten ein bis zwei Wochen äußerst vorsichtig sind. Es hat bereits zwei Morde gegeben – vielleicht sogar drei. Was ich Ihnen jetzt sage, ist streng vertraulich: Ich glaube, daß irgend jemand versucht, alle zu beseitigen, die wissen könnten, was in der Klinik Bern vor sich geht...»

«Wird Newman auch gewarnt?» fragte sie rasch.

«Er braucht nicht eigens gewarnt zu werden. Als erfahrener Journalist dürfte er längst Ähnliches vermuten. Die Abschrift, die Sie ihm geben sollen, kann sich als eine Art Lebensversicherung erweisen. Aber ich will auf etwas anderes hinaus: Niemand darf Sie auch nur entfernt mit dieser Klinik in Verbindung bringen! Ich habe Zimmer 312 im Bellevue Palace. Rufen Sie mich bitte an, falls etwas passiert, das Sie beunruhigt. Aber melden Sie sich als Rosa – nicht mit Ihrem richtigen Namen.»

Sie war verblüfft und besorgt. Daß Tweed seinen Aufenthaltsort preisgab, war ungewöhnlich genug; noch ungewöhnlicher war jedoch seine Aufforderung, ihn im Hotel anzurufen! Bisher hatte immer nur er angerufen. Aber Blanche hatte nicht lange Zeit, sich den Kopf darüber zu zerbrechen. Tweed stand auf, und sie beeilte sich, seinen Mantel zu holen und ihm hineinzuhelfen.

«Sie müssen sich wirklich einen neuen Wintermantel kaufen! Ich kenne ein Geschäft, in dem...»

«Danke, aber mein Lammfellmantel ist für mich wie ein alter Freund. Ich habe etwas gegen neue Sachen, an die man sich erst allmählich gewöhnen muß. Ich melde mich wieder bei Ihnen. Und vergessen Sie nicht, mich anzurufen! Alles Ungewöhnliche. Ein verdächtiger Anruf. Alles. Sollte ich nicht im Hotel sein, lassen Sie mir bestellen, daß Rosa angerufen hat...»

«Und Sie sehen sich ebenfalls vor, ja?» Sie küßte ihn auf die Wange, und Tweed tätschelte ihren Arm. Er war froh, daß sie durch den Spion sah, bevor sie die Wohnungstür öffnete. «Die Luft ist rein!» verkündete sie lebhaft.

Während Tweed durch die stillen Lauben der Junkerngasse ins Hotel zurückging, sah er die widersprüchlichen und besorgniserregenden Eindrücke des heutigen Tages wie durch ein Kaleidoskop.

Er erinnerte sich, wie er an der Begrenzungsmauer der Plattform gestanden und die Schleusen angestarrt hatte, in deren schäumendem Wasser der arme Mason aufgefunden worden

war. Mason, der so gute Arbeit geleistet hatte, daß sein Notizheft eine Fundgrube bedeutsamster Informationen war.

Aber das Bild, das immer wieder in den Vordergrund von
Tweeds Bewußtsein drängte, war das silbergerahmte Porträt
Oberst Signers in Blanches Wohnzimmer. Das war der größte
Schock dieses Tages gewesen. Viktor Signer, der jetzige Vor-
standsvorsitzende der Zürcher Kreditbank – die treibende Kraft
des Goldklubs.

25

17. Februar. Kobler stand in seinem Büro im ersten Stock der
Klinik Bern unbeweglich hinter seinem Schreibtisch und kehrte
dem großen Fenster, das den Blick auf die Berge jenseits von
Thun freigab, den Rücken zu. Es war 10 Uhr, und er starrte
den massigen Mann mit den getönten Brillengläsern an, der
wieder im Halbdunkel blieb. Die sanfte Stimme klang etwas
gereizt.

«Dir ist wohl klar, Bruno, daß der Versuch von heute nacht eine
Katastrophe gewesen ist.» Das war keine Frage, sondern eine
Feststellung. «Wie konnte die Laird nur das Klinikgelände
verlassen? Jetzt können wir nicht mehr feststellen, ob der Versuch erfolgreich gewesen ist oder nicht...»

Kobler staunte wieder einmal über das ungeheure Selbstver-
trauen des Professors, über seine Fähigkeit, seine Geisteskräfte
wie mit einem Brennglas auf ein einziges Problem zu konzentrieren. «Verbanne alle Gedanken, die nichts mit dem Problem,
an dem du arbeitest, zu tun haben, aus deinem Gehirn!» So
oder so ähnlich hatte Einstein es einmal ausgedrückt. Und
Einstein war wirklich ein Genie!

Kobler machte sich große Sorgen, weil die Polizei die Leiche von Mrs. Laird abtransportiert hatte, was gefährliche Folgen haben konnte. Aber all das schien den Professor kaltzulassen. Die sanfte Stimme sprach weiter, als habe der andere seine Gedanken erraten.

«Dir überlasse ich natürlich die Maßnahmen, Bruno, die nötig werden können, damit wir nicht wieder von diesen Leuten belästigt werden, die letzte Nacht die Frechheit besessen haben, sich in unsere Angelegenheiten einzumischen.»

«Ich kümmere mich darum», versicherte Kobler ihm. «Möglicherweise habe ich eine positive Nachricht für Sie – sie betrifft Manfred Seidler.»

«Bitte weiter! Ihr habt weiß Gott lange genug nach ihm gefahndet. Auch eine lästige Zeitverschwendung.»

«Ich habe Männer in Zürich, Genf und Basel eingesetzt», berichtete Kobler. «So wie ich Seidler einschätzte, habe ich vermutet, daß er in einer Großstadt, nicht allzu weit von der Grenze entfernt, Unterschlupf suchen würde. Am wahrscheinlichsten war Basel. Nicht Zürich, denn wegen des Werks in Horgen ist er dort zu gut bekannt. Auch nicht Genf, denn dort wimmelt es von Agenten aller Couleur, die sich ihren Lebensunterhalt damit verdienen, andere Leute zu bespitzeln. Deshalb habe ich die meisten Männer auf Basel angesetzt – und das hat sich bezahlt gemacht...»

«Was du nicht sagst!»

Der ausdruckslose, gelangweilte Tonfall warnte Kobler, nicht zuviel zu reden. Die Ereignisse der vergangenen Nacht hatten seine Nervenkraft stark beansprucht. Er gab sich einen Ruck und kam zur Sache.

«Wir haben Glück gehabt. Einer unserer Leute hat Seidler erkannt, als er am Bahnhof eine Fahrkarte nach Le Pont gekauft hat. Das ist ein Nest im Jura, lediglich ein winziger Punkt auf der Landkarte. Das Interessante daran war, daß er die Fahrkarte nicht gleich benützt hat. Er hat sie nur gekauft und ist wieder gegangen. Wir überwachen den gesamten Bahnhof. Sobald Seidler die Fahrt antritt, sind wir ihm auf den Fersen.

Ich lasse Graf und Munz von Lerchenfeld aus nach Basel fliegen...»

«Wann fliegen die beiden ab?»

«Sie sind bereits unterwegs.» Kobler sah auf seine Armbanduhr. «Ich rechne damit, daß sie etwa in einer Stunde auf dem Hauptbahnhof Basel eintreffen. Und Le Pont dürfte genau der richtige Ort für die endgültige Lösung des Problems Seidler sein. Wir haben alles unter Kontrolle», fügte er selbstsicher hinzu.

«Nicht alles», verbesserte die Stimme ihn. «Meine Intuition sagt mir, daß die Hauptgefahr von Robert Newman ausgeht. Diesen Passivposten wirst du selbst beseitigen...»

Newman und Nancy, die erst in den frühen Morgenstunden ins Bett gekommen waren, schliefen an diesem Vormittag aus. Newman war ausnahmsweise ohne Protest damit einverstanden, beim Zimmerservice ein verspätetes Frühstück zu bestellen.

Sie aßen in erschöpftem Schweigen. Das Wetter war nicht besser geworden: Auch an diesem Morgen lag eine schiefergraue, geschlossene Wolkendecke über der Stadt. Nancy war im Bad, als das Telefon klingelte, und Newman nahm den Hörer ab.

«Wer hat angerufen?» fragte sie, als sie ins Zimmer zurückkam.

«Der Anruf war für dich.» Newman grinste. «Wieder falsch verbunden...»

«Soll das witzig sein?»

«Zu mehr bin ich so kurz nach dem Frühstück nicht fähig. Und ich muß jetzt weg, um mit jemand über die Ereignisse von heute nacht zu sprechen. Frag mich bitte nicht, wer das ist. Je weniger du weißt, desto weniger gefährdet bist du...»

«Sag ihr einen schönen Gruß von mir!»

Während Newman die Münstergasse hinabging, überlegte er sich, daß Nancys Bemerkung treffender gewesen war, als sie

280

hatte ahnen können. Blanche Signer hatte kurz angerufen. Die Aufnahmen, die sie von dem verschneiten Hügel aus von der Klinik Bern gemacht hatte, waren entwickelt und abgezogen. In Blanches Apartment erwartete Newman eine Überraschung: Die Rothaarige war nicht allein. Sie vermied es sorgfältig, seinen Namen zu nennen, während sie ihn mit einer ernsthaften jungen Frau bekannt machte, deren Alter Newman auf Mitte Zwanzig schätzte.

«Lisbeth Dubach», stellte Blanche die Besucherin vor. «Sie ist Luftbildauswerterin. Ich habe ihr die Aufnahmen gezeigt, die ich von dem Komplex in Fribourg gemacht habe. Ihr ist etwas sehr Merkwürdiges aufgefallen...»

Der Komplex in Fribourg. Newman stellte befriedigt fest, daß Blanche äußerste Diskretion walten ließ. Als erstes hatte sie bewußt darauf verzichtet, seinen Namen zu nennen. Und nun verschleierte sie die Tatsache, daß ihre Photos die Klinik Bern zeigten. Auf dem Schreibtisch am Fenster, auf dem zusätzlich eine Lampe brannte, stand inmitten einer ganzen Sammlung von Hochglanzphotos ein Gerät, das Newman kannte.

Dieses Gerät war ein Stereoskop zur paarweisen Betrachtung von Aufnahmen, die ein Objekt aus leicht differierenden Blickwinkeln zeigten. Beim Blick durch die Objektive des Bildbetrachters entstand die Illusion eines dreidimensionalen Bildes. Newman erinnerte sich daran, irgendwo gelesen zu haben, daß ein Flight Officer namens Babington-Smith im Zweiten Weltkrieg mit Hilfe eines ähnlichen Raumbildbetrachters auf Luftaufnahmen nachgewiesen hatte, daß die deutsche V 1 einsatzbereit war. Was würde Lisbeth Dubach ihm jetzt zeigen? Newman spürte ein Kribbeln im Nacken, während er mit ihr an den Schreibtisch mit dem Gerät trat.

«Dieser Gebäudekomplex ist äußerst merkwürdig», begann sie. «Ich kenne nur einen, mit dem er vergleichbar zu sein scheint. Werfen Sie bitte einen Blick durch die Okulare...»

Das Labor! Der Gebäudekomplex sprang Newman in seiner dreidimensionalen Solidität geradezu entgegen, als betrachte er ihn aus einem sehr tief fliegenden Flugzeug. Der Engländer betrachtete die Photos aufmerksam, konnte nichts Auffälliges entdecken, richtete sich wieder auf und schüttelte den Kopf.

«Tut mir leid, aber ich sehe nicht, worauf Sie hinauswollen...»

«Sehen Sie bitte nochmals hinein! Achten Sie auf die Kamine – ihre Auslässe. Sehen Sie die eigenartigen Auswüchse, die fast wie riesige Hüte auf den Kaminen sitzen?»

«Ja, die sehe ich natürlich...» Newman beugte sich wieder über das Gerät, starrte durch die Okulare und versuchte zu erraten, was die Kaminaufsätze bedeuten könnten. Dann richtete er sich erneut auf und schüttelte den Kopf.

«Wahrscheinlich bin ich etwas begriffsstutzig», meinte er dabei. «Ich sehe die Kaminaufsätze, von denen Sie gesprochen haben, aber ich erkenne in ihnen nichts Bedrohliches.»

«Bei einer meiner Englandreisen», antwortete Lisbeth Dubach ernst, «habe ich das Kernkraftwerk Windscale besichtigt – das Werk, bei dessen Bau Sir John Cockcroft darauf bestanden hat, daß die Kamine mit Spezialfiltern ausgerüstet werden müßten...»

«Großer Gott!» murmelte Newman vor sich hin.

«Später hätte sich in Windscale bei einem Betriebsunfall beinahe eine Katastrophe ereignet», fuhr die junge Frau fort. «Nur die Filter haben verhindert, daß große Mengen radioaktiver Stoffe nach draußen gelangten. Die Filter, die Sie auf diesen Aufnahmen sehen, sind sehr ähnlich.»

«Andererseits steht fest», wandte Newman ein, «daß dieser Gebäudekomplex absolut nichts mit Atomkraft zu tun hat.»

«Dort wird mit irgend etwas gearbeitet, das ähnliche Schutzfilter erfordert», sagte Lisbeth Dubach nachdrücklich.

Newman war noch damit beschäftigt, sich von dem Schreck zu erholen, den Lisbeth Dubachs beängstigende Entdeckung bei ihm ausgelöst hatte, als er wenig später einen neuen Schock erlitt.

Sobald sie allein waren, zog Blanche mehrere Blatt Papier aus einem Umschlag und legte sie aufs Sofa zwischen sich und Newman. Der Engländer erkannte, daß es sich um Photokopien eines mit der Maschine geschriebenen Originals handelte. Er konnte nicht wissen, daß Blanche, die den von ihr selbst abgeschriebenen Inhalt des Notizhefts photokopiert hatte, dadurch ihren Informanten Tweed schützte.

Damit der Text leichter zu lesen war, hatte sie sich sogar die Mühe gemacht, ihn mit dreifachem Zeilenabstand zu tippen, während sie sonst alles einzeilig schrieb, wie Newman recht gut wußte.

«Bob, ich darf die Identität des betreffenden Klienten unter keinen Umständen preisgeben. Ich breche damit ohnehin meine bisher eisern eingehaltene Regel, niemals Informationen, die ich für einen Klienten beschafft habe, an einen anderen weiterzugeben...»

«Warum tust du's dann diesmal?» erkundigte Newman sich.

«Versuch bitte nicht, mich auszuhorchen! Ich zeige dir dieses Material nur, weil ich dich sehr gern habe. Ich weiß, daß du wegen der Klinik Bern recherchierst, und mache mir Sorgen, weil du vielleicht nicht erkennst, womit – mit wem – du's dabei zu tun hast. Wenn du diese Notizen gelesen hast, bist du vielleicht vorsichtiger. Die Machtfülle dieses Mannes ist erschreckend...»

«Soll ich den Text lesen und dir die Blätter zurückgeben?»

«Nein, du kannst sie mitnehmen. Aber du hast offiziell keine Ahnung, von welcher Seite sie dir zugespielt worden sind, verstanden? Sie sind im Bellevue Palace für dich hinterlegt worden. Ich habe deine Hoteladresse auf den Umschlag geschrieben. So ist er am Empfang im Hotel für dich hinterlegt worden.»

«Gut, wie du willst.»

«Ich mache dir eine Tasse Kaffee, während du den Bericht liest. Ich könnte selbst eine brauchen. Was Lisbeth Dubach gesagt hat, hat mir kalte Schauer über den Rücken gejagt. Worauf haben wir uns bloß eingelassen?»

Newman gab keine Antwort, sondern griff nach den Photokopien und begann zu lesen. Der Bericht über Professor Armand

Grange war offenbar von einem geübten Rechercheur verfaßt worden, der sich aufs Wesentliche beschränkte. Darüber hinaus gewann Newman den Eindruck, daß der Verfasser – oder die Verfasserin – unter Zeitdruck gestanden hatte.

BETREFF: Professor Dr. Armand Grange. Geboren am 5. November 1924 in Leupen bei Bern. Reiche Familie – Miteigentümer einer bekannten Uhrenfabrik. Studium an der Universität Lausanne. Gegen Ende des Zweiten Weltkriegs kurze Militärdienstzeit in der Schweizer Armee.
Unbestätigten Angaben zufolge Mitglied eines Spezialistenteams, das heimlich nach Deutschland entsandt wurde, um größere Mengen des Nervengases Tabun vor der vordringenden Roten Armee in Sicherheit zu bringen. Anmerkung: Nur Gerücht, Angaben unbestätigt!
Nach Kriegsende Fortsetzung des Medizinstudiums; danach Assistenzarzt im Guy's Hospital, London, und John Hopkins Memorial Hospital, Baltimore, Maryland, USA. Brillanter Student, Prädikatsexamen.
Militärdienst wegen eines Augenleidens nicht mehr fortgesetzt. Nach der Ausbildung zum Lungenfacharzt Studium der Wirtschaftswissenschaften. Auch auf diesem Gebiet brillante Leistungen. Prädikatsexamen.
1954: Dank außergewöhnlicher Begabung als 30jähriger jüngster Direktor des Zürcher Bankvereins. 1955: Gründet Chemiekonzern Grange AG mit Werk in Horgen am Zürichsee. Firma erzeugt handelsübliche Gase wie Sauerstoff, Wasserstoff und Stickstoff, Kohlensäure und Zyklopropan, ein im medizinischen Bereich verwendetes Gas. Unbestätigten Angaben zufolge soll Zürcher Kreditbank Mittel für die Firmengründung zur Verfügung gestellt haben. Anmerkung: Nur Gerücht, Angaben unbestätigt!
1964: Grange übernimmt die Klinik Bern durch Aufkauf der Gesellschafteranteile. Klinik seither angeblich auf Frischzellentherapie spezialisiert.

Allgemeine Angaben: Grange spricht fließend Deutsch, Französisch, Englisch und Spanisch. Zweifellos mehrfacher Millionär. Wie ich aus zuverlässiger Quelle erfahren habe, wird keine wichtige Entscheidung in bezug auf Schweizer Militärpolitik ohne Konsultation Granges getroffen. Er gehört zu den einflußreichsten Männern des industriell-militärischen Komplexes der Schweiz. Dieser Vorausbericht basiert auf Quellen in Zürich und Bern.

Newman las diesen Bericht zweimal durch, und sein Gesichtsausdruck war ernst, als er die drei Blatt Papier in den adressierten Umschlag steckte. Der Bericht hatte ihm einige Vorfälle aus der jüngsten Vergangenheit ins Gedächtnis zurückgerufen.

Die von Dr. Anna Kleist ohne eigentliche Absicht gezeichnete Gasmaske. Arthur Becks Kommentar in bezug auf Hannah Stuart. «Die Tote ist feuerbestattet worden...» Die Aufnahme, die Julius Nagy vor der Taubenhalde gemacht hatte – Beck im Gespräch mit Dr. Bruno Kobler, dem Geschäftsführer der Klinik Bern.

Hauptmann Lachenals Erwähnung der Rundumverteidigung der Schweiz. Und erst vor kurzem Lisbeth Dubachs Auswertung der Photos, die Blanche von dem zur Klinik Bern gehörenden Labor gemacht hatte. «Dort wird mit irgend etwas gearbeitet, das ähnliche Schutzfilter erfordert...»

Newman fand auch einen weiteren Aspekt dieses Berichts interessant: Die knappe, präzise Ausdrucksweise ließ geradezu auf eine militärische Lagebeurteilung schließen. Dabei erinnerte er sich an sein Zusammentreffen mit Captain Tommy Mason in der Hotelbar. Was hatte der Engländer geantwortet, als Newman sich nach dem Zweck seines Aufenthalts in der Schweiz erkundigt hatte?

«Ja, wir führen eine Untersuchung über die Betriebsformen und Methoden in Schweizer Kliniken durch...»

Für Newman stand außer Zweifel, daß er soeben einen von Mason verfaßten Bericht gelesen hatte – von Mason, der «zufällig» in der Hotelbar mit ihm zusammengestoßen war und der jetzt nicht mehr lebte. Er stellte Blanche eine Frage, obwohl er davon überzeugt war, die Antwort bereits zu kennen.

«In der vorletzten Zeile ist von einem ‹Vorausbericht› die Rede. Das läßt darauf schließen, daß noch weitere Berichte folgen sollen. Hast du im Gespräch mit deinem anderen Klienten diesen Eindruck gewonnen?»

«Nein.» Blanche machte eine Pause. «Daß aus dieser Quelle weitere Informationen zu erwarten seien, ist nie angesprochen worden.» Sie setzte sich auf die Sofalehne neben ihn. «Bob, ich finde diesen Bericht erschreckend. Wohin führt das alles? Unter anderem wird die Zürcher Kreditbank erwähnt – und mein Vater ist Vorstandsvorsitzender dieser Bank...»

«Ihr habt wirklich kein gutes Verhältnis zueinander?»

«Wenn du nicht haargenau das tust, was mein Vater von dir verlangt – und ich hab's nicht getan –, ignoriert er dich einfach. In dieser Beziehung denkt er durch und durch militärisch. Er erwartet einfach, daß seine Befehle befolgt werden.»

«Blanche...» Newman griff nach ihrer Hand. «Diese Sache kommt mir allmählich weit gefährlicher vor, als ich ursprünglich angenommen hatte. Glaubst du, daß dein Vater weiß, daß wir Freunde sind?»

«Wir haben uns völlig auseinandergelebt. Er weiß nicht, mit wem ich befreundet bin – und will's auch gar nicht wissen. In Wirklichkeit ist er übrigens mein Stiefvater. Meine Mutter hat sich von meinem Vater, der jetzt nicht mehr lebt, scheiden lassen. Auch deshalb ist unser Verhältnis ziemlich distanziert...»

«Mir wär's am liebsten, wenn's so bliebe.» Newman küßte sie zum Abschied und schlüpfte in seinen Mantel. «Ich muß jetzt weiter – und vielen Dank für diesen Bericht!»

«Sei bitte vorsichtig, Bob. Was hast du vor?»

«Ich will jemand eine Sprengladung unter den Hintern legen...»

Lachenal erklärte sich telefonisch bereit, Newman sofort zu empfangen. Von der oberen Junkerngasse zum Bundeshaus Ost hatte er nur zehn Minuten zu Fuß zu gehen. Newman war aber vorsichtig genug, um unterwegs einen Abstecher ins Hotel Bellevue Palace zu machen und den photokopierten Bericht über Grange in einem Schließfach zu hinterlegen.

Als er aus dem Tresorraum kam, wäre er beinahe mit einem kleinen, rundlichen Mann zusammengeprallt, der sich eben von der Reception abwandte. Die Augen hinter der Brille des kleinen Manns blinzelten nervös, bevor er Newman ansprach.

«Oh, entschuldigen Sie!» sagte Tweed. «Ich habe Sie nicht gesehen...»

«Nichts passiert», versicherte Newman ihm.

«Ich bin noch nicht lange hier», fuhr Tweed geschwätzig fort, als freue er sich, einem Landsmann begegnet zu sein. «Ist das Wetter schon lange so scheußlich?»

«Ja, seit Tagen - und ich glaube, daß wir Schnee bekommen werden. Am besten verlassen Sie das Hotel möglichst wenig. Der Wind draußen ist wirklich unangenehm kalt.»

«Das ist ein Rat, den ich gern annehme. Zum Glück ist das Bellevue Palace ein wunderbarer Zufluchtsort...»

Tweed ging nach einem freundlichen Nicken quer durch die Hotelhalle davon. Newman blieb an der Drehtür stehen und ließ sich Zeit, während er seine Handschuhe anzog. In einer Ecke sah er Nancy, die mit dem Rücken zu ihm an einem Tischchen saß. Und der rundliche Engländer steuerte geradewegs auf sie zu – mit einem Ober im Schlepptau, der ein Tablett mit zwei Portionen Kaffee balancierte.

Newman wartete noch ab, bis der Engländer sich Nancy gegenübersetzte und der Ober ihnen den Kaffee servierte. Die beiden sprachen miteinander, als Newman das Hotel verließ und nach links in Richtung Bundeshaus Ost davonging.

«Lachenal», begann Newman scharf, als er dem Schweizer Nachrichtendienstoffizier an dessen Schreibtisch gegenübersaß, «was hat all dieser Unsinn vor der Klinik Bern zu bedeuten gehabt? Ich meine damit den Panzer des Typs Leopard, der auf uns gezielt hat, als wollte er uns ins Jenseits befördern. Meine Verlobte hat beinahe einen Nervenzusammenbruch erlitten. Mir hat dieses Erlebnis auch nicht gerade Spaß gemacht! Was hat ein deutscher Leopard 2 überhaupt in der Schweiz zu suchen? Sollte ich keine zufriedenstellenden Auskünfte bekommen, schreibe ich eine Story über...»

«Darf ich zwischendurch mal was sagen?» erkundigte Lachenal sich eisig, fast feindselig. Er saß hoch aufgerichtet hinter seinem Schreibtisch und machte ein finsteres Gesicht. Newman merkte ihm an, wie unbehaglich ihm zumute war.

«Als erstes muß ich mich für diesen höchst bedauerlichen Vorfall entschuldigen», fuhr der Schweizer fort, «der einzig und allein auf ein kurzes Abreißen der Funkverbindung zurückzuführen ist. Das Ganze war ein schlichtes, aber unverzeihliches Mißverständnis. Die dafür Verantwortlichen haben einen strengen Verweis erhalten...»

«Aber was tut ein Leopard 2, der wahrscheinlich modernste Panzer der Welt, in der Schweiz?»

«Bitte! Lassen Sie mich erst ausreden! Das ist kein Geheimnis. Wie Sie wissen, stellen wir viele Waffen selbst her, aber wir kaufen Großgerät wie Flugzeuge und Panzer im Ausland. Im Augenblick sind wir dabei, unsere Panzerwaffe mit neuen Fahrzeugen auszurüsten. Nach gründlicher Erprobung in Lerchenfeld haben wir soeben die Anschaffung dieses Panzertyps beschlossen. Das ist kein Geheimnis...»

«Aber Tabun ist ein Geheimnis, was?» erkundigte Newman sich etwas gelassener. «Und das kurz vor Ende des Zweiten Weltkriegs zur Beschaffung von Tabun nach Deutschland entsandte Spezialteam auch, nicht wahr?»

«Kein Kommentar!»

Lachenal stand ruckartig auf, trat ans Fenster und starrte hinaus. Selbst in Zivil erinnerte er Newman mehr denn je an Charles de Gaulle. Auch er wirkte in kritischen Augenblicken hoheitsvoll und unnahbar.

«Wie Sie wissen, hatten wir Föhn», sagte Lachenal nach einer

Pause. «Wahrscheinlich hat er auch noch dazu beigetragen, den Vorfall so dramatisch zu gestalten. Der Föhn macht die Menschen nervös; er beeinflußt sogar ihr Urteilsvermögen. Jetzt ist er vorbei, und wir bekommen Schnee. Das ist nach dem Föhn oft der Fall...»

«Ich bin nicht hergekommen, um mir eine Wettervoraussage anzuhören», warf Newman sarkastisch ein.

«Ich kann nur bestätigen», fuhr Lachenal fort, indem er die Hände in den Hosentaschen vergrub und sich nach seinem Besucher umdrehte, «daß die Deutschen bei Kriegsende über große Mengen des Nervengases Tabun verfügt haben. Zwölftausend Tonnen dieses Teufelszeugs, wenn Sie's genau wissen wollen! Es war für den Fall eingelagert, daß die Russen zum Gaskrieg übergehen würden. Die Rote Armee hat den größten Teil dieser Bestände erbeutet. In der Zwischenzeit haben die Russen den Vorsprung des Westens auf einem gefährlicheren Gebiet wettgemacht: bei der Entwicklung organisch-phosphorhaltiger Verbindungen. Sie haben ihre Giftigkeit verstärkt und...»

«Das weiß ich alles, René», stellte Newman ruhig fest.

«Wissen Sie aber auch, daß die Sowjets weit tödlichere Giftgase entwickelt haben – vor allem die höchst gefährlichen Kampfstoffe, mit denen ihre chemischen Bataillone ausgerüstet sind? Ich spreche dabei vor allem von Zyanwasserstoff, Bob – besser als Blausäure bekannt.»

Zyanwasserstoff... Blausäure...

Diese beiden Wörter hallten wie laute Gongschläge durch Newmans Bewußtsein. Lachenal sprach mit ausdrucksloser Stimme weiter.

«Im Westen gilt Blausäure als zu leicht flüchtige Substanz. Aber die Russen scheinen sie im Griff zu haben. Ihre speziell für chemische Kampfführung aufgestellten Einheiten sind mit Kurz- und Mittelstreckenraketen ausgerüstet. Es gibt auch Artilleriegranaten, die mit diesem Teufelszeug gefüllt sind. Haben Sie etwas gesagt, Bob?»

«Nein. Vielleicht habe ich mich geräuspert. Bitte weiter!»

«Darüber hinaus haben die Sowjets Flugzeuge mit neuentwikkelten Sprühtanks für Blausäure ausgerüstet. Wir haben berechnet, daß der Inhalt einer einzigen Granate – ganz zu schweigen von dem des Gefechtskopfs einer Rakete oder dem eines Sprühtanks – ausreichen würde, um auf einer Fläche von einem Quadratkilometer alles Leben zu vernichten. Der Inhalt einer einzigen Granate!» wiederholte Lachenal.

Newman hörte, was er sagte, aber er erinnerte sich zugleich an Nancys Aussage über Mrs. Holly Lairds Todesursache. *Und die Zyanose der Gesichtshaut war unübersehbar.* Was hatte Dr. Anna Kleist geantwortet? *Meine Untersuchung hat diese ersten Eindrücke bisher genau bestätigt.*

Lachenal kam vom Fenster zurück, nahm wieder an seinem Schreibtisch Platz, faltete die Hände und starrte seinen unbeweglich dasitzenden Besucher an. Newman gab sich einen Ruck und erwiderte den Blick. Er hatte den Eindruck, als stehe der Schweizer unter einer gewaltigen nervlichen Anspannung, die er mit größter Willensanstrengung zu unterdrücken versuchte.

«So hat alles mit Tabun angefangen», stellte der Nachrichtenoffizier fest. «Das ist natürlich der wahre Grund Ihres Besuchs gewesen – nicht die Sache mit dem Panzer.»

«Wie Sie meinen, René.» Newman stand auf und griff nach seinem Mantel. «Ich muß weiter...»

«Noch etwas, Bob.» Lachenal war ebenfalls aufgestanden und sprach sehr ernst. «Jeder von uns muß sein eigenes Verhalten auf dieser Welt selbst verantworten. Dabei kann sich niemand hinter dem Befehl eines sogenannten Vorgesetzten verstekken...»

«Damit haben Sie allerdings recht», bestätigte der Engländer langsam.

Newmans Entscheidung stand fest, als er das Bundeshaus Ost verließ: Er würde Nancy bei allernächster Gelegenheit aus der Schweiz schaffen – selbst wenn sie dazu die Grenze durchbrechen mußten.

26

«Ich besuche heute Jesse – mit dir oder ohne dich», verkündete Nancy, als Newman in ihr Hotelzimmer zurückkam. «Morgen abend findet hier der Empfang anläßlich des Ärztekongresses statt. Kommst du mit oder nicht?»

«Einverstanden, ich komme mit!»

Newman zog sich einen Sessel ans Fenster, sank hinein und starrte in den Himmel. Das bleigraue Wolkenmeer hing tiefer als je zuvor. Lachenal hatte recht gehabt: Binnen 24 Stunden würde es in Bern schneien. Nancy trat hinter Newman und schlang ihm die Arme um den Hals.

«Ich hatte eigentlich erwartet, daß du widersprechen würdest. Du siehst schrecklich ernst aus. Mein Gott, wie du dich verändert hast, seit wir unsere Reise begonnen haben! Was ist heute schon wieder Unangenehmes passiert?»

«Nancy, ich möchte, daß du mir gut zuhörst. Die meisten Leute sehen die Schweiz als Land der Kuckucksuhren, der Milchschokolade und der mondänen Wintersportorte. Aber dieses Land hat auch eine Kehrseite, von deren Existenz die meisten Touristen nie auch nur die geringste Ahnung haben.»

«Bitte weiter! Ich höre zu ...»

«Immerhin eine Abwechslung! Die Schweizer dürften die wehrhafteste Nation Westeuropas sein. Sie sind rücksichtslose Realisten – wie ich's mir manchmal von meinen Landsleuten wünschen würde. Sie sind entschlossen, ihre Unabhängigkeit mit allen Mitteln zu verteidigen. Du weißt vielleicht, daß es in der Schweiz keine Möglichkeit gibt, den Dienst mit der Waffe zu verweigern. Dieses Land befindet sich seit 1939 in ständiger Verteidigungsbereitschaft. Von nun an müssen wir uns bewegen, als seien wir durch ein Minenfeld unterwegs, denn genau das liegt vor uns: ein Minenfeld.»

«Bob, hast du etwas Neues erfahren, seitdem du heute morgen weggegangen bist? Wo bist du überhaupt gewesen? Und weshalb dieser plötzliche Sinneswandel in bezug auf die Klinik Bern?»

Newman stand auf, zündete sich eine Zigarette an und schritt in dem geräumigen Zimmer auf und ab. Er unterstrich jede seiner Feststellungen mit einer abgehackten Bewegung der linken Hand.

«Ursprünglich hat es vier Menschen gegeben, die uns hätten mitteilen können, was hier wirklich gespielt wird. Julius Nagy, Mason – der Engländer, den ich unten in der Bar kennengelernt habe –, Dr. Waldo Novak und Manfred Seidler. Die beiden ersten sind ermordet worden – davon ist die Polizei überzeugt, obwohl sie's nicht beweisen kann. Somit bleiben nur noch Novak und Seidler ...»

«Du willst nochmal mit Novak sprechen? Bist du deshalb damit einverstanden, mich in die Klinik Bern zu begleiten?»

«Das ist zumindest einer meiner Gründe. Falls es mir gelingt, Novak kurz unter vier Augen zu sprechen, erzählt er mir bestimmt mehr – vor allem nach den schrecklichen Ereignissen im Zusammenhang mit Mrs. Lairds Tod. Ich möchte wetten, daß er kurz vor dem Zusammenbruch steht.» Newman machte eine Pause. «Vorhin hast du übrigens den Empfang anläßlich des Ärztekongresses erwähnt. Weshalb willst du Jesse besuchen, bevor dieser Empfang stattfindet?»

«Um nach Möglichkeit weitere Informationen von ihm zu erhalten. Um nach Möglichkeit herauszubekommen, was ihm wirklich fehlt. Bei diesem Empfang werde ich dann Professor Grange öffentlich mit den Tatsachen konfrontieren. Wir wissen, daß er sein Erscheinen zugesagt hat. Versuch bitte nicht, mich davon abzuhalten, Bob – mein Entschluß steht fest! Und was ist mit Seidler?» fragte Nancy rasch.

«Möglicherweise kann er uns als Führer durch dieses Labyrinth dienen. Er ruft mich um siebzehn Uhr hier an, und wir treffen uns heute abend mit ihm. Am besten packst du einen kleinen Koffer für uns, damit wir notfalls irgendwo übernachten können.»

«Warum?» erkundigte sie sich mißtrauisch.

«Seidler wirkt am Telefon noch ängstlicher als Novak. Ich vermute, daß er irgendeinen entlegenen Treffpunkt vorschlagen wird, den wir mit knapper Not rechtzeitig erreichen können, wenn wir wie verrückt rasen. Auf diese Weise dürfte er verhindern wollen, daß wir vor unserer Abfahrt jemand anders informieren. Er kommt mir wie ein Mann vor, der keinem Menschen traut...»

«Novak weiß übrigens, daß ich heute zu Besuch in die Klinik komme, Bob», teilte Nancy ihm wie nebenbei mit. «Ich habe ihn angerufen, während du unterwegs gewesen bist. Diesmal habe ich Glück gehabt. Astrid, die unsympathische alte Hexe, hat anscheinend dienstfrei gehabt. Ein Mann hat sich gemeldet und mich sofort mit Novak verbunden. Und von ihm weiß ich, daß Kobler irgendwo unterwegs ist.»

«Kobler ist nicht in der Klinik?» erkundigte Newman sich rasch.

«Richtig! Grange offenbar auch nicht. Novak wollte wissen, ob du auch mitkommen würdest. Er scheint großen Wert darauf zu legen. Können wir bald fahren?»

«Ja, sobald ich eine kurze Verabredung in der Hotelbar eingehalten habe. Mit einem Landsmann von dir – einem gewissen Lee Foley...»

«Wer oder was ist dieser Foley?»

«Ein Killer...»

Nach dieser lakonischen Antwort verließ der Engländer Nancy mit dem Bewußtsein, ihr erneut begreiflich gemacht zu haben, daß sie vorsichtig sein mußte, wenn sie überleben wollte.

Der große Amerikaner mit dem dichten weißen Haar stand höflich auf, als Newman durch die Hotelbar an seinen Tisch kam. Er hatte bereits einen Drink in einem hohen Glas mit

Eiswürfeln vor sich stehen. Newman bestellte sich einen doppelten Scotch und nahm neben Lee Foley Platz, der diesmal einen teuren blauen Anzug mit cremefarbenem Hemd, blauer Krawatte mit kleinen, weißen Quadraten und goldenen Manschettenknöpfen trug.

«Sie wohnen im Bellevue Palace, Lee?» erkundigte Newman sich.

«Ja, zumindest vorläufig. Ich hab' noch einiges zu erledigen.» Er hob sein Glas. «*Cheers!* Vorhin hat mich übrigens dieser Arthur Beck von der Bundespolizei besucht. Scheißkerl! Er hat mir fast leidgetan - er findet einfach keinen Grund, mich des Landes zu verweisen.»

«Noch nicht...»

«Bis er einen gefunden hat, bin ich längst weg!»

«Fliegen Sie noch immer selbst?» fragte der Engländer.

«Nur Sportflugzeuge. Cessnas, Pipers und dergleichen.»

«Wie wär's mit einem Lear Jet?» schlug Newman vor.

«Jetzt klopfen Sie auf den Busch.» Foley lächelte sein kaltes Lächeln, das seine eisblauen Augen nicht erreichte. «Beck macht sich Sorgen», fuhr er fort, «weil die Zahl der Toten steigt. Bisher sind's zwei. Der kleine Mann, mit dem Sie und ich gesprochen haben, und jetzt irgendein Engländer...»

«Drei!» verbesserte Newman ihn. «Außerhalb der Klinik Bern ist eine Amerikanerin zu Tode gekommen.»

«Ja, ich weiß. Und es könnten noch mehr werden, was?»

«Ich habe den Eindruck», meinte Newman nachdenklich, «daß die Klinik etwas Schutz gebrauchen könnte. Dafür könnte sie sich einen teuren Fachmann leisten...»

«Wollen Sie sich nicht bewerben?»

«Das läge ja wohl eher auf Ihrer Linie, nicht wahr?»

Foley stellte sein Glas ab und starrte gedankenverloren hinein. «Erinnern Sie sich noch an unseren gemeinsamen Reeperbahnbummel in Hamburg? Wie wir beinahe die Stadt auseinandergenommen hätten? Sie sind der einzige Mann, der mich jemals unter den Tisch getrunken hat...»

«*Sie* haben damals beinahe die Stadt auseinandergenommen», verbesserte Newman ihn. «Sprechen Sie noch immer fließend Deutsch?»

«Ich komme einigermaßen zurecht. Wissen Sie was, Bob? Der Westen wird zu zivilisiert. Früher seid ihr Engländer vor nichts zurückgeschreckt, wenn es ums Überleben gegangen ist. Ich denke zum Beispiel an Churchill, der die Versenkung der ganzen französischen Flotte befohlen hat – um zu verhindern, daß sie den Deutschen in die Hände fiel. Rücksichtslos entschlossen. Aber er hatte natürlich recht.»

«Versuchen Sie, mir etwas auseinanderzusetzen, Lee?»

«Ich sitze nur mit einem alten Freund beisammen und mache ein paar harmlose Bemerkungen...»

«Sie haben noch nie in Ihrem Leben harmlose Bemerkungen gemacht! Tut mir leid, aber ich muß jetzt fort. Vielleicht sehen wir uns gelegentlich wieder, Lee.»

Auf der Fahrt zur Klinik überließ Newman Nancy das Steuer des Citroëns. Während sie den Wagen mit der selbstbewußten Lässigkeit einer geübten Fahrerin über die Autobahn nach Thun lenkte, behielt Newman den schwarzen Audi, der hinter ihnen auf gleichbleibenden Abstand achtete, durch gelegentliche rasche Blicke nach rückwärts im Auge. Becks Schergen waren auf dem Posten.

«Dort vorn kommt die Ausfahrt», sagte er warnend.

«Wer fährt eigentlich diesen gottverdammten Wagen?»

«Doch hoffentlich du – sonst kann ich für nichts garantieren!»

«Wie bist du mit dem Mann zurechtgekommen, mit dem du dich in der Bar treffen wolltest? Wie hat er gleich wieder geheißen?»

«Foley, Lee Foley. Ich überlege mir noch immer, weshalb er mich sprechen wollte. Er ist ein eiskalter Bursche. Eine Tötungsmaschine wie der Leopard, vor dem wir gestern abend gestanden haben. Ich weiß nur noch nicht, für wen er arbeitet. Wenn ich das wüßte, hätte ich vielleicht das letzte Teilstück dieses riesigen Puzzlespiels gefunden.»

«Wir lernen hier beide recht interessante Leute kennen», meinte Nancy, als sie von der Autobahn abbog. Newman überzeugte sich mit einem kurzen Blick, daß der Audi hinter ihnen blieb. «Als du heute morgen unterwegs gewesen bist, um dich mit weiß Gott welchen Leuten zu treffen», fuhr sie fort, «habe ich in der Hotelhalle mit einem reizenden Mann, auch einem Engländer, Kaffee getrunken. Er hat so mild gewirkt, aber ich habe unter der Oberfläche eine sehr energische Persönlichkeit gespürt. Er heißt übrigens Tweed.»

«Worüber habt ihr euch unterhalten?»

«Ich hab' ihm von der Klinik Bern erzählt...» Das klang beinahe trotzig, als wolle sie ihn dazu herausfordern, ihre Indiskretion zu kritisieren. Als Newman schwieg, sprach Nancy lebhaft weiter. «Er ist sehr sympathisch, finde ich – ein guter Gesprächspartner. Er hat mir geraten, sehr vorsichtig zu sein...»

«Was hat er getan?»

«Das hab' ich dir doch eben erzählt! Er hat mir erklärt, als Ausländerin müsse ich mich hier sehr behutsam bewegen.» Sie sah zu Newman hinüber. «Und er hat mir geraten, mich in Zukunft eng an dich zu halten.»

«Wie seid ihr dabei auf die Klinik Bern gekommen?»

«Du brauchst nicht gleich so empfindlich zu reagieren. Er behauptete, Sachbearbeiter einer großen Versicherungsgesellschaft zu sein. Findest du's nicht auch unheimlich, Bob, daß letzten Monat eine weitere Amerikanerin, eine gewisse Hannah Stuart, unter ganz ähnlichen Umständen wie Mrs. Laird umgekommen ist? Warum immer Frauen?»

«Das habe ich mich auch schon gefragt. Es gibt einfach zu viele unbeantwortete Fragen. So, gleich sind wir da. Ich bin gespannt, wie der Empfang diesmal ausfällt...»

Sie erreichten das Haupttor des weitläufigen Klinikgeländes. Aber diesmal stand der Empfang in auffälligem Gegensatz zu der Art, wie sie in der Klinik Bern beim erstenmal aufgenommen worden waren. Ein Mann, den sie noch nie gesehen hatten, trat aus dem Pförtnerhäuschen, ließ sich ihre Pässe zeigen und nickte einem unsichtbaren zweiten Wächter zu. Daraufhin öffnete das elektrisch betätigte Tor sich wie von Geisterhand.

Weder Wachposten noch Dobermänner waren zu sehen, als sie der Zufahrt über das kahle Plateau folgten. In Thun schien der Himmel stets bedrückender, stets grauer und wolkenverhangener als in Bern zu sein. Newman vermutete einen Zusammenhang mit den hohen Bergen, vor denen sich die Wolken stauten.

«Novak hat mich aufgefordert, auf dem Parkplatz neben dem Hauptgebäude zu parken», stellte Nancy fest. «Und ich habe diesmal gar nicht das Gefühl, beobachtet zu werden...»

«Vielleicht ist das Personal nachlässig, wenn Grange und Kobler nicht anwesend sind. Oder man versucht ganz bewußt, diesen Eindruck zu vermitteln. Nein, wir parken nicht hier, Nancy, sondern dort drüben im frischen Schnee.»

«Du brauchst nur zu befehlen! Ich bin bloß deine Chauffeuse!»

«Und beim Aussteigen achtest du bitte darauf, möglichst wenig Spuren im Schnee zu hinterlassen.»

«Großer Gott! Sonst noch Anweisungen?»

«Die kriegst du zu hören, sobald mir welche einfallen.»

Dr. Waldo Novak, dessen blondes Haar der Wind zerzauste, kam aus der Verandatür und die sechs Stufen herab, um sie zu begrüßen. Er war allein. Die kratzbürstige Astrid ließ sich diesmal nicht blicken.

«Ich bringe Sie gleich zu ihm», sagte Novak zu Nancy, während sie sich die Hand schüttelten. Er blieb mit Newman zurück, um ihr den Vortritt zu lassen, und flüsterte dem Engländer dabei zu: «Newman, bitten Sie Ihre Begleiterin, vor dem Verlassen der Klinik die Toilette aufzusuchen. Das gibt mir Gelegenheit, Ihnen etwas zu erzählen.»

Diesmal saß ein Mann an der Reception. Er interessierte sich nicht weiter für die Besucher und verlangte auch keine schriftliche Anmeldung. Mit Novaks Computerkarte gelangten sie in den Korridor und von dort aus in das Krankenzimmer, in dem

Jesse Kennedy mit mehreren Kissen im Rücken in seinem Bett saß und ihnen entgegensah.

«Augenblick!» warnte Newman die anderen.

Er verhängte den Beobachtungsspiegel wie beim ersten Besuch mit einem Handtuch. Dann holte er ein eigens für diesen Zweck gekauftes winziges Transistorradio aus seiner Jackentasche. Nachdem er leise Musik eingestellt hatte, bückte er sich und lehnte das Radio gegen das in die Wand eingelassene Lüftungsgitter. Auf diese Weise war das versteckte Tonbandgerät neutralisiert. Newman richtete sich auf.

«So, jetzt können wir reden...»

«Ich habe mich nicht an meine Anweisungen gehalten», teilte Novak ihnen mit. «Mr. Kennedy steht nicht unter Beruhigungsmitteln – aber damit ich keine Schwierigkeiten bekomme, wäre ich ihm dankbar, wenn er seine Kapsel einnehmen würde, bevor Sie sich von ihm verabschieden.»

«Ja, ich verstehe, und ich danke Ihnen», antwortete Nancy, bevor sie sich einen Stuhl heranzog und am Bett ihres Großvaters Platz nahm. «Wie geht's dir, Jesse?» Sie umarmte ihn liebevoll und küßte ihn auf beide Wangen. «Und gleich noch eine wichtigere Frage: Hast du wirklich Leukämie?»

«Das wollen mir hier alle einreden – auch Novak dort drüben. Aber ich glaube kein Wort davon! Weißt du, daß vergangene Nacht wieder eine arme Patientin ums Leben gekommen ist? Angeblich hat die Frischzellentherapie bei ihr nicht angeschlagen. Angeblich wäre sie ohnehin bald gestorben. Unsinn! Aber ich kriege noch heraus, was hier gespielt wird – genauso wie ich damals dem Spion in Arizona auf die Schliche gekommen bin.» Der Alte lachte in sich hinein. «Wenn ich daran denke, wie dieser CIA-Agent damals aufgeräumt hat...»

«Soll das heißen, daß du noch länger hier in der Klinik bleiben willst?» erkundigte Nancy sich.

«Allerdings! Ich wollte nie hierher – aber nachdem ich nun einmal hier bin, werde ich in *diesem* Saustall aufräumen. Darauf kannst du Gift nehmen! Wegen Novak brauchst du dir keine

Sorgen zu machen. Er versorgt alle möglichen Leute so schnell mit Informationen, daß er praktisch einen eigenen Depeschendienst aufgezogen hat. Stimmt's, Novak? Ah, jetzt spielt er wieder den Schüchternen, der sich vor Fremden ziert!»

Die Diskussion ging noch eine Viertelstunde weiter. Nancy bemühte sich, ihren Großvater zu bewegen, die Klinik zu verlassen. Jesse bestand darauf, er müsse bleiben, um hier auszumisten. Novak und Newman hörten schweigend zu.

Jesse, den diese ungewohnt lange Unterhaltung offenbar angestrengt hatte, sagte plötzlich, er wolle jetzt etwas schlafen. Er steckte seine Kapsel Natriumamytal in den Mund, schluckte demonstrativ und öffnete seine Hand, um zu beweisen, daß sie leer war. Er blinzelte Newman noch kurz zu und war Sekunden später fest eingeschlafen.

Novak stand mit Newman allein vor dem Hauptgebäude im Schnee. Nancy hatte den Vorschlag des Engländers widerspruchslos akzeptiert und sich an der Reception nach dem Weg zu den Toiletten erkundigt.

«Schön, was wollten Sie mir also erzählen?» fragte Newman.

«Sie sollten sich beeilen – viel Zeit haben wir nicht.»

«Es geht um Willy Schaub, unseren Hausmeister, von dem ich Ihnen in Thun erzählt habe. Er ist bereit, mit Ihnen zu sprechen. Haben Sie seine Adresse in Bern noch?» Als Newman nickte, fuhr der Arzt fort: «Schaub hat morgen seinen freien Tag und erwartet Ihren Besuch um fünfzehn Uhr. Er weiß mehr über die Klinik Bern als jeder andere...»

«Warum ist er bereit, mit mir zu sprechen?»

«Aus Geldgier», antwortete Novak offen. «Für zweitausend Franken packt er aus. Vielleicht auch schon für fünfzehnhundert. Er will natürlich Bargeld und keinen Scheck, der sich zum Aussteller zurückverfolgen ließe. Sie müssen selbst wissen, ob Sie sein Angebot annehmen wollen, Newman. Ich habe mein Bestes getan. Und ich verlasse die Klinik bei nächster Gelegenheit. Was soll ich Schaub sagen?»

«Daß ich ihn besuchen werde. Noch eine Frage, bevor Nancy

wieder aufkreuzt: Wie krank sind die Patienten, die hier in der Klinik liegen?»

«Wir haben Leukämie, Multiple Sklerose, Lungenkrebs und alle möglichen anderen Krankheiten. Quer durch die Fachliteratur! Lauter unheilbare Fälle...»

27

Basel. Als Newman und Nancy ihren zweiten Besuch in der Klinik Bern beendeten, saß Bruno Kobler in seinem Zimmer im Hotel Terminus gegenüber dem Hauptbahnhof in Basel. Kobler war nach Basel geflogen; dieses Hotel hatte er wegen seiner strategisch günstigen Lage gewählt.

Manfred Seidler war beim Kauf einer Fahrkarte nach Le Pont, einem Nest am Lac de Joux im Jura, beobachtet worden. Inzwischen hatte man Seidler wieder aus den Augen verloren, was bedauerlich war, aber Kobler besaß nicht weniger Geduld als Lee Foley, wenn es darum ging, auf den rechten Augenblick zu warten. Er sprach mit dem stämmigen, untersetzten Emil Graf, der am Fenster auf ein Signal von Hugo Munz wartete. Munz leitete das Team auf dem Hauptbahnhof.

«Irgendwann muß Seidler wieder auftauchen», stellte Kobler fest. «Ich bin überzeugt, daß er sich in Le Pont mit jemand treffen will. Und wir lassen das Hôtel de la Truite von weiteren Männern überwachen...»

«Ich kenne Le Pont nicht», antwortete Graf. «Der Karte nach scheint es ein gottverlassenes Nest zu sein.»

«So ist es – ein abgelegener kleiner Ort, an dem Seidler sich sicher glaubt, wenn er sich mit einem Käufer für das uns entwendete Muster trifft. Und das Hotel liegt am Bahnhof, so daß er...»

«Er ist da! Munz hat mir eben das verabredete Zeichen gegeben!»

Und schon stand Kobler an der Zimmertür und schlüpfte in seinen Kamelhaarmantel. Er deutete auf die Reisetasche auf dem Bett, um Graf daran zu erinnern, sie mitzunehmen. Kobler hatte keineswegs die Absicht, diese Reisetasche mit ihrem brisanten Inhalt selbst zu tragen. Dafür hatte man seine Domestiken, die dafür bezahlt wurden, daß sie solche Risiken auf sich nahmen. Kobler würde die Waffe erst in die Hand nehmen, wenn der Zeitpunkt dafür gekommen war. Vielleicht würde er sie gar nicht einsetzen müssen, denn auch für dieses Geschäft hatte er seine Leute...

«Er sitzt in dem Zug, der um vierzehn Uhr eins abfährt», erklärte Munz ihnen, als sie den riesigen Bahnhof betraten. «Hier sind eure Fahrkarten. Aber ihr müßt euch beeilen!»

«Wir fahren sicherlich über Lausanne», vermutete Kobler, während er es sich Munz gegenüber in einem Abteil Erster Klasse bequem machte. Graf war in den Wagen gestiegen, in dem Seidler saß.

Kobler studierte das Kursbuch, das er in seiner Manteltasche mitgebracht hatte, und nickte vor sich hin, während der Zug aus dem Bahnhof glitt. Dann sah er zu Munz hinüber, der steif in seiner Ecke saß.

«Warum so verkrampft? Wir müssen ohnehin warten, bis wir ihn irgendwo allein erwischen. Das kann noch Stunden dauern. Wir erfüllen eine sanitäre Aufgabe – nicht anders als die Müllabfuhr...»

Er blickte aus dem Fenster, während der Zug auf der Fahrt durch die Vororte schneller wurde. Kobler ließ Basel gern wieder hinter sich: Diese Stadt war für ihn feindliches Gebiet, das Territorium Dr. Max Nagels, des Hauptgegners des Goldklubs. Aber Koblers Befürchtungen waren überflüssig. In diesem Augenblick befand Nagel sich mit Chauffeur und Dienstwagen auf der Fahrt nach Bern.

Fünf Wagen weiter vorn war Manfred Seidler ein einziges Nervenbündel. Er riß eine neue Zigarettenpackung auf und zündete sich die 21. Zigarette dieses Tages an, während er über die Abschiedsszene in der Wohnung nachdachte.

Erika war aus dem Büro nach Hause geeilt, um ihm in ihrer Mittagspause ein Essen zu kochen. Beim Mittagessen hatte er ihr erklärt, daß er verreisen müsse. Sie hatte ihn enttäuscht angesehen.

«Mußt du wirklich fort? Gerade heute könnte ich eine besonders lange Mittagspause machen. Nagel ist nach Bern gefahren.»

«Warum denn das?» hatte er sich erkundigt, ohne wirklich interessiert zu sein.

«Das ist eine eigenartige Sache. Ich mußte ihm ein Zimmer im Hotel Bellevue Palace bestellen. Er will dort an einem Empfang anläßlich eines Ärztekongresses teilnehmen. Dabei ist er gar kein Arzt! Und ich habe ihn noch nie so finster entschlossen erlebt – er hat irgend etwas vor...»

«Wahrscheinlich will er irgendein Geschäft perfekt machen, bei dem er ein paar zusätzliche Millionen verdient. Erika, ich komme vielleicht erst morgen zurück. Mach dir also keine Sorgen, ja?»

«Du weißt genau, daß ich keine ruhige Minute habe, bis du wieder heil und gesund bei mir bist! Wohin fährst du überhaupt? Was hat das alles zu bedeuten? Ich hab' ein Recht darauf, auch etwas zu erfahren!»

«Wohin ich fahre, spielt keine Rolle», hatte er ihr erklärt. «Ich treffe mich mit Robert Newman, dem englischen Journalisten. Er kann mir Schutz gewähren, indem er die Hintergründe von Terminal aufdeckt. Nein, mehr darfst du mich jetzt nicht fragen. Und vielen Dank für das Mittagessen!»

Jetzt wünschte Seidler, er hätte mehr gesagt. Er sah zur Gepäckablage auf, in der seine beiden Koffer ruhten. Einer von ihnen war mit zerknüllten Zeitungen vollgestopft; der andere enthielt das Musterexemplar. Seidler hatte sich überlegt, daß es schwieriger sein würde, ihm *zwei* Koffer zu entreißen, wenn er einen Bahnsteig entlangging. Und niemand konnte wissen, welcher Koffer das Muster enthielt. Auf solche Kleinigkeiten mußte man auch achten.

Seidler bewegte sich unruhig und nahm einen tiefen Zug aus seiner Zigarette. Das Abteil war gut geheizt, und er hätte gern seine Jacke ausgezogen. Aber das war unmöglich, denn er trug eine 9-mm-Luger in einem Schnellziehhalfter unter dem linken Arm.

Bern. Beck saß in seinem Dienstzimmer hinter dem Schreibtisch und blickte zu Gisela auf, die den Anruf entgegengenommen hatte. Sie ließ den Hörer sinken und wandte sich an ihren Chef.

«Das war Leupin. Newman und Dr. Kennedy haben soeben die Klinik Bern verlassen. Er hat sie durchs Fernglas erkannt und die Meldung über Funk weitergegeben.»

«Danke, Gisela. Hör zu, ich möchte, daß du für drei unserer Leute Einladungen für den morgigen Empfang im Bellevue Palace besorgst. Sie sollen sich unter die Ärzte mischen. Professor Grange hat sein Erscheinen zugesagt. Ich komme vielleicht auch hin.»

«Die Lage spitzt sich allmählich zu, was?»

«Du hast meistens das richtige Gespür für solche Dinge, Gisela. Nur Manfred Seidler fehlt uns noch. Der Fuchs hat sich versteckt, aber irgendwann muß er wieder zum Vorschein kommen. Dann möchte ich an Ort und Stelle sein – bevor die Militärs ihn schnappen. Laß erneut nach ihm fahnden. Seidler muß aufgespürt werden, koste es, was es wolle!»

Als sie sich von ihrem amerikanischen Kollegen verabschiedet hatten und zu dem geparkten Citroën gingen, hatte Nancy keinen anderen Wunsch, als das Klinikgelände so rasch wie möglich zu verlassen – so deprimierend fand sie Jesses Einstellung.

«Augenblick, ich muß erst den Wagen überprüfen», warnte Newman sie. «Du wartest am besten hier...»

«Um Himmels willen, warum denn?» fragte sie ungehalten.

«Ich muß nachsehen, ob sich jemand daran zu schaffen gemacht hat.»

Er suchte nach frischen Fußabdrücken im Schnee und überzeugte sich davon, daß niemand so clever gewesen war, auf ihren noch deutlich sichtbaren Spuren zum Auto und zurück zu gehen. Dann sah er nach, ob der Schneeball, den er so unter die Motorhaube gedrückt hatte, daß er beim Öffnen hätte herausfallen müssen, noch an Ort und Stelle war. Zuletzt sperrte Newman den Wagen auf und nickte Nancy zu, sie solle auf dem Beifahrersitz Platz nehmen.

«Diesmal fahre ich», sagte er und setzte sich ans Steuer.

«Dir paßt meine Fahrweise wohl nicht?» brauste sie auf.

«Weißt du noch, was letztesmal passiert ist – die Sache mit dem Räumfahrzeug?»

«Okay, vielleicht hast du recht. Aber warum hast du so umständlich nachgesehen, ob sich jemand daran zu schaffen gemacht hat?»

«Für den Fall, daß jemand einen Sprengsatz am Wagen angebracht hat», antwortete Newman absichtlich brutal, um sie zu verunsichern.

«Mein Gott, willst du mich unbedingt zu einem Nervenbündel machen?»

Auf der Rückfahrt nach Bern, die ereignislos verlief, sprachen sie nicht miteinander. Im Bellevue Palace nahmen sie ihr verspätetes Mittagessen in der Snackbar ein, die um diese Zeit so leer war, daß sie sich offen unterhalten konnten. Nancy schnitt das Thema beim Kaffee an.

«Jetzt steht wohl Seidler auf dem Programm?»

«Richtig! Vergiß bitte nicht, den kleinen Koffer zu packen. Ich habe das Gefühl, daß wir ihn brauchen werden.»

«Das wollte ich gleich anschließend tun. Ich bin schon froh, daß ich dich diesmal ausnahmsweise begleiten darf...»

«Hör endlich auf, Nancy!»

Sie verbrachten den Rest des Nachmittags in ihrem Zimmer,

weil nicht auszuschließen war, daß Seidler früher als vereinbart anrief. Newman hatte am Vortag eine Straßenkarte der Schweiz gekauft, die er jetzt studierte, während Nancy, die ihre Schuhe abgestreift hatte, auf dem Bett lag und zu schlafen versuchte. Sie bildete sich ein, keine Sekunde geschlafen zu haben – aber das Klingeln des Telefons ließ sie trotzdem aufschrecken. Newman, der die Straßenkarte auf der zweiten Betthälfte ausgebreitet hatte, nahm den Hörer ab und meldete sich.

«Hier ist Manfred Seidler. Hören Sie gut zu, denn ich sage Ihnen alles nur einmal...»

«Was ich nicht gleich verstehe, erklären Sie mir gefälligst ein zweites Mal! Bitte weiter!»

«Kennen Sie den Ort Le Pont im Jura am Lac de Joux?»

«Ja», antwortete der Engländer sofort.

«Wir treffen uns dort um neunzehn Uhr achtundzwanzig. Am Bahnhof Le Pont. Ich komme um neunzehn Uhr achtundzwanzig mit dem Zug an.»

«Verdammt noch mal, wie soll ich denn das schaffen? Ist Ihnen klar, daß das in zweieinhalb Stunden ist?»

«Falls Sie Interesse an den Informationen haben, die ich liefern kann – am Telefon möchte ich keine Einzelheiten nennen –, bringen Sie zweitausendfünfhundert Franken in bar mit. Parken Sie in unmittelbarer Nähe des Bahnhofs, aber trotzdem etwas versteckt. Ich habe zwei Koffer bei mir.»

«Ich brauche mehr Zeit! Im Jura liegt Schnee. Die Bergstraßen sind schlecht befahrbar...»

«Neunzehn Uhr achtundzwanzig. Und ich warte nicht! Kommen Sie also oder nicht?»

«Ich komme! Aber...»

Newman hörte ein Klicken in der Leitung. Seidler hatte eingehängt. Der Engländer ließ langsam den Hörer sinken und sah erneut auf seine Armbanduhr. Er zog die Straßenkarte mit einem Ruck zu sich heran, während Nancy ihm über die Schulter sah.

«Können wir's schaffen?» fragte sie besorgt.

«Vielleicht auf dieser Route. Aber die Zeit ist verdammt knapp.»

Sein Zeigefinger folgte der Autobahn N 12 von Bern zum Genfersee. Dort bog er auf die parallel zum See nach Nordwesten führende Autobahn N 9 ab und erreichte dann die Anschlußautobahn N 1. In dem zwischen Lausanne und Genf gelegenen Rolle nahm Newman eine über den Jura führende Bergstraße auf, bis sein Zeigefinger in Le Pont stoppte.

«Das ist ein großer Umweg», wandte Nancy ein. «So fahren wir ein richtiges Dreieck aus!»

«Nur über die Autobahnen kommen wir vielleicht rechtzeitig hin», erklärte Newman ihr. «Und ich kenne die Straße von Rolle zum Lac de Joux. Oberhalb der Schneegrenze ist sie um diese Jahreszeit schauderhaft. Komm, wir haben's eilig, Mädchen! Ich nehme den Koffer. Zum Glück haben wir auf der Rückfahrt von Thun vollgetankt...»

Als sie vor dem Aufzug standen, bat Nancy Newman plötzlich, zum Auto vorauszugehen. «Ich komme gleich nach», erklärte sie ihm, als die Lifttür aufging. «Ich hab' meine Handschuhe im Zimmer vergessen.» Newman trat fluchend in die Kabine.

Lausanne Gare. Seidler schleppte die beiden Koffer aus der Telefonzelle auf den Bahnsteig zurück. Er empfand ein Gefühl der Erleichterung: Newman hatte sein Kommen zugesagt. Seidler hastete ins Bahnhofrestaurant, in dem er sich inmitten zahlreicher Gäste sicher fühlte, während er auf seinen Zug wartete.

Er hatte sich bewußt für eine Reiseroute mit Umwegen entschieden, um ganz sicherzugehen, daß er nicht beschattet wurde. Jetzt wartete er auf den Fernschnellzug *Cisalpin* nach Paris, der ohne Halt bis zum Grenzbahnhof Vallorbe fuhr. Von dort aus würde Seidler den Personenzug benützen, der um 19.09 Uhr in Vallorbe abfuhr und um 19.28 Uhr in Le Pont ankam.

Bern. «Hier spricht Leupin, Chef. Newman hat soeben das Hotel mit einem Koffer in der Hand verlassen. Er legt ihn in den Kofferraum seines Mietwagens. Augenblick, jetzt kommt seine Verlobte auf die Straße gelaufen und steigt ebenfalls ein...»

«Alles in Ordnung, Leupin», versicherte Beck seinem Untergebenen. «Ich habe sechs weitere Männer zur Beobachtung eingeteilt – für alle Fälle. Sechs Männer mit drei Fahrzeugen, die sich abwechseln können, damit er keinen Verdacht schöpft. Sie und Sautter übernehmen gleich den ersten Beobachtungsabschnitt. Viel Erfolg!»

Beck legte den Hörer auf und seufzte, während er zu Gisela hinübersah. Sie brachte ihm die Tasse Kaffee, die sie für ihn eingeschenkt hatte. Offenbar stand ihnen wieder einmal eine lange Nacht bevor: Beck saß in Hemdsärmeln am Schreibtisch, was ein sicheres Anzeichen für eine längere Belagerung war.

«Newman und seine Verlobte haben das Bellevue Palace eben mit einem Koffer verlassen», berichtete er. «Sie sind in ihren Leihwagen gestiegen...»

«Glaubst du, daß sie abreisen – daß sie die Schweiz verlassen?»

«Das wäre beim gegenwärtigen Stand der Dinge nicht Newmans Art.» Beck machte eine Pause. «Hast du die andere Sache inzwischen erledigt?»

«Die Maschine ist jederzeit startbereit.»

Der Winterabend war klar und ziemlich kalt. Newman fuhr erheblich schneller als zulässig, sobald sie die Autobahn erreicht hatten. Trotzdem wurde der Citroën mehrmals von anderen Wagen überholt, die mit aufgeblendeten Scheinwerfern an ihnen vorbeirasten.

«Das kann doch nicht etwa die Polizei sein?» überlegte Nancy laut, als die zweite Limousine vorbeizischte.

«Wohl kaum. Der erste Wagen ist ein Saab gewesen; das dort vorn ist ein Volvo.»

«Ich muß ständig an Jesse denken, Bob. Ich bin ratlos, weil ich nicht weiß, was wir in bezug auf ihn unternehmen sollen.»

307

«Nichts. Mir ist jetzt jedenfalls klar, von wem du deinen Eigensinn geerbt hast.»

«Wir können nicht einfach untätig bleiben...»

«Am besten überläßt du die Sache mir», schlug er vor.

«Wie meinst du das?» fragte Nancy.

«Keine Angst, mir fällt schon was ein!»

Newman fuhr erst hinter Lausanne etwas langsamer. Einige Minuten später wurde die Ausfahrt *Rolle VD* angezeigt – Rolle im Kanton Vaud. Newman bog vom See auf die nach Norden führende Nebenstraße ab, die sofort steil anstieg. In der Ferne ragte der Jura wie eine erstarrte weiße Flutwelle auf. Dann hatten sie die Schneegrenze erreicht.

Im Scheinwerferlicht glitzerte die schmale, kurvenreiche Bergstraße, als sei sie mit einer spiegelglatten Eisschicht überzogen. Die Straße stieg immer steiler an. Auf Warnschildern mit der Aufschrift *Risque de verglas* war ein schleuderndes Auto abgebildet. Glatteisgefahr! Nancy beobachtete Newman, der mit schmalen Lippen und zusammengekniffenen Augen am Steuer saß. Sie zündete sich eine Zigarette an und sah dabei unauffällig durchs Heckfenster. Auf dem im Moment ausnahmsweise geraden Straßenstück konnte sie erkennen, daß ihnen der schwarze Audi noch immer mit weitem Abstand folgte. Zuerst der Saab, dann der Volvo, nun der Audi. Nancy starrte wieder nach vorn. Die Kurven waren unglaublich eng und zahlreich. Newman mußte ständig lenken. Sie fuhren jetzt durch eine langgestreckte enge Senke, in der die Straße zwischen hohen Schneemauern verlief. Hinter diesen Wällen ragten schwarze Kiefern auf, deren Zweige von der auf ihnen liegenden Schneelast herabgedrückt wurden. Als Nancy die Heizung höherstellen wollte, sah sie, daß sie bereits mit größter Leistung arbeitete. Die Straße schlängelte sich weiter bergauf. Die Quarzuhr der Instrumententafel zeigte 19.20 Uhr. Nur noch acht Minuten! Das konnten sie unmöglich schaffen!

Doch plötzlich lag die Steigung hinter ihnen. Nach einer besonders scheußlichen Kurve führte die Straße überraschend gera-

deaus. Sie fiel sogar etwas ab. In der Ferne erschienen Lichter.
«Le Pont», sagte Newman.

Eine Ansammlung spitzgiebliger Häuser im Tal und am Hang.
Hoher Schnee auf den Dächern. Holzbalkone im ersten Stock
vor den Häusern. Kaum mehr als ein Weiler. Newman fuhr
langsam an einem hellbeleuchteten Hotel vorbei. Hôtel de la
Truite.
«Da, sieh dir das an!»
Newman zeigte zum Hoteldach hinauf. An der Dachrinne hin-
gen zahlreiche bis zu einem halben Meter lange Eiszapfen. Der
Bahnhof von Le Pont war kaum mehr als eine ebenerdige
Hütte, in deren Umgebung kein Mensch zu sehen war. Es war
19.26 Uhr. Newman parkte den Citroën so neben dem Bahnhof,
daß er vom Ausgang nicht zu sehen war. Von dort aus konnten
sie sofort wegfahren. Er ließ den Motor laufen.
«Ich möchte, daß du dich ans Steuer setzt», erklärte er Nancy.
«Ich warte in der Nähe des Ausgangs, wenn der Zug einfährt.
Vielleicht versucht irgend jemand, uns in eine Falle zu locken.
Sollte ich angerannt kommen, fährst du los, sobald ich im
Wagen bin – zurück nach Rolle. Ah, da kommt der Zug! Ich
muß jetzt fort...»
Der aus drei kleinen Wagen bestehende Zug, eine sehr kleine
Lichterraupe, hielt hinter dem Bahnhofsgebäude. Newman
hörte das unverwechselbare Geräusch einer ins Schloß fallenden
Waggontür. Ein mit zwei Koffern belasteter hagerer Mann
ohne Hut erschien unter der Neonleuchte über dem Ausgang.
Er wirkte gehetzt, als er Newman auf Deutsch zurief:
«Newman! Wo ist der Wagen... Ich werde verfolgt...»
Hinter Seidler tauchten zwei noch undeutlich erkennbare Gestalten auf. In diesem Augenblick kam ein Auto mit hoher
Geschwindigkeit aus Richtung Neuchâtel die Straße entlangge-
rast. Seine aufgeblendeten Scheinwerfer glitten über den Bahn-
hofsausgang. Newman sah etwas Rotes – das gleiche Rot wie
das des Porsches, den er auf der Autobahn nach Thun gesehen

309

hatte. Reifen quietschten, als der Fahrer scharf bremste. Aus dem heruntergekurbelten Fahrerfenster ragte ein Gewehrlauf. Im nächsten Augenblick kam Nancy hinter dem Bahnhofsgebäude hervor, hielt bei Newman und öffnete die Türen von innen.

«Ins Auto, Seidler!» rief Newman.

Er riß ihm einen Koffer aus der Hand, warf ihn auf den Rücksitz, schob Seidler mitsamt dem zweiten Koffer hinterher, knallte die Tür zu und war mit einem Sprung auf dem Beifahrersitz. Der andere Wagen befand sich fast auf gleicher Höhe mit dem Ausgang; der Gewehrlauf ragte jetzt noch weiter aus dem linken Seitenfenster. Einer der beiden Männer, die Seidler verfolgten, griff in seine Manteltasche.

«Los, fahr schon!» wies Newman Nancy an. «Zurück, woher wir gekommen sind!»

Der erste Schuß übertönte das Geräusch der beiden Automotoren. Der vordere Mann, der etwas aus seiner Manteltasche hatte ziehen wollen, taumelte rückwärts, als habe er einen kräftigen Hieb gegen die Brust bekommen. Dann fiel ein weiterer Schuß. Der zweite Mann griff sich an die Brust, beschrieb eine gräßliche Pirouette und brach im Schnee zusammen.

Eine fast unglaubliche Leistung! Der Schütze hatte seinen Wagen mit der linken Hand gelenkt und mit der rechten das Gewehr gehoben, um aus dem fahrenden Auto zu schießen. Die beiden Männer waren tot. Newman war ziemlich sicher, daß keiner von ihnen den Treffer aus dieser Waffe, die dem Schußknall nach eine sehr hohe Mündungsgeschwindigkeit haben mußte, überlebt hatte.

Nancy lenkte den Citroën durch den Lichtkegel der Scheinwerfer des inzwischen zum Stehen gekommenen anderen Wagens. Sie gab Gas, spürte, daß die Vorderräder kurz durchdrehten, und schoß auf die Straße hinaus. Dann lag der Bahnhof hinter ihnen, während sie dorthin zurückfuhren, wo sie hergekommen waren.

«Der eine Kerl hat 'ne Pistole ziehen wollen!» krächzte Seidler heiser.

«Ich hab's gesehen», bestätigte Newman knapp.

Sie näherten sich dem Hôtel de la Truite, als ein schwarzer Mercedes aus der Einfahrt kam. Nancy brachte den Citroën mit einer Vollbremsung zum Stehen. Der Mercedes fuhr in Richtung Bahnhof weiter.

«Idiot!» fauchte Nancy.

«Vielleicht fährt er zu einem Treffen mit zwei Leichen», meinte Newman nachdenklich.

Nancy warf ihm einen aufgebrachten Blick zu, bevor sie weiterfuhr. Vor dem Hotel steckten Skier in aufgeschaufelten Schneebergen. Während ihres kurzen Halts hatte Newman Gesang und Gelächter aus der Gaststube gehört. Tod auf dem Bahnhof, Stimmung im Hôtel de la Truite. Après-Ski auf vollen Touren. Seidler beugte sich nach vorn und hielt sich an den Kopfstützen ihrer Sitze fest. Er starrte durch die Windschutzscheibe, als bemühe er sich, die Orientierung wiederzugewinnen. Als er sich plötzlich zu Wort meldete, sprach er Englisch, damit Nancy ihn verstand.

«Nicht nach links in Richtung Rolle abbiegen! Rechts weiterfahren – am See entlang...»

«Tu, was er sagt, Nancy», forderte Newman sie ruhig auf. «Warum, Seidler? Wollen Sie nicht möglichst schnell fort von hier?»

«Auf dieser Straße kommen wir an einem Haus vorbei, das links am Hang steht. Dort können wir miteinander reden... Um Himmels willen, was war das?»

«Wieder mal der Hubschrauber», stellte Nancy fest, nachdem sie einen schrägen Blick aus dem Seitenfenster geworfen hatte.

«Falls es noch derselbe Hubschrauber ist. Ich hab' ihn zum erstenmal gehört, als wir in Rolle abgebogen sind.»

«Ich auch», bestätigte Newman. «Er scheint uns hierher gefolgt zu sein. Aber Militärhubschrauber gibt's in der Schweiz zu Dutzenden...»

«Militärhubschrauber?» wiederholte Seidler hörbar besorgt. «Werden Sie beobachtet?»

«Maul halten!» fuhr Newman ihn an. «Sagen Sie uns gefälligst rechtzeitig Bescheid, wenn wir zu dem Haus kommen.»

«Bleiben Sie auf der Seeuferstraße», forderte Seidler die Amerikanerin auf. «Und fahren Sie so schnell wie möglich!»

«Danke, ich brauche keine Ratschläge», entgegnete Nancy kühl.

Das langgestreckte Vallée de Joux liegt in rund 1000 Meter Höhe im Jura. Rechts der Straße erstreckte sich der See als endlose, schneebedeckte Eisfläche. Über die Hänge links der Straße zogen sich die Spuren, die Tausende von Skifahrern tagsüber im Schnee hinterlassen hatten. Hier und dort ragten behäbige einstöckige Chalets auf. Als Wintersportort war Le Pont offensichtlich beliebt.

«Dort vorn!» rief Seidler aus. «Das Haus auf der linken Straßenseite vor L'Abbaye...» Er beugte sich erneut nach vorn. «Sie können den Wagen in die Garage fahren.»

«Nein», widersprach Newman, «am besten parkst du unter den Kiefern. Vielleicht kannst du rückwärts einparken, damit wir in dieser Richtung weiterfahren können.»

«Weißt du was, Robert? Das werde ich wohl gerade noch schaffen!»

Newmans Verstand arbeitete fieberhaft. Er hatte eben festgestellt, daß seine Chance gekommen war. L'Abbaye. Dahinter kam Le Brassus am Ende des Sees. Und nur wenige Kilometer von Le Brassus entfernt befand sich ein kleiner, schwach besetzter Grenzübergang nach Frankreich. Von dort aus führte die Straße etwa 20 Kilometer weit nach La Cure. Er konnte sich sogar an das Hôtel Franco-Suisse erinnern, in dem er einmal übernachtet hatte: das merkwürdige Hotel direkt auf der Grenze, das man von Frankreich aus betrat und auf Schweizer Boden verließ. Auf diesem Weg wollte er Nancy noch in dieser Nacht aus der Schweiz heraus und in Sicherheit bringen.

«Warum nicht in die Garage?» erkundigte sich Seidler.

«Solange der Wagen im Freien steht, können wir schnell weiter

– oder ist Ihnen nicht aufgefallen, daß der Hubschrauber uns nach wie vor begleitet?»

«Haben Sie die zweieinhalbtausend Franken mitgebracht?» wollte Seidler wissen.

«Nein. Die haben Sie nur verlangt, weil die meisten Leute alles, was sie umsonst kriegen können, für wertlos halten.» Newman drehte sich nach Seidler um. «Wenn Sie nicht auspacken wollen, setzen wir Sie hier ab und fahren allein weiter. Wie steht's damit?»

«Wir gehen ins Haus...»

Seidler schien mit seiner Widerstandskraft am Ende zu sein. Tief in den Höhlen liegende Augen starrten den Engländer an, während Nancy den Citroën rückwärts unter den Bäumen einparkte. Sie stellte den Motor ab, und Newman stieg als erster aus, um sich zu recken.

Das einstöckige Haus stand einige Meter von der Straße entfernt am Hang. Es war alt und verfallen und war im Erdgeschoß von einer Veranda umgeben. Vor den mit Läden verschlossenen Fenstern im ersten Stock waren Balkone zu erkennen, und auch die Fenster im Erdgeschoß waren durch Fensterläden gesichert. Nancy fand, das Haus wirke düster und unheimlich.

Das Knattern der Rotorblätter des Hubschraubers war jetzt noch deutlicher zu hören, weil der Motor des Citroëns nicht mehr lief. Newman verrenkte sich fast den Hals, aber der Hubschrauber schwebte irgendwo jenseits der Bäume und schien sich von ihnen zu entfernen. Der Engländer rieb sich frierend die behandschuhten Hände.

«Puh, ist das kalt!» meinte Nancy.

In dieser Höhe herrschten arktische Temperaturen. Kein Wind, aber empfindliche Kälte, die bereits durch Newmans Schuhe und Handschuhe drang. Auch an der Dachrinne dieses Hauses hingen lange Eiszapfen. Newman machte keinen Versuch, Seidler die beiden Koffer tragen zu helfen, die dieser gerade zum Eingang hinauftrug.

«Wem gehört dieses Haus?» erkundigte er sich, als Seidler einen Schlüssel aus der Tasche holte.

313

«Einem meiner Freunde. Er wohnt nur im Sommer hier...»

«Sehr vernünftig!»

Zu Newmans Überraschung ließ die Haustür sich mühelos aufsperren. Sie betraten eine große Wohnhalle, die fast das ganze Erdgeschoß einzunehmen schien. Im linken rückwärtigen Drittel des Raums führte eine Holztreppe zu einer um die Wohnhalle laufenden Galerie.

Der aus massiven Dielen bestehende Fußboden war gebohnert und zum größten Teil mit abgetretenen Teppichen bedeckt. Die Möbel waren alt und wuchtig: schwere Klubsessel, Tische, Vitrinen und Bücherschränke. Nancy fiel auf, daß alles mit einer feinen Staubschicht bedeckt war.

Das einzig Moderne war eine Barküche mit gefliester Arbeitsfläche. Als Nancy mit dem Zeigefinger darüberfuhr, war ihre Fingerspitze staubig. Sie öffnete eine Tür des Küchenschrankes und stellte fest, daß er zahlreiche Konservenbüchsen und zwei Gläser Pulverkaffee enthielt.

«Ich zeige Ihnen gleich, worum es geht», sagte Seidler auf Deutsch zu Newman. «Warten Sie bitte hier!»

Er verschwand durch eine Tür in der Rückwand des großen Raums, wobei er einen seiner beiden Koffer mitnahm. Newman drehte sich nach Nancy um und zuckte mit den Schultern. Sie erkundigte sich, was Seidler gesagt hatte, und er übersetzte es ihr. Hier im Haus war es bei geschlossener Haustür nicht mehr so kalt, aber der Hubschrauber war weiterhin zu hören, als kreise er in einiger Entfernung. Im nächsten Augenblick öffnete Nancy den Mund und stieß einen lauten Schrei aus. Newman drehte sich zu der Tür um, durch die Seidler hinausgegangen war.

Dort war eine schreckenerregende Gestalt aufgetaucht. Newman verstand Nancys Aufschrei, während er den vor ihm Stehenden anstarrte: ein gesichtsloses Ungeheuer mit großen, glasigen Tintenfischaugen. Seidler trug eine Gasmaske, eine fremdartige Maske mit kyrillischer Beschriftung oberhalb der starren Glasaugen: *CCCP* – UdSSR.

314

28

«Ich habe ein halbes Dutzend Lieferungen solcher Gasmasken über die Genze gebracht ... aus sowjetischen Lagerbeständen in der Tschechoslowakei über die österreichische Grenze geschmuggelt ... Ich spreche fließend Tschechisch, was natürlich nützlich gewesen ist ...»

Die Worte strömten aus Seidler hervor – wie aus einem Mann, der über zuviel Dinge allzu lange hatte Stillschweigen bewahren müssen. Nach seiner makabren Vorführung hatte er die Gasmaske abgenommen, und Nancy kochte jetzt Kaffee. Sie hatte ein Glas Pulverkaffee geöffnet und Wasser in einem Topf auf der Keramikkochplatte aufgesetzt. Sie goß drei Becher Kaffee auf, rührte um und forderte die beiden Männer mit einer Handbewegung auf, sich zu bedienen.

«In dieser Gruft brauchen wir etwas Wärme von innen», meinte sie dabei. «Ich wünschte, dieser verdammte Hubschrauber würde endlich wegfliegen!»

Newman hörte draußen ein Auto, das aus Richtung Le Pont zu kommen schien. Wegen der geschlossenen Fensterläden konnte er nicht hinaussehen. Er lief zur Haustür und öffnete sie einen Spalt – gerade noch rechtzeitig, um die Schlußleuchten eines roten Wagens in Richtung Le Brassus verschwinden zu sehen. Der Fahrer des roten Autos raste trotz der vereisten Straße wie ein Verrückter. Newman ließ die Tür wieder ins Schloß fallen.

«Wer ist Ihr Auftraggeber gewesen, Seidler?»

«Sie machen eine große Story daraus, nicht wahr? Sie müssen sie in der internationalen Presse bloßstellen, sonst bin ich erledigt ... Ich liefere Ihnen Material für den größten Coup Ihres Lebens ...»

Seidler war völlig durcheinander, hatte seine bisherige Selbstbeherrschung verloren und wirkte beinahe hysterisch, während er auf Deutsch weiterredete. Er trug einen teuren Kamelhaarmantel, einen Seidenschal und handgearbeitete Schuhe. Newman schlürfte einen Schluck des siedendheißen Kaffees, bevor er antwortete.

«Beantworten Sie erst einmal meine Fragen! Was ich daraus mache, entscheidet sich später. Und fassen Sie sich kurz – wir haben wahrscheinlich nicht mehr viel Zeit», fügte er auf Englisch hinzu, damit Nancy verstand, wovon die Rede war.

«Das Auto, das eben vorbeigerast ist, macht dir wohl Sorgen?» fragte sie.

«Heute macht mir alles Sorgen. Ja, auch dieser Wagen. Ebenso wie der Audi, der Saab und der Volvo, die uns auf der Fahrt hierher mehrmals überholt haben. Und der Militärhubschrauber dort oben. Nimmt man noch die beiden Toten auf dem Bahnhof dazu, hat man reichlich Grund, sich Sorgen zu machen.» Er wandte sich auf Englisch an Seidler. «Wer ist Ihr Auftraggeber gewesen? Beantworten Sie eine Frage nach der anderen!»

«Die Klinik Bern. Professor Grange – obwohl ich meistens mit Kobler, diesem brutalen Kerl, zu tun gehabt habe. Grange hat mich wegen meiner guten Verbindungen in der Tschechoslowakei gebraucht.»

«Und wie sind Sie zu diesen Lieferungen gekommen? Sowjetische Militärdepots sind schließlich keine Selbstbedienungsläden.»

Auf Seidlers hagerem, angespanntem Gesicht erschien erstmals ein schwaches Lächeln. Er setzte sich vorsichtig auf die Lehne eines Klubsessels, als fürchte er, sie könnte unter ihm explodieren. Dann trank er einen großen Schluck Kaffee und wischte sich die Lippen mit dem Handrücken ab.

«Sie kennen die Fallen, die der sowjetische KGB ahnungslosen westlichen Touristen und Diplomaten stellt? Hübsche Mädchen bringen ausländische Besucher in kompromittierende Situationen, damit...»

«Ja, ich weiß! Sie sollen zur Sache kommen! Wir sind hier in Gefahr, verdammt noch mal!»

«Diesmal ist die Sache umgekehrt abgelaufen. Reiner Zufall! Der junge Tscheche, der den Lagerbestand per Computer überwacht, hat sich in eine Österreicherin verknallt, die in Prag Urlaub gemacht hat. Er ist ganz verrückt nach ihr. Sie wartet in München darauf, daß ihm die Flucht gelingt. Dafür brauchte er Geld, viel Geld. Dieses Geld habe ich ihm verschafft. Er hat mir die Gasmasken geliefert und dem Computer falsche Zahlen eingegeben...»

«Wozu braucht Grange denn sowjetische Gasmasken?»

«Natürlich um die Schweiz zu verteidigen – und um nebenbei ein Vermögen zu verdienen. Falls es zu einem Atomkrieg kommen sollte, haben siebzig Prozent der Bevölkerung in den hiesigen Atombunkern Platz. Stellen Sie sich vor, wie viele Gasmasken erforderlich wären, um ebenso viele Menschen für den Fall eines sowjetischen Angriffs mit chemischen Waffen mit Gasmasken auszustatten!»

«Aber was will er damit in der Klinik Bern?» fragte Newman verständnislos. «Sie ist schließlich keine Fabrik! Das begreife ich nicht.»

«Dort *erprobt* er die Gasmasken.»

«*Was* tut er dort?» Der Engländer starrte Seidler an. «Hören Sie, das...»

«Bob», unterbrach Nancy ihn, «müssen wir unbedingt hier mit ihm reden? Diese alte Bruchbude ist mir unheimlich!»

«Ja, wir müssen hier mit ihm reden», bestätigte Newman barsch. «Ich hab' dir doch gesagt, daß uns wahrscheinlich nicht mehr viel Zeit bleibt. Weiß der Teufel, was uns nachher draußen erwartet.»

«Vielen Dank! Du verstehst es wirklich, einen zu beruhigen...»

Newmans Grobheit war beabsichtigt. Er wollte Nancy psychologisch auf die Flucht über die französische Grenze vorbereiten. Jetzt wandte er sich wieder an Seidler.

«Wie erprobt Grange die Gasmasken?»

«Er hat mit Versuchstieren angefangen. Ich habe einmal eine gräßliche Szene miterlebt, als ein Schimpanse ausgerissen ist. Er hat eine Gasmaske getragen und verzweifelt versucht, sie sich vom Kopf zu reißen...»

«Und später?»

«Später ist er dazu übergegangen, die Gasmasken unter Einsatzbedingungen an Menschen erproben zu lassen. Als Versuchspersonen benützt er Terminalpatienten, die ohnehin nicht mehr lange zu leben haben. Vor einigen Wochen bin ich mit der letzten Lieferung mit einem Lear Jet aus Wien in die Schweiz gekommen. In Bern-Belp hat's dann Schwierigkeiten gegeben: Der Fahrer des Wagens, der mich abholen sollte, ist plötzlich an einer Lebensmittelvergiftung erkrankt. Ich mußte mich selbst ans Steuer setzen und bin erst nachts in der Klinik angekommen. Dort habe ich gesehen, wie eine Frau – vermutlich eine Patientin – im Bademantel und mit einer Gasmaske vor dem Gesicht übers Klinikgelände gelaufen ist. Sie hat im Laufen versucht, sich die Maske vom Kopf zu reißen. Die anderen haben sie mit Gasgranaten beschossen – die Granaten sind vor ihr detoniert...»

«Wo kommt das Gas her?» erkundigte sich Newman.

«Woher, zum Teufel, soll ich das wissen? Ich habe jedenfalls nie Gasgranaten aus der Tschechoslowakei rausgeschmuggelt. Zum Glück hat mich damals kein Mensch gesehen, deshalb bin ich weggefahren und erst später offiziell angekommen. Die Klinik wird übrigens von der Schweizer Armee bewacht...»

«Woher wissen Sie das?»

«Ich habe mehrmals Uniformierte auf dem Klinikgelände gesehen – im Pförtnerhäuschen und bei nächtlichen Streifengängen. Wir sitzen wirklich in der Patsche, Newman, das können Sie mir glauben!»

«Was geht in dem Labor vor -- und in dem Atombunker?»

«Keine Ahnung. Dort bin ich nie gewesen.»

«Ich bin noch immer nicht ganz davon überzeugt, daß Sie die Wahrheit gesagt haben. Nennen Sie Ihren vollen Namen.»

«Gustav Manfred Seidler.»

«Und Sie haben diese Gasmasken auf Anweisung von Dr. Bruno Kobler von der Klinik Bern in die Schweiz gebracht?»

«Das hab' ich Ihnen doch bereits gesagt. Ja! Er handelt in Granges Auftrag.»

«Warum haben Sie das alles getan, Seidler?»

«Um Geld zu verdienen, viel Geld. Ich habe eine Freundin in...»

«Danke, das genügt!» unterbrach Newman ihn energisch.

Der Engländer trat an einen Sessel, dessen Rücken Seidler zugekehrt war. Dieser runzelte plötzlich die Stirn, ging mit einigen raschen Schritten zu dem Sessel und starrte den winzigen Kassettenrecorder, den Newman während Seidlers kurzer Abwesenheit dort abgelegt und eingeschaltet hatte, an. Der Deutsche wollte danach greifen, aber Newman war schneller und stieß ihn fort. Seidler lief vor Wut rot an.

«Dreckskerl!» brüllte er Newman an. «Schweinehund!»

«Das gehört zur Ausrüstung jedes besseren Journalisten», behauptete Newman, während er die Kassette zurückspulte. «Manche Kollegen machen sich Notizen, aber ich dachte, das würde Sie vielleicht stören...»

«Aha, das hast du also heute in dem Laden in der Marktgasse gekauft!» stellte Nancy nach einem Blick über die Sessellehne fest.

«Und nicht nur das!» Newman machte eine Pause. «Suchst du inzwischen ein gutes Versteck für den Recorder, Nancy?»

Newman hatte die Kassette herausgenommen und drückte Nancy das kleine Gerät in die Hand. Als nächstes baute er die Gasmaske, die Seidler auf einem Couchtisch liegengelassen hatte, auf der Arbeitsfläche der Barküche auf. Dann zog er die Pocketkamera mit eingebautem Blitz, die er ebenfalls in der Marktgasse gekauft hatte, aus der Innentasche seines Mantels.

Nachdem er die Gasmaske viermal von allen Seiten photographiert hatte, forderte er Seidler auf, ihm die Toilette zu zeigen.

«Rechts hinter der Tür, durch die ich vorhin reingekommen bin», antwortete Seidler mürrisch.

Auf der Toilette zog Newman seine Hosenbeine hoch und versteckte die Minikassette in seiner linken Socke. Den Pocketfilm schob er in die andere, bevor er die Kamera in den WC-Spülkasten plumpsen ließ, um sich nicht durch ihren Besitz verdächtig zu machen. Als er wieder in die Wohnhalle kam, war Seidler dabei, die Gasmaske in seinen Koffer zu legen und die Schlösser zuschnappen zu lassen.

«Die behalte ich, wenn's recht ist...»

«Sie gehört nach wie vor Ihnen. Warum plötzlich dieser Sauberkeitsfimmel, Nancy? Wir müssen schnellstens verschwinden, bevor irgendwas Unangenehmes passiert.»

Nancy kauerte vor dem riesigen offenen Kamin, in dem Holzscheite zum Anzünden bereitlagen, und kehrte die Asche mit Handfeger und Kehrschaufel zusammen. Jetzt richtete sie sich auf, hängte Besen und Blech in einen der Küchenschränke zurück und wischte sich den Staub von den Fingern.

«Ich sollte den Kassettenrecorder verstecken», antwortete sie gereizt. «Er liegt unter dem Holz.»

«Das ist ein gutes Versteck. Danke, Nancy!» Newman wandte sich an Seidler. «Sie wollten vorhin von Ihrer Freundin erzählen. Ich habe Sie unterbrochen, weil ich mir vorstellen kann, daß Sie ihren Namen nicht auf dem Tonband haben wollen.»

«Dafür bin ich Ihnen dankbar...» Seidler schluckte trocken und war sichtlich bewegt. «Falls mir etwas zustoßen sollte, möchte ich, daß sie wenigstens benachrichtigt wird. Sie hat nichts und niemals mit dem Unternehmen Terminal zu tun gehabt. Notieren Sie sich bitte ihre Adresse und ihre Telefonnummer? Sie heißt Erika Stahel...»

Newman schrieb Seidlers Angaben in sein Notizbuch, ohne sich im geringsten anmerken zu lassen, daß er diesen Namen bereits kannte. Aber er erstarrte sekundenlang, als Seidler weitersprach.

«Sie ist Chefsekretärin von Dr. Max Nagel, dem bekannten Basler Bankier. Nagel ist der einzige, der mächtig genug ist, um Grange Widerstand zu leisten. Er ist heute von Basel nach Bern gereist, um im Bellevue Palace an einem Empfang anläßlich eines Ärztekongresses teilzunehmen...»

«Ist dieser Empfang morgen?» fragte Nancy scharf.

«Ich weiß nicht, wann er ist. Wär's nicht besser, wenn wir allmählich verschwinden würden?»

«Sofort!» stimmte Newman zu. «Und machen Sie sich auf eine riskante Fahrt gefaßt. Ich rase nachher wie der Teufel nach Le Brassus...»

«Warum nach Le Brassus?» wollte Seidler wissen, während er mit dem Gasmaskenkoffer zur Tür ging.

«Weil wir uns nach der Schießerei am Bahnhof nicht mehr in Le Pont blicken lassen dürfen. Wer weiß, was uns dort blühen würde!»

Nancy hatte den Wassertopf und die Becher ausgespült und wieder in den Schrank gestellt. Sie nahm das Glas Pulverkaffee mit, so daß keine Spur ihres Besuchs im Haus verblieb, als Seidler, der noch immer sehr nervös wirkte, die Haustür öffnete. Newman hätte ihm am liebsten noch Dutzende von Fragen gestellt, aber im Augenblick ging es darum, so schnell wie möglich die Grenze nach Frankreich zu erreichen.

Newman hielt den Hausschlüssel, den Seidler ihm gegeben hatte, in der Hand. Der erste Schuß fiel, als Newman die Haustür absperrte, während Seidler und Nancy schon auf dem Weg zu dem unter den Bäumen geparkten Citroën waren. In der Stille der Winternacht war der Knall unnatürlich laut.

«Lauft!» brüllte Newman. «Duckt euch! In den Wagen, verdammt noch mal!»

Im nächsten Augenblick fiel wieder ein Schuß. Newman, der mit Seidlers zweitem Koffer die vereisten Stufen hinabstolperte, sah verblüfft, wie dem Deutschen der andere Koffer aus der

Hand gerissen wurde. Die Kugel hatte den Koffer durchschlagen. Seidler hob ihn auf und hastete weiter zum Auto, dessen Türen Nancy bereits geöffnet hatte.

Ein dritter Schuß fiel, dann ein vierter – aber beide kamen nicht einmal in ihre Nähe. Erst jetzt begriff Newman, daß es einen zweiten Schützen geben mußte, der auf den ersten schoß. Die Nacht hallte von Schüssen wider.

Seidler war mit seinem Koffer hinten eingestiegen. Nancy saß schon auf dem Beifahrersitz und hatte den Zündschlüssel, den Newman ihr gegeben hatte, ins Schloß gesteckt. Der Engländer glitt hinters Steuer, knallte die Fahrertür zu und ließ den Motor an. Als der Citroën sich mit durchdrehenden Rädern in Bewegung setzte, streifte eine Kugel die Motorhaube und surrte als Querschläger davon.

«Mein Gott, was hat das alles zu bedeuten?» fragte Nancy mühsam beherrscht.

«Keine Ahnung», gab Newman zu. «Jedenfalls sind's zwei Kerle, von denen einer auf uns schießt – und der andere auf ihn! Verdammt noch mal, wie viele Leute wissen eigentlich, daß wir hier oben sind?»

Hinter ihnen verhallten die Schüsse, Newman gab Gas und fuhr so schnell davon, wie es ihm die spiegelglatte Fahrbahn erlaubte. Im Scheinwerferlicht glitzerte der Asphalt wie eine Eisbahn. Sie fuhren auf der Hauptstraße durch das wie ausgestorben wirkende Dorf L'Abbaye. Nun weiter nach Le Brassus – und zur französischen Grenze. Plötzlich hörten sie wieder das Geräusch des näherkommenden Hubschraubers.

Le Brassus VD – so stand es auf dem Ortsschild – war ein verschlafenes Nest mit alten Villen, kahlen Bäumen und zugeschneiten Buchenhecken. Auch hier kaum Verkehr. Der See lag nun hinter ihnen. Am Ortsausgang gab Newman sofort wieder Gas.

«Was enthält der zweite Koffer, den ich getragen habe, Seidler?» fragte er laut.

«Nur alte Zeitungen. Wohin bringen Sie mich?»

«Hoffentlich in Sicherheit! Wir sind gleich an der Grenze nach Frankreich. Notfalls durchbreche ich sie sogar ...»

«Wir verlassen die Schweiz?» erkundigte Nancy sich.

«In Frankreich bist du weniger gefährdet – und das gilt erst recht für Seidler. Außerhalb der Schweiz kann ich wahrscheinlich ungehinderter arbeiten. Ich habe vor, Beck anzurufen und ihm Seidlers Aussage zu übermitteln. Mal sehen, ob er dann die Klinik Bern durchsuchen läßt ...»

Im Scheinwerferlicht tauchte eine Hinweistafel auf: *Zoll – Douane 2 km.* Gleich hatten sie's geschafft! Newman trat das Gaspedal etwas weiter durch, ohne sich um das Eis auf der Fahrbahn zu kümmern. Als er zu Nancy hinübersah, nickte sie ihm zu, um ihm zu zeigen, daß sie mit seiner Entscheidung einverstanden war. Die Schießereien vor dem Bahnhof von Le Pont und dem alten Haus hatten sie ziemlich mitgenommen.

«Vorsicht!» kreischte Nancy Sekunden später.

Im Scheinwerferlicht tauchte ein Hindernis auf, vor dem Newman bremsen mußte. Der schwarze Audi war als Straßensperre quer über die Fahrbahn gestellt worden. Rechts daneben stand ein zweiter Wagen, ein Saab, am Straßenrand. Uniformierte Polizisten schwenkten warnend ihre Taschenlampen. Newman brachte den Citroën zum Stehen und sackte am Lenkrad zusammen. Sie saßen in der Falle.

Als er vorsichtig ausstieg, um auf der glatten Fahrbahn nicht auszurutschen, wurde das Knattern des Hubschraubers ohrenbetäubend laut. Newman beobachtete, wie die große, dunkle Maschine schemenhaft auf einem Feld neben der Straße aufsetzte. Er wies Nancy und Seidler an, vorläufig im Auto zu bleiben, und ging auf den nächstbesten Polizeibeamten zu.

«Was soll dieser Unsinn, verdammt noch mal?» fragte er den Uniformierten auf Französisch.

«Wir haben unsere Anweisungen, M'sieur. Jemand möchte Sie sprechen ...»

Der Polizeibeamte zeigte auf den Hubschrauber. Im Licht der Landescheinwerfer kam eine untersetzte Gestalt durch den Schnee gestapft: Arthur Beck. Natürlich! Er überquerte die Straße und warf einen Blick in den Citroën.

«Sie haben keinen Grund, uns hier aufzuhalten!» knurrte Newman ihn an.

«Wollten Sie die Schweiz verlassen?» erkundigte Beck sich gelassen.

«Was geht Sie das an?»

«Sogar sehr viel, mein Freund. Sie sind ein wichtiger Zeuge, den ich für meine Ermittlungen in den Fällen Julius Nagy und Bernard Mason brauche.»

Ein weiterer Mann war aus dem Hubschrauber geklettert und stapfte jetzt durch den Schnee zur Straße. Ein mittelgroßer, athletisch gebauter Mann, der sich sehr aufrecht hielt. Als er näherkam, erkannte Newman im Scheinwerferlicht des Citroëns, daß er die Uniform eines Obersten der Schweizer Armee trug. Unter Schirmmütze und buschigen Augenbrauen starrten kalte Augen den Engländer prüfend an. Der Neuankömmling war glattrasiert, hatte eine kräftige Nase und schmale Lippen und trat mit an Arroganz grenzendem Selbstbewußtsein auf. Newman erkannte ihn, bevor Beck ihn vorstellte.

«Oberst Viktor Signer, Vorstandsvorsitzender der Zürcher Kreditbank. Er hat mich besucht, als ich eben aufbrechen wollte, und den Wunsch geäußert, mich begleiten zu dürfen. Das hier ist Robert Newman...»

Kein Händedruck. Signer deutete ein nicht gerade freundliches Lächeln an und nickte knapp. Seine kalten Augen, die den Engländer weiterhin musterten, erinnerten Newman an Haie, die er in einem Film gesehen hatte – aber das war natürlich übertrieben. Eines stand jedenfalls fest: Signer war der Mann, der hier die Befehle gab.

«Wie ich höre, haben Sie uns einige Schwierigkeiten bereitet, Newman», stellte Signer fest.

Er sprach nasal, als habe er Polypen, und sah Newman dabei nicht an. Es war, als spreche er mit einem Untergebenen.

«Meinen Sie das persönlich?» erkundigte Newman sich.

«Ich bin nicht hergekommen, um mich auf Wortgefechte mit Ihnen einzulassen...»

«Weshalb sind Sie überhaupt hier, Signer?»

Der Oberst kniff die Augen zusammen, als versuche er, seine aufflackernde Wut zu verbergen. Newman konnte ihn sich als Vorgesetzten vorstellen: tyrannisch, mitleidlos, sarkastisch. Der Prototyp eines Schleifers. Newman verstand jetzt, warum Blanche ihren Stiefvater nicht leiden konnte. Der Offizier ballte unwillkürlich die Fäuste. Bei dieser Gelegenheit fiel Newman auf, daß Signer trotz der strengen Kälte nur dünne Wildlederhandschuhe trug. Ein zäher Bursche, dieser Viktor Signer. Beck mischte sich ein, als fürchte er, das Gespräch könnte außer Kontrolle geraten.

«Newman, ich muß Sie bitten, mit mir nach Bern zurückzukommen – gemeinsam mit ihren beiden Begleitern.»

Signer machte langsam einen Rundgang um den Citroën und interessierte sich besonders für den Mann auf dem Rücksitz. Seidler wurde unter seinem forschenden Blick ganz klein und drückte seinen Koffer an sich.

«Nicht Frau Dr. Kennedy», stellte Newman nachdrücklich fest.

«Sie haben kein Recht, sie...»

«Sie hat den Tod von Mrs. Laird miterlebt. Bis dieser Fall geklärt ist, muß ich darauf bestehen, daß sie in der Schweiz bleibt.»

«Scheißkerl!» sagte Newman halblaut.

«Und der Mann auf dem Rücksitz Ihres Wagens ist wohl nicht zufällig Manfred Seidler?» Beck riß die Autotür auf. «Steigen Sie bitte aus, Herr Seidler, wir suchen Sie schon lange!»

«Schnappen Sie sich seinen Koffer», flüsterte Newman Beck zu. «Machen Sie ihn nicht auf – und verhindern Sie, daß Signer ihn in die Hände bekommt.»

Seidler stieg mit schlotternden Knien aus und überließ Beck

325

widerspruchslos seinen Koffer, als der andere danach griff. Signer kam um den Citroën herum und öffnete und schloß seine Hände, als hätte er Lust, ihm an die Gurgel zu gehen. Dann stand er unbeweglich da. Newman schätzte ihn nicht größer als 1,75 Meter, aber sein beherrschtes Auftreten und seine persönliche Ausstrahlung ließen ihn größer wirken. Man merkte ihm an, daß er es gewohnt war, in seiner Bank über Millionen zu verfügen.

«Ich hätte mir gern den Inhalt dieses Koffers angesehen», sagte er jetzt.

«Tut mir leid, aber das kann ich nicht gestatten», wehrte Beck ab. «Ich ermittle wegen dreier vermutlicher Morde, zu denen zwei sichere gekommen sind. Vor nicht einmal einer Stunde sind zwei Männer vor dem Bahnhof Le Pont erschossen worden. Möglicherweise enthält dieser Koffer Beweismaterial. Ich nehme ihn ungeöffnet mit, damit unsere Sachverständigen sich damit befassen können.»

«Gut, wie Sie wollen...»

Signer lächelte schwach und entfernte sich einige Schritte, wodurch er in den Scheinwerferkegel des am Straßenrand parkenden Saabs geriet. Er zog den linken Handschuh aus und ballte die Hand zur Faust. Beck, der weiterhin den Koffer in der Rechten hielt, machte Seidler ein Zeichen, ihm zu folgen. Newman spürte, daß hier etwas nicht stimmte, aber er kam nicht gleich darauf. Signer hatte allzu bereitwillig nachgegeben...

«Seidler!» rief Newman laut. «Weg von den Scheinwerfern! Schnell!»

Seidler, der hinter Beck herging, wurde von den Scheinwerfern des Citroëns angestrahlt – wie eine Zielscheibe bei einer nächtlichen Schießübung. Ein Knall zerriß die Nacht. Seidler machte einen Satz, torkelte seitwärts und blieb, mit dem Oberkörper auf der Motorhaube des Audis, liegen. Dann fiel ein zweiter Schuß. Seidler zuckte noch einmal krampfhaft zusammen und blieb dann unbeweglich liegen. Im Scheinwerferlicht zeichnete sich auf Seidlers Rücken ein dunkler Fleck - Blut - ab, der langsam größer wurde. Der zweite Schuß hatte sein Rückgrat zertrümmert. Aber schon der erste war tödlich gewesen.

29

Chaos! Beck brüllte mit sich überschlagender Stimme: «Scheinwerfer aus! Macht das verdammte Licht aus!» Ein überflüssiger Befehl, denn die Fahrer des Audis und des Saabs hatten ihre Scheinwerfer bereits ausgeschaltet, während er noch brüllte. Keiner wollte eine Zielscheibe für den unheimlichen Scharfschützen abgeben. Uniformierte Polizisten liefen wie aufgescheuchte Hühner durcheinander. Newman hatte geistesgegenwärtig auch die Scheinwerfer des Citroëns ausgeschaltet.

Beck bekam die Situation schließlich wieder unter Kontrolle und erteilte mit Hilfe seines Handfunkgeräts knappe Befehle. Die Polizeibeamten waren hinter ihren Fahrzeugen in Deckung gegangen. Nancy stand über Seidler gebeugt, der mit ausgebreiteten Armen auf der Motorhaube des Audis lag, und fühlte seinen Puls. Sie wandte sich an Beck, der sie hinter den Wagen in Deckung zog, während Newman in geduckter Haltung herangehastet kam.

«Er ist tot», erklärte Nancy den beiden. «Schon der erste Schuß muß tödlich gewesen sein.»

«Gestatten Sie mir, Ihnen mein Bedauern auszudrücken, Madam», sagte Beck förmlich.

«Warum?»

«Wegen Ihrer höchst unerfreulichen Erlebnisse in meinem Heimatland. Innerhalb einer Woche ist dies der zweite gewaltsame Tod, den Sie durch Ihre Untersuchung bestätigt haben. Darf ich Ihnen einen Platz in meinem Hubschrauber anbieten? Wir können Sie nach Bern mitnehmen, und einer meiner Leute bringt den Citroën zum Bellevue Palace zurück.» Er sah auf. «Irgendwas nicht in Ordnung, Newman?»

«Sehen Sie sich Signer an! Er hat sich als einziger nicht von der Stelle gerührt...»

Der Oberst stand weiterhin hochaufgerichtet vor dem Saab, in dessen Schweinwerferkegel er sich zuvor aufgebaut hatte. Er hatte die Hände vor seinem Körper gefaltet. Newman fiel auf, daß er den linken Wildlederhandschuh inzwischen wieder angezogen hatte.

«Er ist Soldat», meinte Beck, «ein Mann, der der Gefahr ins Auge sehen muß. Ah, jetzt kommt er!»

Signer kam langsam auf das hinter dem Wagen kauernde Trio zu, blieb stehen und sah auf die drei herab. Seine Stimme klang ruhig und gelassen, als er jetzt sprach.

«Er hat mich verfehlt. Ist Ihnen klar, daß dieser Anschlag mir gegolten hat?»

Newman richtete sich auf. Er schüttelte den Kopf, ohne Signer dabei aus den Augen zu lassen. Der Oberst machte eine iritierte Handbewegung. Als er weitersprach, hätte man glauben können, er stauche einen Untergebenen zusammen.

«Weshalb schütteln Sie den Kopf? Natürlich hat der Anschlag mir gegolten! Ich habe im Licht gestanden und ein gutes Ziel abgegeben. Dahinter stecken bestimmt irgendwelche Terroristen!»

«Der Killer ist ein Scharfschütze gewesen», widersprach Newman. «Hätte er nur einmal geschossen, hätte man vielleicht wegen des Ziels im Zweifel sein können. Aber auch der zweite Schuß hat Seidler haargenau getroffen. Das läßt auf einen ausgebildeten Scharfschützen schließen. Wie viele Scharfschützen unterstehen Ihnen, Signer?»

«Hören Sie, was... wollen Sie damit andeuten?»

«Meine Herren!» Beck war jetzt ebenfalls aufgestanden und ließ eine Hand auf Nancys Schulter liegen, um ihr dadurch zu bedeuten, sie solle in Deckung bleiben. «Meine Herren», wiederholte er, «wir haben einen weiteren Mord aufzuklären. Viele der Anwesenden stehen noch unter Schockwirkung. Keine Diskussionen, kein Streit! Das ist mein letztes Wort. Herr Oberst, wollen Sie mit uns nach Bern zurückfliegen?»

«Geben Sie mir einen Wagen mit Fahrer. Ich will nach Genf, nachdem wir schon einmal in der Nähe sind. Und soviel ich weiß, wollte der Militärische Nachrichtendienst diesen Seidler vernehmen...»

«Das dürfte jetzt schwierig sein», meinte Beck sarkastisch. «Wir kümmern uns um den Toten – und Sie können einen Wagen mit Fahrer haben, der Sie nach Genf bringt. Ich schlage vor, daß Sie den Saab nehmen. Ich wäre Ihnen dankbar, wenn Sie gleich abfahren würden, Herr Oberst, damit ich mich wieder auf meine dienstlichen Aufgaben konzentrieren kann.»

Das war eine deutliche Aufforderung, die Signer nicht mißverstehen konnte. Er war sichtlich verärgert, als er jetzt ohne ein Wort des Dankes kehrt machte und hinten in den viertürigen Saab stieg. Eine Minute später verschwanden die Schlußlichter der Limousine in Richtung französische Grenze.

«Ich dachte, das sei die Straße nach Frankreich», sagte Nancy zu Beck.

«Sie führt nicht nur nach Frankreich, Madam», antwortete der Polizeibeamte höflich. «Man überschreitet die Grenze nach Frankreich, fährt fünfzehn bis zwanzig Kilometer weit nach La Cure und erreicht dort eine Straßengablung. Nach Norden führt eine Straße ins französische Hinterland, und nach Süden verläuft die andere – wieder auf Schweizer Boden – als schwierige Bergstrecke zum Genfersee hinunter.» Er sah zu Seidlers lebloser Gestalt hinüber. «Jetzt hat irgendein unbekannter Scharfschütze unseren letzten noch lebenden Zeugen zum Schweigen gebracht.»

«Vielleicht gibt's noch einen weiteren», meinte Newman geheimnisvoll.

«Name?» fragte Beck sofort.

«Der Mann, an den ich denke, ist vermutlich weniger gefährdet, wenn ich seinen Namen vorerst für mich behalte. Mir ist übrigens aufgefallen, Beck, daß Sie Seidler vor die Autoscheinwerfer geführt haben.»

«Ich habe noch nie behauptet, unfehlbar zu sein», antwortete Beck steif. «Ich schlage vor, daß wir jetzt gemeinsam nach Bern zurückfliegen.» Er holte den zweiten Koffer aus dem Citroën. «Den nehmen wir natürlich auch mit!»

«Beck, ich bitte Sie nochmals: Lassen Sie Frau Dr. Kennedy weiterfahren. Sie kann zunächst in Frankreich bleiben und...»

«Ausgeschlossen!» unterbrach der andere ihn. «Tut mir leid, Madam, aber Sie sind eine wichtige Zeugin...»

«Dann können Sie in Zukunft auch nur ein Minimum an Kooperation von mir erwarten», erklärte Newman ihm.

«Höchst bedauerlich, aber nicht zu ändern. Ich muß eben sehen, wie ich allein zurechtkomme. Können wir jetzt abfliegen? Ich hab's ziemlich eilig!»

«Was wird aus der Leiche?» wollte Newman wissen.

«Ich habe bereits einen Krankenwagen angefordert, der sie nach Bern ins Leichenhaus bringen soll. Wieder Arbeit für unsere arme Frau Dr. Kleist. Und auf dem Bahnhof Le Pont liegen zwei weitere Leichen abholbereit. Wie sind Sie übrigens hierhergekommen? Und wo haben Sie sich mit Manfred Seidler getroffen?»

Newman sprach rasch, bevor Nancy etwas sagen konnte. «Ich bin von Rolle aus heraufgekommen. Seidler hatte mich nachmittags angerufen und ein Treffen vereinbart. Er hat vor dem Hôtel de la Truite auf uns gewartet. Ich habe gewendet und bin in Richtung französische Grenze weitergefahren. Seidler wollte erst auspacken, wenn die Schweiz hinter uns lag.»

«Sie sind also nicht am Bahnhof gewesen? Ganz bestimmt nicht?»

«Wer hat diesen verdammten Wagen gefahren – Sie oder ich? Für mich war der erste Teil meiner Aufgabe gelöst, als Seidler zu uns ins Auto gestiegen ist. Unser nächstes Ziel war die französische Grenze. Wie oft muß ich Ihnen das noch sagen? Was für Leichen meinen Sie überhaupt? Wessen Leichen? Wer ist auf dem Bahnhof zu Tode gekommen?»

«Das wissen wir noch nicht. Einer meiner Streifenwagen – sie überwachen den gesamten Jura – hat über Funk die Entdeckung zweier Leichen gemeldet. Zu diesem Zeitpunkt war ich noch mit dem Hubschrauber unterwegs. Zwei Männer ohne irgendwelche Personalpapiere in den Taschen. Beide mit je einer Neunmillimeterpistole bewaffnet. Einer der Männer hatte seine noch in der Hand, als sie gefunden wurden.» Beck wandte sich an Nancy. «Morgen findet im Bellevue Palace ein großer Empfang anläßlich des Ärztekongresses statt. Haben Sie vor, daran teilzunehmen?»

«Ja. Da wir nach Bern zurück müssen, möchte ich die Gelegenheit nutzen, um mit Professor Grange zu sprechen. Ich will ihm ein paar Fragen stellen...»

«Dieser Empfang wird möglicherweise recht explosiv», meinte Beck nachdenklich. «Unmittelbar vor unserem Abflug habe ich erfahren, daß Dr. Max Nagel – Professor Granges erbittertster Feind – aus Basel eingetroffen ist. Vielleicht kommt es zu mehr als einer Konfrontation. Mein Instinkt sagt mir, daß die Ereignisse bald ihren Höhepunkt erreichen werden.»

«Ich bin schon halb erfroren!» protestierte Nancy. «Können wir nicht endlich abfliegen?»

«Natürlich! Entschuldigen Sie bitte. Gestatten Sie, daß ich vorausgehe. Der Hubschrauber ist sehr geräumig, so daß ich Ihnen einen angenehmen Flug garantieren kann.»

«Aber hoffen Sie lieber nicht, daß wir unterwegs Konversation machen!» knurrte Newman.

Der Hubschrauber war eine französische Alouette III. Als er abhob und Höhe gewann, blickte Newman auf die Schneewüste herab, in der in einer einzigen Nacht drei Männer den Tod gefunden hatten. Von zwei kleinen Zwischenfällen abgesehen, verlief der Flug nach Bern-Belp ohne besondere Vorkommnisse.

Beck öffnete Seidlers Koffer und hielt die Deckel dabei so hoch-
geklappt, daß nur er den Inhalt sehen konnte. Newman beobachtete, wie der Schweizer förmlich erstarrte, als er die Gasmaske sah. Beck beugte sich zu ihm hinüber und sprach leise
in Newmans Ohr.

«Haben Sie schon Gelegenheit gehabt, diese Koffer zu öffnen?»
Der Engländer schüttelte lediglich den Kopf, anstatt zu versuchen, den Triebwerkslärm zu übertönen. Wenig später ging
über Funk eine Nachricht für Beck ein, die er kommentarlos zur
Kenntnis nahm, während der Hubschrauber nach Belp weiter-
flog.

Auf dem Flughafen stand ein weiterer schwarzer Audi für sie
bereit. Beck hatte Nancy eine der hinteren Türen geöffnet und
setzte sich ans Steuer, nachdem er die beiden Gepäckstücke im
Kofferraum verstaut hatte. Newman hatte neben ihm Platz
genommen. Er war entschlossen, dem Schweizer keine Gelegenheit zu geben, ein Gespräch mit ihm zu beginnen. Seine einzige
Äußerung bestand aus der Bitte, Beck solle sie ins Bellevue
Palace fahren. Keine weiteren Vernehmungen in der Taubenhalde: Nancy fielen vor Müdigkeit bereits beinahe die Augen
zu, und Newman war ebenfalls ziemlich erledigt.

«Ich wollte Ihnen noch von dem Funkspruch erzählen, den ich
an Bord der Alouette erhalten habe», begann Beck, als sie den
Stadtrand von Bern erreichten. «Eine Streifenwagenbesetzung
hat bei Neuchâtel einen roten Mercedes angehalten, um die Insassen – den Chauffeur und den Fahrgast auf dem Rücksitz –
zu kontrollieren.»

«Wieso sollte mich das interessieren?» «Vielleicht interessiert
es uns beide. Der Mann auf dem Rücksitz ist Dr. Bruno Kobler
gewesen. Laut eigener Aussage hat er sich auf der Fahrt von
Bern nach Genf befunden – allerdings auf einer merkwürdigen
Route. Er hat strikt geleugnet, irgendwo im Jura gewesen zu
sein. Einem der Beamten ist allerdings aufgefallen, daß an den
Stoßstangen Schnee geklebt hat. Aber dort, wo der Wagen
kontrolliert worden ist, liegt kein Schnee mehr...»

«Aha. Warum haben sie den Wagen dann nicht durchsucht?»
«Mit welcher Begründung?» Beck schüttelte den Kopf. «Ich muß äußerst vorsichtig sein. Sehr einflußreiche Männer warten nur darauf, daß ich einen Fehler mache – damit sie mir die Ermittlungen aus der Hand nehmen können. Ich finde das von Kobler genannte Fahrtziel interessant, wenn man bedenkt, daß Oberst Signer ebenfalls nach Genf wollte.»
«Der Mercedes ist also *rot* gewesen?» erkundigte Newman sich. Er schwieg, nachdem Beck die Wagenfarbe bestätigt hatte.

«Mein Gott, ich komme mir *gefangen* vor, Bob!» meinte Nancy, als sie wieder in ihrem Hotelzimmer waren. Sie ging ruhelos zwischen Tür und Fenstern auf und ab. «Einerseits will ich hierbleiben, um in Jesses Nähe zu sein und zu versuchen, ihn aus dieser gräßlichen Klinik rauszuholen. Andererseits will ich so schnell wie möglich fort – dabei gefällt mir Bern, dabei finde ich die Schweizer nett. Muß ich wirklich morgen früh mit dir zu Beck fahren?»
«Hör doch endlich auf, wie eine Tigerin rumzurennen! Setz dich hin und trink ein Glas Wein. Das beruhigt dich ein biß-chen...»
Sie hatten sich vom Zimmerservice eine Platte Räucherlachs und eine Flasche Yvorne bringen lassen. Newman schenkte zwei Gläser mit dem trockenen Schweizer Weißwein voll und trank einen Schluck, während Nancy sich in den zweiten Sessel fallen ließ.
«Beck will unsere Zeugenaussagen protokollieren lassen. Immerhin haben wir den Mord an Seidler aus nächster Nähe miterlebt...»
«Wir haben auch zwei weitere Morde miterlebt! Du hast blitz-schnell reagiert, als er nach dem Bahnhof Le Pont gefragt hat. Kommen wir damit durch? Ist das richtig gewesen?»
«Das war eine Selbstverteidigung», behauptete der Engländer. «Beck hat bereits genug in der Hand, um uns hier festhalten zu können. Wozu sollen wir ihm noch mehr Gründe dafür liefern?

Bist du nicht neugierig, wer der Scharfschütze gewesen sein könnte?»

«Ich mache mir augenblicklich mehr Gedanken darüber, wie ich Grange auf dem Empfang in aller Öffentlichkeit gegenübertreten werde – nachdem wir nun zwangsweise bleiben müssen. Was hast du als nächstes vor, Bob? Du hast gesagt, es gebe einen weiteren Zeugen. Wer ist das?»

Newman schüttelte den Kopf und trank noch einen Schluck, bevor er antwortete. «Ich treffe morgen nachmittag mit ihm zusammen. Für dich ist's besser, wenn du gar nicht weißt, wo ich mich mit wem treffe. Und vergiß nicht, daß wir immerhin noch Novak haben. Er kommt auch zu diesem Empfang. Beck hat davon gesprochen, er könnte brisant werden. Damit hat er wahrscheinlich recht – vor allem falls Nagel aufkreuzt. Beck ist als Drahtzieher hinter den Kulissen tätig, das steht fest. Das Dumme ist nur, daß ich nicht recht weiß, ob ich ihm wirklich trauen kann.»

«Wir dürfen also gar keinem trauen?»

«Genau das hab' ich dir die ganze Zeit beizubringen versucht! Beck hat Seidler auf dem kürzesten Weg zu dem Hubschrauber geführt – also an den Autoscheinwerfern vorbei –, aber das war vielleicht doch ein bißchen verdächtig... Dann hat Signer sich so demonstrativ vor dem Saab aufgebaut, um ebenfalls im Scheinwerferlicht zu stehen. Ich habe ihn im Verdacht, dem Scharfschützen ein Zeichen gegeben zu haben...»

«Das würde ich ihm sofort zutrauen! Er ist ein Schuft, ein eiskalter Schweinehund! Aber wie soll er den Schießbefehl gegeben haben?»

«Ist dir das nicht aufgefallen? Er hat einen Handschuh ausgezogen und die Faust geballt. *Abknallen!* So muß es gewesen sein, glaub' ich.»

«Soll das heißen, daß Beck und Signer zusammengearbeitet haben?»

«Nancy! Das *weiß* ich noch nicht!»

«Hast du Beck deshalb weder die Minikassette mit Seidlers

Aussagen noch den Film gegeben, auf dem die Photos von dieser scheußlichen Gasmaske sind? Das wäre wichtiges Beweismaterial . . .»

«Richtig, aber Beck bekommt es erst, wenn ich der Überzeugung bin, ihm völlig trauen zu können – falls überhaupt. Dann wäre allerdings eine weitere eidesstattliche Aussage fällig, daß du das aufgezeichnete Gespräch zwischen Seidler und mir mitgehört hast.»

«Ich bin völlig erledigt.» Nancy trank einen Schluck Wein und verschwand im Bad, während Newman sich über den Räucherlachs hermachte. Sie kam im Nachthemd zurück und kroch unter die Bettdecke. «Was hast du als nächstes vor?» fragte sie mit schläfriger Stimme.

«Als erstes muß ich morgen mit meinem noch verbliebenen Augenzeugen sprechen. Vielleicht bringt seine Aussage die ganze Sache zum Platzen. Danach begleite ich dich natürlich zu diesem Empfang, um mir Grange anzusehen – und vielleicht auch Dr. Max Nagel, den Führer des anderen Machtblocks. Falls sämtliche anderen Bemühungen erfolglos geblieben sind, will ich anschließend versuchen, mit Novaks Hilfe in die Klinik Bern einzubrechen. Ich möchte mir das Labor ansehen – und den Atombunker . . .»

Newman sprach nicht weiter, weil er sah, daß Nancy, deren rabenschwarzes Haar das Kopfkissen bedeckte, friedlich eingeschlafen war. Er hielt sich schulterzuckend an den Räucherlachs, trank noch ein Glas Wein, zog seinen Mantel an und verließ leise das Hotelzimmer, dessen Tür er hinter sich absperrte. Kaum hatte er den Schlüssel abgezogen, als Nancy die Augen aufschlug, sich im Bett aufsetzte und nach dem Telefonhörer griff.

Newman trat in den Aufzug und drückte auf den untersten Knopf, der ihn ins Tiefgeschoß unter der Hotelhalle bringen sollte. Auf diesem Weg hoffte er das Hotel unbemerkt verlassen zu können. Als die Tür sich öffnete, wandte Newman sich nach rechts und ging an der um diese Zeit geschlossenen Garderobe vorbei. Es war 22 Uhr.

Er stieg die Treppe zu der menschenleeren Halle unter der Snackbar hinauf, trat auf die Straße und blieb kurz stehen, um seinen Mantelkragen hochzuschlagen und nach rechts und links zu blicken. Dann ging er rasch zur Telefonzelle und sah sich erneut um, bevor er sie betrat. Er wußte die Nummer auswendig. Die vertraute Stimme meldete sich sofort.

In Zimmer 214 im Bellevue Palace nahm Lee Foley, der auf der Bettkante saß, den Hörer nach dem zweiten Klingeln ab. Er hatte seit einer halben Stunde auf diesen Anruf gewartet. Nachdem er zunächst einige Minuten zugehört hatte, unterbrach er den Anrufer und sprach rasch auf ihn ein.

«Ja, ich weiß, was in Le Pont passiert ist. Wahrscheinlich müssen Sie mich in Zukunft selbständig operieren lassen. Verdammt noch mal, wir wissen doch wirklich schon genug, um erraten zu können, was hier gespielt wird! Jetzt wird die Sache allmählich gefährlich. Aber genau dafür bin ich ausgebildet, stimmt's? Sie brauchen mich nur wie bisher auf dem laufenden zu halten...»

In Zimmer 312 im Bellevue Palace hockte Tweed nach vorn gebeugt in einem Sessel. Sein Gesichtsausdruck verriet größte Konzentration, während er den Telefonhörer ans Ohr preßte. Als das Gespräch zu Ende war, legte er den Hörer auf und trat an sein Bett, auf dem er zwei Landkarten ausgebreitet hatte. Die eine Karte zeigte den Kanton Bern in kleinem Maßstab. Die andere war eine Straßen- und Eisenbahnkarte der gesamten Schweiz. Nachdem Tweed seine Brillengläser mit dem Taschentuch poliert hatte, setzte er die Brille auf und beugte sich über die Karte des Kantons Bern.

Tweed griff nach einem auf dem Bett liegenden Lineal und maß überschlägig die Autobahnkilometer zwischen Bern und Thun ab. Morgen früh würde er sich einen Leihwagen nehmen müssen – obwohl er wußte, daß Blanche sich ihm gern als Fahrerin zur Verfügung gestellt hätte. Tweed fuhr ungern selbst; vielleicht wäre es doch keine schlechte Idee gewesen, Blanche um diesen Gefallen zu bitten, denn wie er wußte, war sie eine ausgezeichnete Auto- und Motorradfahrerin. Aber diese Entscheidung hatte Zeit bis zum Morgen. Tweed ahnte, daß der morgige Tag die Entscheidung bringen würde.

«Und wer hat um diese Zeit noch angerufen?» fragte Gisela vorwurfsvoll. «Es ist schon nach zehn! Willst du nicht endlich nach Hause?»

«Ein Informant», antwortete Beck. Er war deprimiert. Auf seinem Schreibtisch lag eine von Gisela angelegte neue Akte: *Fall Manfred Seidler*. Er schlug die erste Seite auf, die sie nach seinem Diktat geschrieben hatte, und sein Blick fiel auf einen ganzen Stapel ähnlicher Ordner rechts neben ihm auf dem Schreibtisch: Hannah Stuart, Julius Nagy, Bernard Mason. Ganz zu schweigen von den beiden Akten, die neu anzulegen sein würden, sobald die beiden vor dem Bahnhof Le Pont erschossenen Männer identifiziert waren. Das Ganze uferte allmählich zu einem Massaker aus.

«Morgen früh sieht alles wieder besser aus», sagte Gisela freundlich. «Du bist übermüdet und schlecht gelaunt...»

«Nein, eigentlich nicht. Sämtliche Akteure dieses blutigen Dramas sind bereits unter einem Dach versammelt – oder werden es bald sein. Alle im Bellevue Palace: Tweed, Newman, Dr. Kennedy und Lee Foley. Morgen kommt Armand Grange dazu – zweifellos in Begleitung seines Schergen Bruno Kobler. Auch Dr. Max Nagel ist bereits dort. Aus der Sicht eines Polizeibeamten ist das sehr befriedigend: Auf diese Weise kennt er den Aufenthaltsort aller Beteiligten. Unsere Leute sind doch wohl bereits im Hotel stationiert? Durch meinen Ausflug in den Jura habe ich etwas den Überblick verloren...»

«Drei unserer Leute – alle im Bellevue Palace unbekannt – haben sich unabhängig voneinander ein Zimmer genommen.

Ihre Namen stehen auf dem Notizblock neben deinem linken Ellbogen.»

«Unsere Dispositionen sind also getroffen, wie der erhabene Oberst Signer sagen würde. Das Bellevue Palace wird unser Kampfplatz...»

Kurz vor Mitternacht kam Bruno Kobler in die Klinik Bern zurück und hastete in sein Büro im ersten Stock, während sein Chauffeur den roten Mercedes in die Garage fuhr. Sein Arbeitgeber erwartete ihn bereits.

Das große Fenster war jetzt hinter riesigen Vorhängen verschwunden. Zwei Stehlampen und eine Schreibtischlampe mit dunklem Schirm bildeten Lichtinseln in dem nur schwach erhellten Raum. Der Professor hörte stehend zu, während Kobler die Ereignisse des Abends in knappen Sätzen schilderte.

«Ausgezeichnet, Bruno!» meinte Grange zufrieden. «Damit ist ein bis dato offenes Problem sehr befriedigend gelöst. Alle übrigen Störfaktoren können eliminiert werden, sobald die an dem Kongreß teilnehmenden Ärzte wieder abgereist sind. Ich habe beschlossen, unser Abschlußexperiment vorzuziehen. Sobald es erfolgreich gewesen ist, wird *Terminal* zu einer vollendeten Tatsache.»

«Vorzuziehen?» wiederholte Kobler erstaunt. «Wann soll es denn erfolgen?»

«Morgen abend.»

«Während im Bellevue Palace der Empfang stattfindet?»

«Richtig!» Die sanfte Stimme klang zufrieden. «Diese Gelegenheit ist zu gut, als daß wir sie ungenutzt verstreichen lassen dürfen. Unsere Gegner werden sich ausschließlich auf den Empfang im Bellevue konzentrieren, Bruno. Schließlich ist allgemein bekannt, daß ich daran teilnehmen werde.»

«Aber dann können Sie die Versuchsergebnisse nicht selbst verfolgen...»

«Du bist durchaus dazu fähig, sie selbst zu überwachen, Bruno. Was die Ergebnisse betrifft, kann ich den Leichnam untersuchen, wenn ich aus Bern zurückkomme. Wie du weißt, haben wir bisher mit Patientinnen experimentiert, weil Frauen biologisch widerstandsfähiger sind als Männer. Diesmal lege ich jedoch Wert auf einen Patienten als Versuchsperson.»

«Da weiß ich gleich einen Kanditaten, Herr Professor. Wir haben übrigens feststellen müssen, daß dieser Patient uns hinters Licht geführt hat. Heute nachmittag ist er für einige Stunden in einen anderen Raum verlegt worden, damit sein Zimmer gründlich geputzt werden konnte. Als das Lüftungsgitter abgenommen wurde, um die Tonbandspule auszuwechseln, haben wir dahinter eine Handvoll Natriumamytalkapseln gefunden. Das bedeutet, daß dieser Patient oft nicht – wie eigentlich vorgesehen – ruhiggestellt gewesen ist. Er kann alles mögliche mitbekommen haben.»

Kobler nahm eine Krankenakte aus seiner Schreibtischschublade, schlug die erste Seite mit Name und Photo des Patienten auf und legte den Ordner unter die Schreibtischlampe, damit der Professor beides sehen konnte.

«Ausgezeichnet! Einverstanden!»

Das Photo zeigte einen weißhaarigen alten Mann mit markanten Gesichtszügen und einer Hakennase. Darüber stand in roter Schreibmaschinenschrift der unterstrichene Name des Patienten: *Jesse Kennedy.*

30

Samstag, 18. Februar. An diesem Morgen rief Newman von sich aus beim Zimmerservice an, um ein reichhaltiges Frühstück zu bestellen. Das tat er aus Mitgefühl Nancy gegenüber, die am Vortag sehr viel mitgemacht hatte; außerdem wollte er ungestört mit ihr reden können, denn heute war der Tag der unumgänglichen Konfrontation.

Nancy stand auf und zog die Vorhänge zurück. Sie betrachtete die Aussicht, während sie in ihren Morgenrock schlüpfte. Dann blieb sie mit verschränkten Armen nachdenklich am Fenster stehen, bis Newman hinter sie trat und sie um die Taille faßte.

«Sieh dir das an, Bob! Kein gutes Omen, was?»

Der Nebel war zurückgekommen: ein schmutziggraues Wattemeer, das von der Aare heraufkroch und bald die ganze Stadt mitsamt ihren Lauben einhüllen würde.

«Komm frühstücken», forderte Newman die Amerikanerin auf und zog sie vom Fenster weg. «Es gibt Rührei mit Schinken, Cornflakes, Orangensaft, Käse, Marmelade, Croissants, Schwarzbrot – was du willst!» Er schenkte Kaffee ein. «Wie hast du geschlafen?» fragte er, als sie sich gegenübersaßen.

«Miserabel – aber ich bin schrecklich hungrig...»

«Du hast gestern abend nichts mehr gegessen. Warum hast du nicht schlafen können?»

«Ich hab' immer wieder an dein Gespräch mit Seidler in dem unheimlichen alten Haus denken müssen. Du hast mir einiges davon übersetzt – aber nicht alles, weil du Rücksicht auf mich nehmen wolltest. Das war nett von dir, aber du weißt anscheinend nicht, daß ich ziemlich gut Deutsch kann. Es ist in der Schule meine zweite Fremdsprache gewesen, und als wir uns kennengelernt haben, war ich gerade von einem mehrwöchigen Deutschlandaufenthalt bei einer befreundeten Arztfamilie zurückgekommen.» Sie machte eine Pause. «Bob, glaubst du wirklich, daß diese Gasmasken in der Klinik Bern an Menschen erprobt werden?»

«Ich bin davon überzeugt, daß wir noch nicht alle Hintergründe kennen. Ich möchte nicht die Hand dafür ins Feuer legen, daß Granges eigentliches Ziel mit der Erprobung der sowjetischen Gasmasken erreicht ist.» Newman sprach rasch weiter. «Aber darüber wollen wir erst reden, wenn ich Grange kennengelernt und Gelegenheit gehabt habe, mir ein Bild von ihm zu machen. Vielleicht wär's besser, wenn wir Jesse heute aus der Klinik holen würden. Wenn's dir recht ist, könnten wir gleich nach dem Frühstück hinfahren...»

«Ich bezweifle, daß das sinnvoll wäre. Jesse weigert sich bestimmt, mit uns zu kommen – und ohne seine Einwilligung können wir ihn nicht mitnehmen. Ich möchte erst einmal selbst mit Grange sprechen. Und ich bin davon überzeugt, daß Grange keine weiteren Schritte unternehmen wird, bevor er seinen Auftritt im Rahmen des Empfangs hinter sich gebracht hat.»

«Gut, wie du willst. Aber ich bin nicht sehr glücklich über deine Entscheidung.» Newman trank seinen Kaffee aus. «Du versprichst dir offenbar viel von diesem Empfang. Weißt du zufällig irgendwas, das du mir bisher verschwiegen hast?»

«Was könnte das wohl sein?» fragte Nancy kratzbürstig. «Du willst bloß, daß alles nach deiner Nase geht!»

«Schon gut, schon gut», wehrte er ab. «Du bist übermüdet. Reden wir einfach nicht mehr davon.»

Tweed befand sich auf dem Kriegspfad. Nachdem er frühzeitig im Frühstücksraum erschienen war – mit dem Zimmerservice wollte er sich gar nicht erst aufhalten –, verließ er ohne weiteren Aufenthalt das Hotel, um seinen Besuchstermin bei Arthur Beck einzuhalten. Er betrat die Taubenhalde durch den Haupteingang und legte seinen Reisepaß auf die Theke an der Reception. In diesem Augenblick trat Beck aus dem Lift.

«Kommen Sie, wir fahren gleich zu mir hinauf», lud er Tweed ein. «Sie brauchen kein Anmeldeformular auszufüllen...»

Wer Tweed näher kannte, hätte die Gefahrenzeichen erkannt. Die Augen hinter seinen Brillengläsern funkelten geradezu. Er marschierte mit energischem Schritt zum Aufzug und musterte Beck durchdringend, als der Schweizer nach ihm die Kabine betrat.

Die beiden Männer fuhren schweigend in den neunten Stock hinauf, wo Beck die Kabinentür mit seinem Schlüssel aufsperrte. Im Flur steckte er seine Karte in die Stechuhr und danach in das Fach mit seinem Namen, bevor er dem Besucher die Tür seines Dienstzimmers öffnete. Tweed zog seinen Mantel aus und nahm in dem Besuchersessel vor dem Schreibtisch Platz.

«Nochmals willkommen in Bern», begann Beck.

«Hoffentlich bin ich Ihnen auch nach diesem Gespräch noch willkommen», warnte Tweed ihn. «Ich bin hier, weil wir uns große Sorgen wegen der Klinik Bern machen – und wegen der Versuche, die dort möglicherweise unter militärischer Aufsicht vorgenommen werden...»

«Hören Sie, mir gefällt Ihr Tonfall nicht», unterbrach Beck ihn steif.

«Und mir gefällt der Grund für meinen Besuch nicht!»

«Sie reden Unsinn, Tweed. Woher haben Sie diesen Unsinn mit der Klinik?»

«Aus verschiedenen Quellen.» Tweed zündete seine Bombe. «Wir sind über Manfred Seidler informiert. In London haben wir eine der Gasmasken, wie er sie an die Klinik Bern geliefert hat. Sachverständige aus dem Verteidigungsministerium haben sie untersucht und uns bestätigt, daß es sich um die modernste Ausführung handelt, mit denen die sowjetischen ABC-Trupps gegenwärtig ausgestattet werden.»

Beck, dessen Gesichtsausdruck starr geworden war, stand mit einem Ruck auf. Er blieb hinter seinem Schreibtisch stehen, vergrub die Hände in den Jackentaschen und musterte den Engländer, der seinen Blick gelassen erwiderte.

«Nehmen wir einmal an, Ihre ungeheuerlichen Unterstellungen träfen auch nur halbwegs zu – inwiefern wären Sie dann betroffen?»

«Diese Sache geht den amerikanischen Präsidenten und die englische Premierministerin an, die sich beide bemühen, mit den Sowjets einen neuen Vertrag zur Ächtung chemischer Waffen in Europa abzuschließen. Sie lesen doch wohl auch Zeitungen? Können Sie sich den Propagandavorteil vorstellen, den Moskau daraus ziehen könnte, wenn auch nur ein einziges westeuropäisches Land auf die Idee käme, seine Streitkräfte mit chemischen Waffen auszustatten? Das wäre genau die Ausrede, die Moskau braucht, um seine eigenen Anstrengungen auf diesem diabolischen Gebiet zu verdoppeln. Deshalb bin ich hier, Beck. Deshalb ist man in London besorgt. Deshalb interessiere ich mich so lebhaft für die Klinik Bern.»

«Gut gebrüllt, Löwe!» meinte Beck sarkastisch. Er nahm wieder Platz. «Ich verstehe Ihre Bersorgnis. Können wir offen miteinander sprechen? Gut. Manfred Seidler ist letzte Nacht im Jura ermordet worden...»

«Verdammt noch mal! Dabei war er der entscheidende Zeuge!»

«Ganz recht. Das macht meine Arbeit keineswegs leichter, Tweed. Darf ich fragen, woher Sie soviel wissen?»

«Ein Komplize Seidlers hat eine Gasmaske aus der letzten Lieferung einem Angehörigen der englischen Botschaft in Wien verkauft. Unser Mann ist Seidler bis nach Wien-Schwechat gefolgt und hat beobachtet, wie er in ein Schweizer Geschäftsreiseflugzeug gestiegen ist. Daraufhin habe ich veranlaßt, daß unsere Leute die hiesigen Flughäfen überwachen. In Bern-Belp sind sie dann fündig geworden. Unser Mann hat gesehen, wie die Ladung aus Wien mit einem Fahrzeug mit der Aufschrift *Klinik Bern* abtransportiert worden ist. Der Wagen ist vom Flughafen aus in Richtung Klinik davongefahren...»

«Sie scheinen hierzulande recht aktiv gewesen zu sein.»

Beck lächelte resigniert. «Unter anderen Umständen wäre ich wahrscheinlich wütend.» Er drückte auf eine Taste seiner Gegensprechanlage. «Gisela, bitte zwei Tassen Kaffee. Für meinen Gast ohne Milch und Zucker... Augenblick!» Er sah zu Tweed hinüber. «Wie wär's mit einem kleinen Cognac zum Kaffee?»

«Danke, nicht so früh am Morgen.»

«Gut, das war's Gisela.» Er ließ die Taste los. «Was wissen Sie noch, mein Freund?»

«Wir wissen beispielsweise», fuhr Tweed leidenschaftslos fort, «daß Sie unter starkem Druck stehen, Ihre Ermittlungen einzustellen – und daß dieser Druck vom Goldklub ausgeübt wird.

Ich bin hergekommen, um Ihnen zu helfen, diesem Druck unter keinen Umständen nachzugeben. Sie dürfen alles, was ich gesagt habe – und noch sagen werde –, Ihrem Chef und anderen Berechtigten weitererzählen. Als letztes Mittel, als wirklich allerletztes Mittel bleibt uns noch die Möglichkeit, unsere Version von den Vorkommnissen in der Klinik Bern unter die Leute zu bringen...»

«Indem wir einem Journalisten wie Robert Newman einen Tip geben?»

Tweed machte ein überrapschtes Gesicht. «Recherchiert er etwa auch in dieser Sache?»

«Das weiß ich nicht hundertprozentig», gab Beck zu. «Er ist mit seiner Verlobten hier – einer Amerikanerin. Ihr Großvater ist Patient in der Klinik.»

«Darf ich einen Vorschlag machen, wie wir weitermachen könnten?» fragte Tweed verhalten drängend.

«Bitte sehr, ich bin allen Vorschlägen aufgeschlossen! Sie scheinen ein eigenes Agentennetz in der Schweiz aufgebaut zu haben. Möglicherweise wissen Sie mehr als ich.»

«Wir stellen die Klinik Bern unter Überwachung – Tag und Nacht. Genauer gesagt: Wir bringen ein Kamerateam so in Stellung, daß es nicht nur die Klinik, sondern auch das Labor und das übrige Klinikgelände überwachen und photographieren kann. Der Höhenzug hinter der Klinik ist bewaldet...»

«Sind Sie schon dort gewesen?»

«Ich habe mir das Gelände auf der Karte angesehen.»

«Ich kenne den Wald, den Sie meinen. Er bietet gute Beobachtungsmöglichkeiten – aber ich kann das Kamerateam erst heute abend, lange nach Einbruch der Dunkelheit, in Stellung gehen lassen. Sonst riskieren wir, daß meine Leute beobachtet werden.»

«Vom Militärischen Nachrichtendienst?» erkundigte der Engländer sich.

«Sie sind wirklich fleißig gewesen!»

Beck machte eine Pause, als an die Tür geklopft wurde, rief

344

«Herein!» und spielte dann mit einem Bleistift, während Gisela den Kaffee servierte. Nachdem sie wieder hinausgegangen war, beugte Tweed sich nach vorn, um das Gesagte zu betonen.

«Sorgen Sie bitte dafür, daß Ihre Leute mit Infrarotkameras und Nachtsichtgeräten ausgerüstet sind. Die Gefahr – und damit das Beweismaterial, das sie beschaffen sollen – scheint hauptsächlich nachts aufzutreten. Hannah Stuart ist nachts umgekommen. Mrs. Laird ebenfalls . . .»

«Über den Fall Laird hat nichts in der Presse gestanden!» sagte Beck scharf.

«Im Militärischen Nachrichtendienst gibt's verschiedene Leute, denen diese Sache ebenso unheimlich ist wie uns», stellte Tweed fest und lehnte sich zurück, um seinen Kaffee zu trinken.

«Wen willst du besuchen?» fragte Nancy, als Newman in ihrem Zimmer den Telefonhörer auflegte. «Du hast keinen Namen genannt.»

«Bis heute abend dieser Empfang beginnt, will ich noch etwas Unruhe stiften – vielleicht dreht dann jemand durch und macht einen Fehler. Ich muß jetzt fort, um damit anzufangen. Du bleibst bitte hier, bis ich zurückkomme . . .»

Wenige Minuten später verließ er das Bellevue Palace durch den Hauptausgang. Feuchter Nebel schlug ihm entgegen. Newman ging zum Bundeshaus Ost und ließ sich zu Hauptmann Lachenal hinaufbegleiten. Nachdem der junge Uniformierte, der den Besucher begleitet hatte, die Tür hinter sich geschlossen hatte, stand Lachenal, der dunkle Ringe unter den Augen hatte, von seinem Schreibtisch auf. Newman knöpfte seinen Mantel auf, ohne ihn jedoch auszuziehen.

«Manfred Seidler ist tot», sagte er schroff, um mit einem Paukenschlag zu beginnen.

«Großer Gott! Davon hab' ich nichts gewußt, das kann ich beschwören!»

«Er ist vergangene Nacht im Jura ermordet worden. Sie haben nach ihm gefahndet. Ich bin gestern dabeigewesen – Oberst

Signer übrigens auch –, als ein Scharfschütze ihn mit zwei Schüssen erledigt hat. Sind Sie Signer unterstellt?»

«Sind Sie übergeschnappt? Natürlich nicht!»

«Aber vielleicht indirekt – über einen langen Befehlsweg, den Sie gar nicht mehr bis zu seinem Anfang zurückverfolgen können...»

«Das ist ausgeschlossen, Bob. Sie wissen gar nicht, wovon Sie reden.»

«Das im Militärbezirk Thun gestohlene Gewehr mit Zielfernrohr ist vermutlich die Mordwaffe gewesen. Wer sind die Thuner Scharfschützen? Es kann nicht allzu viele geben – und sie haben Unterlagen, aus denen solche Angaben zu entnehmen sind. Lassen Sie mich einen Blick in Ihre Liste werfen? Oder wollen Sie versuchen, die Sache zu vertuschen? Wir sprechen von Mord, von einem brutalen Mord, Lachenal!»

«Insgesamt sind sogar zwei Gewehre mit Zielfernrohr gestohlen worden – beide im Bezirk Thun», antwortete der Hauptmann leise. «Wir haben uns bemüht, den zweiten Diebstahl nicht an die große Glocke zu hängen. Er wirft ein schlechtes Licht auf die Schweizer Armee...»

«Folglich haben Sie das Verzeichnis der Scharfschützen erst vor kurzem eingesehen», stellte Newman fest. «Haben Sie's vielleicht sogar noch hier in Ihrem Dienstzimmer? Ich möchte es unbedingt einsehen. Vielleicht glaube ich Ihnen sogar, wenn Sie mir diese Liste zeigen.»

«Sie haben die Wahrheit gesagt, was Seidler betrifft?»

«Sie haben wirklich nichts davon gewußt? Warum hängen Sie sich nicht ans Telefon? Rufen Sie Beck an! Fragen Sie ihn, ob ich...»

«Die Verbindung zur Bundespolizei ist im Augenblick gestört.» Eine hübsche Umschreibung für die Tatsache, daß Beck und der Hauptmann nicht mehr miteinander sprachen. Lachenal hatte offenbar große Sorgen; er schien mit seinem Latein am Ende zu sein. Jetzt trat er wortlos an den Stahlschrank in der Ecke, zog einen Schlüsselring aus der Tasche, sperrte die Tür auf und kam mit einem roten Ordner an seinen Schreibtisch zurück. «Dieses Verzeichnis ist geheim...»

«Seit wann ist brutaler Mord geheim?»

Lachenal blätterte in dem Ordner. Die maschinengeschriebenen Seiten schienen alphabetisch eingeheftet zu sein, denn er machte erst ziemlich weit hinten halt. Dort mußte sich der Buchstabe T wie Thun befinden.

Der Nachrichtenoffizier nickte Newman zu, hinter den Schreibtisch zu kommen. Er hielt den Ordner so fest, daß Newman keine Seite umblättern konnte. Im Bezirk Thun gab es fünf Scharfschützen – ein hoher Prozentsatz, schätzte Newman. Hinter einem Namen war ein Sternchen eingetragen. Er deutete auf den Namen: Bruno Kobler.

«Was bezeichnet das Sternchen? Oder ist das auch streng geheim?»

«Mit Gewehr und Pistole qualifiziert. Ein hervorragender Schütze.»

«Begreifen Sie die Querverbindung?» erkundigte Newman sich.

«Kobler ist Professor Granges Mitarbeiter. Und Granges Finanzier und Förderer ist Viktor Signer, der bei der Hinrichtung von Manfred Seidler anwesend gewesen ist...»

«Hinrichtung?» Lachenal war entsetzt.

«Durch ein einköpfiges Erschießungskommando, einen Scharfschützen. Und ich habe Signer im Verdacht, den Schießbefehl gegeben zu haben. Denken Sie darüber nach, überprüfen Sie meine Angaben, Lachenal. Ich muß jetzt weiter!»

«Ich möchte Ihnen noch einige Fragen stellen...»

Aber Newman schüttelte den Kopf. Er knöpfte seinen Mantel zu. Erst als er bereits die Türklinke in der Hand hielt, gab er Lachenal zum Abschied ein Rätsel auf.

«Ich weiß übrigens endlich, was *Terminal* bedeutet. Gestern habe ich mit jemand gesprochen, der mir unabsichtlich die Erklärung dafür geliefert hat.»

31

«Ich bin da, falls ich gebraucht werde», sagte Lee Foley, der den Telefonhörer in der linken Hand hielt, während er mit der rechten nach seiner brennenden Zigarette im Aschenbecher griff. «Daß alle diese Leute zu dem Empfang kommen, bedeutet meiner Überzeugung nach, daß dort ein dramatischer Auftritt bevorsteht. Ich bin wie gesagt auf jeden Fall dort, um nichts zu versäumen...»

In Zimmer 214 legte der Amerikaner den Hörer auf, warf einen Blick auf seine Uhr und streckte sich auf dem Bett aus. Kurz nach halb zwölf. Heute blieb er in seinem Hotelzimmer, in dem bereits saubergemacht worden war. Außen an der Türklinke baumelte der Anhänger mit der Aufschrift *Bitte nicht stören!*

Foley hatte sich sein Mittagessen vom Zimmerservice bringen lassen. Der Fuchs befand sich in seinem Bau – und würde erst hervorkommen, wenn die Zeit dafür gekommen war. Er schloß die Augen und war binnen kurzem fest eingeschlafen.

Newman trat aus der Telefonzelle und ging den vertrauten Weg in die Junkerngasse. Blanche erwartete ihn. Sie trug einen beigefarbenen Pullover und ihre schwarzen Lederjeans: praktische Kleidung für den Fall, daß sie mit dem Motorrad fahren mußte.

«Ich möchte dich um einen großen Gefallen bitten», erklärte Newman ihr, «und habe nur wenig Zeit. Wärst du bereit, mir deine Wohnung für ein paar Tage zur Verfügung zu stellen? Ich habe vorsichtshalber schon einmal ein Zimmer für dich im Bellevue Palace gebucht. Möglicherweise brauche ich ein Versteck – und deine Wohnung liegt wunderbar zentral.»

«Natürlich kannst du sie haben!»

«Allerdings nicht für mich selbst. Wenn du einverstanden bist, möchte ich dich bitten, alle Wertsachen und vertraulichen Papiere wegzusperren. Dein Gast auf Zeit ist möglicherweise neugierig. Das ist allerdings nur eine Vermutung...»

«Wann soll ich ins Bellevue Palace umziehen? Hier hast du einen zweiten Wohnungsschlüssel.»

«Gegen dreizehn Uhr. Nimm ein paar Sachen zum Wechseln mit. Und etwas für den Abend – für einen Empfang. Auf diese Weise schlage ich zwei Fliegen mit einer Klappe. Ich habe ein ‹sicheres Haus›, wie die Profis sagen. Und ich habe dich in meiner Nähe, wo ich dich im Auge behalten kann. Es hat schon zu viele Tote gegeben!»

Im Bellevue Palace klopfte Tweed halblaut an eine Zimmertür, nachdem er sich davon überzeugt hatte, daß der Korridor menschenleer war. Die Tür der Suite wurde von einem kleinen, auffällig breitschultrigen Mann mit großem Kopf, dichtem schwarzem Haar und energischem Mund geöffnet. Er rauchte eine duftende Havanna und trug einen teuren, konservativen dunkelblauen Maßanzug.

«Herein mit Ihnen, Tweed!» sagte Dr. Max Nagel. «Wie immer auf die Minute pünktlich.»

«Möglicherweise kommen wir endlich voran», antwortete der Engländer, während Nagel die Tür schloß und ihm mit einer Handbewegung einen Klubsessel anbot, in dem Tweed beinahe versank.

«Sie machen mich neugierig», fuhr Nagel auf Englisch fort und nahm ihm gegenüber in einem weiteren Sessel Platz. «Sie haben mir im Fall Krüger aus einer großen Verlegenheit geholfen, als sich herausgestellt hat, daß die von ihm unterschlagenen Gelder bei meiner Bank deponiert waren.»

«Das war nur möglich, indem wir verfolgt haben, in welcher Richtung der englische Journalist Newman recherchiert hat. Ich habe die Figuren auf dem Terminal-Spielbrett nach bestem

Wissen aufgestellt. Jetzt können wir nur noch hoffen und beten...»

«Vielleicht nicht nur das!» Nagel, der mit auffällig rauher Stimme sprach, griff nach seinem Aktenkoffer, öffnete das Zahlenschloß und nahm mehrere zusammengeheftete Blätter heraus. «Diese Photokopien zeigen die verschlungenen Wege, auf denen nicht weniger als zweihundert Millionen Franken in bestimmte Hände gelangt sind. Diese Summen sind ursprünglich an eine Briefkastenfirma in Liechtenstein gezahlt worden, aber von dort – simsalabim! – in die Schweiz zurücktransferiert worden. Und wer hat sie wohl bekommen?»

«Professor Armand Grange?»

«Allerdings! Sie können diese Photokopien behalten. Wie sieht Ihre Strategie aus? Als Sie mich vor Ihrem Abflug aus London angerufen haben, sind Sie nicht sonderlich gesprächig gewesen...»

«Nicht an einem Telefon, das abgehört werden kann...»

Tweed informierte Nagel nun über alle ihm vorliegenden Erkenntnisse – auch über die Gasmaske, die ein «Kurier» aus Wien nach London gebracht hatte, und Manfred Seidlers Rolle. Der Schweizer hörte schweigend zu, während er seine Havanna paffte. In seiner entspannten Haltung erinnerte er Tweed an einen ruhenden Gorilla, einen liebenswerten, tatkräftigen, höchst intelligenten Gorilla. Seine ganze Persönlichkeit strahlte Charakterstärke aus, und seine Energie war geradezu sprichwörtlich.

«Ich wiederhole», sagte er, als Tweed mit seinem Bericht zu Ende war, «wie sieht Ihre Strategie aus?»

«Ich will Grange auf jede nur denkbare Weise unter Druck setzen. Der psychologische Druck muß so stark werden, daß er irgendwann einen Fehler macht. Ich glaube nicht, daß uns noch viel Zeit bleibt, Max. Kann ich übrigens einen weiteren Satz dieser Photokopien haben?»

«Selbstverständlich! Hier, bitte sehr. Verraten Sie mir auch, wer ihn bekommen soll?»

«Unser gemeinsamer Bekannter Newman – auf dem Umweg über einen Mittelsmann, damit er nicht weiß, von wem die Informationen in Wirklichkeit stammen. Ich kann nicht glauben, daß er nur deshalb hier ist, um mit seiner Verlobten deren Großvater, der als Patient in der Klinik Bern liegt, zu besuchen.»

Tweed machte eine Pause. «Max, wenn alle Stricke reißen, müssen wir vielleicht an die Öffentlichkeit gehen...»

«Das möchte ich möglichst vermeiden. Ist dieser Newman vertrauenswürdig?»

«Er bekommt diese Unterlagen nur unter der Bedingung, sie auf keinen Fall zu veröffentlichen. Vertrauenswürdig ist er unbedingt; sein Erfolg als Journalist hängt davon ab, daß er ein absolut zuverlässiger Gesprächspartner ist. Aber Grange dürfte nervös werden, wenn er erfährt, daß Newman diese Unterlagen besitzt.»

«Hoffentlich behalten Sie recht!» meinte Nagel mit leichtem Zweifel in der Stimme. «Grange ist ein Fanatiker – darüber sind Sie sich doch im klaren? Er schreckt vor nichts zurück, um sein Ziel zu erreichen und die Verteidigungspolitik unseres Landes in seinem Sinne zu verändern. Nehmen Sie sich vor ihm in acht! Grange ist unberechenbar und sehr, sehr gefährlich. Er schlägt erbarmungslos zu, gerade wenn man's am wenigsten erwartet...»

Eine halbe Stunde später betrat Newman, der von Blanches Wohnung aus telefoniert hatte, Becks Dienstzimmer. Der Schweizer Kriminalbeamte hatte das Gefühl, unter Beschuß zu stehen, sobald Newman zu sprechen begann.

«Ich sehe keinen vernünftigen Grund, weshalb Sie nicht noch heute mit einem kompletten Team zur Klinik Bern fahren und mit Hilfe eines Durchsuchungsbefehls nicht nur die Klinik, sondern auch das Labor unter die Lupe nehmen sollten.»

«Wollen Sie mir vorschreiben, was ich zu tun habe? Mit welcher Begründung sollte ich einen Durchsuchungsbefehl erwirken?»

«Als Begründung brauchen Sie lediglich Dr. Kleists Untersuchungsergebnisse im Fall Holly Laird anzugeben. Oder genügt Ihnen der Verdacht auf Blausäurevergiftung etwa nicht?»

«Bitte!» Beck hob abwehrend die Hand. «Wollen Sie nicht erst Platz nehmen? Gut, meinetwegen bleiben Sie stehen! Frau Dr. Kleist hat noch keinen abschließenden Bericht vorgelegt. Mrs. Lairds Tod weist Aspekte auf, die ihr vorerst noch unerklärlich sind. Bevor ich diesen Abschlußbericht in den Händen halte, kann – und will – ich keinen Durchsuchungsbefehl erwirken. Habe ich Ihnen nicht schon erklärt, daß ich behutsam vorgehen muß? Daß einflußreiche Kreise versuchen, mir die Ermittlungen entziehen zu lassen?»

«Gut, dann gebe ich meine Aussage über die Ereignisse der letzten Nacht im Jura zu Protokoll und gehe wieder...»

«Ich brauche auch die Aussage Ihrer Verlobten», erklärte Beck ihm.

«Sie wartet unten. Aber ich bestehe darauf, anwesend zu sein, wenn Sie ihre Aussage zu Protokoll nehmen.»

«Tut mir leid, das kann ich nicht gestatten!»

«Dann bekommen Sie ihre Aussage nur in Anwesenheit des besten Berner Rechtsanwalts. Was ist Ihnen lieber?»

«Das können Sie sich doch denken!» Beck breitete die Hände aus. «Sie sind heute wirklich reizender Laune, Bob. Ich lasse Frau Dr. Kennedy jetzt heraufbegleiten, damit wir beide Aussagen protokollieren und den verdammten Papierkram hinter uns haben. Ich fürchte nur, daß Sie vorhaben, selbständig zu handeln – und sich dabei in größte Gefahr begeben...»

Ihre Aussagen waren zu Protokoll genommen, unterschrieben und von Gisela beglaubigt worden. Beck hatte Nancy höflich gebeten, einen Augenblick im Vorzimmer zu warten, weil er noch etwas mit Newman zu besprechen habe. Diesmal verblüffte er den Engländer. Er zog eine Schreibtischschublade auf und nahm ein Schulterhalfter, eine 7,65-mm-Dienstpistole und sechs Magazine heraus, die er Newman über den Schreibtisch zuschob.

«Bob, ich bin keineswegs völlig davon überzeugt, daß der Mordanschlag heute nacht Seidler gegolten hat. Und ich glaube, daß Sie zuvor am Bahnhof Le Pont gewesen sind, als die beiden Berufskiller erschossen worden sind. Nein, unterbrechen Sie mich bitte nicht! Ich glaube, daß Sie beseitigt werden sollten. Soviel ich weiß, können Sie mit Handfeuerwaffen umgehen, stimmt's?»

«Was wollen Sie von mir?»

«Ich möchte, daß Sie diese Pistole zu Ihrem eigenen Schutz tragen.»

«Damit Sie mich bei nächster Gelegenheit kontrollieren und wegen unerlaubten Waffenbesitzes festnehmen lassen können? Nein, danke! Ich weiß zufällig, daß ihr Schweizer in dieser Beziehung keinen Spaß versteht.»

«Dann zu Frau Dr. Kennedys Schutz...»

Beck nahm aus derselben Schublade einen ausgefüllten Waffenschein, den er ebenfalls über den Schreibtisch schob. Newman las den Text, ohne den Schein anzurühren.

«Ich unterzeichne ihn persönlich», fuhr Beck fort, «und Gisela – oder ein willkürlich ausgewählter Polizeibeamter – kann meine Unterschrift beglaubigen. Seien Sie vernünftig, Bob! Ich bitte Sie aus alter Freundschaft...»

Newman erklärte sich bereit, die Waffe zu nehmen.

Die Ereignisse überstürzten sich beinahe. Gegen 13 Uhr beobachtete Tweed, der in der Hotelhalle in einem Sessel saß, wie Blanche Signer mit einem Koffer in der Hand hereinkam. Er wartete, bis sie sich angemeldet hatte, stand dann auf und erschien wie zufällig neben ihr, als der Aufzug herunterkam. Der Engländer, der seinen Aktenkoffer in der linken Hand trug, sprach erst, nachdem sich die Kabinentür geschlossen hatte und sie allein waren.

«Kommen Sie in mein Zimmer, Blanche. Wir müssen miteinander reden...»

Sie schlüpfte ungesehen in Tweeds Hotelzimmer und ließ ihren

Koffer an der Tür stehen. Mit knappen Worten erklärte sie Tweed, warum sie jetzt im Bellevue Palace wohnte – weil Newman ihr Apartment für einen ihr unbekannten Zweck benötigte.

Tweed hörte aufmerksam zu und nickte dann zustimmend. Auf diese Vorsichtsmaßnahme hätte er selbst kommen sollen: Blanche war hier im Hotel sicherer, bis sie diesen Fall erfolgreich abgeschlossen hatten – wenn das überhaupt möglich war. Tweed nahm einen zugeklebten Umschlag mit dem zweiten Satz Photokopien, den Dr. Nagel ihm gegeben hatte, aus seinem Aktenkoffer und hielt ihn Blanche hin.

«Können Sie dafür sorgen, daß Newman diese Unterlagen so schnell wie möglich bekommt? Aber er darf nicht ahnen, von wem Sie die Papiere haben...»

«Das läßt sich bestimmt machen. Ich weiß nur nicht, wann die Übergabe klappt. Vielleicht ist er im Augenblick sogar im Hotel, aber ich möchte nicht, daß seine Verlobte mich sieht.»

Tweed lächelte mitfühlend. «Ja, ich verstehe. Aber die Sache ist brandeilig. Es kann jeden Augenblick zum großen Knall kommen...»

Newman war in das Schulterhalfter geschlüpft, hatte die Pistole hineingesteckt und ließ die vollen Magazine in seine Manteltasche gleiten, bevor er sich von Beck verabschiedete. Er verließ das Gebäude gemeinsam mit Nancy, ohne ihr von der Waffe zu erzählen.

Er bestand auf einem in aller Ruhe eingenommenen Mittagessen im Grill Room und brachte das Gespräch dabei auf unverfängliche Themen, weil er spürte, wie nervös Nancy war. Zwischendurch sah er mehrmals unauffällig auf seine Uhr.

«Du willst dich heute nachmittag mit dem letzten noch lebenden Augenzeugen treffen, stimmt's?» fragte Nancy ruhig, während sie ihn über den Rand ihres Weinglases hinweg beobachtete. «Siehst du deswegen so oft auf die Uhr?»

«Ich hab' erst zweimal draufgesehen...»

354

«Dreimal!»

«Gut, dann eben dreimal.» Newman rang sich ein Lächeln ab. «Ja, ich komme mit ihm zusammen. Das kann ein paar Stunden dauern – mehr weiß ich selbst noch nicht. Ich wäre dir dankbar, wenn du im Hotel bleiben würdest.»

«Nach allem, was letzte Nacht passiert ist, kriegen mich keine zehn Pferde hier raus!»

«Du wolltest mich sprechen, Bruno?»

Kobler stand von seinem Schreibtisch auf und klappte die Krankenakte zu, in der er gelesen hatte – die Akte Jesse Kennedy. Er kam hinter dem Schreibtisch hervor und zögerte, weil er nicht wußte, wie sein Arbeitgeber reagieren würde.

«Sprich, falls dir etwas Sorgen macht, Bruno. Bisher hat dein Instinkt für Probleme sich als unfehlbar erwiesen. Haben wir ein Problem?»

«Es betrifft Willy Schaub, unseren Hausmeister. Ich habe gesehen, daß er lange mit Dr. Novak gesprochen hat, bevor er für heute nach Hause gefahren ist. Und Schaub ist sehr geldgierig», fügte Kobler hinzu, der selber ein fürstliches Gehalt einstrich. «Und?»

«Schaub wohnt in Bern in der Gerberngasse. Ich glaube, daß es sich lohnen würde, ihn dort zu überwachen.»

«Einverstanden!» sagte der Professor.

Lee Foleys Absicht, einen geruhsamen Nachmittag im Hotel zu verbringen, wurde durch den Anruf zunichte gemacht. Der Amerikaner vergeudete keine Zeit, zog Jeans und Windjacke an und verließ das Hotel mit einer Reisetasche in der linken Hand.

Wie Newman hatte er herausgefunden, daß man das Bellevue Palace ungesehen verlassen konnte, indem man ins Tiefparterre hinunter fuhr, an der Garderobe vorbeiging und den Ausgang bei der Snackbar benützte. Er überquerte die Straße, betrat das Café gegenüber dem Hotel und bestellte eine Portion Kaffee.

Als das Getränk serviert wurde, bezahlte Foley gleich. Der Porsche parkte in der nächsten Seitenstraße, so daß er im Augenblick nichts anderes tun konnte, als seinen Kaffee zu trinken und den Hotelausgang zu beobachten.

Newman fuhr einen weiten Umweg, um zur Gerberngasse 498 zu gelangen, wo Willy Schaub wohnte. Novak hatte das Treffen für 15 Uhr vereinbart, deshalb verließ der Engländer das Bellevue Palace eine halbe Stunde vorher.
Zu den großen Vorzügen von Bern gehörte nach Newmans Überzeugung die Tatsache, daß es hier ziemlich einfach war, ein Verfolgerauto abzuschütteln. Die kreuz und quer verlaufenden Straßen und Gassen boten dafür zahlreiche Möglichkeiten – und bei etwas riskanter Fahrweise konnte man auch die Straßenbahnen als rollende Hindernisse ausnützen.
Um 14.50 Uhr fuhr Newman die Aarstraße links neben dem Fluß entlang. Hinter den Schleusen verlief die Schifflaube, die ihn tief in das Altstadtviertel mit seinen uralten Häusern brachte. Dann erreichte er die Gerberngasse, fuhr in der Nähe der Nydeggbrücke langsamer und stellte den Citroën in einer Parklücke ab.
Die alten Häuser auf beiden Straßenseiten bildeten einen geschlossenen Wall, eine mehrere Stockwerke hohe Doppelreihe teils unproportionierter, häßlicher Gebäude. Um diese Zeit war die Gerberngasse menschenleer, und der Nebel, der mittags verschwunden war, stieg allmählich wieder auf. In der Schlucht zwischen den uralten Häusern war es so still, daß man glauben konnte, das Rauschen der Aare zu hören.
Willy Schaubs Haus stand auf der linken Straßenseite im Schatten der hoch darüber hinwegführenden Brücke. 14.55 Uhr. Newman warf einen Blick die überdachte Treppe hinauf, die nach oben zur Brücke führte, und ging zu Schaubs Haus zurück. Er drückte auf den Klingelknopf neben dem Namensschild und bewegte unbehaglich die Schultern. Die Pistole in dem Schulterhalfter unter seinem linken Arm war noch immer sehr ungewohnt.

356

Ein gedrungener, ziemlich dicker Mittfünfziger, der eine Flasche Bier in der linken Hand hielt – die Erklärung für seinen Schmerbauch, dachte Newman –, öffnete die knarrende Haustür und starrte den Besucher mißtrauisch an. Schütteres weißes Haar krönte einen rübenförmigen Kopf, an dem nur die hellwachen Augen, die Newman anstarrten, klein waren.

«Willy Schaub?»

«Wer sind Sie überhaupt?» knurrte der Dicke unfreundlich.

«Robert Newman. Sie erwarten mich. Ich sollte um drei Uhr zu Ihnen kommen...»

«Haben Sie einen Ausweis da?»

Newman seufzte hörbar. «Vielleicht ist's keine allzu gute Idee, mich hier deutlich sichtbar warten zu lassen, wenn Sie wissen, was ich meine.» Er zeigte seinen Reisepaß vor, schlug die Seite mit dem Photo auf und hielt Schaub zuletzt den Umschlag mit dem Namen hin.

«Gut, kommen Sie rein.»

Das düstere, modrig riechende Hausinnere war eigenartig gestaffelt, weil die Stockwerke dem Steilhang entsprachen, an dem es gebaut war. Newman folgte dem keuchenden Schweizer drei enge Treppen hinauf und fragte sich, ob der andere hier allein wohnte. Zuletzt betraten sie einen spärlich möblierten, fast quadratischen Raum, dessen eine Wand von einem großen Sprossenfenster mit lange nicht mehr geputzten Scheiben eingenommen wurde. Über dem Fenster war ein altes, an vielen Stellen eingerissenes Rouleau angebracht.

«Setzen Sie sich, damit wir miteinander reden können», forderte Schaub den Engländer auf. «Bier?»

«Nein, vielen Dank», antwortete Newman, der das schmutzige Glas auf dem Tisch gesehen hatte.

Erst als er ans Fenster trat und auf den schrägen kleinen Garten hinausblickte, wurde ihm klar, daß er sich in einem der alten Häuser befand, auf die er gemeinsam mit Nancy bei ihrem Spaziergang zur Nydeggbrücke hinabgesehen hatte. Als Newman sich umdrehte, saß Schaub an dem Tisch in der Zimmermitte und trank gluckernd aus seiner Bierflasche. Newman faßte zu und zog das Rouleau so weit herab, daß das obere Fensterdrittel verdeckt war.

«He, was soll das?» fragte Schaub aufgebracht. «Paßt Ihnen die Aussicht nicht?»

«Wir sitzen hier auf dem Präsentierteller.» Newman holte einen zusammengefalteten 500-Franken-Schein aus der Jackentasche und warf ihn auf den Tisch. «Den können Sie sich damit verdienen, daß Sie mir ein paar Fragen über die Klinik Bern beantworten. Sie arbeiten seit vielen Jahren dort; Sie müssen praktisch alles wissen, was in der Klinik vorgeht.»

«Novak hat gesagt, Sie würden mehr zahlen...»

Newman legte einen weiteren Fünfhunderter daneben und nahm so am Tisch Platz, daß er das Fenster im Auge behalten konnte. Der Hausmeister trug ausgebeulte Cordsamthosen, ein offenes kariertes Hemd und seit Tagen nicht mehr geputzte Schuhe. Er schüttelte den Kopf.

«Das reicht noch nicht...»

«Mein letztes Angebot! Mehr gibt's auf keinen Fall!» Newman legte einen dritten halben Tausender neben die beiden anderen. «Fangen wir damit an, was im Labor vor sich geht...»

«Ich will aber mehr!»

«Gut, dann kriegen Sie gar nichts!» Newman griff langsam nach den Geldscheinen, aber Schaub war schneller, raffte sie zusammen und steckte sie hastig ein. «Los, los, beantworten Sie meine Frage!»

«Im Labor bin ich nie gewesen...»

Die Kugel kam durchs Fenster und ließ die Bierflasche, die Schaub wieder auf den Tisch gestellt hatte, in tausend Stücke zerspringen. Newmans linke Hand schoß nach vorn, stieß den Dicken von seinem Stuhl und ließ ihn auf den unebenen Bretterfußboden poltern.

«Bleib unten, du fettes Schwein, sonst erschießen sie dich!» brüllte er ihn an.

Während Newman diese Warnung brüllte, ließ er sich zu Boden

fallen. Sein Schrei wurde durch den zweiten Schuß unterstrichen; die Kugel durchschlug eine weitere Fensterscheibe und blieb in der Wand neben der Tür stecken. Newman wußte später nicht mehr, wie die Pistole in seine rechte Hand gekommen war, aber er nahm wahr, daß er sie schußbereit umklammerte, während er in geduckter Haltung zum Fenster schlich – gerade noch rechtzeitig, um eine Gewehrmündung über den Wall an der zur Brücke führenden Straße verschwinden zu sehen.

«Stellen Sie sich hinter den Schrank! Bleiben Sie gefälligst dort! Ich bin gleich wieder da...»

Newman, der seine Pistole wieder weggesteckt hatte, hastete die verdammte Treppe hinunter, riß die Haustür auf und stürzte auf die Gerberngasse hinaus. Er rannte die menschenleere Straße entlang, bis er die zur Brücke hinaufführende überdachte Treppe erreichte. Die ausgetretenen alten Stufen schienen kein Ende nehmen zu wollen. Aber schließlich lagen sie doch hinter ihm, und er stand auf der Straße.

Er blickte sich nach allen Seiten um. Nichts. Niemand, nicht einmal ein Fußgänger. Newman ging einige Schritte in Richtung Innenstadt, bückte sich und hob eine ausgeworfene Patronenhülse vom Gehsteig auf. Die zweite war nirgends zu finden. Der Killer mußte sie mitgenommen haben.

Als Newman sich an der Stelle, wo er die Patronenhülse gefunden hatte, über den Wall beugte, starrte er direkt in Willy Schaubs Wohnzimmer. Hätte er das Rouleau nicht heruntergezogen, wäre der Hausmeister jetzt tot. Er blickte nochmals in Richtung Innenstadt und sah vor einem Laden einen Mann stehen, der ihn beobachtete.

«Ich dachte, ich hätte hier was gehört», meinte Newman auf Deutsch und blieb vor dem beleibten Ladenbesitzer stehen.

«Ja, es hat wie ein Schuß geklungen, wie zwei Schüsse...»

«Oder wie Fehlzündungen», meinte Newman lächelnd. «Ich bin hier oben mit einem Mädchen verabredet. Mit einer Brünetten – einer schlanken jungen Frau in Jeans und Lederjacke. Haben Sie sie vielleicht gesehen?»

«Ihre Beschreibung paßt auf ein Drittel aller Berner Mädchen. Ich bin nur auf die Straße gekommen, um mir die Fensterdekoration von außen anzusehen. Nein, ich habe Ihre Freundin nicht gesehen. Nach den Fehlzündungen ist mir bloß ein roter Wagen aufgefallen...»

«Rot? Was für ein Wagen? Ein Porsche? Oder ein Mercedes?»

«Kann ich nicht sagen – ich hab' nur einen roten Strich gesehen, als er über die Brücke davongerast ist. Natürlich mit weit überhöhter Geschwindigkeit...»

Als Newman in das Haus zurückkam, kauerte Schaub wie ein Häufchen Elend zitternd hinter dem Schrank. Seine kleinen Augen funkelten ängstlich, als er zu dem Engländer aufblickte. «Sind sie weg?»

«Ja. Sie haben zwei Minuten Zeit, um ein paar Sachen zusammenzupacken – nur Schlafanzug, Unterwäsche und Waschzeug. Ich bringe Sie an einen sicheren Ort, wo kein Mensch Sie vermutet. Los, los, beeilen Sie sich!»

«Aber meine Arbeit in der Klinik...»

Newman starrte ihn verwundert an. «Ich dachte, das hätten Sie inzwischen kapiert, Schaub. Ihre Leute aus der Klinik haben's auf Sie abgesehen!»

Der Engländer fuhr mit dem Citroën vor dem alten Haus vor, und Schaub hielt sich strikt an die ihm erteilten Anweisungen. Er kam geduckt aus dem Haus gelaufen, warf sich auf den Rücksitz des Wagens, dessen hintere Tür Newman bereits geöffnet hatte, zog die Autotür von innen zu und duckte sich zwischen die Sitze. Von außen gesehen schien der Citroën lediglich mit einem Fahrer besetzt.

In der Innenstadt setzte Leupin, der diesmal einen Fiat fuhr, den Newman nicht schon aus dem Jura kannte, sich mit einem Wagen Abstand hinter den Citroën. Sautter saß wieder neben ihm.

«Ich wollte, wir wären näher an das Haus in der Gerberngasse rangekommen», meinte Leupin.

«Dann hätte er uns wahrscheinlich gesehen», antwortete sein Kollege. «Wir müssen nachher feststellen, wer dort wohnt. Das interessiert Beck bestimmt – aber zuerst müssen wir rauskriegen, wohin Newman fährt. Er macht anscheinend eine kleine Stadtrundfahrt...»

«Richtig, das hab' ich mir auch schon gedacht!»

Newman sah erneut in den Rückspiegel. Der Fiat war noch immer hinter ihm. Er paßte den richtigen Augenblick ab, indem er vor der nächsten Kreuzung das Gas wegnahm. Die Straßenbahn, die rechts von ihm auf der Vorfahrtsstraße gehalten hatte, setzte sich wieder in Bewegung. Newman gab Gas, scherte etwas nach links aus und kam gerade noch an der anfahrenden Straßenbahn vorbei, die aufgeregt klingelte. Hinter ihm bremste Leupin scharf.

«Verdammt noch mal, das hat er clever gemacht! Jetzt hat er uns abgehängt!»

Fünf Minuten später führte Newman Schaub in Blanches Wohnung und zeigte ihm, wie das Sicherheitsschloß an der Tür funktionierte. Danach hielt er dem Hausmeister einen kurzen Vortrag darüber, daß er die Wohnung tadellos sauberzuhalten habe. Fairerweise mußte er allerdings zugeben, daß Schaub trotz seiner nachlässigen Kleidung nicht ungepflegt wirkte und gut rasiert war.

«Sie bleiben hier, bis ich Sie wieder abhole», erklärte der Engländer Schaub. Falls es klingelt, machen Sie nicht auf, und Sie gehen auch nicht ans Telefon. Sie telefonieren auch nicht etwa selbst – das könnte das letzte Telefongespräch Ihres Lebens sein. Was Sie an Essen brauchen, finden Sie im Kühlschrank. Wenn Ihnen Ihr Leben lieb ist, rühren Sie sich keinen Schritt aus dieser Wohnung. Ich habe jetzt noch eine Viertelstunde Zeit, bevor ich gehen muß. Fangen wir also damit an, was in diesem Labor passiert. Los, reden Sie schon!»

Schaub packte aus...

32

Nancy machte sich für den Empfang anläßlich des Ärztekongresses besonders sorgfältig zurecht. Newman, der leise fluchte, weil er seinen Smoking tragen mußte, kam aus dem Bad, blieb ruckartig stehen und starrte sie bewundernd an. Nancy trug ein raffiniert geschnittenes Cocktailkleid, dessen Rot ausgezeichnet zu ihren schwarzen Haaren paßte. Ihr einziger Schmuck war eine dreireihige Perlenkette, die ihren schlanken Hals eng umschloß.

«Na, wie gefalle ich dir?» erkundigte sie sich. «Glaubst du, daß ich so der Konkurrenz gewachsen bin?»

«Du bist ihr weit überlegen, mein Schatz. Du siehst wundervoll aus. Ist das nicht das Kleid, das du getragen hast, als wir uns in London kennengelernt haben – als ich zufällig auch im Bewick's gewesen bin?»

«Zufällig?» Nancy lächelte amüsiert. «Halb London hat gewußt, daß du mit deiner neuesten Begleiterin dort aufkreuzen würdest. Es ist übrigens schon sieben – müssen wir nicht allmählich hinunter? *Ich* bin jedenfalls bereit und kann's kaum noch erwarten!»

«Augenblick, ich muß noch diese verdammte Schleife binden. Du bist nervös, was? Das merke ich dir an.»

«Das sind viele Ärzte vor einer schwierigen Operation – und wer's nicht ist, taugt wahrscheinlich nicht viel. Aber eines kann ich dir sagen, Bob: Sobald ich dort unten aufkreuze, bin ich ruhig und gelassen. Wie mächtig Grange ist, läßt mich völlig kalt. Er bekommt einiges von mir zu hören!»

«Ganz nach Art der alten Pioniere», meinte Newman scherzhaft, während er sich die Schleife band. «So was gibt's nur noch in Arizona. Fertig! Können wir gehen?»

Nancy hängte sich bei ihm ein, als sie zum Aufzug gingen. Der Empfang fand in dem großen Salon zwischen Hotelhalle und Terrassenrestaurant statt. Der Salon war mit kostbaren Teppichen ausgelegt – darunter auch mit einem riesigen Perser mit Jagdmotiven. An einem langen kalten Buffet gab es Champagner und Hors d'œuvres. Die ersten drei Dutzend Gäste waren bereits anwesend. Newman hielt Nancy am Arm zurück.

«Komm, wir sehen uns erst einmal an, wer alles da ist. Dieser Abend kann entscheidend sein...»

Blanche Signer unterhielt sich mit Beck. Sie trug ein smaragdgrünes, tief ausgeschnittenes Seidenkleid, das ihre sehenswerte Figur noch betonte. Ihr kleinen Füße steckten in hochhackigen Goldpumps.

«Deine nächste Eroberung?» fragte Nancy, die Newmans Blick verfolgt hatte.

«Ich wüßte nur zu gern, was Beck hier zu suchen hat...»

In einem der an die Wand gerückten Sessel saß Lee Foley mit einem Glas in der Hand und musterte mit kühlem Blick die Anwesenden. Tweed, der sich in seinem Smoking sichtlich unwohl fühlte, hatte zwei Sessel weiter Platz genommen und beobachtete seine Umgebung ohne sonderliches Interesse.

An der Rückwand des Salons hielt ein sehr großer, schwerfälliger Mann mit getönten Brillengläsern Hof: Er hatte ein halbes Dutzend Gäste um sich versammelt, die ihm aufmerksam zuhörten. Seine linke Hand lag mit gestreckten Fingern an der Hosennaht, während er in der rechten ein Champagnerglas hielt. Durch eine sekundenlang entstehende Lücke in der Menge konnte Newman ihn gut betrachten. Ein riesiger Schädel mit blassem Teint und sich kaum bewegenden Lippen. Am auffälligsten an ihm fand Newman seine fast bewegungslose Haltung.

«Ist das dort drüben Professor Grange?» fragte Nancy einen Ober, der mit einem Gläsertablett an ihnen vorbeikam.

«Ganz recht, Madame. Darf ich Ihnen ein Glas Champagner anbieten?»

363

Beide nahmen sich ein Glas, um nicht aufzufallen. Newman trank den Champagner in kleinen Schlucken und hörte um sich herum Stimmengewirr und Gläserklingen. Ein weiterer großgewachsener Mann drängte sich ohne Entschuldigung an ihm vorbei und marschierte aufrecht und selbstbewußt auf die Gruppe um Grange zu. Viktor Signer war eingetroffen.

«Kobler ist nirgends zu sehen», sagte Newman halblaut zu Nancy. «Das beunruhigt mich...»

«Wahrscheinlich hat er als Stallwache in der Klinik bleiben müssen.»

«Vermutlich hast du recht. Komm, wir machen einen kleinen Rundgang. Wann willst du dir Grange vorknöpfen?»

«Bob!» Sie umklammerte seinen Arm. «Augenblick! Sieh dir das an!»

Newman beobachtete den geradezu unheimlichen Zwischenfall. Grange hatte soeben Signer begrüßt, als ein Ober mit seinem Gläsertablett stolperte und ihm ein volles Glas Champagner über die Smokingjacke kippte. Der sichtlich entsetzte Ober lief mit der zusammengelegten Serviette, die er über dem Arm getragen hatte, zum Buffet, tauchte sie in einen Eiskübel, kam damit zu Grange zurück und machte sich daran, ihm die Jacke zu säubern.

Unheimlich wirkte dieser Zwischenfall deshalb, weil Grange völlig bewegungslos verharrte, während der Ober die durchfeuchtete Jacke abtupfte: Sein linker Arm zeigte wie vorher senkrecht nach unten, seine große Gestalt wirkte buddhaähnlicher als zuvor, während er weiter Signer zuhörte und den Ober ignorierte, als sei überhaupt nichts passiert. Das war anomal, unnatürlich. Newman starrte Grange ungläubig an, bis Nancys Stimme ihn aus seiner Faszination riß.

«Mein Gott, hast du das gesehen?» fragte sie nervös. «Soviel Selbstbeherrschung bringt kein normaler Mensch auf! Das ist einfach *nicht normal,* sage ich dir...»

Newman nickte zustimmend. In diesem Augenblick begann er erstmals, an Professor Granges Geisteszustand zu zweifeln.

33

Jesse Kennedy schlug die Augen auf und blinzelte heftig. Was ging mit ihm vor, verdammt noch mal? Er lag ausgestreckt auf einer fahrbaren Liege, die irgendwohin gerollt wurde. Jesse konnte nicht richtig sehen, weil irgendeine Maske seinen Kopf und sein Gesicht bedeckte. Durch verglaste Augenöffnungen starrte er das weiße Leinentuch an, das jemand über die Maske gezogen hatte. Der Wagen rollte jetzt leicht bergab.

Als er versuchte, die Arme zu bewegen, merkte er, daß sie an den Handgelenken festgeschnallt waren. Dann wollte er die Beine bewegen und spürte, daß auch sie an den Knöcheln angebunden waren. So war er zu völliger Unbeweglichkeit verurteilt. Was wurde hier gespielt? Was ging mit ihm vor?

Jesse erinnerte sich jetzt an die letzten Eindrücke, bevor er eingeschlafen war. Sie hatten ihm ein Schlafmittel injiziert. Nicht Novak, sondern diese Hexe Astrid hatte ihm eine Spritze gegeben. Er unterdrückte die in ihm aufsteigende Panik, die beginnende Platzangst, und begann Fingerübungen zu machen, um seine Hände wieder zu kräftigen. Dann bewegte er auch die Füße – aber ganz vorsichtig. Jesse ahnte instinktiv, daß die Krankenpfleger, die den Wagen eine schräge Ebene hinunterrollen ließen, nicht wissen durften, daß er sich auf einen Fluchtversuch vorbereitete.

Das Surren einer sich elektrisch schließenden Tür. Das Gefälle schien zuzunehmen. Jesse blinzelte erneut. Er konnte das Leinentuch kaum noch erkennen, weil die Gläser beschlugen. Inzwischen war er wieder hellwach und nahm weitere Empfindungen und Geräusche wahr. Das leise Quietschen der Gummiräder des Wagens, die Trockenheit in seinem Hals, das Kribbeln in seinen Händen und Füßen, als der Kreislauf wieder in Schwung kam. Wieder öffnete sich surrend eine Tür, dann ging die Fahrt zu ebener Erde weiter. Merkwürdige, tierisch klingende Laute – war er etwa dabei, überzuschnappen? Jesse schloß die Augen, als die Liege zum Stehen kam.

Das Leinentuch wurde weggerissen. Jesse erwartete, Stimmen zu hören – die Stimmen der Krankenpfleger. Warum redeten sie nicht miteinander? Das Fehlen von Stimmen ging ihm auf die Nerven; es war ebenso erschreckend wie die fortwährend auf ihn eindringenden tierischen Laute, die Jesse an Affen im Zoo erinnerten. Ein lächerlicher Vergleich...

Jetzt schnallten sie ihn los. Ein Mann am Kopfende des Wagens löste die Lederriemen, mit denen Jesses Handgelenke gefesselt gewesen waren; der andere befreite seine Knöchel. Nun hätte er sich wieder bewegen können. Aber Jesse blieb unbeweglich und mit geschlossenen Augen liegen. Hände umfaßten seine Oberarme und rissen ihn hoch. In sitzender Position wurde er herumgedreht, bis seine Beine über den Rand des Wagens hingen. Jesse ließ den Kopf hängen und hielt die Augen noch immer geschlossen. Die Hände schoben ihn vom Wagen und hielten ihn aufrecht. Sie schüttelten ihn grob. Jesse öffnete die Augen und holte erschrocken tief Luft.

Er trug einen dicken Frotteebademantel mit fest verknotetem Gürtel über seinem Schlafanzug. Offenbar befand er sich im Labor, davon war er überzeugt. Hier war es merklich kühler. Jesse konnte nun wieder durch die zuvor beschlagenen Gläser sehen: hohe, schmale Fenster mit grünen Plastikvorhängen. An den Wänden Käfige in verschiedenen Größen, in denen die Tiere saßen, die er gehört hatte. Das Ganze war ein Alptraum.

Die beiden Krankenpfleger trugen Gasmasken. Seelenlose Augen starrten ihn an. Ihrer Größe und ihrem Körperbau nach vermutete er, daß es sich um die beiden Männer handelte, die er als Graf und Munz kannte. Ein dritter Mann, der ebenfalls eine Gasmaske trug, ging im Hintergrund zwischen den Tierkäfigen auf und ab. Jesse nahm an, daß es sich um Dr. Bruno Kobler handelte. Der Amerikaner gab vor, nur unsicher schwankend stehen zu können, als Munz und Graf ihn einen Augenblick losließen.

In den Käfigen wurden alle möglichen Tiere gehalten: Mäuse, Ratten, Meerschweinchen, Katzen, Hunde und vor allem einige Schimpansen, die unaufhörlich mit gefletschten Zähnen kekkerten. Durch die verglasten Augenöffnungen von Jesses Maske wirkte dieses Zähnefletschen wie ein gräßliches Lachen. Die wenigen Neonröhren an der Decke tauchten die Schreckensszene in unnatürlich fahles Licht.

Jesse, der weiterhin in gebückter Haltung schwankte, sah ein massives Tor offenstehen: den Zugang zum Atombunker. Ein vierter Mann tauchte aus seinem Inneren auf – ein Mann mit einem Arm voller Metallzylinder, die Jesse an Werfergranaten erinnerten, wie er sie aus Kriegsfilmen kannte. Graf zog sich seine Maske etwas vom Gesicht, um lauter sprechen zu können.

«Für Sie beginnt jetzt das letzte Behandlungsstadium, ein von Professor Grange erfundenes revolutionäres Verfahren. Vielleicht heilt es Sie – aber dazu müssen Sie sich genau an unsere Anweisungen halten. Wenn wir Sie jetzt hinausführen, laufen Sie *bergab*, verstanden? Ich zeige Ihnen, wohin Sie zu laufen haben...»

Jesse fragte sich, ob die Schimpansen spürten, daß hier etwas Böses geschah. Sie tobten wild durch ihre Käfige, vereinigten sich zu einem lautstarken Chor und starrten Jesse, an den Gitterstäben hängend, nach, als die beiden Männer ihn an den Armen packten und zu einer Tür führten, die Kobler inzwischen geöffnet hatte. Eiskalte Nachtluft strömte ins Labor, und Jesse lief ein kalter Schauer über den Rücken. Während er bewußtlos gewesen war, hatte jemand ihm feste Schuhe, seine eigenen Schuhe, angezogen.

Er ließ die Füße nachschleifen, machte sich schwer und war für

367

die beiden Männer mit den Gasmasken eine nur mühsam zu bewältigende Last. Sie schleppten ihn in die Winternacht hinaus. Jesse schüttelte scheinbar benommen den Kopf und sah sich dabei um. Auf einem kleinen Hügel kauerten Uniformierte um eine Waffe mit kurzem Rohr, dessen Mündung steil in die Höhe und zugleich bergab zeigte. Ein Granatwerfer! Jesse erkannte die Waffe aus einem Kriegsfilm. Und dahinter kauerten Soldaten, Schweizer Soldaten. Grange war ein Strohmann der Schweizer Armee...

«Hier den Hügel *runter!*» brüllte Munz ihm ins Ohr. «Los!» Sie ließen seine Arme los, und Jesse stand schwankend da. Neben dem Granatwerfer waren Werfergranaten zu einem ordentlichen Haufen aufgestapelt: Granaten, wie sie der Mann, der aus dem Atombunker gekommen war, getragen hatte. Hinter dem Granatwerfer blähte sich ein kleiner Windsack an einem Steckmast. Der Windsack zeigte an, in welche Richtung der an sich schwache Wind wehte. Bergab. *Weg* von der Werferstellung. Jesse stolperte einige Schritte vorwärts. Männer mit Gasmasken, die wie Robotor aussahen, glotzten ihn schweigend an. Einer der Uniformierten hielt die erste Werfergranate über die Mündung der Waffe. Feuerbereit, sobald das Ziel in Schußweite kam. Welches Ziel? Er selbst...

Schweinehunde! Jesse spürte einen Adrenalinstoß, der ihn schlagartig munter machte. Er blieb an der kleinen Geländestufe stehen, hinter der das eigentliche Gefälle begann, und starrte hinunter, um nach Hindernissen Ausschau zu halten und seine Augen an die Dunkelheit zu gewöhnen. Der Hang führte in eine Senke hinunter und war von der Straße aus nicht einzusehen. Jesse wußte, daß die beiden anderen jetzt auf ihn warteten. Er glaubte, Munz etwas rufen zu hören. Der Alte machte einen Schritt und torkelte wie jemand, der dem Zusammenbrechen nahe ist. Dann rannte er plötzlich los.

Jesses Spurt kam für die Soldaten unerwartet. Während er mit langen Schritten über den Hang in Richtung Straße hetzte, hörte er eine Werfergranate mit dumpfem Knall *hinter* sich detonieren. Trotz seines Alters war er ein sportlich durchtrainierter, viriler Mann. Seine Beine schienen mit jedem Schritt kräftiger und beweglicher zu werden. Jesse teilte sich sein Tempo wie ein Langstreckenläufer ein, weil er wußte, daß er so auf die Dauer schneller vorankam. Er wünschte sich, Nancy könnte ihn jetzt sehen, wie er diesen Schweinen zeigte, daß der alte Jesse noch längst nicht erledigt war.

Er hörte einen dumpfen Aufprall, von dem der Boden unter seinen Füßen bebte. Diese Werfergranate hatte erheblich näher eingeschlagen. Jesse machte keinen Versuch, sich die Gasmaske abzureißen. Er spürte, wie fest die Gummiriemen seinen Nakken und seinen Kopf umschlossen, und wußte, daß er nicht stehenbleiben durfte, um sie zu lösen. Er rannte weiter.

Die Gasgranate schlug zehn Meter vor ihm ein und detonierte. Weißliche Schwaden umwallten Jesse, als er durch die Wolke lief, der er nicht mehr hatte ausweichen können. Er begann zu husten und zu würgen. Eine weitere Granate schlug vor ihm ein; eine weitere Gaswolke breitete sich aus. Jesse rang verzweifelt nach Luft, und seine Augen schienen hinter den Plexiglasscheiben aus ihren Höhlen treten zu wollen. Er warf die Arme nach vorn und brach zusammen. Seine Greisenhände verkrampften sich, zuckten noch einmal und blieben dann so unbeweglich wie die ganze Gestalt.

Fünf Minuten später kamen zwei Männer mit einer Tragbahre und schafften Jesse Kennedy fort.

34

Gegen 19.30 Uhr herrschte auf dem Empfang eine angeregte, entspannte Atmosphäre. Inzwischen waren über hundert Gäste eingetroffen, die den Salon bis zum letzten Winkel füllten. Mit Newman im Schlepptau bahnte Nancy sich einen Weg durch die Menge bis zu Professor Grange, der in ein Gespräch mit Viktor Signer vertieft war. Sie baute sich vor Grange auf.

«Ich bin Dr. Nancy Kennedy. Mein Großvater liegt als Patient in der Klinik Bern...»

«Wollen Sie nicht telefonisch einen Termin vereinbaren, meine Liebe?» fragte der Riese mit sanfter Stimme. Hinter getönten Brillengläsern starrten ausdruckslose Augen auf sie herab. «Dies ist wohl nicht der rechte Augenblick, um...»

«Und außerdem mischen Sie sich hier in ein privates Gespräch ein», erklärte Signer ihr in einem Tonfall, der deutlich verriet, daß er Frauen für minderwertig hielt.

«Ach, wirklich?» Nancy wandte sich an ihn und sprach lauter, so daß die Gäste in ihrer Nähe verstummten, um zuhören zu können. Dadurch war ihre Stimme noch deutlicher zu hören. «Möchten *Sie* vielleicht über die zeitlich sehr passende Hinrichtung Manfred Seidlers sprechen, der letzte Nacht oben im Jura erschossen worden ist? Schließlich sind Sie selbst dabei gewesen, Herr Oberst. Sie können allerdings auch einfach den Mund halten, während ich mit Professor Grange spreche...»

«Unverschämtheit!» kollerte Signer. «Ich...»

«Vorsicht!» unterbrach Newman ihn. «Erinnern Sie sich noch an mich? Lassen Sie sie ausreden.»

«Daß ich mich um einen Termin bei Ihnen bemühe, hat wenig

Zweck», fuhr Nancy mit derselben klaren, tragenden Stimme fort, ohne Grange aus den Augen zu lassen. «In der Klinik verstecken Sie sich hinter Bruno Kobler. Sie sind niemals zu sprechen. Wovor haben Sie eigentlich Angst, Professor?»

Die Augen hinter den getönten Brillengläsern blitzten wütend. Die Hand mit dem Champagnerglas zitterte. Grange kniff die vollen Lippen zusammen und rang um Selbstbeherrschung, während Nancy auf seine Antwort wartete. Die gespannte Stille breitete sich immer weiter aus, als die Gäste erkannten, daß hier etwas Ungewöhnliches passierte: Eine Frau bot dem berühmten Professor Grange die Stirn.

«Ich habe vor nichts Angst», sagte er schließlich. «Darf ich erfahren, was Sie eigentlich von mir wollen, Frau Dr. Kennedy?»

«Da ich kein Vertrauen mehr zu Ihrer Klinik und Ihren geheimnisvollen Methoden habe, möchte ich meinen Großvater in eine andere Klinik bei Montreux verlegen lassen. Ich verlange, daß diese Verlegung innerhalb der nächsten vierundzwanzig Stunden stattfindet. Sie haben doch wohl nichts dagegen, Herr Professor?»

«Sie zweifeln meine fachliche Qualifikation an?»

Nancy ging nicht in diese Falle. «Wer hat *davon* gesprochen – außer Sie selbst?» Sie sprach jetzt so laut, daß alle Anwesenden sie mühelos verstehen konnten. «Wollen Sie etwa behaupten, daß es hierzulande verboten oder auch nur ein Verstoß gegen den ärztlichen Ehrenkodex ist, in Zweifelsfällen einen zweiten Arzt hinzuzuziehen?»

Der Chef der Klinik Bern mußte vermutlich zum erstenmal in seinem Leben – und noch dazu in aller Öffentlichkeit! – eine Niederlage einstecken. Das erkannte Newman an seiner unnatürlich starren Haltung und den Schweißperlen auf Granges hoher Stirn. Die Augen hinter den getönten Brillengläsern schienen sich fast hilfesuchend umzusehen, aber die übrigen Gäste erwiderten ihren Blick schweigend, ohne sich einzumischen.

371

«Ich bin selbstverständlich bereit», antwortete Grange zuletzt, «Ihnen Ihren Wunsch zu erfüllen. Darf ich Sie jedoch höflichst daran erinnern, daß wir hier zusammengekommen sind, um ein paar heitere Stunden miteinander zu verbringen?»

«Dann wünsche ich Ihnen noch viel Vergnügen, Herr Professor ...»

Damit machte Nancy auf dem Absatz kehrt und stolzierte durch die Menge davon, die ihr bereitwillig Platz machte. Während Grange und Signer ihr nachsahen, ging die Amerikanerin geradewegs auf Beck zu und verwickelte ihn in ein Gespräch, so daß der Eindruck entstehen mußte, sie verschaffe sich Rückendeckung für das Professor Grange abgerungene Zugeständnis. Newman nutzte seine Chance, weil er vermutete, daß Grange keinen weiteren Auftritt riskieren würde, und stellte sich dem Professor vor.

«Ich freue mich, Sie endlich persönlich kennenzulernen.»

Er lächelte freundlich, ohne Anstalten zu machen, die Hand zu geben. «Ich schreibe eine Artikelserie über die Schweizer Industrie und habe gehört, daß Sie in Horgen eines der modernsten Werke der Welt zur Herstellung kommerzieller Gase betreiben. Das stimmt doch?»

«Richtig, Mr. Newman.» Grange schien erleichtert zu sein, das Thema wechseln zu können, und sprach bereitwillig weiter. «Horgen ist vollautomatisiert – die einzige Fabrik dieser Art auf der Welt.»

«Bis auf die Gasbehälter, die natürlich von außerhalb angeliefert werden?»

«Durchaus nicht, Mr. Newman! Wir stellen unsere Zylinder in allen Größen selbst her.»

«Könnten Sie mir ein paar Photos hierher ins Hotel schicken lassen?»

«Ich lasse Ihnen welche durch einen Boten zustellen. Das ist mir ein Vergnügen!»

«Besten Dank für Ihre Mühe. Und jetzt muß ich weiter meine Runde machen, glaube ich.»

Newman zog sich lächelnd zurück. Er stieß wieder zu Nancy, die noch immer mit Beck plauderte. Der Kriminalbeamte warf Newman einen fragenden Blick zu und sah dann zu Signer hinüber, der hastig auf Grange einredete.

«Na, haben Sie sich gut mit ihm unterhalten?» wollte er wissen.

«Grange hat soeben einen seiner seltenen Fehler gemacht, der sich unter Umständen als tödlich erweisen wird. Er hat mir das letzte Stückchen Information geliefert, das mir noch gefehlt hat...»

«Weißt du schon, daß Dr. Novak eingetroffen ist?» fragte Nancy, sobald sie mit Newman allein war. «Ich glaube, daß er an der Bar aufgetankt hat, bevor er sich hereingewagt hat. Jedenfalls ist er...»

Sie sprach nicht weiter, als ein Raunen durch die Anwesenden ging. Das darauf folgende Schweigen war so auffällig, daß Newman sich zum Eingang wandte, um festzustellen, warum alle dorthin starrten. Ein kleiner Mann mit großem Kopf und breitem Mund mit blitzenden Zähnen, zwischen denen er eine Zigarre hielt, stand dort und musterte die Versammlung.

«Großer Gott!» hörte Newman jemand hinter sich auf Französisch flüstern. «Dr. Max Nagel ist da. Jetzt wird's gleich was setzen!»

Nagel, dessen Smokingjacke seine ungewöhnlich breiten Schultern unterstrich, hielt zwei große Umschläge unter den linken Arm geklemmt. Er nickte, als ein Ober ihm sein Gläsertablett anbot, nahm sich ein Glas Champagner und marschierte dann langsam quer durch den Salon, ohne die Havanna aus dem Mund zu nehmen.

Die Spannung im Saal war so groß, daß kaum jemand zu sprechen wagte, während Grange und Signer ihm entgegensahen. Nagel blieb kurz stehen, um einem anderen Ober zu danken, der ihm einen Aschenbecher hinhielt. Er streifte sorgfältig die Asche von seiner Zigarre und steigerte die Spannung dadurch noch mehr. Newman bewunderte seine schauspieleri-

373

schen Fähigkeiten. Nagel hatte alle Anwesenden in seinen Bann geschlagen.

«Guten Abend, Grange. Guten Abend, Oberst Signer. Ich habe Ihnen beiden etwas mitgebracht.»

«Dies ist ein Ärzteempfang», stellte Grange eisig fest.

«Daß Sie auch Mediziner sind, ist mir neu ...»

«Und seit wann ist Signer Arzt?» erkundigte Nagel sich unfreundlich.

Newman drehte sich um, weil ihm auffiel, daß Signer jemand hinter ihm anstarrte. Blanche verfolgte den Auftritt mit gerunzelter Stirn. Aber der Blick ihres Stiefvaters galt nicht ihr. Lee Foley, der in seinem dunkelblauen Anzug zu den wenigen Anwesenden gehörte, die nicht Abendkleidung trugen, war aufgestanden und beobachtete Signer. In seiner Nähe stand Tweed, der unscheinbare kleine Engländer, dessen wache Augen hinter seinen Brillengläsern blitzten. Newman fühlte sich an einen Regisseur erinnert, der Schauspieler begutachtet, die ein von ihm einstudiertes Stück aufführen. Dann hörte er Nagel mit heiserer Stimme weitersprechen und blickte wieder nach vorn.

«Die Geschichte nähert sich dem Ende, glaube ich», verkündete Nagel. «Mehrere hervorragende Wirtschaftsprüfer haben fast acht Wochen lang gebraucht, um zweihundert Millionen Franken bis zu ihrem endgültigen Bestimmungsort zu verfolgen. Ein Exemplar ihres Berichts für Sie, Professor Grange, ein weiteres für Sie, Oberst Signer. *Terminal* ist damit erledigt ...»

«Was geht mich das an?» fragte Signer verächtlich, indem er die Papiere halb aus dem Umschlag zog und wieder hineinschob, ohne sie wenigstens durchgeblättert zu haben.

«Das hier sind Photokopien», fuhr Nagel fort, «das Original liegt im Tresor meiner Bank. Ich nehme doch an, daß Sie imstande sind, Ihre eigene Unterschrift zu erkennen, Signer. Sie erscheint dreimal auf diesen Schriftstücken. Und Sie interessiert vielleicht, Grange, daß ich ein Bankierstreffen nach Zürich einberufen habe. Die Tagesordnung besteht nur aus einem

Punkt: diese komplexen Transaktionen. Damit wünsche ich Ihnen allen einen schönen Abend. Fachsimpeln Sie ruhig weiter, meine Damen und Herren...»

Newman drehte sich erneut um, als der Bankier, an seiner Havanna ziehend, den Saal verließ. Er sah Dr. Novak mit einem gefährlich schräg gehaltenen Glas in der Hand an der Wand lehnen. Novak beobachtete die Szene wie ein Hypnotisierter. Dies schien der geeignete Augenblick zu sein, um den Amerikaner dazu zu überreden, bei seinem Plan mitzumachen.

Newman entschuldigte sich bei Nancy und drängte sich durch die Gäste, die aufgeregt durcheinandersprachen, während Nagel das Hotel durch die Drehtür verließ und in seine schwere Limousine stieg, deren Tür ihm sein Fahrer aufhielt.

«Novak», begann Newman, «jetzt achten alle nur auf Grange und Signer. Gehen Sie zum Lift – ich komme gleich nach. Wir müssen miteinander reden. Nein, widersprechen Sie nicht – das Kartenhaus droht einzustürzen, und irgend jemand wird den Sündenbock spielen müssen. Diese Rolle wäre *Ihnen* wie auf den Leib geschrieben! Und stellen Sie endlich das verdammte Glas weg...»

Er ging in die Hotelhalle hinaus, bat den Portier, ihm zwei Portionen Kaffee aufs Zimmer schicken zu lassen, und traf sich dann mit Novak am Aufzug.

«Novak, morgen nacht breche ich in die Klinik Bern ein – und Sie werden mir dabei helfen!»

«Sind Sie verrückt geworden, Newman?»

Der Amerikaner lag mit gelockerter Krawatte und aufgeknöpftem Hemd auf dem Bett in Zimmer 428. Wie Lee Foley trug auch er keinen Smoking, sondern lediglich einen dunkelblauen Anzug. Newman hatte dem Arzt drei Tassen schwarzen Kaffee eingeflößt, so daß Novak jetzt wieder einigermaßen nüchtern und ansprechbar war.

«Haben Sie unten Lee Foley gesehen?» fragte Newman scharf.

«Ein Wort von mir, und Sie sind Ihren Reisepaß los! Sie

besitzen die Computerkarten, mit denen sich alle Türen öffnen lassen. Ich will mir das Labor ansehen...»

«Dafür habe ich keine Schlüssel!»

«Danke, die habe ich bereits. Willy Schaub hat sie mir heute nachmittag gegeben – diese Schlüssel sind so wichtig, daß er sie ständig mit sich herumgetragen hat. Er hat ausgepackt, Novak. Und er kommt nicht in die Klinik Bern zurück. Sonntag ist vermutlich der ruhigste Tag in der Klinik?»

«Richtig. Der einzige Tag, an dem weder Grange noch Kobler da sind. Grange verbringt die Nacht in seiner Villa in dem Berner Vorort Elfenau. Kobler verbringt sie bei irgendeiner Freundin. Aber die Wachen sind natürlich trotzdem auf dem Posten...»

«Dann müssen wir ihnen eben ausweichen. Wir treffen uns irgendwann nach Einbruch der Dunkelheit. Das einzige Problem, das ich noch nicht gelöst habe, sind die Dobermänner.»

«Die bleiben in letzter Zeit eingesperrt. Seit der Geschichte mit Mrs. Laird werden sie nicht mehr rausgelassen. Grange hat angeordnet, daß die Klinik in Zukunft ganz normal wirken muß. Ich habe am Sonntagabend bis einundzwanzig Uhr Dienst.»

«Ich komme schon vorher. Gegen zwanzig Uhr. Warten Sie in der Eingangshalle auf mich.» Der Engländer machte eine Pause. «An Ihrer Stelle würde ich meine Koffer packen und selbst aus der Klinik verschwinden, Novak. Ich habe Ihnen hier im Bellevue Palace ein Zimmer reservieren lassen. Bleiben Sie dort. Lassen Sie sich die Mahlzeiten aufs Zimmer bringen, bis ich zurückkomme. Ich kann mich doch auf Sie verlassen?»

«Ich will aussteigen! Nagel hat vorhin aufgetrumpft, als sei er entschlossen, alles auffliegen zu lassen...»

Newman brachte ihn zur Tür. «Sollten Sie in Versuchung kommen, sich die Sache anders zu überlegen, brauchen Sie sich nur zwei Worte vorzusagen: Lee Foley.»

Er wollte die Zimmertür hinter dem Amerikaner schließen, als jemand vom Flur aus dagegendrückte. Newman öffnete sie einen Spalt weit und riß sie dann ganz auf. Blanche kam mit einem Umschlag herein, der Newman sofort an die erinnerte, die Nagel Grange und Signer übergeben hatte. Sie drehte in der Zimmermitte eine Pirouette.

«Gefällt dir mein Kleid, Bob? Wenn du ein bißchen näherkommst, riechst du auch mein Parfüm.»

«Menschenskind, du hast Nerven! Nancy kann jeden Augenblick reinkommen...»

«Als ich sie zuletzt gesehen habe, ist sie in ein Fachgespräch mit einem Kollegen aus Phoenix vertieft gewesen. Das dürfte sie noch einige Zeit fesseln.» Sie starrte ihn erwartungsvoll an. «Na, wie gefällt dir mein Kleid?»

«Blanche, ich finde dein Kleid super – ganz zu schweigen von dem, was darin steckt. Wie hast du's übrigens geschafft, genau in dem Augenblick aufzukreuzen, in dem Novak gegangen ist?»

«Ich hab' in einer der Sitznischen im Flur gewartet. Bob, dein Blick, dein Gesichtsausdruck und dein ganzes Auftreten gefallen mir nicht. Du hast doch hoffentlich nicht irgendeine Dummheit vor? Nimm dich mit deiner Antwort in acht – ich kenne dich genau!»

«Ich habe bestimmt nicht vor, hier mit dir ins Bett zu gehen...»

«Das habe ich nicht gemeint.» Sie hielt ihm den großen Umschlag hin. «Ich bin gebeten worden, dir das von Mr. X zu geben. Auch diesmal hat's keinen Zweck, seine Identität aus mir rauskriegen zu wollen. Am besten gehe ich gleich wieder.»

Newman legte den Umschlag in eine Schublade. «Dein Stiefvater ist zu dem Empfang gekommen. Hast du mit ihm gesprochen?»

«Soll das ein Witz sein? Er ist an mir vorbeistolziert, als habe er mich gar nicht wahrgenommen. Aber das ist mir nur recht gewesen. Ich habe ihn eine Weile beobachtet und muß sagen, daß er mir keineswegs sympathischer geworden ist. Er scheint noch starrsinniger und intoleranter als früher geworden zu sein. So, ich muß jetzt gehen!» Sie küßte ihn und kramte dann ein

377

Papiertaschentuch aus ihrer Handtasche. «Halt still, ich muß dir den Lippenstift abwischen. Bob, mach um Himmels willen keine Dummheiten, ja? Versprichst du mir das?»

«Ich werde versuchen, mich daran zu halten...»

Kurz vor Mitternacht erreichte der neutrale VW-Bus mit Becks Filmteam den Waldrand oberhalb der Klinik Bern. Leupin saß am Steuer und hatte Sautter als Beifahrer neben sich. Hinten im Bus hatte der Kameramann Rolf Fischer mit seiner umfangreichen Ausrüstung Platz genommen.

Leupin bremste, legte den Rückwärtsgang ein und stieß von der verschneiten Straße auf eine Lichtung unter den Bäumen zurück. Er konnte nicht wissen, daß er sich damit für genau die Stelle entschieden hatte, von der aus Lee Foley die Klinik Bern am vergangenen Dienstag beobachtet hatte. Nachdem Leupin sich von der Tragfähigkeit des Untergrunds überzeugt hatte, wendete er auf der Lichtung, so daß das Fahrzeugheck in Richtung Klinik zeigte.

In die Heckscheibe des Busses war eine nach innen zu öffnende runde Milchglasscheibe eingelassen, durch die Fischers Teleobjektiv auf jeden Punkt des Klinikgeländes gerichtet werden konnte. Mit Hilfe modernster Technik war der Kameramann imstande, selbst bei Nacht Filmaufnahmen oder Photos zu machen. Leupin stieg aus und stapfte durch den Schnee nach hinten, wo Fischer bereits das runde Fenster geöffnet hatte.

«Na, stehen wir so richtig?» erkundigte der Kriminalbeamte sich.

«Ausgezeichnet! Ich kann alles überblicken – die Klinik, das Labor, das ganze Gelände, sogar die Senke in der Nähe des Labors.»

«Und uns sieht tagsüber niemand, weil der weiße Bus sich kaum vom Schnee abhebt. Augenblick, da unten fährt doch irgendwas!»

Leupin hob das um seinen Hals hängende Nachtglas an die Augen und beobachtete damit die Auffahrt vom Pförtnerhäus-

chen zum Hauptgebäude. Ein schwarzer Mercedes befand sich
auf der Fahrt von der Klinik zum Tor. Leupin ließ sein Fernglas
sinken und wandte sich erneut an Fischer.

«Komisch, ich möchte wetten, daß das Granges Wagen ist.
Dabei ist der Professor heute abend angeblich nicht hier...»

Beck hatte sich dagegen ausgesprochen, daß das Kamerateam
seinen Beobachtungsplatz schon vor Mitternacht bezog. Er
wollte unter allen Umständen verhindern, daß der Bus dabei
beobachtet wurde. Darüber hinaus, so hatte er festgestellt, werde dort in dieser Nacht ohnehin nichts passieren, weil Grange
auf dem Empfang im Bellevue Palace sei und danach in seine
Villa in der Elfenau fahren werde.

35

19. Februar. Der Anruf kam am späten Vormittag, als Newman
und Nancy eben aufgestanden waren. Sie hatten ungewöhnlich
lange geschlafen, und während Nancy die Vorhänge aufzog,
griff Newman nach seiner Armbanduhr auf dem Nachttisch.
11.45 Uhr. Er warf die Bettdecke zurück und setzte sich auf.

«Bob! Sieh dir das bloß an...»

Er blinzelte ins ungewohnt helle Licht. Draußen herrschte
strahlender Sonnenschein. Nachdem er in seinen Bademantel
geschlüpft war, trat er gähnend neben Nancy ans Fenster. Kein
Nebel. Kaum Verkehr auf den sonntäglichen Straßen. Nancy
faßte ihn am Arm und deutete nach links.

«Ist die Aussicht nicht herrlich? Und das alles hätten wir
vielleicht nie gesehen, wenn das Wetter sich nicht gebessert
hätte.»

Scheinbar zum Greifen nahe ragten die Berner Alpen vor ihnen auf: ein mächtiger Wall aus schneebedeckten Bergriesen vor strahlend blauem Himmel. Newman schlang Nancy einen Arm um die Taille und drückte sie an sich. Die lange Nachtruhe und diese traumschöne Aussicht hatten offenbar entspannend auf sie gewirkt.

«Der große Brocken dort drüben ist die Jungfrau, glaube ich», sagte er. «Die richtige Form hat er jedenfalls...»

«Ist die Aussicht nicht wundervoll? Was hältst du davon, wenn wir hier frühstücken?»

«Um diese Zeit gibt's unten sowieso längst kein Frühstück mehr!»

In diesem Augenblick läutete das Telefon. Nancy tänzelte durchs Zimmer, nahm den Hörer ab und flötete ihren Namen.

Als ihr Gesichtsausdruck und ihr Tonfall sich schlagartig änderten, wußte Newman sofort, daß irgend etwas Schlimmes passiert sein mußte. Nancy stand hochaufgerichtet am Telefon, war kreidebleich geworden und sprach mit harter, aggressiver Stimme auf ihren unsichtbaren Gesprächspartner ein.

«Nein, das dürfen Sie nicht! Ich verbiete es Ihnen! Sie... Sie Schweinehund!... Ich nenne Sie einen Schweinehund, solange ich will – denn Sie sind einer!... Davon glaube ich Ihnen kein Wort... Ich schlage einen Riesenkrach, darauf können Sie Gift nehmen! Unterbrechen Sie mich nicht! Verdammter Mörder!» Ihre Stimme klang plötzlich eisig gelassen. «Dafür werden Sie bezahlen – das verspreche ich Ihnen!»

Im nächsten Augenblick hatte Nancy den Hörer auf die Gabel geknallt. Sie drehte sich nach Newman um, der sie fragend und besorgt ansah. Ihr Gesicht war zu einer Maske erstarrt. Sie ging langsam zwischen Tür und Fenster auf und ab, wobei sie wie ein kleines Mädchen am Daumennagel knabberte.

«Erzähl mir, was passiert ist», forderte er sie ruhig auf.

Nancy verschwand im Bad und schloß die Tür hinter sich. Newman zog sich rasch an und war eben dabei, seine Schuhbänder zu binden, als die Amerikanerin aus dem Bad kam, in dem er Wasser laufen gehört hatte. Sie hatte sich gewaschen und Make-up aufgelegt. Jetzt bewegte sie sich wie eine Schlafwandlerin.

«Was ist passiert?» fragte Newman energisch. «Setz dich hin und pack endlich aus!»

«Sie haben Jesse umgebracht...» Nancy sprach ungewohnt monoton. «Kobler hat angerufen. Er hat behauptet, Jesse habe einen Herzanfall erlitten und sei sofort tot gewesen. Er ist bereits feuerbestattet worden...»

«Das dürfen sie nicht einfach! Wer hat den Leichenschein unterschrieben! Hat Kobler davon gesprochen?»

«Ja, er hat gesagt, Grange habe den Leichenschein unterschrieben. Angeblich haben sie ein von Jesse unterzeichnetes Schriftstück, in dem er nach seinem Tode eine Feuerbestattung verfügt.»

«Damit kommen sie nicht durch! Das geht alles viel zu schnell. Mein Gott, heute ist doch Sonntag!»

«Auch dafür haben sie vorgesorgt. Kobler hat mir erklärt, Grange habe festgestellt, daß Jesse an Cholera erkrankt gewesen sei. Das könnte eine sofortige Feuerbestattung rechtfertigen. Ich glaube jedenfalls, daß das eine mögliche Begründung wäre. Ich kenne die Schweizer Bestimmungen allerdings nicht...»

Nancy sprach mit mechanischer Stimme, die Newman an ein langsam laufendes Tonbandgerät erinnerte. Sie saß still da und hatte die Hände im Schoß gefaltet, aber als sie jetzt zu Newman aufsah, erschrak der Engländer fast über ihren eisigen Blick.

«Was hältst du davon, wenn ich jetzt Kaffee bestelle?» erkundigte er sich.

«Das wäre nett. Nur Kaffee, sonst nichts. Aber du läßt dir ein paar Sandwiches bringen, ja? Du bist sicher hungrig...»

Sie wartete, bis er seine Bestellung beim Zimmerservice aufgegeben hatte, bevor sie ihm eine Frage stellte. «Bob, kannst du mir sagen, ob Signer tatsächlich mit diesem Unternehmen Terminal zu tun hat, von dem Dr. Nagel gestern abend gesprochen hat?»

381

«Ja, davon bin ich inzwischen überzeugt. Bis der Kaffee gebracht wird, möchte ich dir etwas zeigen.» Er nahm dankbar die Gelegenheit wahr, Nancy auf andere Gedanken zu bringen – sie irgendwie abzulenken. Als er ihr den Bericht zeigte, den Blanche ihm gegeben hatte, wollte sie wissen, ob das das Schriftstück sei, das er gestern abend noch studiert habe, als sie eingeschlafen sei. Newman nickte zustimmend und zeigte ihr drei Seiten, die er angemerkt hatte.

«Seine Unterschrift auf diesen Belegen für Millionenbeträge ist deutlich genug. Viktor Signer. Er leitet die Zürcher Kreditbank und ist das prominenteste Mitglied des Goldklubs, der hinter Grange steht. Ich schlage vor», fuhr Newman fort, «daß wir nach dem Frühstück Beck in seiner Dienststelle aufsuchen – falls er im Büro ist, aber davon bin ich überzeugt. Er wohnt beinahe dort...»

Nancy reagierte nicht auf seinen Vorschlag. «Grange, Signer und Kobler sind also die treibenden Kräfte des Unternehmens Terminal?»

«So sieht's allmählich aus», bestätigte der Engländer. Er runzelte die Stirn. «Hast du gehört, daß ich von Beck gesprochen habe? Bist du damit einverstanden, daß wir anschließend zu ihm gehen?»

«Ja, das wäre vermutlich am besten...»

Beck, der, frisch rasiert und nach Toilettenwasser duftend, hinter seinem Schreibtisch saß, hörte interessiert zu, als Nancy ihr Telefongespräch mit Kobler wiedergab. Zwischendurch sah er mehrmals zu Newman hinüber und deutete durch leichtes Stirnrunzeln an, daß ihm ihre ruhige, völlig gelassene Sprechweise Sorgen machte. Als sie mit ihrem Bericht fertig war, bat er Gisela durch die Gegensprechanlage zu sich und erwartete sie an der Tür, als sie hereinkam.

«Du bleibst bei Frau Dr. Kennedy, bis wir zurückkommen», flüsterte er Gisela zu. «Laß sie auf keinen Fall aus den Augen – nicht einmal für ein paar Sekunden. Ich glaube, daß sie einen schweren Schock erlitten hat.» Beck sprach lauter weiter. «Kommen Sie bitte mit, Bob? Ich möchte Sie mit jemand bekannt machen.»

Draußen im Korridor schloß er die Tür hinter sich und verschränkte die Arme. Er schob die Unterlippe vor, als wisse er nicht recht, wie er sich ausdrücken sollte.

«Seit Ihrer Ankunft habe ich Ihnen angemerkt, daß es Ihnen schwergefallen ist, irgend jemand zu trauen – vermutlich aus guten Gründen. Ich weiß, daß das auch für mich gilt. Wir gehen jetzt in die Funkzentrale. Sie kennen Leupin; Sie müßten seine Stimme wiedererkennen. Etwa seit Mitternacht hat eines unserer Kamerateams mit seinem Wagen am Waldrand über der Klinik Bern Stellung bezogen, um sie zu beobachten. Von der Funkzentrale aus können Sie Leupin fragen, was Sie wollen – unter Beachtung der Sicherheitsbestimmungen, versteht sich –, auch nach seiner gegenwärtigen Position. Ich will damit erreichen, daß Sie wieder Vertrauen zu mir haben, denn ich brauche auch Ihre Hilfe...»

Sie hielten sich nur wenige Minuten in der Funkzentrale auf. Newman erkannte Leupins Stimme sofort wieder. Der Kriminalbeamte bestätigte, daß sie sich «am Waldrand» befanden, und fügte hinzu, daß sie beobachtet hatten, wie «der bekannte Wagen einer berühmten Persönlichkeit gegen Mitternacht das fragliche Gelände verlassen hat...»

Newman überlegte sich, daß das bedauerlicherweise mit der Behauptung übereinstimmte, Grange habe bei Jesse Kennedy Cholera diagnostiziert, habe den Leichenschein unterschrieben und sei zu diesem Zweck in der Klinik gewesen, nachdem er den Empfang im Bellevue Palace verlassen hatte. Der Engländer fragte Beck, ob es möglich sei, sich irgendwo ungestört zu unterhalten. Daraufhin führte Beck ihn in einen Vernehmungsraum und schloß die Tür hinter ihnen.

«Diese Kassette», sagte Newman und legte die bespielte Minikassette auf den Tisch, «enthält die Aufzeichnung eines Gesprächs mit Manfred Seidler, der darin zugegeben hat, sowjetische Gasmasken für Professor Grange beschafft zu haben. Nancy kann durch eidesstattliche Erklärung bestätigen, daß sie dieses Gespräch mitgehört hat – aber nicht gerade heute, wenn's Ihnen recht ist. Und das hier ist ein Film mit mehreren Aufnahmen der Gasmaske, die Seidler Ihnen übergeben hat.»

«Dafür bin ich Ihnen sehr dankbar», antwortete Beck.

«Und das hier ist eine Patrone aus einem Gewehr, mit dem auf einen Mitarbeiter Granges geschossen worden ist. Ich spreche von Willy Schaub, dem Hausmeister. Sie finden ihn unter dieser Adresse. Ich habe ihm verboten, die Wohnungstür zu öffnen, aber wenn Sie Ihren Dienstausweis vor den Spion halten, macht er Ihnen bestimmt auf. Er kann Ihnen viel erzählen. Bringen Sie Schaub an einen sicheren, an einen sehr sicheren Ort. Kümmern Sie sich nicht weiter um den Namen B. Signer, der auf dem Schild neben dem Klingelknopf steht. Das ist Viktor Signers Tochter, und ich möchte nicht, daß sie irgendwie belästigt wird. Signer hat kaum noch Verbindung zu ihr. Kann ich mich in dieser Beziehung auf Sie verlassen, Arthur?»

«Selbstverständlich!»

«Können Sie Grange jetzt verhaften?» erkundigte der Engländer sich.

«Nein, noch nicht. Dieser Unsinn mit der Cholera war ein sehr geschickter Schachzug. Die Klinik dürfte inzwischen unter Quarantäne stehen...»

«Wir haben ihn also noch immer nicht?»

«Noch nicht», bestätigte Beck. «Er ist sehr mächtig und einflußreich.»

Es war kurz vor 18 Uhr. Draußen wurde es bereits dunkel. Blanche saß in der Snackbar im Bellevue Palace an einem Fensterplatz und ließ sich ein kleines Abendessen schmecken, das sie gleich nach dem Servieren bezahlt hatte. Zuvor hatte sie Newmans auf der Straße geparkten Citroën von ihrem Hotelzimmer aus im Auge behalten. Jetzt beobachtete sie ihn vom Tisch aus. Ihr Motorrad stand in der nächsten Seitenstraße, und Blanche war entsprechend gekleidet. Sie trug Stiefel, Lederjeans und einen dicken Pullover; ihre Lederjacke hing über der Stuhllehne hinter ihr.

Bevor sie zum Nachtisch überging, sah sie sich in dem fast leeren Raum um und öffnete dann ihre Handtasche. Die Eierhandgranate, die sie aus ihrer Wohnung mitgenommen hatte, beulte das Seitenfach aus. Blanche erinnerte sich noch gut daran, auf welch seltsame Art und Weise sie zu dieser Handgranate gekommen war – vor einigen Jahren, als ihr Stiefvater noch versucht hatte, sie nach seinen Vorstellungen zu formen.

Er hatte sie auf einen Handgranatenwurfstand mitgenommen, was ihm vermutlich nur wegen seines hohen Dienstgrads möglich gewesen war. Nachdem er selbst mehrere Handgranaten geworfen hatte, war Blanche an der Reihe gewesen, während Signer sie scharf beobachtet hatte, um zu sehen, ob sie Nerven zeigte. Als er einmal nach vorn geblickt hatte, um einen Wurf zu verfolgen, hatte sie blitzschnell diese Handgranate eingesteckt. Mit ihrer Hilfe war Blanche einmal bereits einer Vergewaltigung in einer dunklen Gasse entgangen, indem sie die Eierhandgranate vorgewiesen und gedroht hatte, sich mitsamt dem Angreifer in die Luft zu sprengen.

Jetzt zog sie den Reißverschluß ihrer Handtasche wieder zu, warf einen Blick auf den noch immer parkenden Citroën und aß weiter. Sie war davon überzeugt, daß Newman noch an diesem Abend irgend etwas Leichtsinniges tun würde. Und um die Klinik Bern zu erreichen, mußte er mit diesem Leihwagen fahren.

36

Die Nacht war kalt, dunkel und sternenklar, als Newman seinen Citroën dicht neben dem Maschendrahtzaun abstellte, der das Klinikgelände umgab. Er stellte den Motor ab und stieg aus, wobei der Schnee unter seinen Schuhen knirschte. Dieses Zaunstück war weit von Tor und Pförtnerhaus entfernt.

Der Engländer kletterte auf die Motorhaube und gelangte von dort aus aufs Wagendach, das nur 20 Zentimeter tiefer als die oberste Stacheldrahtreihe lag. Newman ging in die Hocke, schnellte hoch und sprang über den Zaun. Er landete wie ein Fallschirmspringer mit einer Rolle und verspürte danach lediglich einen leichten Schmerz in der Schulter. Er marschierte querfeldein über den hartgefrorenen Schnee auf die Klinik zu und horchte unterwegs angestrengt, ob irgendwo die Dobermänner zu hören waren, obwohl Novak ihm versichert hatte, sie seien in letzter Zeit eingesperrt.

Newman war wegen des eisigen Nordwinds völlig durchfroren, als er den Klinikeingang erreichte, ohne einen Menschen gesehen zu haben. Er ging zielstrebig die wenigen Stufen hinauf, öffnete die erste Tür, überquerte die menschenleere Veranda, stieß die innere Tür auf und stand plötzlich vor zwei Menschen, die sich verblüfft nach ihm umdrehten.

Astrid saß hinter der Empfangstheke. Novak, der diesmal keinen Kittel über seinem Anzug trug, blätterte in einem auf der Theke liegenden Ordner. Astrid stand sichtlich überrascht auf; dann erholte sie sich und wollte nach dem Telefonhörer greifen. Aber Newman war schneller: Seine Faust traf ihr fleischiges Kinn. Sie torkelte rückwärts, knallte mit dem Hinterkopf gegen die Wand und sackte zusammen.

«Um Himmels willen! Dabei hätte sie sich das Genick brechen können . . .»

«Unkraut vergeht nicht. Los, los, wir haben's eilig, Novak! Öffnen Sie die Tür zum Gang. Beeilen Sie sich doch! Ist das dort draußen Ihr Wagen?»

«Ja, ich . . .»

«Sobald Sie mir die Tür geöffnet haben, setzen Sie sich in Ihre Kiste und spielen Indianapolis, verstanden?»

Novak zog seine Plastikkarte aus der Brusttasche seiner Jacke und steckte sie in den Schlitz. Die Tür ging auf. Newman riß dem Amerikaner die Karte aus der Hand und betrat den menschenleeren Gang. Hinter ihm schloß die Tür sich surrend. Newman trug diesmal Jeans, eine Daunenjacke und feste Wanderschuhe mit Profilsohlen.

Das einzige Geräusch in dem ansonsten unheimlich stillen Korridor war das gedämpfte Summen der Klimaanlage. Der Engländer ging rasch weiter und hatte bereits den abfallenden Teil des Korridors erreicht. Er blieb an der Stelle stehen, wo der Gang bei zunehmendem Gefälle abknickte, und sah vorsichtig um die Ecke. Der von Leuchtröhrenketten erhellte Rest des Korridors endete an der elektrisch betätigten Stahltür, die jetzt geschlossen war.

Während Newman auf sie zuging, zog er die sechs Schlüsselkarten, die Willy Schaub ihm widerstrebend gegeben hatte, aus der Jackentasche. Die ersten drei Karten funktionierten nicht. Erst als er die vierte Karte in den Schlitz steckte, setzte die massive Stahltür sich surrend nach oben in Bewegung. Newman ging rasch hindurch und hörte, daß sie sich hinter ihm schloß.

Dieser Korridorabschnitt sah anders aus: In die grünen Wände waren in regelmäßigen Abständen hohe Fenster eingelassen. Newman blieb vor einem stehen, um hinauszublicken, und hatte den Eindruck, daß man zwar von drinnen nach draußen sehen, daß aber niemand vom Klinikgelände aus in den Korridor blicken konnte.

Newman glaubte zu wissen, daß er sich bereits ganz in der Nähe des Labors befand – es lag vermutlich hinter der geschlossenen Tür am Ende des Korridors. Er sah auch neben dieser Tür wieder einen Schlitz für Computerkarten. Gleich die erste Karte, für die er sich aufs Geratewohl entschied, öffnete die nach oben gleitende Tür. Dahinter lag ein schwach beleuchteter großer Raum voller Tierkäfige. Die Schimpansen drehten sich um und starrten den Eindringling schweigend an.

Aber die Tiere in den Käfigen waren nicht die einzigen Lebewesen in diesem Raum. An der Rückwand stand Professor Armand Grange hinter einer niedrigen Käfigreihe. Zwei Gestalten in gespenstisch wirkenden Gasmasken traten vor und packten Newman an den Armen, während sich hinter ihm die Tür schloß. Ein vierter Mann stand in Granges Nähe: Bruno Kobler. Der Engländer trat mit aller Kraft gegen das Schienbein des Mannes, der seinen linken Arm festhielt. Er stöhnte vor Schmerz, ohne jedoch seinen Griff zu lockern. Kobler kam gemächlich auf Newman zu, der von den beiden Gasmaskenträgern festgehalten wurde, und tastete ihn mit geübten Handbewegungen nach Waffen ab.

«Er ist unbewaffnet», meldete er.

«Wozu sollte er auch eine Waffe tragen, Bruno?» fragte Grange, während er lautlos näherkam. In dem schwachen Licht war hinter seinen getönten Brillengläsern nichts mehr zu erkennen, so daß er augenlos wirkte. «Er ist von Beruf Journalist», fuhr Grange fort. «Er geht von der Annahme aus, daß die Feder – die Schreibmaschine – mächtiger als das Schwert ist. Aber vielleicht wird diese alte Behauptung heute wieder einmal widerlegt...»

«Verdammt noch mal, woher haben Sie gewußt, daß ich kommen würde?» erkundigte Newman sich. Er schien wütend auf sich selbst zu sein, und sein Gesichtsausdruck verriet Angst.

«Unsere Alarmanlage hat Sie natürlich frühzeitig gemeldet! Außerdem werden die Korridore durch Fernsehkameras überwacht. Wir verstehen uns hier auf Sicherheitsmaßnahmen aller Art, Mr. Newman...»

«Und darauf, wie man Leute vergast, um die sowjetischen Gasmasken zu erproben!»

«Ein gutunterrichteter Journalist, Bruno», meinte Grange spöttisch.

«Aber bei diesen Versuchen geht's nicht um die Gasmasken – sondern um das *Gas*, das Sie in Horgen herstellen. Sie haben einen Fehler gemacht, als Sie mir erklärt haben, daß Sie Ihre Gasbehälter in Horgen selbst herstellen. Das bedeutet, daß es dort die technischen Möglichkeiten gibt, auch die hier erprobten Gasgranaten zu produzieren. Zur Rundumverteidigung der Schweiz, nicht wahr, Professor?»

«Großer Gott, er ist wirklich *zu gut* informiert, Bruno!»

«Sie haben ein neuartiges Gas entwickelt, stimmt's?» fuhr Newman unbeirrt fort. «Ein Kampfgas, das selbst die modernsten sowjetischen Masken durchdringt. Daher die neue Strategie der Rundumverteidigung. Sollte die Rote Armee in Westeuropa einmarschieren, wollen Sie die ganze Schweiz mit solchen Wällen aus Gas umgeben, die kein Gegner lebend überwinden kann. Aber Sie mußten sich vergewissern, daß die neuesten sowjetischen Gasmasken tatsächlich keinen Schutz dagegen bieten – deshalb haben Sie Versuche mit Patienten angestellt...»

«Aber diese Patienten waren ohnehin Terminalfälle, Mr. Newman.»

«Und das ist die Erklärung für das Unternehmen *Terminal*, das so vielen Leuten Rätsel aufgegeben hat, weil es mehrere Bedeutungen hat. Worum handelt es sich bei Ihrem Gas, Grange? Um eine Weiterentwicklung des Kampfstoffs Tabun, den Sie aus Deutschland mitgebracht haben, als Sie gegen Kriegsende als Angehöriger eines Spezialteams dort gewesen sind?»

«Schlimmer und immer schlimmer, Bruno. So *ausgezeichnet* informiert! Mr. Newman, die Versuchspersonen – meine Patienten – befinden sich ohnehin im Endstadium – was hätten sie also noch zu verlieren? Wir müssen daran denken, Millionen von Bürgern zu verteidigen. Das Ganze ist eine Frage von Zahlen, Mr. Newman. Was das Gas betrifft, haben wir gegenüber Tabun beachtliche Fortschritte gemacht. Wir verfügen jetzt über den modernsten Zyanwasserstoff der Welt und haben ein Verfahren entwickelt, das ihn weniger flüchtig macht. Auf diese Weise können wir Gassperren errichten, wo und wann wir wollen – zum Beispiel unmittelbar vor einer heranmarschierenden Panzerdivision. Die Soldaten sind dann innerhalb von dreißig Sekunden tot, aber das Gas, Mr. Newman, vermischt sich sehr rasch mit Luft, verliert rasch seine Giftigkeit...»

«Bilden Sie sich etwa ein, die hier verübten Morde blieben ungesühnt?»

«Wir haben gesiegt!» Granges Stimme überschlug sich beinahe vor Begeisterung. Newman erkannte endlich, daß er einen Größenwahnsinnigen vor sich hatte – daß Grange tatsächlich verrückt war. Der Professor fuhr triumphierend fort: «Signer hat für Mittwochabend eine Sitzung des Generalstabs einberufen. Auf dieser Sitzung wird die neue Verteidigungspolitik beschlossen, das garantiere ich Ihnen! Wir haben genügend Offiziere, die ihre Heimat um jeden Preis verteidigen wollen, auf unsere Seite gebracht.»

«Und Nagels Bankierskonferenz?»

«Die ist erst für Donnerstagmorgen angesetzt. Aber sie wird dann aus Sicherheitsgründen abgesagt. Und da Sie schon alles zu wissen scheinen, Mr. Newman, werden wir Sie davon überzeugen, daß ich die Wahrheit gesagt habe. Sie sollen unsere letzte Versuchsperson sein – eine kräftigere Versuchsperson als Ihre Vorgänger und Vorgängerinnen. Bruno! Weitermachen!»

«Sie haben also nicht den Mut, mich einen Blick in den Atombunker werfen zu lassen?»

«Natürlich dürfen Sie sich darin umsehen! Bringt ihn hinein...»

Grange, dessen massiger Körper im Halbdunkel noch riesiger wirkte, ging voran. Nach Newmans Schätzung war die halboffene Tür des Atombunkers mindestens 15 Zentimeter stark und schien aus mehreren Lagen Panzerstahl zu bestehen. Vor ihnen kam ein Mann mit aufgesetzter Gasmaske aus dem Atombunker.

Er trug in beiden Händen je einen kleinen, blauen Zylinder – Werfergranaten mit Aufschlagzünder und Stabilisierungsflächen. Beide Zylinder waren mit der Warnung *Vorsicht! Giftgas!* beschriftet.

In dem riesigen, fensterlosen Bunkerraum waren ganze Berge dieser blauen Zylinder aufgestapelt. Der Mann, der eben herausgekommen war, trug eine Uniform, die Newman auf den ersten Blick für eine Schweizer Armeeuniform hielt. Aber dann wurde ihm klar, daß sie einer Armeeuniform nur sehr ähnlich war, ohne eine zu sein. Die Wachen, die das Klinikgelände sicherten, trugen absichtlich eine Uniform, die der Schweizer Armeeuniform glich. Aber die Schweizer Armee hatte die Klinik Bern *nicht* unter ihren Schutz gestellt. Grange war diabolisch und hinterlistig gewesen – er hatte den Anschein erweckt, als stehe er unter dem Schutz des Militärs.

«Was ist mit den Filtern auf den Kaminen?» fragte der Engländer Grange, während er sich in dem riesigen Gaslager umsah. «Wozu brauchen Sie die?»

«Er weiß einfach alles, Bruno. Die Filter, Mr. Newman, hat mein Chefchemiker in Horgen für den Fall entwickelt, daß es hier durch einen Unfall zu einem Austreten von Kampfstoff kommt. Schließlich wollen wir nicht Gefahr laufen, eines Tages ein Dutzend Patienten, die einen kleinen Spaziergang machen, auf einen Schlag zu liquidieren. Diese Filter würden das Gas entgiften. Auf der Grundlage der dafür angewendeten Technologie werden wir eine Maske entwickeln, die unserer Bevölkerung im Einsatz Schutz gewährt. Aber die Entwicklung des neuartigen Kampfstoffs hat Vorrang. Jetzt ist's soweit, Bruno: Mr. Newman muß uns verlassen...»

Bruno Kobler überwachte die Vorbereitungen. Die beiden Männer hielten Newman an den Armen fest, während Kobler ihm die Gasmaske aufsetzte und die Haltebänder straffzog. Der Engländer versuchte, sich dagegen zu wehren, aber die anderen waren stärker. Durch die Plexiglasscheiben der Maske sah er, daß Professor Grange ihn ausdruckslos anstarrte. Für ihn war das Ganze lediglich ein weiterer wissenschaftlicher Versuch.

Kobler ging voran. Er verließ den Atombunker, durchquerte das Labor und trat durch den von einem der Gasmaskenträger geöffneten Ausgang ins Freie. Newman, der hinter ihm her aus dem Labor gestoßen wurde, spürte die eiskalte Luft an seinen Händen. Die Haltebänder der Gasmaske saßen unangenehm stramm und rieben ihm die Haut auf. Kobler blieb stehen, drehte sich nach Newman um und gab ihm letzte Anweisungen.

«Sie laufen *bergab*, verstanden? Das ist Ihre einzige Chance, hier zu überleben. Sie sind kräftig und gesund – vielleicht schaffen Sie's sogar, die Straße zu erreichen. Allerdings glaubt Ihnen draußen kein Mensch, was Sie hier gesehen haben. Augenblick, ich zeige Ihnen gleich, wohin Sie laufen sollen ...»

Die beiden Männer hielten Newmans Arme eisern umklammert, während Kobler sich seinen Wintermantel anzog. Dann führten sie ihn in die Nacht hinaus. Der Engländer sah sich rasch um, weil er feststellen wollte, wo die anderen Männer stationiert waren. Er sah den Hügel über dem zur Straße hinunterführenden Abhang: den Hügel, auf dem der Granatwerfer mit einem ganzen Stapel von Werfergranaten schußbereit in Stellung gebracht worden war. Vier oder fünf Männer, von denen einer bereits eine Granate über die Rohrmündung hielt, um sie auf Befehl hineinfallen lassen zu können, drängten sich hinter dem Granatwerfer zusammen. Hinter dieser Gruppe stieg das Gelände in Richtung Waldrand steil an.

Hannah Stuart und Holly Laird waren umgekommen, während sie *hangabwärts* zur Straße gelaufen waren, die sie schon früher von der Veranda aus gesehen haben mußten. Mrs. Laird hatte die Straße sogar erreicht, war dann aber zusammengebrochen und gestorben.

Kobler zeigte hangabwärts. Auf dem nur wenige Dutzend Meter entfernten kleinen Hügel beobachteten die Uniformierten, deren Gesichter durch Gasmasken verdeckt waren, den Engländer. Sie beobachteten ihr Ziel. Die beiden Männer ließen Newman los. Kobler deutete ungeduldig in die Richtung, in die er laufen sollte. Newman rieb sich die steifen Arme, nickte mehrmals, um zu zeigen, daß er verstanden hatte, und ging langsam bis zu der Stelle, wo der Hang abzufallen begann. Kobler, der keine Maske trug, zog sich ins Labor zurück.

Newman schüttelte seine Beine, um die Muskeln zu entspannen, bückte sich, um seinen linken Knöchel zu reiben, und richtete sich dann ruckartig auf. In der rechten Hand hielt er die Pistole, die Beck ihm gegeben hatte und die mit Heftpflaster unter seinem linken Strumpf am Bein befestigt gewesen war. Er zielte damit auf die Granatwerferbedienung und schoß über die Köpfe der Männer hinweg.

Die Uniformierten stoben auseinander, als Newman ihren Hügel erstürmte, den Granatwerfer mit einem Tritt umwarf und *bergauf* weiterlief. Der kleine Windsack zeigte ihm, daß der Wind ihm entgegenwehte. Er wußte, daß die Männer es nicht riskieren würden, den Granatwerfer einzusetzen, selbst wenn es ihnen gelang, ihn rasch wieder in Stellung zu bringen. Der Wind würde die Gasschwaden zurücktreiben, was trotz ihrer Masken gefährlich sein konnte. Deshalb waren sie darauf angewiesen, ihn den steilen Hang hinauf zu Fuß zu verfolgen. Newman bezweifelte, daß sie es riskieren würden, hinter ihm herzuschießen. Aber er war durch die verdammte Maske behindert, die seine Atmung behinderte. Er durfte nicht stehenbleiben, um sie sich vom Kopf zu reißen – dann hätten die Verfolger ihn eingeholt. Großer Gott, der Hang war so steil, der Waldrand schien unendlich weit entfernt zu sein...

Blanche stand auf dem Hügel oberhalb der Klinik, von dem aus sie bei ihrem ersten Besuch das Klinikgebäude und die Gebäude photographiert hatte. Sie war mit ihrem Motorrad hinter Newmans Citroën hergefahren. Durch ihr Nachtglas hatte sie aus der Ferne beobachtet, wie er über den Zaun gesprungen war. Danach war sie zu diesem Beobachtungspunkt weitergefahren, um verfolgen zu können, was auf dem Klinikgelände vorging.

Jetzt hielt sie die Okulare des Nachtglases an die Augen und verfolgte erschrocken, wie Newman irgend etwas mit einem Tritt umwarf, nachdem er die Uniformierten mit einem Schuß in die Flucht getrieben hatte. Blanche wußte, daß die rennende Gestalt Newman war – sie kannte seine Bewegungen inzwischen gut genug, um sich ihrer Sache ganz sicher zu sein.

Die Uniformierten, die mit ihren Gasmasken wie Gestalten aus einem Horrorfilm wirkten, rannten hinter Newman her, kamen ihm allmählich näher und schlossen in dem Graben, über dem Blanche stand, bis auf 30 Meter zu ihm auf. Sie preßte die Lippen zusammen, während sie sich nach dem Sturzhelm bückte, der vor ihren Stiefeln lag. Der Wind blies ihr die Haare ins Gesicht und nahm ihr zeitweilig die Sicht. Blanche setzte sich den Helm auf. Dann griff sie in ihre Jackentasche und holte etwas Eiförmiges in der Größe eines Tennisballs heraus: die Handgranate.

Blanche streifte ihren rechten Handschuh ab. Im Mädchenpensionat in Gstaad war sie die beste Tennisspielerin der Schule mit einem von allen Gegnerinnen gefürchteten Aufschlag gewesen. Sie zögerte noch und schätzte den Abstand zwischen Newman und seinen Verfolgern ab; der Engländer war etwas langsamer geworden, aber die Uniformierten kamen ihm trotzdem kaum näher. Newman erreichte die Stelle, wo der Graben nach rechts abknickte. Blanche zog den Sicherungsstift aus der Handgranate, hielt sie hinter dem Rücken und zählte bis drei. Im Grunde genommen war es eine Ironie des Schicksals, daß Viktor Signer ihr Gelegenheit verschafft hatte, diese Handgranate an sich zu bringen.

Ihre Hand beschrieb einen weiten, kraftvollen Bogen. Blanche warf die Eierhandgranate und hielt den Atem an. Sie landete nur zwei, drei Meter vor den bergauf hastenden Uniformierten, rollte ihnen entgegen und detonierte. Der vorderste Mann riß beide Armen hoch und brach mit einem Aufschrei zusammen. Auch die Männer hinter ihm konnten sich nicht auf den Beinen halten; einige von ihnen krochen noch ein Stück auf allen vieren weiter, bevor sie ebenfalls zusammensanken.

Newman hörte die Detonation. Sie gab ihm die Kraft für einen Endspurt den Graben hinauf, denn er glaubte, seine Verfolger setzten Handgranaten gegen ihn ein. Als das Gelände vor ihm wieder eben wurde, hatte er den Maschenzaun – und die dahinter parallel zum Waldrand verlaufende Straße – dicht vor sich. Rechts von sich entdeckte Newman ein Tor. Als er es erreichte, sah er, daß es mit einem Vorhängeschloß gesichert war. Er riß die Pistole aus der Jackentasche, schoß es auf, zwängte sich durch das nur einen Spalt weit zu öffnende Tor und torkelte die Straße entlang. Er trug noch immer die Gasmaske, als Leupin ihm entgegengelaufen kam.

37

Montag, 20. Februar. In Bern hatte es nachts zu schneien begonnen. Newman, der die halbe Nacht bei Beck in der Taubenhalde verbracht hatte, stand gähnend auf, nahm seine Armbanduhr vom Nachttisch und ging ans Fenster, um die Vorhänge aufzuziehen. 7.40 Uhr. Er drehte sich nach Nancy um, die mit offenen Augen auf dem Rücken lag.

«Komm her und sieh dir das an!» forderte Newman sie auf. Sie stand wortlos auf und trat ans Fenster, wobei sie in ihren Morgenrock schlüpfte. Zum erstenmal seit ihrer Ankunft präsentierte Bern sich ihnen ganz in Weiß. Dick verschneite Dächer jenseits der Aare. Autoscheinwerfer, die langsam die Aarstraße entlangkrochen. Eine beleuchtete Straßenbahn, die über die Kirchenfeldbrücke rollte. Große, feuchte Schneeflocken, die der Wind schräg an ihrem Fenster vorbeitrieb.

«Was wird aus Grange, Signer und Kobler?» wollte Nancy

wissen. «Du bist völlig erledigt und nicht mehr ansprechbar gewesen, als du von Beck zurückgekommen bist. Ich kann mir vorstellen, daß dein Erlebnis in der Klinik Bern dich ziemlich mitgenommen hat. Und ich find's nett von dir, daß du als erstes hierher gekommen bist...»

«Beck hat sich ziemlich vage ausgedrückt. Die Polizei hat einen Film, den ein verstecktes Kamerateam vom Waldrand aus von meiner Flucht gedreht hat. Sie hat die Gasmaske, die ich getragen habe. Sie hat meine Zeugenaussage – aber ich muß in Bern bleiben, bis die Ermittlungen endgültig abgeschlossen sind...»

«Welche Ermittlungen?»

«Die Schweizer waschen ihre schmutzige Wäsche nicht gern in aller Öffentlichkeit. Welches Land tut das schon gern? Außerdem geht es bei dieser Sache auch um die militärische Sicherheit.» Newman machte eine Pause. «Die Polizei hat natürlich auch die Aussage des Hausmeisters Willy Schaub, der tüchtig ausgepackt hat.»

«Aber sie hat Grange noch nicht verhaftet?»

«Sie muß sehr, sehr behutsam vorgehen. Nach Möglichkeit soll nicht durch die Presse gehen, daß der gefährlichste Kampfstoff der Welt in der Schweiz entwickelt und erprobt worden ist.»

«Aber kann Grange nicht das Beweismaterial – die Gasbehälter, die du im Atombunker gesehen hast – beseitigen lassen, wenn er nach wie vor in der Klinik Bern ist?»

«Nein, das ist eigenartigerweise unwahrscheinlich. Er ist arrogant – und wahnsinnig – genug, um sich einzubilden, auch diesmal mit heiler Haut davonzukommen. Grange ist stolz darauf, daß er dieses Giftgas entwickelt und hergestellt hat. Er und seine Mitverschwörer halten sich für Patrioten. Und die Geschichte wird dadurch kompliziert, daß Grange behauptet, Jesse sei vermutlich an Cholera erkrankt. Die Betonung liegt dabei auf dem Wort ‹vermutlich›. Er kann später einfach sagen, er habe sich bedauerlicherweise geirrt – aber bis dahin bleibt die Klinik unter Quarantäne. So ist eine Art Pattsituation entstanden...»

«Jesse hat mich großgezogen.» Nancys Stimme klang plötzlich rauh. «Er ist wie ein Vater zu mir gewesen.» Newman starrte sie forschend an. Sie stand hochaufgerichtet am Fenster und blickte in das Schneetreiben hinaus, als sehe sie dahinter ein nur für sie erkennbares Bild. «Er hätte einen besseren Tod verdient», stellte sie – wieder mit diesem seltsamen und beunruhigenden Tonfall – fest.

«Grange und seine Komplizen werden sicher noch geschnappt», beschwichtigte Newman sie.

«Ja, natürlich! Willst du zuerst ins Bad? Ich bestelle inzwischen unser Frühstück.»

Newman beeilte sich im Bad, machte es für Nancy frei, die sich wortlos an ihm vorbeidrängte und die Tür zuknallte. Er zog sich in dem Bewußtsein an, daß diese Sache noch keineswegs ausgestanden war. Als Nancy aus dem Bad kam, trug sie einen Kaschmirpullover und in niedrigen Lederstiefeln steckende Hosen – wie daheim in Arizona. Beim Frühstück merkte Newman ihr an, daß ihre Stimmung umgeschlagen war. Sie reckte angriffslustig das Kinn vor und sprach rasch und energisch.

«Ich fliege am Mittwoch nach Tucson zurück», verkündete sie in einem Tonfall, der keinen Widerspruch zuließ. «Ich fliege um fünfzehn Uhr mit der Dan-Air nach Gatwick und von dort aus mit American Airlines weiter nach Dallas...»

«Aber ich muß bis zum Abschluß der Ermittlungen hierbleiben...»

«Ich lasse mich nicht gern ausnützen, Bob. Du hast mich für deine Zwecke gebraucht, seitdem wir uns in London kennengelernt hatten. Du hast nach jemand gesucht, der dich in die Klinik Bern einschleusen konnte – und ich bin die Idealbesetzung für diese Rolle gewesen. Daß ich an diesem Abend in Bewick's meinen Geburtstag feiern würde, wußten sämtliche Kollegen im St. Thomas Hospital. Einer von ihnen muß dir den Tip mit meiner Geburtstagsparty gegeben haben, so daß du ‹zufällig› am Nebentisch aufkreuzen konntest. Das hast du wirklich prima hingekriegt!

Die ersten Zweifel sind mir dann in Genf gekommen. Du hast dich verwandelt, du bist zum Jäger geworden. Seither hat's alle möglichen eigenartigen Vorfälle gegeben. Telefongespräche, bei denen die Anrufer angeblich die falsche Nummer gewählt hatten. Treffen mit geheimnisvollen Leuten, von denen du nach deiner Rückkehr kein Wort erzählt hast. Ich weiß nicht, für wen du arbeitest, aber ich weiß ganz sicher, daß du mich ausgenützt hast. Das stimmt doch, nicht wahr?»

«Ja, bis zu einem gewissen Grad.»

«Was soll der Unsinn? Wozu die Einschränkung?»

«Weil ich dich später ehrlich liebgewonnen habe...»

«Scheiße!»

«Ganz wie du meinst...»

«Und jetzt läßt du mich bitte hier allein. Ich muß in Tucson anrufen, um Linda zu warnen, daß ich heimkomme.»

«Sie schläft bestimmt schon», wandte Newman ein. «Der Zeitunterschied zu Arizona beträgt acht Stunden.»

«Linda geht nie vor zwei Uhr morgens ins Bett – und in Tucson ist's erst Mitternacht. Am besten gehst du runter und kaufst dir eine Zeitung – oder versuchst, irgendwo ein Mädchen aufzutreiben...»

Lee Foley rief die Klinik Bern von seinem Hotelzimmer aus an und ließ sich mit Dr. Bruno Kobler verbinden. Als Kobler sich meldete, sprach Foley weiterhin deutsch, gab seinen Namen als Lou Schwarz an und behauptete, eine schwerkranke Frau zu haben. Er erkundigte sich nach den Kosten eines Klinikaufenthalts und sprach fünf Minuten lang mit Kobler, bevor er den Hörer auflegte.

Danach fuhr er mit seiner Reisetasche, die wie immer fertig gepackt bereitstand, nach unten und verlangte am Empfang seine Rechnung. Foley zahlte erst nach längerer Diskussion über die Höhe der im Bellevue Palace verlangten Telefongebühr, weil er einmal ein ziemlich langes Ferngespräch geführt hatte. Als er das Hotel verließ, stand Leupin, der bis dahin in der Hotelhalle gesessen und vorgegeben hatte, eine Zeitung zu lesen, von seinem Sessel auf und machte sich auf den Weg zur Taubenhalde, um Beck diese neueste Entwicklung zu melden. Als nächstes fuhr Foley mit dem Porsche zu seinem Freund zurück, von dem er den Wagen gemietet hatte, und erteilte ihm präzise Anweisungen. Der Amerikaner brauchte den Porsche noch eine Zeitlang. Am nächsten Tag um 13 Uhr sollte sein Freund bei der Kantonspolizei in Bern anrufen, um den Diebstahl seines Porsches zu melden.

Weiterhin erteilte er seinem Freund den Auftrag, für ihn einen Volvo bereitzuhalten, der nur nicht rot sein durfte. Foley würde diesen Wagen am nächsten Morgen abholen. Er zahlte einen hohen Betrag in Schweizerfranken und bat, ungestört telefonieren zu dürfen. Sobald er im Büro allein war, rief er einen kleinen Flugplatz südöstlich von Paris an, um weitere Anweisungen zu erteilen. Danach bedankte er sich bei seinem Freund und ging. Foley setzte sich ans Steuer des Porsches, verließ Bern und fuhr auf der Autobahn nach Norden. Er achtete darauf, die zulässige Höchstgeschwindigkeit nicht zu überschreiten. Sein nächstes Ziel war Zürich.

Nachspiel

Dienstag, 21. Februar. Um 13 Uhr saß Viktor Signer in voller Uniform im Fond seines Mercedes, den sein Chauffeur zum Haupteingang der Klinik Bern hinauffuhr. Er wunderte sich über die dringende Aufforderung, in die Klinik zu kommen, und konnte nur vermuten, daß dort irgendeine besonders kritische Situation entstanden war.

Bruno Kobler hatte ihn in seinem Chefbüro in der Zürcher Kreditbank angerufen. Kobler hatte ziemlich nervös und aufgeregt gewirkt. Seiner Darstellung nach hatte sich in der Klinik eine neue Entwicklung ergeben, über die er am Telefon nicht reden wollte. Jedenfalls wünschte Professor Grange ihn dringend zu sprechen.

Der Wagen beschrieb einen Halbkreis, als der Chauffeur vor dem Klinikeingang vorfuhr und bremste. Signer wartete nicht erst darauf, daß sein Fahrer ihm die Tür öffnete. Er war ein ungeduldiger Mensch, der gern auf alles lästige Zeremoniell verzichtete, wenn es ihm nicht gerade dazu diente, irgend jemand zu beeindrucken oder einzuschüchtern.

Er blieb einen Augenblick in der Sonne stehen und zog seine Uniformjacke straff. Die erste Kugel traf ihn mitten in die breite Brust. Er stand für Bruchteile einer Sekunde unbeweglich, während auf seiner tadellosen Uniform ein roter Fleck sichtbar wurde, der sich rasch ausbreitete. Die zweite Kugel traf ihn in die Stirn und ließ seine Schirmmütze davonfliegen. Er sackte zusammen. Die dritte Kugel traf seinen Unterleib.

Armand Grange, der eben mit Astrid sprach, die an der Stelle, wo Newmans Faust ihr Kinn getroffen hatte, ein Pflaster trug, hörte die Schüsse und trat aus dem Haupteingang auf die

Treppe hinaus. Er starrte Signers unbewegliche Gestalt an, als ob er seinen Augen nicht traue.

Die vierte Kugel durchschlug Granges Hals. Während er die Treppe hinunterstolperte, schoß ein Blutstrahl aus seiner Halsschlagader. Die fünfte Kugel durchbohrte den massigen Körper, als Grange am Fuß der Treppe zusammenbrach. Er zuckte noch einmal krampfartig und lag dann ebenfalls still.

Bruno Kobler reagierte überlegter. Nachdem er die Szene vor der Veranda vom Fenster seines Arbeitszimmers aus beobachtet hatte, lief er zu einem Schrank, riß die Tür auf, griff nach seinem Karabiner und hastete damit ins Erdgeschoß hinunter. Die beiden ins Freie führenden Türen standen weit offen. Jetzt zeigte sich, daß Kobler das beim Militär Gelernte nicht vergessen hatte: Er sah sich nach einer Deckung um. Die einzig vorhandene war der geparkte Mercedes, in dem der Chauffeur ängstlich hinter dem Lenkrad zusammengekauert hockte.

Kobler stürmte ins Freie, war mit zwei, drei Sprüngen die Treppe hinunter und warf sich hinter der Limousine in Deckung. Eine Kugel prallte dicht neben seinem rechten Fuß als Querschläger ab, während er hinter dem Mercedes kauerte. Er warf einen kurzen Blick durchs Heckfenster des Wagens und sah eine Bewegung auf der Kuppe vor dem Waldrand. Der Scharfschütze lag dort oben in Stellung.

Kobler hatte eben erst den Kopf eingezogen, als der nächste Schuß das Heckfenster zersplittern ließ. Ein erstklassiger Schütze, ein echter Profi! Er schob sich rechts hinter dem Mercedes hervor und drückte ab. Sein Schuß wirbelte eine kleine Schneewolke auf der Kuppe auf. Die Entfernung stimmte also bereits. Jetzt kam es darauf an, sich in die Lage des anderen zu versetzen. Er würde damit rechnen, daß Kobler beim nächsten Mal *links* neben dem Mercedes auftauchte. Kobler bewegte sich mit schußbereiter Waffe nach *rechts* aus der Deckung, aber bevor er abdrücken konnte, spürte er einen heftigen Schlag gegen die Brust, der ihn von dem Mercedes weg ins Freie torkeln ließ. Die nächste Kugel durchschlug seinen Hals, und die letzte traf erneut seine Brust. Er blieb bewegungslos in einer Blutlache liegen.

«Armand Grange, Bruno Kobler und Viktor Signer sind heute morgen in der Klinik erschossen worden», sagte Newman, während er das Hotelzimmer betrat und die Tür hinter sich schloß. «Die *Berner Zeitung* wird morgen in großer Aufmachung darüber berichten ...»

«Ja, ich weiß», antwortete Nancy. Sie starrte weiter aus dem Fenster, ohne sich nach ihm umzudrehen.

«Davon kannst du nichts wissen! Es hat noch nicht in der Zeitung gestanden. Ich hab's eben erst von Beck gehört. Woher weiß du's also? Du hast im voraus gewußt, was passieren würde – das ist des Rätsels Lösung!»

«Was soll das heißen?» Nancy drehte sich ruckartig nach dem Engländer um und starrte ihn mit finsterer Miene an. Sie war wieder wie daheim in Arizona gekleidet. Newman erinnerte sich daran, daß er einmal bemerkt hatte, sie sei eine würdige Nachfahrin der alten Pioniere.

«Gestern hast du mir vorgeworfen, ich hätte *dich* für meine Zwecke ausgenützt», sagte er und ging langsam auf sie zu. «Du hast allerdings zu erwähnen vergessen, wie du *mich* ausgenützt hast.»

«Wovon redest du überhaupt, verdammt noch mal?»

«Du wolltest Unterstützung auf deiner Reise in die Schweiz – von jemand, der die hiesigen Sprachen spricht und ein paar einflußreiche Leute kennt. Ich war die dafür geeignete Person. Anfangs hast du's bewußt darauf angelegt, mich zu umgarnen und mich mit weiblichem Charme dazu zu bringen, dich zu begleiten ...»

«Ich bin froh, daß du ‹anfangs› gesagt hast», antwortete Nancy leise. «Ja, ich hatte das Bedürfnis nach einem Verbündeten. Aber dann habe ich dich aufrichtig liebgewonnen.»

«Damit könnte ich mich noch abfinden, wenn das alles wäre. Aber es ist nicht alles gewesen.»

«Ich weiß überhaupt nicht, wovon du redest!» behauptete die Amerikanerin mit gespielter Empörung.

«Ich rede von Lee Foley. Du bist unglaublich skrupellos vorgegangen, Nancy. Vielleicht ist das ein Erbe deiner Vorväter, der Pioniere. Möglicherweise hast du richtig gehandelt, aber ich kann's nicht ertragen, *zweifach* reingelegt worden zu sein. An unserem ersten Abend in Genf habe ich Foley außerhalb des Hotelrestaurants erkannt. Dann habe ich ihn im Schnellzug nach Bern wiedergesehen. Zum drittenmal bin ihm eines Abends unten in der Bar begegnet, wo er sich einen seiner seltenen Versprecher geleistet hat. ‹Ich weiß›, hat Foley gesagt, als ich von Mrs. Lairds Tod gesprochen habe – aber Beck hat verhindert, daß es in der Presse gemeldet wurde. Die einzigen, die von Mrs. Lairds Tod aus eigener Anschauung gewußt haben, waren Beck, ich, Lachenal, Dr. Kleist – und *du*. Foley kann seine Information nur von dir bezogen haben...»

«Hirngespinste, nichts als Hirngespinste!»

«Oh, das ist noch längst nicht alles. Foley hat uns ständig beschattet – ausgerechnet in einem roten Porsche! Einen so auffälligen Wagen hätte er sonst nie benutzt, aber du solltest wissen, daß er in der Nähe war. Du solltest das beruhigende Gefühl haben, daß er seinen Auftrag erfüllte.»

«Welchen Auftrag?» erkundigte die Amerikanerin sich.

«In erster Linie hast du ihn engagiert, um notfalls einen kampferprobten zweiten Mann im Hintergrund zu haben. Erinnerst du dich noch an den CIA-Agenten, der vor über einem Jahrzehnt in Tucson mit Jesse zusammengearbeitet hat? Ich glaube, daß sich zeigen wird, daß dieser CIA-Mann Lee Foley gewesen ist. Du bist damals siebzehn oder achtzehn Jahre alt gewesen. Seither kennst du Foley, nicht wahr?»

«Lauter wilde Vermutungen!»

«Wir haben uns ziemlich lange Gedanken über Foley gemacht, ohne zu wissen, ob er noch CIA-Mann oder wirklich ein Privatdetektiv ist. Ich bin jetzt davon überzeugt, daß er tatsächlich als Privatdetektiv arbeitet. Meiner Ansicht nach hast du ihn von Tucson aus in New York angerufen – nachdem wir uns zum Flug in die Schweiz entschlossen hatten – und ihn engagiert. Während unseres Aufenthalts in Heathrow hast du ihn erneut angerufen, stimmt's? Woher hätte er sonst gewußt, daß wir im Hôtel des Bergues wohnen würden? Vor unserer Abreise aus Genf hast du noch schnell ein Parfüm gekauft – und zugleich Foley mitgeteilt, daß wir abreisen würden. Woher hätte er sonst gewußt, daß wir den Schnellzug nach Bern nehmen würden?»

«Du bist noch intelligenter, als ich gedacht hatte...»

«Das ist noch immer nicht alles. Foley hat sich als Leibwächter bewährt. Er hat die beiden Bewaffneten vor dem Bahnhof Le Pont erschossen. Nur ein Meisterschütze wie Foley konnte zwei Männer aus einem fahrenden Wagen heraus treffen.»

«Bist du endlich fertig?» erkundigte Nancy sich irritiert. «Ich hab' allmählich genug von deinen...»

«Nein! Beck und ich haben uns lange überlegt, wer es sich leisten könnte, Foley zu engagieren...»

«Ich hätte ihn mir leisten können?»

«Jede amerikanische Bank hätte dir das dafür benötigte Geld vorgestreckt. Schließlich war allgemein bekannt, daß du von Jesse ein Millionenvermögen erben würdest. Für den abschließenden Auftrag mußt du ihm eine ganz schöne Stange Geld bezahlt haben!»

«Für welchen abschließenden Auftrag?»

«Dafür, daß er Grange, Signer und Kobler erschossen hat. Dabei ist Kobler selbst ein Scharfschütze gewesen, dem nur ein As wie Foley gewachsen war. Beck hat inzwischen eine Großfahndung nach ihm ausgelöst...»

Das Telefon klingelte. Nancy wollte nach dem Hörer greifen, aber Newman kam ihr zuvor. Der Anrufer war Beck, der sich wie vereinbart um 17 Uhr meldete.

«Wir haben seinen Porsche aufgespürt», berichtete Beck. «Im Parkhaus in Zürich-Kloten. Unser Mann hat einen Platz in der Ersten Klasse von Flug SR 808 Zürich–London gebucht. Ich lasse den gesamten Flughafen überwachen. Drücken Sie mir die Daumen!»

«Viel Erfolg!»

Den wirst du allerdings brauchen, dachte Newman, während er den Hörer auflegte. Er berichtete Nancy, wer angerufen hatte, und gab Becks Informationen weiter. Dann klingelte das Telefon erneut. Newman nahm den Hörer ab, meldete sich und hörte eine vertraute heisere Stimme.

«Ich wollte mich nur von Ihnen verabschieden, Newman», begann Foley. «Vielleicht kann ich Beck etwas Zeit sparen. Hat er den Porsche gefunden? Ausgezeichnet! Hat er auch den Volvo gefunden, den ich gestohlen und in Bern-Belp zurückgelassen habe? Dort hat eine Cessna für mich bereitgestanden. Ich habe Sie frühzeitig gewarnt, daß es noch viele Tote geben würde. Das Finale hat mich an die Schlußszene in *Hamlet* erinnert – eine Bühne, die mit Leichen übersät ist... Ah, jetzt wird gerade mein Flug nach New York aufgerufen! Ich bin selbstverständlich nicht mehr in der Schweiz. Vielleicht sehen wir uns gelegentlich mal wieder...»

Foley hängte ein, und Newman ließ langsam den Hörer sinken. Er sah zu Nancy hinüber, die seinen Blick trotzig erwiderte und dann fragte, wer angerufen habe. Er schüttelte den Kopf.

«An deiner Stelle würde ich unbedingt morgen nachmittag um fünfzehn Uhr von Bern-Belp nach Gatwick fliegen. Beck ist kein Dummkopf – aber ich glaube, daß er weitere vierundzwanzig Stunden stillhalten wird. Ich fahre jetzt zu ihm.»

«Du gibst mir die Schuld, Bob? Du erzählst ihm alles?»

«Ich weiß nicht, ob ich deine Handlungsweise billigen oder verdammen soll. Darüber bin ich mir noch nicht im klaren. Im übrigen habe ich nicht vor, Beck über deine Rolle aufzuklären. Mein Gepäck habe ich in ein anderes Zimmer bringen lassen. Lebwohl Nancy.»

«René Lachenal hat sich erschossen. Er hat seine Dienstwaffe in den Mund gesteckt und abgedrückt. Diesen Brief hier hat er für Sie hinterlassen, Bob», sagte Beck und gab ihm einen zugeklebten Umschlag. In dem zweiten Besuchersessel saß Tweed, der seine Brillengläser polierte.

«Mein Gott, warum nur?» Newman sank in seinen Sessel und riß den Umschlag auf. Der handschriftliche Brief war kurz und präzise, wie man es von einem Mann erwartete, der schon so viele militärische Berurteilungen verfaßt hatte. «Ich hab' René wirklich gern gehabt», sagte Newman und begann zu lesen.

Mein lieber Robert,
ich möchte Ihnen versichern, daß ich von den Vorgängen in der Klinik Bern nicht die geringste Ahnung gehabt habe. Ich hatte – mündlich – den Befehl erhalten, häufig Übungen in ihrer Nähe abzuhalten, damit der Eindruck entstand, die Klinik stehe unter militärischem Schutz.
In der Nacht, in der die arme Mrs. Laird umgekommen ist, habe ich durchs Glas Gestalten auf dem Klinikgelände beobachtet – ohne genau sagen zu können, ob sie Soldaten waren oder nicht. Ich allein trage die Verantwortung für meine folgenschwere Fehleinschätzung. Leben Sie wohl, mein Freund!

René Lachenal

Newman gab den Brief wortlos an Beck weiter und wandte sich an Tweed, der seine Brille aufgesetzt hatte und seinen Blick unbehaglich erwiderte.

«Wie sind Sie mit Dr. Kennedy zurechtgekommen?» erkundigte sich Tweed.

«Schlecht, aber das ist von Anfang an unvermeidbar gewesen, nicht wahr? Schließlich habe ich sie wirklich reingelegt. Eine scheußliche Sache...»

«Das tut mir aufrichtig leid», versicherte Tweed. «Aber wir sind darauf angewiesen gewesen, daß uns jemand hilft, der sonst überhaupt nichts mit unserer Organisation zu tun hat. Ich danke Ihnen für alles, was Sie für uns getan haben.» Er machte eine Pause. «Sollte Ihnen jemals etwas auffallen, das für mich interessant sein könnte...»

«Dann sehe ich einfach weg!»

«An Ihrer Stelle würde ich ähnlich reagieren», bestätigte Tweed gelassen. Er hatte nicht die Absicht, Newman von Blanches Unterstützung zu erzählen: Seine Helfer brauchten nichts voneinander zu wissen.

«Wir haben die Klinik Bern gestürmt», fuhr Beck fort, «und das Gaslager intakt vorgefunden. Die Granaten werden unschädlich gemacht. Leupin hat gemeldet», berichtete er, wobei er angelegentlich aus dem Fenster starrte, «daß die Handgranate von einer jungen Frau geworfen worden ist. Alle Verletzten befinden sich inzwischen auf dem Wege der Besserung – die Handgranate ist defekt gewesen, sie muß ziemlich alt gewesen sein. Wir werden nicht erst versuchen, die junge Frau ausfindig zu machen; wir sind mit der Durchsuchung von Granges Chemiewerk in Horgen bereits mehr als ausgelastet.»

«Ich habe noch mehrere Fragen, die ich gern beantwortet hätte», stellte Newman fest. «Zum Beispiel besitze ich ein Photo, das Sie vor der Taubenhalde im Gespräch mit Bruno Kobler zeigt und das mir große Sorgen gemacht hat. Und wer ist Ihre Kontaktperson in der Klinik Bern gewesen? Darüber hinaus interessiert mich, wer Nagy, Mason und Seidler umgebracht hat – und wer auf Willy Schaub, den Hausmeister, geschossen hat.»

Beck lächelte verständnisvoll. «Kobler hat mich hier aufgesucht, und ich habe ihm erklärt, ich sei allenfalls bereit, außerhalb des Dienstgebäudes mit ihm zu reden – eine bewußte Kränkung. Er hat versucht, mich zur Einstellung meiner Ermittlungen zu bewegen, aber ich habe ihm geraten, schleunigst zu verschwinden, weil ich ihn sonst wegen versuchter Beeinflussung eines Polizeibeamten festnehmen lassen würde. Mein Kontaktmann in der Klinik Bern? Natürlich Dr. Waldo Novak! Er hatte schreckliche Angst, daß ich einen Weg finden würde, ihn aus der Schweiz auszuweisen. Was Nagy und Mason betrifft, vermute ich, daß sie von Kobler ermordet worden sind – oder von seinen Schergen. Bei Seidler und Schaub ist der Fall klar. Eines der gestohlenen Militärgewehre hat vor der Klinik neben Koblers Leiche gelegen. Unsere ballistischen Untersuchungen haben bewiesen, daß er Seidler erschossen und dann versucht hat, auch Schaub zu erschießen.» Beck lächelte erneut. «Zufrieden, Bob?»

«Das ist nicht ganz das Wort, das ich gewählt hätte, aber daran ist wohl nichts zu ändern.» Newman stand müde auf. «Ich gehe jetzt, wenn's recht ist. Ich habe das Bedürfnis, einen langen Spaziergang zu machen und dabei nachzudenken...»

Wie Beck schon zuvor berichtet hatte, war das zweite gestohlene Scharfschützengewehr auf dem Hügel gefunden worden, von dem aus der unheimliche Schütze drei Männer binnen weniger Minuten erschossen hatte. Und die ballistische Untersuchung hatte bestätigt, daß mit dieser Waffe auch die beiden Männer vor dem Bahnhof Le Pont liquidiert worden waren.

Die Abenddämmerung sank herab, als Newman durch die Berner Lauben schlenderte. Er überlegte sich, daß es Jahre dauern konnte, bis man sämtliche Gassen und Bogengänge erforscht hatte. Bern gefiel ihm wirklich. Die Stadt besaß ein eigenartiges Fluidum, das er auf seinen Weltreisen noch in keiner anderen Großstadt wahrgenommen hatte.

Er hatte noch eine Aufgabe vor sich. Irgend jemand mußte Blanche mitteilen, daß ihr Stiefvater tot war. Newman wußte nicht, wie sie darauf reagieren würde, aber der Auftrag mußte ausgeführt werden. Er blieb vor der Haustür stehen, drückte auf den Klingelknopf neben dem Namen *B. Signer*, holte tief Luft und wartete.

«Wer ist da?» fragte ihre Stimme aus dem Lautsprecher über den Klingelknöpfen.

«Bob. Blanche, ich habe ein einzelnes Ticket für den Rückflug nach London in der Tasche.»

«Aha!»

«Ich dachte, du würdest zusehen wollen, wie ich's in lauter kleine Fetzen zerreiße...»

Robert Ludlum

»Ludlum packt in seine Romane mehr an Spannung als ein halbes Dutzend anderer Autoren zusammen.«

THE NEW YORK TIMES

Die Matlock-Affäre 01/5723

Das Osterman-Wochenende 01/5803

Das Kastler-Manuskript 01/5898

Der Rheinmann-Tausch 01/5948

Das Jesus-Papier 01/6044

Das Scarlatti-Erbe 01/6136

Der Gandolfo-Anschlag 01/6180

Der Matarese-Bund 01/6265

Das Parsifal-Mosaik 01/6577

Der Holcroft-Vertrag 01/6744

Die Aquitaine-Verschwörung 01/6941

Die Borowski-Herrschaft 01/7705

Das Genessee-Komplott 01/7876

Der Ikarus-Plan 01/8082

Das Borowski-Ultimatum 01/8431

Der Borowski-Betrug 01/8517

Wilhelm Heyne Verlag
München

John Grisham

Der neue Roman vom Autor des Weltbestsellers »Die Firma«. Ein schonungsloser Blick hinter die Kulissen der Justiz, verpackt in eine hochexplosive Story.
»Ein äußerst packender Thriller« NEWSWEEK

 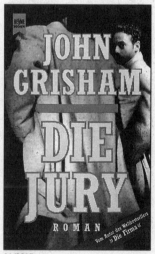

01/8615

Wilhelm Heyne Verlag
München

John le Carré

Perfekt konstruierte Spionagethriller, spannend und mit äußerster Präzision erzählt.
»Der Meister des Agentenromans« DIE ZEIT

Eine Art Held 01/6565

Der wachsame Träumer 01/6679

Dame, König, As, Spion 01/6785

Agent in eigener Sache 01/7720

Ein blendender Spion 01/7762

Krieg im Spiegel 01/7836

Schatten von gestern 01/7921

Ein Mord erster Klasse 01/8052

Der Spion, der aus der Kälte kam 01/8121

Eine kleine Stadt in Deutschland 01/8155

Das Rußland-Haus 01/8240

Die Libelle 01/8351

Endstation 01/8416

Der heimliche Gefährte 01/8614

Monaghan, David
Smiley's Circus
Die geheime Welt des John le Carré
01/8413

Wilhelm Heyne Verlag
München

Ridley Pearson

Ridley Pearson schreibt packende, psychologische Spannungsromane der Spitzenklasse.

»Ein herausragender neuer Thrillerautor.« LOS ANGELES TIMES

Außerdem lieferbar:

Mordfalle
01/8249

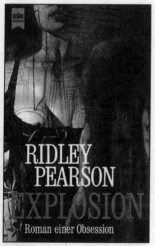

01/8668

Wilhelm Heyne Verlag
München

Eric Van Lustbader

Geheimnis, Sinnlichkeit und atemberaubende Spannung in der rätselhaft-grausamen Welt des Fernen Ostens.
»Temporeiche Action, die den Leser bis zur letzten Seite fesselt.« THE NEW YORK TIMES

Heyne Jumbo 41/48

Außerdem lieferbar:

Der Ninja
01/6381

Schwarzes Herz
01/6527

Teuflischer Engel
01/6825

Die Miko 01/7615

Ronin 01/7716

Dolman 01/7819

Jian 01/7891

Dai-San
01/8005

Moichi 01/8054

Shan 01/8169

Zero 01/8231

French Kiss
01/8446

Der Weiße Ninja
01/8642

Schwarze Augen
01/8780

Wilhelm Heyne Verlag
München

Marc Olden

Cool, rasant und unglaublich spannend – Marc Olden ist ein Meister des Fernost-Thrillers.

Giri
01/6806

Dai-Sho
01/6864

Gaijin
01/6957

Oni
01/7776

TE
01/7997

Do-Jo
01/8099

Dan tranh
01/8459

Wilhelm Heyne Verlag
München

Amerikanische Bestsellerautoren im Heyne-Taschenbuch

Die Tophits der Unterhaltungsliteratur

Stephen King
**Dead Zone –
Das Attentat**
Roman
01/8920

John Grisham
Die Jury
Roman
01/8921

Thomas Harris
Roter Drache
Roman
01/8922

Jean M. Auel
Mammutjäger
Roman
01/8923

Robert Ludlum
**Das Borowski-
Ultimatum**
Roman
01/8924

Peter Straub
Schattenland
Roman
01/8925

Mary Higgins Clark
**Das Haus
am Potomac**
Roman
01/8926

Eric Van Lustbader
Der Ninja
Roman
01/8927

Alexandra Ripley
Charleston
Roman
01/8928

Dean R. Koontz
Mitternacht
Roman
01/8929

Margaret Mitchell
Vom Winde verweht
Roman
01/8930

**Amerikanische
Erzähler des
20. Jahrhunderts**
Erzählungen
01/8931

Leon Uris
Exodus
Roman
01/8932

Richard Bachman
Amok
Roman
01/8933

John Saul
Bestien
Roman
01/8934

Wilhelm Heyne Verlag
München